Louis Aragon

Aurélien

•

오렐리앵 1

창비세계문학
92

•

오렐리앵 1

•

루이 아라공
이규현 옮김

창비

일러두기

1. 이 책은 Louis Aragon, *Aurélien* (Gallimard 1972)를 번역 저본으로 삼았다.
2. 원문에서 이탤릭이나 대문자, 괄호로 강조한 부분은 작은따옴표로 표시했다. 원문에 일부 외국어로 표기된 부분은 뜻을 적고 괄호 안에 원문의 외국어를 밝혔다.
3. 각주 가운데 원주는 '(원주)'로 구분했고 원주에 옮긴이가 덧붙인 부분은 〔 〕로 표시했다. 그외의 각주는 옮긴이의 것이다.
4. 외국어는 되도록 현지 발음에 가깝게 표기하되 우리말 표기가 굳어진 것은 관용을 따랐다.

차례

•

내가 생각을 밝혀야 하는 시간이 마침내 찾아왔구나.*

* (원주) 「베레니스」 2막 2장. 〔「베레니스」는 17세기 프랑스 극작가 라신Jean Racine의 희곡. 베레니스는 팔레스타인의 여왕으로, 유대인의 반란을 진압하러 온 로마 군인 티투스와 사랑에 빠졌으나 결국 버림받는다.〕

1966년판 서문

사람들은 내게 『오렐리앵』에 관해 견해를 밝혀달라고 자주 요청했다. 나를 따로 불러 『오렐리앵』의 주인공과 작중인물들에 관해 이야기하자는 사람도 있었다. 오랫동안 나는 그렇게 말하도록 내버려두었는데, 마침내 답하고 싶은 마음이 생겼다. 단편적으로. 사람들을 떨쳐버리기 위해. 결국 한두가지 주제에 관해 나는 비평가와 서평자에게 그들이 고려해야 하는 몇몇 개념을 설명하기로 마음먹었다. 그것으로 모든 것이 해명되지는 않을 것이다. 내가 쓴 『오렐리앵』은 오렐리앵과 주변 인물들의 문제만이 아니라 소설, 인물 창조, 그들과 다양한 모델 사이의 유사성, 그리고 작가가 고백과 묘사, 거짓말과 가면의 혼합에 몰두하게 된 깊은 동기의 문제까지 전반적으로 제기하기 때문이다. 여러해 전부터 나는 『오렐리앵』이 읽을 줄 아는 이에게 제기하는 문제들에 대답하고만 있다. 그런 만큼 내게는 『오렐리앵』의 서문을 쓰는 것이 위험천만한 시도로 보인다. 다른 이들이 아니라 나의 눈에는. 어디서부터 문제를 다룰 것인가? 그러다가 문득 문제를 제기하기보다 차라리 내가 최근에 다다른 곳에서 출발하는 편이, 예컨대 1963년 10월부터 1964년 1월까지 프랑시스 크레미외[1]가 진행했고 이후 (1964년 6월에) 갈리마르 출판사에서 책으로 펴낸 라디오 대담 가운데 『오렐리앵』과 관련된 이야기로 시작하는 편이 더 낫겠다는 생각을 하게 되었다. 그 대담에서 뽑은 두토막의 글이 내게 서문, 내가 말하고 싶은 것과 함구하고 싶은 것의 실마리가 되어줄 것이다.

세번째 대담 '내 소설의 작중인물과 현실'에서 첫번째 토막을 찾아볼 수 있다. 프랑시스는 내게 사람들이 무엇보다 오렐리앵은 나라고, 다음으로 오렐리앵은 드리외 라 로셸[2]이라고 말했다는 점을 지적했다. 내가 대답했다.

아라공 특히 오렐리앵은 나고, 오렐리앵은 드리외 라 로셸이라고 말한 것도 나라고들 했지요. 드리외와는 소년 시절부터 친구였어요, 오래전에 헤어졌지만. 내가 드리외에 관해 말한다면, 그는 나의 옛 친구일 따름이에요. 지금의 그가 아니란 말이죠. 이 두 실체는 양립할 수 없어요. 오늘날 드리외는 확실히 많은 사람의 입에 오르내리고 있고 그에 대해 가장 다양하고 가장 분별없는 평판이 쏟아지고 있지요. 그것들은 나뿐 아니라 그의 친구들 모두가 알고 있는 그 사람과 아무런 관련이 없어요. 그런데 나는 오렐리앵이 비록 부분적으로만 드리외의

1 Francis Crémieux(1920~2004). 프랑스의 레지스땅스 활동가, 기자이자 작가.
2 Drieu la Rochelle(1893~1945). 제1차 세계대전에 참전한 군인이자 소설가, 기자. 아라공의 친구로 유럽통합 지지자였으며 나중에는 국가사회주의에 경도되어 나치 독일의 프랑스 점령기 동안 대독협력을 지지했다.

초상일 뿐일지라도 그의 더 충실한 초상이라고 생각해요. 그것이 내 머릿속에 있었다는 것은 논란의 여지가 없어요. 또한 오렐리앵의 많은 특성이 나로부터 나온다는 것은 당연해요. 내가 드리외 속에 들어가 있지는 않았기 때문이죠. 그리고 내가 몇몇 상황에 드리외를 끌어들였을 때에도 해결책과 생각은 내 마음속에 있었기 때문이에요. 그러나 따지고 보면 오렐리앵은 드리외 라 로셸이 아닌 만큼이나 나 자신도 아니지요. 오렐리앵이라는 인물의 구성 요소인 세번째 요인이 있어요. 그것은 오렐리앵이 이런저런 사람인 것보다 더, 무엇보다 먼저 하나의 '상황'이자 어떤 상황 속의 인간이라는 점이에요. 내가 보기에 그는 우선 1918년 휴전 직후의 세대에 속하는 퇴역군인, 전선에서 돌아왔지만 돌아온 사회에서 자신의 자리를 찾아내지 못한 남자였어요. 이 '퇴역군인'의 측면이 드리외에게도 나 자신에게도 다른 형태로지만 분명히 실재했지요. 오렐리앵이란 인물 안에서 뭔가가 문제가 된다면, 그것은 무엇보다도 그 시절에 (완전히 심화되지는 않았지만) 이미 실재했고 당시에 내게 많은 충격을 주었던 '퇴역군인'의 문학적 초상이에요. 내가 『오렐리앵』을 쓰면서 끊임없이 생각한 초상이죠. 셰리란 인물에 관해 말하고 싶어요. 『셰리』의 셰리가 아니라 『셰리의 최후』에 나오는 셰리 말이에요.[3] 꼴레뜨의 그 소설이 아니었으면 도저히 『오렐리앵』을 쓸 수 없었을 겁니다. 아마 꼴레뜨는 『셰리의 최후』에 관해 여자로서 느끼는 것을, 내가 다른 것들에 관심을 갖는 더 젊고 활기찬 남자로서 강조하고 싶은 귀결로까지는 밀고 나가지 못했을 거예요. 그렇지만 오렐리앵은 그저 이런저런 사람이라고 무차별적

3 『셰리』(*Chérii*, 1920)는 꼴레뜨(Sidonie Gabrielle Colette)의 소설. 연상의 여성과 젊은 애인 간의 파격적인 사랑을 그린 대표작의 하나다. 『셰리의 최후』(*La Fin de Chéri*, 1926)는 『셰리』의 속편이다.

으로 규정할 수는 없어요. 그리고 꼴레뜨로부터 내게 온 그 빛을 무시할 수도 없지요. 이와 관련해 그녀에게 기꺼이 돌려주고 싶은 것은, 부성이라고 말할까요, 아니면 모성이라고?

아마 여기에 몇가지 상세한 설명을 덧붙여야 할 것이다. 오렐리앵은 드리외도 나도 아니다. 그렇지만 나는 창조된 인물을 양자에게서 검증하려고 했던 것 같다. 예컨대, 오렐리앵을 동방군[4]에서 종전을 맞이한 이류 남자로 설정하고 『오렐리앵』을 쓰기 시작했을 때 나는 확실히 드리외를 생각했다. 나에 대한 비난 기사를 『국민 해방』에 기고하는 도리오의 사람 드리외에게서[5] 나는 이 인물이 어디로 발전해갈 것인지 뚜렷이 보았다. 나의 의도는 우선 젊은 시절에 내 친구였던 드리외의 '어느 한' 모습에서 착상한 이 인물을 비시 정권의 사람으로 만들기까지의 그의 삶과 역사의 논리에 따라 이끌어가려는 것이었다. 그러나 곧바로 나는 이 변화를 삶의 한계 이외의 다른 한계 안에 억제하기로, 도리오주의의 가증스러움으로까지는 치닫지 않을 드리외, 그저 상황의 영향력과 자신의 가족 때문에 원수元帥가 권하는 길로 가야 할 필요성을 확신하여 사업가가 된 드리외에 그치기로 마음먹었던 것이다.

---

4 L'Armée Française d'Orient(AFO). 제1차 세계대전(1915~18) 동안 동방 전선에서 싸운 프랑스 육군. 1915년 2월 2개 사단이, 5월에 2개 사단이 증파되었고 1916년에는 영국군·세르비아군·이딸리아군·러시아군·그리스군과 함께 동방연합군(AAO)을 형성했다.

5 자끄 도리오(Jacques Doriot)는 프랑스의 정치가이자 기자. 제2차 세계대전 동안 대독협력의 급진적 옹호자로서 볼셰비끼에 대항하는 프랑스 지원병부대 창설에 일조하고 스스로 독일군 중위가 되어 동부전선에서 싸웠다. 『국민 해방』(*L'Émancipation nationale*)은 자끄 도리오의 프랑스 인민당(PPF) 기관지. 드리외 라 로셸이 정기적으로 기고했다.

이는 내가 소설에 대해 갖는 관념에 기인한다. 어떤 작가들에게 예술은 허구적 인물을 제시하는 데 있다. 이 관점에서 그들은 과장하고 특징을 강조하고 (논증을 위해) 반박할 수 없는 카드를 끌어들이고 용모를 더 강렬하게 보이도록 한다. 나는 그들과 반대이다. 소설에서 요구되는 것은 개인과 사실이 우리 삶의 규모보다 더 용인할 수 있는 규모, 통속극에 나오는 '배반자'의 규모가 아니라, '악인'의 추정된 심리보다는 오히려 독자의 영혼에 상응하는 규모를 갖게 되고 이를 통해 진실임직하게 되는 것이라고 생각한다. 내가 보기에 이것은 결코 오렐리앵을 '단죄'하거나 심지어 '규탄'하는 것이 아니다. 나는 어떻게 어제의 인간, 다른 전쟁의 병사가 책임 연령[6]에 이르러 다시 이끌려들어간 운명을 알아보지 못했는가를 오렐리앵으로, 오렐리앵에 의해 보여주고 싶었다. 왜 그가 그것을 알아볼 수 없었는가를, 그리고 젊음 때문에 감춰진 오래전부터의 어떤 이유로, 어떻게 해서 그가 두차례에 걸쳐 전쟁을 받아들였던 것처럼 프랑스의 불행을 부득이 받아들일 수밖에 없었는가를. 『오렐리앵』을 완성한 후 이십년이 지난 오늘 이 서문을 쓰면서 나는 비록 오렐리앵 뢰르띠유아 뒤로 끔찍한 풍경이 드러나 보일지라도 인간, 내가 이해하고자 애쓴 인간에게 마땅히 내보여야 할 존경의 마음으로 반감 없이 이 인물을 다시 바라본다. 비록 오렐리앵 뢰르띠유아가 원하건 원하지 않건 소설을 넘어 내게 적대적인 것 전체의 수단으로 변하게 되었을지라도. 나는 미래에 이루어질지 모르는 오렐리앵 뢰르띠유아들의 형성을 풍자화에 의해서보다 이런 식으로 더 불가능하게 만든다고 생각하는데, 나중에도 이를 인

6 일반적으로는 형사책임 연령을 말하지만 여기서는 한 가정을 책임질 만한 나이를 가리킨다.

정하게 될까? 소설에서 풍자화를 원용하는 것은 내가 보기에 절망의 가장 나쁜 형태들 가운데 하나인 듯하다. 내가 절망할 수 없어서가 아니다. 그러나 나는 이미 말했듯이 인간을 신뢰하는 것이 잘못이라 해도 결국 내게는 별로 문제가 되지 않는 만큼, 신뢰를 갖고 인간을 제시하는 것이 필요하다고 생각한다. 내 작중인물들에게 인간의 규모를 남겨주는 것이. 비록 내가 나의 작중인물들에 반하여 글을 쓸지라도. 그러니까 나는 현실을 자세히 관찰하는 것이 아니라 반대로 현실을 '조악하게 쓰는' 것, 현실의 흉측한 모습에서 논거를 취하지 않는 것이 필요하다고 주장해왔다. 여기서 말하는 것은 뢰르띠유아에게만큼이나 이 소설의 다른 인물들에게도 유효하다. 내가 실제의 삶, 『오렐리앵』의 엑스트라들을 만들어내기 위해 참조한 모델이나 필로티[7]의 전기傳記를 이야기하려는 욕구에 사로잡힌다 해도, 사람들은 내 모든 노력이 그들을 '평범하게 만들기' 위해서라는 것을 확인하고서 무척이나 놀랄 것이다. 뽈 발레리가 말했듯이 "회색을 만드는" 것이 어렵다. 전혀 시가 없어야 한다면, 그것은 무엇보다 소설에 들어맞는 말이다. 이 점에서 소설은 연극과 유사하지 않다. 소설은 무대에 필요한 과장을 필요로 하지 않기 때문이다.

여기서 내 부차적인 인물들의 원천에 관해 말하지는 않겠다. 그렇게 하면 실제 인물들에 관해 어떻게든 말하지 않을 수 없겠기 때문이다. 그들은 아직 이 세상에 속해 있거나, 적어도 그들의 가족이었고 그들보다 오래 산 사람들의 정신 속에 여전히 살아 있다. 『오렐리앵』은 모델 소설이 아니다. 기껏해야 위조 모델 소설이다. 드

7 건축에서 벽이 없는 일층의 열주(列柱). 여기서는 소설의 기초가 되는 인물을 가리킨다.

리외는 오렐리앵의 위조 모델이다. 그러나 어쩌면 나는 오늘 모델에 관한 독자들의 호기심을 자극하지 않으면서 베레니스에 관해 감히 말해볼 수 있겠다. 실제 여성으로부터 베레니스가 창조되었다는 것을 나는 부인하지 않겠다. 그러나 '로부터'이다. 대략 『오렐리앵』을 쓸 무렵에 만난 젊은 여자, 불행할 것을 무릅쓰고 사랑했거나 사랑한다고 믿었던 젊은 여자로부터라는 것을 내가 왜 숨기겠는가? 그녀와 나 사이에도 아무 일이 없었다. 베레니스와 오렐리앵 사이에도 아무 일이 없었다. 전체 전개(연애)는 전적으로 여기에서 창안된 것이다. 아마 에필로그에서일 텐데, 베레니스가 평생 오렐리앵을 생각했다는 그 착상은 사실 내가 삶에 대해 아무런 근거도 없이 행한 일종의 앙갚음이다. 내가 아는 한 진짜 베레니스는 드리외도 나도 아닌 다른 남자를 사랑했다. 흔히 하는 얘기로, 그와 놀아났다. 나는 결코 그녀를 다시 만나지 못했다. 언제나 일종의 애정을 갖고 그녀를 생각했지만 이는 사랑과 아무런 관계가 없다. 그것은 내 눈에 그녀가 다른 무엇보다도 내 젊음의 모습, 젊음 자체의 모습인 때문이다. 사실상 여기서 그야말로 만들어지는 어떤 사랑의 모습이라기보다는. 그러나 그녀는 절대에 대한 열정이 있었다. 그것은 사실이다. 그런데 나는, '그리고 우리'는, 모든 오렐리앵은 그녀에게 절대가 아니었다.

아울러 『무한의 옹호』,[8] 살아남은 단편 「검은 공책」을 쓰면서 비록 「검은 공책」의 일화가 순전히 상상의 것일지라도 적어도 내가 그녀를 생각한 것은 사실이다. 그렇지만 내가 『오렐리앵』을 쓰기

8 *La Défense de l'infini*. 아라공이 1923~27년에 쓴 방대한 소설. 그의 말을 믿자면 1927년 마드리드에서 대부분 불태워버렸다는 작품으로 「검은 공책」은 그 일부이다.

시작하면서 그 옛날 텍스트를 고려했다고는 생각지 않으며 피난 상황에서 그 원고를 지니고 있지도 않았다. 그리고 동일한 여자를 공동의 '신체적' 모델로 삼았다고 해서 베레니스가 블랑슈일 것이라고도 생각지 않았던 것 같다. 블랑슈를 잊고 있었던 것이다. 『아름다운 동네』[9]부터 에드몽 바르벵딴의 아내를 블랑셰뜨로 부를 정도로. 그러나 축소형 어미 자체가 베레니스와 바르벵딴 부인 사이의 거리, 절대에 대한 취향과 상대적인 삶 사이의 간극을 나타낸다. 아마도 그래서, 누구나 알게 되겠지만 『망각』[10]에서 나는 블랑슈라는 이름(이것뿐만이 아니다)을 내 상상력의 만능열쇠 같은 이름으로 다시 가져다 썼다. 나로서는 『죽임』 후에 나온 『망각』에서 내가 당신[11]에 관해 말하지 않았다는 증거를 여자의 이름 자체로 제시하고 푸제르[12]에 대해 한 것과는 반대로 그 여자는 엘자가 아니라고 공언할 필요가 있었기 때문이다.

프랑시스 크레미외와 대담을 진행하기 얼마 전에 나는 『엘자에 미친 남자』[13]를 펴냈다. 이 책의 도덕성 자체, 지평은 남자와 여자 커플로, 『엘자에 미친 남자』는 거기에서 남자의 행복, 적어도 남자의 미래를 본다. 그런 만큼 나의 인터뷰어는 아주 자연스럽게 『엘자에 미친 남자』의 이상理想과 함께 내 소설들에 나타나는 그러한

---

9 *Les Beaux Quartiers*(1936). 아라공의 소설.

10 *L'oubli*(1967). 아라공의 소설. 원제는 'Blanche ou l'oubli'(블랑슈 또는 망각)이다. 『죽임』(*La Mise à mort*)은 1965년작이다.

11 이 서문에서 당신은 아라공의 아내 엘자를 가리킨다. 엘자 트리올레(Elsa Triolet, 1896~1970)는 러시아 출신의 프랑스 작가, 레지스땅스 활동가로 1939년 아라공과 결혼했고 1944년 여성으로서 최초로 공꾸르상을 받았다.

12 『죽임』에 나오는 유명한 가수.

13 *Le Fou d'Elsa*(1963). 아라공의 시집. "남자의 미래는 여자다"라는 문장으로 유명하다.

삶을 주제로 삼는 쪽으로 나아갔다. 특히 커플 되기의 불가능성을 원칙으로 내세우는 것처럼 보이는 『오렐리앵』 쪽으로. 그 점은 여섯번째 대담 '행복한 사랑은 없다'에서 찾아볼 수 있는데, 거기서 논의의 출발점은 조르주 브라상스가 노래로 불러 대중화한 시이다. 내가 펜으로 쓴 것 전체 가운데 그것이 가장 명백한 모순을 불러일으키는 듯이 보인다는 이유에서이다. 그래서 우리는 다시 『오렐리앵』을 예로 거론하게 되었다. 내가 프랑시스 크레미외에게 답했다.

아라공 커플의 불가능성은 『오렐리앵』의 주제 자체예요. 이 책과 이전 소설들 사이에는 큰 차이가 하나 있는데, 오렐리앵의 삶이 시작되는 시기와 우리가 소설에서 이 작중인물을 검토하는 시기 사이에 1914년 전쟁이라는 단절이 개입한다는 점이지요.(나는 소설 자체에서 이해하지만 사람들은 나중에 깨닫게 될 텐데, 이 단절은 작가에게 일어난 것, 1939년 전쟁으로 인한 『여행자들』[14]과 『오렐리앵』 사이의 단절에 힘입어 분명해지죠.) 그리고 오렐리앵을, 그가 사랑하는 여자를 최근 전쟁의 무게가 잔뜩 짓눌러요. 여기서 남자는 전쟁 기간 내내 떨어져 있었을지라도 자기 가족의 견해, 자기 계층의 통념을 문제 삼지 않았어요. 거듭 말하지만 이 책의 주제는 커플의 불가능성이에요. 정확히 이는 참호의 막간을 경험하지 않은 여자가 자기 삶의 연속성으로 인해 전쟁에도 불구하고 어떤 사유의 연속성을 지니고 있고, 이 사실 자체로 말미암아 오렐리앵과는 다른 사유 단계에 놓여 있기 때문이죠. 베레니스는 오렐리앵과 의견이 다를 수밖에 없어요. 책의 본

14 *Les Voyageurs*(1943). 아라공의 소설. 원제는 'Les Voyageurs de l'impériale'(승합차 위의 여행자들)이다.

문에서 오렐리앵이 피난과 후퇴의 시기에, 1940년 전쟁의 막바지에 베레니스와 재회하는 에필로그에 대해 전혀 의문을 갖지 않을지라도 두 중심인물의 삶, 그들의 견해는 확연히 갈리지요. 보세요, 이것이 바로 커플의 불가능성이에요. 대체로 1920년대 초가 배경인 소설이지만 나는 아주 나중에야 이 불가능성에 대한 묘사의 필요성을 느꼈어요. 패배를 넘어 심연의 밑바닥을 드러낸 시기에, 1942~43년에 말이에요.

크레미외 바로 그 시기에 『오렐리앵』을 썼나요?

아라공 내가 『오렐리앵』을 쓴 것은 바로 그 시기예요. 또한 「행복한 사랑은 없다」를 쓴 시기이기도 하죠.

크레미외 그 시기 동안 엘자 트리올레가 『백마』[15]를 끝냈지요.

아라공 그러니 사람들은 어김없이 말할 테죠. 그때 우리가 남편과 아내로서 나란히 작업하는 두 작가일 수 있었다는 것은 내가 방금 주장한 것에 반하는 증거라고요. 하지만 그건 상황의 외적인 양상만 고려한 결과일 거예요. 확실히 나는 엘자가 『백마』를 쓰기 시작하는 것을 보면서 『오렐리앵』을 썼어요. 우리가 처한 시기에 관한 직접적인 시 이외의 다른 것을 시도할 용기가 생긴 것은 내게 예사롭지 않았던 1941~42년의 광경 때문이었지요. 나는 『백마』의 미셸[16]에 대한 일종의 대위법으로, 미셸 비고에 대한 응수로 오렐리앵이란 인물, 1914~18년 전쟁의 퇴역군인에 관해, 기묘한 39년 전쟁의 전투원이 되는 남자에 관해 쓰고자 했어요. 내 생각에 그 주제는 엘자라는 빛에 의해 끊임없이 일깨워졌죠. 그것은 분명한 사실이어서 『오렐리앵』에서 '백마'라는 이름을 찾아낼 수 있어요. 아마 아무도 알아차리지 못

15 *Le Cheval blanc*(1943). 1920~40년대 빠리를 배경으로 한 엘자 트리올레의 대표작.
16 엘자 트리올레의 소설 『백마』의 주인공.

했을 말장난이지만.[17] 『백마』에서는 자신의 아파트를 온갖 종류의 하얀색 물건으로 장식한 여자의 내면이 묘사되지요. 반투명 유리 제품, 더러울 때 갈아입는 남자 셔츠의 단순한 러플, 식당의 벽, 여인숙이나 카바레 간판 '오 슈발 블랑'……

크레미외　하지만 그건 누구나 할 수 있는 암시죠.

아라공　오늘날은 암시가 약간 암시 이상의 것처럼 보이지요. 『오렐리앵』을 쓰는 동안 『백마』의 강박관념이 끊임없이 내 정신을 사로잡았어요. 그 시기 동안 엘자와 나 사이에서 찾아볼 수 있는 정신의 결합이 바로 커플의 증거라고 그 시기에 대해 당신은 내게 말할 테죠. 하지만 당신을 위해 나는 우리 사이에 일종의 드라마가 있던 시기에 커플의 불가능성에 관한 이 책을 썼다고 덧붙이겠어요. 그 드라마는 「행복한 사랑은 없다」라는 시가 표현하는 바로 그것이었죠.

크레미외　그것과 시기를 같이한 것은 누군가요?

아라공　말했듯이 그 시는 1943년 초에 쓴 거예요. 그 시기에 엘자는 나를 떠나고 싶어 했어요. 나는 그 이유와 방식을 이야기할 수 있는데, 그다지 사적인 성격의 이야기가 아니거든요. 당시에 우리가 속해 있던 레지스땅스 운동에는 누구도 지키지 않을 수 없는 규칙이 있었어요. 남편과 아내, 또는 어떤 관계건 그 운동에서 일하는 두 사람은 계속해서 함께 거주할 권리가 없다는 거였죠. 왜냐하면 그렇게 둘이 다니면 경찰의 미행을 당하고 그런 식으로 더 많은 사람들, 급기야 운동 자체를 위험에 빠뜨릴 가능성이 커지기 때문이었어요. 줄여 말하자면 '일하는' 나는 쓰는 것만으로 충분히 사회사업을 하는 셈이라고 엘자를 설득함으로써 그 문제를 적절하게 비켜갔다고 생각했어요. 엘

17 뻬르스발(Perceval) 부인의 이름을 암시한다. 이 이름에서 'ceval'은 'cheval'(말)과 소리가 비슷하다.

자는 그렇게 생각하지 않았죠. 그녀가 내게 말했어요. “나는 사람들이 이 전쟁의 끝에 이르러 그런데 당신은 무엇을 했느냐고 물을 때 ‘아무것도’라고 대답해야 하는 그런 상황을 맞을 수는 없어.” 그리고 그녀가 일한다면 우리는 계속해서 함께 살 수가 없었으므로, 그녀는 나를 떠나기로 결심했어요. 나를 위해서였죠. 물론 알죠, 알고 있어요! 확실히 내 정신 속에는 이중의 관점이 있었어요. 레지스땅스 운동과 안전에 관한 규칙을 성실하게 준수한다 해도, 그와 동시에 내게는 엘자를 보호하고 그녀가 그 ‘일’ 때문에 대가를 치르거나 점령과 레지스땅스에 대한 경찰의 대책에 희생되지 않게끔 하려는 욕망이 있었어요. 하지만 불가피하게 문제가 불거졌지요. 그녀가 일하기를 원한다면 우리는 헤어져야 했으니까요. 우리 사이의 이 드라마는 안전에 관한 규칙에 단순히 불복함으로써 해결되었어요. 따라서 엘자는 일했어요. 나도 계속해서 그렇게 했고, 우리는 계속 함께 살았어요. 다만 우리는 그것이 아무에게도 위험이 되지 않도록 필요한 예방조치를 취했어요. 그리고 실제로 점령이 끝날 때까지 양쪽 모두에서 아무런 일도 일어나지 않았지요. 그렇지만 이 문제의 핵심은 다른 데 있어요. 엘자가 내게서 남성의 안경, 커플의 모든 책임을 떠맡는다는 핑계로 여자를 자신의 아내, 자신의 반영으로만 가두어두는 남자의 편견을 벗겨냈던 거예요. 이렇게 말하고 보니 정확히 말해서 『오렐리앵』도, 사람들이 아주 비관적이라고 생각하는 그 시들도 아름다움에 관한 어떤 것인지 모를 내 쪽의 태도와 관련이 없다는 것을 당신에게 분명히 이해시켰을 것 같군요. 그 모든 것은 정확히, 그리고 단순히 삶, 우리의 삶을 표현했어요.

이 대목을 전체적으로 쭉 다시 읽으니 그럼에도 라디오 대담이 얼마나 허위의 장르인지 헤아려진다. 누군가가 표현하는 것을 할당된 시간 안에 '전달'하려는 욕망 때문에 단순화하고 끊임없이 계산하는 쪽으로 이끌리고, 곧이어 말할 것을 위해 지금 말하려던 것을 그만두는 일이 일어나기 때문이다. 그렇지만 마지막 문장을 통해 나는 이 강요된 단순화를 넘어 핵심으로, 이 소설을 위한 서문의 주제 자체임에 틀림없는 것으로, 삶, '우리의 삶'으로, 엘자에게로 돌아간다. 나는 그것에 관해 말했다는 느낌이 들었다. 『오렐리앵』을 곧 읽을 남자 혹은 여자는 소설이 우리의 삶 안에서 펼쳐지는 것을 보아야 할 것이다. 우리의 삶 안에서 쓰인 소설이므로. 그리고 우리의 삶, 다시 말해서 가장 미리 숙고되지 않고 가장 미리 숙고될 수 없는 것이 나날과 사건의 흐름 속에서 『오렐리앵』을 쓰도록 부추겼으므로.

그 시기 동안 나는 이 점을 의식했다. 그러나 당시에는 삶과 사건들(역사)이 내게 소설을 쓰도록 부추긴다 해도 모든 것은 그것들을 지우고 창조된 것, 상상의 대파란大波瀾 안에 그것들의 간접적인 반영만을 남기도록 되어 있다고, 그것이 소설에 필요한 것이라고 생각했다. 오늘날 나는 소설적인 것과 현실적인 것 사이의 관계, 예컨대 신문에 나는 일과 침실 어딘가에서 남자와 여자가 벌이는 일이 바로 소설에 있는 귀중한 것이라고 생각하는 편이다. 이것이 나를 이 여건에 대한 상세한 진술로 너무 멀리 끌고 갈지도 모른다. 사람들은 『아니세』[18]를 시작으로 내가 쓴 모든 소설에서 아마도 이 여건의 다소간 무의식적인 반영을 발견할 것이다. 내가 이 글을 쓰는 순간보다 팔개월 앞서 나온 『죽임』을 쓴 것, 그리고 1966년 올

18 *Anicet*(1921). 아라공이 쓴 최초의 소설.

한해 동안 완성할 의도로 현재 『망각』을 쓰고 있는 것은 바로 그것을 상술하기 위해서다. 급한 일이라고 해서 급하게 처리해서는 안 된다.

당신이 원한다면 삶, 우리가 보낸 1942~44년의 삶을 다시 언급하자. 당신이 『백마』를 쓴 때를 재론하자. 당신이 『백마』를 썼기 때문에 내가 『오렐리앵』을 쓰기 시작한 때 말이다.

우리가 1941년 8, 9월을 빠리에서 보내고 (「개인의 운명」[19]을 갖고서) 돌아온 후에 당신은 빌뇌브레자비뇽에서 『몹시 그립다』의 단편들을 완성했다. 당신은 처음에는 그 책이 곧 출판될 것이라고 생각하지 않았지만 곧 그렇게 되리라는 사실로 인해, 아마 장편소설을 쓰는 데 필요한 확신이 생겼을 것이다. 그렇지만 내 기억이 틀리지 않는다면 『백마』의 처음 몇쪽은 11월이나 11월 말 또는 12월 초에야 비로소 집필되었는데, 아마 (1942년 5월 초에 출판된) 『몹시 그립다』의 운명이 어느정도 확실해졌기 때문일 것이다. 내게는 지표指標가 있다. 그것은 우리가 살고 있던 니스 빠용강의 복개 지대에서 열린 시장이다. 당신은 거기서 본 것을 그 책의 78쪽쯤에 써놓았다. "죽음의 삼인조, 둥그렇게 쌓아올린 더미, 공중에 지어진 수직 통로를 일주하는 회랑, 그 위로 올라가기 위한 사다리 두개……" 거기에서 사구앵 형제가 미셸에게 삼인조의 세번째 자리를 제안하고 오토바이 세대가 수직 통로의 수직 칸막이벽 사이로 질주한다. 그 시장은 12월에 열렸다. 내가 기억하는 한, 당신은 그때 자기 어머니의 죽음 후에 이어지는 미셸의 모험, 오뙤유의 까페 주인 아델 이야기, 다시 말해 『백마』에서 삼인조가 등장하는 중

19 Le Destin personnel. 엘자 트리올레의 단편소설. 단편집 『몹시 그립다』(*Mille regrets*)에 들어 있다.

간 대목을 약간 넘긴 부분에만 정신이 팔려 있었다. 어떤 여자들이 무익해 보일 수 있는지 명확히 밝히자. 그러나 1941~42년의 그 겨울은 산소를 너무 많이 들이마셨을 때처럼 욱신거리는 느낌을 내 목구멍과 허파에 남겼다. 내게는 아마 점령기의 가장 절망적인 날들이었을 것이다. 모스끄바 앞의 독일군, 포위당한 레닌그라드. 운명의 반전을 믿기 위해서는 굳건한 마음을 가져야 했다. 그렇지만 산소, 삶이 죽음보다 강하다는 자각은 당신으로부터 내게 왔다. 구름에서 떨어진 듯 어리둥절해 보이는 그 젊은 남자에게 생명을 불어넣기 위해, 그러한 순간에 당신의 마음속에서 샘솟는 용기로부터. 그리고 나는 당신이 어디로 향하는지 알지 못했다. 왜냐하면 당신은 자신을 위해 시작한 그 책의 '의미'를 조심스럽게 간직했기 때문이다. 가을 막바지의 어느날 빠용강의 광장에서 미래처럼 막힌 하늘, 재앙의 빛을 통해 우리가 구경한 그 공연에서 소설 속으로 '죽음의 삼인조'를 받아들인 것은 미셸에게(당신에게) 무익한 용기의 거부이자 동시에 용기에의 유혹이라는 것을 나는 어렴풋이 이해했다. 그것을 어떻게 표현할 수 있을까? 프랑스에서 모든 미셸들이 위험을 받아들인 것은 결코 아닌 그 시대에 나는 미셸이 어떤 사람일 것인가, 그리고 500쪽의 끝에서 그가 실제로 어떻게 될 것인가를 예감할 것 같았다. 나는 당신이 방금 만들어낸 그 톱니바퀴장치에 눌어붙었다. 그 톱니바퀴장치를 사람들은 나중에 악한소설, 이를테면 우연의 색깔을 지닌 사건들의 폭포라고 불렀다. 그것은 또한 계단의 디딤판들로서 거기서 미셸은 아무리 좋은 일을 많이 해도, 자신의 목적을 알지 못한 채 사람들의 어깨에 떠밀리듯이 그 자신의 목적을 향해 내려가기만 할 수 있을 뿐이다. 내가 그랬듯이 누구라도 신중하게 당신을 뒤따르면서, 이 여자에서 저 여자로, 의심스러운 모험에서 명백한 잘못으로 나아가는 그 인물을 묘사하려는 그토록 집요한 열정 앞에서, 이해하지 못한 채로 눈만 크게 뜨고 있었을 것이다. 나는 나중에 사람들이 감옥과 수용소에서 일종의 은밀한 격려로서 읽은 그 책에 묘하게 도취된 최초의 사람이었다. 한동안 내 친구들과 동지들, 우리의 어둠을 타파하기 위한 그 커다란 음모에 연루된 내 공모자들은 가장 일반적으로 글쓰기에 대해 오로지 그 음모의 일부분이기를 요구했다. 말하자면 그들에게 글쓰기는 그 음모, 그것의 즉각적인 목적을 나타내는 직접적이고도 '분명하게' 유익한 표현, 시도해야 할 과업의 반영, 오직 그것만을 부추기는 격려이어야 했다. 그리고 아마 나도 그 요구에 응답하려고 노력했을 것이다. 왜냐하면 내가 그 요구에 응답하는 어떤 종류의 시를 '창작'한 것이 바로 그때이기 때문이다. 그와 동시에 나는 (1942년 봄에) 『오렐리앵』을 쓰기 시작했다. 엘자가 그 얼마 전에 내게 확신을 준 터였다. 그녀는 『백마』의 일부를 읽어주었고, 이를 통해 날마다 내게 프랑스가 파탄 난 상황에서도 소설, 다시 말해서 간접적인 글쓰기가 여전히 희망의 유일하게 유효한 표현, 세상을 변화시킬 가능성에 대한 깊은 믿음의 증거라는 확신을 주었다.

『오렐리앵』을 쓰는 것은 1933년에 시작된 구상, '현실 세계'[20] 연작을 다시 시작하는 것이었다. 그것은 나 자신과 다시 관계를 맺

20 *le Monde réel.* 루이 아라공의 소설 모음. 『바젤의 종』(1934) 『아름다운 동네』(1936) 『승합차 위의 여행자들』(1943) 『오렐리앵』(1944) 『공산주의자들』(1949~51, 1966~67 개정, 전6권)로 구성되었다. 이들 작품에 등장하는 온갖 사회계급 출신의 인물들을 통해 아라공은 19세기 말에서 20세기 전반기까지의 프랑스를 그려낸다.

는 것이었다. 나는 세편의 소설을 쓰고 나서 작업을 중단하여 『여행자들』의 마지막 문장에, 다시 말해 14년 전쟁이 시작되는 시기에 머물러 있었다. "그래, 하지만 자노, 그는 전쟁을 알지 못할 것이다! 그런 이유로 빠스깔은 사년 삼개월 동안 의무를 다했다." 이 문장과 『오렐리앵』 사이에 39~40년 전쟁, 패배, 점령, 스딸린그라드의 관문, 깝까스의 관문으로 진격한 독일군이 있었다. 그 시기에, 그 끔찍한 여름에 당신은 『백마』를 완성했다. 『오렐리앵』을 쓰는 것은 제1차 세계대전에서 벗어나서 제2차 세계대전의 드라마, 수수께끼 앞에 선 사람들에 대한 설명일 소설을 우리와, 하늘이 머리 위로 무너져내린 것 같은 이 운명과 『여행자들』의 마지막 문장 사이에 놓는 것이었다. 빠스깔 메르까디에[21]와 미셸 비고 사이에 오렐리앵 뢰르띠유아의 자리를 만들어야 했다. 나에게 이것은 분명하게 인식된 의식적인 시도였다. 『백마』는 우리가 니스에서 꾸린 겉보기에 합법적인 생활을 포기해야 했던 시기에 뚜렷이 자신의 운명을 향해 떠났다. 『오렐리앵』은 아직 간신히 시작되었을 뿐이었고 나는 비합법 활동의 상황으로 인해 그것을 포기해야 할 판이라고 생각했다. 그러나 정반대로 그런 상황은 글쓰기에 우호적인 것으로 드러나게 되었다. 나는 11월에 우리가 '하늘'이라 부른 그 집에서 다시 『오렐리앵』 쓰기를 계속했는데, 당신이 나와 재회하려 오기 전부터 당신을 기다리기 위해서였다. 산속의 그 집은 「아비뇽의 연인들」[22]의 첫머리에 묘사되어 있다. 몽샤의 다락방, 생도나의 그 작은 집에서 긴 시간이 주어졌고 그 시기에 나는 이 책의 나머지 부분을 썼다. 아마 어느 것도 결코 『오렐리앵』의 그 부분, 나

21 소설 『승합차 위의 여행자들』의 주인공.

22 Les Amants d'Avignon(1943). 엘자 트리올레의 단편소설.

머지 부분'만큼 조용히' 쓰지는 못했을 것이다. 『오렐리앵』 쓰기를 (알다시피 내가 보기에 너무도 불만족스러운 소설이어서 '교차 작품'[23]에 넣기 전에 언어 자체에 대한 기본적인 손질과 수정을 필요로 한) 『여행자들』 쓰기와 비교할 때, 엄밀히 말하자면 '소설'을 고려해서만이 아니라, 사실 몇군데의 손질을 제외하고 언제나 『오렐리앵』은 내가 편애하는 책이었다는 것을 깨닫는다. 그리고 에필로그는 1944년에, 어쨌든 6월의 상륙작전 이전에 끝냈다. 충분히 이전이어서 작은 공책 두권을 채울 수 있었다. 그것들의 운명은 알 수 없었다. 그것들은 『오렐리앵』과 아무 관계가 없었고 우리가 (짐이라고도 할 수 없을 정도로 적은) 최소한의 짐과 함께 가져온 큰 과자 상자 안에 『오렐리앵』의 원고와 나란히 보관될 것이었다. 노르망디 상륙작전 후 며칠이 지나고 생도나에서 독일군에 대한 징벌용 원정이 벌어졌을 때(『최초의 위반』[24]에서 묘사된 낙하산 투하의 밤 직후)였다. 우리는 잠을 잤던가. 뭐라고? 낙하산 투하에서 돌아와 긴 낮과 긴 밤이 지난 후에 한시간, 두시간. 그만큼도 아니었다. 이 점에 관해서는 『최초의 위반』에 두세쪽이 나온다. 당신은 우리가 고원의 농가에서 독일군의 출발과 국내 소식을 기다리면서 보낸 그 이틀에 관해 이야기하지 않았다. 나도 여기서 그렇게 하지 않겠다. 실제로 여기서 내게 중요한 것은 농가의 반대쪽 비탈에, 농가 위의 계곡에 있는 협곡, 농부들이 수확물을 보관하던 모래 협곡뿐이다. 18년에 관한 내 기억에 따르면 수아소네Soissonnais에서는 그

23 *Oeuvres croisées*. 루이 아라공과 엘자 트리올레의 작품을 교차해서 펴내는 기획.
24 *Le premier accroc*(1944). 엘자 트리올레의 단편집. 이듬해 공꾸르상을 받은 작품으로 원제는 'Le premier accroc coûte deux cents francs'(최초의 위반에는 200프랑의 비용이 든다)이다.

곳을 동굴이라 불렀다. 우리의 농부들은 항독 지하단체의 젊은이들을 우리에게 버려두고 땡레르미따주 쪽으로 가는 도로를 지키기 위해 떠났다. 나는 그들이 우리에게 큰 신뢰를 보이지 않았다고 말할 수밖에 없다. 그들은 우리가 있다는 것을 상당히 떠들썩하게 내세웠고 우리가 라디오를 듣는 것에 대해 불평했으며 내 전기면도기를 불신의 눈으로 바라보면서 전기료에 대해 강조했다. "그것도 돈이 들어요!" 그래서 우리는 그들 몰래 우리의 원고를 협곡으로 옮겨 철제 상자를 모래밭에 묻었다. 루이즈 델포르[25]의 공책처럼 '복숭아나무' 아래는 아니었지만 거기에는 『최초의 위반』의 단편소설들과 『오렐리앵』, 그리고 무엇이 될지 잘 모르던, 실은 오년 후에 『공산주의자들』이 되는 두 장을 포함한 작은 공책 두권이 들어 있었다. 그렇지만 『오렐리앵』에는 에필로그가 없었다. 나는 그 집필을 뒤로 미뤄놓았는데, 그것은 1944년의 남자에게 시선의 힘겨운 적응을 요구했던 것이다. 아직은 목적이 없는 몇몇쪽에 따라 나는 1939년, 스페인의 패배, 그 시기에 공화주의자들이 프랑스 쪽으로 피난한 사실을 다시 생각하게 되었다. 그 쪽들에는 아마 그러한 회고를 현실적으로 가능하게 하려는 무의식적인 의도가 담겨 있었을 것이다. 그것은 소설의 전방 도약으로 보였다.

더이상 과자 상자를 협곡에 묻을 필요가 없어졌을 때 나는 소설을 40년 6월의 그 모습으로 마무리했다. 여기서 나는 '교차'의 이야기가 완전하도록 한가지 사실을 지적하겠다. 당신이 『백마』의 마지막 쪽들을 완성한 후 정확히 이년이 지나서 집필된 우리의 그 피난

25 엘자 트리올레의 소설집 『최초의 위반』의 수록작 「복숭아나무 아래 묻힌 공책」의 주인공. 신문기자였다가 레지스땅스 활동가가 되는 그녀는 작가의 문학적 분신이다.

에피소드의 목적은 시간상 『오렐리앵』(과 '현실 세계' 전체)을 『백마』의 끝에 놓이게 하려는 것이었다. 실제로 우리에게 미셸 비고의 죽음을 알리는 편지를 끌어들이기 위한 『백마』의 마지막 몇쪽과는 별개로, 엄밀히 말해서 소설은 이전 장에서 시몬이 6월에 빠리를 떠날 때 끝난다. "밤처럼 조밀한 봉쇄가 관문에서 시작되었다."

프랑스 전역으로 확대되는 그 조밀한 봉쇄 속에서 베레니스와 오렐리앵이 재회한다. 그리고 미셸이 죽어야 했듯이 베레니스가 죽는다. 그러나 이 에필로그는 두 상륙작전 사이, 터널의 끝이 보이던 시점에 쓴 것이다. 열광이 한 민족을 사로잡고 프랑스가 어느 한 시기에, 프랑스 역사의 '소설'에 에필로그를 붙일 수 있게 된 그 순간에, 내 머릿속은 『백마』의 끝과 짝을 이루는 것, 그에 대한 응답으로서 『오렐리앵』에 에필로그를 덧붙일 생각으로 가득했다. 어떻게 베레니스에게서 '절대에 대한 취향'이 삶의 흐름에 따라 당신이 도덕적이라거나 정치적이라고 할, 그녀로 하여금 "이제 당신과 나 사이에는 공통된 것이 정말로 전혀 없네요, 나의 소중한 오렐리앵, 이제는 아무것도……"라고 말하게 하는 그 의식으로 변했는지를 누구나 알아차릴 수 있다. 나는 '좌파' 비평가들을 위해 이 말을 한 것이 아니다. 이 서문에 대해 그들은 『오렐리앵』에서 찾아볼 수 있는 절대에 대한 취향만큼이나 거의 '과학적'(이렇게들 말하는지?)이지 않은 개념으로 응수했다. 그리고 이 점에서 평행선은 오렐리앵 뢰르띠유아와 미셸 비고 사이가 아니라 베레니스와 미셸 사이에 보인다. 게다가 그들은 같은 세대에 속하지 않는가? 확인할 수는 없지만 두살 정도밖에 차이가 나지 않는 만큼 나이가 같다고도 말할 수 있다. 두 사람 다 실은 공연히 생명을 잃었을 것이다. 승리를 위해서라고 말하고 싶지는 않다. 그래도 뭔가를 위해서이기는 하다. 왜냐하면 미셸, 그의 죽음 후에 이삼년이 지나 전투를 다시 시작하러 가는 이들이 그에게서 자신들의 큰형을 볼 것이기 때문이다. 그리고 베레니스는 모욕이나 무력투쟁 이외의 또다른 길을 통해 오렐리앵의 변화에 색깔을 부여하기 '위해' 죽었기 때문이다. 베레니스는 이제 자신과 오렐리앵 사이에 공통된 것이 전혀 없다는 것을 알고 있다. 그들 사이에 심연이 파인다. 그녀가 마지막 순간에 공언하는 것은 바로 이것이다. 오렐리앵은 그녀가 사랑한 남자이다. 역사가 그를 그러한 남자로 만들었다. 그는 그녀의 사랑이 생소하다.

그리고 미셸의 죽음과 베레니스의 죽음으로 시작된 드라마의 마지막 날들에 협곡에는 또다른 소설[26]의 씨앗들이 『오렐리앵』의 원고 옆에 있었다. 내가 생각하지 못했던 그 『오렐리앵』을, 마지막 문장이기에는 너무 씁쓸한 『여행자들』의 마지막 문장이 오년 일찍 불러낸 것처럼.

26 (원주) 『공산주의자들』.

오렐리앵 1

1

오렐리앵은 베레니스를 처음 본 순간 솔직히 못생겼다고 생각했다. 아무튼 마음에 들지 않았다. 옷차림새가 마뜩잖았다. 그라면 선택하지 않았을 옷감. 그는 옷감에 일가견이 있었다. 여러 여자의 옷에서 본 옷감에. 이 때문에 이 여자와 잘해볼 수 있으리라는 예감이 들지 않았다. 그녀는 이름이 동방의 공주를 연상시켰다. 하지만 고상하고 우아한 품격을 갖추어야 한다는 생각은 별로 없는 것 같았다. 그날은 머리카락이 윤기 없고 지저분했다. 커트 머리는 늘 세심한 손질이 필요하다. 오렐리앵은 그녀가 금발인지 갈색 머리인지조차 가려보지 않았다. 건성으로 보았던 것이다. 전체적으로 지루함과 짜증의 인상이 흐릿하게 남았다. 심지어 왜 그런지 궁금하기까지 했다. 그 여자는 균형이 잘 맞지 않았다. 그의 생각에 꽤 작고 창백했다. 이름이 잔이나 마리였다면 나중에 그녀를 다시 생각하는 일은 없었을 것이다. 하지만 베레니스. 야릇한 미신. 바로 이것이 그의 신경을 건드렸다.

이것으로 말미암아 그의 머릿속에 떠오른 라신의 시행이 있었다. 전쟁 동안 참호 속에서, 나중에 동원이 해제되고 나서도 그를 떠나지 않았던 시행. 아름다운 시행이라고 생각하지 않았거나, 어떻든 아름다운지 의심스럽고 설명이 불가능한 듯했지만 끊임없이 그를 사로잡았던, 여전히 사로잡고 있는 시행이었다.

나는 카이사레아에서 오랫동안 떠돌아다녔소.[1]

대체로 시는 그에게…… 하지만 이 시행은 자꾸만 다시 생각났다. 왜였을까? 이유를 알 수 없었다. 베레니스, 다른 베레니스, 진짜 베레니스 이야기와는 전혀 관련이 없었다. 게다가 그는 이 로망, 이 케케묵은 작품을 줄거리 정도만 기억하고 있었다. 갈색 머리였어, 비극의 베레니스는. 카이사레아는 안타키아, 베이루트 근처다. 위임통치령이다. 그녀는 살갗이 꽤 검기까지 했다. 숱하게 많은 팔찌, 숱 많은 긴 곱슬머리, 면사포. 카이사레아, 도시치고는 아름다운 이름이다. 여자에게도. 어쨌든 아름다운 이름이다. 카이사레아. '나는 오랫동안……' 치매에 걸렸나. 기억이 나질 않는다. 이 말을 한 녀석의 이름이 뭐였는지. 꺽다리 같은, 초췌하고 침울한 게으름뱅

1 라신의 「베레니스」 1막 4장. 제사로 쓰인 구절은 티투스가 자신의 시종에게 하는 말인 반면 이것은 안티오코스가 베레니케(베레니스)에게 하는 말이다. 카이사레아는 고대 시리아의 수도로 최초의 기독교 중심지 가운데 하나. 현재는 튀르키예령이다.

이. 눈이 숯불처럼 타오르는 듯했고, 말라리아…… 토가를 걸친 차림새 때문에 허풍 떠는 포목상처럼 보이는 어느 피둥피둥한 멋쟁이와 로마에서 베레니스가 막 살림을 차리기를 기다렸다가 사랑을 고백했지. 티투스다. 정말이지, 티투스다.

나는 카이사레아에서 오랫동안 떠돌아다녔소.

틀림없이 길이 넓고 매우 한산하고 고요한 도시였을 것이다. 패배 같은 무언가가, 재난이 엄습한 도시. 사람들이 떠난. 어떤 것에도 의욕이 없는 서른살 남자들을 위한 도시. 밤이면 새벽이 오리라는 생각 없이 이리저리 돌아다닐, 돌처럼 차가운 도시. 오렐리앵은 개들이 짐승의 썩은 고기를 뜯어먹다가 들켜 기둥 뒤로 달아나는 것을 보았다. 버려진 검들, 갑옷들. 수치스러운 전투의 잔해.

기묘하게도 그는 승리자라는 느낌이 조금도 없었다. 아마도 다뉴브강에 자살자들이 떠내려가고 화폐가치 하락으로 관광객들이 몹시 허탈해하던 그 시기에 티롤과 잘츠카머구트로 여행하고 빈을 방문한 탓이겠지. 오렐리앵은 자신이 삶에 의해 격퇴를, 그야말로 격퇴를 당한 듯했다. 명확한 인식으로서가 아니라, 말하자면 본능적으로 그렇게 느꼈다. 하지만 사실 우리는 승리자다. 아무리 그렇게 생각해도 소용없었다.

그는 결코 전쟁으로부터 완전히 회복되지 않았다.

그가 인생을 체험하기 전에 전쟁이 그를 덮쳤다. 1914년 8월 전쟁이 돌발했을 때, 그는 삼년을 복무해서 제대 요건을 갖추었다는 기분으로 들뜬 부류에 속했다. 거의 팔년 동안의 군복무. 그는 조숙한 젊은이가 아니었다. 병영에서도 1909년 가을 까르띠에 라땡[2]에서 가족의 품을 떠난 풋내기와 별반 다르지 않았다. 전쟁이 끝난 덕분에 병영에서 풀려나 세상살이로 돌아갔다. 잠정적인 상태에서 임시방편으로 몇해를 보낸 후였다. 몇번 위기가 있었지만 임시로 만난 여자들 이상으로 그의 가슴에 자국을 남기지는 않았다. 그는 사랑하지도, 성실하게 살지도 않았던 것이다. 죽지는 않았다. 그 정도로도 대단한 것이었다. 때때로 자신의 길고 마른 팔, 가느다란 다리, 젊은 몸, 손상되지 않은 몸을 바라보곤 했다. 회상에 젖었다가 팔다리가 절단된 사람들, 자신의 동료들, 길거리에 보이는 이들, 다시는 돌아오지 못할 이들을 생각하고는 소스라쳤다.

그가 구속받지 않게 된 지 곧 삼년이었다. 이제 사람들은 그에게 어떤 것도 요구하지 않았다. 요령 있게 처신하기만 하면 충분했다. 사람들은 더이상 그의 일용할 양식을 다른 사람들의 것과 함께 준비해주지 않았다. 그 덕분에 그는 이제 누구에게도 인사하지 않았다. 얼마 전에 그는 서른두살이 되었다. 그렇다. 6월로 이렇게 나이를 먹은 것이다. 다 큰 아이. 그는 온전히 자기 자신을 존중하고 어른으로 생각할 수 없었다. 다시 전쟁을, 그러니까 전쟁이 아니라 전시戰時를 그리워하기 시작했다. 전쟁을 극복하지 못했다. 생활의 리듬을 결코 되찾을 수 없었다. 계속해서 그날그날 살아갈 뿐이었다. 본의 아니게. 거의 삼년 전부터 결심의 시간을 다음 날로 미루었다. 그 시간 이후로 전혀 다르게, 더 활기차게, 성가시게 펼쳐질 자신의 미래를 마음속으로 그려보곤 했다. 그렇게 자신의 미래를 상상하는 것이 좋았다. 하지만 이제는 아니다. 삼십년. 시작되지 않은 인생. 그는 무엇을 기다렸을까? 빈둥거리는 것 말고는 할 줄 아는 것

2 빠리의 센강 좌안의 구역. 소르본 대학을 중심으로 한 대학가이다.

이 없었다. 그저 돌아다니기만 했다.

나는 카이사레아에서 오랫동안 떠돌아다녔소.

아마 이것이 그 고전극 작품에 대해 떠올린 어렴풋한 기억의 의미였을 것이다. 그는 동방군에서 복무하다가 말라리아에 걸려 돌아왔던 것이다. 테살로니키의 그 안락감, 그리스 여자, 아무도 속이지 않는 팩션,[3] 다양한 인종, 도처에서, 거리에서, 공중목욕탕에서 버젓이 벌어지는 매춘을 회상했다. 어느정도는 그립기까지 했다. 오렐리앵은 키가 평균치보다 컸다. 두껍고 검은 눈썹으로 미간이 이어져 있었다. 큰 이목구비에 피부는 거칠고 주름졌다. 당시에 그는 콧수염을 기르고 있었으나 돌아올 때에는 짧게 깎아버렸다. 누가 그렇게 하라고 요구해서가 아니었다. 아니다. 그런 요구는 그 앞의 다른 사람이 받았다. 당직의사들의 저녁식사 자리에서였다. 병원의 레지던트인 친구가 그를 초대한 것이었다. 레지던트는 어느 작가의 동생이었다. 만약 살았더라면 아마도 위대한 작가가 되었을 사람으로, 오렐리앵은 그 작가와 전쟁터에 함께 있었던 것이다. 이런 이유로 작가의 동생은 갓 빠리에 도착하여 문학계를 자주 들락거렸다. 그날 저녁 초대받은 이들은 이 집단에 속해 있었다. 그들 중에 매우 예쁜 여자가 있었다. 매우 오만한 여자였다. 콧수염을 기른 남자는 쳐다보지도 않는다고 그녀가 말했다. 오렐리앵에게 한 말이었을까? 그는 그렇게 생각하지 않았다. 그런데 레지던트가 잠

3 완전한 허구도 아니고 완전한 역사적 증언도 아닌 소설. 주인공이 테살로니키에서 근무할 때 즐겨 읽은 소설을 가리키는 것 같다. 허구와 역사가 교직된 소설 『오렐리앵』도 어떤 관점에서는 팩션으로 볼 수 있다.

시 자리를 비웠다가 콧수염을 깨끗이 밀어버린 모습으로 돌아왔다. 놀랄 만한 이야기는 아니다. 게다가 잘 알려진 이야기이다. 그 여성과 저녁식사 자리를 함께한 어느 발행인이 자신과 알고 지내는 작가들 몇몇에게 이 이야기를 했고 그들이 각자 자신의 책에 이 이야기를, 내용은 조금씩 다르지만 써놓았기 때문이다. 누구나 왜 그랬지 하고 의아해한다. 사람들의 관심을 끄는 저속한 언행들이 있다. 그런데다가 이 이야기는 공개되지 않은 것도 아니다. 좋은 핑곗거리가 있던 셈이다. 하지만 일주일 후에 오렐리앵이 자신의 콧수염을 깨끗이 밀어버렸다는 것에는 아무도 주목하지 않았다. 이 야기가 퍼지지 않았다. 어느 누구도 오렐리앵에게 관심을 갖지 않았기 때문이다. 아마도 고객이 많을 어느 변호사 사무실에서 어슬렁거리는, 변호사시험을 치르지 않은 법과대학생. 넘치는 재기로 자리를 빛내는 그런 사람들 중의 한명은 아니었다. 그렇지만 이 이야기는 오렐리앵의 느린 반응을 무엇보다 잘 보여준다. 이로 미루어보아 그는 일이 일어난 지 한참 뒤에 깨닫는 둔한 머리로 살아가는 것이 분명하다.

자신의 친구 레지던트가 아마도 그 오만한 미녀에게 구애하고 있는 것 같다는 생각도 한달 후에야 떠올랐다. 그는 이 일로 그다지 충격을 받지 않았다. 그 여자가 그의 마음에, 오렐리앵의 마음에 든 것도 아니었다. 그렇지만 그녀 때문에 그렇게 무의식적으로 자신의 콧수염을 밀어버렸던 것이다. 그리고 이름이 베레니스였던 것 같은 여자를 마음속으로 그려볼 때에도 약간은 그 여자를 연상했다. 제법 날씬한, 갈색 머리에 피부가 조약돌처럼 희고 윤기 나는 여자를 떠올렸다. 그래서 바르벵딴이 자신의 사촌 베레니스에 관해 말했을 때 그는 베레니스를 이렇게 상상했던 것이다. 콧수염 일화로부터 거의 이년이 지났음에도.

이로부터 얼마간의 환멸감이 생겨났다. 게다가 그는 이 베레니스의 용모를 기억하려고 애썼다. 잘되지 않자 내키지 않았지만 의상에 쓰인 옷감의 디자인을 다시 생각해냈다. 연한 베이지색, 촉감이 부드러운 줄무늬 옷감…… 이런 기억이 그에게 무슨 소용이었을까?

그는 자신의 곱슬머리를 손가락들 사이로 쓸어올렸다. 손가락이 빗인 듯이. 카이사레아의 광장에 서 있는 동상들이 떠올랐다. 사냥의 여신 디아나의 동상들, 얼빠진 표정을 짓고 있는 사냥의 여신 디아나의 동상들만이.

그리고 동상 하단의 잠든 걸인들도 생각났다.

2

그는 갈색 머리 여자만 좋아했다. 그런데 베레니스는 금발, 멀건 금발 머리였다. 그는 자신처럼 호리호리한 여자를 좋아했다. 그녀는 작았다. 키가 작은 덕분에 어린애 같아 보이는 여자도 있긴 하지만 그녀에게는 이런 면모도 없었다. 커트 머리가 뻣뻣했다. 얼굴빛이 창백했다. 마치 피부 아래로 피가 돌지 않는 듯했다. 이마는 낮지 않은데도 내리덮인 머리카락 때문에 너무 좁아 보였다. 광대뼈가 튀어나온 그 얼굴에서 조화를 깨뜨리는 것은 눈, 흐릿한 속눈썹 너머의 검은 눈이었다. 사슴이 그렇듯이 눈에서 풍기는 묘한 느낌은 검은색 때문이라기보다 오히려 불룩 나온 그 모양 때문이었다. 그리고 관자놀이 쪽으로 쑥 꺼진, 거의 아시아인의 것 같은 눈

두덩 때문이었다. 입도 튀는 느낌을 주었다. 입술이 솟아 있어 인중이 매우 짧아 보였다. 두껍다고는 생각하기 어려웠다. 자연스러운 붉은색이어서 창백한 얼굴과 대비되었다. 입술의 잔주름들이 갑자기 움직이곤 했다. 그럴 때면 양 끝이 처지면서 아무런 이유도 없이 고통의 표정이 나타났다. 여자아이의 입술이라고 오렐리앵은 생각했다. 콧날이 날카롭고 짧다. 콧방울이 너무 도드라져서 아무리 사소한 감정에도 떨린다. 여기에 모인 특징들이 남다른 여자의 인상을 풍겼다. 이목구비의 조화는 순전히 매끈하고 비교적 평평한 볼, 갸름한 뺨 덕분이었다. 비스듬히 스치는 빛에 얼굴 윤곽이 완벽해졌다. 하지만 마치 조각가가 나머지 부분은 모두 제쳐놓고 뺨에, 뺨의 끝손질에만 열중하기라도 한 듯이 기묘했다.

오렐리앵은 마음속으로 베레니스의 몸을 그려보려고 애썼지만 성공하지 못했다. 작다는 말만 되뇌었다. 이것이 그녀에 대해 그가 간직하고 있는 기억의 전부였다. 어쩌면 그녀의 진짜 모습이 아닐지도, 혹은 가슴이 클지도 모른다는 데 주목하지 못했던 것이다. 무지 애를 써서야 드레스 색깔을 겨우 기억해냈을 뿐이다. 더이상은 생각나지 않았다. 거듭 그녀는 어린 여자를 떠올리게 하지는 않았다. 틀림없이 성숙한 몸에 생기로 가득했을 거야. 하지만 어떻게? 그날 베레니스는 날씬한 다리에 털양말을 신고 있었다. 오렐리앵은 이것이 부자연스럽게 보였다. 마음에 들지 않았다.

그녀의 목소리만이 쉬이 좋은 느낌을 주었다. 따뜻하고 깊고 어두운 콘트랄토였다. 그 교사 같은 머리모양 아래의 사슴 눈만큼이나 신비로웠다. 베레니스는 꽤 느리게 말했다. 느닷없이 흥분으로 목소리가 높아지려다가 재빨리 억제되곤 했다. 그럴 때마다 눈에서 줄무늬마노의 불꽃같은 섬광이 일었다. 그러고는 갑자기, 매우 재빨리 젊은 여자는 본심을 드러냈음을 느끼는 듯 입꼬리가 내려갔다. 입술이 떨렸다. 마침내 이 모든 것이 미소로 마무리되었다. 그리고 말을 시작했다가 멈췄다. 대담한 생각을 끝내려는 마음의 흔적이 어색한 손동작으로 남았다. 이 몸가짐으로 이제 대담한 생각을 용납할 수 있게 되었다. 바로 그때 몹시 얇아서 찢어지지나 않을까 염려되는 연보라색 눈꺼풀이 내리깔렸다.

한가지 더 말해야 할 것이 있다. 베레니스는 어깨걸이가 흘러내리지 않게 하기 위해서인 듯 어깨를 움직이곤 했다. 그녀는 대화를 이어가고 싶지 않을 때나 대화의 흐름을 바꾸고 싶을 때 대개 이 동작으로 자신의 뜻을 이루었다.

“전혀 프로방스 여자 같지 않은데요.” 그가 그녀에게 말했다. 그녀의 목소리에는 사투리 억양이 아니라, 확실치는 않지만 고친 억양이 약간 있었다. 그녀는 당연히 그렇게 보일 것이라고 대답했다. 자신의 어머니는 프랑슈꽁떼 출신이고 자신의 눈이 검은 것은 아버지를 닮아서라는 것이었다.

에드몽 바르뱅딴이 이것저것 물어보는 바람에 오렐리앵은 짜증이 났다. “아, 그럼 내 사촌누이를 만난 거네? 그녀에 관해 할 말이 고작 그것뿐이야?” 이밖에도 많은 질문이 이어졌다. 스타일에 관해 그에게 뭔가 대답해야 했다. “매력적이야. 좀 묘해 보여. 그래그래, 정말 마음에 들어.” 사실은 마음에 들지 않았지만 사실대로 말하면 그 이유를 설명하는 등 끝없이 말해야 했을 터였다.

에드몽은 요란하게 웃었다. 오렐리앵이 그의 사촌누이를 어떻게 생각하건 무슨 상관이었겠는가? 그녀는 빠리의 바르뱅딴 집으로 다니러 왔고 곧 시골로 돌아갈 예정이었다. 할 일 없는 오렐리앵이 옛 전우를 만나보러 온 것은 순전히 우연이었다. 그는 이 집안의 호사스러움에 늘 마음이 불편했던 것이다. 그는 바르뱅딴의 꼬냑과 냉소를 음미했다. 점심식사를 마친 그들은 함께 밖으로 나왔다. 빠시에서 강둑길, 꾸르라렌을 거쳐 시내로 다시 내려갔다. 날씨가 좋았다. 약간 쌀쌀했다. 공기와 거리가 바르뱅딴처럼 말끔했다. 그가 걸어다니다니 놀랄 일이었다. 오렐리앵은 자신도 모르게 친구의 뒤를 자꾸만 돌아보았다. 그의 자동차가 뒤따라오지나 않는지 확인하기 위해서였다. 그렇지만 축구선수처럼 재빨리 시선을 앞으로 돌렸다.

"그러니까, 베레니스에 관해 할 말이 고작 그것뿐이야?"

일종의 편집증이었다. 그는 그녀에 관해 할 말이 없었다. 하지만 아무 말도 하지 않으면 에드몽이 마음대로 결론을 지을 테니, 좋다! "매우 온화해 보여. 그런 여자가 있으면 틀림없이 집안이 평안할 거야."

군에서 제대한 후로 그는 정말로 곰곰이 생각한 것보다는 오히려 뭔가 참신한 것을 말하려고 애썼다. 아무튼 온화함으로 말하자면, 그 소도시 여자에게서 이 점을 알아보았다. 실은 그가 말해야 했던 것은 이 점이 아닌 것 같다. 말하자면 사람들이 어떠한지는 누구나 알고 있다. 어떤 이에 대해 사람들은 하나의 소신을 갖고 그것을 여러차례 표명하더라도 반대에 맞닥뜨리지 않는다. 심지어는 인정을 받는다. 그러면 그것이 일반적인 논거의 가치를 띠게 된다. 에드몽도 이 기제에서 벗어나지 못했다. 그가 웃음을 터뜨렸다. 음, 재미있는 거짓말이로군.

"온화하다고, 베레니스가? 온화해? 글쎄, 이 친구야, 그런 온화한 여자들이야 아주 흔해. 얼마든지 소개해줄 수 있어! 일찍이 들어본 적 없는 가장 우스운 이야기네! 농담하는 거구나. 유심히 보지 않았지? 평안이라니 터무니없어. 성수반聖水盤 안의 악마야, 자네가 말하는 것은. 집안의 지옥이지!"

오렐리앵이 눈썹을 움찔댔다. 무슨 악마? 무슨 성수반? 무슨 지옥? 그는 무엇보다도 자신이 생각하는 것을 먼저 말하고 싶지 않았다. 그에게는 베레니스가 조금도 특출해 보이지 않았던 것이다. 그래도 그렇지 악마는 좀…… 어떻든 악마의 면전에서는 누구나 약간의 전율을 느낀다. 그는 이런 면과 관련하여 에드몽이 지적하지 않은 어떤 것을 웅얼거렸다. 11월 말의 어느날이었다. 날씨가 아주 쾌청했다. 머캐덤도로[4] 위로 자동차들이 먼지도 일으키지 않고 조용히 달리고 있었다. 가로수길 위로 나목들이 검은 그물망 모양을 이루고 있었다. 니엘로 상감을 한 세공품 같았다. 모든 것이 매우 청결하고 화려했다. 오렐리앵이 개인적인 원수처럼 바라본 역겨운 쁘띠빨레 미술관조차도 그러했다.

"자네 생각을 분명하게 말해봐" 하고 그가 말했다. 여전히 뭔가 말을 하기 위해서였다. 그러고는 곧장 후회했다. 이로부터 에드몽은 그가 자신의 사촌누이에게 관심을 갖고 있다고 결론 지었기 때문이다. 부인해보았자 이 확신을 더욱 굳어지게만 할 뿐이었다. 이제 에드몽은 그에게 베레니스에 관해 설명하는 쪽으로 돌아섰다.

"그러니까 이건 아주 명백해. 그녀는 영벌永罰을 받은 사람처럼 불타올라. 지옥은 아마 그녀의 삶일 거야. 시시하고 평온한데 실제로는 기가 막히게 멋진 생활이지. 바로 이 얘기를 자네에게 하는 거야. 시골 사람이지. 남편 또한 나와 친척뻘이야. 선량한 남자 유형에 속해. 꽤 호기심이 많지만 머리가 둔하지. 그녀가 어렸을 때

4 겉에 자갈을 깔고 다지는 공법으로 만든 길.

그에게 반했거나 그가 그녀에게 반했을 거야. 누가 알겠나? 요컨대 옛날이야기야. 그녀가 말려든 거지. 그렇다고 단념하고 싶지도 않았어. 우선 가족이 그 결혼에 반대했기 때문이야. 그리고 스물두살, 스물세살부터 그는 보기 흉하게 뚱뚱해졌어. 난 잘 모르겠어. 어쨌든 그 커플은 보기가 딱했지. 그녀가 그를 원했던 거야. 자신이 한 말을 번복하지 않았지. 전쟁이 끝나고 그들은 결혼했어. 그들이 사는 소도시에서 아마 그는 그녀에게 지적인 생활, 그가 그녀에게 읽어보라고 건네주는 소설, 그는 읽어내지만 그녀는 이해하지 못하거나 그녀에게 기껏해야 두서없는 잔상들만 남기는 철학 등등의 본보기였을 거야. 게다가 그녀는 너무 자존심이 강해서 그것이 참사라는 걸 인정하지 않았지. 고집을 피웠고, 앞으로도 피울 거야. 그 부조리한 결혼 생활을 지속하고 있어. 남편을 매우 좋아한다고, 어쩌면 사랑한다고 단언해. 남편은 접시를 수집하지. 더구나 무척 슬기롭게 해나가고 있어. 이 주제에 관해서라면 어떤 이야기에나 호기심을 보이지. 전문가는 자신의 전문 분야에 관해 말할 때 대개 관심을 끌지. 접시라! 약간 좁은 전문 분야지. 아! 그는 약사야. 물론이지. 하지만 접시를 빼면 그에겐 아무것도 남는 게 없어. 진짜 얼간이야."

그들은 꽁꼬르드 광장에서 헤어졌다. 세계에서 여기보다 더 호화로운, 더 지나치게 호화로운 장소는 없다. 여기서는 먼지 하나도 눈에 띌 것이라고 오렐리앵은 생각했다. 베레니스보다는 차라리 호사의 관념에 사로잡혔다. 여기는 정말 호사스럽다는 생각을 물리칠 수 없었다. 바르뱅땅이 사교계에 드나드는 스포츠맨처럼 어깨가 떡 벌어지고 몸에 꼭 맞는 의상에 비싼 구두를 신은 모습으로 멀어지는 것을 바라보았다. 샹빠뉴에서 참호의 진창을 뒤집어쓴 그의 추레한 모습이 기억났다. 당시에 그는 잡다한 모직물로 몸을 감싸고 있었다. 면도도 하지 않아 지저분했다. 그리고 다리를 후들거리게 만들 정도로 약도 잘 듣지 않는 심한 설사병을 그치려고 시럽 진통제를 마시곤 했다. 오렐리앵은 어깨를 으쓱했다.

3

에드몽 바르뱅딴은 화려한 경력을 빠르게 쌓았다. 시작은 시원찮았지만 서른살에 이르러서는 마침내 모든 것이 순조로워졌고 이 젊은이의 특이한 상황에 대해서는 젊음이 초래할 수 있는 어떤 비판도 일지 않았다. 전쟁도 그에게서 필요한 거리를 두고 멀찌감치 지나갔다. 누가 아직도 과거사에 신경을 쓰겠는가? 바르뱅딴 부부, 에드몽과 블랑셰뜨는 둘 다 점잖고 생활이 넉넉하고 재미있게 교제할 만한 사람이었다. 그럼에도 불구하고 관계를 맺는 데에는 상당히 까다로웠다.

에드몽은 지방정치에 관여하는 어느 시골 의사의 아들로 태어나 1910년 무렵에 상경했다. 그가 그 유명한 께넬, 택시 업계의 거물이자 막대한 토지 사업을 하는 께넬의 비서가 되고 오래지 않아 그의 심복이 된 것은 우연 덕분이었다. 특히 운 좋게도 에드몽이 자신의 고용주로 하여금 그와 거래하는 사업가들이 그를 속여먹는다는 사실에 눈뜨게 했다는 이야기가 돌았다. 얼마 전에 모로코에서 큰 건수를 올린 께넬은 여자들의 환심을 무척이나 잘 사는 이 젊은 비서에게서 자기 사업의 후계자를 보았다. 어쨌든 이것이 사람들이 하는 이야기였다. 바르뱅딴이 배짱을 부려 의학을 포기하고 사업에 뛰어들었다는 것이다. 사실은 에드몽이 께넬의 정부, 매우 아름다운 이딸리아 여자의 애인이었는데 께넬이 이 사실을 알고서 에드몽을 성공시킴으로써 자신들의 행복을 보장받으려 했다는 점에는 사람들의 관심이 쏠리지 않았다. 게다가 이 점을 기억할 이유도 전혀 없었다. 왜냐하면 까를로따는 결국 께넬과 결혼했기 때문이다. 에드몽이 사장의 딸과 사랑에 빠져 자신을 피한다는 것을 까를로따가 알아차렸던 것이다. 블랑셰뜨 께넬은 성미가 괄괄하고 고집이 셌다. 에드몽 바르뱅딴 부인이 되겠다고 아버지에게 떼를 썼다. 그러고 나서 전쟁이 일어났다. 께넬이 죽었다. 까를로따는 앙띠브곶의 자기 집을 적십자사에 기부했다. 그리고 부상병들을 헌신적으로 돌본 공로로 레지옹도뇌르훈장을 받았다. 까를로따의 의붓딸은 이제 과거에 거의 연연하지 않았다. 새어머니를 만나는 일도 드물었다. 까를로따가 카이로에서 런던으로, 베네찌아에서 서인도제도로 끊임없이 여행했기 때문이다. 몽소 공원의 저택은 팔았다. 막대한 상속세를 내기 위해서였다. 하기야 홀로된 아내도 그녀의 의붓자식들도 이 저택을 필요로 하지 않았다. 젊은 부부는 레누아르 가街에 살았다. 테라스가 딸린 이층짜리 집이 그들의 거처였다. 여름이면 그들은 비아리츠의 별장에서 지냈다. 거기가 전화번호부에 적힌 그들의 여름철 주소지였다. 에드몽은 때때로 아내와 장모의 대리인으로서 이사회에 참석했다. 라 불리 골프장[5]에 뻔질나게 드나들었다. 이 모든 것을 약간은 농담처럼 받아들였다. 이런 것들에 관해 말할 때면 매우 익살스러웠다. 이 마술적인 활동들이 믿기지 않았다. 그렇지만 거기에서 그의 재산이 생겨났

5 20세기 초에 개장한 베르사유 소재의 골프장.

다. 사실상 택시 컨소시엄에는 이제 그가 필요하지 않았다. 그는 창립자들을 뛰어넘어 버섯처럼 성장했다. 새로운 소유주 세대는 께넬과 그의 협력자들을 직접 전면에 내세우는 것을 꺼렸다. 능숙한 경영자들, 개인의 이름이 익명화되는 일종의 기구가 있었다. 바르뱅딴은 (께넬이 예전에 쓰던) 사무실을 유지했다. 정기적으로 거기에 들른다고들 했다. 그렇다 해도 자유를 포기하고 업무에 매진하기 위해서가 아니었다. 오히려 자유를 잃지 않기 위해서였다. 이는 아주 명백했다. 컨소시엄은 자산평가의 장애를 피하기 위해 토지 사업과 건축업에 착수했다. 그래서 '부동산-택시'라는 회사가 설립되었다. 에드몽의 사무실은 바로 거기에 있었다. 사실 그는 부자이고 이것을 소극笑劇이라 생각하는 것으로 대만족이었다.

오렐리앵은 바르뱅딴이 돈 문제에 관해 말할 때 띠는 말투를 상당히 좋아했다. 몹시 깐깐했다. 진지하지 않았다. 거물의 반대였다. 심지어는 마술사의 '일면'이 있었다. 오렐리앵은 자신도 모르게 '일면'이라는 표현을 생각하고 있었다는 것을 문득 깨달았다. 규정할 수 없는 것, 단순하지 않은 것을 규정하고자 할 때 모든 것에 적용할 수 있는 참으로 편리한 표현이었다. 당시에는 이 표현이 유행했다. 대유행이었다. 그것은 「뵈프쉬르르뚜아」[6] 사회, 대중적인 발레 뤼스[7]에서 유래했다. 거기에 그다지 드나들지 않는 오렐리앵은 앞서 말한 못난 레지던트처럼 보균자에 의해 전염되었다. 그러니

---

6 Boeuf-sur-le-Toit. 지붕 위의 황소라는 뜻. 1920년 다리우스 미요(Darius Milhaud)가 작곡한 곡으로 발레로 만들어지기도 했는데, 전통 발레와는 다른 초현실주의 소극에 가깝다.

7 Ballets Russes. 러시아 발레라는 뜻. 1907년 상뜨뻬쩨르부르그에서 창설된 세계적인 오페라발레단이다.

까 마술사의 일면이 있었다. 돈의 출현과 연금술. 기묘한 사랑. 탁자 주위의 신사들, 그들 중의 한 사람이 보고서를 읽는다. 아무도 듣지 않는다. 서명을 교환한다. 그리고 은행 창구에서 분만이 이루어진다. '일반 대중'이 손에 구리 번호표를 들고서 긴 참나무 의자에 앉아 기다리는 곳이 아니라 이층에서이다. 물론 특별회계이다.

젊고 운동을 좋아하고 이토록 멋진 옷차림을 한 이 남자가 수수께끼 같은 무표정한 인물들과 무엇이건 볼일이 있다고는 거의 생각할 수 없었다. 오렐리앵이 상상하기에 그들은 해마다 연감에 나오는 재계의 거물들이었다. 전기에서 탄광까지, 섬유에서 철도까지 주식회사 목록에서 누구나 이 호인들의 자취를 좇는다. 그는 이 점을 생각하고서 약간 기가 질렸다. 그다음에는 호감이 일었다. 미지의 세계와 관련이 있었기 때문이다. 아울러 이는 전쟁의 효과, 사회의 회춘 같은 현상, 어떤 새로운 동향의 조짐이라고 생각했다. 성장기 동안 그에게는 나뽈레옹 시대와 스물다섯살의 장군들에 대한 미련이 남아 있었다.

1916년 여름 오 드 뫼즈[8]에서 육군 소위 오렐리앵 뢰르띠유아는 어느 보병대대 13중대의 소대장이었다. 어느날 저녁 이 대대에 배속된 보조 군의관이 하차하는 것을 보았다. 두려움을 모르는 중대원들, 사병에서 장교로 승진한 중대장 모두 술고래에 호색한들이었다. 걸핏하면 소동을 일으켰다. 무공훈장은 두고 볼 일이다. 거기에서 하급 군의관 네명이 상스러운 농담과 술, 끝없이 반복되는 수하誰何로 망가졌다. 한명은 죽었고 나머지 셋은 견뎌내질 못했다. 직전 군의관은 작은 초소가 받게 마련인 기습 공격을 좋아하지 않

8 빠리 북동부 뫼즈 도에 위치한 자연경관 지구.

았다. 그럴 때면 철조망에서 개구리들이 울어댄다. 언제나 그렇듯이 누구나 반격, 정찰을 생각한다. 이로 인해 그는 심장병이 도졌다. 그래서 누구나 새로 부임해오는 군의관을 미심쩍은 눈길로 바라보았다. 이 군의관은 의사의 길을 포기한 의대생이었다. 전쟁이 한창일 때 의대에 몇차례 등록했던 것을 기억해냈다. 보병대대에서 빠져나오기 위해서였다. 거기에서 그는 소위였다. 게다가 전시가 아닐 때 이는 그에게 징집 유예의 구실이 되었다. 군복무가 정말 편해질 판이었다. 또한 이 사람, 바르뱅딴은 얼굴이 곱살하고 목소리가 듣기 좋았다. 회식이 끝나갈 무렵이면 노래를 불렀다. 꼼짝없이 취사병 역할을 했다. 썩 잘해나갔다. 우편으로 푸아그라를 받았다. 용기가 없지 않았다. 누구나 그를 허물없이 대해주었다.

오렐리앵과 바르뱅딴은 동갑이었다. 계급도 같았다. 그렇지만 오렐리앵이 바르뱅딴과 친분을 맺는 데에는 거의 일년이 필요했다. 그것도 오렐리앵이 테살로니키로 떠나기 직전이었다. 1917년이었다. 소요가 일어난 시기였다. 당시에 오렐리앵은 이제 어떤 것도 믿지 않았다. 전쟁이 너무 오랫동안 계속되었다. 그가 보기에는 전선戰線 뒤쪽의 이 병영에서 격화되었다. 기분이 더러웠다. 병사들뿐 아니라 장교들도 그랬다. 독일 군인들이 벽돌을 게걸스럽게 먹는다는 말을 듣고 낯짝에 작은 돌을 맞는 듯했던 탓이다.[9] 게다가 베르됭, 아르뚜아, 샹빠뉴에서 전선이 고착되었다. 겨울이 닥쳤기 때문이다. 이런 이유로 오렐리앵은 동방에서 근무할 지원병 모집 공고가 났을 때 다르다넬스해협에 관한 이야기가 걸렸음에도 선뜻 나서게 되었다. 아무튼 거기는 정세가 다를 것이 틀림없었다. 사실

9 독일군에게 식량과 탄환이 다 떨어졌다는 소문을 함축한다.

그가 일찍이 어떤 것을 믿기라도 했단 말인가? 그러니까 너무 꼬치꼬치 캐묻지 않는 것이 낫다. 열심히 숙고하는 이들은 조만간 주저앉는다. 누구나 그렇게 망가진다. 번민하기 시작한다. 어려운 상황에서 벗어나지 못할 것이라고들 생각한다. 이 점에 관해 들려오는 모든 이야기가 그렇다. 아마 우연의 일치일 것이다. 하지만 우리가 동시에 일어난 우연한 사건들의 세계 속에 산다면, 사람과 총알의 마주침은 우연의 일치이다.

바로 그때 보조 군의관 바르뱅딴의 명랑한 기질과 '유비무환'의 태도가 뢰르띠유아 소위의 선입견을 이겼다. 그가 울적할수록, 그리고 이 녀석에 대한 호감을 물리칠 수 없을수록 그랬다. 모든 지원자가 시체라는 것을 누구나 그토록 생생하게 느끼는 시기에 그도 그러한 상황에만 신경을 쓰고 있었다면 이 녀석을 경박한 동시에 가식적이라고 생각했을 것이다. 평화로운 시기에 친구를 선택할 수 없는 것과 마찬가지로 전쟁에서는 전우를 선택할 수 없다. 오렐리앵은 바로 지금 의지할 어떤 사람이 있어야 했다. 그들은 함께 체스를 두었다. 둘 다 서툴렀다. 그렇게 시작이 되었다. 그러고 나서 그들은 서로 만나지 않았다. 그가 어느정도는 잊고 있던 이 보꾸아의 친구와 우연히 다시 접촉하게 되기까지는 전쟁이 거의 끝나갈 무렵의 부상, 오랜 항해, 꼬뜨다쥐르로의 귀환, 그리고 입원이 필요했다. 병원에서 그는 다리에 깁스를 했다. 옆구리의 상처가 아물어갔다. 그가 치료를 받은 병원이 우연히도 에드몽의 장모 께넬 부인의 집이었다. 그에게 이것은 어떤 일이 생길 기미인 듯했다. 그는 자신의 옛 보조 군의관에게 편지를 썼다. 아마도 약간의 극진한 대접과 더 나은 치료를 은근히 바랐을 것이다. 그들은 다시 만났다. 조금씩 가까워졌다.

4

사실 오렐리앵은 사람들이 그에게 전쟁에 관해 말하는 것을 별로 좋아하지 않았다. 참전한 이들의 수다를 다른 사람들에 관한 병적인 호기심만큼이나 꺼렸다. 이 됨새의 논리적 귀결을 설명할 수 없었을 것이다. 하지만 전후의 정치에도 거의 똑같이 싫증이 났다. 자기 연대의 퇴역군인 모임에 응하지 않았다. 여러 단체에서 간곡하게 가입을 종용했지만 어디에도 들어가지 않았다. 자신의 전쟁 경험을 비밀의 상처인 양 누구에게도 말하지 않았다. 무슨 일이 벌어지고 있는지, 선거, 내각에 관해서는 거의 모르고 지냈다. 신문에서 그런 것은 결코 읽지 않았다. 오히려 스포츠, 드라마 기사를 선호했다. 그런 것에 관해서는 사람들이 말하는 것을 건성으로 들었다. 그의 입 밖으로 떨어지는 두세마디 말에서 그의 무지가 드러났다. 이 몇마디 말을 근거로 친구들은 그를 우파로 분류했다. 그래, 오른쪽으로 가라. 너는 우파야. 오렐리앵은 우파니까……

그는 이 오랜 병에서 회복되지 못했다. 생각을 정돈하기가 힘들었다. 힘의 쓸모를 찾아내지 못했다. 더 정확히는 무엇을 원해야 할지 몰랐다. 용기와 단호한 결단을 가르치는 학교처럼 보이는 폭력적인 상황이 낳은 기이한 효과였다. 하지만 군인은 스스로 결정하지 않거나 자신에게 부과된 행동의 틀 안에서만 결정한다. 오렐리앵은 모든 이가 전쟁으로 인해 이 우유부단 속으로 던져지지는 않았다고 생각했다. 모든 것을 자신의 성격 탓으로 돌렸다. 자신이 매우 널리 퍼져 있는 병에 걸렸다는 것을 모르고 있었다.

그래도 살기 위해서는 일할 필요가 있었을 것이다. 배고픔과 빈

곤이 그의 상관들을 대체하고는 새로운 진로로 나아가라는 명령을 내렸을 것이다. 하지만 그는 내일을 생각하지 않아도 되는 달콤한 불행을 누렸다. 양친이 죽고 나서는 양친의 유산을 누나와 나눠가졌다. 누나에게는 공장이 돌아갔다. 사실은 누나의 남편이 거의 이십년 전부터 이 공장을 관리하고 있었다. 그는 생주네의 토지를 차지했다. 이 토지는 유능한 소작인들이 경작하고 있었다. 아르망딘의 남편이 해마다 보내주는 몫에 소작료를 더해 그는 3천 프랑의 연금을 받는 셈이 되었다. 당시에 이 정도의 수입이 있으면 넉넉하게 생활할 수 있었다. 그가 생루이섬의 아파트, 5마력짜리 작은 자동차, 자유의 상념을 누리고 있다는 것이 명백한 증거였다.

그가 법대에 등록했다면 온전히 통념에 따르는 일이 이어졌을 것이다. 그는 학교에 다닐 의향이 없었다. 게다가 그가 학교를 다닌 것은 알리바이를 찾기 위해서였다. 다시 만난 어린 시절의 친구들에게 해줄 대답이 궁했던 것이다. 정말로 그가 전쟁 전에, 심지어 군복무 전에 배운 것을 잊어버리기에 충분한 시간이 지났다. 생각해보라, 팔년이나 되는 간극이 생겨버렸다. 당시에 그는 이년차 시험을 치렀고 결코 다시는 시험을 치르지 않았다. 수업을 핑계로 집에서 빠져나온 아가씨들과 대학의 벤치에서 노닥거리기 일쑤였다. 이렇게 다양한 환경을 접했다. 존재와 세계를 규율하는 법에는 관심이 없었다. 법보다는 오히려 존재와 세계의 다양성에 훨씬 더 끌렸다. 조금씩 수업과 수업에서 마주치는 젊은 여자를 단념해갔다. 아마 습관적으로 마신 커피의 가능성처럼 학교의 가능성이 바닥났기 때문일 것이다. 대체로 열살은 아래인 그 젊은이들 사이에서 자신이 매우 늙었다고 느꼈다. 그리고 베르제뜨 변호사 사무실에서 받고 있는 연수에는 진지함이 없었다. 이 유명한 변호사는 뢰르띠유아 씨 내외와 교분이 두터웠기 때문에 정원 외로 그를 받아주었다. 오렐리앵이 아마추어일 뿐이라는 것을 늘 알고 있었다. 이 젊은이는 영리한 게 틀림없다. 고객의 문제를 아주 잘 꿰뚫어본다. 게다가 여성 고객의 문제는 더 잘 파악한다. 종이와 연필을 들고 어떤 사람에게 물어보라고 그를 보내면 시간을 버는 성과를 가져온다. 곧바로 급소를 찾아낸다. 그래, 하지만 불성실하다. 그의 근태는 믿을 만하지 못했다. 게다가 베르제뜨 변호사는 그를 이해하고 있었다. 야망이 조금도 없다. 그리고 연금으로…… 변호사는 그를 훈계하지 않았다. 그를 조력자로 간주하기를 그만두었다. 그를 저녁식사에 초대했다. 마침내 대화도 토론도 없이 뢰르띠유아는 학업을 포기했다. 더이상 어떤 것도 하지 않았다.

그가 하는 일 없이 놀고먹게 된 것은 오랫동안 참호 속에서 한가하게 지낼 때 체험한 것과 유사한 불안 탓이었다. 참호 속에서 느낀 불안이 아마 무위도식을 부추긴 불안의 길을 열었을 것이다. 그것으로 인해 대상 없는 기다림, 전망의 부재가 그의 마음속에 자연스러운 것으로 자리 잡았을 것이다. 본질적인 차이가 없지는 않았다. 이제는 그가 자기 자신을 자기 삶의 주인으로 생각할 수 있었다.

그러니까 더이상의 다른 무엇이 그에게 필요했을까? 오렐리앵을 너무 서둘러 평가해서 그가 만족한다고 생각하거나 그의 불안으로부터 더 높은 야망, 탐욕이 있다는 결론을 끌어내는 것은 잘못일 것이다. 그는 자신에게 정해진 삶, 그 안락, 그 평온에 아무런 책임이 없었다. 그것들을 애써 찾거나 바라지 않았다. 제대하고 나서 그 모든 것을 그냥저냥 얻었던 것이다. 그의 아파트는 그가 도움을 주기 위해 다시 만난 궁색한 친구의 것이었다. 그의 자동차는 공연계에 첫발을 내디딘 동료가 그에게 판 것이었다. 기성복도 생겼다.

그는 양복점에 갈 필요조차 없었다. 잘 먹기를 좋아하는 사람들에게서 찾아볼 수 있는 적극적인 식도락 기행의 모습을 내보이지도 않았다. 음식에는 흥미가 없었다. 집에 조리 도구를 전혀 갖춰놓지 않았다. 부르봉 강둑길의 허름한 까페, 선원들이 식사하는 싸구려 음식점에 매우 만족했다. 삼년 전부터 이렇게 진을 치고 있었다. 팔년 동안의 군복무, 그보다 전에 고등학교를 졸업하고 까르띠에 라땡에서 허송한 날들 이후로는 이 삼년이 사실상 그의 일생 전체였다는 것을 생각하면 그가 서른살이라는 것, 생활 속으로 거의 들어가지 않았다는 것, 서른살이나 먹었는데도 세상에 억지로 끼어든 사람처럼, 차양을 내리고 가구에 덮개를 씌운 시골 저택의 응접실에 들어간 어린아이처럼 다른 사람의 옷을 입고 있는 것 같은 거북함을 다소나마 느꼈다는 것을 이해할 것이다.

그의 내력 중에서 이상한 것이라면 단지 샹빠뉴와 아르투아의 끔찍한 평원을 거쳐, 트라키아의 태양과 살인의 폭력을 거쳐 여기에 왔다는 점이었다. 이상한 것이라면 그가 가정부 뒤비뉴 부인에 의해 관리되는 이 횃대로 흘러들기 전에는 백악질의 파괴용 갱도, 진창, 대지와 운명 속에서 살았다는 점이었다. 이상한 것이라면 그의 잠든 힘, 그의 손에 죽은 이들에 대한 마음속의 기억이었다. 그는 그들 생각을 좀처럼 하지 않았다. 다시 나타나도록 속박되지 않은 지나간 시절의 영상은 누구에게서나 멀어지는 법이다. 이미 보았다거나 이미 꿈꾸었다는 인상과 함께 부지불식간에 몽상의 대열로, 오래전의 불확실한 몽상으로 넘어간다. 오렐리앵은 예컨대 어린 시절의 몇몇 일화, 꾸르셀 길의 아파트에서 벌어진 아버지와 어머니 사이의 말다툼이 그다지 뚜렷하게 기억나지 않았다. 아버지 뢰르띠유아 씨가 이제는 공장에 나올 수 없는 관계로 자끄 드브레스뜨가 공장 가동을 확실히 맡을 수 있게 되자마자 그들은 그곳으로 거처를 옮겼다. 어린 시절의 많은 것이 이렇게 꿈처럼 어렴풋하고 불분명했다. 어쩌면 너무 과장한 이야기겠지만 그는 태연하게, 꿈이었다고 확신하는 몇몇 일화에 대한 기억을 더 생생하게 간직했다. 예를 들어 강도들이 밤마다 발코니를 통해 삐걱거리는 마루판을 울리며 어린 자신의 방으로 들어왔다고 늘 기억했다. 그럴 때면 틀림없이 두근거렸을 심장의 고동 소리를 나중에 에빠르주[10]에서 잘린 철조망 안에 누워 다시 들었을 것이다.

뢰르띠유아 부부는 사이가 아주 나빴으나 결코 헤어지지는 않았다. 동일한 원인이 상반되는 결과들을 낳거나 낳는 듯하다. 집 안에서 말다툼이 잦았다. 아르망딘은 이것이 싫어서 서둘러 결혼해 버렸다. 오렐리앵은 자신이 진지한 관계를 맺지 않거나 결혼하지 않는 것은 자신이 직접 본 이 결혼 생활의 경험 때문임이 분명하다고 주장했다. 결혼 생활이라는 말은 그밖의 많은 말처럼 그의 입안에서 쓴맛을 띠었다. 어쨌든 '주장했다.' 마음속으로는 이 편리한 설득 수단을 어느날 생각해낸 것이라고 솔직히 인정했다. 캐묻기 좋아하는, 귀찮은 사람들을 따돌리기 위해서였음을 자인했다. 남자가 서른살에 벌써 자기 의사를 표명한 것, 그의 삶이 이 다른 사람들의 삶처럼 보이는 것에 사람들은 익숙해졌다. 얼마간 그랬다. 이 관례에 따르지 않는 이들은 어떤 명백한 신체장애, 쉽게 눈에 띄는 결함을 지니고 있지 않더라도 신경을 건드리고 걱정을 끼친다. 또한 그의 삶을 탐탁지 않게 생각하는 남편들이 있다. 남녀관계

10 베르됭에서 동남쪽으로 20킬로미터쯤 떨어진 능선으로 오 드 뫼즈의 가장자리. 이곳을 차지하기 위한 전투가 1915년 2월 17일부터 4월 5일까지 계속되었다. 에빠르주 전투는 베르됭 전투와 솜 전투를 예고하는 것이었다.

없는 독신자는 악마다. 게다가 오렐리앵이 여자를 응시하는 모습으로 충분히 이 위험을 이해할 수 있었다. 그는 아마 돈 후안은 아니었을 것이다. 하지만 다른 이들은 이를 전혀 모르고 있었다. 그리고 남자에게서 엿보이는 어떤 지속적인 개방성은 그와 같지 않은 이들에게는 확연히 눈에 띄는 동시에 용납할 수 없는 것으로 다가온다. 특히 그들보다 7, 8센티미터는 더 크고 꽤 넓은 어깨와 어떤 것에도 집착하지 않는 태도를 지닌 그의 경우에는 더욱 그렇다.

제대 후 삼년 만에 이 운명이 결정되었다는 것을 기억해야 한다. 이 삼년 동안 우선 오렐리앵은 톱니바퀴처럼 돌아가는 군생활 속에서가 아니라 스스로 헛세월을 경험하고 싶었다. 그의 누이는 곧장 그를 결혼시키고자 했다. 대체로 그의 누이는 사람들을 보면 결혼시킬 생각부터 했다. 결혼하지 않은 삶은 그녀에게 상상도 할 수 없는 것인 듯했다. 그녀는 성년이 되자마자 결연히 자끄 드브레스뜨에게 달려들었다. 그에게 만족했다. 사랑에 관해 확고한 관점이 있었다. 남자가 필요했다. 남자는 그녀의 세계를 떠받치는 토대였다. 그런 만큼 이 정숙한 여자는 고약한 난봉기 때문이 아니라면 누구라도, 결혼하지 않으려는 것을 조금도 이해하지 못했다. 이제와서 하는 말이지만 그녀는 자신의 남동생에게 아무런 영향력도 없었다. 그녀의 온갖 시도는 실패했다. 심지어 어느정도는 오렐리앵 뢰르띠유아를 결혼으로부터 더욱 멀어지게 했다. 그와 아르망딘, 그들은 서로 너무 달랐다. 그녀가 어떤 식으로 생각하기만 하면 그는 정반대의 결정으로 나아갔다.

그들은 정신의 측면에서만 상이한 것이 아니었다. 겉보기에 공통점은 몸길이뿐이었다. 아르망딘 드브레스뜨는 키 큰 여자였다. 하지만 오렐리앵과는 반대로 살집이 있었다. 이를테면 식성이 좋아 풍만한 체격이었다. 포동포동한 몸피에 피부가 팽팽했다. 스무 살에는 스무살로 보이지 않았고 마흔살에는 결코 마흔살로 보이지 않았다. 또한 금발이었다. 남동생의 흑발과는 대조적인 보통 이상의 금발이었다. 곱슬곱슬한 만큼이나 매끈했다. 침착하고 대가 셌다. 요컨대 허리띠를 졸라맨 다혈질의 자끄 드브레스뜨에게 필요한 여자였다. 그는 비만의 위험이 있는 체구인데도 운동 덕분에 활기찬 외모를 유지했다. 스포츠머리에 콧수염을 길렀다. 턱이 엄청나게 컸고 목은 맞는 셔츠를 찾을 수 없을 정도였다. 또 한편으로는 아르망딘을 실컷 속였다. 한 여자로 충분하지 않은, 심지어는 자신의 아내처럼 식탐 많은 여자일지라도 한 여자로 만족하지 않는 남자들 부류에 속했다.

뢰르띠유아 부부의 말다툼에서 두 자식 사이의 이 신체적 차이는 걸핏하면 등장하는 주제였다. 아르망딘은 확실히 자기 아버지를 닮았으나 오렐리앵은 뢰르띠유아 씨도 우아한 어머니도 닮지 않은 탓이었다. 그의 어머니는 몹시 날씬하고 아주 가벼웠다. 친정 쪽의 모든 이들처럼 호리호리했다. 유언장과 뢰르띠유아의 재산분할은 그런 방식으로 설명된다고, 뢰르띠유아 씨는 공장을 아들이 아니라 딸에게 남겼으리라고들 단언했다. 생주네의 토지는 어머니 쪽에서 온 것이었다. 때때로 오렐리앵은 자신이 뢰르띠유아의 핏줄이 아니라고, 어머니에게 연인, 자신처럼 흑발에 키 큰 사내가 있었다고 생각했다. 게다가 입바른 사람들이 그런 말을 했다. 그들의 말이 그의 귀에 들어왔다. 소문에 의하면 어느 선원인 듯했다. 어떻든 별일 아니었다. 오렐리앵의 집에서는 이런 이야기를 굳이 밝히려고 애쓰지 않은 까닭에 상당히 무시하는 분위기가 퍼져 있었다. 때때로 이 이야기가 진실이라고 생각해도 그는 기분이 상하지 않았다. 설령 어머니가 이 하늘에서 뚝 떨어진 것처럼 나타난 다 큰 아들에게 별로 시간을 할애하지 않았을지라도 그는 이 경박하고 무분별한 어머니를 꽤 좋아했다.

아르망딘은 그보다 여덟살 많았다. 그녀가 결혼했을 때 그는 열 세살이었다. 그녀는 그가 전쟁에서 돌아오고서야 누나의 역할을 맡았다. 자신이 후원하는 젊은 여자들을 소개해주었다. 정말로 그녀들을 자신의 올케로 삼았으면 했을 것이다. 그는 고등학교 시절에 기숙사 생활을 했다. 아버지와 어머니에게 거추장스러운 존재가 되었기 때문이다. 지속적인 원망의 대상이었다. 아르망딘이 결혼한 마당이니 그만이 아리따운 페르낭 드 뢰르띠유아의 사교계 생활에 지장을 초래할 수 있었다. 그렇지 않은가. 그는 그 나름대로 자신의 멋진 어머니를 좋아했다. 여자에 관한 그의 첫번째 관념은 어머니로부터 형성되었다. 어머니의 대단히 복잡하고 오래 걸리는 몸단장, 어머니가 자기 자신에게 들이는 정성 때문이었다. 그는 아버지를 좋아하지 않았다. 아버지는 아르망딘과 매우 비슷했다. 거북한 존재였다. 긴 콧수염에 단안경을 썼다. 젊은 오렐리앵이 꼬메르시에서 군복무 중일 때였다. 오랫동안 소란했던 부모의 삶이 급작스럽게 끝났다는 소식을 들었다. 아비뇽 부근의 도로에서 자동차 사고로 둘 다 사망했다는 것이었다. 사고였다. 오렐리앵은 결코 정말로 사고였다고 완전히 납득할 수가 없었다. 그의 아버지가 운전했다. 차는 엄청난 속력으로 나무를 들이받았다. 그의 아버지는 운전 솜씨가 매우 좋았다. 그 터무니없는 일, 그 과도한 속도, 아무도 지나지 않는 길 밖으로의 그 느닷없는 돌진을 설명해줄 수 있는 것은 아무것도 없었다. 아마 분노, 말다툼 때문이었을 것이다. 당시에 페르낭 드 뢰르띠유아는 마흔여덟살이었다. 어머니의 화려한 치장은 여전히 이야깃거리였다. 불가항력적으로 오렐리앵은 죽은 아버지를 살인자가 아닌가 하고 생각했다. 아버지의 눈에서 살기를 느낀 것은 이십년 전이었다. 오렐리앵이 다섯살일 때 아버지와 아들 단둘이 귀가하던 어느날……

아버지와 어머니가 자동차를 타고 가다가 사망하면 장례를 치르도록 휴가를 준다. 장례는 1912년 한겨울에 북풍이 몰아치는 가운데 아비뇽에서 치러졌다. 뢰르띠유아 집안의 오랜 친구 한 사람이 황망히 장례식에 참석했다. 아이들은 비록 그가 자신들에게 정말로 별 볼일 없는 사람이었지만 그를 블레즈 아저씨라 불렀다. 그리고 그의 아내, 사십년 전에는 아마도 아름다웠을 선량한 여자도 참석했다. 단정하게 빗은 머리에 목소리가 굵었다. 그들이 오렐리앵을 맞이해 둘러쌌다. 그가 누나를 본 것은 장례 행렬에서였다. 그녀는 자신의 상복이 도착하기를 이십사시간 기다렸다가 온 것이었다. 드브레스뜨와 벌써 베일을 쓴 그의 아내는 이 몸집 큰 군인 아들과 가족 변호사와 함께 두개의 관을 뒤따랐다. 드브레스뜨는 아르망딘의 팔을 붙들었다. 그녀가 흐느끼지 않도록 하기 위해 사업가의 손아귀 힘으로 팔을 아주 세게 쥐었다. 그래서 저녁에 아내의 살갗에서 자신의 다섯 손가락이 남긴 위로의 흔적을 셀 수 있었다. 오렐리앵이 자신과 이 부부, 자신의 가족 사이에 어떤 공통점도 없으리라는 것을 마침내 알게 된 것은 바로 그때이다.

그런데 드브레스뜨 부부가 끈질기게 결혼시키고자 한 탓에 그가 결혼에서 멀어졌다고 해도, 어쩌면 그는 결혼을 배제한 삶일지언정 어떤 여자, 마치 꿈속에서 본 듯한 여자 또는 그를 마음에 들어 했을 여자, 정말로 그에게 마음이 끌린 여자들 중의 한명과 제법 쉽게 관계를 맺을 수 있었을 것이다. 실제로 그는 여자들의 마음에 들었다. 하지만 여자를 붙잡는 어떠한 몸짓도 결코 하지 않았다. 그와 그가 정복한—오렐리앵의 경우에는 약간 어폐가 있는 말이지만—여자들 사이에 맺어진 모든 것은 언제나 매우 빠르게 매듭이 풀려버렸다. 그가 여자에게 내보이는 이 존경 어린 소홀함의 태도를 여자들은 참지 못하는 법이다. 그는 또한 이미 독신자였다. 아무도 없이 지낸 그 몇년의 세월 때문이었다. 첫 아침부터 여자들은 부당하게 그의 집에 침입한 기분을 느꼈다. 그가 주는 이러한 느낌을 참아주지 않았다.

그렇지만 때때로 그는 여자 친구 두세명에 대해서는 자기 집에 머무르거나 다시, 점점 더 자주 다시 올 수 있을 것이라고 생각했다, ……할 때까지. 잘못 피어오른 불확실한 몽상이었다. 오렐리앵은 여자에게 거짓말하기를 두려워했다. 여자에게 거짓말해야 한다는 것이 두려웠다. 결코 어떤 이에게도 "사랑해"라고 말한 적이 없었다. 그럴 생각을 하기는 했다. 사랑에 대해 매우 고상한 관념을 지니고 있었다. 또한 사랑을 수줍게 자인하기도 했다. 다른 어떤 것보다도 이 수줍음은 사랑이 생겨나는 것을 가로막을 수 있다. 그는 사랑한 적이 없었다. 아무도 그를 사랑하지 않은 것도 아주 명백했다. 몇몇 여자에 대해 그녀들이 오렐리앵과 잤다고들 말할지도 모른다. 딱 그뿐이었다. 이 점에서 그는 그토록 많은 성공을 거두지만 애착은 없는 그런 어여쁜 아가씨들 같았다. 그가 자신의 애인들에게 흔히 주는 느낌은 그들의 연애에서 그가 여자라는 것이었다. 이로 인해 그녀들은, 특히 나긋나긋함이라곤 전혀 없는 그의 몸을 고려할 때면 온통 동요했다. 그녀들은 약간 실망하여 스스로 떨어져 나갔다. 그를 크게 탓하지는 않았고, 그가 전혀 매달리지 않는 것에 안도했다. 그래도 기분은 좋지 않았다. 묘한 몸이다.

그는 사랑을 잃었을 때에도 여성과의 우정을 간직했다. 속내를 털어놓기 편한 상대가 되기까지 했다. 요컨대 심각한 결과를 초래하지 않았다. 이는 의외의 일이었다. 왜냐하면 그는 짜릿함을 느끼게 할 줄 알았기 때문이다. 하지만 한번이었다. 이유를 알지 못한 채로 좀처럼 다시 시작하려 들지 않았다.

5

"이봐요, 오빠, 그는 나를 쳐다보지 않았어요!" 베레니스가 말했다. 그녀는 몹시 당황한 듯했고 이로 인해 얼굴이 더욱 창백해진 것처럼 보였다. 바르벵딴이 말을 이었다. "되풀이 말하지만 오는 동안 내내 그는 너에 관해서만 말했어. 우회적으로 묻기만 했지. 들킬까봐 두려운 사람의 말투로 말이야. 그러니까……"

"여보, 베레니스를 괴롭히다니 어처구니가 없네." 블랑셰뜨가 말을 가로막았다. "그녀가 기분 나빠 하잖아."

"환심을 좀 사자는데, 오렐리앵 같은 남자의 마음에 좀 들자는데 무어 불쾌할 게 있나? 베레니스가 이 일을 그만큼 중요하게 여긴다면 내 생각에는 그녀 역시……"

베레니스가 일어나 응접실을 가로질렀다. 정말로 곤란에 처한 듯했다. 에드몽이 쿠션의자와 안락의자 사이를 지나가는 그녀를 눈으로 좇았다. 암초들 사이를 지나가는 조각배 같았다. 삼단으로 된 넓은 층계는 서재로 이어졌고 서재의 천장은 금색, 적색, 흑색의 꼬르도바 가죽으로 장식되어 있었다. 하지만 파란 드레스 차림의 젊은 여자는 책으로 스트레스를 해소하려는 것이 아니었다. 서재를 지나쳐 테라스로 갔다. 방 안으로 바람이 몰려들었다. 그녀가 창문을 열었다는 증거였다.

당시에 블랑셰뜨는 스물일곱살이었다. 기숙생처럼 귀 위로 둥글게 말아 붙인 땋은 머리를 하고 있었다. 자기 아버지를 닮아 얼굴이 길었고 약간 통통한 것이 그녀에게 잘 어울렸다. 거의 언제나 검은색 정장 차림이었다. 버릇이 되어버린 친숙한 몸짓을 하곤 했는데 두 손을 벌려 손바닥을 내보이면서 서로 떼어놓았다. 이를 두고 에드몽이 그녀를 놀려대곤 했다.

"자, 자, 그녀를 또 뒤흔들어놓았네. 그녀가 신경질적이라는 걸 잘 알잖아. 그녀는 기분 전환을 하러 우리 집에 왔어. 그런데 당신은……"

"내 귀여운 풋내기, 여자에게 구애하는 남자가 여자의 기분을 가장 잘 바꿔주지 않겠어?"

"하지만 그는 그녀의 마음에 들려고 애쓰지 않는데……"

"그러려고 할 거야."

"그게 뭐지? 음모인가?"

"아니, 어림짐작이야."

바람이 많이 부는 테라스에서 베레니스는 눈 아래 펼쳐진 지붕들의 갖가지 철물을 보고 갑자기 무섬증이 생겼다. 굴뚝의 아연 모자들, 연통의 투구들이 보였다. 기사들과 돈끼호떼, 굴뚝들…… 빠시의 이 건물들은 다른 건물들 위로 솟아 있고, 거친 들판 쪽으로 자취를 감추면서 뉴욕 같은 도시를 형성한다. 그러니 세상에 그것들 위에서만큼 더 감동적인 조망이 있을까?

센강, 수도교와 전철 다리, 트로까데로, 샹드마르스,[11] 에펠탑, 도시 전체, 저기 사크레꾀르성당으로 신부新婦처럼 하얗게 마무리되는 도시 전체가 내려다보였다. 멀리로 둥근 지붕이 겨울 햇살에 금빛으로 반짝였다. 길들이 단층처럼 깊게 파인 듯했다.

베레니스에게는 낯설고 수수께끼 같은 미지의 빠리에 그 크고 말없는 남자가 겹쳐졌다. 그는 그녀에게 전혀 치근거리지 않았다. 그저 식탁에서 음식이 담긴 접시들을 건네주었을 뿐이다. 하지만 그녀는 한차례 그와 눈길이 마주쳤다. 테라스에서 항아리 한개가 바람에 엎어져 깨어졌다. 베레니스는 겁에 질려 느닷없이 눈에 눈물이 맺혔다. 어떤 징조일까? 아니야, 예전에 넓은 집에서처럼 징조에 얽매일 필요는 없다. 그래서는 안 된다. 잿빛 목 언저리로 희미한 장밋빛이 넓게 번지는 듯 거대한 빠리는 아무리 둘러보아도 쌀쌀맞기만 하다. 그는 이름이 오렐리앵이다.

마리로즈와 마리빅뚜아르가 가정부와 함께 응접실로 들어왔다. 마리로즈는 일곱살이었고 1915년에 태어났다. 블랑셰뜨가 베르됭의 에드몽으로부터 소식을 듣지 못하고 있을 때였다. 마리빅뚜아르는 전승戰勝의 해에 태어났고 세살 반이었다. 둘 다 흰옷 차림에 머리를 위로 빗어올려 장밋빛 나비매듭으로 묶었다. 둘 다 자기 어머니와 택시회사의 할아버지를 닮았다.

"아이들을 데리고 라넬라그[12]에 다녀올게요." 가정부가 말했다.

하지만 블랑셰뜨는 전화하려는 자기 남편을 바라보았다.

"무슨 일이야? (그래, 다녀와요.) 누구에게 전화하려는 거지? 내게 들리지 않게 말이야."

그녀는 그것을 알고 있었다. 그녀가 그것을 알고 있었다는 것…… 그는 또 간파당한 것에 난처해져 얼굴을 붉혔다.

11 빠리 7구에 위치한 넓은 공원.

12 인형극 극장으로 유명한 빠리 16구의 녹지, 공원.

"오, 당신에게 들리지 않게라니! 아니, 마리로즈, 아버지와는 포옹하지 않니? 나는 뻬르스발 부인에게 아무 할 말이 없어. 당신은 그녀를…… 좋아, 좋아, 착하지. 그리고 너, 빅뚜아르는?" (그가 팔을 쭉 펴서 마치 빛 속에서 춤을 추게 하려는 듯이 그 아주 어린 여자아이를 한손으로 안아올렸다가 바닥에 내려놓았다. 다른 손으로는 계속 수화기를 붙들고 있었다.)

"아! 뻬르스발 부인에게……?"

소극적이고 개성 없는 가정부가 두 아이를 불러 다시 문 쪽으로 데려갔다. 그녀가 나가자 에드몽이 말했다.

"화난 거야?"

"화가 나다니? 어머나, 아니. 당신의 애인들 중에서 내게 질투를 불러일으키는 여자가 있긴 하지만 뻬르스발은 아니야. 그녀는 나이가 자그마치……"

"서른여섯살이지."

"그녀가 뭐라 말할지! 그리고 당신의 터무니없는 짓들에서 그녀는…… 어디 좀 보자, 그게 언제지?"

"1918년이야, 여보." 에드몽이 또박또박 말했다. "당신은 임신 중이었지. 휴가가 짧았어."

"당신을 나무라는 건 전혀 아니야."

"설상가상이로군. 그건 그렇고 지역번호 말이야, 당신 기억하지, 빠시나……"

"떼른[13] 말이지. 가만있자, 당신이 나보다 더 잘 알 텐데!"

그가 떼른의 번호를 댔다. 전화기에 손을 얹고 응답을 기다리면

---

13 빠리 17구의 부자 동네.

서 반쯤 뒤돌아 중얼거렸다. "벨푀유 길의 지역번호가 떼른과 같다니 믿기지가 않아."

빼르스발 부인은 외출 중이었다.

"좋아, 들러보지 뭐." 그가 말했다. 이에 블랑셰뜨가 덧붙였다. "그녀에게 제비꽃을 가져가, 그녀가 좋아하거든. 그리고 제철이잖아."

6

뢰르띠유아가 초대장을 받았다. 빼르스발 부인이 보낸 것이었다. 작은 산에서 또다른 산으로 뛰어넘는 영양이 그려진 연보라색 카드였다. 영양 위의 띠에는 "나는 골짜기를 뚫고 나간다"[14]라는 문장이 적혀 있었다. 그는 이것이 무엇을 뜻하는지 의아하게 생각하면서 손가락으로 초대장을 여러차례 뒤집어보았다. 여섯달 전에 부아[15]에서 그는 전쟁 전에 통속극으로 잘나갔던 이 죽은 극작가의 부인을 소개받았다. 누구에 의해서인지 정확히 기억나지 않았다. 그러고 나서 갑자기 그녀가 그를 초대한 것이다. '앞으로 초대하겠다'는 의미의 명함이 아니었다. 아니, 그녀가 직접 손으로 쓴 짧은 글이었다. "저를 기억하기는 하시겠죠??? 목요일 저녁에 몇몇 친구가 저희 집에 모입니다. 10시경에 모임에 참석하는 '친절'을 베풀어주세요, 선생님. 턱시도 차림으로 오세요. 꼭 그럴 필요는 없지만 그것이 선생님에게 잘 어울리니까요!!! 오분 더 일찍 오셨으

14 Je perce val. 부인의 성 빼르스발(Perceval)을 이용한 말장난이다.
15 아마도 불로뉴 숲을 가리킬 것이다.

면 해요. 사람들이 도착하기 전에 선생님과 이야기를 나누고 싶네요. 만약 제게 뭔가를 꼭 가져다주시고자 한다면 아주 작은 제비꽃 다발, 빠르마산産이 아니라 수수한 제비꽃으로 충분하답니다. 제가 정말 좋아하는 분한테서 저는 제비꽃만 받거든요!!! 마리 드 뻬르스발."

그녀의 모습이 떠올랐다. 크지 않지만 작다고는 할 수 없을 키, 상당히 큰 머리, 헤나로 염색한 머리털, 바닷물을 가르는 배의 모양새. 드러내 보이기 좋아하는 예쁜 다리, 약간 지나치게 풍만한 팔과 가슴, 그리고 얇은 입술과 식탐이 있어 보이는 그 입.

그는 접시꽃 빛깔의 카드를 바라보았다. 이중 삼중으로 여러번 찍은 느낌표와 물음표, 대문자로 쓴 '친절'이라는 낱말이 인상적이었다.

'가지 않겠어.' 그가 생각했다. 그리고 자신의 수첩으로 눈길을 돌렸다. 목요일, 별일 없는 날이었다.

로베르 드 뻬르스발은 아내에 비하면 매우 나이가 많았다. 전쟁이 한창일 때 죽었다. 그래서 적법한 권리인데도 신문에 부고가 실리지 않았다. 니벨 공세[16]의 시기였다. 죽음의 가치가 떨어진 듯했다. 하지만 마리의 입장에서 보자면 그는 제때에 죽었다. 그들은 허울뿐인 염문 이후에 사실상 별거 중이었다. 그런데도 마리의 상속권은 박탈되지 않았던 것이다. 그녀는 비행사, 영국군, 심지어 민간인도 좋아했다. 미군은 나중에야 왔다. 남편을 잃은 여자가 쓰는 베일 안쪽으로 별과 줄무늬의 매우 예쁜 스카프를 볼 수 있었다. 그

16 1917년 벨기에와의 접경지 서부전선에서 영국-프랑스 연합군이 개시한 공세. 프랑스군은 1만여명의 사상자를 냈으며 독일군에 결정적 승리를 거두려던 시도는 실패로 돌아갔다.

런 사연으로 「아기에게 미소를 지어라」 「실내화와 가슴」 「니니, 치마를 내려」와 이밖에도 그토록 많은 눈부신 성공작의 저작권 덕분에 이 여전히 젊은 여자의 생활이 가능해졌다. 그녀는 서른여섯의 나이보다 결코 더 들어 보이지 않았다. 벨퓌유 길의 아파트를 괴상한 물건들의 집합소로 만들었다. 온통 흰색이었다. 주방 출입구에는 장례용 화관, 신부의 꽃다발, '백마' 여관의 간판, 흰 반투명 유리 꽃병, 도자기 푸들, 작은 영국제 도자기 별장, 흰옷을 빼입은 실물 크기의 장터 흑인이 놓여 있었다. 그리고 주방에는 흰색 바탕에 흰색의 온갖 올록볼록한 무늬와 온갖 줄무늬 천과 함께 흰 러플셔츠가 몹시 기이한 수집품을 이루고 있었다. 꼬부터 랑드까지의 지방에서 그랑 오뻬라 극장의 특별공연을 거쳐온 것들이었다.

꽃 모양의 원형 장식에 금박을 입힌 꽃병들이 제비꽃이 꽂힌 채로 다소 어수선하게 놓여 있었다. 가구에는 금박을 입혔는데, 이런 장식은 이제 찾아보기 어려운 것이었다. 안락의자, 소파는 하얀 새틴으로 덮여 있었고 창문의 흰 커튼은 안감이 금색이었다.

이 터무니없는 짓에 관해서는 말이 많았고 심지어 글로 쓰이기도 했다. 『피가로』지에 이것에 관한 짤막한 기사가 실렸다. 뻬르스발 부인은 식탁에 있어야 할 접시를 벽에 거는 사람도 있는 마당에 남자 셔츠를 거기에 걸지 못할 이유가 없다고 말하곤 했다. 그것들은 그녀가 사귄 애인들의 셔츠라는 말이 돌았다. 진실은 언제나 더 단순하다.

소형 그랜드 피아노, 흰색 에라르[17] 위로 판 동언[18]이 그린 집주인의 초상화를 볼 수 있었다. 눈 밑에 초록색의 커다란 음영이 있고

17 에라르(Sébastien Érard)가 설립한 악기회사의 피아노 및 하프 상표.

18 Kees Van Dongen(1877~1968). 네덜란드 출신의 프랑스 화가.

머리칼이 붉었다. 꼰 다리가 과감한 생략법으로 오렌지색 드레스 밖으로 비어져나왔고 손에 들린 담배에서 푸른 연기가 피어올랐다. 초상화에 대한 모델의 관계가 아마도 영원한 것에 대한 덧없는 것의 관계처럼 제법 긴밀했다. 곰곰이 따져보지 않아도 둘 사이의 유사성이 금방 드러났다.

오렐리앵은 10시 25분에 도착했다. 어리석은 짓이라는 생각이 절로 들었다. 저녁식사가 끝난 후인지 아니면 이제 모임이 시작된 것인지 알 수 없었다. 실은 아무도 없었다. 남자 하인이 그를 넓은 스튜디오로 안내했다. 하얀 유령들, 서푼짜리 물건들이 쌓인 채 어둠에 잠겨 있었다. 높이가 낮은 방의 문을 흑인이 지키고 있었다. 유리잔, 접시, 샌드위치 더미, 캐비아, 술병, 셰이커가 눈에 띄었다. 방 안의 빛이 따뜻한 느낌을 주었다.

그는 제비꽃다발을 들고 이십분 남짓 기다렸다. 터무니없다는 감정에 휩싸였다. 특히 꽃병에 이미 제비꽃이 많이 꽂혀 있었기 때문이다. 그녀가 좋아하는 사람들로부터 받았을 것이 틀림없어. 뻬르스발 부인은……

격분이 폭발하려 했다. 그의 뒤편, 위쪽 복도에서 들려온 목소리에 이 격분이 가라앉았다.

"뢰르띠유아 씨! 오시리라 생각했어요!"

그녀가 계단을 내려왔다. 소매가 없고 깃을 세운 금빛 드레스가 몸에 꼭 맞았다. 머리에는 금빛 천으로 된 작은 모자를 썼는데 일종의 짧은 날개 장식 아래로 짙붉은색의 머리카락이 불룩했다. 입이 가느다란 붉은 선 같았다. 오렐리앵은 몹시 흰 얼굴에서 입만 보이는 것 같은 인상을 받았다. 그녀가 오른손을 앞으로 뻗고 왼손으로는 짧지만 늘어져 끌리는 드레스를 살짝 들어올린 자세로 아래 계단에 다다랐다. 그럼으로써 다리를 내보였다. 하지만 다 내려왔을 때, 오렐리앵은 그녀가 다급하게 다가오는 것을 보았다. 실제로 그녀는 걷지 않았다. 지나치게 빨리 다가왔다. 권위적인 몸짓, 중심을 잃을 정도로 높은 굽에 금색과 검은색이 섞인 작은 구두의 춤추는 듯한 움직임이 두드러졌다. 어떤 여자들은 이 춤추는 것 같은 걸음걸이 덕분에 매력을 더한다. 그는 꽤나 공손한 태도로 생각했다. '부인의 마차가 기다리고 있습니다……' 그리고 금빛 옷깃에 싸여 그에게로 오는 멋부린 팽팽한 가슴 쪽으로 눈길을 무겁게 떨구었다.

"아, 뢰르띠유아 씨, 여기서 당신을 보게 되어 무척 기뻐요. 더 일찍 오시라고 청하지 않았다니 정말이지 제가 미쳤거나 방심했던 게 틀림없어요. 제비꽃다발을 가져오셨구나!"

그가 그 손에 입을 맞추고 반지들에 눌린 느낌이 입술에 남은 채로 몸을 다시 일으키는 순간 그녀가 그에게서 결코 본 적이 없는 매우 희귀하고 소중한 물건처럼 재빨리 꽃다발을 받아들었다. 앞쪽의 어둠 속에서 등불 위로 끌어낸 하얀 물건을 턱으로 가리켰다. 그를 시야에서 놓치지 않기 위해서였다. 그녀가 말했다. "아무튼 정말 예뻐요[19]!"

오렐리앵은 이것이 꽃다발을 두고 하는 말인지 의아했다. 그리고 그녀가 화분 있는 곳에서 그에게로 돌아오는 작위적인 모습에 조금 놀랐다. 그녀가 자신이 앉은 이인용 안락의자에 그를 앉게 해서 두 사람은 서로 나란히 앉아 얼굴을 마주했다. 그가 그녀의 향수 냄새를 맡았다. 그녀가 이를 알아차렸다. "제 향수 이름은 묻지 마

19 원어 'chou'에는 귀여운 사람(명사), 친절하다(형용사)의 뜻이 있다.

세요!" 그녀가 목청을 높였다. "저의 거절로 우리의 우정을 시작할 수는 없잖아요. 그건 나쁜 조짐이고말고요! 여자의 향수는 비밀이랍니다. 그 비밀을 드러내는 건 아무 앞에서나 옷을 벗는 셈이죠."

그녀는 이 발언의 무례함을 깨달은 듯 보였다. 자신의 손을 오렐리앵의 손에 얹었다. 또다시 반지들의 감촉이 그에게 전해졌다.

"당신은 아무나가 아니죠……"

그도 정말 그렇게 생각했다. 그녀에게 옷을 벗으라고 청한다면 그들의 우정이 거절로 시작되지 않을 우려가 있다고 상상했다. 일반적으로 이 모든 것은 무엇을 의미했을까? 그는 냉정과 무례 사이에서 망설였다. 무언가 말을 할 필요가 있었으므로 실례를 무릅쓸 수밖에 없었다.

"경애하는 부인, 어떻게 저를 갑자기 떠올리셨는지 궁금합니다만, 제 기억이 맞는다면 불로뉴 숲에서 영광스럽게도……" 그가 몸을 살짝 굽혔다. "그때……"

"그때, 뭐죠? 보세요, 제가 당신을 불로뉴 숲에서 보았다고 더구나 당신을 잊어버렸다고 생각하세요?"

"아뇨, 그러니까…… 턱시도가 제게 잘 어울린다는 것을 어떻게 아셨나요?"

그녀가 그를 바라보았다. 당황한 표정이었다. 그러고는 기억해냈다. 더 크게 웃으려고 몸을 뒤로 젖히고 끝내 웃음을 터뜨렸다.

"우선, 남자에게는 언제나 그런 말을 해줄 필요가 있어요. 남자에게 궁금증을 유발하고 남자의 기분을 풀어주고 남자를 기쁘게 하니까요. 게다가 무슨 위험이 있죠? 대체로 턱시도는 양복보다 남자에게 더 잘 어울려요."

그녀가 살며시 눈을 치켜뜨고 그가 실망했는지 살폈다. 실망하지 않았다. 미소를 짓는다. 아마도 조금 멋쩍은 기색인 것 같지만. 게다가 내 속셈을 알아차렸다. 저 비스듬한 눈초리 좀 봐. 그녀가 새로운 방법을 궁리했다.

"그런데 '당신'으로 말하자면 턱시도 차림을 두세차례 보았죠. 멀리서, 네땅꾸르 부인과 함께……"

그가 어색한 "아!" 소리로 마음의 흔들림을 나타냈다. 그러고는 다시 웃음기를 띠었다. 마리 드 뻬르스발은 그를 더 거북하게 해야겠다는 느낌이 들었다.

"그래요, 당연해요, 당신은 제가 와 있다는 걸 알아차리지 못했죠. 모든 눈길이 당신에게로 쏠리는 것에 익숙해져 있었으니까요."

"어떻게 그럴 수가! 사실은 아마도 제 기억으로 스뜨라빈스끼 음악회에서……"

"아니요, 뵈프에서죠."

"오, 너무나 떠들썩하고 혼잡해서……"

"그 다다이즘 여자 무용수의 저녁 모임에서……"

그가 다시 불손한 태도로 장막을 쳤다.

"까리아띠스[20]의 발표회에서요? 그럴 수도요. 하지만 그때 전 연미복 차림이었는데……"

뻬르스발 부인은 방금 뛰어오른 사냥감을 향해 사냥꾼의 눈길을 던졌다. 아마도 쓸데없는 도약이었을 것이다. 그래도 아직 총을 쏘지는 않았다.

"예쁘죠, 디안 드 네땅꾸르. 비록 지적으로는 좀 부족하지만. 그녀를 좋아하죠, 그렇지 않나요?"

---

20 Caryatis. 'Caryathis'로 표기하기도 함. 발레리나 엘리즈 주앙도(Élise Jouhandeau)의 예명으로 1916년 발레 리사이틀의 선정적인 포스터로 유명하다.

오렐리앵은 "그건 작년이었는데요"라고 말하려 했다. 하지만 비겁하다고 생각하고는 자신의 뜻을 분명히 밝혔다.

"장담컨대 매력적인 여자죠."

"오, 잘 알고 있어요. 우리는 같은 세대잖아요."

또다시 오렐리앵의 생각은 자신이 한 말의 여백을 맴돌았다. '음, 같은 세대라. 거참 고무줄이군.' 무슨 말을 했건 그다지 중요하지 않다. 말은 번번이 상대방 여자에게 반짝 빛나다가 금방 꺼지는 눈빛, 그 내적 독백의 증거 같은 것을 낳았을 것이 틀림없다. 그녀가 다리를 꼬았다. 금색 옷자락이 올라가면서 무릎이 드러났다. 그녀는 이를 알고 있었다. 오렐리앵이 눈길을 떨구었다.

"디안은 서른여섯살치고 매우 젊어 보여요." 그녀가 말을 이었다. "하여튼 우리는 둘 다 당신 어머니의 친구가 될 수 있었을 거예요."

"우리 어머니는 어린 소녀라면 다 무척 좋아하셨죠."

"기분 좋은 말이네요."

"저는 서른한살입니다."

그는 입술을 깨물었다. 쓸데없는 말이었어. 왜 이 여자가 자신을 오라고 했을까를 알아내는 것이 목적이었는데 이제는 그 목적에서 멀어졌다. 그가 눈살을 찌푸렸다. "자, 그럼 이제는, 경애하는 부인, 화제를 턱시도에서 다른 것으로 돌려야겠네요. 제게는 무척 다행스럽게도 저의 존재를 떠올리신 것은 무엇 때문일까요?"

그녀는 대답을 회피했다. 마치 오렐리앵의 눈길에 불안해지기라도 한 듯이 드레스 자락을 끌어내렸다.

"오, 오늘 저녁 당신이 누구 때문에 오셨는지 잘 알고 있어요!"

"그럴 리가요!"

"저 때문은 아니죠. 잘 아시면서 경솔하게 뭘 그래요!"

그는 온통 어리둥절한 기분이었다. 그가 항의했다.

"아니죠, 아니에요, 지금 누가 당신의 마음을 사로잡고 있는지 전 알아요." 그녀가 말했다. "네땅꾸르 부인이 아니라…… 자, 두고 보면 알겠죠. 저는 당신의 공모자가 될 거예요. 할 수 없죠!"

그녀가 한숨을 내쉬었다. 그는 불쾌했지만 이를 드러내기가 싫어서 하소연했다. "제게 마다가스카르어로 말하시는 것 같네요! 정말이지 저는 당신을 만나보러 왔어요. 게다가 당신이 누구를 기다리고 있는지 전혀 모릅니다."

"오, 저런, 안심하세요. '그녀'가 올 거예요."

"그녀라니 누구 말입니까? 천만에요, 그녀란 없습니다."

"오, 괜찮아요, 괜찮아요, 가만히 계세요! 정말 신사로군요! 하지만 저를 보기 위해서라고는 말하지 마세요."

그는 자신의 선의를 입증하기 위해 자칫 억제할 수 없는 것, 설득력 있는 어떤 말을 내뱉을 뻔했다. 하기야 진실은 그가 뻬르스발 부인 때문이 아니라 그녀의 느낌표들 때문에 왔다는 것. 그렇게 느낌표를 남발하는 여자에게 궁금증이 생겼다. 아마도 그런 일이 정말로 일어나지는 않았겠지만 누군가가 들어오지 않았다면 그는 그렇게 했을지도 모른다.

겨우 스무살을 넘긴 젊은 남자였다. 밝은 회색 재킷을 입고 있었다. 상당히 허름한 상의였다. 구두가 더러웠고 바지는 다림질하지 않았다. 그렇게 적은 나이에 어울리지 않게 숱이 많은 머리카락을 뒤로 넘겼고 창백한 얼굴에 표정이 풍부했다.

"아주 늦게 왔군요. 그리고 차려입지 않았네요, 뽈." 뻬르스발 부인이 그에게 손끝을 내밀면서 말했다. "두분은 만난 적이 없죠? 뽈 드니, 시인이시고, 오렐리앙 뢰르띠유아 씨……"

"아, 예. 잘 알잖아요, 마리, 제 턱시도는 입을 수 있는 상태가 아니랍니다."

"아니, 턱시도가 어떻게 됐나요?"

"음, 세차례나 말했는데…… 분젠등[21]에 등 부분을 태웠다고요."

"아니, 그 아이디어는 뭐죠?"

"아이디어가 아니라니까요. 분젠등으로……"

"턱시도와 분젠등 말인데요, 뽈, 현대시 바깥에서는 서로 마주칠 어떤 이유도 없지요."

"이미 설명해드렸잖아요, 요전날 저녁 실험실에서……"

"이제는 턱시도를 차려입고 실험실에 가나요?"

그녀가 오렐리앵 쪽으로 돌아섰다. "뽈 드니는 시인인 것으로 만족하지 않아요. 해양학 연구소에서 온갖 종류의 물고기와 뱀을 냉동하죠."

"동물 체액의 빙점을 연구하고 있습니다." 새로 온 사람이 뢰르띠유아를 위해 은근한 어조로 설명했다. 그러고는 전혀 다른 어조로 말을 이었다. "아니에르로 돌아갈 필요가 없어서 당신을 기다리게 하지 않을 요량으로 정장을 했어요. 그 불길한 아메리카 도롱뇽의 유생幼生과 함께 실험실에 저녁 8시까지 남아 있어야 하는 만큼 더욱이. 그러고는 모든 게 잘 정리되어 있는 확인하려 돌아갔는데 야간 실내등으로 켜놓은 분젠등에 그만……"

"됐어요, 턱시도 이야기는 그만해도 좋아요. 하지만 파란색 재킷이 있잖아요. 제가 당신을 위해 가정부를 고용해주지 않는 한 당신은 뭐랄까, 누추하게 외출할 테죠. 그리고 저 구두 좀 봐, 쯧쯧. 주

21 19세기 독일의 화학자 분젠(Robert Wilhelm Bunsen)이 고안한 가스등.

방으로 가세요. 요깃거리가 있을 거예요. 오늘 저녁 별사람을 다 보네."

젊은이는 화가 난 어조로 무어라고 중얼거렸지만 안쪽의 작은 문을 통해 식당으로 가버렸다. 지나는 길에 샌드위치를 한개 슬쩍했다. 이 집에 자주 드나들어 자신의 역할을 곧장 이해하는 사람처럼 굴었다. 마리 드 뻬르스발이 눈으로 그의 뒷모습을 좇았다.

"스물두살이라니까요! 저보다 열네살 적죠. 재능이 많아요. 그리고 피아니스트죠! 그의 연주를 들어보세요! 정말 열네살 차이라고요! 요컨대, 묘한 기분이 드는군요. 제 아들의 나이가 열네살이거든요, 뢰르띠유아 씨. 제게 열네살짜리 아들이 있단 말이에요! 믿을 수 없지 않나요?"

그녀는 그가 믿을 수 없다고 말해주기를 기대했다. 그는 말하지 않았다. 그녀가 말을 이었다.

"저는 아주 어린 나이에 결혼했어요. 그래도 벌써 거의, 거의…… 아들이 있다는 건 놀라운 일이죠. 저를 이해하세요? 분명히 생각이 미치지 않겠죠."

"제게도 열네살의 아들이 있을지 모르죠. 조숙했으니까요."

"아니죠? 아니, 어떻게…… 이봐요, 당신이 열다섯살에……"

"열네살이 채 안 되었었죠."

"끔찍하기도 해라! 어쩌면 막스도, 제 아들이에요, 생각하면…… 아! 이런 생각이 어머니로서는 얼마나 용납할 수 없는 것인지 당신은 모를 거예요."

"제게도 어머니가 계셨어요, 경애하는 부인."

뾜이 다시 들어왔다. 자신의 구두에 매우 만족한 기색이었다.

"제법 광이 나죠?" 그가 말했다.

"말썽쟁이! 당신을 용서하게끔 우리에게 뭔가 연주를 해줘요!"

그가 짐짓 애교를 부리더니 소형 그랜드 피아노의 뚜껑을 들어 올리고 그 앞에 앉아 화음을 누르기 시작했다. 어떤 곡을 연주하는 것이 아니라 화음을 아무렇게나 연결했다.

"그만두세요, 뾜, 오늘 저녁 왜 그래요? 뭔가를 연주해주세요, 부디!"

그가 재즈를 연주하면서 즐거워했다. 단지 그뿐이었다. 나는 너를 실신시켜, 나는 너를 실신시켜.

"관심을 기울이지 말아요." 그녀가 오렐리앵에게 말했다. "이게 그에게서 뭔가를 얻어내는 최선의 방법이죠. 그래요, 제가…… 다 자란 막스를 생각해보세요. 열네살, 문학적 재능이 있어요. 뻬르스발 집안의 기질을 지녔죠, 물론. 그도 '역시' 시를 써요. 장 꼭또의 영향을 약간 받았어요, 아마도. 에구, 왜 아니겠어요? 뾜 드니는 제 말을 듣지 않고 있네요. 다행이죠. 장 꼭또는 꼴도 보기 싫어하니까요. 그가 속한 무리의 취향이 그래요. 장에 관해 말할 때 보면 정말로…… 저는 장을 매우 좋아해요. 재미있는 사람이죠. 착상이 참신하고 재치가 있어요. 그를 잘 아세요?"

오렐리앵은 그를 만나본 적이 있었다. 하지만 그와 잘 아는 사이는 아니었다.

"자, 보세요, 제가 그럴 거라고 말했잖아요! 그가 이제 연주하네요, 「도둑 까치」.[22] 아! 로시니를 열렬히 좋아해요. 도니쩨띠, 「사랑의 묘약」, 그리고 당시의 모든 사람을요. 「알제리의 이딸리아 여인」과 「노르마」[23]…… 잘 아시죠, 오늘날에는 「노르마」를 노래할 줄

22 「도둑 까치」(1817)는 로시니(Gioacchino Antonio Rossini)가 작곡한 2막 오페라.
23 「사랑의 묘약」(1832)은 도니쩨띠(Gaetano Donizetti)의 2막 오페라, 「알제리의

아는 사람이 아무도 없다니까요!"

오렐리앵은 이 이딸리아 음악을 그다지 좋아하지 않았으므로 거의 건성으로 들으면서 오늘 저녁 뻬르스발 부인의 집에서 또 누구와 마주치게 될지 궁금해했다. 사람들이 잇따라 들어왔기 때문이다. 그러는 사이 마리가 조명을 바꾸었다. 스튜디오의 다양한 높이에서 별처럼 작은 전등들이 일시에 켜졌고 천장에서는 일종의 흰 투광기가 어두운 실내를 비추었다.

우선 나이 많은 부부가 들어왔다. 여성은 잿빛 머리 위에 터번 모양의 푸른색 부인용 모자를 쓰고 번쩍거리게 장식한 드레스를 입었다. 남자는 성격이 매우 굳세 보이는 대령으로 솔 모양의 콧수염에 머리카락이 빳빳했다. 다음으로 소개가 채 끝나지 않은 상황에서 바르뱅딴 내외가 지방에서 온 사촌누이와 함께, 그리고 검은 옷을 입은 그리스 아가씨가 나타났다. 눈, 코, 발이 모두 크고 밝은 색의 스카프가 날려 팔의 맨살이 드러났다. 뻬르스발 부인이 바삐 움직였다. "서로들 잘 아시죠? 뢰르띠유아 씨, 대령님과 다비드 부인, 아가토풀로스 양, 모두 바르뱅딴 씨 가족의 지인이죠. 아닌가요? 죄송해요, 에드몽 바르뱅딴, 아가토풀로스 양, 바르뱅딴 부인, 그리고, 오! 어리석기도 하지! 가장 아름다운 분, 매력적인 사촌누이, 마담, 마담……"

모든 이의 관심이 베레니스에게로 쏠렸다.

"뤼시앵 모렐 부인요." 블랑셰뜨 바르뱅딴이 얼른 말했다.

"맞아요, 모렐 부인. 참, 제 정신 좀 보세요! 오로지 그녀를 위해 이 저녁 모임을 열었는데, 오로지 그녀를 위해 말이죠! 얼마나 매

이딸리아 여인」(1813)은 로시니의 희극풍 2막 오페라, 「노르마」(1831)는 벨리니(Vincenzo Bellini)의 2막 오페라이다.

력적인 분인지 몰라요! 모습을 보여줘요. 모두가 당신을 바라보잖아요, 부인, 정말 예쁜 드레스로군요!"

그렇다, 예쁜 드레스였다. 팔 부분이 검은색이었고 연못으로 던진 돌 주위로 물결이 둥글게 퍼져나가듯이 윗부분으로 올라가면서 점점 더 굵은 흰색 줄무늬가 들어가 베레니스의 목둘레선에서 하얗게 끝마무리되었다. 새틴 자체보다 더 하얀 맨 윗부분 위로 자그마한 검은색 케이프가 걸쳐져 있었다. 시선을 끈 것은 아마도 그 드레스, 아마도 그녀, 조화롭지 않은 얼굴에서 기대한 것보다 더 살집이 있고 통통한 그 몸이었을 것이다. 어쨌든 아가토풀로스 양이 입술을 오므렸고 모든 남자가 베레니스를(뤼시앵 모렐 부인이라고 오렐리앵은 생각했다) 쳐다보았다. 그녀는 어린 소녀처럼 갑자기 결심한 듯 말했다. 입의 움직임이 입맞춤과 비슷했다.

"로뛰스……"

뻬르스발 부인이 놀란 기색이었다. "뭐라고요? 그녀가 뭐라고 말했죠?"

"로뛰스……"

모두가 분명히 들었다. 집주인이 어린아이를 이해하기 단념한 어른의 표정으로 말없는 물음을 바르뱅딴 부인 쪽으로 던졌다. 바르뱅딴 부인은 등이 파이고 몸에 꼭 맞는 잿빛 드레스를 차려입었다. 최신 유행인 각진 옷자락이 발을 움직일 정도만큼만 넓게 드리워 있었다.

"그녀가 말한 건 '로뛰스'예요." 블랑셰뜨가 설명했다. "고급 여성복 디자이너 컬렉션의 드레스 이름이죠."

"아, 그래요, 누구의 의상실에서……"

"뿌아레요!"

베레니스가 황급히 큰 소리로 이름을 말했다. 그 바람에 뺨이 붉어졌다. 그녀는 뿌아레 드레스를 입고 있는 것이 자랑스러웠다. 빼르스발 부인이 눈을 반짝이면서 머리를 끄덕였다.

"짐작은 하고 있었어요."

오렐리앵은 이 짧은 문장에서 자연스럽게 뿌아레 의상실로 달려가는 시시한 지방 여자에 대한 비난과 경멸의 낌새를 느꼈다. 특별히 이 저녁 모임을 위해 남편의 사촌누이에게 이 드레스를 입게 한 것이 블랑셰뜨의 생각이라는 것은 누구도 알지 못했다.

"섭섭합니다, 부인, 저를 잊으셨군요. 저를 소개해주지 않으실 건가요?"

뽈 드니였다. 그가 부활한 나사로처럼 피아노 쪽에서 갑자기 나타났다.

"오, 그러게요. 뽈, 뽈 드니예요, 시인. 바르뱅딴 부인, 모렐 부인……"

벌써 아가토풀로스 양과 다비드 부인, 대령은 수다를 떨고 있었다. 에드몽이 빼르스발 부인을 한쪽 구석으로 이끌었다. 베레니스가 블랑셰뜨에게 아주 낮고 열띤 목소리로 말했다. "시인이에요! 시인이라고요! 그의 시를 읽어본 적 있어요?" 블랑셰뜨가 베레니스에게 잠자코 있으라고 했다. 오렐리앵도 입을 다물었다. 신기하다. 전번에는 마음에 들지 않았던 것이다. 확실히 드레스 때문임이 틀림없었다.

"아참, 만족스럽나요? 바란 대로인가요?" 빼르스발 부인이 바르뱅딴에게 물었다.

"그럼요, 부인, 변하지 않으셨네요. 즐거움에서만큼 우정에서도 여전히 현명하시군요."

"조용히 하세요, 만일 뾜이 듣는다면…… 하지만 알다시피 그런 것이 제 장점이죠. 당신의 오렐리앵이 제 마음에 드는군요."

"원하시면 그를 차지하세요, 마리. 왜냐하면 베레니스는, 그러니까 잠시 동안만 빠리에 머무를 거예요. 저는 그녀가 빠리에서 추억거리를 만들어 가서 그것으로 다시 빠리 생각에 젖기를 바라죠. 하지만 빠리로 말미암아 슬픔을 간직하라는 뜻은 아닙니다."

"무슨 말씀인지 이해가 안 가요."

"오, 그런가요? 미남 오렐리앵은 큰 반향을 불러일으키지 않아요. 자, 보세요, 그의 연애 사건들은 시작되는 방식대로 끝나죠. 극적이지가 않아요. 제 사촌누이를 위해서는 다행이라 생각해요. 일시적인 사랑……"

"대단하네요, 에드몽, 경탄스러워요. 그녀를, 그리고 그를 갖고 노는군요. 하지만 아직은 끝난 일이 아니잖아요."

"그렇게 되겠죠."

"놀랍군요! 하지만 아직은 당신의 마음에 드는 온도까지 도달할 필요가 있죠. 너무 오래 타오르지 않을 불꽃이 필요해요. 그다음에는 후! 당신은 불꽃이 꺼져야 한다고 판단할 때 입김을 내불겠죠. 위험해요, 아시죠!"

"설마요! 보아하니 순진한 아가씨처럼 말씀하시는군요. 베레니스는 딱 자신의 남편을 속일 만큼은 분별이 있답니다. 생각해보세요, 저는 그런 일로 화가 나지는 않습니다. 얼간이 뤼시앵……"

"이봐요, 그러면 왜 당신은 뢰르띠유아 씨가 필요하죠? 당신 자신이 능력 있는 남자인데."

"에이, 농담이시죠. 베레니스는 제 사촌누이입니다. 게다가 블랑셰뜨도 있잖아요."

"당신이 불편해하는 것을 보니……"

"저는 그럴 마음이 없다고 해두죠."

바르뱅딴 부인이 그들 쪽으로 다가왔다.

"당신 남편과 이야기했는데, 뭐랄까, 모렐 부인은 그저 매력적일 따름이라고 생각해요. 그의 입장이라면…… 하지만 그는 당신 외에는 거들떠보지도 않으니……"

"정말 그럴까요?" 블랑셰뜨가 말했다.

그러고는 그녀 나름대로 더없이 사교계에 어울리는 몸짓으로 무척이나 여유롭게 그들 옆에 앉아 에드몽이 쟁취한 여자들에 관해 대화를 나누기 시작했다. 그 바람에 에드몽이 급히 자리를 떴다.

오렐리앵은 여느 때처럼 어느정도 시간이 지나자 마리 드 뻬르스발에게 품었던 의문이 저절로 해소되고 있다고 생각했다. 그녀는 내가 아가토풀로스 양이나 바르뱅딴 부인의 환심을 사려고 애쓰기를 기대하지 않아. 그러니까, 틀림없이. 게다가 베레니스, 뤼시앵 모렐 부인을 위한 저녁 모임이라고 말하지 않았던가? 하지만 내가 베레니스 때문에 왔다고 생각하다니 그 여자는 대체 무슨 생각을 하는 거지?

베레니스는 시인과 이야기하고 있었다. 못된 개구쟁이 표정의 시인은 자신이 연꽃 장식을 단 덕분에 돋보여서 꽤나 행복한 듯했다. 또한 그것을 아주 자연스럽게 생각하는 눈치였다. 나이가 비슷하니까. 베레니스가 아마 스물네살, 아니면 스물세살이라 해도.

"제가 대수롭지 않은 책을 한권 냈는데요," 그가 설명하듯 말했다. "얼마 전에 상빠레유에서 나왔어요. 원고는 크라…… 출판사에, 그래요. 아뇨, 시집이 아니라 이번에는……"

"소설인가요?"

"아니, 아니에요. 한가지 걱정거리가 있다면 사람들이 그것을 소설로 간주하는 겁니다. 일종의 산책 몽상인데 말이죠. 분류할 수 없는 무언가예요. 이런저런 이야기가 담겨 있으니까요. 약간은 장자끄풍, 약간은 스턴풍[24]이기도 하죠. 오, 이런 제기랄, 자신의 생각을 밝히는 것은 정말 어리석어요. 보아하니 무시하시는 것 같네요!"

"전혀 아니에요. 흥미로워요. 아시다시피 저도 책을 읽어요, 탐독하죠. 산책 몽상이라, 그건 어디 있어요?"

"다른 이야기를 하는 게 어떨까요? 무얼 좋아하세요? 그보다 먼저, 무얼 읽었나요?"

"어머나, 저를 아주 바보로 여기겠군요. 『몬 대장』,[25] 그리고 샤를루이 필리쁘,[26] 랭보, 당연히."

"아, 랭보요?"

그의 어조가 바뀌었다. 이번에는 그가 흥미를 보였다.

"샌드위치나 진을 좀 드시지 않을래요? 그런데 아뽈리네르 좋아하세요?"

오렐리앵은 자신이 아무와도 말하지 않고 베레니스만 보고 있다는 것을 문득 깨달았다. 설마하니 이렇게 뻬르스발 부인의 그물에 걸려들 것인가? 아니면 모렐 부인을 다시 보고 싶었던 건가? 그런 것 같지는 않았다. 갑자기 화가 치밀었다. 다들 아리송한 이유로 그가 저 베레니스에게 관심을 가졌으면 하고 바랐다. 웬걸, 아니었

24 장자끄 루소(ean Jacques Rousseau)와 『트리스트럼 섄디』(1759~67)로 유명한 아일랜드 출신의 영국 작가 로런스 스턴(Laurence Sterne)을 가리킨다.

25 *Le Grand Meaulnes*(1912). 28세로 요절한 알랭 푸르니에(Alain Fournier)의 유일한 장편소설.

26 Charles-Louis Philippe(1874~1909). 프랑스의 시인, 소설가, 비평가. 민중주의 문학의 선구자들 가운데 한명이다.

다. 관심을 가질 만한 사람은 오히려, 누구였을까? 가령 아가토풀로스 양이었다. 그녀를 대령에게서, 대령 부부에게서 떼어낼 필요가 있었다. 그가 그 삼인조 쪽으로 다가갔다.

"세달 전에 쇨제르 댁에서 본 적이 있지 않나요, 아가씨?"

"맞아요, 기억력이 정말 좋으시군요! 그토록 많은 사람이 있었는데. 저는 얼마 전에 빠리에 도착했어요."

그녀가 목젖이 떨리는 듯한 소리를 냈다. 별로 유쾌한 소리는 아니었다. 대령이 말했다.

"아, 그리스! 우리 사이에 있으면 올림포스산에서 밑으로 떨어진 것 같은 느낌이겠군요. 아크로폴리스, 르낭……"

푸른 터번 아래로부터 다비드 부인의 목소리가 달팽이처럼 빠져나왔다. 깊은 울림을 주는 목소리에는 알자스 억양이 약간 섞여 있었다.

"여보, 아가씨에게 그리스에 관해 말하지 말아요. 그리스라면 당신보다 그녀가 더 잘 알잖아요. 그리스에 가본 적 있나요, 뢰르띠유아 씨?"

그가 테살로니키에 관해 말했다. 방금 말을 걸어온 상대를 바라보았다. 이로 인해 저녁 모임이 시시해질지도 몰랐다. 이상한 여자였다. 그리스와 관련해 볼 때 그녀는 바이외 태피스트리[27]의 인물들처럼 생겼다. 온전히 무릎을 꿇고 있는 여자 같았다. 그러다 곁눈질로 뻬르스발 부인을 슬쩍 보았다. 그를 지켜보고 있었다. 그는 생각했다. 어쨌든 지나치게 큰 이 여자에게는 뭔가 흥미를 끄는 구석이 있어. 대령이 바르뱅딴에게 다가갔다. 그의 아내가 짓는 표정에 오

27 중세 프랑스 역사를 일화식으로 구성한 11세기의 자수 작품. 유네스코 세계기록유산이다.

렐리앵은 관심이 갔다. 그녀는 자신이 오렐리앵과 그리스 아가씨 사이에서 제3자이고 남편에게 버림받은 기분인 듯이 보였던 것이다. 그때 피아노 소리가 다시 높아졌다. 검고 흰 술잔 같은 실루엣의 베레니스는 음악에 열심히 귀를 기울였다. 뽈 드니는 손가락 관절통 때문인 듯 무의식적으로 얼굴을 찌푸리며 건반을 두드렸다. 밀짚을 짜는 듯 추처럼 움직이는 팔에 따라 어깨와 온몸이 흔들렸다. 블루스를 연주하고 있었다.

"바르뱅딴 씨, 상원의원님은 어떻게 지내시나요?" 대령이 말했다.

"고맙습니다. 아버님은 여전하십니다. 미친 듯이 활동하시죠. 사람들이 제 아버님을 완벽한 장관 후보로 여긴다는 말을 들었습니다. 그 바람에 저는 음모자의 아들이 된 것 같은 느낌이죠."

"뛰어난 복지부 장관이 되실 분이죠."

베레니스는 뽈 드니의 얼굴을 주시하면서 음악을 들었다. 뿌루퉁한 입이 익살스럽게 보였다. 그가 야릇하고 명랑한 곡을 연주하기 시작했다. 그녀는 이 소품곡을 알아듣고 기뻐했다. "뿔랭끄[28]군요!" 그녀가 말했다.

상대방이 놀라 턱을 들었다. "잘 아세요? 마음에 듭니까?"

그녀가 눈을 크게 뜨고서 머리를 끄덕이며 덧붙였다. "웃겨요." 피아니스트가 입술을 오므렸다. 이 시골 여자를 특이하다고 생각해야 할지 아니면 얕보아야 할지 자문했다. 상당히 귀에 거슬리는 기묘한 곡을 치기 시작했다.

"이 곡도 압니까? 어떻게 생각하세요?" (아니, 베레니스가 모르는 곡이었다.) "어느 젊은, 위대한 음악가 장프레데리끄 시크르의

28 Francis Poulenc(1899~1963). 프랑스의 작곡가, 피아니스트. 여러 시인의 시를 가사로 한 가곡으로 유명하다.

곡입니다."

'어느 젊은'이라는 말에 비추어볼 때 그는 당시에 분명히 스물세 살 정도였을 뽈랭끄도 젊은 축에 넣지 않는다는 것을 알 수 있었다.

갑자기 스튜디오에 흔들바람 같은 것이 일었다. 베레니스는 뽈의 눈에서 어떤 일이 일어났다는 것을 알아차렸다.

돌풍은 방금 들어온 여자였다. 그녀 뒤로 남자가 있긴 했지만 돌풍은 방금 들어온 여자였다. 돌풍이라기보다는 어딘가 바닷바람 같은 것이었다. 그녀에게 있고 다른 사람들에게 없는 것이 무엇인지는 누구도 꼭 집어 말할 수 없을 테지만, 이야, 다르긴 달랐다! 그녀는 여전히 아무 말도 없었다. 아직도 밤과 길에서 완전히 풀려나지 않은 듯했다. 날씨가 추웠으므로 꼭 필요했던 외투를 이제 막 벗어 솟은 어깨를 드러냈다. 화사함으로 눈길을 끌려고 애쓰지 않았다. 근시에 속눈썹이 아주 짙었고 뒤로 젖힌 머리에서 턱이 몹시 뾰족했다. 드레스의 깃이 좁아서 굵은 목이 가슴 사이로, 가슴 부위까지 내려오는 듯했다.

"정말 아름다워!" 베레니스가 중얼거렸다. 전혀 적절한 말이 아니었다. 하지만 말은 그토록 빈약하다. 다른 말이 떠오르지 않았다. 그녀는 몸집이 컸다. 크다기보다 길었다. 금발의 길쭉한 여자였다. 잿빛으로 화장해서 몹시 창백해 보였는데 나이가 젊은 축에 들지는 않았다. "그녀는 몇 살일까?" 하고 자문하는 사람이라면 그녀를 사랑의 나이라고 생각하지 않을 수 없었다.

'내가 바보였어!' 오렐리앵이 속으로 말했다. '주인공은 베레니스가 아니었잖아!'

그는 마지막에 청록색 벨벳 드레스 차림으로 온 이 여자가 누구인지 알고 있었다. 그녀의 드레스는 그해 여자들이 입는 것보다 더 길었다. 허리 주위에 온통 잡혀 있는 주름은 허리 아래로 내려오면서 곧장 펴져서 돌 조각상의 것 같은 발목께에서 완전히 없어졌다. 다른 여자가 입었다면 봇짐처럼 보였을 것이다. 커트 머리에는 검은 띠를 두르고 있었다. 단눈찌오[29] 때문에 다들 기억하는 쾌활한 소년의 머리모양이었다. 샤뜰레[30]에서 최근에 대성공을 거두었을 때 그 유명한 장면에서 그녀는 머리 타래를 왼손에 말아 머리 위로 공중에 쳐들고 있었다. 모든 이가, 그녀를 알아보지 못한 베레니스조차도 그녀를 잘 알았다. 뻬르스발 부인이 그녀 쪽으로 다가갔다. 이 두 여자의 움직임에는 명백히 하나의 우정과 많은 질투가 집약된 경쟁 내지 대결의 느낌 같은 것이 있었다. 오렐리앵은 그녀들이 곧 서로를 잡아먹으리라고 생각했다. 그녀들은 서로 포옹했다.

"로즈 멜로즈예요." 뽈이 베레니스에게 속삭였다. "과연 아름답군요!" 베레니스가 말하고 나서 물었다. "신사분은요?" "그녀의 남편이죠."

그는 존재해서 미안한 사람처럼 보였다. 그녀보다 더 컸지만 이 점이 눈에 띄지 않도록 몸가짐을 조심했다. 그녀를 따라다닐 때면 인쇄물의 장식 문양 같은 쓸모가 있다고 생각하는 것이 틀림없었다. 그녀의 옷자락이 땅에 끌렸다면 옷자락을 들고 뒤따랐을 것이다. 여분으로 들어온 셈이었다. 아마도 곧 의자를 가져오고, 그녀에게 자리를 내주고, 금목걸이, 자전거, 붉은 탁자, 손수건…… 등을 들고 다시 올 것이었다.

"어머나, 로즈!" 마리 드 뻬르스발이 외쳤다. "로즈! 정말 굉장한

---

29 Gabriele D'Annunzio(1863~1938). 이딸리아의 작가. 탐미주의 소설 『죽음의 승리』(1894)가 대표작이다.

30 빠리 1구 샤뜰레 광장에 위치한 극장. 1862년에 개관했다.

드레스로군요. 믿을 수 없을 정도예요. 고대 예술품이에요, 말 그대로 고대 예술품! 비오네는 여전하죠? 그럴 줄 알았어요. 그녀밖에 없네. 만일 내가 이런 드레스를 입는다면 중앙시장의 장사꾼처럼 보일 거야. 하지만 로즈를 좀 봐요! 아무렇지도 않다는 듯이 입고 있잖아!"

그때, 누구나 깜짝 놀랐다가 정신을 차렸다고 생각한 다음에, 오직 그때에만 로즈 멜로즈의 효력이 나타났다. 그녀의 목소리가 입장했다고밖에는 달리 표현할 수가 없다. 신중한 동시에 따뜻한 목소리였다. 가볍게 떨리는 듯했다.

"마실 것을 좀!" 그녀가 말했다. "마실 것을, 마리, 뭐든 약간의 알코올음료를, 아무거나요. 끔찍한 날씨예요. 밖에 계속 머무른다면 죽을지도 몰라."

모든 이가 민첩하게 움직였다. 남자들이었다. 하지만 남편이 그들을 앞질렀다.

신중한 처신, 넓은 이마, 짙은 옥색의 눈. 남편은 상당히 날씬한 남자였다. 아마 보기보다 더 젊었을 것이다. 온화한 이마는 초췌했지만 사교계에 어울리는 용모였다. 움직임이 느렸다. 조금 전 자기 아내의 편의를 봐줄 때 내보인 날렵한 솜씨와 모순되었다. 그의 전체 인격이 보여주는 배려에는 뭔가 비장한 것이 있었다. 거기 있는 모든 사람 중에서 그만이 예절 바르게 처신하려고 몹시 신경을 썼다. 그의 턱시도는 특별할 것이 전혀 없었다. 아마 소매가 좁다는 것 정도가 눈길을 끌 만했을 것이다. 그렇지만 그 턱시도는 '깊이 생각해서 입은' 것처럼 보였다. 그의 얼굴은 의외로 통통한 편이었다. 얼굴만 그랬다. 전혀 미남자가 아니었다. 대단한 인물처럼 보였지만 로즈가 변덕을 부려 데려온 극장의 검표원일 수도 있었다. 그는 이를 알고 있음이 틀림없었다. 그런 처지였다.

로즈의 첫마디에 높아진 웅성거림이 수그러들지 않았다. 유명 배우에게 인사하러 오는 남자들의 발걸음이 번갈아 교차했다. 그들은 어설프게 서둘렀다. 다른 여자들이 방치되고 있는 순간을 그녀들이 깨닫지 못하도록 하려는 수작이었다. 그리고 무엇보다도 뻬르스발 부인의 날카로운 목소리 때문이었다. 그녀는 꼬냑과 캐비아를 권했다. 하지만 속으로는 샐러드와 아일랜드 위스키보다 샌드위치를 선호했다. 뽈 드니가 피아노 치기를 그만두고는 잔뜩 쌓은 접시와 술 세잔을 한 손으로 받쳐 들고서 손님을 접대했다. “조심해요, 내 드레스!” 아가토풀로스 양이 소리쳤다. 하지만 괜한 경고였다. 평정을 되찾은 그녀는 옆자리의 오렐리앵이 로즈만 보고 있다는 것을 알아차리고 큰 입으로 우스꽝스럽고 씁쓸한 표정을 지으며 말했다. “자, 좋아요! 난 오늘 저녁의 기회를 잃었어요. 잘 알죠!” 그녀가 뢰르띠유아의 소매 위에 손가락 몇개를 걸쳤다. 그가 그녀 쪽으로 몸을 돌렸다. 그녀는 어리둥절한 표정이었다. 못생겼다고 할 수 있겠지만 어리석지는 않은 얼굴. 이해하지 못하겠다는 듯이 약간 낯을 붉혔다. “무슨 하실 말이라도?” 그녀가 머리를 흔들었다. “그래도 제게 샴페인 한잔은 더 가져다주실 거죠?” 그가 당황하여 뛰어갔다. 식당 입구에서 이야기하고 있던 블랑셰뜨와 로즈의 남편 사이를 지나갔다. 일단 식탁 근처에 이르자 그의 귀에 바르뱅딴의 말이 들려왔다. 바르뱅딴이 대령에게 설명했다. “그녀는 의사와 결혼했어요. 마지못해서였죠. 의학박사 드꾀르가 몇년 전부터 그토록 끈질기게 간청했으니까요. 그는 그녀를 열렬히 사랑하지요. 그녀의 몸과 얼굴, 그리고 영광과 젊음을 돌보죠. 그녀를 위해 우유음료, 크림 등등을 제조해요. 예전에 그를 조금 알았는데……"

그가 샴페인을 들고 돌아오자 마리가 그를 아가토풀로스 양에게서 떼어냈다. 그녀는 로즈의 출현에 위협을 느낀 나머지 갑자기 불이 붙고 활기를 되찾은 듯했다. 사람들의 환심을 살 필요가 있었다. 그리스 아가씨가 재빨리 술잔을 잡았다. 처량한 어릿광대의 입 모양을 했다. 오렐리앵에게 "아시겠죠?"라고 말하고 싶은 듯했다. 그가 눈으로 "아니오"라고 대답하고자 애썼지만 뻬르스발 부인이 그를 끌어가는 바람에 이 부정의 표현은 짧게 줄어들었다.

"뭐 하세요, 저 큰 말 때문에 저녁나절을 허비하다니. 보세요, 당신을 기다리잖아요. 자, 어서……"

"정말이지 너무 친절하시네요. 저는 별로 시간을 허비하지 않았습니다만."

"남자들은 생뚱맞아요. 전 만남을 주선하죠. 그러니……"

"여자들은 얄궂어요. 왜 그런 일을 하세요?"

"고맙다고 하시고 더는 묻지 말아요. 저는 조에, 아가토풀로스 양을 좋아해요. 다만 그녀와 말하기만 해도 멍이 드시리라는 걸 염려하는 것뿐이라고요."

"저는 생각이 다른데요. 그녀에겐 한가지 매력이 있어요. 아시다시피 코가 큰 여자는……"

"엉뚱하시군요. 그런 말이 아니잖아요."

"그럼 무슨 일이죠, 친애하는 부인? 제게는 언제나 그런 것이 중요한데요. 당신을 볼 때면 속으로……"

"절대로 제게 그런 말 하지 마세요! 뽈 드니의 저 작은 콧방울로부터 모렐 부인을 좀 빼내주세요. 저에 대한 우정으로 말이에요."

"질투하시는 건가요?"

"이봐요! 도대체 어디서 자라셨기에 이렇게 비사교적이실까! 그녀가 당신을 기다려요."

"누가요? 베레니스가요?"

그가 입술을 깨물었다.

"그러니까, 뤼시앵 모렐 부인이요? 농담하시는 거죠! 제가 이해하지 못했다고 생각하시나요?"

"도대체 무엇을요?"

"당신이 저를 오게 한 이유 말입니다. 저는 오직 당신 때문에 여기 온 것입니다만."

그는 심술궂은 미남 연인처럼 그녀에게로 몸을 기울이면서 이렇게 말했다. 그리고 마리 너머로 로즈를 바라보았다. 로즈는 어슴푸레한 둥근 빛에 싸인 채 팔걸이 없는 쿠션의자에 앉아 바르뱅딴과 수다를 떨고 있었다. 바르뱅딴은 선 채였다.

"당신은 자존심이 강한 분이군요." 마리가 만족한 표정으로 말했다. "모든 여자가 발밑에 있다고, 고르기만 하면 된다고 생각하시는가봐요. 아무튼 좋아요, 조에를 선택하세요!"

"여자가 너무 많을 때 저는 갈피를 잡지 못해요. 제가 흑인 여자를 택하리라는 것은 누가 봐도 뻔하죠. 그렇고말고요."

"이보세요, 저의 집은 그런 곳이 아니잖아요. 멀쩡한 사람이라면 어떻게 그런 말을 하겠어요? 매음굴……"

"저는 멀쩡하지 않은 편이 더 좋아요."

"두려워할 것 없어요! 제발 좀 모렐 부인에게로 다시 가세요!"

"대체 왜 이렇게 고집을 피우시는지 모르겠네요! 제가 오랫동안 착각했다고 생각하신다면, 잘 좀 봐주세요."

뻬르스발 부인은 이 마지막 말의 의미를 잘못 이해했다. 그녀가 눈을 감았다.

"죄송한 말입니다만 그녀가 당신에게 저를 불러달라고 요청했나요?"

"모렐 부인이요?" (그녀가 다시 눈을 떴다.) "어머나, 아니에요!"

"농담은 이제 그만하시죠. 모렐 부인이 아니라 멜로즈 부인이……"

"로즈가요? 천만에요, 그런 말씀 마세요. 제가 오해하겠어요. 누구라고 하셔도 좋지만 로즈는 아니에요!"

"모르는 척하시죠."

"장담하는데, 그건 어리석은 짓이에요. 저는 박사를 열렬히 좋아해요. 그녀의 남편이 말이에요. 그녀로 말하자면 뭐랄까, 당신에게 말해두는데, 질투가 나요."

그녀가 반박할수록 점점 더 오렐리앵은 자신의 통찰력에 만족했다. 자, 의심의 여지가 없다. 그녀가 그를 오라고 한 것은 로즈 때문이었다. 우선 그는 배우들에 관해 어느정도 알고 있었다. 그리고 뻬르스발 부인은 영악한 여자였다. 그에게서 반항심을 간파했기 때문에 그를 다른 여자에게로 공공연히 밀어붙일 생각을 했던 것이다. 그의 반항심이 공연한 불신으로 이어져 베레니스에게 불리하게 작용할 뻔했다. 하지만 그는 이번 한번은 약간 자제할 마음이 있었다. 로즈라는 여자에게 흥미가 생겼다.

"로즈가 아니랍니다, 보세요, 로즈가 아니라니까요! 만일 그렇다면 몹시 걱정스러울 거예요. 우리는 서로 허물없는 사이죠. 아시다시피 오래된 이야기예요. 이미 뻬르스발과…… 제겐 상관없는 일이지만 뻬르스발이…… 보통내기가 아니랍니다. 당신에게 말할 필요는 없지만, 전 바보 같은 여자죠. 남에게 몹쓸 짓을 하지 못해요. 아시죠, 남자에게 마음이 끌릴 때마다…… 온갖 여자로부터 자신을 지킬 수 있겠죠. 하지만 저 여자는 천재성이 있어요. 천재성이란 말예요, 음흉한 거예요. 여자에게는 타고난 재능이죠. 이런 얘기를 하자니 눈치가 보이네요. 그녀는 나름대로 기교도 있고 몇차례 큰 성과를 거두기도 했어요. 제게 그러지 마세요! 보세요, 전 편협하지 않답니다. 누구를 원하시는지, 블랑셰뜨, 조에, 어쩌면 조에 아닐까? 그녀가 당신에게 한 말을 들어보면 말이죠……"

오렐리앵은 마리가 추근거리는 것을 알아차리지 못하는 척했고 갑작스럽게 바뀐 대화의 어조도 아랑곳하지 않는 표정이었다. 그들 사이에 느닷없이 허용된 상황이었다. 애초부터 그랬던 듯했다. 그녀는 그의 환심을 사려고 애썼다. 마치 해명, 지키지 못한 약속, 편지, 갈등의 몇주가 흐르고 나서 이런 상황에 이른 듯했다. 하지만 이 모든 것에는 두가지 계획, 두가지 주제가 있었다. 그것들이 푸가에서처럼 차례로 이어졌다. 이를 뢰르띠유아는 잘 알고 있었다. 꾀바른 여자, 교활해! 이 모든 것이 그를 저 여자에게 던져주기 위해서라니. 그가 물었다. "그녀는 몇살이죠?"

마리가 깜짝 놀라 이리저리 두리번거렸다. "누구요? 로즈? 아, 아니네요. 제 나이는 말했지만 제 친구들의 나이는 말하지 않았죠. 한가지 생각해볼 것은, 전쟁 전에 그녀는 인기가 좋았어요. 그녀의 인기는 처음에……"

"아마도 그녀가 매우 젊었을 테죠."

"그래요, 물론이죠. 전쟁 전에 우리는 모두 젊디젊었어요. 모두 다, 그러니까 로즈도. 그녀는 가까스로 저보다 손위예요, 가까스로. 기억하기는 힘들어요."

"그리고 그녀의 남편은……"

"오, 드꾀르 박사는 그녀보다 훨씬 젊지요! 틀림없이 서른세살일 거예요, 기껏해야. 나이 차이가 무슨 의미가 있는지는 모르겠지만 족히 열살, 족히 열살은…… 그렇지만 로즈는 마흔살이 아니죠. 로즈가 마흔살로 보이기나 할까요? 아시다시피 그는 그녀를 무척이나 사랑해요. 그로 인해 저는 때때로 마음이 괴로워요. 그녀는 자기 나름의 수완이 있기 때문이에요. 이해하시죠, 그가 들어갈 수 없는 그녀만의 세계 말입니다. 그는 틀림없이 며칠 고통을 겪을 거예요."

그는 그녀의 말을 막지 않았다. 로즈 생각을 하면서도 마리 드 뻬르스발의 존재감을 느끼기 시작했다. 그녀가 침대에서 어떨지 비로소 알 것 같았다. 그녀의 편지, 느낌표들에서 이미 막연하게나마 짐작한 바였다. 그는 자신도 모르게 몽상에 잠겨 있음을 문득 깨달았다. 분별없이 왜 이러지, 끊임없이 사냥감을 바꾸는 사냥꾼처럼! 심지어 자신의 가장 놀라운 모순점들 가운데 하나를 쓰라린 심정으로 떠올렸다. 조금 전에 베레니스에게서 얼굴을 돌렸던 것이다. 그녀에게로 떼밀린다고 생각했기 때문이다. 그런데 지금은 마리의 이중적인 태도를 더 잘 간파할수록 더욱더 그녀의 능숙하게 부정하는 말 때문에 로즈 쪽으로 눈길을 보냈다. 그가 잠자코 있으면 있을수록 점점 더 이런 경향이 은근히 부추겨졌다.

마리는 여전히 로즈와 그녀의 남편에 관해 말하고 있었다. 뽈 드니가 마리의 말을 가로막았다. 울적한 표정의 얼굴, 곧 울음을 터뜨릴 것 같은 어린아이의 입, 그리 가지런하지 않은 밤색 머리가 두드러졌다. 다른 이들에게 술시중을 들면서 좀 지나치게 마셨던 것이다.

"이럴 수가 있나요, 부인? 저녁 모임 내내 제게 말을 걸지 않다니요. 이제 제가 다가와 보니, 또다른 분과 함께 있네요."

그가 몸짓을 섞어가며 제법 큰 소리로 말했다. 마리가 그를 말렸다. "무슨 일 있어요, 쀨? 화난 건가요? 우리만 있는 것도 아니니만큼……"

"상관없어요. 비웃지 마세요. 저를 버리시네요. 이 양반과 떨어지지 않는군요." 그가 먼젓번처럼 큰 몸짓으로 오렐리앵을 가리켰다. 오렐리앵이 웃기 시작했다.

"이봐요, 쀨, 두말할 것 없이 당신은 저녁 모임에서 줄곧 모렐 부인과 함께였잖아요."

"아니, 질투하시는 겁니까? 속임수 쓰지 마세요, 마리. 질투하는 사람은 바로 접니다. 바로 제게 권리가 있어요."

"입 다물고 자러 갈 권리가 있겠죠. 실례 좀 해도 되겠죠, 뢰르띠유아 씨?" 그녀가 시인의 팔을 잡아끌었다. 오렐리앵도 자리에서 일어나 멀어졌다. 담배에 불을 붙이고 두 방향 사이에서 망설였다. 로즈 쪽으로 갈까, 아니면 베레니스 쪽으로 갈까. 베레니스 쪽으로 기울었다. 그러는 편이 위험하지 않았기 때문이다. 하지만 바르뱅딴과 마주쳤다. 바르뱅딴은 아내가 로즈와, 다비드 부인이 의사와 함께 있어 혼자였다. 대화 상대가 거듭해서 바뀌는 와중에 베레니스는 줄곧 구석에서 대령과 이야기하고 있었다.

"이보게, 에드몽, 다비드 대령에 관해 좀 알려주겠나? 어떤 사람이지? 저 사람들 말이야, 여기서 뭘 하는 거야?"

"저녁나절을 보내고 있지, 우리처럼. 그건 그렇고, 대령은 어떤 정치적 역할을 했어. 자네도 분명히 들었을 테지. 그는 금세기 초에 완전히 삐까르 장군파였어. 그로 인해 이후에 인생이 꼬였지. 그렇지 않았다면 틀림없이 별을 달았을 거야. 진급 길이 막혀버렸지. 어떻든 다르게 이야기하는 사람들이 있게 마련이니까. 그는 군대를 떠났어. 육군성에서 비서실장인지, 그 비슷한 직책을 맡았지. 그가 상관들에게 복수했다고들 주장하는데, 잘 모르겠어. 나는 그를 좋아해. 매력적인 사람이야. 어디에나 그런 사람이 있지. 브리앙과 함께 일해. 대령 출신치고는 야릇하지만 열렬한 군비축소 옹호자야. 평화주의자지."

오렐리앵이 눈살을 찌푸렸다. "평화주의자 대령? 말도 안 되는 소리!"

"저런!" 바르뱅딴이 지적했다. "자네에게 옛 전투원 기질이 다시 나타나는군! 베르됭 이후로는 자네의 이런 모습을 본 적이 없네."

"베르됭 이야기는 그만두게. 하지만 군비축소라니! 우리가 라인강을 떠나는 날이라면 모를까."

"알겠지만 사년이 흘렀잖아. 나는 신물이 나! 그만하자고. 예쁜 여자들에게나 신경 쓰게. 자네의 착한 면모가 먹힌다면 내 사촌누이를 대령에게서 떼어낼 수 있을 거야. 묘한 애이긴 해. 대령과 엄청 즐겁게 노닥거리는 것 좀 봐." (그의 반듯하고 팽팽한 얼굴에 확연히 짓궂은 장난기가 나타났다.) "내가 자네를 조에 풀로스 양에게 내어주지 않는 한…… 자네가 저 키 크고 볼품없는 여자를 진지하게 대하는 것 같아서 하는 말이네."

"그냥 내버려둬! 그런데 저 여자, 어디 태생인가?"

"자기 부친의 대저택. 마리가 어느 해인가 키클라데스제도를 순항巡航할 때 묵었던 곳이지. 그녀의 아버지가 어디에 대저택을 갖고 있는지 아나? 레스보스야. 자, 모든 것이 명백히 설명되지."

그가 오렐리앵을 베레니스 쪽으로 떼밀었다. 오렐리앵은 로즈 쪽으로 돌아갈 생각이었다. 하지만 그 순간 뽈 드니가 화난 모습으로 자기 잔에 위스키를 가득 따랐고 뻬르스발 부인이 두 손을 뻗고 로즈 쪽으로 가서는 자신이 낼 수 있는 가장 큰 목소리로 말했다.

"우리의 위대한 로즈는 우리의 요청을 거절하지 않겠죠? 왜냐하면 모든 이가, 예컨대 뢰르띠유아 씨가……"

그는 자신의 이름을 그녀가 왜 꺼냈는지 의아했다. 처음 몇마디를 잘 듣지 못했던 것이다.

"그리고 모두, 저 지겹고 시시한 시인, 대령, 모두가…… 로즈, 당신에게 여자들 이야기는 하지 않겠어요, 당신을 잘 아니까. 우리에게 무언가 얘기를 해주세요!"

위스키에 취한 뽈 드니의 목멘 소리가 들리고 시끄러운 하소연이 높아졌다. 아니요, 아니요, 오, 천만에요. 왜 아니죠. 한편 로즈는 자신이 담배를 너무 많이 피웠다고, 피곤해서 목이 잠겼다고 딱 잘라 말했다. 갑자기 오렐리앵은 자신의 팔에 누군가의 손이 닿는 느낌이 들었다. 돌아보았다. 베레니스였다. 그녀는 눈을 크게 뜨고서 그 배우를 가리키는 표정을 지었다. 오렐리앵은 이 젊은 여자가 숲의 짐승과 닮았다는 생각을 떨쳐버릴 수 없었다. 그녀는 잎이 무성한 가지 밑에서 솟아오른 듯했다. 결정면 없는 금강석 같은 사슴 눈이 이채로웠다. 그가 그녀에게 물었다. 그녀가 소곤소곤 말했다. "그녀에게 물어보시죠. 당신, 당신에게는 거절하지 않을 거예요."

"왜 그런 생각을!"

"……할 수 없을 것 같아요, 저는." 그녀가 말했다. 그러고는 문득 이 고백에 당황하여 뒤로 주춤 물러났다.

블랑셰뜨는 그녀 나름으로 드꾀르 박사에게 말을 건넸다.

"박사님! 그녀에게 말해주세요. 박사님의 말에는 귀를 기울이잖아요."

"정말 큰 오해입니다, 부인! 저는 로즈 멜로즈에게 영향력이 없습니다만."

뽈 드니가 술잔을 들고 오렐리앵의 곁으로 슬쩍 다가왔다. 그가 중얼거렸다. "이봐요, 믿을 수 있겠어요, 올해는 1922년이랍니다. 그리고 부인이 곧 시를 낭송할 거예요. 살롱에서요. 팔꿈치를 괼 벽난로가 없어서 유감이군요."

거듭된 요청에 유명 배우의 마음이 움직였다. 자리에서 일어난 그녀가 두 손으로 자신의 목을 감쌌다. 목구멍을 덥히려는 듯했다. 어깻짓을 했다. 아마도 그쯤 해두라는 뜻이었을 것이다. 다리받침이 달린 키 큰 전등 옆에 선 그녀의 얼굴을 흰색 바탕에 금박의 전등갓에서 걸러진 빛이 아래로부터 얼비추었다. 하지만 직접 빛을 받는 드레스 주름 속 그녀의 몸통이 머리로부터 나오는 말의 핵심, 무의식적인 핵심 같았다. 블랑셰뜨가 서둘러 자리에 앉으면서 그녀의 비단 드레스 스치는 소리가 들렸다. 사람들이 더 잘 보려고 조금씩 움직였다. 어렴풋한 호기심의 빛이 얼굴 위로 내려앉았다.

로즈가 눈을 감았다. 한숨처럼 깊은 숨을 쉬었다. 가슴이 가볍게 떨렸다. 몸통을 따라 팔을 서서히 늘어뜨렸다. 손이 뒤로 향했다. 몹시 어색한 분위기였다. 침묵의 소리가 들리는 듯했다. 그때까지 듣지 못했던 시계추의 똑딱거리는 소리가 들려왔다. 이 추시계가 어디 있었지? 그 순간 입상 전체가 떨리면서 살아 움직이기 시작했다. 푸른 물결이 가까스로 일었다. 어깨 위에서 보이지 않는 면사포를 찾는 듯 두 팔이 다시 들렸다가 교차했다. 입상이 팔로 몸을 꽉 죄었다. 천천히 눈을 뜨고는 입을 약간 비틀자 입맞춤할 때처럼 살짝 열린 모양이 되었다. 거기에서 목소리, 떨리는 목소리, 절세絶世의 목소리가 울려나왔다.

“나는 여름 새벽을 껴안았다./궁전의 정면에 어떤 움직임도 아직 없었다. 물결이 죽은 듯 잔잔했다. 진을 친 망령들이 숲길을 떠나지 않고 있었다. 내가 걸으면서 신선하고 훈훈한 숨결을 깨우자 보석들이 바라보았고 날개들이 소리 없이 떠올랐다.”[31]

오렐리앵은 뻘 드니의 손에서 눈을 뗄 수 없었다. 그가 두 손으로 술잔을 꽉 움켜쥐고 있었던 것이다. 깨뜨리지나 않을까 걱정될 정도였다. 손가락이 술잔 겉면을 쓸듯이 신경질적으로 오르내렸다. 이 젊은이는 거북했다. 일종의 격앙된 수치심에 사로잡혀 고개를 들지 못했다. 배우를 쳐다보지 않았다. 오렐리앵은 깜짝 놀랐다. 사람의 얼굴에서 그토록 강렬하고 그토록 순수한 증오의 표정을 결코 본 적이 없었다. 그의 표정에는 이 광경과 전혀 어울리지 않는 무언가가 있었다. 이런 까닭에 그는 시를 건성으로 듣고 있었다. 시의 중간쯤, 기이한 발음의 ‘바서팔’[32]이라는 낱말이 나오는 부분에서 그 은빛 속삭임을 무심코 기억해두었다.

“월계수 숲 근처 길마루 위에서 나는 쌓인 면사포로 여신을 둘러쌌다. 그리고 여신의 거대한 몸을 조금 느꼈다. 천사와 어린이가 숲 아래로 떨어졌다./깨어나니 정오였다.”

목소리가 환호성처럼 부풀었다. 시의 끝머리에서 떨어지는 짧고 함축적인 문장이 금속 카리용[33]처럼 터져나왔다. 열두번의 종소리가 들리지 않는 것이 이상하게 느껴졌다. 긴장이 풀리고, 전반적으로 좋은 평가를 내리면서도 신중한 청중의 웅성거림, 겉으로 드러내는 경탄, 간사스러운 칭찬, 형용사들의 뒤틀린 어조…… 오렐

31 랭보(Arthur Rimbaud)의 시 「새벽」을 낭송하고 있다.

32 Wasserfall. 독일어로 ‘폭포’의 뜻. 「새벽」에 사용된 단어이다.

33 음계 순서대로 여러개의 종을 매달아 치는 악기.

리앵이 뾜 드니의 귀에 대고 말했다. "자제하세요. 표정이 눈에 띄네요."

마치 마개를 틀기라도 한 듯 얼굴 피부 아래로 피가 몰렸다. 눈이 생기를 띠었다. 손에 들고 있는 것이 잔이라는 것을 손이 알아차렸다. 뾜 드니는 가볍게 한숨을 쉬고 옆사람에게로 몸을 기울였다. "고약한 여자…… 저건 참을 수 없어요. 그녀가 무엇을 원하건 상관없지만 저건 아니에요, 저건 아니라고요. 랭보는 아니죠."

"아, 랭보였어요?" 누구의 시인지 알지 못했던 오렐리앵이 말했다.

로즈에 대해 그는 눈부시게 아름답고 비극과 관련된 모든 것처럼 약간 기괴하다고 생각했다. 이 젊은이가 이를 가는 이유를 짐작할 수 있었다. 또한 앞에 서 있는 여자가 굳어버린 모습과 마음의 동요로 내보이는 그 굉장한 반응도 알아차릴 수 있었다. "못된 여자……" 뾜이 말을 잇고는 위스키를 벌컥 들이켰다. 사람들이 로즈에게로 몰려가 그녀가 원하는 것으로 또다른 시의 낭송을 간청했다. 뾜이 오렐리앵에게 넌지시 말했다. "늑대와 어린양……" 그러고는 살짝 미소를 짓기까지 했다. "자신의 애송 우화를 낭송하려는 거겠죠!" 오렐리앵은 이 조롱을 듣게 된 것에 약간 짜증이 났다. 얼굴을 옆으로 돌렸다. 눈길이 베레니스 쪽으로 향했다. 그녀의 뺨에 긴 눈물 자국이 나 있었다. 굵은 눈물방울을 참지 못했다. 시선이 멍했다. 마치 상송을 듣기라도 한 듯했다.

의사의 요청으로, 다시 말해 그의 제안으로 유명 배우는 단눈찌오의 시를 낭송하기 시작했다. 그녀가 프랑스의 온 사교계에서 낭송했던 그 시를.

7

오렐리앵은 자신의 결점을 잘 알고 있었다. 그것은 적어도 성격상의 특징으로 어떤 것도, 생각도 모험도 끝장을 보지 못한다는 점이었다. 그가 보기에 세상은 일탈로 가득 차 있었다. 이 때문에 그는 끊임없이 표류했다. 아무리 굳센 의지도 결심도 거기에 걸려 좌초했다. 그것은 우유부단이 아니었다. 하지만 그는 모든 것에 끌렸으니 무엇에 만족할 것인가? 분명한 진실, 즉 자신에게는 늘 불확실성이 생겨난다는 것, 자기 자신을 거슬러 내기를 걸고 반대편의 확신을 받아들일 용의가 있다는 것을 더 일찍, 명확하게 인식하지 못했다.

뻬르스발 부인의 집에서 그 저녁 모임 내내 그는 자신이 확신하지만 분명히 알아차리지 못하는 술책으로 짜증이 나는 가운데 다양한 움직임들 사이에서 분열되어 있었다. 가장 흔한 감정은 그가 권유받은 것을 뿌리치는 것이었다. 오렐리앵은 이 감정을 떨쳐버리고, 자신이 카드를 돌린 것은 아니지만 놀이에 빠져들면 어떨까 하는 단순한 호기심에 막 굴할 참이었다. 하지만 어떤 유혹보다도 강한 것이 있었으니 그것은 여자들의 다양성이었다. 오렐리앵은 천성적으로 한 여자에게서 다른 여자에게로 옮겨다녔다. 그 마르고 볼품없는 조에와 함께 있을 때나 그토록 균형 잡히고 명백히 사랑의 사정에 해박한 로즈와 함께 있을 때나 똑같이 현혹될 성격이었다. 조에와 침대에 들었을 때 그녀가 전등을 끄기 위해 취할 성급한 몸짓을, 어떻게 그녀가 드레스를 벗어던질지를 상상할 수 있었다. 하지만 벨푀유 길에서 무엇보다도 마리에 대한 강박관념을 얻게 되었다. 말하자면 이곳이 그것을 제공한 셈이었다. 남자는 극심하게 엉망진창이나 실패의 감정이 일지 않는 한 결코 여자를 가게 내버려두지 않는 법이다. 그는 그 여자의 다리, 엘스떼르 상표의 구두를 다시 보았고, 반지를 여럿 낀 손의 감촉을 느꼈다.

그렇지만 로즈는…… 표정의 변화가 거의 없는 로즈의 얼굴. 사랑처럼 나이를 알 수 없었다. 안마사의 능숙한 손가락이 빚어낸 그 조각상. 우유와 생각으로 시달린 그 육신. 불가사의. 그녀가 가브리엘레 단눈찌오의 정부였다고 해도 그가 사냥터를 들쑤시고 다니지는 않았을 것이다. 심지어 그는 그런 것이 약간 귀찮았다. 그녀가 이름 모를 이웃 여자였다면 더 좋아했을 것이다. 그렇지만 이런 점을 잘 모르는 사람에게는 꾸며낸 매력이 있었다. 전설의 향기……

이 모든 것의 한가운데에서 그가 이 모든 것으로부터 멀어지고 또다른 영상이 재빨리 다가올수록 더욱더 그것은 다른 여자들을 빛바래게 했다. 실제의 여자라 하기도, 영상이라 하기도 어려웠다. 그것의 힘, 그것의 교란 능력은 사소한 것에 있었다. 기억에 의해 왜곡되고 고정되는 순간적인 표정. 치기(로뛰스!)와 정열의 혼합…… 이 기질, 다시 말해서, 실제로 그날 저녁의 여자들 중에서 그녀는 일어나거나 앉기 위해 일어나거나 앉은 유일한 여자, 술수 없이 숨을 쉬는 유일한 여자였다. 여전히, 정말로 그럴까? 그는 그녀 얼굴의 눈물 자국을 다시 보았다. 눈물이 실제로 흐를 때보다 더 당혹스러웠다. 로즈는 틀림없이 완벽하게 울 줄 알았겠지만, '안다'는 것이란! 그런데 이처럼 유난히 베레니스 생각에 사로잡힌 까닭을 왜 스스로에게 숨겨야 하지? 오렐리앵은 자신의 허영심을 잘 알고 있었다. 허영심 덩어리가 되지 않으려면 얼마나 미친 듯이 오만을 떨어야 하는지 모른다! 여자의 고백을 당연한 것인 양 여겨 마음이 흔들리지 않는 남자, 그런 녀석은 실재하지 않는다. 오렐리앵은 베레니스의 말을 똑똑히 들었다. 마치 방금 눈앞에서 들려온 듯했다. "……할 수 없을 것 같아요, 저는." 그러고는 내몰리는 사슴처럼 문장의 끝에서 눈길을 돌렸다. 그녀는 정확히 무슨 말을 하려고 했을까? 맥락을 확실하게 파악해야 할 터였다. 그래도 막연하게나마 짐작해보자면, 감히 멜로즈 부인을 당당히 상대하지는 못할 것이라고 말하려 했으리라. 오로지 그것뿐이었다. 어떻게 이 생각이 뢰르띠유아에게 떠오르지 않았겠는가? 자연스럽게 이해되었을 것이다. 그는 이처럼 때늦게 그녀를 만나서 조금 수치스러운 기분이었다. 자신이 생각한 것보다 더 거만을 떨 필요가 있었을까? 낭패였다. 그렇지만……

그렇지만 당시에 그는 어떻게 해석해야 할지 망설이지 않았다. 모호한 구석이 없으려면 그후로 사라진 또다른 요소가 있어야 했다. 그 말에 뒤따르는 명백한 빛이. 그는 베레니스의 억양을 주의 깊게 떠올려보았다. 그게 아니었다. 확실히 자신에게 속았다. 잘못 생각했다. 기만적인 메아리가 까닭 없이 약해졌다. "……할 수 없을 것 같아요, 저는." 그래, 이번에는 맞아, 어느정도는. 그녀는 정말로 말하려 했을까. 거절할 수 없을 것 같아요, 저는. 만약 제게 어떤 것을, 그것이 무엇이건 요구한다면, 저 베레니스는 당신 오렐리앵에게…… 그는 자신이 우스꽝스럽다고 생각했다. 짧은 문장을 이렇게 세세하게 분석하다보니 다시 초등학생이 된 듯했다. 분석할 수 있을 것 같다, 할 수 있다 동사의 일인칭 현재 조건절. 그만! 그것은 또한 '거절할 수 없을 것 같아요, 저는, 그것을 남자에게…… 어떤…… 요컨대 어떤 남자에게, 저는 거절할 줄 몰라요'를 의미할 수도 있었기 때문이다. 그러면 왜 그렇게 느닷없이 물러났을까? 자, 그녀는 말하고 난 후에 그에게 떠오를 다른 의미를 이해했다. 어쨌든 그는 이 문장에 쫓기는 신세였다. 게다가 '……할 수 없을 것 같아요, 저는'이라는 뜻은 분명히 거기에 내포되지 않았다. 아, 이번에 그는 순간적인 억양의 변화를 떠올렸다! 생각하는 사람은 이제 그가 아니라 베레니스였다. 그는 이 이름이 얼마나 부드럽다고 느꼈는가. 자기도 모르게 문득 깨달았다. 이 부드러움은 뤼시앵 모렐 부인에게보다는 차라리 카이사레아의 여왕에게 어울릴 것이었다. 그가 그녀를 남편의 이름으로 부르기 위해 이처럼 고쳐 말한 것은 이번이 처음이 아니었다. 그는 마치 스스로 자신의 허물없는 태도를 꾸짖거나 두려워하는 듯했다. 이 허물없는 태도의 무언가를 두려워하는 듯했다. 터무니없었다. 그가 되뇌었다. 베레니스…… 자신의 침착성을 확신하려는 것이었다. 베레니스…… 베레니스…… 그러다가 갑자기 다시 눈물을 보았다. 뤼시앵 모렐 부인. 좋아. 이 피학대음란증은 뭐지? 베레니스라는 이름이 마음에 든다면…… 그는 정말로 스스로 시험하고 싶었다. 정확한 어조의 비결을 알아차렸다고 확신하며 작은 소리로 말했다. "할 수 없을 것 같아요, 저는." 하지만 말하는 사람은 오렐리앵, 그의 남자 목소리일 따름이었다. 너는 무슨 생각을 하려는 거냐? "웨이터, 사이드카[34] 한잔!"

오렐리앵은 몽마르트르의 바 륄리스로 가서 팔꿈치를 괴고 앉아 있었다. 벨피유 길을 지나자 기계적으로 발걸음을 이리로 옮겼다. 그에게서 잠들고 싶은 욕구를 앗아가는 뭔가가 있었다. 아마도 그 모든 여자들. 아니면 그녀들 중의 한 여자. 야행성은 오렐리앵의 버릇이었다. 다른 이들이 잠들었을 때 그는 활기 넘치는 이 불빛의

34 꼬냑, 오렌지 술, 레몬주스로 만드는 칵테일.

장소들로 돌아다니기를 좋아했다. 여기가 익숙했다. 이 떠돌기의 이유를 굳이 마리 집의 저녁 모임에서 찾을 필요는 없었다. 그는 전날도 여기에 왔었고 이튿날도 여기로 이끌릴 수 있었다. 바다처럼 어떤 익사자, 어떤 바다풀을 이리로 다시 데려올 수 있었다.

"혼자야?"

그가 몸을 돌려 시몬에게 미소 지었다. 그녀는 손님들과 춤추기에 싫증이 났다. 그의 곁에 팔꿈치를 괴고 앉았다.

8

빠리 사람들은 자신들의 도시로부터 지방 사람들이 느끼는 즐거움을 결코 얻지 못한다. 우선, 그들에게 빠리는 그들이 가진 사교와 호기심의 폭에 한정된다. 빠리 사람은 자신의 도시를 몇몇 구역들로 축소하고 그것들을 넘어서는 모든 것은 그에게 빠리가 아니므로 무시한다. 다음으로, 길을 잃고 방황한다는 그 거의 지속적인 감정은 커다란 매력임에도 찾아볼 수가 없다. 아무 지인도 없고 우연한 마주침의 가능성도 없는 것이 안전하기는 하다. 반대로 그에게는 자신이 잠시 지나가는 온갖 소도시에서 다른 모든 이가 알지 못하는 단 한 사람이라는 그 기묘한 느낌이 생겨난다. 하지만 이 익명의 상황에서 그 돌의 숲, 포장도로의 사막이 눈앞에 펼쳐질 때 기분이 어떨지 생각해보라.

베레니스는 자신의 고독을 음미했다. 평생 처음으로 자기 자신의 주인이었다. 블랑셰뜨도 에드몽도 베레니스를 제지할 생각을 하지 못했다. 그녀에게는 심지어 산책을 계속하고 싶을 때 전화를 걸어 점심식사 하러 돌아가지 않을 것이라고 말할 의무도 없었다. 오, 빠리의 멋진 겨울, 진창, 오물, 그리고 느닷없이 빛나는 햇살! 여기서는 가는 빗줄기까지 그녀의 마음에 들었다. 비에 젖어 추위가 몸에 스며들면 백화점, 미술관, 까페, 지하철이 있었다. 빠리에서는 모든 것이 수월하다. 어떤 것도 결코 한결같지가 않다. 길들, 대로들이 있는데 백번째 지나갈 때도 처음 지나갈 때만큼 재미가 있다. 그런데다 날씨가 나빠도 상관없다.

예컨대 에뚜알 광장. 에뚜알 광장 주위로 걷기, 무턱대고 어느 가로街路로 접어들기, 그리고 다음 가로에서 이어지던 것과는 완전히 다른 세계에 우연히 놓이기…… 그런 산책은 정말로 수를 놓는 것과도 같았다. 다만 수를 놓을 때는 꽃이나 새 같은 이미 만들어지고 익히 알려진 문양을 따른다. 여기서는 접어들 곳이 프리들랑 가로의 몽환적인 낙원일지, 와그람 가로의 불량스러운 우글거림일지, 아니면 부아 가로의 물결치는 들판일지 결코 미리 알 수 없었다. 에뚜알 광장은 생물처럼 상이한 세계들을 거느리고 있다. 에뚜알 광장의 빛나는 팔들에서 이어지는 세계들. 시골풍의 까르노 가로와 휘황찬란한 상점이 즐비한 샹젤리제가 있다. 빅또르위고 가로가 있다. 베레니스는 이 가로들이 이어지는 순서를 늘 잊어버리곤 했는데, 여왕을 떠나 소녀를 만나거나 기사도 소설을 덮고 모빠상의 단편을 읽는 것처럼 어느 한 가로에서 옆길로 접어들어 다음 가로에 다다르기를 좋아했다. 그녀의 마음에 든 것은 상상력의 한 영역에서 다른 영역으로 이르는 번화한 길들, 이 길들이 또한 느닷없이 어느 이상한 지방의 부분이나 발코니들의 격자무늬 난간이 세입자들의 활동과 의무를 복잡하게 소묘해놓은 것 같은 텅 빈 골목길, 또는 부자 동네에서 얼마 떨어지지 않은 곳에 양갓집 자식과 타락한 서민의 음탕한 기운이 어른거리게 하는 호텔과 여인숙, 술집, 은밀한 여자의 수상한 얽힘이기도 하는 것이었다. 이 구역은 베레니스를 질겁하게 하면서도 그녀의 관심을 끌었다. 갑자기 도시가 어느 큰길 쪽으로 열렸고, 그녀는 그 구역에서 나와 멀리 개선문과 그쪽으로 밑동에 철제 격자를 덮은 채 줄지어 늘어선 나무들을 바라보았다. 얼마나 아름다운가, 빠리는! 도로가 곧바르고 단순한 곳에도 얼마나 많은 모퉁이가 있는지…… 시골에서는 어떤 곳도 풍경이 이토록 빠르게 변하지 않는다. 심지어는 알프스산맥이나 바닷가에서도 이렇게 느긋하고 존재에 홀리는 자유로운 젊은 여자, 속마음을 얼굴에 드러내기를, 누군가에게 상처를 주어 후회할지 모를 문장을 입 밖에 내기를 두려워하지 않을뿐더러 스스로를 경계함 없이 제멋대로 자유롭게 생각하는 젊은 여자의 꿈을 이토록 풍요롭게 북돋우는 곳은 없다.

때로는 도시를 바꾸고 싶은 마음이 그녀를 사로잡곤 했다. 그녀는 버스, 아무 버스에나 올라타고 빠리의 다른 쪽 끝에 다다랐다. 승강장에 머물러 있으면서 타고 내리는 사람들에게 떠밀리는 것이 좋았다. 구역마다 밀도가 다르다는 점이 피부로 느껴졌다. 자기 주위의 변모를 느끼는 데에 싫증을 내지 않았다. 샹젤리제 가로, 꽁꼬르드 광장을 지난 다음의 리볼리 길은 몹시 좁아 보였다. 그야말로 하나의 관념처럼 결론을 향한 추론의 단계를 밟아나가는 것 같았다. 우선 어느 정원을 따라 자유롭게 자란 듯한 나무들에 대한 조금 전의 상상이 이제 검은 철책 뒤로 억제되고 동상들에 의해 점차 밀려나면서 베레니스에게 어느 궁전을 끼고 나아가도록 준비를 시키는 듯했다. 맞은편 아케이드는 당연히 장식의 특성이 두드러졌다. 펼쳐지는 포석에 그 특성이 덧붙여졌다. 다음으로 궁전을 지나자 아케이드가 아주 빠르게 사라졌다. 그러자 길은 이성을 위해 상상력을 버려야 했다. 양쪽의 주택들, 그저 보통의 주택들. 상업의 자부심, 기념물로서의 사마리뗀 백화점, 루브르를 대체하는 사마리뗀 백화점. 길을 가로질러 중앙시장에서의 거래. 좌안과 그곳의 몽상을 향해 나아갈 때 샤뜰레 극장 높이로 여전히 길게 뻗은 나무들. 그러고는 끝이다. 시청을 지나면 곧바로 길이 좁아지고, 추억을 가득 머금고 위험으로 가득한 생땅뚜안 길을 거쳐 마침내 에뚜알 광장의 대응물, 7월 기념비가 솟아 있는 이 거대한 광장에 버스가 다다를 때까지 이어진다.

거기에서 다시 놀이를 시작할 수 있었다. 베레니스는 로께뜨 길에서 앙리 4세 대로로, 생땅뚜안 문밖에서 생마르땡 운하로 또다시 이리저리 배회했다.

까르띠에 라땡에 관한 군소리. 소설에서 읽은 대로, 관습의 매력에 맞춰 이곳을 보는 지방 여자에게 이곳의 신비는 엄청났다. 그런데다 마들렌 광장에 있는 큰 서점들에는 에디아르[35]의 과일에 비길 만한 새로운 것들이 가득했다. 생제르맹 대로, 크레스 서점에서 단행본과 잡지의 자르지 않은 페이지들을[36] 통째로 넘겨 읽으면서 여러시간을 빈둥거릴 수 있었다. 오데옹 길의 작은 잿빛 가게, 그녀는 자신을 붙드는 그곳 여자들을 좋아했다. 그 여자들 중에서 금발의 여자 한명은 그녀에게 자신이 사부아 출신이라고 말했다. 쥘 로맹의 초판본과 함께 뽈 드니의 작은 책 『출입 금지』를 팔고 있었다. 내용이 산만한 약간 짧은 책이었다. 오데옹의 상점가에서 파는 책

35 사업가 에디아르(Ferdinand Hédiard)가 1854년부터 식민지 농산물을 들여와 팔던 가게.

36 당시 신간은 접지한 상태로 자르지 않고 출간하는 것이 관행이었다.

들은 다른 매력이 있었다. 그것들을 들여다봐도 되는지 확실치 않았다.

빠리의 경이로움. 이제는 생각하지 않기. 이제는 선의에, 연민에 끌린다고 느끼지 않기. 또다시 예전처럼 자문하지 않고 줄넘기를 하는 어린 소녀가 되기. 그녀는 이유 없이 웃을 수 있었다. 아무도 "무엇 때문에 웃는 거지?" 하고 진지하게 물으면서 그녀를 안아주지 않으리라. 그녀는 사람들을 쳐다보거나 무시할 수 있었다. 뤼시앵을 잊고도 자책하지 않을 수 있었다. 그랑 불바르[37]가 있었고 뤽상부르가 있었으며 동역東驛이 있었고 몽루주가 있었다. 구역을 바꾸는 것은 누구에 대한 불충실이 아니었다. 그녀가 뷔뜨 쇼몽에서 시간을 보냈다고 해서 앵발리드가 그녀를 야단치지는 않으리라.[38]

그녀는 레누아르 길로 돌아왔다. 행복하고 유순해진 모습이었고 마치 온종일 들판을 달린 듯이 얼굴에 홍조를 띠고 있었다. "아가씨에게 온 편지가 있는데." 블랑셰뜨가 그녀에게 외쳤다. 그녀는 갑자기 진지해져 모자를 벗고 편지를 집어들었다. 조만간 잃어버릴 게 틀림없는 이 빠리 위의 테라스로 가서, 낱말 하나하나를 가슴에 새기면서 천천히 편지를 읽었다. 다정하고 상냥하고 점잖은 편지를 읽자 입술을 깨물며 흐느끼고 싶어졌다.

"뤼시앵이 아가씨에게 뭐라고 했어요?" 식탁에서 블랑셰뜨가 묻는다.

---

37 Grands Boulevards. 센강 우안에 위치한 큰길들. 보마르셰, 피유뒤깔베르, 땅쁠, 생마르땡, 생드니, 본누벨, 뿌아소니에르, 몽마르트르, 이딸리앵, 까뿌신, 마들렌 대로로 구성된다.

38 뷔뜨 쇼몽(Buttes-Chaumont)은 빠리 19구에 위치한 공원, 앵발리드(Les Invalides)는 빠리 7구에 위치한 군사박물관. 나뽈레옹 1세의 묘가 있는 것으로 유명하다.

"오, 별거 없어요, 여느 때처럼. 오빠와 언니의 안부랑, 재미있게 지내라고요. 어머니에게 류머티즘 발작이 일어났대요."

"그런데 뢰르띠유아를 만났어." 에드몽이 눈치 없이 말을 끊었다.

블랑셰뜨가 눈살을 찌푸렸다. 그녀는 오렐리앵을 그다지 좋아하지 않는다. 이는 금방 눈에 띈다. "그래서?"

"그래서, 아무것도 아니야. 뢰르띠유아를 만났다고. 그저 뢰르띠유아를 만났다는 말이야."

좋아. 이야기가 매듭지어졌네. 포크의 소음이 들린다. 그러자 에드몽이 물음에 대답하듯 말한다.

"부아 가로에서 걷고 있었지. 내가 그를 반강제로 그의 집으로 데려다주었어. 독신용 아파트가 정말 매력적이더군."

베레니스는 대화를 하고 싶지 않지만 이 사촌 부부 사이에 뭔가 어색한 것이 있다고 느낀다. 그래서 질문을 한다. 대답에는 관심이 없다. 대화를 계속하기 위해서다. 그리하여 블랑셰뜨가 살짝 흥분하게 되기를 바란 것이다. "그는 어디에 살아요?" 그녀가 묻는다.

에드몽이 얼굴을 들어 블랑셰뜨를 바라보고는 이어서 사촌누이 쪽을 돌아본다. "생루이섬에. 방 두개에 주방이 딸린 곳이지. 하지만 너는 상상할 수 없을 거야."

블랑셰뜨가 가정교사에게 애들에 관해 말해야 할 것이 있는데 잊었다는 것을 문득 떠올린다. 일어나다가 의자를 넘어뜨린다. 의자를 세워놓고는 나간다.

"언니에게 무슨 일 있어요?" 베레니스가 말한다. "언니를 심술궂게 대했을 테죠, 오빠가."

9

얼마나 멋진 날인가! 이와 같은 겨울은 오랜만이었다. 온통 얼어붙은 태양, 빠리 근교의 헐벗은 정원, 갑자기 빛의 꽃이 피어나는 벽, 숲 기하학의 엑스축과 와이축이 교차하는 산림지대와 모퉁이에 보이는 놀랍게도 끈질긴 초목의 잎, 메마른 푸른 들, 온실의 산물에 반대되는 것들과 더불어 이처럼 날씨가 건조해질 때, 도로에서나 어처구니없는 '숙박업소'들에서 어느 누구와도 마주칠 우려가 없는 주중에 5마력 자동차로 달리는 것은 얼마나 감미로운지! 분명히 쇨제르의 부가띠 같은 더 힘센 자동차로는 더 멀리 가거나 지방으로 깊이 들어박힐 수 있으리라.

"그런데 알아차렸나요, 빠리에서 멀어질수록 시간 속으로 물러나는 것 같다는 걸? 50킬로미터 떨어진 곳에서는 19세기에 다다르죠. 하지만 100킬로미터 떨어진 곳에서는 18세기를 따라잡아요. 그런 식으로 여러 지역을 지나면 중세에 다다르게 돼요."

그는 빠리 사람들의 통상적인 짐수레 행렬에서 빠져나올 수 있는 이 작은 도로들을 좋아해서 훤히 알고 있었다. 누구보다도 더 외출을 싫어하는 빠리 사람들에게 자동차 관광의 핵, 정수는 여전히 까랑뜨수 도로이다. 아니면 그들은 어떻든 목적지가 있기를, 무언가 구경하러 가기를, 이름난 풍경에 타이어로 경의를 표하기를 원했다. 오렐리앵은 동승한 여자 쪽으로 약간 몸을 굽혀 그들이 가로지르고 있는 들판을 손으로 가리켰다. 살짝 기복이 있고 여기저기 벌거벗었다. 눈길을 끄는 것이라고는, 여러 세대의 화가들 덕분에 바라볼 만하게 된 것이라고는 전혀 없었다. 그냥 여기는 경작되고 저기는 버려진 땅으로, 완만한 경사지에는 잡초가 우거지고 죽은 나뭇가지의 작은 무더기가 군데군데 놓여 있었다. 전체적으로 이곳저곳이 울룩불룩한 산토끼 색깔의 공간이었다.

"별난 사람이군요." 붉은색 모피 차림의 마리 드 뻬르스발이 중얼거렸다. 그녀는 무슨 볼 것이 있는지 알지 못했지만 옆사람에게 바싹 다가앉았다. 그가 그녀를 바라보았다. 그녀는 사랑에 빠진 표정을 지으며 입을 그에게로 들어올렸다. 무엇이 오렐리앵의 마음에 드는지 전혀 모르고 있었다. 그것은 명백했다. 하지만 그가 자신이 바라는 것을 그녀에게 요구했던가? 아니다. 그녀는 온천 도시와 리비에라[39]를 위한 여자다. 그녀는 종려나무를 무척 좋아할 것이 틀림없다. 그건 아무래도 좋다. 그녀가 한숨을 지었다. "저기……" 그녀의 한숨 소리가 수프 위의 머리카락처럼 전해져왔다. 코안에서 날카로운 냉기가 살짝 새어나왔다.

지금 그들은 중간이 불룩한 도로로 덤불이 무성한 잡목 숲을 가로지르고 있었다. 숲 가장자리를 에워싼 철조망에는 '사유지 사냥터'라는 게시판이 잔뜩 걸려 있었다.

"저기," 뻬르스발 부인이 책망하는 표정으로 신음하듯 말했다. "생각해보면 내 다리는 프랑스와 나바르[40]에서 가장 아름답다고 다들 인정하는데, 당신은 내 다리에 대해 최소한의 찬사도 해주지 않으니……"

짐수레 한대가 옆으로 비켜주질 않았다. 오렐리앵은 핸들을 꺾었다가 되돌리고 그 화제의 다리를 스타킹이 멎은 부위까지 살짝 쓰다듬으려고 손으로 담요 밑을 공손하게 더듬었을 뿐이다. 그러

39 이딸리아와 프랑스에 걸쳐 있는 지중해 연안 지역. 사시사철 기후가 온화한 곳으로 휴양지가 몰려 있다.

40 스페인 북쪽에 위치한 지방.

고는 저무는 해를 바라보았다. “모든 이가 당신에게 말하는 것, 당신이 아주 잘 알고 있는 것을 왜 다시 말해야 하는지…… 게다가 그건 새로울 것도 없죠. 내게 이미 보여주었으니까요. 반면에 내 다리, 당신은 내 다리에 관해서는 내게 한마디도 하지 않았잖아요.”

그녀가 매우 사교적으로 웃었다. 잠시 생각에 잠겼다. 그러고는 눈살을 찌푸렸다. “이봐요, 당신들, 이 세대의 남자들은 정말이지 얼마나 소녀 같은지 믿어지지 않을 정도랍니다. 전쟁을 한 것 같지가 않아요. 자기 자신에게만 관심을 갖죠. 그리고 여자에게 별로 친절하지 않아요.”

“전쟁을 하면 여자에게 친절해진다고 생각하세요?”

“모르죠, 나는. 당신들의 선배 세대는 전통, 세심함이 있었어요.”

그가 어깨를 으쓱했다. 쉽게 상스러운 말을 내뱉을 수도 있었지만 그녀의 말을 인정하는 꼴이 될까봐 두려웠다. 그녀가 말을 이었다. “당신들은 우리를 냉대해요.”

“우선 나는 그 복수 대명사가 싫습니다. 나는 너를 냉대한다거나 나는 당신을 냉대한다…… 하지만 ‘우리들, 당신들’이라니, ‘우리들, 당신들’이 대체 누굽니까? 혹시라도 나를 드니와 똑같이 취급해서라면……”

“어리석군요! 무엇보다, 뽈에 관해 나쁘게 말하지 말아요. 내가 당신과 함께 그를 속였기 때문이 아니에요. 그는 재능이 많아요. 장래가 유망하죠. 어쨌든 재능이 있어요. 『출입 금지』를 읽어보지 않았겠죠, 물론. 대단한 자질을 지녔어요.”

오렐리앵은 얼빠진 듯 광적인 웃음에 사로잡혔다. 누구라도 이런 웃음이 터지면 억제할 수가 없다. 그가 사과했다. 모두가 알다시피 사과는 상황을 악화시킨다. 마침내 웃음이 가라앉았다. “용서하세요. 기분을 상하게 하려는 의도는 없었어요."

"기분이 상하진 않아요. 하지만 당신은 그 친구에 대해 불공정해요. 그를 더 너그럽게 대할 수 있을 거예요. 일어난 일을 알고 나면 말이에요."

"뭐라고요? 무슨 일이 있었는데요?" 그가 최대한 성실하게 말했다.

이번에는 그녀가 광적인 웃음, 하지만 자동피아노 소리 같은 광적인 웃음을 즐길 차례였다. 풍경이 바뀌었다. 어느 마을. 운전자용 아뻬리띠프와 휘발유를 광고하는 포스터들. 더 넓은 도로로 들어섰다. 자동차들. 마리가 담요를 뒤집어쓰고 깊은 생각에 잠겼다. 오렐리앵은 이 틈을 타 그녀에게서 얼마 동안의 고독을 훔쳤다. 그녀는 마치 오래 우회한 끝에 그날 오후의 시작 시점으로 되돌아온 듯이 자신의 생각을 큰 소리로 계속해서 늘어놓았다.

"당신이 나를 데려간 작은 동네 말인데, 정말 좋았어요. 그 호텔, 가본 사람이 많으리라고 생각해요? 난 아니라고 느꼈어요. 어쩌면 순진한 거겠지만. 요컨대 당신은 내 마음을 흔들어놓았어요."

"고마워요."

"아니에요, 오히려 내가 고마워해야죠. 그곳을 알려주었으니까요."

"그래요, 훗날 당신에게 다시 소용이 될 수 있을 테죠."

얼마나 무례한지. 그녀가 소리쳤다. "정말 무례하네요! 하기야 왜 아니겠어요? 우리 거기에 다시 가요."

"오!" 그가 말했다. "당신을 기쁘게 할 것이 그것뿐이라면……"

그녀는 다시 한순간 말문이 막혔다. 곧 공격을 재개했다. "건달 양반, 세상의 모든 여자와 함께 그 호텔에 갔군요."

그가 얼굴을 찡그렸다. 이 단어가 그다지 마음에 들지 않았다.

그녀를 벌했다. "모든…… 아니죠, 열명 남짓."

그는 혼잣속으로 과부 뻬르스발이라 부르는 이 여자에 대한 호기심을 즐겼다. 그에게 그녀는 알아나갈수록 더욱 과부 뻬르스발이었다. 예컨대 그의 세대에 속하는 남자들에게는 여자를 친절하게 대하는 태도가 결여되어 있다는 그런 생각이. 그는 세계와 잤지 여자와 잔 것이 아니었다. 약간 시대에 뒤떨어진 세계. 그래도 그 나름의 관습과 전통이 있었다. 형성 중인 것이었을지언정. 아, 그래, 그는 그 느낌표들이 무엇에 대응하는지 이제 말할 수 있었다! 실은 그녀가 때에 맞지 않게 그의 귀에다 "하고 싶은 대로 다 해요. 하지만 아기는 안 돼요!"라고 신음 소리와 함께 속삭이던 것을 떠올렸을 때, 몸을 내맡기는 순간에도 가슴에 몹시 신경을 쓰던 이 분칠한 여인에게 예절 바르지 못하게 처신할 뻔하긴 했지만. 이 불쾌한 기억에 화가 치밀어 그는 난폭하게 가속페달을 밟았다. 자동차가 급격하게 앞으로 튀어나갔다.

"당신 왜 이래요?" 마리가 고함쳤다.

"복수하는 거예요!"

그녀는 무엇에 대해서인지 묻지 않았다. 멀리 빠리가 눈에 들어왔다.

달리는 차 안에서 그들은 한동안 서로 말이 없었다. 얼마 후 그녀는 더는 참을 수 없었다.

"태연해 보이네요."

"여전히 전통이네요, 그렇죠? 당신은 거짓말을 좋아해요."

"당신은 거짓말하지 않을 수 있을 테죠."

"나 역시 거짓말할지도 모르죠."

"오늘 좀 이상하시네."

"평소와 다를 바 없는데요."

"그게 바로 내가 당신에게 못마땅해하는 점이에요, 나쁜 사람! 마치 아무 일도 없었던 것처럼."

"무슨 일이 있었나요?"

"또! 무례한 사람!"

"내가 버릇없어요? 기억력이 나쁘다고 할 만큼 입이 무겁다고 생각했는데……"

"설마! 내가 당신에게 처음부터 허락한 것을 어떤 남자들은 내게 십년 동안 애원했어요, 알아요?"

"후회하나요?"

"당신이 나를 후회하게 만드는 것 같군요."

"둘 중의 어떤 것을요? 십년인가요, 아니면 처음부터인가요?"

"그만해둬요. 내가 당신에게 반할까요? 당신의 무례한 언사를 눈감아줄까요? 어머나! 그러고 싶지 않네요!" 그녀는 대꾸를 기다렸으나 말이 들려오지 않았다. 사람들이 하듯이 당신에게 해야 하는 쪽은 바로 나일까요? 내가 당신을 붙잡으려고 전전긍긍해야 할까요? 당신을 기다리고, 당신을 기쁘게 할 수 있는 것을 상상하고, 당신에게 넥타이를 선물하고……

"아니요, 아니라고요. 나는 뽈 드니가 아닙니다, 정말이지."

"당신에게 그를 제물로 바치길 바라나요?"

"맙소사! 아무것도 하지 마세요! 제물이라니요, 친애하는 이피게네이아."[41]

"당신이 그걸 요구한다 해도 나는 단호하게 거절할 것이기 때문

41 라신의 희곡 「이피제니」의 주인공. 아가멤논의 딸 이피게네이아(이피제니)는 그리스 신화 속 트로이전쟁의 제물로 정해지는 인물이다.

에…… 당신처럼 매정한 사람을 위해 그애에게 고통을 주지는 않겠어요. 그래요, 내게 그는 어린아이죠, 남자인 만큼이나. 무엇이 우리를 갈라놓는지 잘 알아요. 그게 언제까지나 지속되지는 않으리라는 것을요. 그리고 그것에 집착하지도 않아요. 그래도 그가 간직하기를! 우리가 함께한 날들의 추억, 추억을……"

뢰르띠유아가 주유표를 빠리 입시세入市稅 징수소에 냈다. 햇빛이 하늘의 높은 곳을 밝힐 만큼만 남아 있었다. 집들이 벌써 연보라색 대기에 잠겨 있었다.

"벨푀유 길에 내려줄까요?"

"벌써요?" 그녀가 말하고는 그의 팔을 잡았다. "벌써요? 이봐요, 좀 친절하게 대해줄 수 없나요? 당신의 독신용 아파트를 보여줘요. 꼭 가보고 싶어요. 이제는 아무것도 두려울 것이 없어요."

"원한다면, 아무도 당신과 마주칠 우려가 없는 한……"

"할 수 없죠. 계단으로 재빨리 올라가요!"

그들은 땅거미를 앞질렀다. 강에서 어둠이 올라오기 전에 생루이섬에 도착했다. 방금 화장을 고친 뻬르스발 부인이 널따란 영국산 모직 스카프로 눈만 보이도록 머리를 둘러 감쌌다.

"이래서 모두가 모두를 알고 있는 빠리 주택에서 거주할 생각을 하지 않는 거라고요." 그녀가 말했다. "그런데 몇층이죠?"

"맨 위층입니다."

"맨 위층이요? 놀라워라! 독신용 아파트는 일층에, 부득이한 경우에도 중이층中二層에 있잖아요."

"독신용 아파트가 아니에요. 전망 좋은 곳이죠."

건물이 하구 쪽으로 섬의 머리를 이루었다. 강변은 작은 숲, 그리고 사랑에 빠졌거나 절망한 사람들이 탁자에 팔꿈치를 괴러 오는 한적하고 쓸쓸한 길모퉁이로 끝난다. 그들이 올라갔다. 오렐리앵은 급히 뛰어오르는 다리를 쳐다보았다. 그래, 밉지 않은 다리야. 하지만 어떤 것도 과장해서는 안 되지.

도중에 관리인이 세입자를 알아보고서 계단에 불빛을 비추어주었다. 마리는 이런 일을 예상하지 못한 까닭에 더욱 얼굴을 가리고 걸음을 재촉했다. 오층에서 그녀가 걸음을 멈추고 숨을 헐떡였다. "여기예요?" 아니었다. 옆으로 작은 계단이 있어 한층 반을 더 올라갔다. 문이 열리자마자 그녀는 아파트 안으로 몸을 던졌다. "계단에서 R 공작과 마주칠까봐 조마조마했어요! 그를 알죠?"

"층계참에서 서로 인사하는 사이입니다."

그녀는 어린 소녀처럼 방들을 뛰어다녔다. "하지만 매력적이네요, 매력적이에요. 진짜 비둘기 집이지만, 매력적이라고요!"

사실을 말하자면 그녀는 건성으로 둘러보았다. 머릿속에서 어떤 생각이 맴돌았다. 뢰르띠유아는 흐릿한 빛 속에서 상당히 근심스럽게 그녀의 생각을 짐작하고 있었다. 아, 아니야, 어떤 것도 과장해서는 안 되지. 그가 넓고 낮은 창문을 열고 말했다. "보세요." 그녀를 발코니 쪽으로 살짝 밀었다. 그녀가 기대한 것이 아니었다. 그녀는 또다시 베이지색 소파 쪽으로 눈길을 던지면서 말했다. "여기서 틀림없이 일어났을 일을 생각하면!" 하지만 그녀의 문장은 완결되지 않고 작은 찬탄의 외침으로 바뀌었다.

석양으로 말미암아 풍경이 동화 같은 분위기에 휩싸였다. 그 속에서 집이 배처럼 뾰족하게 돌출해 있었다. 섬의 끄트머리를 점하고 있는 넓고 특이한 나무들보다 위였다. 왼쪽으로 보이는 시떼섬에는 벌써 가로등이 반짝였고 강의 윤곽이 드러났다. 강은 시떼섬을 싸고 휘돌아 흐르다가 오른쪽으로 나무들 너머 내려다보이는 다른 지류, 생루이섬을 휘감아 흐르는 지류와 합류한다. 앞뜰 쪽에서보다는 뒤쪽에서 볼 때 훨씬 더 아름다운 노트르담성당, 섬들 사이에 아치에서 아치로 기이한 돌차기 놀이를 하는 다리들이 있었다. 저기 정면의 시떼섬 우안으로는 그리고 빠리, 책처럼 펼쳐진 빠리가 있었다. 더 가까운 왼쪽 경사면으로 생뜨주느비에브와 빵떼옹이 보였고, 다른 면에는 사크레꾀르성당의 하얀 측면 회랑까지 이 시간에는 읽기 어려운 인쇄 활자들이 가득했다. 아득히 넓고 바르뱅딴의 집 테라스에서처럼 굽어보이지 않는 빠리, 중심으로부터 보이는 빠리, 측면을 산화연 도료로 칠한 긴 하천용 수송선들이 내려가는 북적거리는 강 때문에 덩어리진 소음이 흐려지고, 줄에 빨래가 널려 있고, 가장자리에서 어렴풋한 형체들이 숨바꼭질 놀이를 하는 것 같은 가장 은밀한 빠리…… 하늘도 언저리가 산화연 도료로 물들었다.

갑자기 모든 것이 꺼졌다. 도시에 어둠이 짙어졌다. 어둠 속에서 도시가 심장처럼 뛰었다. 하천용 수송선에서 길게 찢어지는 비명이 들려왔다. 차들이 경적을 울렸다. 마리는 야행성 맹금류가 눈을 깜박이듯 더 많은 창문에 불이 밝혀지는 것을 눈여겨보았다. 그녀가 오렐리앵 쪽으로 몸을 돌렸다. 강을 따라 멍하니 눈길을 던지는 그의 모습을 보았다. 마치 저 아래에서 적어도 알렉상드르 3세 다리 정도는 가려보려고 애쓰는 듯했다. "정말로 멋진 곳이네요!" 그녀가 말했다. 자신의 목소리가 이상하게 들렸다.

"정말 그렇죠? 얼마 있으면 삼년인데, 이곳에 익숙해지질 않네요. 전날 나를 여기로 데려다준 바르뱅딴이 이 장소에 관해 어떤 말을 했는데, 그 말이 내게 이곳의 의미를 명확히 해주는군요, 묘하게도."

"대체 무슨 말인데요?" 대답을 듣기도 전에 그녀는 에드몽에 대해 질투를 느꼈다.

"내가 여기 강굽이의 굴곡에, 물결 세찬 M자 안에 거주한다는 거예요."

"그럴싸하네요. 뽈 모랑[42] 티가 나는군요."

"나는 그렇게 생각하지 않아요. 그의 말에 마음이 혼란스러워요."

"에드몽은 여전히 약간은 단판 승부를 노려요. 그가 ……포기한 것은 이상하기조차 해요. 그의 장인은 바랐는데. 그러니까 악취가 나죠."

오렐리앵이 무뚝뚝하게 말을 잘랐다. "마음이 혼란스럽다고요, 내가 여기 센강의 물결치는 M자 안에 있다는 것을 생각하면. 내게 결코 완전히 익숙해지지 않는 것을 바라보는 내 방식이 그것 때문에 뒤집혀요. 센강은 시기와 계절에 따라 변하고, 언제나 똑같은 노래를 부르죠. 하지만 물결 거센 M자로 다시 돌아가면…… 내가 아는 한 철학자이고 욕조가 있는 사람은 칼로 손목을 긋듯이 팔꿈치의 주름을 잘라 자살하지 않아요."

"입 다물어요!"

"센강은 늘 말해요. 늘 자살에 관해, 센강이 밀고 가는 것, 그리고 짐배들의 뱃고동 소리…… 내 마음을 뒤흔들어놓는 것은 이제 물결치는 M자 이미지에 순응하기 위해 내 앞에서 흐르는 저 강물, 저 푸른 피의 의미를 끊임없이 상상해야 한다는 것이죠. 강물이 뒤에서 와서 하구로, 바다로 간다는 것은 잘 알아요. 하지만 정맥은요, 마리, 팔꿈치의 정맥은 손에서 와서 어깨로, 심장으로 거슬러 올라

42 Paul Morand(1888~1976). 프랑스의 작가, 외교관. 제2차 세계대전 중 비시 정부에서 대사를 역임했고 온갖 문학 장르에 걸쳐 80여권의 책을 썼다.

가죠. 나는 사물을 거꾸로 상상하는 경향이 있는 것 같아요. 산속의 심장, 심장이 바다라고 생각할 필요가 있어요. 엄청난 팽창이죠! 그리고 손가락은 손톱에 빙하가 달린 뿌리 같다고 말이에요."

해가 완전히 저문 어둠 속에서 그가 그녀로부터 몹시도 멀리 떠난 까닭에 뻬르스발 부인은 울고 싶은 지경이었다. 그녀가 보기에 그는 엉뚱한 사람 같았다. 그의 말투는 그녀가 그에게서, 이 냉소적인, 영어로 하면 견딜 수 없는 상황이 덜 견딜 수 없게 되기 때문에 그녀 자신이 옮긴 표현을 따르자면 '사무적인'(matter of fact) 연인에게서 기대한 것이 아니었다. "추워요." 그녀가 중얼거렸다.

그는 이 말을 듣지 못했거나 들으려 하지 않았다. 입을 다물었다. 눈에 그늘이 가득했다. 마법이 응축된 것 같았다. 그녀는 여기 머물러 있어서 좋을 것이 없으리라는 생각이 들었지만 다시 한번 전체적으로 둘러보고 싶었다. 침실이자 서재인 방으로 다시 들어갔다. 참나무 가구들은 밝은 베이지색과 갈색이었다. 오랫동안 그는, 오렐리앵은 밖에 머물렀다. 전등 스위치를 찾지 못한 그녀가 그를 불렀다.

"미안합니다." 그가 완전히 바뀐 목소리로 말했다. "몸이 별로 좋지 않네요."

"이봐요, 무슨 일 있어요?"

그가 커다란 탁자 위에 놓인 전등의 스위치를 돌렸다. 불빛이 아래로부터 그의 얼굴을 비췄다. 그녀는 그의 변한 용모를 보고 깜짝 놀라 되풀이 말했다. "정말 무슨 일이 있군요?" 그녀의 마음속에 있는 모성적인 것.

그의 얼굴에 불편한 기색이 완연했다. 그는 갑자기 늙어 보였다. 분명히 공기가 찬데도 땀을 흘렸다. 마치 탈을 쓰거나 벗기라도 한 듯 안색이 어두웠다. 눈 주변의 잔주름들. 반쯤 벌린 입, 힘겨운 호흡. 그녀가 그의 손을 잡았다. 몹시 차갑고 축축했다. 그의 손이 떨리는 것이 느껴졌다. 그가 다시 말했다. "몸이 좋지 않아서……"

그녀는 몹시 불안했다.

"좀 누워요. 어디 봐요, 어떻게 된 일이죠? 오한이 있군요. 어떡하면 좋을까요? 술이 좀 있나요? 그로그[43]가 좋겠죠? 정말 난처하네요. 주방에 뭐가 어디 있는지 잘 모르니……"

"아뇨, 아무것도 필요 없어요." 그가 말했다. "날 내버려두세요, 마리."

그가 소파로 가서 반쯤 눕듯이 앉았다. 그녀가 그의 머리를 쿠션으로 받쳐주면서 말했다.

"여기, 여기요. 아마도 감기가 들었을 거예요, 호텔에서 맨발로 걸었으니. 고약한 독감이 퍼지고 있다고들 하더라고요."

"아뇨, 아뇨, 아무것도 아니에요. 날 내버려두세요, 마리. 왜 이런지 알아요. 혼자 있는 것이 필요해요. 곧 나을 거예요."

그의 입에서 이 부딪는 소리가 났다. 그는 열에 들떴다. 뇌우를 지나가게 하려는 듯이 어깨를 움츠렸다.

"자리에 눕는 게 좋겠어요. 당신을 이렇게 내버려둘 순 없어요. 의사를……"

"왜 이런지 안다고 말했잖아요. 열병이…… 동방에서 얻어온 거예요."

그녀가 소파에서 휴대용 모포를 발견하고는 끌어당겨 그를 감싸주었다. 그는 거의 그녀가 하는 대로 두었다. "혼자 있고 싶어

43 럼주에 물, 레몬즙, 설탕 등을 섞은 칵테일.

요." 그녀가 그의 구두를 벗겼다. 그의 발을 손으로 쥐었다. "열 때문에 몸을 떠는군요. 발이 얼음장 같아요. 자리에 누워야 해요."

갑자기 우스꽝스러웠다. 방금 그녀는 어떤 것을 깨달았다. 그는 그녀 앞에서 감히 옷을 벗으려고, 환자로서 옷을 벗으려고 하지 않는다는 것이었다. 그녀는 자신의 생각에 어깨를 으쓱했다. 약간 서투르고 약간 퉁명스러웠지만 이것저것 세심하게 배려했다. 그녀의 신발 뒤축이 바닥에 닿아 신경을 거스르는 소리가 났다. 엉뚱하게도 양탄자의 장식용 술에 뒤축이 걸려 넘어질 뻔했다. 그에게 옷을 벗도록 하고는 소파의 장식 덮개를 벗기고 침구와 시트를 찾아냈다. 독신자의 사생활 속으로 침범해 들어갔다. 그가 누웠을 때 그녀는 소파 옆의 작고 낮은 탁자 위에 전화기가 놓여 있을 것을 보았다. 그녀가 번호를 눌렀다.

"누구에게 전화하나요?" 그가 가냘픈 목소리로 물었다.

"드꾀르 박사에게요. 아니, 안 돼요, 어린애처럼 굴지 말아요."

"의사는 필요 없어요. 키니네가 좀 있으니까……"

"잠자코 있어요! 와그람 37…… 아, 당신이군요, 박사님! 목소리가 귀에 익어요! 예, 마리, 마리…… 아니요, 로즈와 통화하려는 것이 아니에요. 환자가 있어서요. 물론이죠, 고맙습니다."

"아니, 그를 성가시게 하지 말아요. 내가 말했잖아요."

"……기다리겠어요. 생루이섬에 있어요."

환자는 언짢은 기분에 싸여 불안해했다. 그녀가 어디 있는지 물어서 알아내고야 만 위스키를 찾으러 작은 찬장으로 갔다. 의사는 십오분 후에 도착할 것이다. 아니, 그녀는 그를 기다릴 것이다. 로즈의 남편에게 숨겨야 할 비밀은 없었다. 바로 그거였다…… 잔이 어디 있지?

그녀가 술을 따랐다. 눈을 들어 벽에서 뭔가를 보고는 동작을 멈추었다. 석고상. 여자 두상. 아니, 그저 가면. 죽은 사람을 석고로 뜬 것 같은 가면. 눈을 감은 하얀 물건이 거기, 선택된 자리에 걸려 있었다. 그가 아침마다 침대에서 맨 먼저 보게 되는 물건이 틀림없었다. 갑자기 마리는 질투를, 실제로 질투를 느꼈다. 소리를 지르고 싶었다. 입술을 깨물었다. 정말 뜻밖이네! 미친 듯이 사랑에 빠진 남자만이 이처럼 괴로운 느낌이 사라진 것 같은 얼굴, 고통을 넘어서서 다시 미소를 짓기 시작하는 이 얼굴 앞에서 살 수 있어. 이 여자는 누구지? 그녀가 가면 쪽으로 한걸음 다가섰다. 의식적으로 위스키를 따랐다. 잔에서 특이한 소리가 났다. 그녀는 이 눈을 감은 얼굴을 더 자세히 살펴보았다. 누군지 알아보았다. 그러자 정말로 괴로워졌다.

그녀는 오렐리앵에게 키니네를 주고 의사를 기다렸다. 바깥의 도시가 이 경박한 머릿속의 아주 새로운 생각과 약간 동행을 했다. 그녀가 시트 안에서 몸을 둥글게 웅크리고 말라리아의 폭풍우에 뒤흔들리는 아픈 남자를 바라보면서 혼잣말했다. "내가 정말 늙었구나. 정말 늙었어."

마침내 현관문에서 초인종이 울렸다.

10

온갖 종류의 회색이 있다. 장밋빛으로 가득한 회색도 있다. 이것은 두 트리아농 궁전의 반영이다. 파란 회색도 있다. 이것은 하늘에 대한 미련이다. 쇠스랑으로 파헤쳐 고른 땅의 색깔인 베이지 계통의 회색, 검은색에서 흰색까지 대리석을 낡아 보이게 하는 회색. 하지만 불결한 회색, 끔찍한 회색, 초록에 가까운 노란 회색, 송진과 비슷한 회색, 밝지만 투명하지 않고 숨 막히게 할 것 같은 도료, 운명의 회색, 용서 없는 회색, 하늘을 세속적으로 만드는 회색, 겨울의 판자 울타리, 눈 내리기 전의 구름 진창인 그 회색, 화창한 날을 의심하게 하는, 어느 일요일 아침 부아 가로 위로, 무정한 창공의 드넓고 텅 빈 벽 아랫부분에 납작 엎드려 있는 그 호사스러운 풍경 위로 보이는, 결코 어느 곳에서도 빠리에서만큼 절망적이지 않은 그 회색……

일요일, 그 황량한 장막의 아랫부분에서, 잎이 다 떨어진 가로수, 잔디 없는 잔디밭, 백만장자들을 위한 흰 동굴이 늘어선 이 가로의 가늘고 긴 띠는 양옆의 평지로 오싹거리는 산책자들의 거품을 실어갔다. 그리고 말 냄새가 나는 방향으로 석회질의 원형경기장 안에 서 있는 알팡[44] 동상 앞, 쉽게 파이는 모래와 승마로의 말똥에는 승용마들의 말굽으로 구름 구두점이 찍혔다. 승용마들은 저마다 등에 출세나 몰락을 태우고 있었다. 지금에 와서는 사실 우아하다고 말할 수 없지만 단정하게 차려입고 자신들의 맞춤 의상, 은빛 여우 모피, 발바리, 세터를 보여주러 여기 온 사람들이 특히 말라꼬프 가로 저편으로 점점 더 많아졌다. 이 가로의 일부분은 전쟁 전부터 베르뛰 소로小路를 대신하여 젊은 여자, 늙은 부인, 옷차림이 멋진 신사의 일요 산책을 위한 장소가 되었다. 여기에는 잡다한 사람들이 있었다. 진실, 절반의 진실, 허위가 얼마든지 뒤섞였다. 그리고 뜨내기들도 있었다. 근사하거나 그렇다고 통할 만한 순간은

44 Adolphe Alphand(1817~91). 불로뉴 숲, 뱅센 숲, 몽소 공원, 몽수리 공원 등을 설계한 도시계획가.

정오, 거의 정오 정각이었다. 정오 오분 전에 부아 가로에 모습을 보인 것에 대해 죽을 만큼 창피해하는 부인들이 있었다. 우울하고 식탐이 강한 젊은이들이 있었다. 그들은 아무것도 하지 않고 아침 10시부터 거기에서 어슬렁거렸다. 정오가 되기를 바랐다. 좋은 향기를 풍기며 값비싼 옷차림을 하고 신선한 바람을 쏘이는 여자들이 정오에 쏟아져나올 것을 기대했다. 가게 점원, 대학생, 귀족 청년의 빈약한 머리가 흐릿한 눈길로 그녀들이 등장하는 소설을 지레 설계했다. 거기에는 셀렉뜨꼴렉시옹[45]의 모든 작가와 보들레르, 그리고 그의 가장 파비아노[46]적인 '빠리 생활'이 들어 있었다. 생또노레 델로[47]에서는 미사가 끝났다.

이른 아침부터 비가 내렸다. 하지만 다행히도 9시부터는 날이 거의 개었다. 다시 말해서 날씨가 아주 맑지는 않았지만 길이 질퍽거리지 않았다. 큰길에만 비의 흔적이 남아 있었다. 물웅덩이는 없었다. 단지 흩어진 자갈 아래 지면이 짙은 판지 색깔을 띠었을 뿐이다. 젊은 사람들이 재잘거리며 나란히 줄지어 지나갔다. 양 끝의 젊은 남자들은 서로 말을 하려고 가운데의 여자 친구 위로 몸을 수그렸다. 리본으로 구멍을 장식한 노란색 철제 의자 위에는 나이 든 부인들이 전날 만든 케이크처럼 초췌한 얼굴로 주저앉아 있었다. 사람들 모두가 무언가를 위해 여기 온 것처럼 보였지만 무엇을 위해서인지 잘 몰랐고 이는 그들의 급한 걸음걸이도 마찬가지였다. 확실히 12월은 매서웠다. 아니, 그것은 12월 탓이 아니었다. 여기가

45 Select-Collection. 플라마리옹 출판사에서 1914년부터 펴내기 시작한 총서.

46 Fabien Fabiano(1882~1962). 프랑스의 삽화가, 만화가. '빠리 생활'(la vie parisienne)은 그가 즐겨 작품을 발표한 잡지명이기도 하다.

47 빠리 16구 빅또르위고 길에 위치한 교회.

그들의 유일한 목적지임에도 다른 달에도 여전히 그들은 이렇게 어딘가로 가는 사람처럼 걸었을 것이다. 어떤 사람에게 약속했기 때문에 그 약속을 지키러 지나는 길에, 다른 데로 가다가 또는 다른 데서 오다가 몹시 서둘러 들렀다는 인상을 주는 것이 그 의례의 일부였다. 부아 가로의 길목 안으로 첫번째 모퉁이까지 들어가는 것은 허용되는 반면에 부아 가로의 이 길목을 건너 빠비용 도핀[48]에 이르는 것은 엄격하게 금지되어 있다는 점 외에는 누구도 이 산책의 규칙을 전혀 표명하지 않았다. 그렇게 하고 있었고, 그것이 전부였다. 그것도 스스로, 빠비용 도핀의 출입구 뒤로 이 숙명적인 몇 걸음을 상식에 어긋난다는 느낌 없이 내딛음으로써. 하지만 그렇게 걷는 사람을 1922년 이후로는 목격할 수 없게 된 것이 사실이다. 1923년에 벌써 그런 사람은 불량한 자로 간주되었다. 그러므로 누구나 기차역 앞의 평지에서 걸음을 멈췄는데, 오직 그래서였을 뿐이다. 물론 빠리에는 이 가로를 스쳐지나러 오는 이들과 똑같은 부류의 사람들이 있었다. 하지만 거기에서 그들은 결코 보이지 않았다. 왜냐하면 그들은 조금 더 잘, 많이는 아니고 조금 더 잘 '알고 있었기' 때문이다. 그리고 그들을 오게 하느니 차라리 잘게 토막 냈을 것이기 때문이다.

이것이 블랑셰뜨가 베레니스에게 그해 유행하는 옷감에 관한 전문용어를 처음 가르쳐줄 때 다른 말로 설명했던 것이다. 그리고 부아 가로는 약간 시골티가 난다고 악의 없이 덧붙였다.

"하지만 일요일 아침의 부아 가로가 내 관심을 끄는 건 바로 내가 시골뜨기이기 때문이에요." 베레니스가 불쾌한 상황에 아랑곳

48 불로뉴 숲 가장자리에 위치한 세련된 건물. 1913년에 세워졌고 결혼식과 각종 행사가 개최된다.

하지 않고 몹시도 사랑스럽게 말했다. "언니는 일년 내내 보잖아요. 원하면 경멸할 수도 있어요. 하지만 나는…… 내 작은 도시가 어떤지 상상이나 되는지 모르겠어요. 군청 소재지도 아니죠. 도에서 가장 큰 군청 소재지보다 인구가 더 많기는 하지만."

"그래요, 좋아한다면야."

그녀들은 말라꼬프 가로에 대형 위스네르 자동차를 세워놓았다. 운전사 장이 지키고 있었다. 꼬마 여자애들이 앞에서 뛰어다녔다. 마리로즈가 마리빅뚜아르의 마음을 사로잡기 위해 생각해낸 신기한 놀이로 아이들의 얼굴은 상기되어 장밋빛이었다. 베레니스는 몹시 기뻐했다. 모든 것을 하나도 놓치지 않으려는 듯이 탐욕스럽게 바라보았다. 그토록 많은 예쁜 여자들을 쳐다보았다. 블랑셰뜨에게 아무리 많아도 싫증이 나지 않겠다고 말할 정도였다. 베레니스는 드레스에 엄청난 관심을 내보였다. 매혹적인, 대수롭지 않지만 매혹적인 어떤 것을 더 자세히 보러 되돌아가자고 갑자기 블랑셰뜨에게 억지를 부렸다. 지나는 길에 엿들은 문장들을 되뇌었다. 그리고 사람들이 서로 무슨 이야기를 하는지 상상해보려 했다. 빵조각에서 우연히 발견된 어금니를 근거로 매머드를 재현해내는 학자들처럼. 블랑셰뜨는 이 모든 것이 우스웠다. 마음속에서 경계가 누그러지는 느낌이었고 긴장이 풀려버렸다.

두세차례 베레니스는 마치 누군가를 알아보기라도 한 듯이 얼굴이 온통 환해졌다. 그것은 늘 착각이었다. 하지만 그녀의 사촌올케는 이 찰나의 순간에 느닷없이 그녀가 얼마나 예뻐 보일 수 있는지 알아차렸다. 무엇이 자신의 마음에 드는지 깨달았다. '아, 그렇구나.' 그녀는 생각했고 이와 동시에 그녀의 무람없던 태도가 약간 수그러들었다. 베레니스의 매력이 에드몽에게 미치고 있음을 짐작했던 것이다. 정말 터무니없는 일이야. 하지만 어쩌겠어? 남자의 눈에 여자의 매력으로 비치는 것이라면 무엇이건 에드몽의 마음을 움직이니까. 비록……

"이번에도 뢰르띠유아 씨인 줄 알았어요."

베레니스가 무심코 말하고는 얼굴을 붉혔다. 블랑셰뜨는 얼굴이 창백해졌다. 한방 맞은 셈이었다. 하필 이 순간에. 단순한 우연의 일치겠지. 에이. 그녀는 잠결에 자명종 소리를 들었을 때와도 같은 이 충격을 가슴 깊이 느꼈다. 별거 아니야. 지나갈 테지. 그녀가 몹시 차분하고 약간 비아냥거리는 어조로 물었다.

"응? 그런 거였어요? 열걸음마다 사람을 알아보네요. 뭐랄까……"

"오, 언니, 알잖아요, 난 감출 줄을 몰라요. 요전날 에드몽 오빠가 부아 가로에서 뢰르띠유아 씨와 마주쳤다고 말했는데, 그래서 자연스럽게 속으로 생각했죠, 그분이 자주 산책하는 장소일 거라고. 게다가 행인들 중에 그분 같은 젊은 사람이 많잖아요. 키가 크고 날씬하고 어깨가 딱 벌어진, 그러니까 미남들 말이에요."

블랑셰뜨가 입술을 깨물었다. 베레니스가 부아 가로에 그토록 가고 싶어 한 이유가 바로 이것이로군. 그래서였구나.

"내 짐작이 맞는지 모르겠는데, 뢰르띠유아 씨가 마음에 들어요?" 그녀가 말했다.

어린 여자애들이 서로 밀치고 깔깔거리면서 뜀박질로 엄마에게 돌아왔다. 소용돌이가 이는 것 같았다. 그 덕분에 베레니스는 생각할 시간을 벌었다.

"그래요." 한참 만에 그녀가 입을 열었다. "마음에 들어요, 다른 남자들과 달라서."

"그래요? 어떤 점에서?"

"멋 부리며 말하지 않아요. 아무도 모르는 무슨 사연이 있는 것 같고……"

"오!" 블랑셰뜨가 저도 모르게 소리쳤다. "어쨌든 쉽사리 사랑에 빠지진 않죠!"

"정말요?"

베레니스가 어찌나 즐거운 기색으로 발랄하게 말했는지 블랑셰뜨는 어리둥절했다.

"그가 누군가를 사랑했다면 기분이 상했겠죠?"

"아뇨. 하지만 그랬다면 내게 다른 모습으로 다가왔을 테죠."

그녀들은 입을 다물고 조금 걸었다. 블랑셰뜨의 얼굴이 침울해졌다. 베레니스가 다시 행인과 옷에 관해 말하기 시작했다. 바르뱅딴 부인이 그녀의 말을 가로막았다.

"내 말 들어봐요, 베레니스, 진지하게 말해주고 싶어요. 들어봐요, 내 말 들어봐요."

"어서 말해요. 이상해 보여요!"

"베레니스, 남편을 사랑하죠? 뤼시앵을 사랑해요?"

"그럼요. 그런데 무슨……"

"쉿, 내가 말하게 해줘요. 베레니스, 아가씨는 남편을 사랑하는 것이 맞고 몇주, 며칠 예정으로 여기에 왔지요. 그 며칠이 지나면 뤼시앵에게, 아가씨의 사랑에게 그의 사랑으로 돌아갈 테고요. 잠깐만, 내 말 좀 들어봐요. 그렇게 미소 짓지 말아요. 내 말을 가로막지 말라고요!"

그녀 옆에 온통 파란색 부가띠 스포츠카가 요란한 엔진 소리를 내면서 멈춰 섰다. 수선스러운 젊은 여자들 무리가 운전자 쪽으로 달려들었다. 운전자는 마치 빠리-베이징 랠리에라도 참가할 듯한 차림새였다.

"마음 내키는 대로 처신하지 말아요, 베레니스. 요 며칠 때문에, 요 며칠의 무분별 때문에 인생 전체를 망치거나 더럽히면 안 되잖아요. 그렇게 미소 짓지 말라니까요. 설교하는 게 아니에요. 내가 신전에 와 있는 건 아니니까. 잠시 동안의 연애, 그건 별것 아니죠. 적어도 그렇게들 생각해요. 그것은 잊혀요. 적어도 그렇게들 생각한다고요. 알다시피 연애 자체가 더럽거나 더럽게 만드는 건 아니죠. 하지만, 하지만 그후에 누구나 본의 아니게 그것을 떠올리게 마련이에요. 그리고 나머지, 나머지 전부, 중요한 것, 누구나 집착하는 것, 삶이라는 것, 자신의 진정한 사랑…… 글쎄, 어쩔 수 없이, 나머지가 사라질 때는 누구나 그것이 지속되기를 원하죠. 대수로운 게 아니에요. 더러운 건 바로 그것이에요. 바로 그것이……"

베레니스는 블랑셰뜨가 말하는 것을 망연히 지켜볼 뿐이었다. 블랑셰뜨의 눈가가 촉촉해지는 것 같았다. 아마도 한기 때문이었을 것이다. 실제로 이 모든 말에 개인적인 것은 전혀 있을 수 없었다. 블랑셰뜨는 오직 에드몽을 위해 살아. 에드몽은…… 거기에 심각성이 있어. 베레니스는 납득이 갔다. 그녀가 입을 열었다. "어떻든 뢰르띠유아 씨, 그에게는 세마디도 하지 않았어요. 단언하지만 그에게 반한 게 아니에요. 꽤 마음에 들기는 해요. 언니네 집에서 본 사람 중에서 어쩌면 가장 마음에 들었는지도 몰라요. 그와 말을 나누고 싶었던 것 같아요, 확실히. 나중에 혼자일 때 몽상에 잠겨 상상하는 그렇고 그런 이야기에서 그의 말투를 조금 더 생생하게 느껴볼 속셈이었을 뿐이에요. 그 몽상에는 내가 마주친 사람들도 섞여 있어요. 단지 그뿐이에요. 내가 드니를 떠올리는 건 내게 그의 책, 그의 시가 있어서지, 뢰르띠유아 씨라고 특별할 건 없어요."

"특별할 건 없다고요? 정말 그렇게 생각해요?"

"그렇고말고요. 자꾸 왜 이래요! 아니, 그가 거의 기억나지 않아요. 어떻게 생겼는지도 몰라요. 그렇다니까요. 정말이지, 한무더기의 경박한 젊은 멋쟁이들 중 한명이죠. 그렇게 보았어요. 언제라도 그를 알아볼 것 같아요."

그녀가 사심 없이, 아주 순진하게 말했다. 바르벵딴 부인은 납득하지 못한 표정이었다.

"그러니까 혼자일 때 그를 더 뚜렷이 기억할 수 있으면 좋겠다는 말로 들려요. 어떻게 그럴 수가!"

"아니, 그게 아니라, 블랑셰뜨! 난 저기 우리 집에서 혼자이기 일쑤여서, 몹시 오랫동안 혼자여서, 머리로 공상할 거리가 필요해요."

"그리고 마음으로는요?"

"마음으로요? 알잖아요, 난 마음이 없어요. 그러니까, 이제는 마음이 없어요. 뤼시앵이 있었죠. 그가 내 마음을 차지했어요. 이제는 마음이 없어요."

"장담할 일이 아니지 않을까요? 오, 뿌루퉁한 표정 풀어요! 마음이 있는지 없는지 알 수 있나요?"

베레니스는 귀를 기울이지 않았다. 더이상 듣지 않았다. 이번에는 정말로 사람들을 알아보았던 것이다. 부아 가로에서 사람들을 알아보았다. 얼마나 자신이 빠리 여자로 느껴졌는지! 그것은 틀린 느낌이 아니었다. 두 여자가 그녀들 앞으로 다가왔다. 한 여자는 크고 다른 여자는 작은 편이었다. 옷차림이 화려했다. 잔뜩 가다듬은 모습에서 미장원, 의상실, 마사지 숍의 기미가 물씬 풍겼다. 얼굴에 몹시 섬세한 색조 화장을 했다. 돈으로 덧칠을 해서 간신히 바닥에 발을 디딜 정도였으나 여전히 대저택 가정부의 주름이 보였다. 맙소사, 마리 드 뻬르스발과 로즈 멜로즈였다. 관리들이 지팡이를 지니듯이 팔에 우산을 걸고 있었다.

“오, 이게 웬일이야!” 마리가 온통 이를 드러내며 말했다. “방금 뢰르띠유아 씨와 헤어졌는데.”

잿빛 하늘, 드넓고 텅 빈 하늘, 잔뜩 흐린 하늘이 갑자기 엄청난 무게로 짓눌러오기 시작했다. 에뚜알 광장에서 부아 가로에 이르는 광대한 악취미의 프레스꼬 벽화 앞에서 사람들, 경솔하게도 여기에서 몇분을 보내기 위해 거울 앞에서 몇시간을 써버린 이 개미떼처럼 많은 사람, 사람들이 작은 나무, 작은 말, 작은 집, 작은 잔디밭과 더불어 다시금 아주 작아졌다. 게다가 낮 12시 20분이었다. 돌아갈 시간이었다. “마리로즈! 자, 어서, 마리로즈!”

11

키 큰 미국 선원 둘이 주점 안으로 들어왔다. 마치 온갖 악마들이 요동치기라도 하는 듯했다. 그들의 웃음이 롤러스케이트를 타자 짧고 뻣뻣한 머리카락 아래 구릿빛으로 그을린 그들의 얼굴을 여자들이 돌아보았다. 거구의 사내들. 검은 래커를 칠한 필통처럼 생긴 직업 댄서 루이지가 그들 쪽으로 가까이 다가가더니 옆으로 지나쳤다. 턱시도를 입지 않은 그의 몸집이 아주 작아 보였다. 그가 리도[49]의 영어로 중얼거렸다. “실례합니다, 손님!”(Beg your pardon, Sir!) 어느 중년 부인을 플로어로 이끌 생각이었다.

49 빠리 8구 샹젤리제 가로에 위치한 특권층의 유흥 장소. 1946년부터 유명한 쇼가 벌어지는 카바레가 되었다.

시몬이 속삭였다. "두말할 것 없어. 그들은 취했어. 하지만 잘생겼네, 저 녀석들. 그래, 잘생겼어. 저런, 몸을 가누지도 못하잖아. 아니라면…… 알겠지, 륄리, 저이 말이야, 자세가…… 저 녀석들 중의 한명을 유혹하면 금세 분명해지겠지. 네가 알다시피 륄리, 그는 농담하지 않아. 일단 밖으로 나가면 누구나 바라는 것은…… 하지만 가게 안에서는 손님을 끌지 않지. 지난달에 난 이주 동안 출근 금지를 당했어. 정말이지, 다시 시작하고 싶어!"

그녀가 오렌지 음료를 홀짝홀짝 마셨다. 그녀 옆에는 재킷 차림의 두 남자가 스탠드에 팔꿈치를 괴고 서 있었다. 마호가니를 덧댄 참호, 이 스탠드. 온갖 나라의 작은 국기와 술병들이 섞인 장식. 오가는 두명의 백인 바텐더와 플로어로 통하는 문 쪽에서 계산대를 맡고 있는 륄리 부인, 반지로 뒤덮인 손가락으로 정산 기계처럼 밤새도록 계산을 맞추는 뚱뚱한 베네찌아 여자. 밤 12시 반쯤 되었지만 코니스에 가려진 장밋빛 전등불 밑에서 시간은 한결같았다. 벽에 걸린 마스코트, 인형, 미국 클럽 휘장, 대학 깃발, 샴페인 광고, 어느 우루과이 사람이 반품한 그림, 살짝 취한 손님이 이따금 당기는 슬롯머신 두대가 불그스름한 불빛에 젖어들었다. 춤을 쉬는 얼마 동안 여자 대여섯명이 술을 마시거나 그저 남자들과 수다를 떨었다. 정장 차림이 아닌 그들은 플로어에서 한바탕 춤을 추고 나서도 그냥 자리로 돌아가려 하지 않고 그저 의견을 나누고 있었다. 그렇다고 스탠드에서 꼭 샴페인을 시켜야 하는 것은 아니다. 스탠드 끝자락에는 좀 거나하게 취한 한 영국 여자가 간이의자에 앉아 술잔 옆에 턱을 괴고서 정장 차림의 아르헨띠나 남자에게 몸을 기울여 아주 가까이에서 말을 걸고 있었다. 이따금 그녀의 핸드백, 콤팩트가 바닥으로 떨어지면 아르헨띠나 남자가 몸을 거의 굽히지 않고서 그것들을 주워주었다. 당황스러울 정도로 자연스러운 몸짓이었다. 전체적으로 색이 어두운 남자들의 옷이 연한 장밋빛, 연초록색, 진홍색, 옥색, 반짝거리는 스팽글이 달린 흰색 등 이브닝드레스의 다양한 색깔에 섞였다. 그리고 금실로 짠 옷감, 복숭앗빛이나 우윳빛 또는 브리오슈의 속살이나 샴페인 무스 색깔의 드러난 가슴팍 위로 아롱지는 장밋빛 담배 연기 무늬 또는 파란색 물결무늬 스카프…… 이브닝드레스에 짧게 덧붙인 작은 꼬리는 얼마나 꼴사나운지! 그로 인해 움직임이 보기 거북하게 흔들렸고 그것을 밟아 찢어놓을 것 같은 구두가 묘하게 커 보였다. 의사의 눈길이 젊고 여린 듯한 등짝에 오랫동안 머물렀다가 뢰르띠유아 쪽으로 돌아보았다. "한잔 더?" 오렐리앵이 어깨로 대꾸했다. "안 될 게 뭐 있나요." "바텐더! 똑같은 걸로 두잔." 그가 셰이커로 칵테일을 제조하는 것은 볼만한 광경이었다.

시몬이 오렐리앵에게 말했다. "계속 미룰 거야? 당신 친구가 또 들이켜네!" 마지막 문장에서는 목소리를 낮췄다. 그러고는 다시 교태를 부렸다. "내게 소개해주지 않았잖아." 오렐리앵이 상반신을 뒤로 비스듬히 젖히고서 양옆의 사람들에게 소개의 몸짓을 했다. "의사 선생, 이쪽은 시몬, 여자 친구, 내 친구들 중의 한명, 시몬……"

"의사세요?" 그녀가 흥미로운 듯 물었다.

"가끔 틈이 날 때는, 아가씨, 그렇습니다." 상대방이 일종의 공손하지만 빈정대는 어조로 말했다. 그는 아주 예상 밖의 사람들과 말할 때 때때로 이런 어조를 띠었다.

로즈 멜로즈의 남편이 뢰르띠유아의 말라리아 발작 때문에 집에 왔을 때부터 이 두 사람 사이에는 꽤 기묘하고 재빠르게 일종의 우정이 생겨났다. 공범 관계 같은 것이었다. 이전에 그들은, 순전히 우연은 아니었지만 우연히 몇차례 만났다. 당분간 로즈는 브뤼셀에서 공연 중이었다. 「조꼰다」, 단눈찌오의 「조꼰다」에서 조꼰다 역을 맡았다. 중요한 역이었고 두세[50]가 비길 데 없이 훌륭하게 해냈던 역이다. 고약한 선례를 남긴 셈이었다. 의사 드꾀르는 아내와 동행하지 않았다. 매우 적적한 느낌이었다. 그래서 오렐리앵의 궤도 속으로 끌려들어갔다. 그가 많이 마신다는 것은 사실이었다. 큰 잔으로 진을 여러잔 마셨다. "담배 있어?" 시몬이 물었다. 뢰르띠유아가 금색 담뱃갑을 꺼냈다. 그리고 시몬이 필터 부분을 탁자에 톡톡 두드리는 동안 손목 동작으로 드꾀르에게 러키 스트라이크를 권했다. 그들은 말없이 몇차례 담배 연기를 내뿜었다. 그러고 나서 뢰르띠유아가 설명했다. "시몬은 오랜 친구인데요……"

"단짝이죠." 그녀가 정정했다.

"내가 저녁나절을 마무리하고 어지간히 사람들로부터 벗어나고 싶어서 여기 올 때면 언제나 우리는 잠시 동안 시간을 함께 보내요. 내가 그녀에게 한잔 삽니다."

"유일한 사람이죠." 시몬이 진지하게 말했다. "의사라니 잘 아시겠네. 여기서 삼키는 모든 것은 위장에 나쁘죠. 오, 이런 얘기를 하려는 것이 아니에요, 아닙니다! 하지만 우리는 밤 10시에서 새벽 5시까지 이따금 뭔가를 먹어야 해요. 테이블에서 샴페인을 아무리 적게 들이켜더라도 정말 필요하죠, 손님이…… 그러면 오렌지에이드 한잔, 아시다시피, 그거죠, 내 정다운 단짝에게는 오렌지에이드랍니다!"

50 Eleonora Duse(1858~1924). 이딸리아의 성악가. 당대 가장 유명한 성악가 중 한 명이었다.

그녀가 약간 바보처럼 웃었다. 그녀의 웃음소리가 오렐리앵의 귓가를 간질였다. 그녀가 "남매죠"라고 덧붙이고 윙크를 했다. 그러고는 진지하고 은밀한 어조를 띠었다. "아주 오랜만이 되겠네, 조만간 저녁에 날 바래다주지 않을래? 난 여전히 같은 곳에 살고 있어."

의사가 그녀를 신기한 듯이 바라보았다. 그녀는 그다지도 완전하게, 그다지도 독특하게 생긴 대로 굴었다. 키가 제법 큰 편이었다. 아주 공들여 자른 금발머리, 암고양이 얼굴 주위로 감상적으로 둥글게 말린 머리카락이 돋보였다. 짧은 들창코 쪽으로 윗입술이 솟아 있어서 그 아래로 매우 희고 작은 이가 드러나 보였다. 짙게 화장한 눈, 푸르스름한 눈꺼풀에서는 끊임없이 묻는 표정, 아주 우둔한 표정이 우러나왔다. 목과 등은 괜찮았다. 팔은 둥글었지만 나쁜 습관 때문에 어깨가 들려 뒤로 묻힌 것처럼 보였다. 침대에서 놀라 시트를 잡아끌듯이 자주 드레스나 스카프를 그러잡는 듯한 몸짓을 했다. 가슴팍이 약간 움푹해서 값비싼 드레스인데도 상당히 초라해 보였다. 뻬갈이나 퐁뗀 길의 진열창에서 흔히 볼 수 있는 그런 드레스 같았다. 장밋빛에 가슴의 파인 부분 주위로 약간 더 짙은 색의 깃털 장식이 달려 있고 어깨 위에는 막 꺾은 것 같은 카네이션 한송이가 붙어 있었다. 그 꽃을 둘러싼 나풀거리는 잎사귀 장식은 꽃장수들이 단춧구멍에 즐겨 꽂는 것이었다.

"아, 잠깐만 자리를 비워도 될까?" 이번에도 남몰래 서로 통하는 눈짓. "일 때문에……괜찮으시겠어요, 선생님?"

"물론이죠."

"곧 쇼가 있을 거라서요. 프로그램, 아시죠? 보러 오세요. 웬만하기는 하니까요."

그녀가 이렇게 권하고는 걸어다니는 이부자리의 방어적으로 얌전 떠는 모습을 예의 기계적인 몸짓으로 여전히 자기 주위로 그러모으면서 멀어져갔다. 이 떠남으로 말미암아 두 남자 사이에 다시 정적이 감돌았다. 이곳의 요란한 소리, 혼자 있기에 그토록 유리한 주위의 소음이 더 잘, 더 분명하게 들려왔다. 바에서의 대화가 두 배로 소란스러웠다. 옆에서는 오케스트라가 탱고를 연주하고 여기에 댄서들 소리, 즐거움의 함성, 그리고 룉리의 목소리가 곁들여졌다. 입구에서 룉리는 이따금 적절한 몸짓과 함께 "올레! 올레!" 하고 외쳐대면서 스페인 분위기를 북돋웠다. 예의 두 선원이 두 무리의 여성들에게 둘러싸여 진탕 마실 술을 샀다. 무슨 일이 벌어지는지 아랑곳하지 않고 그저 서로 머리를 기댄 채 청중이 기뻐하도록 「조니와 프랭키」[51]라는 노래를 불러댔다.

"무엇을 바라나요?" 오렐리앵이 묻지도 않은 말에 대답했다. "나는 여전히 저 아가씨들과 어울리고 있어요. 변화나 기분 전환을 위해서죠. 오, 잠자리를 같이하려는 건 아니고요. 맙소사! 전혀 아니에요. 그런 일은 내게 아주 드문 것이 사실입니다. 그녀들의 삶은 서글퍼요. 모든 걸 감안할 때 아주 보잘것없는 삶이죠. 그녀들을 대낮에 보아서는 안 됩니다. 우리가 눈물을 쥐어짜는 그런 연속극 속에서 살고 있지 않는 한…… 그녀들의 거짓말은 거짓말이 아니에요. 매우 존중할 만한 관습이죠. 변변치 못한 하찮은 관습이지만 말입니다. 그것이 나는 불편하지 않아요. 그녀들이 짐작조차 할 수 없는, 어쩌다가 내가 살게 된 그 세계에서 빠져나오지만 혼란은 없어요. 마음이 있다면…… 그런 다음에는 조금 전 시몬이 말했듯이 남

51 미국의 전통 가요 「프랭키와 조니」(Frankie and Johnny)를 가리킨다.

매…… 나는 이 엉뚱한 곳이 무척 좋아요. 이 시간 무렵이면 여기서 나와 마주칠 것이 거의 확실하죠. 결혼한 여자들로부터 가장 폭넓게 마음의 상처를 받기 때문이랍니다. 기혼 여성들은 나를 가련한 독신 신세에 방치하고는 자신들의 자격 있는 주인에게로 돌아가거나 결국에는……"

"처량한 독신으로 불쌍한 사람은 바로 나죠."

"누구나 자기 자신만을 측은히 여길 수 있을 뿐이죠, 그래요. 나는 센강의 품 안에서 살고 있어요. 다시 말해 거기에서 매일 밤 잠들고 날마다 깨어납니다."

"커다란 갓난아기로군요!"

"비웃어도 좋아요. 센강의 품 안에서 익사자처럼…… 시간이 흘러감에 따라 그것은 강박관념으로 변해요. 나는 살면서 너무도 많은 죽음을 목격했죠. 산골 주민의 꿈에는 짐작건대 눈사태의 이미지가 끼어들듯이 내 꿈에 섞여드는 그 강의 이미지에는 무언가 축제의 분위기 같은 것이 대응한다고 봐야죠. 농부들은 자연의 힘을 두려워하지 않기 위해 춤을 춰요."

"당신에겐 륄리스가 있잖아요. 올레, 올레……"

"그렇고말고요. 나에 관한 모든 이야기는 이곳과 관련이 있어요. 내가 사귄 모든 여자를 여기로 데려왔죠. 그래서 내 여자 친구 시몬은 그녀들 모두와 안면이 있어요. 그리고 내게 말하죠. '이제 안 만나는구나, 키 큰 붉은 머리'라거나 '샴페인을 못 마시는 키 작은 갈색 머리……'"

"아, 유용한 정보군요. 당신이 아주 적극적으로 로즈에게 구애하게 되면 어디에 물어볼지 알겠네요."

북 두드리는 소리가 들려왔다. 곧 쇼를 시작한다는 예고였다.

“갈까요, 의사 선생? 아니라고요? 좋습니다, 여기가 훨씬 낫죠.”

“당신은 이상한 사람이로군요, 뢰르띠유아. 당신을 알아갈수록 내가 상상한 것과는 다르다는 생각이 드네요. 당신은 돈 후안으로 명성이 자자합니다. 그래서 말인데, 이제 궁금한 것이 있어요. 왜 결혼하지 않았는지, 댄스홀 대신 아이들, 아이들과 함께…… 그러면 매우 좋을 거라고 생각하는데요.”

“아마도요, 의사 선생, 어쩌면요. 하지만 보다시피 아이들 대신에……”

그는 갑자기 생각난 무언가를 말하고 싶었다. 아마 부끄러움이었을 것이다. 그의 눈빛이 매우 깊은 몽상에 잠긴 듯했다. 드꾀르는 자신이 결혼의 전도자가 된 것을 마음속으로 비웃었다. 희미하고 조화로운 커다란 모습으로 인해 잠시 동안 모든 것이 흐려졌다. 익히 아는 깊은 목소리, 사랑받는 애절한 목소리가 들려오는 것 같았다. 오렐리앵의 목소리로 말미암아 그의 정신이 뤨리스로 돌아왔다. 오렐리앵이 거나하게 취해 늘어진 것을 보고 만족했다. 그 덕분에 자신의 일시적인 탈주가 은폐되었기 때문이다. “좋아요, 당신은 아직도 로즈 생각을 하는군요!”

의사가 몸을 흔들며 말했다. “아뇨…… 그래요, 당신에게는 어떤 것도 숨길 수가 없네요. 브뤼셀에서 그녀가 어떻게 하고 있을지 궁금해하고 있었어요. 하지만 당신도 딴생각을 하고 있다는 것을 내가 알아차리지 못했다고 생각하신다면!”

오렐리앵이 미소 짓고 나서 진을 크게 한입 들이켰다.

“우스운 일이군요, 친구, 우리의 저녁 모임이…… 우리는 바로 이렇게 해서 좋은 친구를 만들죠. 함께 입을 다물거나 말을 한다 해도 사실은 상대방이 듣지 않을 수 있으니까요. 로즈 생각을 해요,

선생, 로즈 생각을 하세요. 나 때문에 방해받지 말아요."

"나는 늘 로즈를 생각해요. 그 어떤 것에 관해 말할 때도 늘 그래요. 누구도 내게서 그녀를 빼앗아갈 수 없어요. 어느 누구 앞에서도 나는 으레 로즈를 생각합니다. 그런데 말이에요, 뢰르띠유아, 당신은 또 어디로 떠났었죠? 당신은 로즈 생각을 하지 않았어요. 당신은……"

"그래요, 선생, 내가 무슨 생각을 했는지 당신에게 말해줄 수도 있어요. 당신에게는 악취미로 보일 테지만. 이런 거예요, 왜인지는 모르겠지만 고리를 잃어버렸어요. 그래요, 길을 잘못 들었다는 생각이 나를 옛이야기로 되던졌지요. 가만 보자, 우리가 무엇에 관해 말하고 있었죠?"

"결혼에 관해서요."

"아, 그렇군요, 결혼에 관해, 아이들…… 그때 갑자기 상빠뉴의 한 구석이 다시 보였죠, 아주 뚜렷하게. 땅 냄새, 진한 습기, 빛…… 철조망에 시체가 있었어요. 여러날 전부터 치울 수가 없었던 거죠." 그가 다시 입을 다물었다. 시간이 상당히 흘렀다. 그런 다음 "나도 궁금했어요. 당신은 틀림없이 종군했을 테죠. 어디였죠?"

드뢰르의 창백한 얼굴이 약간 도드라졌다. 그가 완전히 가라앉은 목소리로 말했고 이 때문에 미국 영화 느낌을 풍겼다. "예, 후방부대 근무병으로……" 박수갈채 소리가 들려왔다. 러시아 댄서들이 막 공연을 끝낸 터였다.

"이봐요," 오렐리앵이 약간의 열등감에 젖어 소심하게 말했다. "나는 결코 전쟁에서 완전히 빠져나오지 못했어요. 결코 전쟁을 완전히 청산하지 못했죠. 아직도 밤이면 지뢰에 대한 두려움 때문에 잠이 깨요. 1915년처럼 말입니다. 이 부조리한 삶에는 그런 것이 많아요. 전쟁…… 륄리스에서 내가 피하는 것은 여전히 전쟁이에요."
그는 갑자기 그것에 관해 말하는 것이 싫증났다. 맹렬하게 다른 이야깃거리를 찾았다. 그의 친구가 이야깃거리를 제공했다.

"그래요," 의사가 말했다. "우리는 모두 어떤 것을, 대체로 명백하지 않은 생각, 강박관념을 피하죠. 나는 로즈가 부재할 때면 결코 귀가할 수 없었어요. 밤이면 늦장을 부리죠. 진은 나쁜 것이 아니에요. 로즈, 이봐요, 로즈는…… 아, 당신은 이해할 수 없어요. 사랑에 빠져본 적이 없으니까요. 당신에게 어떻게 말해야 할까요? 로즈는 내게…… 로즈는 나의 전쟁입니다. 아마 무엇보다도 이 말이 당신에게 더 많은 것을 말해줄 거예요. 나의 전쟁, 나의 큰 전쟁!" 그가 사교계의 웃음을 지었다. 다시 지상으로 내려왔다. 약간 세련된, 약간 입체파적인 무언가를 방금 말하고 "그렇게 생각하지 않나요?" 하고 덧붙이는 어느 신사의 코가 눈에 띄었기 때문이다.

"무엇을 바라나요?" 그가 말을 이었다. "자기 자신의 주인인 사람, 이자 수입이 있는 사람은 계속해서 높은 지성의 분위기를 풍기기가 쉽지요. 보들레르, 랭보, 베르하렌…… 거기에서 로즈는 자기 집인 양 편안해합니다. 재능이 있기 때문이죠. 하지만 나 같은 한심한 놈은!" 그가 다시 그 오만과 겸손의 어조를 띠었다. "그녀는 나의 전쟁, 전쟁 자체라고요. 고등학교 시절에 배웠잖아요, 전쟁은 삶의 원리라고. 누가 이 말을 했죠? 알다시피 헤라클레이토스예요. 하지만 부유한 여자와 결혼한 남자의 경우에 사람들은 그와 그의 아내 사이의 차이를 아주 쉽게 잊어버려요. 바르뱅딴을 보세요. 나는 그를 오래전에 의과대학에서 알았어요. 누가 그의 자동차를 비난하겠어요? 여자가 생활비를 벌 때는, 더군다나 그것이 쉽게 눈에 띌 때, 감히 말해서 무대 위에서처럼 뻔히 보일 때는 사정이 달라요. 뼛골 빠지게 애써본들 사랑에 관해 말할 권리조차 없어요. 그저 천박한 포주예요."

"선생, 말씀이 지나치십니다. 당신은 직업이 있잖아요."

"예, 그 이야기를 하죠. 나는 의사, 경력을 쌓은 진짜 의사가 되었을 수도 있어요. 바르뱅딴은 당신에게 그렇게 말하겠죠. 하지만 나는 그녀를 위해 모든 것을 그만두었어요. 그 방랑자, 그 탈주자와 함께 어딘가에 정착하는 것은 불가능해요. 처음에는…… 그후에는 너무 끔찍했지요. 내가 포기했어요."

"하지만 당신은 의술을 행하고 있잖아요!"

"일하죠, 일해요. 여름마다 온천 도시에서 한철 동안 일을 합니다. 그녀 때문에 나를 받아주는 거예요. 잘 알죠. 로즈는 날씬한 몸매를 유지하기 위해 요양을 합니다. 온천장과 카지노 광고가 얼마나 극성맞은지 원! 일년의 나머지 기간에는 진찰실, 어떤 고정된 장소를 갖는 것이 불가능해요. 내가 맞춰가야죠. 나는 무엇보다도 로즈의 의사가 되었어요. 그녀의 미모를 전체적으로 돌보는 사람이죠. 게다가 다른 사람이…… 그녀에게 애인이 있다는 건, 맙소사, 결코 참아내지 못했을 거예요. 별일이죠, 질투…… 그런 걸 생각하기만 해도 몸이 떨려요. 내가 무슨 말을 했죠? 아, 예, 그래서 별로 추천할 만하지 않고 그다지 과학적이지도 않은 전문 분야로 조금씩 들어섰지요. 미용, 마사지, 젊음과 아름다움을 유지하기 위한 요법 말이에요. 물론 내 곁에는 그 찬탄할 만한 본보기가 있었지요. 내 역량의 증거 말입니다. 로즈는 언제나…… 잘 알다시피 내 직업 자체에 필요한 것을 나는 로즈에게서 얻지요. 당신이 생각하듯이 무대, 재능, 그런 것이 로즈 같은 사람에게는 돈벌이가 되죠. 그 높은 지성의 분위기에서는 그게 뭔지 모르는 모든 이에게처럼 돈이 필요해요. 그래서 나는 요령을 생각해냈어요. 어느 러시아 부인과 어울렸어요. 오, 가장 훌륭한 귀족, 망명…… 그이들은 짜르의 접시로만 식사하죠. 그녀는 화장품을 제조해요. 나는 그것들을 권하고요. 내가 브라질이나 발칸반도로 로즈를 뒤따라가야 할 때에도 이 관계는 지속돼요. 피부를 팽팽하게 해주는 크림이 한가지 있는데, 색깔과 냄새가 똥 같죠. 그걸 얼굴에 바르면 몹시 화끈거려요. 맞아요, 불이 붙는 것 같아요. 그러고 나서 진정이 되죠. 내가 권하는 제품으로 씻어내는 거예요. 열네살의 피부가 열두시간 지속됩니다…… 크림 용기에 로즈의 사진을 넣는 방안을 구상하기도 했어요."

그들이 다시 술잔을 들었다. 오렐리앵은 친구의 말에 귀를 기울이며 로즈 생각을 했다. 마리의 집에서 초록색 벨벳 드레스를 입은 그녀를 다시 보았고, 그녀의 입을 다시 보았다. 그 미녀의 이면을 이렇게 알게 되는 것이 묘했다. 가장 묘한 것은 이 의사가 그런 수단으로 그녀를 더욱더 매력적으로 만든다는, 호기심을 자극한다는 점이었다. 오렐리앵은 간교하게 마음을 파고드는 상념을 밀어냈다. 그들 셋이 함께 저녁식사를 했을 때, 명백히 로즈는 특이하게 용기를 북돋우는 여자였다. 하지만 자기 아내에 대한 이 남자의 사랑은 너무도 지고하고 독특한 것이었다.

"당신은 정말로 그녀를 사랑하는군요!" 뢰르띠유아가 작은 소리로 말했다. "사랑이란 아주 놀라운 것임이 틀림없어요. 책에서나 나올 법한 사랑처럼 지속되니까요. 여러주, 여러달, 여러해를…… 행복도 그렇고요."

드꾀르가 냉소하며 말했다. "행복이라고요! 아, 예, 행복한 사람은 사연이 없지요. 시시한 농담입니다. 행복은 없어요. 전쟁이 있지요. 늙은 헤라클레이토스, 경외하오! 전쟁이……"

오렐리앵은 생각했다. '아, 이제 본론이로군.' 몸매보다는 덜 마른 긴 얼굴, 튀어나온 이마, 푸른색에 가까운 윤기 있는 머리카락, 검은 눈동자, 그 억제된 쓰라림의 표정을 바라보았다. 드뀌르를 위장된 존재로 간주하기는 어려웠다. 하지만 그 모든 것을 타고났다면 얼마나 끔찍할까! 그토록 씁쓸하게 입술을 누르는 모습은 틀림없이 여러해에 걸친 고통의 결과일 것이다.

"이봐요, 친구, 로즈는 끝없는 정복이에요. 좌절도 있어요. 모든 전투에서 다 이길 순 없지요. 더 크게 이기기 위해 때에 따라서는 져야 할, 전장을 포기하거나 술책을 써야 할 필요가 있어요. 세계는 비어 있지 않아요. 그래요, 다른 존재들이 있어요. 남자, 여자, 괴물…… 로즈는 자유로워요. 그렇게 비범한 사람은…… 무슨 권리로 내가 그녀에게 그녀를 유혹하는 것들에서 멀어지라고 강요할 수 있을까요? 천재에겐 권리가 있어요. 내겐 그녀의 마음을 끄는 것보다 더 강할, 지속적인 것일 필요가 있을 따름이죠. 그녀는 내게 돌아와요."

오렐리앵은 얼마나 자기 자신을 미워했는지! 자신에게 깃든 것은, 그의 판단에 따르면 아름답지 않았다. 그의 존경심은 온통 이 남자, 이 새로운 친구에게로 향했다. 하지만 로즈의 이미지가 구불구불 피어오르는 담배 연기와 함께 바를 가득 채웠다. 그녀가 침묵을 깨고 말하기 시작할 때면 언제나 그녀 안에서 생기가 산들거리며 깨어났다. 그는 그녀가 입을 내밀어 그저 빵을 청하는 모습을 보았다. 마치 입맞춤을 간청하는 듯했다. 다시 의사가 예의 속셈 가득한 겸손한 어조로 말을 이었다. 오렐리앵은 그의 이 어조를 좋아하지 않았다. "이봐요, 요전날 저녁에 보니까 로즈가 당신을 바라보더군요. 부인하지 말아요, 내가 그녀를 잘 아니까. 한순간 그녀는 당신을 진열창 안의 물건처럼 바라보았어요. 그게 무얼 의미하는지 난 알아요. 오, 이미 지난 일이죠, 물론. 왜 내가 당신에게 이런 말을 하는지 모르겠네요. 그것이 나의 삶, 행복, 전쟁이기 때문이에요. 당신도 또한 높은 지성의 분위기에 틀어박힐 수 있는 이들에 속해요. 당신은 사랑을 거래에, 크림 판매에, 위생에 관한 조언에 뒤섞지 않아요. 특권자죠."

오렐리앵은 느닷없이 의사가 미워지기 시작했다. 그 바람에 가혹할 만큼 분명하게 로즈에 대해 생각하기 시작했다. 곧 새로운 사람들이 들어왔다. 한쪽 구석에서 선원들은 이제 웅크린 자세로 아가씨들과 손님들의 박수갈채에 맞춰 지그 춤을 추고 있었다.

드꾀르가 말했다. "또한 당신은 로즈가 어떤 여자인지 알지도 못해요. 하지만 내 이야기가 도무지 요령이 없네요. 누가 아나요, 아마 당신은 벌써 그녀와 같이 잤겠죠!" 그는 이 말을 하면서 틀림없이 크게 자학했을 것이다. 그의 눈에서 크나큰 두려움이 엿보였다. 그는 대답을 기다렸다. 오렐리앵은 그의 눈길에서 그가 침묵에 몹시 불안해한다는 것을 읽었다. 의사는 자신의 친구가 이 간접적인 물음을 피하려 애쓴다고 생각하는 것이 틀림없었다. 오렐리앵이 어깨를 활 모양으로 말았다. 자신의 힘과 심술을 느꼈다. "아직 아니에요." 그가 말했다. 시몬이 소 장수 같은 머리에 가슴 부분을 진주로 장식한 자신의 댄스 상대와 함께 헐레벌떡 들어왔다. 그를 놓치지 않고 지나가면서 매우 흥분한 상태로 말했다. "네 여자 친구들이 홀에 있어, 알지?" 오렐리앵이 눈썹을 찡그렸다. 누구지? "여자 셋에 남자 둘."

그는 로즈의 유령이 지겨웠고 드꾀르가 이제는 별로 재미있지 않았다. 정말로 그랬다. 그가 말했다. "보러 갈까요, 선생? 알다시피 사람들은 어느정도는 나와 마주칠 생각으로 여기에 오거든요." 그들은 댄스홀로 건너갔다.

12

그들은 장밋빛에서 푸른색 속으로 떨어졌다. 오케스트라가 영국 왈츠를 연주하고 있었다. 방금 조명이 거의 밤처럼 어둡게 바뀌었고, 여자들이 테이블을 둘러싸고 앉아 왈츠를 흥얼거렸으며, 한편 커플들은 우편엽서의 연인들처럼 홀을 돌았다. ('당신은 정말이지 너무 예뻐서……' '나는 당신을 미치도록 사랑해요.')

유리를 끼운 륄리스의 출입문에는 오렌지색 커튼이 드리워져 있었다. 이 여닫이문을 밀고 들어가면 일종의 옷 보관소 내지 현관이 나타났다. 그곳을 지나 왼쪽으로는 바, 오른쪽으로는 화장실이 있는데 댄스홀 쪽으로 넓게 통해 있었다. 여기서 파는 모든 것, 술[52]과 담배, 그리고 더 수상쩍은 다른 물건들도 이 옷 보관소에서 살 수 있었다. 여기에는 서로 가까이 붙어 이야기하는 사람들, 잠시 떨어져 있는 손님들, 같이 수다를 떨거나 조금 뒤 춤추면서는 자신들을 더이상 알아보지 못할 젊은 남자들과 합석하려는 아가씨들, 커플이나 웨이터가 다가오면 논쟁을 멈추는 들뜨고 창백한 인물들이 늘 있었다. 또한 감상적인 주인 여자가 관리하는 모퉁이의 옷 보관소와 부인들의 웃음소리가 새어나오는 화장실 옆으로 주방 출입문

52 des coeurs. 술을 뜻하는 프랑스어 'liqueur'를 비튼 말장난인 듯하다.

이 보였다. 이 문을 통해 샴페인 통들 사이로 웰시 레어비트[53]와 닭 요리가 나왔다.

"테이블로 모실까요?"

륄리 씨 본인이 직접 단골손님 뢰르띠유아의 손을 꽉 쥐었다. 그는 배가 나왔지만 건장한 이딸리아계 미국인이었다. 턱시도에 근육이 드러났고 벗어진 가운데 머리 주위로는 곱슬곱슬한 검은 머리카락이 남아 있었다.

"고마워요. 우리는 친구들이 있는데요."

왈츠가 홀을 적시고 있었다. 1919년 런던에서 오렐리앵이 나이트클럽을 옮겨다니면서 당시의 여자 친구와 함께 추었던 왈츠. 그녀는 어느날 밤 어리석은 내기가 원인이 되어 템스강에 빠져 죽었다. 「속삭임」(Whispering), 그가 눈을 감았다. 하지만 런던이 다시 보이지는 않았다. 섬을 에워싸고 흐르는 센강이 생각났다.

륄리의 댄스홀은 사방에 발코니가 있는 널따란 정사각형 홀이었다. 한가운데의 플로어 주위로 기둥 아래 네줄의 테이블이 배치되어 있었다. 플로어는 안쪽으로 반원형의 또다른 방까지 확장되었는데 동굴처럼 보이는 그곳에는 오케스트라와 또다른 테이블들이 자리 잡고 있었다. 홀 양쪽으로 두 계단이 발코니로 이어져 있었다. 눈에 띄지 않는 발코니의 테이블에는 사람이 드물었다. 홀 위로, 눈에 보이지 않는 천장 쪽으로 그림자를 던지는 조명 속에서 발코니의 기둥, 안쪽의 넓은 로지아를 뒤덮은 비비 꼬인 석회 장식이 파랗고 붉고 노란 빛을 내며 모조 무어풍을 띠었다. 발코니 아래의 테이블은 바닥보다 두 계단 정도 살짝 높은 곳에 놓여 있었

53 Welsh rarebit. 'Welsh rabbit' 혹은 '크로끄 갈루아'(croque gallois)라고도 하며 치즈 토스트에 가까운 웨일스의 전통 요리이다.

다. 그리고 커다란 케이크를 장식한 컬러 크림처럼, 두세번의 춤곡 전에 밤참을 먹는 사람들이 흘린 색종이 테이프가 이 모든 것 위에 흩뿌려져 있었다. 웨이터들이 위태롭게도 머리 위로 접시 더미의 균형을 가까스로 유지하면서 테이블 사이를 미끄러지듯 움직였다. 사람들이 터질 듯이 가득 찼고 가운데에서 춤을 추며 돌고 있는 사람들의 비율대로 조그마한 원탁들이 추가되었다. 그 아벤세라주[54] 장식이 몽마르트르 아가씨에게 어울리듯이 인공 달빛이 음악에 맞아떨어졌다.

"당신 친구들이 왔네요." 의사가 속삭이고는 춤꾼들 주위로, 왼쪽과 가운데 쪽으로 눈길을 보냈다. 오렐리앵이 그의 눈길을 좇았다. 그가 첫번째로 본 사람은 베레니스였다. 마리의 집에서 입었던 로뛰스 드레스 차림이었다. 그리고 그녀 곁으로 뻘 드니, 블랑셰뜨와 에드몽이 있었다.

의사가 머리를 끄덕였다. 탈이 난 오렐리앵의 집으로 뻬르스발 부인이 부르지 않았던가? 시몬도 마리를 알고 있어. 그가 생각했다. 테이블에 다가가면서 그는 어떻게 보면 뢰르띠유아가 매우 신중한 사람이어서 시몬을 자신의 기준만큼 입이 무거운 여자로 여기지 않으리라고 생각했다.

"아니, 의사 선생! 뢰르띠유아!"

바르뱅딴이 일어나서 그들을 맞이했다. 이 바람에 춤추던 사람들이 약간 방해를 받았고 의자 두개가 머리 위로 건네졌다. 그들이 자리를 잡았다.

"오늘 저녁 혼자세요?" 마리가 의사에게 지나가던 수정 술잔을

54 Abencérage. 15세기에 그라나다를 중심으로 스페인을 지배한 무어족을 가리킨다.

울릴 정도로 크게 소리쳤다. 그는 블랑셰뜨의 손에 입맞춤하는 중이었다. 그녀는 드러낸 팔과 어머니로부터 물려받은 여섯줄의 진주 목걸이만 빼면 온통 검은 새틴 드레스로 싸여 있었다.

베레니스가 뢰르띠유아에게 미소 지었다. "여기 오면 당신을 볼 수 있으리라고 뻬르스발 부인이 분명히 말해줬어요." 그러고는 얼굴을 붉혔다. 새로 온 사람들의 술잔이 마지막 남은 샴페인으로 채워졌다. 바르뱅딴이 손뼉을 쳤다. "같은 걸로 두병!" 웨이터들이 민첩하게 움직였다. 음악이 멈췄다. 춤추던 남자들도 멈춰 서며 오케스트라와 동시에 상대 여자를 향한 의례적인 실망감을 숨기지 않았다. 악사들이 「속삭임」의 연주를 다시 시작했다. 오렐리앵은 팔에 어떤 손길을 느꼈다. 블랑셰뜨였다. "나와 춤추지 않을래요?" 그는 베레니스를 향해 변명의 눈길을 보내고 바르뱅딴 부인을 뒤따랐다. 마리가 드뾔르와 함께 일어서는 것을 곁눈으로 보았다. 입술을 살짝 깨물었다.

"1919년에 런던에서 처음으로 이 곡에 맞춰 춤을 추었어요." 그가 자신의 댄스 상대에게 말했다.

"아!"

그녀는 다른 데 정신을 팔고 있었다. 얼굴 표정이 평소보다 훨씬 심각했다. 아랫입술을 바르르 떨곤 했다. "이봐요, 오렐리앵, 내가 당신에게 왈츠를 추자고 청했잖아요. 당신과 이야기하고 싶었어요."

"망설이지 말고 말씀하세요, 부인."

그는 왈츠를 추면서 마리가 자신들을 지켜보고 있는 모습에 기쁨을 느꼈다. 테이블 쪽을 바라보았다. 뽈 드니는 베레니스 곁에서 매우 열심인 것 같았다. 바르뱅딴이 웨이터에게서 담배를 샀다.

"오렐리앵, 제발 부탁인데, 아직 늦지 않았어요. 베레니스를 귀찮게 하지 말고 내버려두세요." 그들이 춤이 서투른 커플을 가까스로 피했다.

"무슨 말을 하고 싶은가요, 블랑셰뜨? 모렐 부인은……"

그녀가 화를 냈다. "거짓말하지 마세요. 내가 당신의 장난, 그리고 에드몽의 장난을 알아차리지 못한다고 생각하지는 않겠죠."

"하하, 무슨 농담을 이렇게?"

"매순간 당신과 마주쳐요. 우연인 듯이 당신이 그녀 앞에 던져져요. 당신은 아무것도 모를 테죠."

"단언컨대……"

"오렐리앵, 그건 나빠요. 매우 나쁘죠."

"이봐요, 뻬르스발 부인이 우리를 쳐다봐요!"

그들은 방향을 바꿨다. 그녀가 말을 이었다. "그렇다니까요, 오렐리앵, 그렇단 말이에요. 그건 나빠요, 매우."

"하지만……"

"입 다물어요. 내 말 좀 들어줘요. 오, 내 말 좀 들어주세요. 베레니스는 젊어요. 행복하죠. 그래요, 그녀는 아무것도 알지 못해요. 하지만 행복하죠. 남편이 있고, 그는 그녀를 열렬히 사랑해요. 확실히 약간, 약간 싱거운 삶이긴 해요. 지방에서 사니까, 당연하죠. 하지만 그녀를 열렬히 사랑하는 남편이 있어요."

"그대로도 매우 좋아요. 내가 생각하기에……"

"조용히 하세요! 오, 당신에게 아직 인정미 같은 뭔가가 남아 있다면 기억하세요, 우리 사이에 일어난 일, 당신이 내게 한 잘못을 기억하세요."

"이봐요, 블랑셰뜨, 아무 일도 없었어요, 아주 사소한 것밖에는."

"그래요, 당신에게는 그토록 사소한 일이겠죠! 하지만 평온한 삶을 깨뜨리기에는 충분해요. 아, 알잖아요, 나는 에드몽을 사랑해요. 에드몽을 사랑하고 또 미워하죠."

"저기 보세요, 부인, 빼르스발 부인이 우리에게서 눈을 떼지 못하고 있잖아요."

그는 블랑셰뜨에게 무슨 문제가 있을지 자문해보았다. 질투? 요컨대 그녀는 남편을 사랑한다. 그런데 어느날 저녁 약간의 입맞춤 때문에, 물론 무엇보다 바르뱅딴의 무분별한 행동이 분해서 홧김에……

"이봐요," 그녀가 다시 말했다. "난 베레니스를 잘 알아요. 만약 더 멀리 밀고 나간다면 당신은 그저 그녀를 망쳐놓을 뿐일 거라고요."

"하지만 맹세컨대……"

"당신들, 남자들은 진정한, 깊고 변함없는 사랑이 무엇인지 몰라요. 때때로 나는 당신 때문에, 그 잠깐의 몇분간 때문에, 그 아무것도 아닌 것 때문에 죽고 싶었다고요."

그가 그녀를 테이블로 데려다주었다. 조명이 다시 환해졌고 요란한 웃음과 대화가 다시 일었다. 폭스트롯이 왈츠를 대체했다. 오렐리앵은 마리 옆에 앉아 있었다. 마리는 수정 목걸이에 브래지어 바로 위까지 등을 드러낸 드레스 차림이었다.

"왈츠를 신처럼 잘 추데요, 어쩜." 그녀가 그에게 속삭였다. "당신을 보고 있었죠."

"그냥 보인 거잖아요."

그녀가 불만스러운 어조로 웃으며 말했다. "오, 걱정할 것 없어요!"

이 두 여자 사이에서 그는 반발심이 생겼다. 그래서 춤을 청하기 위해 베레니스 쪽으로 돌아보았다. 하지만 그녀는 조금 전에 뽈 드니와 함께 일어섰다. 기회가 사라졌다.

"여보게," 바르뱅딴이 말했다. "자네에게 털어놓는데, 우리가 여기 온 건 무엇보다 자네를 위해서야. 발레에 갔었고, 거기에서 나와 다음으로 뵈프에 갔지. 오늘 저녁에는 을씨년스러웠네. 왜인지 모르겠어. 그래서 마리가 제안했을 때……"

"오, 마리, 마리가 뒤집어쓰는군요!" 바르뱅딴 부인이 외쳤다.

빼르스발 부인이 머릿속으로 특유의 잔웃음을 짓고는 말했다. "어쨌든 애매한 말이 내게는 이익이죠. 당신은 여자의 환심을 살 줄 모르네요, 뢰르띠유아 씨, 바르뱅딴 부인하고만 춤을 추려 드니."

그가 지나치게 격식을 차리는 태도로 일어섰다. 마리가 그를 뒤따랐고 그들은 춤을 췄다.

"난 폭스트롯을 좋아하지 않아요." 그가 변명투로 말했다.

"오, 애쓰지 않아도 돼요. 자, 전혀 두려워할 것 없어요. 끝났다는 것 잘 알아요. 매달리지 않을게요."

그는 열정을 표하려 손을 정중하게 꽉 쥘 필요가 있다고 생각했다. 그녀는 여전히 웃었다. 오늘 저녁 내내 웃고 있었다.

"바보! 티 내지 말아요. 잘 알다시피 내가 그녀를 데려왔잖아요."

"하고 싶은 말이 뭐죠?"

"이봐요! 순진하기는. 당신은 누구에게나 마음대로 숨길 수 있어요. 하지만 내게는…… 어쨌든 당신은 그녀를 좋아하니까요."

"내가 그녀를 좋아해요? 에이 참."

"지금 맹세해요? 친애하는 오렐리앵, 난 잘 알고 있어요. 게다가 에드몽이 하는 말을 들었죠."

"단언컨대, 마리, 블랑셰뜨와 나 사이에는 결코 어떤 것도 없어요.”

“블랑셰뜨? 오, 아니지, 약간 진부하네요. 내가 오늘 저녁 당신에게 그녀를 데려왔어요. 귀여운 모렐 부인 말이에요. 그녀는 꽤나 바라는 눈치였죠. 당신들은 내 암묵적인 동조를 기대해도 좋아요. 그게 당신이 내게서 바라는 모든 것이잖아요.”

귀여운 모렐 부인이라. 그는 정말로 어리둥절했다. 아무튼 그녀들은 모두 왜 그러는지. 조금 전엔 블랑셰뜨, 이제는 마리! 아무리 부인해도 변하질 않으니 원. “난 당신 집에 갔었죠.” 마리 드 뻬르스발이 말했다. “난 당신 집에 갔었어요. 자아, 내가 봤다고요.”

이 문장은 그에게 우스꽝스러워 보였다. 그들이 자리에 앉았을 때 그는 느닷없이 이 문장을 다시 생각했다. 하지만 설명하기에 적당한 상황이 아니었다. 그는 속으로 베레니스에게 춤을 청하지 않으리라 다짐했다. 뽈 드니가 그녀에게 하는 그림 이야기를 들었다. 그는 어깨를 들먹였다. 바르뱅딴은 이곳에 있던 여자와 춤을 추고 있었다. 블랑셰뜨가 갑자기 드뫼르 쪽으로 몸을 돌렸다. “그러면 멜로즈 부인은 브뤼셀에 있어요, 의사 선생님? 함께 가지 않으셨나요?”

의사가 어떻게 대답했지? 그는 예의 겸손하면서도 빈정거리는 태도를 다시 내보였다. 뛰어난 사람에 관해 누구도 기억할 수 없는 무언가를 말했다.

“뢰르띠유아 씨!”

그에게 말을 건 것은 바로 베레니스였다.

“이번 시즌에 발레를 보았나요, 뢰르띠유아 씨? 판정을 좀 해주세요. 우리, 드니 씨와 나는 의견이 달라서요.”

블랑셰뜨가 지켜보는 가운데 그가 대화에 끼게 되었다. 그로서는 흥미 없는 대화였지만 베레니스는 유난히 들떠 있었다. 그녀에게는 빠리에서의 모든 것이 새롭고 발랄한 색깔, 이색적인 향기를 띠었다. 그리고 뽈 드니가 거들었다. 그녀는 미술, 연극, 삐까소와 드랭의 도안, 음악과 관련된 모든 것에 과도하게 휘둘렸다. 그는 마신[55] 없는 발레를 좋아하지 않았다. 「잠자는 숲속의 미녀」가 신작이었나? 느닷없이 대화에 끌려들어간 오렐리앵은 그 열기에 놀랐다. 함께하지는 않았지만 모르는 사이에 영향을 받았다. 이 젊은 여자가 못생겼다고 생각했었다는 기억이 났다. 또한 그녀에 관한 에드몽의 말도 기억하고 있었다. 성수반 안의 악마. 확실히 그녀의 마음속에는 약간의 불이 있었다. 그날 저녁 뭔가가 바람을 불어넣어 활활 타게 하는 것 같았다. 아마도 뽈 드니의 허영심이. 이 작은 남자는 뻬르스발 부인을 개의치 않고 베레니스의 마음에 들려고 애썼다. 거기에 자신도 끼어드는 것은 마리에게 그다지 상냥한 처신이 아니라고 오렐리앵은 생각했다. 그는 이 무례를 바로잡고 싶었다. 하지만 마리는 이제 바르뱅딴과 춤을 추고 있었다. 말하자면 이 경박한 대화로 시간이 빨리 지나갔는데, 이 대화는 다른 무언가를 감추기 위한 것 같았다. 하지만 그게 뭐지? 뢰르띠유아는 그것이 궁금했다. 마리가 분명히 말했지. 모렐 부인은…… 어떻든 그것은 관념이었다. "춤추시겠습니까?" 그가 말했다.

베레니스가 그를 쳐다보고는 대답했다. "기꺼이. 하지만 자바는 안 돼요. 내가 몰라서요."

그가 입술을 깨물었다. 그녀와 춤추지 않으리라 작심했었다. 그러고 나서 결국 그 결심은 생각도 나지 않았다. 얼마나 자존심이

55 Léonide Massine(1896~1979). 미국으로 귀화한 러시아 무용수, 안무가. 러시아 이름은 레오니드 표도로비치 먀신(Leonid Fyodorovich Myasin)이다.

강한지! 한순간 모렐 부인이 자신을 보려고 륄리스에 왔다고 생각했었다. 뾜 드니가 그들 셋에게, 모든 이에게 말하고 있었다. 아마 샴페인 기운이 머리까지 올라와 그를 수다스럽게 만들었을 것이다. 시몬이 테이블 근처로 지나갔다. 오렐리앵이 그녀 쪽으로 눈을 들었다. "축하해!" 그녀가 그에게 내뱉었다. 그가 미간을 찌푸렸다. "당신의 여자 친구인가요?" 베레니스가 말했다. 그가 열렬히 부인했다. 모렐 부인의 마음은 너그러움으로 가득했다. 그것을 아주 당연하게 여겼을 것이다. 뾜 드니는 옆의 여자가 자신에게서 벗어나 있다고 느꼈다. 그의 말에 따르면 그는 륄리스, 몽마르트르, 그리고 일반적으로 이런 댄스홀의 여자들을 싫어했다.

"어머, 나는 아니겠죠!" 모렐 부인이 말했다. 오렐리앵은 여기에 약간 실망했다. 그녀가 질투하기를 바랐나? 그런데 누구를? 자, 이 모든 것은 망상일 뿐이다. 두 여자의 교태라니. 블랑셰뜨는 에드몽에 관해 무슨 말을 하려고 했지?

구르는 듯 요란한 북소리. 춤추던 사람들 중에 어떤 이들은 테이블로, 어떤 이들은 옷 보관소로, 또 어떤 이들은 스탠드로 되돌아갔다. 쇼를 예고하는 북소리에 웅성거림이 잦아들었다. 륄리가 여느날 저녁처럼 오케스트라 앞으로 나가서 두 팔을 뻗고 손을 흔들면서 우스꽝스러운 동작과 함께 예고의 굉음을 절정으로 이끌었고 이어서 시카고와 피렌체 억양이 섞인 목소리로 토미, 유일무이한 토미, 세계 최정상급 드러머의 출연을 알렸다.

짧게 깎은 희끗희끗한 머리에 놀란 토끼눈을 가진 창백하고 뚱뚱한 작은 흑인, 인사할 때마다 늘어지는 러플셔츠 차림의 토미가 북과 드럼과 심벌즈를 벌여놓고 스포트라이트들의 교차점에 자리를 잡는 동안 점점 짙어지는 어스름이 테이블을 덮쳤다. 서로 손을 꽉 잡거나 여자들의 드러난 어깨 위로 소곤거리기에 좋았다. '어두워지기 직전에' 바르뱅딴은 맞은편의 사람들을 알아보고 빛다발의 끝에서 그들에게 친근한 손짓을 보냈다. 오렐리앵 옆에서 블랑셰뜨는 그가 누구에게 인사하는지 알아차리지 못하고 무언가 중얼거렸다. "당신이 말하는 건가요?" "아뇨, 전혀."

갑자기 그는 베레니스가 자신과 정반대라는 느낌이 들었고 감히 머리를 돌리려고 하지 않았다. 사람들이 토미를 더 잘 보려고 서로 바짝 다가앉았다. 토미가 온 얼굴에 미소를 머금고 막대와 작은 금속 채로 온갖 재주를 부리면서 반주 없이 혼자서 드럼, 심벌즈, 작은 종을 쳐댔다. 술이 일정한 양을 넘어서면 그렇듯이 점점 빨라지는 소리의 흐름이 실내를 가득 메웠다. 그의 바로 곁에서, 숨결, 오렐리앵에게 베레니스의 목소리가 들려왔다.

"내 운이 그렇죠 뭐. 당신과 춤추기를 그토록 기다렸는데." 갑작스레 그의 몸에서 큰 열기, 취기가 올라왔다. 그것은 아마도 드러머의 알코올이었을 것이다, 아마도. 많은 것이 의미를 띠었다. 그는 깊이 생각하지 않았다. 한 손을 테이블 위에 가만히 올려놓았다. 그리고 거기 있으리라고 짐작만 했던 자그마한 손을 손바닥과 손가락으로 꼭 잡았다. 빠져나가려고 하는 손을 오랫동안, 오랫동안 쥐고 있었다. 흑인의 흰 눈과 그의 막대가 공중에서 춤을 추었고 폭죽이 터지는 아동용 익살극처럼 심벌즈 소리가 가끔씩 터져나왔다. 이제 오케스트라가 음을 낮추어 래그타임을 연주하자 뽈 드니가 이것을 알아듣고는 우쭐했다. "멋지군요!" 그가 베레니스를 향해 속삭였다.

그녀는 필시 겁먹었을 것이다. 오렐리앵은 그녀가 겁을 낸다고 느꼈다. 붙잡은 손을 놓지 않았다. 매우 낮고 당황한 목소리가 들려왔다. “분별 있는 분이 아니네요.”

그리고 그는 자신의 행동이 상식에 어긋난다는 점을 의식했다. 손을 놓아주고 싶었다. 하지만 그럴 수 없었다. 그렇게 하면 모든 것을, 이 세상에 있을 수 있는 모든 소중한 것을, 존속할 만한 가치가 있는 모든 것을 포기할 것만 같았다. 드럼 치는 소리, 심벌즈의 구리판이 떨리는 소리가 빠른 리듬에 실려 홀 중앙을 가득 채웠다. 토미의 팔과 발이 드럼 주위를 날아다니고 드럼을 어루만졌다. 그토록 큰 소리가 나는 것에 놀란 암탉의 몸짓으로 깨끗한 목달개에 쓸린 목이 흔들흔들 돌면서 거무스름한 지방 주름이 흐느적거렸다.

오렐리앵은 자신이 붙잡고 있는 손이 굴복하는, 내맡기지 않지만 체념하고 받아들이는 것을 어느 순간 알아차렸다. 자신의 행동이 부끄러웠다. 그렇지만 달리 어쩔 수가 없었다. 자, 좋아, 이 모험에 뛰어들었다. 어떻게 물러서겠는가? 옆에 앉은 이 여자에게 구애를 해야 할 판이었다. 움켜잡힌 손에 움켜잡은 손으로 압력을 가함으로써 뭔가를 표현하려고 애썼다. 벌써 속이기…… 그녀는 그와 춤추기를 그토록 기다렸다. 환상적인 소리가 부풀어올라 머리를 어지럽히는 가운데 그들은 다양한 감정에 휩싸였다. 그녀는 갑자기 당했을 때의 설명할 수 없는 두려움, 움찔하지 않을 수 없게 만든 행동으로 인한 불안이 없지 않았다. 그는 이미 실패, 거절, 모욕을 감내하지 않을 마음의 준비가 되어 있었다.

그때 건너편의 블랑셰뜨가 그에게 무엇인가를 말했다. 그가 고개를 기울이고 관심 없을 때 짓는 그 번민의 표정으로 다시 말해달라고 청했다. “거기 내 가방 좀, 테이블 위에요.” 그는 그녀가 밉다는 생각이 들었다. 술잔 두개를 쓰러뜨릴 뻔하면서 가방을 낚아

채 바르뱅딴 부인에게 건넸다.

그는 여전히 베레니스의 손을 놓지 않고 있었다.

토미는 손에 막대 두개를 들고 나비의 날갯짓으로, 더 정확히는 미용사의 휘휘 도는 가위질 같은 동작으로 낭만적인 천둥소리를 극한으로 몰아갔다. 온몸으로, 발로, 귀로, 이마의 꿈틀대는 피부로 연주하며 의자와 함께 뛰어올랐다가 모인 사람들을 엄습하는 흥분 속으로 다시 떨어졌다. 실내가 잠잠해졌다. 천장이 무너져내리지 않았다는 것을 사람들이 알아차렸다. 토미가 땀에 흠뻑 젖어 인사하면서 꼬마 자동차에 앉아 있는 바다표범의 모습으로 숨을 몰아쉬었다. 박수갈채가 터져나왔다. "앙꼬르" 하는 외침이 이어졌고 모두가 일어섰다.

사람들 뒤에서 그들 둘만 적막한 숲속에서처럼 떨리는 가슴으로 계속해서 앉아 있었다. 그가 자기 존재의 근원적인 신비에 이끌린 사람의 그 깊은 목소리로 말했다. "첫번째 곡이 나오면 함께 춤출까요?" 그녀가 몸을 떨었다. 그가 그녀의 눈, 그녀의 쫓기는 눈을 보았다. 그녀가 고개를 가로저어, 그리고 온몸으로 안 된다고 했다. 그는 그녀가 곧 울 것 같다고 느꼈다. "첫번째 곡이 나오면 함께 춤춥시다." 그가 단호하게 잘라 말했다.

불빛이 다시 밝아졌다. 그들의 손이 서로 떨어졌다.

새로운 오케스트라가 자리를 잡았다. 아르헨띠나 사람들이었다. 홀 여기저기에서 무질서한 드나듦이 이어졌다. 일부 손님들이 떠나고 다른 손님들이 들어왔다. 퀼리가 그들을 앞장서서 안내하면서 각자에게 가장 좋은 테이블, 가장 좋은 ……이라고 단언했다. 바이올리니스트인 오케스트라 지휘자는 흰 명주 나팔바지에 보라색 셔츠를 입고 검은 허리띠를 꽉 졸라맨 차림새였다. 그가 바이올린

활로 탱고의 신호를 보냈다. 평범한 탱고, 최대한 손님을 끌려는 진부한, 마냥 진부한 탱고였다. 값싼 매력, 싸구려 매춘부의 억양이 느껴졌다.

“이번에 나와 춤추기로 약속했잖아요.” 뢰르띠유아가 서서 말했다. 하지만 베레니스는 의자에 꼼짝없이 앉아 머리를 가로저었다. 아뇨, 아뇨. 그가 끈질기게 졸랐다. “블랑셰뜨와 추지 그러세요.” 그녀가 가냘프게 말했다. 그가 다시 앉았다. 너무 빨랐나? 몽상에 빠졌던 걸까? 이게 다 무슨 소용이겠는가? 이 하찮은 못난이, 이 촌뜨기. 그는 스스로 자신을 속이고 있다는 것, 그 환멸을 몹시 강하게 느끼고 있다는 것을 알고 있었다. 무엇보다 후회스러웠고, 자책했다. 하지만 분위기가 가라앉아버렸다. 동일한 장소도 동일한 여자도 동일한 몽상도 아니었다. 게다가 그가 단념했다. 더도 덜도 아니었다.

바로 그때 베레니스의 말이 들려왔다. “그래도 당신을 마음 아프게 하지는 않았죠?” 그는 자신의 귀를 의심했다. 그녀가 정말로 이 말을 했나? 그가 그녀를 바라보았다. 가운데가 볼록 나온 비스듬한 검은 눈을 보았다. 아주 이상한 눈이야. 이 눈 너머에는 한 사람만 있을 뿐일까? 그는 아니라고, 자기 마음을 아프게 하지 않았다고 말하고 싶었다. 하지만 말할 수 없었다. 여자, 새파란 여자, 어린 여자 앞에서 이처럼 소심하게 구는 일은 그에게 결코 일어난 적이 없었다. 그들은 오랫동안 잠자코 있었다. 다른 사람들은 춤을 추었다. 그들만이 그런 줄도 모른 채 테이블에 남아 있었다. 그녀가 갑자기 이를 알아차리고 당황했다. “춤춰요, 괜찮죠?” 그녀가 제의했다. 그가 약간 처량하게 미소를 짓고 어색하게 어깨를 움직였다.

그들은 춤을 추었다.

더이상 그렇지 않았다. 더이상 전혀 그렇지 않았다. 춤, 그들이 둘 다 잠시 두려워한 춤의 관습, 그 춤의 관습이 그들 사이로 끼어 들어와 있었다. 이 가짜 친밀함으로 인해 사이가 다시 벌어졌다. 말이 탱고의 몸짓보다 더욱더 그들을 갈라놓을까봐 그들은 서로 말하지 않았다. 함께 춤추고 있던 마리와 에드몽에게 지나가면서 미소를 보냈다. 점점 더 거북해졌다. "저기 봐요, 당신이 뢰르띠유아 씨처럼 춤을 췄더라면!" 뻬르스발 부인이 말했다. "당신은 탱고를 잘 추지 못하는군요." 에드몽은 기분이 상했고 전쟁 전에 미르신의 집에서 터득한 대로 얼굴에 여러가지 표정을 드러내기 시작했다. "어, 저기, 어, 저기," 마리가 외쳤다. "저 기발한 춤사위는 뭐지? 당신은 나를 늙어 보이게 하고 싶군요! 모렐 부인은 그의 품 안에서 세월을 보낸 것처럼 보이네요, 그렇지 않아요?"

사실 춤추는 베레니스는 무게감이 없었다. 아주 가벼운 압력에도 쉽게 휘어졌다. 그녀가 음악인 것처럼 그것과 잘 어우러졌다. 오렐리앵은 그녀에게 잘 맞춰 춤추고 있는지 걱정이었다. 이런 걱정의 말을 그녀에게 했다. 그녀가 눈을 감았다. 그때 그는 그녀 쪽으로 몸을 굽히면서 처음으로 그녀를 보았다. 잠결에 내면의 이미지를 따라 짓는 희미하고 비현실적인 미소가 그녀의 얼굴에 번져 있었다. 그녀의 마음속에서 화합하지 못하던 잡다한 것들이 녹아 조화롭게 변한 상태였다. 그녀는 선율에 이끌려 상대에게 몸을 맡겼다. 마침내 그녀의 진짜 얼굴과 어린애 같은 입, 그리고 이렇게 표현해도 좋다면, 행복한 괴로움의 표정이 드러났다. 오렐리앵은 방금 나타난 이 여자를 이전에는 결코 본 적이 없다고 되뇌었다. 그녀를 자신에게서 가린 것은 자신의 눈이라는 사실을 깨달았다. 그녀가 눈을 감자 어떤 것도 더이상 그녀를 지켜주지 않았다. 그녀 자신이 드러났다. 그녀가 다시 눈을 뜨자 그 눈은 어느 때보다도 더 검었다. 오렐리앵이 기억하는 것보다 더 동물의 본성에 가까웠다.

춤이 끝나고 그가 가족 무도회에서처럼 그녀 앞에서 몸을 숙여 절하면서 "감사합니다" 하고 말하자 베레니스는 자기 가슴에 손을 올렸다. 온통 창백했다. 급히 자리에 앉아 작은 거울을 들여다보며 얼굴을 매만졌다. 그는 이것이 마음의 동요를 감추려는 속셈이라는 것을 잘 알고 있었다. 그녀에게 말을 건네려 했다. 그녀가 아주 낮은 소리로 재빨리 말했다. "나를 내버려두세요, 오! 가만히, 제발." 그녀는 편치 않았다. 이해할 만했다. 황급히 가슴을 쳐들고 안색을 감추었다. "무슨 문제라도 있나요?" 오렐리앵이 물었다. 그녀가 팔꿈치로 그를 살짝 밀어냈다. "보세요, 사람들이 우리를 쳐다봐요."

곧이어 바르뱅딴이 춤추던 남자들을 지나서 조금 전에 그가 신호를 보낸 남자 사모라, 알다시피 화가 사모라를 데리고 돌아왔다. 뽈 드니는 사모라와 잘 아는 사이였다. 그들은 나이 차이에도 불구하고 서로 어울려 다녔다. 사모라는 적어도 쉰살은 되었다. 작은 체구에 배가 불룩 나오고 얼굴에는 발랄한 재기가 엿보였다. 스페인 사람답게 머리카락이 갈색이었고 관자놀이에는 흰머리가 나 있었다. 아주 짧게 깎은 머리였다. 날씬한 사람처럼 동작이 날랬고 발이 거짓말같이 작았다. 자기 깐에는 삐까소의 경쟁자였고 더군다나 스스로를 다다이즘으로 내몰았다. 삐까소를 넘어섰다는 이야기였다. 그는 심술궂고 익살스러웠으며 온갖 것을 역겨워했다. 재치 있는 말을 하기 위해서라면 가장 고약한 속물과도 합의를 볼 수 있는 사람이었다. 코르셋의 살대로 형이상학적인 그림을 그렸다. 사실은 예쁜 여자, 라 간다라[56]의 그림, 사치스러운 향락과 작은 개만 좋아했다. 그는 홀 건너편에서 두 왕녀와 한 미국 여자와 자리를 함께하고 있었다. 왜 모두 함께 다른 곳으로 가지 않는지? 그는 잘 아는 유흥장이 있었다.

그러는 동안 오렐리앵은 블랑셰뜨에게서 들은 말을 생각했다. '당신은 그저 그녀를 망쳐놓을 뿐일 거라고요.' 사실상 그는 베레니스에 관해 아무것도 알지 못했다. 그 지방의 남편은 뭐 하는 작자일까? 게다가 지방 어디일까? 약사라던가 싶다. 그녀는 약사의 아내야! 어항들 사이에서 그는 계산대의 뤌리 부인처럼 덧셈을 하면서 그녀에 관한 상상의 나래를 폈다. 어떤 곡절 속으로, 어떤 미지의 것 속으로 뛰어들 것인가? 그리고 그녀가 사소한 것에 대해 내보인 그 두근거림. 아뿔싸. 그는 막연히 덫을 떠올렸다. 남자에게 여자는 우선 거울이고 그다음에는 덫이야. 곡절 많은 세상. 세상. 아니야. 아니고말고. 고약한 상황에 말려들기 전에 마음을 추슬러야지. 더구나 얼마나 보잘것없는가, 이 여자는! 그녀가 뽈 드니에게 사모라에 관해 물었다. 뽈은 성가셔하며 사모라가 들을까봐 거드름을 피웠다. 게다가 마리가 오렐리앵의 귀에 속삭였다. "이봐요, 조심해요. 뻔하잖아!" 그걸로 충분했다.

사람들이 계속해서 사모라와 함께 밤을 보내려고 옷 보관소로 몰려갈 때 오렐리앵은 둘러댔다. 여기 있을게요. 누군가를 기다려야 해요. 베레니스가 무슨 말을 하려는 듯이 입을 열었다가 멈췄다. 아뇨, 아뇨, 의사 선생, 자, 어서. 난 괜찮아요. 안녕히 가세요, 부인. 그는 그녀에게 다시 보자고 청하지도 않았다. 베레니스는 긴 악몽을 꾸고 있는 듯이 다른 이들의 움직임에 묻어 떠났다.

---

56 Antonio de La Gándara(1861~1917). 프랑스의 화가, 조각가. 일찍부터 두각을 나타내 빠리 귀족의 초상화를 많이 그렸다.

그들이 오렌지색 커튼이 드리워진 출입문으로 사라지자 뢰르띠유아는 갑작스럽게 그들을 뒤따르고 싶은 욕망이 일었다. 이런 바보! 이런 바보야! 그녀를 저렇게 떠나도록 내버려두다니 인정머리가 없어. 무엇보다 무례한 짓이야, 그래. 누구나 이런 말을 중얼거리고는 어리석은 짓을 저지르지. 결국 그는 무엇을 염려했을까? 무엇을 염려해야 했을까?

스탠드에서 그는 시몬과 재회했다. "이봐, 너, 조금 전에 내게 물었지, 언제 집으로 데려다줄 거냐고. 오늘 저녁 어때?" 그가 그녀의 팔꿈치를 만지작거렸다. 그녀가 웃었다. "난처하게 됐네! 다른 사람이 있는데." 그러고는 쭉 둘러보고 나서 낮은 목소리로 은밀히 말했다. "미국 선원들 중 한명이야. 알겠지만, 그런 말은 하는 게 아니지!"

내게 무슨 문제가 있나? 나는 도대체 왜 이러는 걸까? 내게 다시 차오르는 과거 전체, 밀물과 썰물. 불완전한 걸음걸이를 닮은 삶의 순간들. 군중 속에서 우연히 부딪힌 누군가에게 용서를 구하는 것 같다. 방금 시간은 자신의 검은 깃발을 향해 택시 운전사의 몸짓을 했고 아마도 시간의 거부는 알포르빌이나 끌리시, 검은 깃발 위의 흰 낱말에 의해 설명될 것이다. 이곳을 비롯해 어떤 곳에서도, 이 조악한 모조 귀금속, 시간의 모조 보석들, 이 눈속임 전체로서, 나는 여기를 비롯해 어떤 곳에서도 나 자신의 장난감이 아니었을 것이다. 오렐리앵이 한 여자, 거기 있는 여자를 바라본다. 간이의자 위에서 스탠드 쪽으로 숙인 머리, 녹아드는 가면의 얼굴. 이것은 시간인가, 슬픔인가? 말을 건네는 것이 전혀 무익한 여자. 외국 여자? 남자와 여자 사이에는 언어가 필요 없다. 하지만 이 여자, 그녀에게 없는 것은 말이 아니다. 존재다. 여자가 아니다. 부재다. 그녀에게 미소 지어봐야 소용없다. 그녀는 다른 곳에 있다. 그녀는 다른 곳이다. 밤의 말없는 종말이다.

13

"이 바람! 이 바람! 나리는 상상도 못 하실 거예요! 제가 센강을 건넌 게 몇번이나 될까요? 백번, 어림없어요, 삼백번, 천번! 이런 바람은 결코 본 적이 없어요. 다리가…… 길을 되돌아가야 할 정도였어요. 아뇨, 나리는 상상도 못 하실 겁니다. 나리를 위해서가 아니라면…… 나리는 웃으실지도 모르지만 제가 없다면 나리는 어떻게 될까요? 진짜 여행이죠, 가로질러야 할 이 기류…… 그건 당연한 일이에요. 센강…… 저는 오로지 좌안에서만 일해왔어요. 나리를 위해서였죠, 틀림없이. 그렇지만 말이에요, 어떨지 모르겠지만 나리는 우안에 사실 거예요. 아니요, 그렇게 생각하지 않아요. 우안으로 나리를 따라가지 않을 거예요! 왜냐하면 여전히 다리, 여전히 센강이 있을 테니까요! 아뇨, 나리, 안 돼요. 나리가 아메리카에 사시게 된다면 제가 과연 매일 아침마다 까르디날르무안 길에서 나리를 또 찾아갈까요? 침대에 있는 나리에게 아침식사를 가져다주기 위해 그렇게 걸어서, 머리 위에 제 초라한 숄을 두르고요? 웬걸요. 그렇게 되면 나리는 저 없이 어떻게 할지 모르겠지만…… 이 난장판을 보세요. 나리가 바지를 벗어 던지니까…… 이번에는 제가 그걸 다릴게요. 왜냐하면 늘 세탁소로 가져가는 것은…… 아, 그들에게 값을 치르지요, 그들에게요! 그들은 우리를 착취해요. 또 요금을 올렸어요. 예전에는 세탁소가 없었죠. 누구나 자신이 다림질했어요. 나리는 양말을 어디에 던져놓으셨을까? 제가 수선을 해드렸는데. 나리는 상상도 못 하실 거예요, 이 바람!"

그녀가 손을 뺨에 갖다대고 머리를 이리저리 흔들었다. 눈은 천장을 향해 있었다. 뒤비뉴 부인, 오렐리앵의 가정부는 규정 연령[57]을 넘겨서 침대에서 남자의 시중을 들어도 험담을 듣지 않을 수 있었다. 자그마한 체구에 은발이 섞인 갈색 머리에는 한무더기의 빗을 꽂아 올림머리를 유지했다. 목의 힘줄이 불거졌는데 아마 갑상샘종 증세가 약간 있을 것이다. 돌출한 눈 때문에 은밀함에서 극단적인 진지함으로, 심각함으로 융통성 없이 넘어가는 표정이 얼굴에 나타났다. 왜 그런지, 어떻게 그럴 수 있는지 모르지만 턱이 얼굴에서 완전히 떨어져 보였다. 왼쪽 뺨이 오른쪽 뺨보다 훨씬 더 부풀어 있었는데, 그것은 집안 내력이라고 그녀가 말하곤 했다. 제 자매, 제 가엾은 아버지도…… 이렇게 그녀를 따라가보면 아주머니들, 사촌자매들, 그리고 차례로 우선 뺨, 다음으로 아저씨의 폐기종, 할머니의 불행, 돈궤를 갖고 달아난 제르멘의 남편, 조상 대대로 이어져온 장례식에 따라 고인이 된 뒤비뉴 씨, 그리고 그의 동생, 즉 뒤비뉴 부인의 시동생이 있었다. 그녀의 시동생에게는 참 재미있는 일이 있었는데…… "뒤비뉴 부인, 가족 중에 혹시 약사는 없었나요?"

"약사요? 희한한 생각을 다 하시네요! 아뇨, 나리, 없었어요. 가족 중에 별별 사람이 다 있었죠. 식민지 주둔군의 특무상사, 식료품상, 사촌자매 한명은, 그녀에 관해서는 말하지 않는 것이 좋겠네요, 어쨌든 별별 사람이 다. 하지만 약사 같은 건 결코 없었어요, 전혀

57 성직자의 하녀가 될 수 있는 최소 연령 40세를 말한다.

요. 맹세할 수도 있어요!" 그녀가 옷장에서 넥타이걸이를 꺼내 오렐리앵의 다채로운 컬렉션을 정리하다가 멈췄다. "그런데 아침식사를 들지 않으시네요! 따뜻하게 드실 수 있게 강을 건너고 그 바람을 맞는 것이 여간 힘들지 않다고요. 달걀이 부드러워요, 좋아하시는 대로." 등받이가 없는 소파 옆 탁자 위 쟁반에는 실제로 토스트와 커피, 우유, 하나는 이미 까놓은 달걀들이 놓인 채 오렐리앵이 잠겨든 몽상에서 빠져나오기를 기다리고 있었다. 그가 베개에 기대어 앉아 시트를 잡아당기고 주위를 둘러보았다. 정말 방이 몹시 어질러져 있구나. 몇시나 되었을까? 11시. 지난밤 배회하다가 귀가했다. 책을 좀 읽었다. 잠자리에 들지 않을 여러가지 구실을 찾다가 갑자기 졸음이 쏟아졌다. 모든 것을 뒤죽박죽으로 내버려두었다. 힘들게 옷을 벗어 여기저기 바닥에, 못으로 고정한 담배 색깔의 양탄자 위에 팽개쳤다. 설상가상으로 창문을 열지 않았다. 그가 쟁반을 집어들었다. "에이그, 내가 무슨 말을 한 거지?" 뒤비뉴 부인이 외쳤다. "이런 정신머리하고는. 너그럽게 봐주세요."

"뭐 때문에 그래요, 뒤비뉴 부인?"

"약사 말이에요, 나리, 약사! 어떻게 그 생각을 못 했을까?"

"무슨 약사요, 뒤비뉴 부인?"

"제게 물으신 약사 말입니다. 아시잖아요, 모르세요? 확실히 잠이 아직 덜 깨셨군요! 제 집안에 혹시 약사가 있었는지 물으셨어요. 그런데 제가, 늙은 머저리 같으니, 결코 없었다고 말씀드렸죠. 거참! 정신머리를 어디다 두고 있는 건지 원."

"부인 가족 중에 약사가 있었다고요, 뒤비뉴 부인?"

"예, 그러니까 말하자면, 제대로 된 약사는 아니에요. 사촌제부 까미유, 이제는 아니지만요. 하지만 십여년 전에는…… 너무 오래전이라 기억이 나질 않았어요. 까미유는 제 사촌이 아니었다는 말씀을 드려야겠네요. 제 사촌자매의 남편이었죠. 그래요, 제 사촌자매 뤼시, 그녀는 저와 많이 닮았어요. 그리고 사촌제부 까미유, 하지만 그는 아주 몹쓸 사람이었죠. 어쨌거나, 예, 뤼시, 우리는 서로 닮았지요. 그녀는 마흔살까지 결혼하지 않았어요. 생각해보세요, 그 때문에 심보가 사나웠죠. 어느날 제가 그녀 집에 있었는데 누군가 그녀에게 말했어요. '기름이 다 떨어졌네, 뤼시. 내려와서 기름을 가져와.' 그녀가 일어났어요. 그러고는 기름을 가지러 갔다고 생각하세요? 죽었다 깨더라도 아니죠! 그녀는 발코니의 화분에 물을 주는 물뿌리개에 송유松油를 넣어 샐러드에 붓고는 그것이 치커리라는 이유로 온통 불을 붙였어요. 말도 마세요, 우리가 얼마나 겁에 질렸던지. 사람들이 그녀를 가뒀죠. 의사가 말했어요. '결혼시켜야 합니다. 그녀를 치유할 수 있는 길은 그것밖에 없어요. 그러면 피가 두배로 늘겠죠.' 게다가 여기서 문을 잠그려고 할 때처럼 세차고 거친 주먹질이라니…… 끔찍한 것은 남편감을 구하는 일이었어요. 그녀의 입장이라고 생각해보세요. 위험을 감수해야 했죠. 그리고 만약 피가 두배로 늘지 않는다면요? 그래서 누구도 까다롭게 굴 수가 없었어요. 그렇게 뤼시는 마흔살이 되었죠. 까미유를 찾아낸 사람은 할머니였어요. 알자스 사람 슈베르, 그의 성이에요. 우습죠, 발음이 푸른 배추[58] 같으니까요. 하지만 쓸 때는, 그러니까 글자가 달라요. 까미유, 그가 동의했어요……"

"그래서 피가 두배로 되었나요?"

"예, 그랬다고 말할 수 있죠! 배가 되었어요, 배가 되었다고 할

58 chou vert. 발음이 까미유의 성 슈베르(Schuwer)와 같다.

만하죠. 더 무모해졌거든요. 누가 집 안을 정돈하는지 정말 볼만했죠. 바닥에서 먹어야 했을 거예요, 그 냄비들! 그런 꼴은 본 적이 없어요, 그랑 불바르에서도요! 의사 말이 맞았어요. 그렇게 해서 까미유가 제 사촌제부가 되었지요."

"그가 약사였고요?"

"약사라고요? 농담하시나봐요! 약사, 까미유가요?"

"하지만 부인 자신이 말했잖아요, 뒤비뉴 부인!"

"제가 뭐라고 말했죠? 아, 예, 맞는 말씀이네요. 사실대로 말하자면 까미유는 약사가 아니었어요. 아니죠. 약국에 있었어요, 그래요."

그래서 그는 약사였다……

"약국에 있었지만 약사는 아니었어요. 배달 직원이었죠, 세바스또뽈 대로의 대형 약국에서. 삼륜 자전거로요. 오, 우리 쪽에서는 아주 까다롭게 굴 수가 없었어요. 그가 뤼시와 결혼하기로 동의한 것만으로도 감지덕지했죠. 뤼시는 샐러드에 불을 붙이기도 했잖아요. 까미유는 삼륜 자전거로…… 빠리 전역에서 그 약국으로 주문이 들어왔어요. 온종일 자전거를 몰았지요. 그 덕분에 뤼시는 냄비를 정리할 시간이 생겼어요. 하지만 진짜 약사, 그건 아니었죠. 제 집안에 그런 건 없어요!" 그녀는 이야기를 하면서도 가구들에서 먼지를 닦아내고 벽난로 위의 물건들을 옮기고 커튼을 정돈했다. 그러다 멈췄다. 몽상에 잠긴 듯했다. "최소한 약사 비슷하다고 할 만한 사람도 없어요!"

오렐리앵은 뒤비뉴 부인의 머릿속이 궁금했다. 가족 중에 약사가 있다는 것을 부끄러운 일로 생각했을까, 혹은 아닐까? 마치 이 궁금증을 알아차리기라도 한 듯이 그녀가 자신의 생각을 밝혔다. "나리와 달리 우리는 서민이에요. 사람들이 말하듯이 하층민이죠.

약사가 무엇 때문에 뤼시와 결혼하겠어요? 약사는 신사잖아요."
"아, 그렇죠. 약사는 신사죠." "샤워하고 싶으신가요? 온수기를 틀어놓았어요. 물이 따뜻해야 하니까요."

이 말은 옆방에서 들려왔고 거기에서 뒤비뉴 부인은 할 일이 많아 바삐 움직였다. 오렐리앵이 욕실로 건너갔다. 휴, 참 좋구나, 따뜻한 물! 샤워커튼 안에서 눈에 비누 거품이 묻은 채 서서 긴 알몸을 이리저리 움직였다.

뒤비뉴 부인은 벌써 잊혔다. 그녀의 이야기도. 오렐리앵은 밤의 망상에 다시 사로잡혔다. 아침에 제일 먼저 든 생각. 베레니스. 그는 베레니스에 관해 아는 것이 전혀 없었다. 그녀의 삶에 관해서도. 지방의 어떤 곳. 약사 남편. 성수반 안의 악마, 이는 에드몽이 그녀에 관해 한 말이었다. 오렐리앵은 이 말을 떨쳐버릴 수 없었다. 그녀는 그가 이전에 모렐 부인에 관해 생각한 것과는 놀랄 만큼 반대였다. 그는 자신이 늘 한결같다고 혼잣말했다. 부조리한 세부사항 하나를 생각하느라 주제에서 멀어져 헤매곤 했다. 예를 들어 마리 드 뻬르스발이 보낸 편지의 느낌표들. 베레니스의 경우에는 에드몽의 그 말이 같은 역할을 했다. 그는 눈을 감고 베레니스의 얼굴을 다시 떠올렸다. 약사의 아내. 사실상 이것은 뒤비뉴 부인에게만큼이나 그에게도 남의 나라 이야기 같았다. 그의 집안에도 약사는 없었다. 그가 때밀이 장갑으로 몸을 문질렀다. 피부가 붉어졌다.

"그래서요, 뒤비뉴 부인?" 모래색 목욕 가운을 헐렁하게 걸친 그가 자기 방으로 돌아와서 말했다. "그후에 당신의 사촌자매 뤼시는 어떻게 되었나요?"

뒤비뉴 부인이 두 손을 모았다. 손에서 빗자루가 떨어지자 그녀가 얼른 다시 집어들어 가만히 옆에 놓았다. 그러고는 다시 이전의 몸짓으로 돌아가 팔꿈치를 가슴 높이로 가지런히 올려 두 손을 모았다. 연민의 시선이 하늘 쪽으로 향했다. "뤼시 말씀이세요? 아, 우리의 근심거리! 뤼시! 나리! 뤼시는 다시 미쳐버렸어요. 하지만 이번에는 미쳐도 단단히 미쳤죠!"

"뭐라고요? 하지만 그녀는 제가 듣기로……"

"피가 두배로, 그래요, 물론이죠. 하지만 바로 그게 불운이랍니다! 피가 둘로 나뉘었어요. 그녀의 남편, 생각해보세요, 약사, 그러니까 까미유가 빠리에서 삼륜 자전거로 끊임없이 돌아다닌 탓이죠. 그가 가는 집들에는 항상 여자가, 여자 고객, 젊은 하녀가 있었어요. 최악은 젊은 하녀죠. 그 약국은 전문, 이해하시죠, 고약한 질병을 전문으로 하는 약국이라는 말씀을 드려야겠네요. 세바스또뽈대로에서요, 물론. 그래서 점차로 까미유는, 그것참, 집안일을 돌보지 않았어요. 뤼시가 냄비와 리놀륨타일을 아무리 문질러 닦아도 소용없었죠. 아무 효과도 없었어요. 그러다가 대수롭지 않은 일로 그는 그녀를 떠났어요. 그때 뤼시는 참 보기가 딱했죠! 피가 둘로 나뉘었어요. 그녀는 자신이 강아지라고 생각했지요. 사람들을 쫓아다녔어요, 멍멍. 그래요, 나리, 멍멍! 슬픈 일이죠. 사람들이 그녀에게 구속복을 입혔어요! 아, 전능하신 하느님!" 매우 고통스러운 비명이 이어졌다. 왜냐하면 오렐리앵이 창문을 열었는데 돌풍이 불어 창문이 엄청난 소리와 함께 다시 닫히면서 그가 손가락을 찧었기 때문이다. 그는 그 자리에 꼼짝없이 서서 손을 마구 흔들고 다친 아이처럼 폴짝폴짝 뛰었다. 피가 났다. 뒤비뉴 부인이 타박상을 입은 손을 움켜잡았다. "아이고, 이를 어째! 불쌍한 나리! 어휴, 이 너절한 집 같으니! 나리는 새집에 살아야 해요! 이런 일은 낡은 집에서만 일어나죠. 다행히도 피가 나네요. 그러면 덜 아파요. 곧 가라앉을 거예요. 오른손이 아니어서 그나마 다행이네요. 아르니카를, 적어도 요오드를 발라야 할 것 같아요." 아르니카도 요오드도 없었다. 젊은 남자 혼자 사는 집이라서 요오드, 아르니카가 없다고 뒤비뉴 부인이 말했다. "아, 그래요." 오렐리앵이 손수건으로 손가락을 싸맨 채로 말했다. "약국에 가서 요오드를 사야겠어요."

14

누가 그 기묘한 감정을 느끼지 않았을까? 온통 관심을 갖고 있지만 아직 잘 알지 못하는 여자, 열정적으로 사랑하는 여자와의 약속 장소에서 미지의 여자와 마주한 것 같았다. 이미 기억 속에 영원히 고정되었다고 여겨지는 여자를 알아보기 힘들게 만드는 데에는 머리모양의 가벼운 변화, 다른 드레스, 또는 공공장소의 분위기로 충분했던 것이다. 그렇게 실망감을 느낀 사람은 진정한 사랑에 관해 아무것도 알지 못한다.

오렐리앵은 베레니스를 만나볼 필요 없이 그녀를 상상하는 것만으로도 실망감을 맛보았다. 하지만 결코 사랑하지 않았으므로 떠올린 모습 앞에서의 이 짜증, 그것으로 말미암아 생겨나는 불만족이 허술한 관찰의 결과와는 다른 것이라는 사실을 모르고 있었다. 그것이 사랑일지 모른다고 공상하지도 않았다.

그는 어떤 얼굴이건 생김새를 정확히 기억하는 데 서투르다는 것을 자책했다. 자기에게 그런 결점이 있다는 것이 갑자기 확고한 믿음으로 다가왔다. '그래, 나는 관상쟁이가 못 돼.' 그가 생각했다. 사실은 베레니스의 여러 순간적인 모습들이 떠올랐지만 무척이나 다양해서 그것들을 하나로 조정할 수 없었다. 동일한 여자의 모습들인 것 같지 않았고 실제로 그녀의 이목구비가 그렇듯이, 그녀로부터 온 그 희미한 빛들이 서로 조화되지 않았다. 하지만 그녀를 보았을 때 이 점을 받아들였다. 눈에 뻔히 보이는 것은 시빗거리가 될 수 없기 때문이다. 그러나 자신의 기억 속에서는 이 점을 거부했다. 기억은 다들 불충실한 것으로 여기기 때문이다. 그리고 기억은 미화하거나 얼굴을 매력적으로 만드는 것들을 재현할 수 없다는 것을 모두가 알고 있기 때문이다. 곧 사라지는 그 사소한 것들.

그래서 그는 왜 그런지 전혀 설명할 수 없지만 자신의 관심을 끄는 그 이목구비를 세부까지 재구성하기 시작했다. 턱, 광대뼈, 이마, 머리카락의 광채, 입술, 미소, 몸짓을 골랐다. 눈을 다시 생각해 내자 이제는 거의 어떤 것도 부족하지 않았다. 그런데 눈이 모든 것을 허물어뜨렸다. 그 얼굴에서 눈이 깨어났다. 눈으로 인해 얼굴이 훤해졌다. 실물보다 크고 반질반질한 석탄 같은, 아니, 그것보다 더 빛나는 검은 눈이 얼굴을 비추었다. 그 빛이 나머지를 끝장내고 핵심으로 떠올라 본체를 사라지게 했다.

그는 춤을 추면서 그녀가 눈을 감은 그 순간에만 그녀를 정말로 제대로 보았다고 혼잣말했다. 눈을 뜬 여자가 매순간 그와 눈을 감은 여자 사이에, 그의 과거 속에서, 마음과 감각의 몽상, 환상 속에서 분명치 않은 이유로 자꾸만 모습을 보이는 여자 사이에 놓였다. 그는 이 과거 속에 그녀의 자리를 정하려고 애썼으나 성공하지 못했다. 그녀는 누구를 닮았을까? 여자 친구들 중의 누구와 비슷할까? 어떤 옛 욕망에 온통 얽혀 있는 것일까? 어떤 쾌락의 반영 또는 흔적을 지니고 있을까? 그렇지만 누구도, 아무도, 어떤 실루엣도, 어떤 환영도…… 그리고 거울 저 안쪽에 비쳐 보이는 어떤 것에 대한 감정, 옅은 안개……

더 주의 깊고 자기확신이 덜한 사람이라면 아마 이것에 굴복하는 것에 대한 이 강박적인 두려움을 곧바로 쫓아버렸을 것이다. 하지만 오렐리앵은 그럴 생각조차 없었다. 여자의 신기루에 위험이 있을 수 있다는 것을 몰랐다. 게다가 그런 말을 들었다 해도 몰두했을 터였다.

그것은 자꾸만 뒤쫓아오는, 갖가지 수를 써서 없애려고 시도하지만 더 크게 들리는 노래보다 더 심각하지 않았다. 당분간은 그랬다. 그래서 누구나 서로 다른 노래를 부르거나(그것은 노래답지 않게 되었다) 서로 이야기를 하는(갑자기 이야기의 방향이 바뀌었다) 것이 아무짝에도 쓸모가 없는 만큼, 결정적으로 그 귀찮은 일에 빠져들기로, 그것에 몰두하기로 마음먹었다. 그렇다, 이제는 그것을 몰아내지 않았다. 설상가상으로 한마디만을 찾아내서는 끊임없이 그것을 되뇌면서 머릿속을 뒤집어놓았다. 어떻게 그런 일이 계속되는지를 알아보려는 것이다.

길에서 그녀와 마주칠 것이다. 아니, 마주치지 않을지도 모른다.

오렐리앵은 이런 생각에 휩싸여 어리둥절하고 불안하다가도 안심이 된다. 그는 안심할 수 있는 상태이다. 진지하지 않으면 그 지경에 이를 수 없다는 것을 모른다. 하지만 여느 때처럼 한가한 어느날 꾸밈없는 몸짓 속에서 베레니스만을 생각한 지 여러시간이 된다. 그녀를 알아보지 못할 거야. 정말 확실한가? 그럴 수 있을까? 그녀를 알아보지 못할 거야. 정말로 그녀를 알아보지 못할까?

길에서 그녀와 마주친다면. 그런데 길에서 결코 본 적이 없다. 또는 정장 차림으로도. 정장 차림으로. 길에서. 그녀를 알아보지 못할까?

길에서 정장 차림으로, 이제는 비스듬하고 검고 볼록한 긴 눈 때문에 흐트러져 보이는 얼굴뿐만 아니라 전체적인 움직임, 다시 말해 몸도 상상해야 한다. 그는 그녀의 몸을 잘 알지 못한다. 그것에 관해 그가 무엇을 알겠는가? 무게감도 현실감도 없는 그토록 가벼운 무용수의 몸, 확실히 길에서 걸을 때는 그토록 다른 몸…… 몸뿐만이 아니다. 움직이고 있는 몸, 몸짓, 그 헤아릴 수 없는 것, 몸짓도, 길에서, 정장 차림으로. 그렇기 때문에……

다시 오렐리앵은 얼굴, 고통을 느끼고 미소를 짓는 것처럼 보이는 아랫입술, 광대뼈에서 스케이트 타듯 미끄러지는 빛, 이마 위의 머리카락, 감은 눈을 본다. 하지만 그녀가 눈을 뜬다. 모든 것이 흐릿해진다. 길에서…… 그가 여자들을 쳐다본다. 키가 그와 거의 맞먹는 여자들. 이 여자일지도, 저 여자일지도 몰라. 아니, 누구도 아니야. 누구도 그의 환각을 몰아내지 못한다, 예쁜 여자들도.

베레니스에 대해 예쁘다고 말할 수 있을까? 앞서 그는 그녀가 못생겼다고 생각했다. 그녀를 제대로 보지 못했다. 문제는 그녀가 예쁘다는 것이 아니다. 그녀는 예쁜 정도를 넘어선다. 다른 것이다. 매력을 풍긴다. 그것이 무엇이냐 하면…… 그는 얼굴 생김새를 분명히 알아본다. 하지만 용모에서 배어나는 매력의 비밀은, 생각날 듯 생각나지 않는 낱말처럼…… 누구나 그것이 어떻게 만들어진 것인지 안다, 거의. 철자 안에 '에르'r가 있는지, 철자가 몇개인지. 하지만 참된 낱말, 노래하는 낱말은……

그것이 무엇이냐 하면. 그는 그녀 안에서 노래하는 것을 밝혀내지 못한다.

그렇지만 그녀 안에 노래하는 뭔가가 있다는 것은 확실하다. 무엇인가? 아, 여성! 그녀의 이름처럼 노래하는 어떤 것. 베레니스.

그는 그녀의 이름에 관해 아무런 사심 없이 몽상했던 것을 떠올린다. 그때는 그녀를 제대로 보지 못했다. 정말이지 그녀를 생각하지 않고서 그녀의 이름에 관해 몽상했다. 하기야 몽상을 자아내는 이름이다. 하지만 그녀는 이름을 넘어선다. 그녀의 이름은 그를 몽상에 잠기게 만든다. 그녀는 가능한 모든 베레니스를 없앴다. 이제는 가능한 하나의 베레니스, 다만 하나의 베레니스, 유일한 베레니스가 있을 따름이다. 그녀는…… 그는 그녀 안에서 노래하는 것, 그녀가 부르는 노래의 핵심을 발견하지 못한다.

불안이 쌓여가는 가운데 그는 노래의 핵심이 어디에 있는지 찾는다. 기억하려고 애쓴다. 무엇보다 먼저, 특히 어떤 점에서 그녀를 기억해야 할까? 그녀가 정장 차림으로 등장하는 그 강력한 상상 세계 때문일까? 더 정확히 말해 그의 품에 안겨 춤추는 그녀, 가볍게 춤추는 그녀, 그의 팔이 기억한다. 이와 동시에 기억하지 못해서 절망한다. 방금 그는 그녀의 부재를 처음으로 느꼈다. 자기 품 안에 그녀가 없음을 조금 전에 실감했다.

하지만 그것이 진정 베레니스의 노래일까? 여느 여자의 경우처럼 그녀를 품에 안아야만 그녀를 느낄 수 있을까? 아니면 그녀의 매력은 다른 데에, 그녀의 쾌활한 성격에, 그녀의 침묵에, 그녀의 살며시 감은 눈에, 그녀의 크게 뜬 눈에 있지 않을까? 갑자기 오렐리앵은 자기 손안의 그 손, 포로가 된 그 손이 불러일으킨 감격을 되찾는다. 몸을 떠는 새 같았다. 그런데 붙잡힌 것은 새가 아니라 새 잡는 사람이다.

그가 자기 손바닥을 문지르고는 놀란다. 화끈거림. 존재. 부재. 존재와 동시에 부재.

노래.

15

"아니, 아니야, 아니야, 아니고말고. 나는 쉽게 사랑에 빠지지 않아. 전부 거짓말이야. 나와 상관없어. 물론 방심하면 결국…… 하지만 아랑곳할 것 없어. 이제는 생각하지도 않아. 두려움 같은 거야. 두렵다고 생각하기 시작하면…… 내게는 밖으로 나가 바람을 쐬는 것이 제일 좋겠네."

공기가 아침보다 덜 차가웠다. 비가 내렸고 바람이 잦아들었다. 뢰르띠유아는 날씨에 맞게 두툼한 체비엇 모직 외투를 걸쳤다. 이마를 약간 내리누르는 중절모의 각도를 바꾸고 외투 호주머니에 손을 푹 찔러넣었다. 옹프레의 집에서 점심식사를 한 터였다. 옹프레 가족은 빨레루아얄에서 정원이 내려다보이는 아파트에 살고 있었다. 샤를 옹프레는 육년 전에 결혼했다. 고등학교 다닐 때부터 시작된 그들의 관계가 그의 결혼으로 인해 단절되었다. 그들은 각자 속해 있는 세계가 달랐다. 샤를은 자기 아버지의 견직물회사 옹프레레비까즈나브 상사에 들어갔다. 결혼은 이 입사의 축성식이었다. 젊은 옹프레 부인 앞에서 말하는 것이 불가능해졌고 과거의 것들에 대한 회고는 무례한 짓이 되었다. 그녀에게 과거사는 너무나 낯설었다. 그날, 기억해? 그 뚱보는 어떻게 됐는지 원. 너는 잘 알지! 그녀는 늘 말하곤 했다. 놓으세요, 입맞춤했으니까요. 그래서 현재에 더 가까운 것들을 고려하게 되자마자, 바로 오렐리앵 스스로 그들 집에서 국외자라는 느낌에 사로잡혔다.

그는 5마력짜리 자동차를 타지 않았다. 생루이섬에서 빨레루아얄까진데 뭐! 그리고 이따금은 걷는 것이 좋지. 겨울날은 색깔도 참 음울하군! 오후 3시에 벌써 어둑해지다니. 때 이른 어스름이야. 오렐리앵의 생각 또한 때 이른 어둑함으로 흐릿했다. 그런데 그때 빗줄기가 후려쳤다. 그는 재빨리 리볼리 아케이드 아래로 피해서 거기에서 여자들을 바라보기 시작했다. 우선 베레니스의 망상이 약하게 되살아났다. 그는 싸구려 장신구, 자질구레한 실내장식품, 모조 보석 상인들을 보면서 그것을 떨쳐버리려 애썼다. 얌전한 개나 후작부인, 나뽈레옹의 장교, 아르카디아의 목동을 표현한 매우 작은 장식품을 구경했다. 에나멜 그림이 그려진 도금한 은 숟가락 세트를 둘러보았는데 거기에서는 앙리 4세가 레까미에 부인 옆에 있고 워싱턴이 잔다르끄와 이웃했다. '누가 이런 것들을 사는 걸까?' 그가 생각했다. 아니면 적어도 생각하려고 기를 썼다. 실제로는 강박관념이 그를 사로잡고 있었다. 솔직하게 말하면 틀림없이 그가 숟가락에 대고 말했을 것은 "베레니스를 다시 보게 될까?" 또는 "어떻게 베레니스를 다시 볼 수 있지?"였다.

그는 그런 말을 하지 않았다. 그런 것에 아랑곳하지 않아, 그 모든 것은 바보 같은 짓일 뿐이야, 다른 것을 생각하기만 하면 돼 등등 이유는 많았다. 갑자기 그는 왼손이 근질근질한 느낌을 받았다. 자신에게 뭔가를 말하려는 듯했다. 아, 그래, 창가에서의 그 바보짓. 자, 요오드를 사면 어떨까? 뒤비뉴 부인이 기뻐할까? 빗줄기는 벌써 잦아들었다. 뢰르띠유아는 첫번째 길로 방향을 틀어 뒤죽박죽 아우성치는 자동차, 삼륜 자전거, 배달용 유개차有蓋車로 혼잡한 생또노레 길에 이르렀다. 보행자들이 택시를 잡으려 했지만 허사였다. 모두들 분주했다.

오렐리앵은 제일 먼저 보이는 약국으로 들어갔다. 길의 소란이 들리지 않는 조용하고 어두컴컴한 약국이었다. 짙은 색 목재로 사방이 장식되어 있었고 선반에는 라틴어 이름이 적힌 귀한 도기 항아리들이 가득한 가운데 처음에는 그의 눈이 아무것도 알아보지 못했다. 잠시 후에 미리 조제된 약으로 가득한 진열장들 사이로 계산대가 눈에 띄었다. 다리가 있는 계산대 위로 청동 전등들이 매달려 있었는데 큰 전구들에는 별 모양으로 자른 종이를 붙여놓아서 불빛이 흐릿했다. 이 계산대 뒤로 흰 가운을 걸친 작은 남자가 얼핏 보였다. 작은 검은색 모자가 그의 정수리를 덮고 있었고 코안경에는 사슬이 달려 있었다. 덥수룩한 수염은 아직 세지 않았지만 이미 희끗희끗했다. 약사가 오렐리앵에게 무엇을 원하는지 물었을 때 오렐리앵은 갑자기 곤혹스러운 느낌이었다. 무얼 하러 여기 왔는지 잊어버렸다. 오로지 베레니스 때문에 약국으로 들어왔다고 확신했다. 목감기용 젤리를 달라고 했다. 이 소규모 극장의 무대 뒤와 붙박이장 쪽을 바라보면서 거기에서 부재하는 여자를 찾았다. 약사가 근엄하게 말했다. 어떤 종류의 젤리를요? 얼마나요? 마침내 그는 호주머니에 작은 상자를 넣고 약국 밖으로 나왔다. 분명히 약사의 아내는 약국에 붙어 있지 않았다. 분명해. 그런데 출입문 쪽으로 초인종의 누름단추가 '야간 초인종'이라는 글자와 함께 눈에 띄었다. 아, 설마! 줄이 달려 있군. 약사와 그의 아내는 틀림없이 여기 위층에 살고 있을 거야. 그가 출입문 유리 위의 이름을 읽었다. '꼬트르, 약사'와 그 아래로 '드방베즈, 쉬끄'가 금박 글자로 적혀 있었다. 늙은 양반은 드방베즈 씨임이 틀림없었다. 빗줄기가 굵어졌고 오렐리앵은 건물의 출입구 아래서 비를 피했다. 느닷없이 기묘한 충동이 일었다. 그는 유리를 끼운 문을 밀치고 가볍게 노크한 다음 관리인실 안으로 자신의 중절모를 비스듬히 들이밀었다. "아무도 없어요?" 대답이 들려온다. "무슨 일이세요?" 그는 자신이 너무 바보 같다는 생각이 들어 물러나려고 했다. 그때 여자가 나타났다. 나이를 짐작하기 어려운, 코가 붉고 검은색 모직 케이프 차림에 잿빛 앞치마를 두른 여자였다. "볼일이 있으세요, 선생님?" 그가 얼버무렸다. "드방베즈 부인……" 붉은 코가 무뚝뚝하게 대답한다. "드방베즈 씨는 지금 약국에 있는데요." "예, 알고 있습니다. 그런데 드방베즈 '부인'이신지?"

별안간 뭔가 이상한 일이 일어난다. 붉은 코가 동요하고 케이프가 사방으로 흔들리며 고대 비극에서처럼 양손이 쳐들린다. 두성으로 외치는 소리가 뿜어져나온다. "뭐라고요? 모르고 계세요? 이보세요, 한심한 양반!"

오렐리앵은 단지 약사의 아내가 정말 이 집에 사는지 확인하고 싶었을 뿐이다. 그게 전부였다. 그는 일이 커진 것 같아 약간 난처하다.

"그러니까, 모르고 계세요? 이런 일을 알려야 하다니 좀 꺼림칙하네요! 적어도 친척이겠죠? 아니라고요? 그렇다면야 별개의 문제지만. 드방베즈 부인은 여섯달 전에 돌아가셨어요. 아주 오랜 병고 끝에요. 얼마나 큰 고통을 겪었는지! 제가 부인에게 흡인기를 붙여주었죠. 드방베즈 씨는 예전의 그가 아니에요. 밤이면 때때로 그의 방에서 서성이는 소리가 들려요."

오렐리앵은 서둘러 자리를 떴다. 그가 찾고자 한 것은 이게 아니었다. 길을 걸으면서도 약국의 출입문 너머로 안에 있는 드방베즈의 흐릿한 실루엣이 그의 눈에 들어온다. 그러자 기억 속에서 라마르띤[59]의 시구가 떠오른다.

59 Alphonse de Lamartine(1790~1869). 프랑스의 시인, 정치가. 낭만파의 대표적 시인으로, 인용 시는 「고독」(L'isolement)의 일부이다.

단 하나의 존재가 사라지자 모든 것이 공허해졌다

걸핏하면 이 시구를 끌어대곤 하던 사람은 옹프레였다. 우습군. 그는 다시 베레니스를 생각했다. 끊임없이 베레니스 생각을 했다. 그녀의 운명을 상상했다. 약국에서 홀아비 남편이 관리인 여자의 동정을 사겠지. 그가 어깨를 으쓱한다.

이미 뢰르띠유아는 오랜 친구 옹프레, 샤를의 아내와 스스럼없이 잘 지내는 데 필요한 노력을 하지 않았다. 그에게는 그들의 삶, 견직물 도매상이 중국어처럼 이해하기 어려운 것이었다. 그리고 베레니스의 생활을 마음속에 그려보고 싶었다. 생또노레 길이 아니라 지방에서, 자신이 잘 알지 못하는 도시에서 그녀가 만나는 사람들, 틀림없이 수염도 기르지 않고 코안경도 끼지 않고 드방베즈 씨의 나이도 아닐 그 남편. 이제 비는 고르고도 끈질기게 내렸다. 호주머니 속에서 오렐리앵의 손가락이 작은 상자에 닿았다. 젤리. 기계적으로 손가락이 봉지를 열어 한두개를 집었다. 오렐리앵은 생각했다. '하지만 난 감기에 걸리지 않았잖아!' 그래도 두개를 입에 넣고 빨아 먹었다. 한쪽 볼이 불룩해졌다. 예전에 뒤비뉴 부인에게 내보인 모습이었다.

아, 맙소사! 그가 사려던 것은 요오드였다! 비로소 기억이 났다. 낭패로군. 몇걸음 더 걷고 나서 생각했다. '왜 낭패지?' 마치 드방베즈 씨에게서만 요오드를 살 수 있기라도 한 것 같군! 그는 혹시 다른 약국이 있지 않을까 하는 막연한 희망으로 옆길을 바라보았다. 그것참, 마침 하나가 있었다. 조금 전의 약국과 전혀 비슷하지 않은 모양새였다. 회색으로 칠해져 있었다. 그가 들어갔다. 여기는 약사 셋에 계산원까지 직원이 전부 네명인데도 사람들로 만원이었다. 계산원에게 말해봐야 소용없을 것이 뻔했고 오렐리앵은 자기 차례를 기다려야 했다. 날이 환했지만 불이 켜져 있었다. 그는 마치 과학의 비밀을 간파하기라도 한 듯 갓을 씌운 전등과 불빛으로 반짝이는 앞쪽 진열대의 붉고 푸른 약병들을 바라보았다. 매장이 크고 넓었다. 붙박이장이 열려 있었고 한쪽 구석에는 향수, 가루약, 연고, 온갖 종류의 매니큐어가 진열되어 있었다. 인후통, 월경통, 발의 통증에 좋은 제품의 광고 포스터. 동네의 보통 사람들이 두번의 장보기 시간 사이에 짬을 내서 장바구니를 들고 이곳에 몰려와 있었다. 엄마를 따라온 여자아이, 멍한 표정의 젠체하는 여자, 바로 옆의 배관공, 은퇴자 부류의 남자 들이 일부는 서서, 나머지는 앉아서 낮은 목소리로 제품을 요청할 순간을 기다렸고, 그러면 약사들이 남부끄러운 제품명을 목청껏 되풀이했다. 이전 약국보다 여기에 여자가 더 많지는 않았다. 판매원들 중의 한명에게 오렐리앵의 눈길이 쏠렸다. 호리호리한 젊은 남자로, 모든 이를 작다고 생각하는 오렐리앵이 아니었다면 다른 사람에게는 커 보였을 것이다. 얼굴의 무표정, 그 초점 없는 눈만 아니라면 미용실에서 일할 수도 있었을 젊은이였다. 아마 대학생. 곱슬거리는 금발의 머리카락, 상당히 야위었으나 너무도 어린 티가 나는 얼굴. 잘생겼다고 생각하기에는 조금 부족했다. 오렐리앵이 보기에 완전히 남자가 되기에는 아직 바탕이 충분히 다져지지 않았지만, 전체적으로 여자의 마음을 끌 만했다. 그는 단골손님들을 전혀 쳐다보지 않았고 입에 사소한 버릇이 있어 윗입술을 물곤 했다. 얼마나 지루할 것인가, 가엾은 녀석! 젊은 여자 한명이 들어왔다. 예쁘지는 않았지만 어떻든 아가씨였고 누구나 쳐다볼 정도는 됐다. 예의 젊은 약사가 늙은이를 접대하고 있다가 매우 무례하게 돌아서더니 미소를 띠고 젊은 여자 쪽으로 의자를 내밀었다. 이 미소로 말미암아 오렐리앵의 눈에 하나의 세계가 열렸다. 머리카락에 세심하게 신경을 쓰고 여성 고객을 경멸하지만 베레니스가 남편에게 한마디 말을 하려고 가게 안으로 들어올 때 얼굴을 빛내는 이런 젊은 약사가 모렐 약국에도 틀림없이 있을 것이라고 오렐리앵은 생각했다. 그녀의 마음에 들려고 애쓸 거야. 그리고 만약 그녀와 사귀는 사이라면? 실제로 그녀도 약국 위의 중이층에서 지루해할 것이 틀림없다. 나는 그곳이 중이층일 거라고 추측한다. 그는 춤추는 동안 눈을 감은 그녀의 얼굴을 다시 떠올렸다. 그 모든 것은 아마 이런 애송이 때문이었을지도 몰라. 그때 륄리스에서 그녀가 자신의 품에 안겨 그를 생각하지 않았는지 누가 알겠는가? 불쾌하군. 이건 질투가 아니야. 그는 혼잣말했다. 허영심 때문에 기분이 상한 것이다. 그런 여자에게 신경 쓸 것 없다. 술래잡기하는 셈이다.

"요오드 한병……"

이번에는 제대로 주문했다.

16

비가 그쳤다. 진열창에 불이 켜지기 시작했고 불빛이 젖은 길을 비췄다. 추위 때문에 사람들이 발걸음을 재촉했다. 오렐리앵은 한쪽 호주머니에 젤리, 다른 쪽 호주머니에 요오드를 넣은 채 보도 위에 나와 있었다. 별다른 생각 없이 집 쪽으로 방향을 잡았다. 누구나 젤리와 요오드를 지니고 있으면 귀가할 도리밖에 없기라도 한 듯이. 떼아트르프랑세 광장에 도착했을 때 자신의 행동에 멍청하고 기계적인 면이 있다는 것을 의식했다. 또다시 젤리 한개를 자신도 모르게 잇새로 깨물었고 이로 인해 짜증이 났다. 실제보다 더 당혹스러운 기분이었다. 베레니스의 반격이 두려웠다. 자! 그가 중요한 결정을 내리는 어조로 혼잣말했다.

이 '자!'는 그가 혼자 길을 가다가 숱하게 하는 놀이를 시작하기로 마음먹을 때 늘 자신에게 던지는 신호였다. 남자라면 누구나 이 놀이의 경험이 있다. 마주친 적이 있는, 마주치곤 했던 약간 만만한 아무 여자나, 예컨대 왼쪽 길로 꺾어들 때까지 뒤따라간다. 그때 반대 방향에서 누구라도 금기의 징후 없이 오는 여자가 나타나면 첫번째 여자를 떠나 뒤돌아서서 왔던 길로 새로운 여자를 따라간다. 물론 오른쪽 길로 꺾어들 때까지도 가능하다. 새 규칙을 여럿 정하여 복잡하게 만들고 두세달 유지하다가 새로운 규칙으로 대체한다. 오렐리앵은 삼십년을 살았는데도 여전히 이런 모든 것에서 무척이나 중고등학생 같았다. 이런 식으로 빠리를 몇시간이고 왔다 갔다 할 수 있었다. 지금 이 순간은 옷차림이 엉성한데다 몸집이 크고 꽤 말랐지만 동작이 대단히 씩씩한 볼품없는 여자를 뒤따라감으로써, 베레니스를 생각하지 않고 있다는 것을 스스로 증명하려 했다.

우리는 모르는 여자를 뒤따라갈 때 그녀를 가장 상세하게 관찰할 수 있다. 가까스로 얼굴을 본다. 고개를 살짝 돌릴 때 얼굴을 상상하려고 시도하고, 그때 전혀 방해받지 않고 뺨을 조금 보는 것이 가능하다. 여자에게서 귀에서 목으로 이어지는 그 부분은 누가 봐도 예쁘다. 등 뒤에서는 모르는 여자를 정말로 차지한다. 표정의 방어막이 없다. 동물, 복종시킬 짐승만 남는다. 목덜미, 머리카락의 모근에 관심을 기울이면서 이미 그녀를 굴복시킨다. 몸짓이 여자, 그녀의 속내를 드러낸다. 다음으로 엉덩이, 다리가 있다. 오렐리앵은 머릿속으로 여자의 옷을 벗기고 속옷을 상상하기를 좋아했다. 어떤 것도 미화하지 않았다. 어느정도 잔혹성이 없지 않았다. 가령 여자가 있다고 하면 우리는 그녀의 속옷이 옷핀으로 고정되어 있다는 것을 금세 알 수 있다.

얍! 이 '얍'은 손을 바꾸는 것, 이 여자들 중에서 다음 여자로 넘어가는 것 등을 의미했다. 다음 여자는 키가 작고 금발이었다. 약간 병약해 보이지만 매우 젊었고 얼빠진 미소가 얼굴에 어려 있었다. 옷차림이 소박해서 유행에 비추어 약간 긴 드레스를 입고 있었다. 아마 지난해의 드레스였을 것이다. 짐을 들고 있었고 열걸음마다 우산을 잃어버릴 뻔했다. 뒤태로 보아 좌우가 그다지 대칭적이지 않았다. 오른쪽 어깨가 더 발달했다.

이것만이 길에서 오렐리앵이 하는 유일한 놀이는 아니었다. 그는 또한 마주친 여자들을 즐겨 분류하고 셈했다. 말하자면 가까이하기가 아주 어렵지 않은 여자들이었다. 하지만 혼잣말하곤 했다. "어디 보자, 예컨대 여기 꽁꼬르드 광장부터, 요컨대 얼마나 많은 여자다운 여자와 마주칠 것인가?" 여자로 받아들일 여러 범주가 있었다. 오름차순으로 우선 뇌쇄적인 여자가 있었다. 다음으로 사랑스러운 여자. 끝으로 광적인 여자. 이 하찮고 은밀한 어휘는 결코 오렐리앵의 입술 밖으로 나온 적이 없었다. 그는 이것을 열네살 무렵에 생각해냈다. 뇌쇄적인 여자, 우리는 그가 무엇을 말하고자 했는지 알고 있다. 뇌쇄적인 여자는 사랑스러운 여자보다 적었다. 그는 엉겁결에 사랑스러운 여자를 더 직접적인 형용사로 명명했는데, 사랑스럽다는 말을 완전한 의미로 이해할 필요가 있다. 광적인 여자란 그에게 미친 짓을 하게 만드는 여자를 의미했다. 상당히 드문 범주. 뇌쇄적인 여자와 사랑스러운 여자의 비율을 시험 삼아 계산해보는 것은 흥미로웠다. 그 비율이 언제나 동일하지는 않아서 때로는 뒤집혔다. 사랑스러운 여자가 우세할 때는 좋은 시절이었다. 믿을 수 없게도, 살다보면 특별한 오전에는 기대할 것이 전혀 없는 동네에서 광적인 여자를 매우 많이 마주친 일도 있었다. 아마 셈에 객관성이 결여되었을 것이다. 오렐리앵은 적어도 어느정도는 스스로를 통제한다고 분명히 확신했었다. 물론 그러고 나서는 그다지 확신하지 않았지만.

그는 또한 마주친 여자들을 크게 두 부류로, 옷을 벗길 여자와 옷을 벗기지 않는 것이 더 나을 여자로 나누기를 좋아했다. 그것은 탁월한 기준이었고 상상의 나래를 펴게 했다. 대도시에서 젊은 남자는 결코 지루하지 않다. 유사한 기분 전환 거리가 많기 때문이다. 얍!

이번에는 잔뜩 분을 바른 갈색 머리의 중년 여자였다. 조금 낡고 몸에 살짝 끼는 비단 투피스를 걸치고 눈 위까지 작은 펠트 모자를 썼다. 그녀와 마주치자 반바퀴 돌아서 뒤따르기 시작한 키 큰 녀석이 여전히 자신을 쫓아오는지 어깨 너머로 바라보았다. '나는 저런 부류를 잘 알지.' 오렐리앵이 생각했다. 치마를 의자 등받이에 닿을 정도로 끌어당기고는 외친다. "아니, 내 스타킹이……"

그는 갑자기 이 여성 동물학에 싫증이 났다. 여자들의 한없이 단조로운 변이, 가짜 다양성, 이미 마주친 그리 많지 않은 일련의 유형들과 언제든 맞아떨어질 가능성. 달아나면서 동시에 눈앞에 있는 하나의 핵심적인 모습을 중심으로 그것들이 돌고 있다는 것을 의식했다. 마법에서 풀려나기 위해 그 모습을 더럽히고 싶었다. 뇌쇄적인가? 사랑스러운가? 베레니스가 옷을 입으면 더 우스꽝스럽지 않을지 자문하기까지 했다. 너무 멀리 나갔다. 자기 자신이 부끄러웠다. 그녀의 손을 어떻게 쥐었는지 떠올렸다. 저런, 창가에서, 자신이 잡은 그 손으로. 그것은 징계 같았다. 아무리 여자들의 뒤를 밟아도 소용없이 초조하게 베레니스만을 뒤따르는 셈이었다. 확실했다. 어떻게 생각을 바꿀까? 얍!

이번에는 예쁜 아가씨. 교태가 대단했다. 옷을 잘 차려입었다. 높은 굽으로 인해 다리가 후들거리는 듯했다. 모피 옷을 걸쳤다. 고가품이었다. 그녀는 정확히 격자 철망에 발이 붙들리기라도 한 듯이 진열창 앞에서 걸음을 멈추곤 했다. 오렐리앵은 핸드백, 셔츠와 속바지, 레이스 제품을 물끄러미 살피는 척하면서 그녀의 옆모습을 바라보았다. 예전이면 아마 그녀를 광적인 여자 범주에 넣었을 것이고 어쨌든 어떤 사람들에게는 그녀가 광적인 여자일 것이 틀림없었다. 그는 그녀를 뒤따라 루브르의 상점들을 가로질렀다. 옷감을 만져보고 한 대상에서 다른 대상으로 뛰어넘고 공연히 되돌아오고 다른 것을 보기 위해 어떤 것 쪽으로, 마치 그것이 약속의 땅인 듯이 뛰어가고 아주 자연스럽게 사람들을 떼미는 이런 방식은 정말이지 대단한 것이었다! 그녀는 꼴리니 제독 길 쪽으로 나와 예기치 못한 순간에 택시를 잡아탔다. 이만하면 충분하다. 오렐리앵은 혼잣말하고 젤리를 빨면서 집을 향해 걸었다. 확실한 것이 있다면 그것은 베레니스를 다시 만날 계획이 눈곱만큼도 없다는 것이었다. 그가 그녀를 아랑곳하지 않는다는 증거. 그렇지만 에드몽의 말이 기억났다. "원할 때 전화하고 점심식사 하러 와." 분명히 그렇게 말했다. 하지만 그것을 부추긴 사람은 오렐리앵, 그가 아니었다. 심지어 그는 까맣게 잊고 있었다. 그러니 내일 전화해볼까? 아니지. 얼마나 자존심 없는 짓이야! 여자를 원한다면 약간 애타게 할 필요가 있어. 그래. 여자를 원한다면. 하지만 여자가 전혀 무관심하다면? 에이, 제기랄!

시청 광장에 이르렀다. 날이 완전히 저물었다. 그는 호주머니 속의 요오드를 만지작거렸다. 집으로 돌아가? 왜 집으로 돌아가? 뀌Q 버스가 광장으로 지나갔다. 좋은 생각이야! 수영이다! 그가 버스를 따라잡아 승강구 계단을 뛰어올랐다. 베레니스의 환영을 쫓아버리는 데에는 수영만 한 것도 없다. 특효약이다. 그는 오랫동안 오베르깡프 수영장에 가지 못했다. 블레즈 아저씨를 잠깐 볼까 하는 생각도 들었다. 아니야. 수영이다. 오베르깡프로 가자.

버스에서 그는 행상인에게 석간신문을 샀다. 곧장 스포츠 뉴스를 읽었다. 버스가 다시 외곽의 큰길 쪽으로 올라갔다. 이 모든 것에는 베레니스가 없었다.

베레니스는 전혀 없었다.

17

"네 아버지가 장관! 우스꽝스럽지 뭐냐! 우리에게 하늘의 가호가 있기를!"

필리쁘 바르뱅딴 부인, 상원의원의 아내가 접시를 살짝 밀쳐내자 나이프가 그녀의 가냘픈 손에 밀려 비시 광천수 잔에 부딪혔다. 그녀가 아들 에드몽에게서 그의 맞은편에 앉아 있는 '손님' 쪽으로 얼굴을 돌렸다. 말은 안 했지만 낯선 사람 앞에서 이런 대화를 계속하는 것이 힘들다는 표정이었다. 그러고는 여전히 경솔하게, 그리고 삼십년의 부부생활과 증오 탓으로 격정에 휩싸여 이번에는 며느리에게 말을 건네면서 생각을 이어갔다. "고맙게도 상원의원은 내각에 들어갈 기회가 조금도 없어! 터무니없는 일이고말고! 나라에 해코지하지 않아도 될 만큼 자신의 가족에게 충분히 해를 끼쳤지."

"말씀이 지나치시네요, 어머니." 에드몽이 뢰르띠유아에게 보일 의도로 눈짓을 하면서 말했다. "우선, 아버지는 전쟁 이후로 자신의 포도주에 물을 타셨어요. 뿌앵까레에게 다가갔죠."

"그래⋯⋯ 생각해보니 말이다, 연초에는 브리앙이 그를 매몰차게 대했어. 이제는 뿌앵까레에게 의지하는구나.[60] 하지만 그는 내각에서 자신을 필요로 하지 않는다고 생각하지. 그가 행운을 잡기 위해서는 상황의 급변이 필요할 테지. 그것을 행운이라고 부를 수 있다면 말이야. 우리의 훌륭한 의회에 힘입어 그가 그것을 갈망할[61] 수는 있겠지!"

오렐리앵은 에드몽의 어머니를 따분하게 바라보았다. 그녀의 남부 억양에 잠시 동안만 즐거웠을 뿐이다. 에스떼르 바르뱅딴의 미모는 하나도 남아 있지 않았다. 어머니와 아들의 친연성이 여실히 드러났다. 하지만 수술을 받고부터 그녀는 완전히 수척해져서 겨우 쉰살인데도 예순살처럼 보였다. 쪼그라든 대추 같았다. 몸집이 크고 성격이 괄괄한 여자이고, 머리카락은 여전히 아주 까맣기는

60 아리스띠드 브리앙(Aristide Briand)과 레몽 뿌앵까레(Raymond Poincaré)는 제1차 세계대전기 프랑스의 정치인. 1차대전 후 브리앙은 독일에 대해 평화적 해결을 주장한 반면 뿌앵까레는 대독 강경노선을 추진했다.

61 원문은 'y mettre le nom de la violette'로 직역하면 '거기에 제비꽃의 이름을 써넣을' 정도의 뜻이다. 앞의 '훌륭한'도 반어적 의미인 듯하다.

했지만 눈 밑의 처진 살, 아들에게 유전된 파란 눈이 들어박힌 움푹한 눈구멍, 벌써 자글자글한 주름, 특히 전혀 화장하지 않은 얼굴과 루주를 바르지 않은 입술, 시골풍의 옷차림, 그리고 여러 사촌의 죽음 때문에 언제나 몹시 슬퍼하는 표정, 이 모든 것이 그녀를 늙은 여자로 만들었다. 목에 걸린 작은 금 십자가까지도.

뢰르띠유아는 마음속으로 투덜거렸다. 상원의원 바르뱅딴의 경력에는 관심이 없었다. 하지만 에드몽의 가벼운 초대를 막판에 잽싸게 받아들여 그의 집에서 점심식사를 하게 되었다. 그런데 모렐 부인은 그날 아침 작은 뽈 드니와 함께 산책하러 나갔다가 전화를 해서 들어오지 않겠다고, 자기 없이 식사하라고 말했던 것이다. 별꼴이군! 그 젊은 녀석이 이 집에 뭐 하러 왔어? 그들은 어디에서 산책했지? 왜 산책을 더 하겠다는 거지? 함께 점심을 먹었어. 분명해. 좋았겠지. 나는 정말 바보 노릇을 하고 있구나! 그동안 이 편협한 늙은 여자에게, 에드몽에게, 블랑셰뜨에게 말 상대를 해줄 수밖에 없는데 말이야.

블랑셰뜨가 그에게 올리브를 건네주는 중에 버릇처럼 입술을 살짝 오므리면서 속삭였다. "운이 없네요, 가엾은 오렐리앵." 무슨 말을 하고 싶은 거야? 그는 곰곰이 생각했다. 그녀의 말을 무시하기로 작정했다.

"종교가 없는 곳은 지옥이지." 바르뱅딴 부인이 말을 이었다. "더도 덜도 아닌 지옥이야! 필리쁘는 아들들을 키우는 방식 때문에 자기 가족의 불행을 초래했어. 신성한 것을 그들 앞에서 언제나 웃음거리로 만들잖니."

블랑셰뜨가 머리를 가로저었다. "잘 아시다시피, 어머님, 누구도 진실을 거스를 수는 없어요."

"못된 신교도 같으니!" 시어머니가 말하고는 다시 샐러드를 먹기 시작했다.

필리쁘 바르뱅딴 박사에게는 이 그늘, 이 따가운 질책을 벗어던지는 것이 평생의 꿈이었다. 그는 유권자들이 자신을 빠리로 보내주는 날에는 아내 에스떼르는 프로방스의 집에 머무르는 반면 자신은 수도에서 마침내 자유를 맛보게 되리라고 늘 상상했다. 하지만 삶은 꿈을 농락한다. 상원의원으로서 그는 적어도 국무차관이 되고 싶다면 멋진 아파트를 소유하고 손님을 맞이할 필요가 있다는 것을 금세 느꼈다. 옵세르바뚜아르 가로의 거처에 여주인이 필요했다. 게다가 에스떼르는 리날디 가문의 여자가 아닌가. 또한 그녀의 사촌 샤를은 의회의 재무위원장이 되어 완전히 주류에 속했다. 만약의 경우, 주기적으로 공화국을 구한 그 연합 정부들 중의 하나로 의견이 수렴된다면 바르뱅딴과 샤를 리날디의 인척관계는 장관직 하나를 겸직하고 있는 수상에게 모종의 암시가 될 수 있다. 결국 상원의원은 체념하고 에스떼르를 받아들여 그녀를 곁에 두기로 했다. 그녀는 노트르담데샹성당에서 내각의 지속을 기원하며 촛불을 밝혔다. 그것이 전부였다.

오렐리앵은 안달이 나는데도 속으로 꾹꾹 눌렀다. 자, 뾜 드니와의 외출이라. 말하자면 누구와도 할 수 있는 일이다. 해야 할 일이 있었으리라. 이번에는 그의 마음이 한결 가벼웠다. 빠리를 구경하고 싶어 하는 그렇고 그런 지방 여자, 그것이 전부다. 정말로 그는 놀라서 뒤로 넘어질 뻔했다. 지나간 것은 돌이킬 수 없다. 이상하게도 내게는 그런 일이 일어나지 않았다. 갑자기 그는 자신이 그저 분해서 질투하는 것이라고 생각했다. 질투를 한다고, 내가? 상상 초월이로군. 그는 블랑셰뜨에게 무척 상냥하게 대하려고 애썼다. 그러다가 그녀에게 너무 상냥할 필요가 없다는 것을 기억해냈다. 사실은 자리를 뜨고 싶을 따름이었다. 그래도 막판으로 치달을 수는 없다.

그들은 서재에서 커피를 마셨다. 잎담배를 구실로 에드몽이 뢰르띠유아를 이끌고 테라스로 옮겨가서는 지붕들, 에펠탑, 앵발리드를 바라보았다. 날씨가 제법 쌀쌀했다. 하늘이 온통 잿빛이었다.

"뢰르띠유아 집안사람들은 어떠니?" 에스뗴르가 블랑셰뜨에게 물었다. "설탕 하나만, 잘 알면서. 치커리 농사짓는 사람들?"

"아니에요. 치커리. 그 사촌들이에요, 훨씬 더 부유해요. 뢰르띠유아 드브레스뜨 집안사람들이지요. 직물업에 종사하고요."

"아, 그래, 다른 사람들이라고 생각하고 있었구나! 직물업, 치커리 재배, 여전히 북부 사람들의 산업이지. 네게 하고 싶은 말이 있다, 사랑하는 블랑셰뜨. 네가 저 뢰르띠유아 씨를 좀 지나치게 쳐다보는구나. 쉬, 조용히, 반박하지 마라. 내가 보니 그렇더라니까. 딱 그뿐이야."

"아니, 어머님, 괴상한 생각이네요."

"하지만 얘야, 딱 이 말만 하련다. 우리에겐 그런 일이 일어나지, 악의 없이…… 그리고 나는 사실이라고 확신해, 우리가 남자를 약간 지나치게 쳐다보는 일 말이야. 너 스스로 신경을 좀 쓰라고 이 얘기를 하는 거다."

"맙소사, 어머님!"

"네게 고해신부가 있었다면 나는 아무 말도 하지 않았을 거야. 하지만 너는 불행히도 개신교파에 속해 있잖니."

"오, 불행히요, 어머님, 불행히요!"

"그래, 불행히도, 블랑셰뜨. 우리 정숙한 여자들에게 고해신부는 비빌 언덕, 말을 들어줄 사람이지. 우리가 마음속에 품고만 있기 때문에 위험한 생각을 그의 가슴속에다 내버릴 수 있으니까. 우리를 인도하는 사람, 우리가 자신의 마음속을 뚜렷이 보도록 돕는 사람이지. 오, 미소 짓는구나. 그래, 웃어라. 하지만 얼마나 많은 여자들이 오로지 그 덕분에 의무를 다할 수 있었는지 아니?"

"그것은 제게 의무가 아니에요." 블랑셰뜨는 자신의 문장에 다소 설득력 없는 면이 있다는 점에 스스로 놀랐다. 그래서 덧붙였다. "에드몽을 사랑하니까요."

"자식이 있을 때는 꼭 남편을 사랑할 필요 없어. 그래도 큰 행복임에는 틀림이 없지. 물론 하느님에 대한 사랑과 함께 양쪽이 모두. 어떤 것도 믿지 않는 아들을 네게 주었다는 자책감이 종종 드는구나! 내가 목사들을 대수롭게 여기지는 않지만 너 자신은 교회에 더 자주 가면 좋겠다."

"어머님, 아주 잘 아시잖아요, 제 종교는 증명하려는 것이 아니라는 걸. 각자 이런 일들을 이해하는 자기 나름의 방식이 있어요. 어떤 사람들은 밖으로 드러내기를 좋아하죠. 제 경우에는 몇가지 감정이 마음속 깊이 스며들어요."

"그게 개신교도의 관점이야. 하지만 늘 성경을 읽을 필요가 있어. 너희처럼, 성스러운 장소에서만 사람들이 정말로 주님을 숭배한다는 것을 알지 못하는 탓이지!"

바르뱅딴 부인이 찻잔을 올려놓고 자신의 말이 며느리에게 미친 영향을 유심히 살폈다. 그녀는 블랑셰뜨가 테라스 쪽을 바라본다는 것을 알아차리고는, 어쨌든 에드몽 역시 테라스에 있었음에도 눈살을 찌푸렸다.

"여보게, 자넨 운이 없었어." 마침 에드몽이 오렐리앵에게 막 말을 꺼낸 참이었다. 오렐리앵이 눈살을 찡그렸다.

“왜 다들 내게 똑같은 말을 하지?”

“다들?”

“그래, 자네 아내도 말일세. 나는 무슨 말인지 이해가 되질 않아.”

“어, 블랑셰뜨가? 어린애처럼 굴지 말게. 우리는 자네가 베레니스 때문에 왔다는 걸 너무 잘 알아. 자네도 알다시피 블랑셰뜨는……”

“맙소사, 엉뚱한 생각이야! 난 자네들을 보려고, 자네를 보려고 여기 온 거야. 이거야 원. 예전에, 자네의 사촌동생을 본 적이 없었을 때에도 왔잖아.”

“부인할 것 없어. 난 그걸 나쁘게 생각하지 않아. 자네가, 예를 들어 블랑셰뜨 때문에 오는 것보다는 그편이 낫지!” 그가 유쾌하게 웃었다. “비록…… 어쨌든 블랑셰뜨는 자유로워.”

“어리석군. 아내를 조용히 내버려두게. 그리고 사촌동생도.”

“둘을 동렬에 놓는 건가? 반쯤만 안심이 되는군.”

“에드몽, 오늘따라 기분이 안 좋아?”

“블랑셰뜨가 자네에게 약하다는 걸 자네도 잘 아니까.”

“자네 미쳤나! 그녀에게는 결단코 자네뿐이야. 그러니 괜찮다면 다른 이야기를 하자고!”

“아니, 이보게, 아니야! 자네는 자신을 변호하는 것 같아. 자네가 틀렸어. 나는 완전히 담담하네. 나도 잘 알다시피 블랑셰뜨는 나만 사랑하지. 하지만 자네에 대해서는, 별것 아니지만 약한 구석이 있어. 왜 아니겠나? 그게 해로울 건 전혀 없어. 그래도 자네가 여기 온 건 그녀 때문도 나 때문도 아니고, 오늘은 베레니스 때문이지. 그런데 베레니스가 없다니! 운이 없는 거지. 할 수 없지 않은가!”

"짜증나게 하는군!"

"그녀가 마음에 든다고 솔직하게 털어놓지."

"자네의 아내? 매우 마음에 들어."

"아니잖아, 바보 같으니. 베레니스 말일세."

"미안하지만 나는 잎담배를 다 피우지 못하고 그만 가야겠네, 약속이 있어서. 기다리게 할까봐 신경이 쓰여."

"그래, 좋아, 돈 후안, 가라고! 아무튼 그녀가, 베레니스가 슬퍼할 테지."

"터무니없어. 모렐 부인은 뾜 드니와 아주 멋진 오전을 보냈을 거야."

"질투하는 건가? 뾜 드니라. 이봐, 자네, 만일 자네를 언짢게 할 사람이 뾜 드니뿐이라 생각한다면!"

그들은 서재로 들어갔다.

아이들이 할머니를 보러 와 있었다. 두 여자아이가 웃고 재잘거리다가 오렐리앵을 보고 그대로 멈췄다.

"아저씨에게 인사해야지."

뢰르띠유아가 곧바로 작별 인사를 했다.

"벌써요?" 블랑셰뜨가 외쳤지만 멈칫했다. 시어머니의 눈과 마주쳤던 것이다.

"나도 자네와 함께 내려갈 거야." 에드몽이 말했다. "사무실에 들러야 해."

계단에서 그는 중단된 대화를 전혀 다른 어조로 이어갔다. "이봐, 농담이 아닐세. 그녀가 자네의 마음에 든다면, 베레니스 말이야, 그럴 경우, 암묵적으로 동조하겠네. 믿어도 좋아."

오렐리앙이 먼저 내려가다가 뒤돌아섰다. "정말이지 믿기지가 않는군! 왜 사촌동생을 내 품에 내던지려고 안달인가?"

"진짜로 그러려는 건 아니야. 하지만 자네가 그녀를 마음에 들어 하니…… 신중하게도, 건방지게도 굴지 말게, 알겠나? 난 자네를 잘 알아. 호인이지. 참호에서부터 벌써 그랬어. 좋아, 원한다면 말하지. 내가 정말로 베레니스를 좋아하기 때문이야. 그녀의 남편을 좋아하지 않기 때문이고. 자세한 사정은 나중에 말해주겠네. 그녀에게도 약간의 좋은 시절을 보낼 권리가 있기 때문이야. 그리고 자네와 함께라면 그것이 심각한 결과로 이어지지 않기 때문이지."

이 마지막 문장이 오렐리앵에게 몹시 불쾌했다. 그는 잠시 가만히 있다가 에드몽을 쳐다보지 않고 말했다. "자네에게 그렇게 보이는 모양이지."

"뭐라고? 아, 그래, 나 때문에 기분이 상했나? 자네가 여자들에 대해 어떻게 처신하는지 잘 알지. 자네의 그런 면을 대단히 높게 평가하고 있어." 또다시 침묵이 이어졌다. 에드몽의 머릿속에서 여러가지 생각이 스쳐지나갔다. 그가 덧붙였다. "내가 완전히 잘못 생각하지 않는 한."

그들은 둘 다 깊은 생각에 잠겨 헤어졌다. 에드몽은 자신의 대형차를 운전하고 오렐리앵은 자신의 소형차를 몰고서 멀어져갔다.

18

쉬잔 양이 타자기의 캐리지를 되돌리고는 눈을 들어 한숨을 쉬었다. 결코 아르노 씨의 관심을 끌 수 없을 것이다. 계산대 뒤에서 다른 타자기의 자판을 두드리는 소리가 이어졌다. 긴 매부리코에다

수염을 뾰족하게 기르고 불룩한 배에 대머리인, 밝은 회색 정장 차림의 시모노 씨가 방금 르 보두앵 씨에게 타자할 서류를 가져다주었다. 사무실에 기다리는 사람들이 서너명 있었다. 아주 일찍부터 눈처럼 흰 불빛을 환하게 밝혀야 할 판이었다. 삐에빌 길은 좁다.

시모노에게 아드리앵 아르노가 "사장님 계신가요?" 하고 물었다. 타자수에게라면 묻지 않았을 것이다. 시모노는 사장의 비서, 아니, 비서 이상의 심복, 사장 대신 서명할 자격이 있는 인물이 아니던가. 회사에서 삼십년 전부터. 아직 '모로코 부동산'회사였을 때 이미. 늙은 께넬 씨의 비서. 유산이지 뭔가.

시모노는 아르노 씨를 질문의 무게만큼 진지하게 쳐다보았다. 바르뱅딴 씨가 아르노 씨를 맞이하고 싶어 하는지 아닌지 알지 못하면서 그렇다고 말한다면, 자리를 잃을지도 모른다. 아마 그렇게 되지는 않을 것이다. 하지만 그에게는 딸 셋과 아내가 있다. 특히 딸내미 셋. 비록 아르노 씨가 회사의 일원일 뿐 아니라 사장의 친구라 해도. "알아보죠." 시모노가 말했다. 아드리앵이 상당히 초조하다는 듯이 어깨를 으쓱했고 늙은 양반은 엄숙한 표정으로 사장실의 문을 통해 사라졌다.

아드리앵, 그 역시 입사 초기에는 계산대 뒤에 앉았었다. '부동산-택시'회사에서 삼년에 걸쳐서 온갖 일을 했다. 에드몽이 그를 별별 일에 다 써먹었던 것이다. 하기야 그러지 않았더라면, 잠시 예비역 중위 계급장을 달았고 일단 동원이 해제되었을 때에는 훈장이 세개였다 해도, 아버지의 상점이 파산한 후로 어떻게 되었을까? 에드몽은 그가 회사를 철저히 파악하기를 바랐다고 말하지 않을 수 없다. 회사뿐만이 아니었다. 그는 택시 운전을 했고 차고 관리인이었고 정비소에서 일했다. 그다음에는 '부동산'회사에서…… 이런 생각에 잠길 때까지.

시모노가 그에게 들어오라고 손짓했다. 쉬잔 양은 아르노 씨가 사라지는 모습을 바라보았다. 아, 미남이야! 중키 정도에 몸매가 좋아. 장교의 풍모가 엿보여. 갈색의 곱슬머리인데다 옆머리가 짧아서야. 긴 코, 가까이 붙은 작고 검은 눈을 보라고. 보통 얼굴이 아니야. 광대뼈에 난 지 얼마 안 된 약간의 뾰루지는 그에게 흠이 되지 않았다. 사람들은 그가 걸으면서 엉덩이를 좌우로 흔든다고 비웃었다. 오, 그다지 높게는 아니야. 운동선수처럼 보여. 쉬잔 양은 편파적이었다. 그런 것조차 그가 내보이면 바로 좋아했다. 시모노 씨가 타자수들 사이로 지나갔다. "시모노 씨?" "무슨 일이죠, 쉬잔 양?" "아르노 씨는 여전히 18세기 건물을 담당하나요?" "아니, 아니에요, 쉬잔 양. 잘 알다시피 휘발유 거래를 맡고 있죠." 아! 쉬잔 양은 작고 좁은 콧수염을 떠올렸다. 이 콧수염 때문에 언제나 아르노 씨의 윗입술을 바라보곤 했다. 입맞춤을 잘할 것이 틀림없어. 그래, 내 착각이지. 그녀는 새로운 먹지를 빼들었다.

에드몽은 장인의 사무실에 어떤 변화도 주지 않았다. 구리 장식을 붙인 동일한 마호가니 책상. 격자무늬 옷장. 탁자의 초록색 덮개와 독수리 모양의 전등. 기본적으로 이 모든 것을 사업의 연속성과 자기 활동의 증거로서 보존했다. 가구류의 하나일 뿐인 것 같으면서도 온갖 일을 하는 시모노와 함께. 께넬이 자신의 사위를 뛰어난 사업 수완 때문에 이 자리에 앉히기 바랐다는 것은 전설의 일부분이었다. 옛 자동차회사의 수익을 약간 줄여 새로운 출자에 보태서 다양한 기업의 이익에 더한 이들이 빠리의 여러 구역에서 시장조사에 착수하고, 께넬 가문, 위스네르 가문, 바르뱅딴 가문, 쉴제르 가문과 다소간 관련이 있는 직원 전체가 재도약한 각 사업에 힘입어 자회사들이 생겨나는 동안에 '모로코 부동산'회사가 '부동산-택시'회사로 변모할 수 있었다. 바로 이 복잡하게 얽힌 막대한 자본이 랑그도끄와 프로방스에서 노선버스 사업으로 확장되고 또다시 루마니아 석유 사업, 앵발리드 근처와 끌리냥꾸르 관문 일대, 트로까데로와 뱅센의 토지에 투입되고 믈라카의 고무 사업과 네덜란드 타이어 사업에 이르는 과정에서 아드리앵 아르노는 둥지를 틀려고, 어린 시절 같이 놀던 옛 친구인 사장이 오래전에 세리안르비외에서 손에 넣을 수 있게 해준 것과 마찬가지로 유망한 자리를 얻으려고 애썼는데, 이로써 그는 사장에게 예전의 공놀이, 삐땅끄 게임에 대한 설욕의 기회를 제공한 셈이었다.

지금으로서는 사업에서 사장을 다루기가 누워서 떡 먹기 같았다. 햇볕에 그은 긴장한 얼굴에서, 위압적인 사유의 빛을 발하는 움푹 들어간 파란 눈에서 바르뱅딴의 재킷에 대한 아드리앵의 질투심이 묻어났다. 그렇지만 머리가 조금씩 벗어지고 있어. 그는 제법 만족스러운 얼굴로 생각했다. 납작하게 가라앉은 에드몽의 머리는 머리털이 빠져 줄무늬 같은 것, 듬성듬성한 부위가 얼핏 보였다. 아직 대머리는 아니었다.

오늘의 우편물이 탁자 위에 쌓여 있었다. 바르뱅딴이 그것에 손도 대지 않았다는 것은 의심의 여지가 없었다. 하물며 무엇을 알겠는가? 아, 그에게 시모노가 없었다면! 그가 아드리앵과 악수를 나누었다. 담배? 고마워. 그가 담배를 피웠다. 아드리앵은 여느 때처럼 곧장 본론으로 들어갔다. 상대방은 생각이 딴 데 가 있었다. 귀를 기울이지 않는 사람은 불쾌감을 준다.

"이봐, 에드몽, 심각하네."

바르뱅딴은 구름을 좇고 있는 듯했다.

"무슨 말이지? 미안해, 자네 말을 제대로 못 들었어."

"걱정이군, 자네가 내 말을 이해하려 하지 않는다면 헛수고가 되겠지. 잘 알다시피 위스네르는 자네가 끈질기게 요구할 경우에만 움직일 거야. 그리고 컨소시엄은 그의 하찮은 제안을 따르고 있어. 배후에 그 빨메드 파벌이 있지."

"오, 빨메드가 무얼 할 수 있단 말인가?"

"그럼, 다른 파벌들처럼 맹목적이야. 그가 자신의 사위를 도처에, '18세기의 부동산'에, '프로방스 운수'에 앉혔다는 걸 잘 알잖아. 하기야 문제는 거기에 있지 않지. 컨소시엄이 내 제안을 받아들이지 않는다면 일년치 일거리가 표류하게 될 거야. 돈을 날려버리겠지. 그것 때문에 마음이 아파."

"감탄스럽군, 자네. 자네 돈이 아니잖은가."

"자네 돈일뿐더러 거기에 미래가 달려 있지. 우리는 자동차회사에 필요한 조치를 했어. 펌프를 설치했지. 휘발유를 구입했고. 하지만 다른 회사들이 원칙을 수용하지 않는다면…… 다른 회사들도 우리처럼 자기네 정비공장에서 휘발유를 사게끔 운전사들에게 한번 더 강요하라고 밀어붙일 필요가 있어. 그러지 않으면 우리도 그렇게 하지 못할 우려가 있지. 눈여겨보라고, 이것만 생각해봐도 다른 회사들이 이익을 보리라는 건 명백해. 날마다 빠리의 우리 자동차들에서 연소되는 그 모든 휘발유를, 우리가 아니라 다른 누구한테서 구입할 이유가 있을까? 그들의 눈앞을, 또한 우리의 눈앞을 지나가는 막대한 수익이지. 만일 컨소시엄이 동의한다면 우리가 컨소시엄에 휘발유를 공급하는 거야, 알아듣지? 우리는 모든 측면에서 돈을 벌 수 있어. 사실상 자동차 감가상각에 대비한 위스네르와의 제휴와 동일한 방식이지. 그에게서 택시들을 되삼으로써 우리는 자동차회사의 주주로서 매입으로 이익을 얻어. 그러니 휘발유의 경우……"

"머리가 어지럽군. 그런데 빨메드는 거기서 무얼 하게 되지?"

"그게 바로 내가 자네에게 말하려고 죽도록 애를 쓰는 거야. 소규모로 중개업을 하는 매우 믿을 만한 사람을 통해 알게 된 건데, 빨메드가 빠리의 관문들 부근에서 주유소를 은밀히 매입하고 있대. 지난주에는 말라꼬프 가, 오를레앙 가…… 자네 생각에도 뻔하지 않아? 그러니 걱정할 일이지."

에드몽은 이제 그의 말에 귀를 기울이지 않았다. 몽상에 잠겼다. 아드리앵의 이 극성맞음. 이 녀석은 얼마나 독특한 자질을 지녔는가. 초콜릿 회사 바렐에서 직공들의 체조 모임을 조직했을 때에는 거의 애송이였다. 오직 통솔력 덕분에 특이한 기업들에 뛰어들었다. 아르노 영감이 전쟁 동안에 세리안르비외의 할인 매장에서 가격표를 바꿔 달다가 걸리지만 않았다면, 아르노는 가게를 물려받았을 것이고 아마 모든 문제가 해결되었을 것이다. 하지만 아르노는 아버지 때문에 파산하고 마치 자신에게 맞는 정상적인 생활에서 벗어나듯이 전쟁에서 빠져나오면서 서른살이 되었다. 야심만만했다. 에드몽과는 얼마나 달랐는지! 에드몽은 이를 느끼고 있었다. 에드몽으로 말하자면 돈, 권력으로 다가갔다. 그에게 자연스러운 길, 여자를 통해서였다. 가장 빠른 길이었다. 그리고 일단 재력가가 되자 한가지 소원밖에 없었는데, 재산이 그 자신만큼 오래가는 것이었다. 그의 욕구가 무한해서가 아니었다. 사실상 바르뱅딴 집안사람들은 그들이 가진 것에 비해 매우 절약하며 살았다. 께넬이 권세를 누리는 몽소 공원의 저택에서 그들이 거주하는 빠시의 건물 한 귀퉁이까지는 얼마나 큰 격차가 있었는지! 요컨대 그들에게는 제복 차림의 시종이 없었다. 하인 여섯이 전부였다. 물론 두 가지 재산이 있었다. 렌스 부근의 별장은 그저 별장이었고 농지와 사냥터가 딸려 있다 해도 셈에 넣을 만하지 않았다. 두가지 재산은 비아리츠의 땅과 주택, 그리고 그들이 앙띠브곶의 땅, 오늘날 까를로따의 소유지 일부에 땅값보다 더 많은 비용을 들여 지어놓은 주택이었다. 이것을 언제까지나 소유할 수 있다면 더 바랄 것이 없었다. 부를 늘리기 위해 '여전히' 일해야 했다면! 아, 제기랄! 돈은 더 이상 돈을 생각할 필요가 없게 해줄 수단일 뿐이었다. 누구나 상당한 높이에 도달하면 더 맑은 공기 속에서 살 것이다. 다른 사람들, 높이 오를 수 없었던 이들은 천한 노동으로 돈을 버는 낮은 곳으로 쓸데없이 다시 뛰어든다. 이 높은 곳에서 에드몽은 돈에 관련된 모든 일보다 더 복잡하고 더 기이한 인간의 감정에 대한 권리를 마침내 획득했다. 거기서 방황하고 몸부림치고 그것에 도취했다. 과거, 자신의 대학 시절을 생각하면서 얼마나 끔찍해했던가! 그때는 어떻게 하면 저녁 모임에 말끔한 차림으로 도착할지 고민했다. 여자가 그를 기다리고 있었다. 다이아몬드로 치장한 여자가. 택시비 낼 돈도 없었다. 오늘날은 모든 택시의 주인이다. 게다가 이제는 택시를 타지도 않았다. 서민은 자기 마음을 성찰할 시간이 없다. 그럴 욕망조차 없다. 하찮은 계산, 지저분한 망상에 사로잡혀 있다. 아드리앵은 아직 그 단계에 머물러 있을까? 그렇지만 돈벌이는 괜찮았고 여기저기서 소소한 이익을 보았다. 아니야, 아드리앵 아르노는 비록 성공했을지라도 여전히 그대로일 것이다. 자기 아버지를 닮아서 점점 더 많이 갖고 싶어 할 것이다. 돈을 마구 써 없애기는커녕 돈으로 돈을 벌 것이다. 돈벌이에 혈안이 된 자. 풍채는 제법 좋아. 예쁜 여자와 결혼할 수 있었을 텐데.

"왜 결혼하지 않는 거야, 아드리앵?"

상대방은 화가 치밀었지만 자제했다. "이봐, 에드몽, 들어보게, 자네에게 빨메드에 관해 얘기하고 있지 않은가. 그런데 자네는……"

에드몽이 부드럽게 웃었다. "그래서 뭐, 빨메드?"

"세번째로 말하는군."

그가 처음부터 다시 상세히 설명했다. 하여튼 그들은 큰 사업을 하는 멋진 사람들이야. 내가 그를 붙잡아둔 것은 옳았어. 에드몽은 속으로 생각했다. 요점은 그가 자신만을 위해 일하지는 않는다는 것이다. 나를 위해서도 일한다. 어떤 이들의 손에서는 재산이 사라지고 다른 이들의 손에는 재산이 모인다. 나는 모든 것을 끝없이 늘리는 이들 중의 하나다. 에드몽은 이런 생각을 즐겨 했다. 그러면서 자신을 정당화했다. 젊은 날의 견유주의犬儒主義가 부유함 속에서 부드러워졌던 것이다. 그는 주유소 건에 관심을 기울이고 싶었는지도 모른다. 하지만 생각이 다른 것에 쏠려 있었다. 처음으로 잘 알게 되었을 때의 늙은 께넬을 회상했다. 사업과 개인 생활로 전혀 여유가 없었는데도 당시에는 에드몽에게 닫혀 있던 제3의 세계에 때때로 몰입하는 모습이 어찌나 기묘해 보였는지. 진정한 부의 세계. 완전히 정신적인. 샤를루이 필리쁘의 어느 책이라 생각되는데, 어느 장에서 읽은 일화를 에드몽은 여전히 혐오감과 함께 떠올리곤 했다. 가난한 집의 어린아이가 아버지를 따라 장터에 가게 된다. 목마를 타고 싶어 죽을 지경이다. 손에 2수가 있다. 아버지가 목마를 타라고 준 돈이다. 하지만 '마음이' 너무도 가난해서 탈 수가 없다. 끔찍한 이야기. 부의 경우에도 마찬가지다. 누군가는 바라는 만큼 돈이 있다. 요컨대 '마음이' 부유하다. 에드몽은 '마음이' 부유했다. 빠져들 수 있었다. 다른 불행을 자초할 수 있었다. 자신의 노력으로 먹고살라는 신의 저주를 극복했던 것이다. 설령 신을 믿지 않을지라도 신을 이겼다는 그 오만을 느낀 적이 없는 사람은 남자라 할 수 없다. "알겠네, 아드리앵. 그 일 전체에 관해 짤막한 소견서를 만들어 시모노에게 주게나. 읽어보고 컨소시엄에 할 말을 하겠네. 그리고 빨메드가 자네의 수면을 방해하지 못하도록 하지!"

19

아드리앵이 떠나고 나서 에드몽은 애써 우편물을 훑어보았다. 모든 것이 혼란스러웠다. 사회보험에서 보낸 서한을 그는 세차례나 다시 읽었다. '부동산-택시'회사는 빠리 중심가의 땅에 관해 사회보험과 논의하는 중이었다. 그의 눈앞에 자신의 삶이 어른거렸다. 아마도 어린 시절의 친구가 자신의 사무실을 방문한 일과 그가 점심식사를 하면서 한 생각, 그 모든 것이 그를 사업과 양립할 수 없는 어떤 향수 쪽으로 떠밀었으리라. 원기 왕성한 젊은 남자의 경우에 자신이 바라는 모든 것, 스스로 바랄 능력이 된다고 알고 있는 모든 것을 이미 달성했다는 것은 아마 상상 이상으로 이상한 일일 것이다. 그는 예전에 다른 이들의 부, 사치스러운 생활, 여자, 보석 앞에서 마음속에 솟구치던 격분을 기억했다. 그 격분을 후회했다. 당시에는 감정이 격렬해서 때때로 깜짝 놀랐었다. 격한 감정에 몹시도 갑작스럽게 사로잡혔다. 기억이 났다. 어느날 저녁 저택에서 그의 기숙사로 무신경하게도 다이아몬드 장신구를 달고 나타난 여자, 그리고 자신이 느낀 충동, 치밀어오르던 그 열기, 그녀의 목을 조르고 싶던 욕구가 기억났다. 우리가 범죄에 빠져드는 것은 무엇에서 비롯할까?

어디 보자, 이게 뭐지? 빠리 시의회와의 불편한 관계라. "시모노!" 그가 초인종을 눌렀다. 비서의 흰 턱수염, 큼지막한 코, 대머리와 배가 출입문에 나타났다. "이봐요, 시모노, 이게 무슨 일이죠?"

잠시 바르뱅딴은 설명에 주의를 기울이려고 노력했다. 그러자 상황은 좀더 일반적인 성격을 띠었다. 그들이 건축허가를 받아내는 데에 지장을 초래하는 생트집, 시에서 강요하는 굴레, 뇌물을 은폐하는 절차의 선례, 파벌 싸움, 경쟁이 모든 확실성의 근저에 놓여 있는 기만의 투명무늬처럼 에드몽의 고조되는 몽상 속에 새겨졌다. 우리가 이겼다고, 소유권이 있다고 생각한다. 당신 주위의 모든 이가 확신한다, 당신이 주인이라고. 그러고 나자 자기, 자기 자신은 승리도 소유도 없음을 절감하기 시작한다. 그 명확한 인물, 목 좋은 곳에 번창하는 가게를 가지고 있는 회사일 뿐만 아니라 강력한 철학이기도 한 적은 패배의 한가운데로 피신하고는 우리가 지배한다고 생각했던 것에서 재편성된다. 소유, 이 무슨 환상인가! 재산은 차지하는 이의 손에서 사라진다. 황금, 땅, 여자의 신비, 이것들은 완전히 차지하고 있다고 생각할 때 빠져나간다. "좋아요, 시모노, 당신이 말한 대로 답신을 준비해요. 내 보기에는 그게 매우 합당하고 아주 올바른 것 같아요. 여러모로 당신은 사업가가 되어야 했을 거요. 그랬더라면 오늘날 부자가 되어 있을 텐데 말이오. 서명하겠소."

그가 편지들을 밀어냈다. 시모노는 허리를 살짝 숙이고 찬사가 지나가도록 가만히 있었다. 명령을 기다렸다. 에드몽은 블랑셰뜨를 생각했다. 약간 짜증이 났다. 지난 몇년 사이에 그녀의 마음속에서 적이 자라나는 것을 느꼈다. 이런 생각을 누가 비웃지 않을까?

그토록 명백하게 남편을 사랑하고 그의 것, 그만의 것이기 위해 모든 것을 이겨낸 여자. 물론이다. 하지만 그녀의 마음속에서 적이 자라났다. 애들이 있었다. 생활이 있었다. 심지어 미덕도 있었다. 그 점에 관해서는 잘못 생각했을 수도 있다. 아무것도 알아차리지 못하는 것이 남편의 속성이다. 그러니 나는 거의 남편이 아니다. "시모노!"

"예, 사장님."

"부탁 하나 할까요?"

"내 집에 전화를 좀 걸어줘요. 그래요, 부탁인데, 나라고 말하지 말고 바르뱅딴 부인이 집에 있는지 물어봐줘요."

"하지만 사장님, 그쪽에서 제게 물으면……"

"내가 삼십분 전에 외출해서 자네가 나를 찾고 있다고 대답해요."

시모노는 이해하기가 어려웠다. 자신과 상관없는 일이었다. 더구나 바르뱅딴 부인은 집에 없었다. 남편이 나간 직후에 바로 외출했다고 한다. 그는 시모노를 내보냈다.

그것이 무엇을 입증했을까? 하기야 뭔가를 입증할 여지가 없었다. 그는 다른 여자, 다른 모든 여자를 생각했다. 오후의 이 시간대는 갑갑하다. 봄철이었다면 시내로 산책을 나갔을 것이다. 자신이 잘 알고 있는 집, 복도의 따뜻한 분위기, 거기에서 마주칠 수 있는 여자를 막연하게 상상했다. 떼른에서 몽마르트르로, 로레뜨 구역에서 빨레루아얄로 머뭇거리면서 자신의 정신을 풀어놓았다. 마들렌 옆에서…… 아직은 지금의 모습 그대로 사랑받을 수 있었다. 사랑이 문제 되지 않아서 뜻밖의 선물처럼 다시 생겨나는 바로 거기에서보다 더 확실하게, 그가 분명하게 표현한 대로 '더 고상하게'

이것을 증명할 수 있는 곳은 아무 데도 없었다. 남자가 받을 수 있는 유일하고 확실한 존경은 돈을 거절하는 매춘부로부터 온다. 이는 명백하다.

그는 언제나 혼잡한 고약한 삐예빌 길을 힘겹게 자동차를 운전해 빠져나오자 이제 어느 쪽으로 돌아야 할지 알 수 없었다. 날씨가 차갑고 어두웠다. 가로등에 불이 켜졌다. 마치 경사로에서 저절로 굴러가듯이 라파예뜨 길을 거쳐 오뻬라 쪽으로 차를 몰았다. 여러가지 생각이 내달았다. 지나가면서 근대 회화 진열창을 물끄러미 바라보았고 이로 말미암아 뽈 드니를 떠올렸다. 그 작은 바보 베레니스는 무엇 때문에 그 녀석과 얼쩡거렸지? 물론 그녀의 일이다. 하지만 그 보헤미안이라니. 그들은 추문을 몹시 좋아한다. 여자의 평판을 해칠 수 있다면 그것은 그들에게 횡재다. 분명히 뤼시앵은 아무것도 모를 것이다. 너무 멀리 떨어져 있다. 하지만 사람의 일이란 모르는 것이다. 보잘것없는 뽈 드니 같은 녀석이 열렬한 사랑이라고 믿으려 할 리가 없다. 얼간이들.

그는 무엇보다도 교통체증을 피하고자 했다. 어디로 가는지 잘 알지 못한 채 막히지 않는 쪽으로 방향을 틀었다. 벨퇴유 길에 이르렀다. 마리 드 뻬르스발의 집 앞에 차를 세웠고, 자신의 무분별에 스스로 꽤 놀랐다. "난 정신분석을 받아볼 필요가 있어!" 그가 상당히 냉소적으로 중얼거렸다. 잘못된 것은 없다는 것, 그리고 다시 해보고 싶은 짓은 전혀 아니라는 사실을 확인했다. 좋아, 조만간 그녀에게 시인을 조심하라고 말해야겠다. 그것이 내 편에서의 순수한 자비다. 선량한 마리, 그녀는 늙어간다.

20

뻬르스발 부인의 집에는 사람이 많았다. 에드몽은 현관에서부터 피아노 소리를 들었다. 뾜 드니가 마누엘 데 파야[62]의 한가지 테마와 오페레타 「피피」[63]의 아리아를 변주하고 있었다. 전등이 켜져 있었지만, 분위기로 보아 사람들이 대낮부터 거기에 모였고 늦은 시간에야 이 인공조명을 체념하고 받아들인 것 같았다. 담배 연기가 자욱했다. 탁자에 술잔이 놓여 있었고, 바르뱅딴이 생생하게 느꼈듯이 어느정도 아늑했다. 곧바로 불청객이 들어왔다. 기다린 사람이 아니었다. 사람들이 여담, 또다른 여담 때문에 중단했다가 새로운 이야기를 이어가고자 하고 여러시간 동안의 암묵적 동조 때문에 곧바로 재개되는 대화 속으로 그가 불쑥 끼어들었다. 낯선 사람으로 인해 모든 것이 흐트러졌다.

그렇게 많은 사람이 있는 건 아니었다. 피아노 치는 사람을 제외하고 세 사람, 마리와 베레니스, 화가 사모라가 있었다. 그들이 들어오는 에드몽 쪽으로 얼굴을 돌렸다. 사모라는 하던 말을 멈췄고 뾜 드니는 연주를 계속하면서 누가 왔는지 보려고 몸을 일으켰고 베레니스는 벌떡 일어나 자신의 사촌을 껴안았다.

"아, 에드몽, 에드몽, 얼마나 즐거운 하루를 보냈는지 몰라요! 상상해봐요, 오늘 아침 드니 씨가 나를 삐까소의 집으로 데려갔어요. 그래요, 삐까소의 집으로. 그의 그림, 그의 굉장한 아파트를 함께 구경했지요. 정말 매력적인 사람이었어요! 그런 다음에는 뾜이 점

62 Manuel de Falla(1876~1946). 스페인의 작곡가.

63 1918년 초 휴전 이튿날 빠리에서 초연된 3막 오페레타. 삼년간 만석을 기록했고 12개 언어로 세계 일주 공연이 이루어졌다.

심식사 하려고 나를 뻬르스발 부인 댁으로 다시 데려왔고요."

"마리라고 좀 불러요." 마리가 말했다.

"마리는 나를 꼭 만나보고 싶어 했는데, 마침 마리의 집에는," 베레니스가 사촌의 어깨 위에 손을 올린 채 마치 소개라도 하는 듯이 자기가 언급하는 사람을 가리키려 몸을 반쯤 돌리고서 가장 사랑스러운 표정으로 말했다. "마리의 집에는 사모라 씨가 계셨어요. 이야기를 참 재미있게 하시는 분이에요! 그렇게 재미있게 이야기하는 사람을 본 적이 없어요!"

"보아하니 즐거운 시간을 보내고 있네요." 에드몽이 주인의 손에 입맞춤하면서 말했다. "내 사촌동생을 어떻게 생각하세요?"(이것은 사모라에게 건넨 말이었다.)

"모렐 부인과 나, 우리는 이미 한쌍의 친구입니다. 셋이 한쌍이죠." 이 덧붙인 말은 뻬르스발 부인의 환심을 사려는 것이었다. 이와 동시에 작은 배불뚝이의 검은 눈에서 가장 스페인 사람다운 눈빛이 반짝였다. 그의 손짓은 지난 시대의 것이었고 그의 잔웃음에는 자기 자신과 자신이 방금 말한 것, 그리고 대화 상대를 빈정대는 기미가 있었다. 그는 모든 것에 의혹의 눈초리를 던지는 듯했다.

"넷이죠!" 뽈 드니가 등받이 없는 의자에서 외쳤다.

"어머나, 아직 거기 있었나요? 팔분음표들 속에 있는 줄 알았는데." 마리가 말했다.

"마리, 당신은 질투를 어떻게 해결하나요?"

"그가 질투하는군요." 사모라가 외쳤다. "그런데 누구를?"

"있잖아요, 사모라 씨가 내 초상화를 그리고 싶어 해요." 베레니스가 자신의 사촌오빠에게 털어놓았다.

"네 초상화를? 카뷰레터를 단 것처럼? 내가 너라면 가만있지 않을 텐데."

"어리석네요, 에드몽." 마리가 항변했다. "사모라가 그리는 여자 두상을 아마도 본 적이 없을 테죠."

"아뇨, 봤어요. 하지만 내 생각에는 브르따뉴 여자만……"

"정확한 말씀이긴 하네요, 사장님." 사모라가 애매하게 말했다. "모렐 부인은 머리 골격이 특이해요. 내가 보기에 아주 상당히 브르따뉴인의 전형에 가깝죠. 그리고 내 브르따뉴 시기가 길어질 것 같아요. 곧 전시회를 합니다. 개막일에 와주시길 바랍니다만."

베레니스는 자기 초상화 이야기와 자신에게 화가가 기울이는 관심으로 들떠 있었다. 그녀가 그날 오전에 삐까소의 집에 갔기 때문에 그가 그녀의 초상화를 그리고 싶어 한다는 것, 그가 대화에서 그토록 뛰어난 말솜씨를 발휘한 것은 그녀로 하여금 삐까소를 잊게 만들기 위해서라는 것을 그녀는 알 수 없었다. 그는 그것에 완전히 성공하지는 못했다.

"오, 만약 그의 집에, 삐까소 말이에요, 무엇이 있는지 오빠가 보게 된다면, 보게 된다면!"

"그래요," 사모라가 말했다. "아주 멋진 두아니에 루소[64]의……"

베레니스는 이 배신행위를 눈치채지 못하고 계속 말했다. "온 구석에 그림이…… 우리는 그림을 뒤적거리죠. 익살광대, 기타, 모든 그림이 하나같이 경이로워요. 그 예사롭지 않은 뚱보 여자들…… 미완성 초상화 한점이 있는데, 나는 그의 아내라고 생각해요."

초상화와 관련해 사모라의 설명이 이어졌다. 모렐 부인은 눈이 홈친 것 같고 다른 얼굴에 어울리게 생겨서 흥미롭다고, 따라서 그

64 두아니에(douanier)는 세관원이란 뜻. 화가 앙리 루소(Henri Rousseau, 1844~1910)의 별칭이다.

녀를 그릴 때 가능하다면 두 모델, 보이는 모델과 보이지 않는 모델을 쓸 것이라고, 눈을 깜짝일 때처럼 그녀의 얼굴에서 서로 싸우는 두 존재가 드러나도록 눈을 뜬 모습과 눈을 감은 모습을 그릴 것이라는 말이었다.

"그것참 귀엽겠군." 에드몽이 작은 소리로 중얼거렸다. 사모라는 그를 즐겁게 해주었지만 그는 사모라의 그림을 좋아하지 않았다. 뽈 드니는 자신이 질투의 화신이라는 것을 입증하기 위해 베르디의 「오셀로」를 연주하는 데 싫증이 났다. 그가 잘 아는 사이인 사모라에게 한마디 했다. "꼭또와의 만남에 관해서 좀 이야기해주시죠." 그들이 공모의 눈짓을 교환했다. 사모라는 꼭또와 사이가 아주 좋았다. 뽈 드니와는 달랐다. 하지만 뽈 드니처럼 그를 흉내 내어 언짢게 할 줄 아는 사람은 아무도 없었다. 베레니스가 시원스레 웃음을 터뜨렸다. 아이들은 인형극을 좋아한다.

"뭐라도 좀 드실 거죠, 에드몽?" 뻬르스발 부인이 그를 식당 쪽으로 이끌었다. 에드몽은 출입문을 지키고 있는 흑인 목각상에 인사하는 척했다. 그리고 그녀가 위스키를 따라주자, 벽에 걸어놓은 흉갑 컬렉션을 가리키면서 말했다. "늘 묻고 싶었는데요, 마리, 어떻게 하세요? 셔츠가 더러워지면 빵의 속살로 세탁하세요?"

"바보 같군요! 그냥 벗어서 세탁부에게 보낸답니다. 두 세트가 있으니까요. 내 식당도 당신처럼 셔츠를 갈아입죠."

그가 아이스크림을 떠 먹었다. "이봐요, 마리, 조심해야 할 거예요. 뽈 드니와 내 사촌동생 베레니스가……"

"뭐라고요? 미쳤군요."

"젊은 사람들이 그렇게 온종일 함께 지내니……"

"이봐요, 삐까소의 집에서 그는 서둘러 그녀를 내게 데려왔다고요. 그녀는 사모라와 안면을 트려고 어쩔 줄 몰라 했고요."

"저 사람과 그의 브르따뉴 여자들, 왜 브르따뉴 여자들인지. 더군다나 스페인 남자가 말이죠!"

"왜 고갱이 타히티 여자들을 그렸는지 의아해한 적 없나요? 브르따뉴 여자들이야 뭐."

"고갱, 고갱이라. 내가 당신 입장이라면 마음이 편치 않을 텐데요."

"이봐요, 저것 보세요, 뾜 드니는 매우 즐거워해요. 내게 반한 것이 아니랍니다. 하지만 나는 그를 추어올려주죠. 게다가 그는 가정이 있어요. 거의 날마다 점심을 먹으러 가죠. 나는 그를 극장으로 데려가고요. 장프레데리끄 시크르는 재능이 있다고 그가 말할 때 내가 반박하지 않는 한…… 악마적인 기질은 없죠, 당신처럼……"

(에드몽이 가볍게 목례했다.) "그런데 내게 뭐가 있다고 방문의 영광을 베푸셨나요?"

"마리, 당신에게 하고 싶은 말이 있었어요. 하지만 그렇게 생각하시니!"

"당신은 내가 잘 알죠, 잘생긴 양반! 심각한 건 없죠?"

"그러니까, 전혀요. 게다가……"

"요즈음 당신은 좀 달라 보여요. 사촌동생과 관련해 무엇이 신경쓰이는지 잘 모르겠네요.(그녀는 정말이지 매력적이죠.) 당신은 그녀에게 애인이라도 있을까봐 그녀를 감시하는 거겠죠. 이 불시의 방문도 그렇고, 뾜 드니에 관한 당신의 언급도 그렇고."

"내가 한 말은 당신을 위한 거예요. 게다가 베레니스가 당신 집에 있다는 것을 내가 알기라도 했나요?"

"아이참, 당신의 염려는 충분히 이해해요. 하지만 나는 그렇게 생각하지 않아요. 당신에게 석연치 않은 느낌이 있는데, 에드몽, 근래 당신이 무엇에 몰두하는지 궁금해서 그런가봐요. 쉿, 내 말을 가로막지 말아요! 난 당신을 잘 아니까요! 언제나 어떤 여자가 바위 아래로 숨어들지요, 뱀장어처럼 매끄럽게. 그러다가 우리와 마주치기라도 하면 당신은 모습을 감춰요. 요컨대 당신은 다른 여자와 바람피우는 남자 같아요. 당신이 거짓말하는 것은 거짓말할 필요가 있기 때문이죠. 얼마 전부터는……"

"허 참, 얼마 전부터는 뭐죠?"

"이해할 수 없는 이유로 거짓말을 한다고요. 정말 그래요. 숨 쉬듯이. 여성의 명예를 지켜주거나 당신의 일정을 감추기 위해서가 아니죠. 있어서는 안 될 곳에서는 모습을 보이지 않아요. 느닷없이 유부남답게 보이고. 솔직히 말해서 당신은 나를 불안하게 만들어요."

"맘껏 조롱하세요, 누가 독설가 아니랄까봐. 결혼했으니 당연히 유부남이죠."

"아내를 속이지 않는?"

"아내를 속이지 않는."

"그 말을 하려고 내게 온 건가요? 언제부터 아내에게 충실했나요? 일주일? 이주일? 더 이전부터? 믿기지가 않네요! 도대체 어떻게 된 거죠? 아내에게 반한 건가요? 얼마나 영리한지(How smart)!"

"아뇨, 마리, 아내에게 반한 것은 아니고, 아내를 질투해요. 최악이죠."

식당의 휼갑들 사이에서 벼락도 이 말보다 더 큰 효과가 있지는 않았을 것이다. 뻬르스발 부인이 깜짝 놀라 바르뱅딴을 쳐다보았다. "저런, 머리가 좀 이상해졌군요! 블랑셰뜨에게 질투를 느낀다고요? 블랑셰뜨 같은 성녀에게요? 당신에 대한 사랑으로 남몰래

몸살을 앓는 그런 성녀에게요? 미쳤군요. 입 다물어요, 내가 무슨 말 하는지 아니까. 당신에 대해서도 나에 대해서도 보증을 설 수는 없어요. 하지만 블랑셰뜨에 대해서는! 그렇다니까요!"

"그래요, 내가 생각해도 상식에 어긋난 말이네요. 하지만 그런 걸 어쩌겠어요. 그녀가 나를 피한다는 느낌이 들어요. 아내의 마음속에서 무슨 일이 일어나는지는 모르죠. 이해하죠, 평온할 때조차 나는 마음에 타격을 받아요. 우리의 생활은 우리가 결코 문제 삼지 않는 것들에 토대를 두고 있죠. 블랑셰뜨와 나의 관계는……"

마리가 그를 망연자실하게 바라보았다. 우스꽝스럽게도 열이 있는지 알아보려는 듯이 그의 이마에 손을 갖다댔다. "에드몽, 제정신이라면 당신은 어설프게 생각해낸 이 이야기로 뭔가를 내게 감추려는 거죠. 맞아, 이 이야기에서 모렐 부인은 어떻게 되나요? 그렇지만 당신은 그녀에게 반하지 않았죠. 뢰르띠유아 씨를 위해 무척 애쓰고 있으니까. 내게는 당신이 너무 복잡해졌네요."

"뢰르띠유아에 관해, 마리, 당신은 내게 이중적인 태도를 보이는군요. 뭐 하시는 거죠? 나를 도와주세요. 당신은 오렐리앵을 가까이하고 있어요. 난 눈이 나쁘지 않고 또한……"

"만약 당신의 오렐리앵이 내 마음에 든다면요? 하기야 그 사람 쪽에선 이미 끝난 일이니 마음 놓으세요."

"요컨대 당신들 모두는 여자로서 그에게서 무얼 발견하는 거죠?"

그가 그토록 느닷없이, 그토록 격분하여 이 말을 한 까닭에 뻬르스발 부인에게는 돌연 모든 것이 명확해졌다. "아! 알겠네요." 그녀가 말했다. "당신이 질투하는 사람은 바로 오렐리앵이로군요."

그가 어깨를 으쓱했다. "왜 그런 어리석은 말을 하죠? 당신들은 여자니까 잘 알겠지만 우리 남자들은 다른 남자의 성공이 무엇 때문인지 전혀 몰라요."

뻴 드니가 문 앞에 나타났다. 눈썹을 찌푸린 모습이었다. "이봐요, 두분, 무슨 귓속말을 그렇게 소곤거리시나 몰라. 추문이 나겠네요! 바르뱅딴 씨, 사촌동생이 여기 있다는 걸 모르시나. 그녀는 당신이 집으로 데려가주길 바라는데요."

21

진눈깨비가 내리고 있었다. 포석이 미끄럽고 더러웠다. 오렐리앵은 오베르깡프 길 위쪽에, 외곽의 대로 가까이에 차를 세웠다. 빠리의 이 지역은 소매업이 황폐화되어 진열대가 초라하고 상점이 낡은데다 이제는 아무도 보지 않는 광고 전단으로 체면을 구긴 지 오래여서 수도의 우아한 중심부, 서쪽 구역을 자주 드나드는 사람에게 우울한 심사를 불러일으킨다. 마레 지역의 낭만, 생또노레 구역의 역사적 추억, 빅뚜아르 광장의 서정이 없다. 몽상에 잠기게 할 만한 것이 하나도 없다. 여기서는 어떤 것도 무언가의 기념물이 아니다. 도시와 역사의 격동 속에서 틀림없이 사건이 일어났을 텐데도. 하지만 사람들은 으레 대저택에 일어난 일만 기억하므로, 이 서민의 거리에는 어떤 전설도 없다. 어떤 비밀이 있다 해도 깊이 파묻히거나 까맣게 잊힌다. 그러니까 다른 사람들의 가슴만 뛰게 할 뿐이다.

저녁 시간이었다. 쓰레기통이 졸고 있는 검은 수로 안쪽으로 시립 수영장이 있었다. 당시에 빠리에는 수영장이 매우 적었다. 레 뚜렐 수영장은 아직 문을 열지 않았다. 샤젤 길과 끌라리지를 제외하면 인구 밀집 구역에 수영장은 몇군데밖에 없었다. 오렐리앵은 공간이 좁더라도 이 수영장을 선호했다. 세련된 사람들이 즐겨 찾는 천연 풀장들은 언제나 위생 상태가 의심스러워 보였다. 여기에는 "물에 들어가기 전에 샤워하시오"라는 표지판이 붙어 있었다. 욕실이 없을 것처럼 보이는 일반인에게는 부과할 수 없을 준엄한 법의 표현이었다. 적갈색 목조 탈의실을 둘러싼 좁은 발코니가 사람으로 넘쳐났다. 그들이 여기 오는 것은 수영과 물놀이가 취미여서였다. 화장한 여자, 수상한 남자, 진주 목걸이와 미국식 수영복이 넘실대는 바에서 목욕 가운 차림으로 사업 이야기를 계속하기 위해서가 아니었다. 이 사람들은 계산대에서 줄무늬 수영복을 빌린 한두명을 제외하면 입구에서 받은 짧은 흰색 바지나 치부만 살짝 가리는 소형 팬티를 갖춰 입고서 수영했다. 녹색의 물이 상당히 깨끗하고 조명이 잘되어 있는 수영장이었고 측면에는 어린이와 수영할 줄 모르는 사람을 위한 작은 풀이 마련되어 있었다. 물을 약간 데워서 공중에 김이 살짝 서려 있었다. 수영 코치가 나무 샌들을 끌면서 공중에 물을 튀기는 유영자들을 지켜보고 있었다. 붉은 머리를 짧게 깎은 녀석으로, 각진 어깨와 길게 발달한 근육에 가슴에 털이 무성하고 코가 납작했다. 탈의실 앞에 서 있거나 바닥에 앉아서 팔로 무릎을 감싸고 휴식을 취하는 이들을 제외하고 열명 남짓한 사람이 수영을 하고 있었다. 이 동네의 작업장, 공장에서 나온 젊은이들이었다. 건장하고 소란스럽고 쾌활한 남자애들로, 작은 애, 뚱뚱한 애, 큰 애가 뒤섞여 있었다. 젖은 머리카락이 눈 주위로 흘러내렸다. 머리카락을 고무줄로 묶은 애들도 있었다. 유영자들은 수영모를 썼다. 물속에서는 갈색 머리와 금발이 구별이 되지 않았고 철제 계단을 올라와서야 비로소 제대로 구별되기 시작했다.

아직 삶의 흔적이 거의 없고 유쾌하게 상스러운 얼굴이 건강한 기색이었다. 그렇지만 썩은 이가 자주 눈에 띄었고 팔이나 손에 상처 자국이 있었으며 손가락이 한개나 한마디가 없었다. 자세히 보면 가난의 흔적이 드러났지만 전체적으로 훑어보면 힘이 세고 민첩하다는 인상을 줄 뿐이었다.

오렐리앵은 좁은 탈의실 안에서 큰 팔과 긴 다리 때문에 어색하게 옷을 벗으며 여느 때처럼 어떻게 해야 할지 잘 몰랐다. "계산대에 맡긴 물건만 책임집니다"라는 사소한 특기 사항 때문에 지갑 생각을 하느라 마음이 불편했다. 마치 그런 것을 지니고 있으면 남의 시선을 끌기라도 할 것 같았다. 게다가 이 사람들은 언제나, 그다지 정직하지 않다. 바보 같으니, 여기 오는 것은 넥타이에 진주를 다는 격이다. 오렐리앵은 재킷의 옷깃에 지갑을 찔러넣고 다시 옷을 입을 때 금방 찾을 수 있도록 각각의 구두에 양말을 쑤셔넣었다. 허리끈이 달려 배 주위에 주름이 잡히는 짧은 바지를 입어서인지 실제로 벌거벗은 것보다 더 알몸이라는 느낌이 들었다. 탈의실 문을 밀치고 근육의 힘줄이 불거진 앙상한 골격을 드러낸 그가 자기 다리의 털을 마뜩잖은 듯이 곁눈질했다. 발에 구두 자국이 살짝 난 것에 눈길이 갔다. 그리고 수영장 건너편에서 고객들이 문을 열어놓은 채 옷을 벗고 셔츠 차림으로 수다를 떨고 엉덩이를 공중에 쳐들고 발을 닦는 등 대체로 자신만큼 수줍어하지 않는다는 것을 확인했다. 그는 자신이 다른 세계로부터 가져온 위선적인 태도, 자연스러움의 결여에 대해 약간 부끄러움을 느꼈다. 다소 소심하게 자신을 다른 사람들과 비교했다. 상당히 살지고 벌써 머리가 벗어져 영감 티가 나는 두 사람을 제외하면 그는 연장자 축에 들었다. 그는 여기에 온 것이 처음이 아니었고 전전날에도 왔었다. 하지만 늘

이 은밀한 낯섦을 되찾았다. 이 사회적 익명성이 마음에 들었다. 마음속에 잠들어 있는 전쟁과 관련한 몇가지 감정을 북돋웠기 때문이다. 그때에도 때때로 사람들 사이에서 이 쾌감, 지금 그가 되찾은 이 만족감, 있을 권리가 없는 곳에 아무도 알아차리지 못한 가운데 받아들여지고 이 소원하고 금지된 익명의 사람들과 구별되지 않는 데에서 오는 만족감을 느꼈었다. 알몸에 힘입어 군복의 기적이 다시 일어났다. 그는 우아하고 부유하고 눈부신 상류사회로 갑자기 이동한 서민이 느낄 법한 것과 동일하지만 방향이 반대인 어떤 것을 느꼈다. 베르됭에서 이미 그런 생각을 했었다! 군복만의 문제는 아니었다. 여기에 물이 있는 것처럼 거기에는 뭍이 있었던 것이다.

물. 그는 비누 조각이 떠다니는 격자 깔개에 발을 올리고 샤워를 했다. 누구도 물의 온도를 한번에 맞출 줄 모른다. 뜨겁다가도 차갑다. 수영 코치가 그를 곁눈질하고 있었다. 오렐리앵은 의식적으로 자기 몸을 문질렀다. 물. 적절한 온도가 된 후려치는 물줄기 아래서 물의 노래에 귀를 기울였다. 물과 관련된 모든 것은 왜 그에게 마음을 사로잡는 매력, 시적인 아름다움을 지녔을까? 물.

그가 물속으로 뛰어들었다. 물속에서 눈을 뜨고 있는 것이 좋았고 다시 수면 위로 올라와서 돌고래처럼 물속으로 급강하하기를 좋아했다. 빠리 한복판에서 물, 물의 애무에 감싸이기는 예사로운 일이 아니다. 물. 물. 그의 귓속으로 물이 조금 들어왔다 나갔다. 그는 고독의 경이로움을 실감했다. 여기, 이 연못에서, 서로를 뒤쫓으며 상대방의 발이나 머리를 붙잡는 두 젊은이의 고함이 들려오는 가운데 정말로, 섬의 끝자락에 위치한 아파트에서 창문을 열고 나무들, 강줄기를 내려다보며 센강으로 떠내려가는 익사자에 대한 끈질긴 생각에 잠길 때보다 더 완전히 혼자라는 느낌이 들었다. 그는 배영 자세를 취하고 다리의 동작만으로 나아갔고, 이 고독의 초록 정원 끝에 이르면 허리를 써서 방향을 바꾸었다. 눈을 반쯤 감고서 광막한 공간의 환상에 잠겼다.

지난번에는 베레니스의 모습을 머릿속에서 지우기 위해 이곳에 와서 미지근한 물에 뛰어들었지만 없애버릴 수 없었다. 오히려 그녀의 영상이 되살아나 달라붙었다. 그는 패배하여 그녀의 영상에 빠져들었다. 베레니스가 물의 애무에, 수영의 유연한 몸놀림에, 벌거벗은 몸의 이 내밀한 고독에, 노력과 게으름이 결합된 이 상태에, 경이로운 몽상과 동작 전체에 섞여들었던 것이다. 이번에는 뽈드니와 함께 산책하는 베레니스보다 더 참된 베레니스, 여기서 만나기로 약속한 베레니스를 되찾을 셈으로 다시 왔다. 아주 금세 그녀가 환영으로 와 있음을 느꼈다. 그는 마치 침대에서 여자와 함께 자면서 하듯이 수영하면서 몸을 뒤집었고, 남자의 몸과 여자의 영상이 이처럼 뒤엉키는 가운데 그녀는 잠자는 남자의 구부러진 몸에 밀착하는 여자가 무의식적으로 움직이듯이 그를 뒤따랐다. 베레니스에 대한, 이제는 다른 것보다 더 현실적인 얼굴, 자신이 그토록 좋아하는 눈감은 얼굴뿐 아니라 온전한 베레니스에 대한 이 상상으로 말미암아 그는 자신의 힘에 취해 근육을 쓰고 싶은 마음이 일었다. 그래서 갑자기 자유형으로 격렬하게 헤엄쳤다. 옆에서 수영하는 사람들을 아슬아슬하게 피했다. 젊은 여자를 생각하는 젊은 남자가 그녀를 그 자신처럼 완전히 벌거벗은 모습으로 상상하는 데에 무슨 나쁜 것이 있을까? 아마 어떤 나쁜 것도 없을 것이다. 그렇지만 오렐리앵은 달아올랐다. 빠르게 헤엄치는 것만이 그로 하여금 이에 대해 자책하지 않게 해주었다.

더 빨리 가기 위해 그는 테살로니키에서 누군가가 보여주었던 평영을 시도했다. 그러고 나서 피곤하지만 행복한 기분으로 문득 긴장을 풀고 물결에 몸을 내맡겼다가 떠다니는 난파선의 잔해처럼 철제 계단의 난간에 매달렸다. 몸을 흔들어 눈과 코에서 물을 털어 냈다. "이봐 친구, 무슨 수영을 그렇게 해?" 누군가 그를 내려다보면서 말했다. 스물네살쯤 되어 보이는 녀석이 양손을 허리춤에 얹고 계단 위에 서 있었다. 그다지 크지 않지만 체격이 좋은 건장한 남자로, 다리는 털로 덮여 있지만 앞가슴에는 털이 없고 팔과 어깨는 머리 하나만큼 더 키가 큰 남자의 것이었다. 손이 크고 억세 보였다. 포마드가 아직 남아 있는 금발 아래로 호감이 가는 생글거리는 얼굴, 짧고 납작한 코, 약간 삐딱한 입, 근육이 도드라지고 긁힌 자국이 있는 뺨, 곡예사의 턱이 눈에 띄었다. 왼쪽 팔뚝에 흐릿해진 푸르고 붉은 문신이 있었다. 나침반의 방위 모양이었다. "네가 수영하는 걸 지켜보고 있었어." 그가 말을 이었다. "발놀림으로 무얼 뜨는 거야? 잘 파악을 못 했는데."

오렐리앵이 약간 숨을 몰아쉬면서 대답했다. "그리스 수영법이야. 테살로니키에서 배웠어, 전쟁 동안에."

"아, 동방군에 있었어? 난 18년도 징집병이지. 전선에 도착한 게, 안녕, 술을 많이 마셔서 머리가 지끈지끈해진 지 사흘 지나서야. 다급했지! 내게 보여줄 거지? 너의 그것 말이야."

"그러지 뭐."

그가 시범을 보였다. 자신도 발놀림으로 무엇을 만드는지 잘 몰랐다. 동작을 분석하려고 해보았다. 갑자기 상대방이 물속에 들어와 자기 옆에 있다는 것을 느꼈다. "이렇게, 응? 아니라고? 머리 위로 팔을 통과시켜? 그러고 나서는…… 아, 이해했어. 더 빠르네." 그들이 서로 얽혀서 함께 헤엄친다. "호흡에 신경 써." 오렐리앵이 말했다. "응? 뭐라고?" "호흡이 서투르다고." "리께 걱정은 하지 마! 내 호흡은…… 100미터에서 누가 빠른지 붙어보자." 그들은 경주한다. 리께, 그는 이름이 앙리다. "너는?" 그가 물었다. 오렐리앵 자신이 알고 있듯이 그의 이름은 이야기를 자극한다. 그는 호적상 두번째 이름인 로제라고 말하고 로제로 처신한다. 그러니까 확실히 리께가 로제보다 더 많이 훈련되어 있다. 하지만 그는 결코 코치다운 코치가 없었고 자기 방식이 없다. 유감이야, 진짜 수영선수가 될 수 있었을 텐데. "당치 않아." 오렐리앵이 말했다. "난 이미 글렀어. 수영도 전혀 하지 않아." "그래서 시대에 뒤떨어지기 시작하는군." 상대방이 재미있다는 듯 웃으면서 악의 없이 말했다.

리께는 뷔뜨쇼몽 인근의 공장에서 조립공으로 일한다. "너는? 이 동네에 사니?" 로제가 얼버무린다. 아무 일도 하지 않는다고, 문밖에 자동차가 있다고 말할 수는 없다. 그렇게 말했다가는 일이 틀어질지도 모른다. 단지 "아니야, 시청 근처에 살아"라고 털어놓는다.

그래도 리께는 호흡이 서투르다. "이봐, 내가 일러주는 대로 해야지. 자, 보라고."

"아, 제기랄, 성가신 녀석 같으니. 누가 너더러 고래 노릇 하라고 했냐고." 그가 뭔가 보여주려고 바다표범처럼 물 밖으로 솟구친다. 벌러덩 뒤집는 까다로운 동작이다. "이렇게 할 줄 알아? 호흡이랑 같이, 응, 로제?"

그들은 함께 동일한 노력을 함으로써 생기는 동지애를 곧바로 느꼈다. 한동안 발코니 가장자리에 걸터앉아 다리를 늘어뜨린다. 리께가 자기 이야기를 시작한다. 그는 르아브르 출신이다. 열두살부터 일했다. 항구에서. 그렇게 해서 수영하기 시작했다. 수영을 무지 좋아한다. 그래서 빠리 생활이 편하지 않다. 게다가 공장에서 퇴근하면 녹초가 된다. 그래도 시합에 여러번 참가했다. "오, 챔피언은 아니야. 챔프는 밀어주는 사람이 있어야 하잖아. 하지만 모두가 챔피언일 필요는 없어, 그렇잖아? 트로피를 받으려고 몰려드는 풋내기가 무더기로 많아. 필요하긴 하지, 안 그래? 풋내기, 그게 내 취향이야. 내가 유난을 떨며 뒤에 도착하리라는 걸 잘 알아. 하지만 상관없어, 어떻게든 헤쳐나가니까. 그러지 않으면, 거참, 챔프라고 별수 있겠어, 안 그래?" 그는 우스갯소리를 할 때 코, 그 너무 짧은 코를 찡그리고 뺨이 공처럼 단단해진다.

"아," 그가 말했다. "봄에는 센강이 있지. 뽀르따랑글레 말이야. 너는 뽀르따랑글레에 가본 적 없지. 빠리 전이야. 그래서 더 깨끗하다고들 생각하는 거야. 전차를 타고 가."

마침내 리께가 뇌리에서 떠나지 않는 100미터 수영 시합을 새 친구에게 제안했다. "수영장 길이가 12미터니까 음, 일곱번, 여덟번, 그러면 96미터로군. 맞아, 100미터나 다름없어. 네번 왕복. 준비됐어?"

자신의 영법에도 불구하고 오렐리앵이 졌다. 리께는 아주 행복하다. "이게 다가 아니야. 아내가 나를 기다려." 이 애송이에게 여자가 있다. "결혼한 건 아니야, 알지? 하지만 내 아내야. 자, 어서 옷 갈아입어. 건너편에서 한잔 살게, 쇼쁘 뒤 끌레르 드 륀[65]으로."

탈의실에서 오렐리앵이 넥타이를 맨다. 그는 이 모든 것이 가식이라는 걸 잘 안다. 자신의 삶. 수영장. 리께. 전쟁. 쇼쁘 뒤 끌레르 드 륀, 야릇한 이름. 이 모든 것은 자신을 위한 핑곗거리, 스스로 만드는 난처한 일이다. 그가 베레니스로부터 비껴날수록 더욱더 그

65 '달빛 맥주잔'이라는 뜻의 가게 이름을 이용한 말장난이다.

녀는 생생하고 흡족해하는 모습으로 돌아올 것이다.

정장 차림의 새 친구를 다시 보았을 때, 온통 해진 낡은 줄무늬 바지에 파란색 상의를 걸치고 챙모자를 쓴 리께는 휘파람을 불었다. 낙담한 표정이었다. “내가 네게, 당신에게 마실 것을 사겠다고!” 그가 말실수에 깜짝 놀란다. 이제는 ‘당신’이라고 부를 것이다. 누가 뭐래도 결코 단념하지 않을 것이다. 뭔가가 깨어졌다. 결국 어떻게 벗어날지 알 수 없기 때문에, 정확하게는 ‘브라스리 드 라 쇼쁘 뒤 끌레르 드 륀’이라는 이름의 쇼쁘 뒤 끌레르 드 륀으로 마지못해 간다. 이름처럼 파리한 까페이다. 거의 사람이 없다. 천장이 높아서 더욱 비어 보인다. 바에서 키니네가 든 씁쓸한 적포도주 한잔…… 리께가 동행자의 옷을 부러운 듯 곁눈질한다. “그러니까, 자본가인가?” 이렇게 말했다. 이런 말이 덜 근엄한 것 같다. 그래. 정말이야? 그렇다니까. “그럼 무엇에 종사하셔?” 설명하기 어렵다. 아무것도 안 한다고 말하면…… 거짓말하는 것이 역겹다. “연금으로 먹고살아.” 이 말이 완전히 뜻밖의 효과를 냈다. 신경을 거슬리게 하는 희극적인 효과가 지속된다. 리께는 눈물이 날 정도로 너털웃음을 웃는다. 연금 생활자! 선생은 연금 생활자시네! 그러고 나서 그는 이 연금 생활자가 자신에게 한잔 사리라는 것을 기억해둔다. 자기변명을 하고, 예절 자체가 되어, 훌륭하게 처신하기 위해 존중하는 태도로 술잔을 나눈다. 또다시 수영에 관해 말한다. 선생이 내게 보여준 그 튀르키예, 아니, 그리스 영법에 관해. “아, 그래, 리께, 때깔을 좀 냈다고 네가 나를 선생이라 부른다면, 네가 더이상 말을 놓지 않는다면……” ‘때깔을 냈다’는 분명히 리께의 이해 수준을 고려하여 한 말이다. 그도 이 점을 알아챘다. 로제에게 선생이라고 부르는 것은 ‘복장을 갖춰’ 입었기 때문이 아니라고 말한다.

'복장을 갖춰'라는 대목에서 그의 목소리에 힘이 실린다. 그는 또 한 로제라는 이름이 세련된 친절의 대명사로 들린다고 말하는데, 반대로 오렐리앵은 그것에 대해 약간 부끄러워한다. 하지만 그가 로제에게 선생이라고 말하는 것은 로제가 신사이기 때문이지 다른 이유는 없다는 것이다. 별수 없지, 신사든 신사가 아니든. 그런데도 계산이 섰는지 그가 다시 말을 놓는다. "그렇다면야 좀 설명해줘. 넌 아무것도, 온종일 아무것도 안 해? 정말이야? 그럼 무얼 하면서 시간을 보내지? 난 그럴 수 없을 거야. 실업자였던 적이 있는데, 평생 실업자이려면 건강할 필요가 있어."

오렐리앵은 리께와 악수하고 나서 자신의 차에 다시 탈 때, 목욕의 쾌감, 목욕과 수영에 뒤이어 오는 쾌감에도 불구하고 완전히 불편한 느낌이 든다. 그가 어둠 속으로 사라진다. 이제는 베레니스를 생각하지 않는다. 그 점을 의식하지도 못한다. 그가 실제로 생각하는 것은 무엇일까? 잡다한 추억과 강박관념이고, 아주 정확히는 아무 생각이 없다. 하지만 희미한 상심, 회한 같은 것이 모든 것에 스며든다. 그리고 센강을 따라 내려감에 따라 점차로 몽상이 다시 우세해진다. 세상, 리께, 옛날 유년기의 이야기가 몽상에 잠긴다. 그리고 베레니스의 목소리가 들려온다. "어렸을 때에는 환영으로 가득한 넓은 집에서 살았어요……"

22

"아, 드디어! 네가 왔구나. 두시간이나 기다렸어. 되돌아온 게 세 차례야. 관리인 여자가 나를 불쌍히 여겨서 올라오게 해줬어."

오렐리앵이 돌아와서 보니 집에 불빛이 보였다. 누나가 앉아서 치과에서처럼 『보그』를 읽고 있었다. 아르망딘 드브레스뜨는 벌써부터 남동생을 아직도 저녁식사 자리에 늦는 말썽꾸러기인 듯이 질책할 참이었다. "미안해." 그가 모자와 다갈색 장갑을 침대 위로 던지면서 꽤 건조한 어조로 말하고는 먼젓번 방으로 돌아와서 건성으로 누나를 껴안았다. "도착했다고 알리지도 않았잖아."

"그건 그렇지. 난 오늘 아침부터 빠리에 있었어. 네가 전화를 받지 않기에 여기로 왔는데 너는 없더구나. 다시 왔는데……"

"이미 말한 거잖아. 관리인 여자가 문을 열어주었다고."

"아니야, 두번째가 아니고 세번째로 다시 왔을 때야. 네가 뭘 하고 있는지 궁금했어."

"수영을 했어."

"이 추위에? 나를 놀리는 거야?"

"내가 미쳤다고 누나를 놀리겠어! 누나가 가진 모든 신성한 것에 걸고 맹세할게. 그저 수영을 했을 뿐이야."

"넌 언제나 아무도 이해하지 못하는 농담을 하잖아. 그렇게 해서 관심을 끌 수 있다고 생각하지."

"나를 질책하려고 일부러 성가시게 세번이나 찾아온 거야?"

"맙소사, 오렐리앵, 정말로 못된 말이로구나! 그런 말투는 동방군에서 배워온 거나 아닌가 몰라."

"내가 뭐라고 했는데?"

그는 진심으로 놀랐고, 동방군이라는 말에 갑자기 가슴이 먹먹해져서 덧붙였다. "모두가 블로뀌스 내각[66]에서 근무할 수는 없었

---

66 ministère du Blocus. '봉쇄 내각'이라는 뜻으로 1917년부터 전시의 국가 행정을 떠맡았다. 전후에는 해방 지역 내각이 되었다가 1925년에 없어졌다.

어." 후방 부대 근무병이었던 매형에 대한 호된 한방이었다. 아르망딘이 자신의 어깨, 플랑드르 여자답게 아름다운 어깨를 으쓱했다. 더 뚱뚱해졌다, 단연코. 옷차림이 정말 후줄근하다. 그녀가 무뚝뚝하게 말했다. "내각에는 많은 사람이 필요했을 거야, 아마도."

그는 이 이야기를 계속하지 않았다. 웬만하면 "동방군에도 많은 사람이 필요했어"라고 말했을 것이다. 하지만 상자에서 장작, 낡은 잡지, 불쏘시개 단을 집어 불 피우기에 착수했다. 아르망딘이 지적했다. "불? 불을 피워? 중앙난방 장치가 있잖아." 그가 성냥불을 켜면서 태연하게 대답했다. "난 아주 더운 게 좋아. 그리고 장작불은 분위기를 밝게 해주지."

"넌 마다하는 게 없지." 그녀가 말했다. 그는 아니라고 대꾸하는 일이 없어. 어떤 것도 마다하지 않아. 그런 식으로 어쩌겠다는 걸까? 그는 누나를 그렇게 행동하지 않는다고 업신여겼다.

아르망딘은 루주를 바르지 않은 입술을 깨물고 파란 눈으로 체념의 표정을 지었다. 동그랗고 통통한 얼굴에서 굼뜨다는 느낌이 풍겼는데, 이것이 상대적으로 동생에게는 뜻밖에 발랄하다는 인상을 주었다. "옷을 벗고 싶지 않았어." 그녀가 말했다. "하지만 네가 불을 피우니까…… 나중에 밖으로 나가면 감기 들겠다."

그녀가 외투를 벗도록 그가 거들었다. 검은 모직 외투였다. 아스트라한산産 잿빛 모피의 깃, 소맷부리, 안쪽에는 똑같이 곱슬곱슬한 무늬의 호주머니들이 달려 있었다. 더할 나위 없는 반팔 블라우스에 눈물겹도록 수선한 쥐색 투피스를 걸친 차림새가 드러났다. "에라, 할 수 없지. 모자도 벗지 뭐!" 매끈한 금발 위에 놓인 종 모양의 모자는 원추형의 촛불 끄개처럼 보였다. 오렐리앵이 그 검은색 펠트 모자를 받아들었다. 목덜미를 잘 드러내주는 매우 단순한 모양의 쪽머리에 머리카락이 잘 모아지지 않아서 한두가닥이 비어져나와 있었다. 그가 모든 것을 침실로 옮기려 할 때, 전투 상태에서의 기다림으로 언짢았던 기분이 풀린 탓인지 그녀가 목소리를 높였다. "그래도 네 집이 아담해서 좋구나. 불이 잘 붙네. 얼른 장작을 하나 더 얹어야겠는데, 너무 굵지 않은 것으로."

그는 이 심한 변덕, 이 쫓아가기 어려운 마음의 평정을 익히 알고 있었다. 그녀가 먼저 끌어들인 그 신랄한 어조를 수그러들게 하려면 언제나 그녀보다는 그가 두세가지로 응수를 해야 했다.

"이렇게 납실만 한 일이 뭔지 내게 말해주지 않을래?"

"빠리에 있었어, 마침. 자끄가 사업차 브뤼셀에 간 틈을 타서 온 거야."

"그런데 자끄는 어떻게 지내?"

"아주 잘 지내, 고마워. 약간 지쳐 있긴 하지만. 성탄절 휴가가 재충전에 도움이 될 거야. 내가 무슨 말을 했지? 그래, 모자 가게에 들르고 싶었어. 릴에서는 쓸 만한 모자를 찾을 수 없다니까, 생각해봐. 게다가 오래지 않아 성탄절에, 새해 첫날 아니니. 장보기를 해야지. 선물…… 애들……"

"그리고 애들은 잘 지내겠지?"

"삐에르와 레몽은 정말 말썽꾸러기야. 그런데 갓난아이는 가벼운 감기에 걸렸지 뭐야."

"심하진 않지?"

"그렇다면 내가 여기 왔겠니? 가게를 돌아다녀서 죽을 지경이구나. 장난감은 고르기가 정말 어려워. 전부 새것으로 바꾼다고. 하나도 없었던 것처럼 말이야. 애들이 좋아할까 모르겠네. 게다가 장난감의 품질이 좋지 않아. 죄다 마분지에 색깔이 조잡해. 차라리 성인용으로 만든 게 아닐까 하는 생각이 들 정도라니까. 결국 의심만 잔뜩 했지. 갈르리에서 트루아 까르띠에, 루브르, 봉 마르셰로, 생 또노레 길 냉 블뢰로 쏘다녔어. 내일 트루아 까르띠에로 다시 가봐야겠다."

"빠리에 여러날 머물러?"

"아니, 내일 오후에 떠나. 하지만 오전 중으로 묘소에 들르고 싶어. 블레즈 아저씨 댁에도 들렀으면 좋겠는데 시간이 없을까봐 걱정이야. 어떻게 지내시나?"

"잘 지내시겠지 뭐."

"지내시겠지 뭐? 이제는 만나지 않는 거니?"

"아니야, 누나도 알다시피 나는 그분을 좋아하잖아. 하지만 어디 보자, 이삼주 전에……"

"오, 너를 숨 막히게 하는 게 가족의 취향은 아니잖아! 그렇지만 한번이라도, '정말로' 가족이라 할 것도 없으니까……"

그녀의 이 말은 실제로 공격성을 띠었다. 그가 어깨를 으쓱했다. 그녀가 주변을 둘러보았다. 벽면에서 눈에 잘 띄지 않는 어느 그림에 눈길이 멎었다.

"아니, 저걸 걸어놓았어? 나는 그분의 그림보다는 아저씨가 더 좋아. 저건 물감 얼룩이지 뭐야. 그래, 뭐니 뭐니 해도 네 집에 잘 어울리는구나. 뭔가 좀 생생한 어떤 것이 결여되어 있긴 하지만. 네 가정부는 여전히 만족스럽니?"

"마음에 들어."

"그렇구나, 다행이야. 하지만 가정부가 아내를 대신할 순 없어!"

"내게 소개할 여자가 있어서 왔구나. 그럼 그렇지."

"어쩜 말을 그렇게 하니, 오렐리앵! 도대체 너는 언제 결심할래?

아니야, 우연찮게도 당장은 이렇다 할 여자가 없어. 하지만 내가 네게 젊은 여자를 소개한대도 그녀는 코가 너무 길거나 발이 비틀어지거나 표정이 바보 같을 게 틀림없지."

"여자를 고르는 것도 왜 그토록 서투른 거야?"

"아니, 난 네가 생각하는 그런 여자가 아니야. 네 아내는 네가 선택해. 하기야 잘못될 리가 없지. 자끄가 언제나 말했어. '오렐리앵은 반항심이 있어. 그에게 설탕을 줘봐, 그는 커피에 소금을 넣을 거야!'"

"자끄가 나를 참 잘 아는군! 도대체 어디서 그런 심리학 수업을 받았을까? 블로뀌스에서?"

"자꾸 자끄 이야기 꺼낼래! 넌 언제나 자끄를 내세워서 나를 못살게 굴어."

"그렇다 해도 누나가……"

"난 네 결혼에 관해 말하고 있었어. 너 벌써 서른이 넘었잖니."

"이제 막."

"그러니까 끽소리 말아. 네 아내는 스스로 선택해. 하지만 너무 기다려서는 안 될 거야. 노총각이 되어가잖니. 그후로는 생각이 짓눌리거나 편협해져. 그렇게 되면 벗어나기가 어려워."

"어쩌면 이미 너무 늦었을 거야."

"말도 안 돼, 터무니없구나. 왜 결혼하고 싶어 하질 않니?"

"난 한 여자만의 남자가 아니니까."

"그게 무슨 문제라고 그러니? 결혼한 남자들이 때때로 사소한 변덕을 즐기지 않는다고 생각하니?"

"아, 설마? 그러니까 자끄가……"

"자끄 이야기는 하지 마. 자끄는 별개의 문제야. 아무튼 남자에게 결혼은 여자의 경우와 동일한 게 아니야. 타협이 이루어지지. 슬기로운 아내는 못 본 체해. 그게 뒤탈이 없어."

"릴의 여성용 모자 디자이너는 패션 감각이 형편없는 것 같아, 누나. 하지만 도덕심은! 축하할 일이야. 할 수 없지, 속이고 싶지는 않으니까 말인데, 불행히도 난 자유로운 게 더 좋아."

"자유롭다, 자유롭다! 도대체 무슨 뜻이야? 요컨대 네가 결혼하지 않는 것은 미덕 때문이네!"

"아마도."

그들이 불가에 앉았다. 빈정대는 말투에도 불구하고 오렐리앵은 예전처럼 그녀를 누나라 부르지 않았는가? 그녀가 그의 두 손을 잡았다.

"넌 우리에게 뭔가 숨기고 있어, 얘야. 부정하지 마. 한동안 즐겁게 놀면서 경험을 쌓은 너 같은 남자가 이렇게 혼자라는 게 말이 되니? 너, 여전히 그 지저분하고 작은 음식점에서 식사하지."

"마리니에 말이야? 그렇게 나쁜 음식점은 아니야."

"아무튼 편한 느낌을 주지는 않아. 네게 결혼하라고 권하러 여기 온 사람이 나라는 것에 대해 넌 속으로 역설적이라 생각할 테지."

"멋진 표현이야. 이렇게 말을 잘하다니."

"말에 집착하지 말자. 너를 독신으로 붙잡아두려고 애쓰지 않는 것에 대해 내게 고마워해야 할 거야."

"하지만 왜 그래야 하는데?"

"그야, 내 잇속? 난 애들이 있어. 네가 운명적으로 결국에는 결혼하지 않을 거라는 생각에 우리, 자끄와 내가 언젠가는 익숙해지겠지. 그러다 만약 네가 갑자기 어떤 아가씨와 결혼하기로 마음먹는다 해도, 글쎄, 우리는 그걸 좋지 않은 눈으로 볼 거야. 그렇지! 난 아직 거기까지는 아니야. 하지만 그렇게 된다면 네 잘못일 거야. 우리를 거기로 떼밀지 마. 내겐 애들이 있어."

오렐리앵이 조용히 웃었다.

"그건 전혀 웃을 일이 아니야, 웃을 일이 아니라고. 이런 식으로 가족 간에 불화가 생겨나는 법이야. 그리고 우리는 뢰르띠유아로서는 마지막 두명이야. 우리 아버지의 성을 지니고 있는 사람은 바로 너잖아."

"그 문제에 관해서는……"

"내 말 가로막지 마! 잘 들어, 우리, 자끄와 나는 네가 너의 권리인 변호사 베르제뜨의 사무실을 포기했다는 걸 잘 알고 있어. 그것과 관련해 우리는 비록 걱정은 될지언정 너를 조금도 비난하지 않았어. 네 삶의 주인은 너 자신이니까. 돈은 있다가도 없어지잖아. 질병, 전쟁도 있고…… 아마 당장은 아니겠지만, 무슨 일이 생길지 누가 아니?"

"그래서?"

"그래서, 혈육이 잘되기를 바라는 건 당연해. 내 말대로 해줘. 지위를 굳히거나 재산을 불릴 수 있었을 텐데, 결혼은 하지 않을지라도. 네 조카들 생각 좀 해줘. 그래도 말이야, 내가 말했듯이 우리가 철저하게 타산적인 그런 가족은 아니잖아. 어쩌자는 거니? 너처럼 사는 건 비정상적이야. 아주 건강하고 건실한 남자가 혼자, 아무것도 하지 않고 빈둥거리기만 하니 원. 모두가 일을 하잖니. 네 매형이 너와 같다면 어쩌겠어! 자끄가 말했어, 널 이해할 수 없다고. 나도 마찬가지야. 뭘 하면서 하루하루를 보내니? 정말이지 일이 있어야 하는데……"

오렐리앵은 체념하고 누나가 말하도록 내버려두었다. 그러다가 갑자기 그녀를 놀란 눈으로 바라보았다. 그가 중얼거렸다. "희한하네, 누나가 리께와 똑같은 말을 하다니."

"리께?"

"응, 말하자면, 친구."

"알겠지, 알겠지, 사람들이 네게 그렇게 말하잖아! 누구나 우리처럼 생각해. 모두가 우리처럼 생각한다고. 리께 씨가 옳아. 진정한 친구는 그런 걸 말해줘야 하는 거야."

오렐리앵은 온갖 종류의 상상 속 파리를 손으로 쫓았다. 모든 것이 너무 많은 설명을 필요로 했다. 그러나 그는 말했다. "일이라. 아마 누나와 리께의 말이 맞을 거야. 누나가 말했듯이 리께 씨가 확실히 옳아. 다만 무슨 일을 해야 할지? 내가 밥벌이를 해야 한다면, 내가 가진 것이 아무것도 없다면 문제가 전혀 다르게 보일 텐데. 아마 낙이 없을 온갖 종류의 일을 결국 의무로서, 남자의 의무로서 고려할 텐데. 나 역시 그렇게 길러졌을 거야, 이름에 걸맞은 일을 하도록 말이지. 나는 뭔가를 '할' 거야. 기분 좋은 일은 아니기 때문에 마음을 다해서는 아니지만 우리 세계, 우리 신분의 남자라면 시도하게 될 그런 일들 중의 하나를 말이야. 게다가 자끄…… 둘 모두의 생각이 훤히 보여. 하지만 내게 무슨 가능성이 있었지? 법, 법조계…… 진지해져보자고. 그것은 겉보기에 지나지 않았어. 뭔가를 하는 것처럼 보였을 뿐이야."

"지위를 굳힐 수 있었을 거야. 그리고 우리 인맥으로, 네가 자리를 잡을 수단이 충분했어."

"저런, 간단히 맞췄네! 우리의 인맥, 수단이 있다…… 누나는 나를 이해할 수 없을 거야. 다른 이야기 하자."

"법조계가 네 마음을 끌지 못한다면, 다시 실업계로 들어갈 수 있어. 자끄와 함께 공장에서, 아니면 뭔가 다른 일을……"

"누나네가 그걸 일이라고 부르다니! 차라리 내 오른손을 잘라버리는 게 낫겠어."

"결국 나를 화나게 하는구나. 너라고 다른 사람들과 하등 다를 게 없어. 자끄의 제법 괜찮은 면은……"

"자끄 이야기는 그만두지 않을래? 나는 팔년 동안 군복무를 했어, 알잖아. 누나나 자끄가 도무지 그려볼 수 없는 세계에서 살았어. 전쟁……"

"그래, 좋아, 또 내 남편을 후방 부대에 배속되었다고 비난할 참이니! 이젠 질렸어."

"매형을 비난하는 건 아니야. 하지만, 있잖아 아르망딘, 나는 그 모든 젊은이, 내 전우들, 진창 속에서, 오물 속에서 함께 죽음을 무릅쓴 이들을 생각하면…… 젠장, 나보고 어쩌라는 거야. 자끄에겐 가능하지만 나는 할 수 없는 것들이 있어. 자끄에게 맞서서 하는 말이 아니야. 아마 내 말이 틀리겠지."

"아, 알았어! 그렇다고 네가 결혼할 수 없는 건 아니잖아."

한없이 떨어지는 물방울처럼 반복되는 이 말에 그는 갑자기 화가 났다. 끝내고 싶었다. 그의 머릿속에 윤곽이 어렴풋한 영상과 생각이 무수히 들끓었다. 말하고 싶은 것이 너무 많았지만 분명하게 표현할 수가 없었다. 그렇게 하고 싶지도 않았다. 그러려면 삶을 인형의 배처럼 절개해야 했을 것이다. 그리고 아르망딘이 무엇을 이해했겠는가? 그의 머릿속에서 갑자기 최근의 몇해 전체가 여러 실루엣, 문장, 거짓된 애무의 추억, 낙담, 소극적인 행복의 몇몇 순간과 함께 떠올랐다. 그는 주기적으로 되풀이되는 이 논쟁을 영원히 가로막을 돌이킬 수 없는 말을 찾으려 애썼다. 그러다가 무모하게도 문득 결심했다. "결혼하지 않겠어." 그가 말했다. "사랑에 빠졌으니까."

이 말이 입 밖에 나오자 그는 우물 속으로 돌이 가라앉는 소리를 들었다. 곧장, 깊이. 이제 와서 아르망딘이 그에게 중요했을까? 그리고 그녀가 내뱉은 "바로 그거구나!"라는 말이? 그는 혼자였다. 방에서도 우주에서도 혼자였다. 마음속의 심연에만, 자기 자신에게만, 느닷없이 풀려나온 말, 그 갑작스럽고 엄청난 말에만 귀를 기울였다. 그는 방금 돌연히 자신의 길을 선택했다. 돌이킬 수 없는 선택이었다. 그가 결말을 지었다. 사랑. 그러니까 그것은 사랑일 것이다. 그것은 사랑이었다. 전적인 동요, 내면의 흥분. 사랑. 이상하게 새로운 이 말에 그의 가슴이 꽉 조였다. 그가 고개를 돌려 불을 바라보았다. 불, 불꽃. 철책을 친 가장자리에 여러가닥의 실처럼 쌓인 잿더미와 함께 불이 붙은 장작의 미세한 부분까지 관심이 갔다. 특별한 이유가 없었다. 그리고 아주 천천히 이름이, 다음으로 얼굴이, 베레니스가 다시 보였다.

그동안 아르망딘은 여유롭게 말하고 있었다. 이미 상황을 파악하고 여러가지 가능성을 검토했다. 첫번째 가능성은 오렐리앵이 사랑하는 여자와 결혼하는 것이었다. 하지만 그는 이 여자를 그렇게 상상하지 않는 것 같았다. 결혼까지는 이르지 못하는 그런 여자들 중의 하나인 것이 분명했다. 이제 오렐리앵은 이 점을 확신한 것일까? 아르망딘과 자끄는 속이 좁은 사람들이 아니었다. 오렐리앵의 행복을 위해서라면 많은 것을 이해하고 받아들이고 덮어줄 것이다. "곰곰이 생각 좀 해봐, 제발. 아무 말도 안 할 거니? 그럼 내가 생각한 것보다 더 나쁜 상황이구나! 속상해 죽겠네! 자, 자, 깊이 생각해봐야 해!"

그녀가 서성거렸다. 오렐리앵은 부지깽이로 불을 뒤적였다. 갑자기 아르망딘은 세번째로 찾아와서 여기 들어온 이래 오래 기다리는 동안 뭔가를, 벽에 붙어 있는 어떤 것을 눈여겨보았다는 기억이 떠올랐다. 코를 쳐들고 석고 가면을 또다시 바라보았다. 이 여자, 이 여자일 수밖에 없어. "이 여자지, 그렇지 않니?" 그는 대답이 없었다. 그녀가 되풀이했다. "이 여자, 맞지?" 그는 누나가 무엇에 관해 말하는지 이해가 되지 않았다. 고개를 돌려 누나의 눈길을 좇아 가면을 보더니 말했다. "아, 거참 재미있군!" 그러고 나서 익살스러운 고백으로 모든 것을 매듭짓고자 생각했다. '맞아, 그녀야, 누나가 원한다면!'

"그럴 줄 알았어." 누나가 목소리에 깊은 미움과 질투를 실어 중얼거렸다. "그러니까…… 맞지?" 그러고는 생각했다. '예쁘지도 않군'

이 농담을 시작했을 때의 생각이 오렐리앵의 마음속에서 사라졌다. 그는 자신의 마음속 깊은 곳에서 지켜본 은밀한 노래로 충만했고 누나, 이 낯선 여자가 떠나기만을 기다렸다. 이 감정의 새로움, 이 뜻밖의 새로운 발견, 이 초조한 정열에 빠져들고자 했다. 베레니스에게 용서를 구하기 위해 흰 가면을 바라보았다. 그러한 순간에 불경하게도 거짓 고백을 한 것에 대해 베레니스의 용서를 구하기 위해서였다. 그가 가면을 바라보았다. 마치 처음 보는 듯했다. 완전히 처음. 조마조마했다. 불안감이 커졌다. 자신이 생각한 것을 의심했다. 그 얼굴, 베레니스의 모습에 너무나 사로잡혀 있어서 그녀가 도처에서 보였다. 가만있자, 아주 단순하군. 저 감은 눈, 거기에서, 그날 저녁 륄리스에서 눈을 감은 베레니스의 모습에 대한 그의 강박관념에 혼동이 생겨났다. 그뿐 아니라 이마의 골격, 광대뼈…… "저녁식사 같이하지 않으련? 벌써 밤이 되었어." 아르망딘의 목소리에 그가 이 중독성 있는 유추에서 빠져나왔다. 결코 눈길을 끌지 않는, 아마도 비현실적일 유추였다. 누나와 함께 저녁식사를 해야겠지. 빠리에 혼자이고 피곤하니까. 그는 이 의무에 적응할 수 없었다. 가슴속에 있는 것 때문이었다. "아니. 미안해, 약속이 있어." 그가 말했다.

그녀는 수긍하기가 어렵지 않았다. 알게 된 것이 많았기 때문이다. 다시 옷을 걸쳤다. "그럼 갈게. 8시가 넘었네. 뽈린의 집에 들를 거야. 전화를 걸어볼까?" 뽈린은 집에 있었다. 물론이지, 물론이야. 상을 차릴게.

"친구가 있다는 건 좋은 일이야!" 문 앞에서 아르망딘이 창백한 뺨을 동생에게 내밀면서 말했다. 그는 이 문장에 대꾸하지 않았다. 그녀가 떠나자마자 벽 쪽으로 의자를 밀고 그 위에 올라서서 가면을 떼어낸 다음 그것을 두 손으로 들고 불 앞에 자리를 잡았다. 불꽃의 춤추는 반사광 속에서 그 석고 가면, 눈 없는 그 얼굴, 고통을 넘어선 신비한 미소를 바라보았다. "베레니스……" 그가 말했다. 그의 눈에 카이사레아의 길이 다시 보였다.

23

그가 몽상에서 빠져나왔다. 전화벨이 울렸던 것이다. 바르벵딴이었다. 그 집 여자들이 까지노 드 빠리[67]에 가는데 오렐리앵에게 수행해주기를 요청하는 전화였다. 칸막이 좌석이 정해졌는데 마지

67 빠리 9구에 위치한 공연장. 1914년에 영화관과 뮤직홀로 바뀌었다가 1922년 화재로 소실된 후 실내 수영장을 갖춘 공연장으로 재건축되었다.

막 순간에 바르뱅딴은 다른 곳에 가야 하게 되었다. 뢰르띠유아가 시간을 낼 수 없다면 블랑셰뜨와 베레니스는 가지 않을 것이다. 왜냐하면 여자 둘만…… 하지만 오렐리앵은 한가했다. 그래, 그래. 매우 기뻐. 지금 몇시지? 옷 입을 시간을. "여보게, 고마워." 에드몽이 말했다. "그녀들의 저녁 시간을 망치지나 않을까 걱정했네. 그랬으면 내 입장이 곤란했을 거야. 아! 자네의 벼룩은 그냥 둬. 대형 위스네르를 쓰게, 운전사를 딸려 보낼 테니. 서둘러, 30분에 시작이야!"

오렐리앵은 전화를 끊었다. 부리나케 옷장으로 달려가서 옷을 꺼냈다. 면도를 말끔하게 했던가? 그래, 어떻든 더 잘할 시간이 없다. 저녁 먹을 시간도. 낭패로군, 할 수 없지. 야회복 칼라를 다는 동안, 이 뗐다 붙였다 하는 칼라는 골칫거리야! 그는 소파 위에, 갈색 덮개 위에 납작이 놓인 흰 가면을 계속 바라보았다. 그것에 대고 낮은 목소리로 말했다. 급했다. 약간은 헛소리였다.

그동안 레누아르 길에서는 에드몽과 블랑셰뜨 사이에 꽤 격정적인 장면이 연출되고 있었다. "뭐라고, 무슨 말이야?" 그녀가 말했다. "당신은 빠지고 우리만 가라고?"

"그게 아니라, 수행할 기사가 나타날 거야."

"오렐리앵이지, 안 그래? 그래도 좋을지 우리한테 물어보지도 않았잖아."

"마음에 들 거라는 걸 알고 있었으니까."

"아니, 그게 무슨 뜻이지? 정오에 결정된 거잖아. 오렐리앵이 여기서 점심식사를 했는데 당신은 그에게 아무 말도 안 했어. 당신이 어딜 가는지는 묻지 않겠어, 끝내!"

"끝내, 그래도 묻겠지, 그렇지 않아? 나는 우리끼리 합의한 게 있다고 생각했어. 내가 자유로운 만큼 당신도 자유로워. 물론 말뿐이지, 사실은……"

"당신에게 아무것도 묻지 않겠어. 당신 없이 극장에 가고 싶지 않아."

"자, 나를 학대자로 만들 셈인가! 부끄럽지도 않아? 베레니스 생각은 안 하는군. 빠리에 오래 머무를 것도 아닌데다 까지노에 간다고 좋아했잖아."

"몸이 불편해. 나 없이 혼자 가면 좋겠는데!"

"자, 어서, 잘 알면서. 혼자는 가지 않을 거야. 난 주문에 응해서 기분이 언짢은 걸 별로 좋아하지 않아."

"당신은 매정해."

"연민은 아무 관련이 없어. 당신의 두통을 가라앉히는 데 도움이 되라고 하는 말인데, 나는 아드리앵과 일해야 해. 휘발유, 주유소 건이야. 컨소시엄의 회의 전에 대책을 마련해야 한다고."

"당신 안 믿어."

"날 믿어달라는 말이 아니야. 골치를 썩이는 것이 즐거우면 내가 무분별하게 애인을 만나러 간다고 생각하라고. 그 이야기는 이제 그만하지. 하지만 베레니스에 관해서는, 당신이 그녀에게서 즐거움을 빼앗는 거야."

"오, 베레니스, 언제나 베레니스네."

"여보, 기독교도다운 말은 아닌 것 같아. 좋아, 당신의 뜻이 정 그렇다면, 올바른 일은 아니지만 그녀 혼자 오렐리앵과 함께 가라고 설득할게."

"아니야," 블랑셰뜨가 외쳤다. "갈게, 당신이 원하니까!"

그가 그녀를 야릇하게 바라보았다. "우리 둘 중에 누가 더 거짓말에 서투른 건지 궁금하군." 그가 눈에 띄게 느릿느릿 말했다.

"그게 무슨 말이지?"

"아무것도 아니야." 베레니스가 들어왔다. 말다툼이 있었다는 것을 알아차렸다. 블랑셰뜨가 뻬르스발 부인의 집에 갈 때 베레니스에게 입지 않았으면 좋겠다고 한 그 드레스를 입고 있었다. 소매가 짧고 전혀 트임이 없이 몸에 딱 붙는 베이지색 비단 드레스 위에 모래색 외투 차림이었다. 시골티가 났고, 젊은 여자답게 베레니스는 어깨 위에 투박한 금빛 꽃 장식을 달아 외투를 꾸미려고 애썼다. 상당히 어설펐지만 당황스러움이 성공작이 되는 경우처럼 그녀에게 잘 어울렸다. 블랑셰뜨는 자신의 차림새가 낫다고 생각했지만 우쭐해하기가 겸연쩍어서 말했다. "에드몽이 막판에 발을 뺐어요."

"오, 그럼 극장은요?" 마음에서 우러나온 말이었다. 에드몽이 웃기 시작했다. "뢰르띠유아 씨가 대신할 거예요." 블랑셰뜨가 말했다.

"뢰르띠유아 씨요?" 불쌍한 베레니스, 그토록 감출 줄 모르다니! 그녀의 얼굴이 환해졌고 마음속에서 갑자기 뭔가가 꽃피었다. 눈부실 정도였다. 그래서 블랑셰뜨는 생각했다. '어쨌든 이 드레스가 그렇게 볼품없진 않네.' 에드몽은 두 여자를 번갈아 보면서 지금 이 순간 그녀들 마음속에서 무슨 일이 일어나는지 짐작하려고 애썼다. 그리고 분명하게 말했다. "나는 늦게 돌아올 거야. 마음이 내키면 오렐리앵을 따라가, 끝나면 그가 어딘가로 데려갈 테니. 밤에 나다니기 좋아하는 사람이니까 말이야. 내 걱정은 하지 마."

베레니스가 문득 블랑셰뜨의 기분을 알아차렸다. 상냥하게 블랑셰뜨의 손을 살짝 잡고 입맞춤했다. 그녀에게는 남의 마음을 사는 어린애 같은 매력이 있었다. 하지만 블랑셰뜨는 꽤 퉁명스럽게 손을 빼내고 남편에게 말했다. "당신이 이렇게 우리를 함부로 대하니까, 당신의 자유를 그토록 애지중지하니까, 우리도 즐겁게 놀려고 노력할게. 하지만 이런 기분으로는 공연보다 더 오래 놀 것 같지는 않네."

"어디 안 좋아요, 언니?" 베레니스가 걱정스러워했다.

"별일 없어." 에드몽이 말했다. "금방 지나갈 거야. 그럼 난 갈게."

블랑셰뜨가 그를 따라나왔다. 그가 모자와 우산을 집어들었다. "그렇지만 알고 싶은 게 있어." 그녀가 말했다. "무슨 이유로 당신은 오렐리앵을 선택한 거지, 우리와 동행하라고?"

"정말로? 정말로 알고 싶어?"

"우리가 그를 여러번 만난 것도 아니잖아. 당신이 그를 보려고 우리를 륄리스로 데려가고, 그 이틀 뒤에는 그가 여기서 점심을 먹고, 저녁에는……"

"당신이 잘 알다시피 그는 베레니스를 마음에 들어 해."

"베레니스는 그에게 관심이 없어."

"하지만 그가 베레니스에게 무관심한가? 왜 그렇게 눈치가 없어?"

"바로 당신이 기회를 만들어 그들을 서로 마주치도록 하잖아."

"블랑셰뜨, 왜 흥분하고 그래! 어떻게 이해해야 할지 모르겠네. 그게 그렇게 불쾌해? 무슨 이유로?"

"아, 당신은 잔인한 사람이야!"

"당신은 자유가 있어. 게다가…… 아니야, 거짓말하지 말아야지. 안녕." 그가 그녀의 이마에 입맞춤했다. 말에는 없는 비꼼이 이 입맞춤에서 풍겼다. 블랑셰뜨는 기분을 완전히 잡쳤다. 그녀는 거울에 자기 모습을 비춰보고 소스라쳤다. "맙소사!" 그녀가 한숨지었다. "내가 뭐처럼 보이는 거야?" 초인종 소리가 울렸다. 오렐리앵?

그녀가 황급히 자리를 떴다. 다른 드레스로 갈아입을 시간도 모자랄 판이다.

24

두 여자 뒤, 칸막이 좌석 안쪽에 자리해서 오렐리앵은 무대의 광경을 꼼꼼히 지켜보기가 어려웠다. 음악, 노래, 의상, 색색의 깃털, 무용수, 다양하게 바뀌는 무대장식, 모든 것이 몹시 어색하게 이어졌다. 공연의 흐름을 인위적으로 맞물리게 하는 데 필요한 주의력이 부족해서였다. 뢰르띠유아는 소설을 읽으면서 쉴 새 없이 페이지를 넘겼다고 생각하는 사람 같았다. 그의 마음속에 이루 말할 수 없는 혼란이 일었다. 공연장의 막, 조명, 전율, 무감동의 웃음, 극장 자체인 모든 것이 이제 그에게는 한 여자가 있는 무대의 풍경을 형성할 뿐이었다. 옷을 잘 입지 못해서 더욱 매력적인 여자였다. 완벽하지 않아 호감이 가는 팔이었다. 금빛 꽃송이가 벌레처럼 한쪽 어깨를 물고 있었다. 그녀의 목덜미로 흘러내리는 머리카락으로 말미암아 금지된 짓을 하고 있다는 느낌이 강해졌다. 흥겨운 공연 때문에 얼굴이 안 보이다가 갑작스러운 움직임으로 인해 조금만 눈에 띄곤 했다. 블랑셰뜨는 기껏해야 검은 그림자, 역광을 받아 약간 아련하게 반짝이는 금발머리가 전부였다. 베레니스와 가까이 있어서 극도로 당황한 오렐리앵은 중학생처럼 수줍어져 속으로 말했다. '그녀야.' 이 '그녀야'는 엄청나게 많은 의미를 띠었다. 그가 조금 전에 가면을 응시하면서 생각한 여자라는 것, 또한 그가 의식하지 못한 채 기다려온 여자, 십년 전에, 십이년 전에 그의 모든 생각을 형성하고 끌어당긴 여자라는 것을 의미했다. 그가 평생 처음으로 "사랑해"라고 말하고 싶은 여자. 내가 사랑하는 여자. 그는 모든 것을 의미하고 포함하고 요약하는 이 말을 되뇌었다. 내가 사랑하는 여자. 몸이 떨렸다. 자신에게 무슨 일이 일어나고 있는 것인지 궁금했다. 그러니까 남자, 자신처럼 다 큰 사내가…… 그는 이 비탈에서 멈추기 위해, 시작하기 전에 끝내기 위해 무엇을 해야 할지 직감했다. 자, 아주 간단해. 쉬워. 그는 스스로 알다시피 아직 생각의 흐름을 바꿀 수 있었다. 아직은 자기를 억제했다. 오래지 않아 그럴 수 없을 것이다. 그는 빛을 받아 환하게 드러난 베레니스의 팔을 눈으로 따라갔다. 조명이 바뀌었다. 몹시 어설펐다. 그래도 조명이긴 했다. 오렐리앵도 조명을 바꿀 수 있었다. 그럴 수 있었다. 이제는 그러고 싶지 않았다. 모든 것이 빨라졌다. 아까 아르망딘과 대화하면서 생각할 겨를도 없이 입 밖으로 고백이 나와버렸을 때, 이미 그 순간부터 얼마나 먼 길을 쉼 없이 달려왔던가! 낯선 모습으로 꼼짝 없이 앉아 있는 그토록 가깝고도 먼 이 여자, 아직은 친숙하지 않은 이 실루엣, 그에게는 거의 없는 것이나 마찬가지인 이 존재. 그는 그녀를 알아보지 못했다. 그녀에게 그다지 끌리지도 않았다. 다른 이유로 현혹되었다. 그녀를 두 팔로 감싸고 끌어당겨 꼭 안아 빠져나가지 못하게 하고 싶었다 해도, 이는 다른 여자들의 경우처럼 차지하려는 욕구, 깨물고 숨 막히게 만들기에 이르는 그 야만성이 아니었다. 아니, 굶주림 같은 것이었다. 부정적인 굶주림, 견딜 수 없는 결핍, 절망과도 같았다. 그녀를 품으면 아마 이 불길은 사그라들 것이고 이 비현실, 이 거북함은 끝이 날 것이었다. 최소한 그는 그렇게 생각했다. 아직은 냉정을 되찾을 시간이 있다고 되뇌었다. 이와 동시에 그것은 이제 사실이 아니라는 것을 알았다.

두려웠다. 쓰러질 것 같았다. 물체 낙하의 물리법칙, 물체 낙하의 가속계수를 풀려고 애쓰는 가운데 어렴풋이 떠오르는 생각이 익사자의 눈 주위에서 헤적이는 해초처럼 그의 머릿속에서 뒤엉켰다. 그가 중얼거렸다. "또 익사자로구나. 이제 익사자를 떨쳐버릴 수 없어." 센강, 흰 가면, 물에 잠긴 얼굴에 드리운 푸른 물의 그늘과 강 위로 오가는 짐배 소리 등 그의 끈질긴 생각에 서정적인 선율의 감상적인 음악이 섞여들었다. 그는 자기도 모르게 서서히 자신의 의자를 베레니스의 의자 쪽으로 당겼다는 것을 깨달았다. 공연을 보지 않다가 보려고 두 여자 사이로 몸을 구부렸다. 벌거벗었거나 거의 벌거벗은 여자들과 함께 모두가 무대에 나와 공연하는 순서였다. 여자들이 길고 아름다운 다리를 차올려댔다. 미끄러지는 검은 의상에, 머리 뒤로는 동그란 모양의 흰 깃털 장식이 솟아 있었다. 오렐리앵은 팔을 베레니스의 의자 등받이에 걸치고 손으로는 칸막이 좌석의 벽면을 누르고 있었다. 가까이 머리카락에서 자른 건초 향기가 그의 후각을 가볍게 자극했다. 이 어렴풋한 형체를 그는 모르는 사이에 자신의 사랑이라고 불렀다. 그것이 살아 움직였다. 호흡, 가슴, 숨결이 있었다. 오렐리앵은 숨이 멎는 듯했다. 가슴이 두근거렸고 호흡이 빨라졌다. 불현듯 자신만 공연을 지켜보지 않는 것은 아니라는 느낌이 들었다. 고개를 돌리자 블랑셰뜨가 그를 쳐다보고 있었다.

블랑셰뜨는 상당히 오랜 시간 오렐리앵을 지켜보고 있었다. 아무리 그렇다고 생각하지 않는 듯이 처신해도 소용없었고, 세 사람의 이 저녁 모임을 수락함으로써 자신이 어떤 고통스러운 상황에 놓일지 에드몽의 말 첫마디에서 이미 알아차렸다. 상반되는 감정들 사이에서 찢겨 있어 지혜롭게 빠져나올 방법이 없었다. 남편의 의심으로 미칠 지경이었다. 그녀는 대번에 거절할 때마다 남편의 의심만 분명해질 것이라고 생각했다. 저녁나절을 오렐리앵과 함께 보내는 것, 그를 만나는 것이 이야기될 때마다 설명할 수 없는 근심이 일었다. 에드몽은 이를 눈여겨보았던 것이다. 그녀는 설령 괴롭다 해도, 설령 그가 그녀를 없는 사람으로 취급하고 다른 여자에게만 관심을 쏟는다 해도, 뢰르띠유아와 함께 몇시간을 보내고 싶었다. 근심은 자신도 모르는 이 욕망을 덮으려는 핑계였고 그녀는 이 핑계를 죄처럼 시인했다. 여전히 망설이다가, 오렐리앵이 베레니스와 단둘이 남아 있을지 모른다는 생각에 갑자기 마음을 정했다. 관습은 아무런 소용이 없다는 것을 잘 알고 있었다. 그들이 그녀 없이 단둘이 서재에 있다는 것을 알고서 몹시 고통스러운 가운데서도 얼마나 열렬히 자신을 아름답게 꾸미려고 했던지! 장식이 거의 없는 검은색 드레스를 입었다. 그러면 그들을 쳐다볼 사람들이 베레니스를 돌보미로 간주하리라고 확신했다. 귀 위로 말아 붙였던 땋은 머리를 목덜미가 드러나게끔 둥글게 말아 내렸다. 자신의 긴 머리가 매우 자랑스러웠다. 그녀가 때때로 내보이는 이 머리모양은 눈길을 끌었는데, 대부분의 여자들에게는 불가능하기 때문이었다. 베레니스는 그녀의 이런 머리모양을 본 적이 없었고, 블랑셰뜨가 서재로 들어갔을 때 오렐리앵이 아니라 베레니스가 탄성을 질렀다. "오, 머리모양을 바꿨네요!" 새 옷, 처음 가보는 음식점, 방안의 새로운 가구 배치를 목격하고 터뜨리는 어린애 같은 기쁨이 목소리에서 묻어났다.

극장에서 그녀는 어떻게 자신을 더 고독하게 할 뿐인 그 빛과 몸의 놀이, 경박한 음악에 몰두했을까? 어스름한 칸막이 좌석은 베레니스가 입은 허름한 드레스의 단점을 감추어주었다. 오렐리앙에게 베레니스 아닌 모든 것은 보이지도 들리지도 않는다는 것을 알아차리지 않기란 불가능했다. 그때까지 블랑셰뜨는 깊은 불안에도 불구하고 뢰르띠유아의 베레니스에 대한 매혹이 에드몽의 환상이라고 믿고 싶었다. 에드몽을 위해서만큼이나 자기 자신을 위해서도 그렇게 주장하기에 이르렀던 것이다. 하지만 오늘 저녁 그녀는 자신이 괴로워하리라는 것을 알았다. 그 정도로 괴로워할 줄은 알지 못했지만. 다른 괴로움으로 기분을 전환하려고 애썼다. 에드몽. 환영, 실체 없는 몽상을 쫓아버려야 했다. 그녀는 에드몽만을 사랑했다. 다른 남자를 사랑한 적은 단연코 없었다. 어머나, 맙소사, 까를로따에게서 그를 앗아와야 했을 때! 과거의 기억들이 그녀에게 떠올랐고 그로 인한 질투와 절망이 너무나 커서 이 지나갈 하룻저녁의 시련은 정말 아무것도 아니었다. 거기에서 빠져나올 것이다. 망상이 치유되어 자신의 에드몽, 지키기도 정복하기만큼 어려운 그 행실 나쁜 에드몽에게로 온전히 돌아가 있을 것이다. 에드몽. 그는 어디에서 저녁나절을 보내고 있을까? 그는 거짓말했다. 그 아드리앵 이야기는 한순간도 믿기지 않았다. 그녀에게 갉아먹으라고 던져준 뼈다귀 같은 것이었다. 그는 거짓말했다. 왜? 그녀는 그에게 어떤 것도 묻지 않았다. 그런데 여러번 그가 그녀에게 진실, 불쾌한 진실을 말해주었다. 이번에도 그녀는 진실을 요구하지 않았다. 그의 말에 내포된 끔찍한 잔혹성에 탄복하면서도 그녀는 그것이 싫었다. 그러면 오늘 저녁에는 왜 거짓말하는가? 아마 불확실성으로 그녀에게 더 큰 고통을 주기 위해서일 것이다. 그가 복수하고 있는 것이다. 대단한 통찰력이야! 그는 그녀가 포착하지 못한 것, 감히 자인하지 못하는 것을 포착했고, 그래서 복수하는 것이다. 어디 있을까? 무엇을 할까? 거짓말을 해야 할 정도로 심각한 일이 처음으로 생긴 것일까? 정말로 그가 그녀에게서 벗어나려는가? 그녀는 아이들 생각을 했다. 주님, 이것이 나쁜 꿈이게 해주소서! 곧 깨어날 것이다. 이 모든 것 중에서 어떤 것도 일어나지 않았다. 장난이 약간 지나쳤다. 불행, 어쩌면 에드몽의 행복에 필요한 그녀만의 불행을 넘어섰다. 애들이 있다. 애들이 있다. 그녀는 저 꽃들의 발레에서 눈길을 돌렸다. 다채로운 색깔의 의상과 기쁨, 무용수의 회전, 금관악기의 굉음, 모든 것이 지겨웠다. 그러다 오렐리앵의 얼굴 표정을 살피고는 충격을 받았다. 오, 그녀가 짐작했던 것보다 훨씬 더 나빴다! 그는 그녀를 사랑한다. 그는 그녀를 사랑한다. 그는 그녀를 사랑한다. 두가지 괴로움이 뒤섞였고 두가지가 다 견딜 수 없는 강도를 띠었다. 모멸당한 여자는 이제 오렐리앵을 죄책감 없이 바라볼 수 있었다. 그녀가 마른 눈으로 애도하는 것은 오렐리앵만큼 에드몽이었기 때문이다.

오렐리앵이 블랑셰뜨의 눈길을 간파했을 때, 그녀는 에드몽이 읽어낸 것을 오렐리앵도 읽어낼까 두려웠다. 그녀에게는 다행히도 어둠 덕분에 그 생각의 불길이 가려졌다. 이 남자에게 그녀는 사교계의 우아한 유령일 뿐이었다. 제3자에 지나지 않았다. 마음도 몸도 없었다. 이 무대의 근경이었다. 중심인물은 베레니스였고 배경은 이 음악과 그에 곁들여진 희극 광대들이었다. 블랑셰뜨는 하릴없는 눈길을 돌렸고 마침내 눈물이 나기 시작했다. 모든 것이 흐려졌다.

오렐리앵은 이 증인을 더이상 두려워할 필요가 없다는 것을 곧 알아차렸다. 그녀가 공연을 지켜보는 척한다는 것을 알아차렸다. 틀림없이 그녀는 베레니스가 아직 모르는 것을 막연히 이해했을 것이다. 하지만 정말로 모를까? 그들 사이에는 한마디 말도 없었다. 그는 아까 서재에 둘만 있었을 때에도, 요전 어느날 밤 그녀의 손을 꽉 쥐었던 그 순간을 넌지시 암시하기만 했다. 그녀의 손을 지그시…… 그는 블랑셰뜨가 패배의 쓴맛을 본 까닭에 더이상 자신을 쳐다보지 않는다는 것을 확인하고 슬그머니 베레니스의 드러난 팔에 손을 가까이 가져갔다. 그에게서 모든 것이 깨어났다. 그는 자신의 존재를 속속들이 느꼈다. 곧 이 팔을 만질 참이다. 이제 막 감행할 것이다. 이 대담한 시도가 모든 것을 망칠지도 모른다. 그는 손을 거둘 생각을 했다. 거두지 않았다. 비겁할 수는 없는 노릇 아닌가. 남자와 여자 사이의 온갖 일이 너무나 진부하게 일어나는 빠리의 이 칸막이 좌석에서, 어쨌든 그는 가슴을 두근거리게 하는 그 감정을 기억해냈다. 가령 아르곤에서 밤마다 부러진 나무 뒤편의 작은 초소에 있던 자신의 모습이 다시 보였다. 그의 손바닥이 베레니스의 팔을 붙잡아 부드럽게 쥐었다. 가벼운 떨림이 대답으로 전해졌다. 뜻밖이었다. 그는 손의 힘을 풀면 모든 것이 헛수고라는 것, 팔이 빠져나가리라는 것을 알고 있었다. 애무하듯이 손을 미끄러뜨려 팔꿈치를 꽉 죄었다. 기다렸다. 떨림이 진정되었다. 팔은 여전히 움직이지 않았다. 의외였다. 베레니스의 머리카락이 오렐리앵의 얼굴에 스치듯 살짝 닿았다. 아, 이 순간 그녀는 뭔가에 홀린 새처럼 그의 것이었다. 모든 것이 기적을 깨뜨릴 수 있었다. 기적이 지속되었다……

바로 그때 그녀에게 "사랑해요"라고 말해야 했을 것이다. 바로 그때. 하지만 오렐리앵은 그럴 수 없었다. 속삭이는 말이 두려웠고 특히 그 말이 그랬다. 너무나 새롭고 너무나 어려운 말이었다. 무대 위에서는 불꽃놀이가 펼쳐지고 있었다. 1부의 마지막 공연이 시작될 참이었다. 주연배우들이 무용수들, 짧고 작은 상의를 입은 남자

무용수들과 반짝이 장식을 한 드레스를 입은 여자 무용수들 사이로 돌아왔다. 관현악단이 소리의 입맞춤을 보내며 격렬하게 움직이는 배우들을 점점 더 빠르게 부추겼다. 배우들은 서로 앞다투어 비슷한 몸짓을 반복하며 박자에 맞춰 팔을 교차시키고 무릎을 부딪었다. 다시 불이 켜질 것이었다. 사랑해요, 그는 그렇게 생각하기만 했다.

베레니스는 흔히 흘러내리는 숄을 붙잡으려 할 때처럼 그렇게 어깨를 움직여 손으로 은밀히 오렐리앵의 손을 아주 부드럽게 잡고서, 숲을 가로지르는 사이 달라붙은 나뭇잎에 하듯이 자신의 팔꿈치에서 떼어냈다.

막이 내리자 관객들이 일어나 벽난로 쪽으로 옮겨갔다. 관현악단 가운데에서 사람들이 신호를 보냈다. "누구죠? 우리 쪽으로 보내는 것 같은데." 베레니스가 말했다. 실제로 블랑셰뜨가 미소를 지으며 인사했다. 다비드 대령과 부인이었다. 그들이 칸막이 좌석 가장자리로 다가왔고 오렐리앵이 꺼렸던 막간이 그들과의 대화로 화기애애해졌다. 그는 말을 하면서도 맞은편에서 재즈 선율에 따라 벽난로 쪽으로 이끌리는 사람들의 흐름을 건성으로 바라보았다. 입석 공간에 갑자기 친숙한 실루엣이 나타났다. 그는 소리를 지를 뻔했다. 뒤로 몸을 뺐다. 그의 동행들은 아무것도 알아차리지 못했다. 의심의 여지가 없었다. 분명히 바르뱅딴이었다. 게다가 몸을 숨기고 이쪽을 바라보고 있었다. 도대체 무슨 뜻일까? 바르뱅딴이라면 마땅히, 일이 끝났으면 그들과 합류했을 텐데. 게다가 입석에 있었다니. 그들을 염탐했다. 아마 그랬을 것이다. 오렐리앵은 대화를 계속하는 척했다. 대령은 버라이어티쇼를 뛰어나다고 생각한 반면, 다비드 부인은 이것은 버라이어티쇼라고 부를 수조차 없다고 말했다. 대사 한마디 없고 재기 발랄한 풍자 가요 하나 없잖아요. (전쟁 전의 「리쁘」[68]를 기억하세요?) 몽환극이지 뭐예요.

"음, 잘된 몽환극이야!" 대령이 말했다.

"오, 여보!" 다비드 부인이 분한 마음을 참고 뢰르띠유아 씨에게 설명했다. "대령은…… 하기야 다리들이 노출되니까요!"

오렐리앵이 미소 지었다. 몰래 눈으로 바르뱅딴을 찾았다. 더이상 보이지 않았다. 입석은 거의 비어 있었다. "잠깐 실례해도 될까요?" 그가 말했다. "담배를 사야 해서요. 아니, 괜찮습니다, 대령님, 저는 골루아즈를 선호해서요. 부인들만 남지 않는 기회에……"

입석 공간에서도 벽난로 주위에서도 유리를 끼운 출입문 너머에서도 극장 입구에서도, 담배 피우는 사람들, 웅성거리는 관객들, 남아메리카와 영국과 스칸디나비아에서 온 사람들이 음료를 마시는 탁자, 좁은 자리에서 내려온 관객들 사이에서도, 어디에서도 그는 바르뱅딴을 찾아내지 못했다. 어쩌면 바르뱅딴이 칸막이 좌석으로 왔을 것이라고 생각하면서 돌아왔다. 그렇지 않았다. 떠났나? 그랬을지도. 그는 망설이면서 블랑셰뜨를 바라보았다. 말하지 않는 편이 낫겠어. 게다가 잘못 본 거라면? 다비드 부부가 자리로 되돌아갔다.

블랑셰뜨가 손으로 이마를 문지르고 한숨을 쉬었다. 마치 무슨 말인가 해야겠는데 결심하지 못한 듯이 몸을 살짝 흔들면서 말했다. "미안해요, 오렐리앵, 몸이 안 좋아서요. 나오지 마세요!"

"돌아가려고요, 블랑셰뜨?" 베레니스가 외쳤다.

"죄송스럽네요, 친구들. 베레니스의 저녁나절을 망치고 싶지 않

68 「리쁘」(1884)는 프랑스 작곡가 쁠랑께뜨(Robert Planquette)의 오페레타.

아요. 바뀔 건 전혀 없어요. 나는 오지 않는 게 나았을 텐데."

"그럴 리가요. 바래다드릴게요." 오렐리앵이 말했다.

"제발 그러지 마세요! 베레니스가 여기 혼자 남아 있을 수는 없어요. 자동차, 운전사가 있잖아요. 차를 다시 보낼게요. 에드몽에게 미리 말해놓았어요. 내가 몸이 좋지 않아서 머물러 있을 수가 없네요. 그래야 하는데, 하지만 장담컨대……"

더 할 수 있는 것이 없었다. 그녀는 혼자 가고 싶어 했다. 그들에게 강요하다시피 했다. 그래서 그들은 남았다. 오렐리앵이 그녀를 몇걸음 뒤따랐다. "이렇게 간다니 난처하네요. 함께할 수 있었을 텐데."

"오렐리앵, 친절한 분답게 이 저녁 모임을 계속하세요. 나는 머리가 몹시 아파요! 공연이 끝나면 베레니스를 어딘가로 데려가세요. 그러면 기뻐할 거예요. 곧 지방으로 다시 내려갈 테니까요."

뢰르띠유아에게는 이 마지막 문장으로 다른 문장들이 가려졌다. 베레니스는 곧 떠날 것이다, 자기 집으로 돌아갈 것이다…… 빠리를 떠날 것이다……

위스네르의 쿠션에 몸을 던졌을 때 블랑셰뜨는 마침내 울 수 있을 것 같았다. 운전사가 켜둔 실내등을 껐다. "집으로!" 그녀가 말했고 자동차가 그녀를 실어갔다. 그녀는 희생에 동의하고 그것을 하늘에 바쳤다. 베레니스와 오렐리앵을 홀로 내버려두려고 하지 않은 탓으로 벌을 받았다. 억지로라도 스스로를 벌했다. 맙소사, 이 고통의 대가로 내게 에드몽을 돌려주실 건가요? 그녀는 주님과 흥정했지만 마음의 평화도 희망도 되찾지 못했다. 에드몽을 너무 잘 알았다. 하늘의 불공정함 또한 치 떨리게 실감했다.

25

블랑셰뜨가 사라지자 오렐리앵과 베레니스 사이에 뜻밖의 거북함이 생겨났다. 블랑셰뜨가 있음으로 해서 오렐리앵은 더 대담해졌고 베레니스는 제법 안심이 되어 거의 복종하듯 움직이지 않고 가만히 있을 수 있었던 것이다. 하지만 이제 칸막이 좌석 앞줄에 나란히 둘만 있게 되자, 모든 것이 너무 심각하고 너무 선정적으로 보여서 그들은 한참 동안 떨어져 앉아 서로에 대해 불안해하고 각자 엉뚱한 몽상에 몰두했다.

베레니스는 미스뗑게뜨[69]를 한번도 본 적이 없었다. 현실주의적인 무대, 아코디언, 붉은 머릿수건, 자바 춤, 길게 만 담배, 가로등 밑에서의 금품 탈취와 비수가 그녀에게는 시적인 정취로 다가왔다. 그녀처럼 신선함과 경이로운 무지를 지니고 있지 않은 사람은 이해하기 어려운 정취였다. 그녀는 조금도 딴 데로 관심을 돌리고 싶지 않았다. 어둠 속에서 그녀에게 서서히 닥쳐올지 모르는 과감한 작업, 자기 옆 남자의 접근을 느끼고 열에 들떴다. 그가 무슨 말인가 속삭이자 그녀는 고개를 돌려 손가락을 입에 대고 쉿! 소리를 냈다. 그리고 오렐리앵이 움직이기 전에 두 손으로 남자의 양 손목을 덥석 잡고는 꽃줄로 묶은 듯이 움직이지 못하게 했다. 그렇게 붙들고서 얼굴을 돌렸다. 포로는 이 관능적인 수갑을 차고서, 갑자기 엄습하는 애정을 표현하려고 헛되이 애썼다. 애정이 물러갔다. 간사스러운 것이었다. 그가 느끼기에 그녀는 온통 공연에, 무대막

69 Mistinguett(1875~1956). 프랑스의 가수 겸 배우.

앞에서 걷는 주연배우에게 정신이 팔려 있는 것 같았다.

"그녀는 대단해요." 베레니스가 말했다.

"누가요?"

"미스땡게뜨요."

그는 이러한 말 바꾸기에서 조롱기를 느꼈다. 그는 그녀에게 "사랑해요"라고 말하고 싶었고, 그녀는 그에게 미스땡게뜨에 관해 말했다. 그녀의 작은 손으로 그렇게 했듯이, 그녀는 자신의 목소리에서와 같은 매력이 느껴지는 다정하지만 맥 빠지는 말로 오렐리앵의 발언을 원천 봉쇄했다. 그렇지만 이 방어는 한가지 사실, 즉 그로부터 그녀에게로 말없이, 정복자의 몸짓으로 시작된 그 시도에 대한 승인이라는 것이 그의 생각이었다. 그는 허둥댔다. 여자 앞에서 이토록 무력한 적은 결코 없었다. 더구나 이 여자는 전혀 강해 보이지 않는데도…… 그녀는 이렇게 다른 남자의 손을, 단순히 쥐는 것 이상으로 꽉 붙잡은 적이 이미 있었을까? 어떤 남자의 손을? 그녀에 관해 아는 것이 전혀 없었다. 모르는 여자. 미지의 여자. 얼마나 그는 그녀에 관해 아는 것이 없는가. 그녀는 순결 그 자체처럼 수수께끼 같았다. 하지만 어쩌면 몇차례나 다른 남자들이 하자는 대로 했을 것이다. 그에 대해서만 이러한 저항을 생각해냈을 것이다. 아니면 그것은 약간 더 허락하기 전에 그녀가 설정하는 고전적인 단계일 것이다. 그는 그것을 생각하고 싶지 않았다. 그렇게 생각하기에는 힘이 달렸을 것이다. 수도 없이 질투에 시달렸다. 그렇지만 여기 이 칸막이 좌석에서 몸서리칠 수는 없었다. 그는 조롱거리가 되는 데 대단히 민감했다. 시간이 흘렀고, 그에게서 멀어지고 있었다. 너무 늦었다. 이제 그가 벗어나서 어설픈 공세를 재개한다면…… 시간이 없었다. 공연이 끝나가고 있었다. 곧 일어나 옷을 입고 나가야 할 것이다. 따라서 그는 그녀의 뜻대로 가냘픈 손가락의 원 안에서 움직이지 않고 있었다. 베레니스의 가슴이 들숨에 올라가고 뺨이 공연의 생동감으로 물드는 것을 보았다. 그는 사랑에 빠진 열다섯살과 비슷했다. 여자 곁에서 이토록 기쁨을 표현하지 못한 적은 결코 없었다. 그녀를 껴안을 줄 몰랐을지도 모른다. 본의 아니게 그런 상상을 하지도 못했다. 어깨 위의 꽃 장식, 드레스, 모든 것이 오렐리앵을 가로막았다. 거의 믿기지 않는 소심함. 그리고 베레니스에게서는 여전히 그 잘린 건초 향기가 풍겼고 베레니스를 응축한 그 향기가 그에게 스며들었다.

그녀, 미지의 여자는 무슨 생각을 했을까? 누가 알까? 짐작할 수나 있을까? 그는 그녀가 동요한다는 사실에 우쭐했다. 그녀가 살짝 떠는 것을, 자신의 손 위에서 베레니스의 손이 가볍게 떨리는 것을 느꼈다. 그들은 침묵으로 말미암아 도드라지는 완전한 혼란 속에서, 또는 적어도 무익한 짧은 문장들을 주고받으면서 칸막이 좌석을 떠났다. 무익할 뿐 아니라 여전히 짧은 문장들. 쏟아져나오는 관중 속에서 그는 약간 자신감을 되찾았다. “어디로 가고 싶어요?” 그가 물었다. “이 시간에 륄리스는……”

“오, 싫어요.” 그녀가 말했다. “돌아가야죠. 블랑셰뜨가……”

“블랑셰뜨는 당신이 필요하지 않아요. 그녀 자신이 말했잖아요.”

“그렇죠, 하지만 운전사가…… 생각해보세요, 늦은 시간이어서……”

“그건 으레 그의 일인걸요. 게다가 당신이 원한다면 그를 돌려보낼 수 있어요. 우리는 택시를 타죠 뭐.”

“아뇨, 안 돼요. 그가 어떻게 생각하겠어요? 돌아갈래요.”

“부디, 얼마간 시간을 내주세요.”

“하지만 확실히 돌아가는 편이……”

“아세요? 난 아직 저녁을 못 먹었고 무척 배가 고파요. 내 곁에 머물러 있어줘요. 내가 혼자 저녁식사 하게 내버려두지 않을 거죠?”

그녀는 마음이 약해졌다. 그럼 정확히 저녁식사를 할 때까지만. 그다음에는 돌아가리라. 어디로 가죠? 오렐리앵은 멀지 않은 장소를 알고 있었다. “시끄러운 곳을 선호하나요, 아니면 조용한 곳?” 조용한 곳이요. 알았어요, 그럼 조용한 곳으로. 좋아요, 내가 말한 장소는……

밖으로 나온 그들 앞에 놀라운 광경이 펼쳐졌다. 지면이 흰색이었다. 눈이 내리고 있었다. 몽마르트르로 올라가는 길들이 눈의 띠 같고 눈으로 인해 적막과 가식적인 빛이 감돌면서 극장의 출구가 동화 속 악몽처럼 움푹 꺼진 느낌을 준다. 자동차들이 일정한 속도로 달렸고 택시들이 지나갔다. 미스땡게뜨가 여왕처럼 자동차에 타는 모습을 군중이 둘러쌌고 그녀가 큰 소리로 웃었다. 젊은 갈색 머리의 남자가 수행하고 있었다. 그들은 운전사를 발견하는 데 좀 애를 먹었었다. 오렐리앵이 주소를 주었다. 근방이었다. 하지만 블랑슈 길 언덕배기 쪽으로 돌아서 자동차들의 흐름을 따라가다가 삐갈 광장으로 내려가서는 까지노 인근에서 돌아 삐갈 길 아래쪽, 그 좁은 빛의 오아시스에 이르러야 했다. 그곳은 반쯤 비어 있었다. 홀이 두개였는데 하나가 다른 것보다 낮았다. 까페도 나이트클럽도 아니었고 댄스홀, 바의 바깥에 마련된 일종의 은신처로, 몇몇 공연자들이 다른 곳에 출연하고는 프로그램들 사이의 빈 시간에 간단히 식사하러 오거나 연인들이 손을 맞잡고 낮은 목소리로 이야기를 나누러 왔고, 그러는 동안 영국인 피아니스트는 밤의 시간들처럼 이어지는 곡들을 연주했다. 닳은 가죽 의자와 꽃 없는 홀쭉한 꽃병이 놓여 있었다. 런던에 와 있는 것 같은 느낌을 주는 곳이었다.

"나와 함께 뭔가 드실 거죠?"

베레니스가 메뉴판을 훑어보며 선택을 망설였다. 그녀에게는 너무 의외이고 너무 이례적으로 보이는 것들이 그녀 주위의 이곳에 온 사람들에게는 익숙한 것임에 틀림없음을 분명히 알아차렸다. 'B.B.B.와 B.B.B.'[70]를 감히 주문하지 못했다. 스크램블드에그를 얹은 토스트가 그나마 무난할 것 같았다. 오렐리앵은 스타우트와 함께 로스트비프를 선택했다. 그녀는 스타우트를 마셔본 적이 없어서 그의 술잔에 담긴 그 거품 이는 잉크에 입술을 적셨다. 그녀로서는 좋지 않은 기이한 맛이었지만 그녀도 스타우트를 주문했다.

그는 정말로 배가 몹시 고팠음에 틀림없었다. 음식으로 달려들었다. 베레니스는 그의 옆자리에 앉고 싶지 않았다. 탁자 너머로 그를 바라보면서 전에 없이 그 가면의 미소를 띠고 있었다. 긴 이야기의 끝과 유사했다. 그가 케첩을 요청했다. 그녀는 한번도 토마토소스를 그렇게 부른 적이 없었다. 그들은 합심한 듯 뻔한 말, 무익한 말을 피했다. 그들 사이에 어떤 셈이 오가는지 둘 다 알고 있었고 굳이 표현할 필요가 없었다. 아무것도 말해지지 않았고 모든 것이 말해졌다. 상황이 받아들여지고 안정되었다.

그는 먹었다. 자기 접시 위의 고기를 바라보았다. 그것을 잘랐다. 마침내 그녀에게 말을 건넸다. "당신이 떠나면, 나는 어떻게 될까요?"

그녀는 완벽하게 이해했다. 하지만 눈을 감았다. 그런데, 실제로

70 (원주) 'Boston beans-bacon과 butter-bread-beer'는 제1차 세계대전 당시 미국 원정군의 요리이다. 이 요리의 전통이 빠리 꼴리제 길의 루이기즈 바에서 이어졌다.

핏기가 가셨다. 창백한 모습이 최고조에 이르렀다. 침묵은 지속될 수 없었다. 마음의 동요. 그녀가 눈을 떴다. 더 깊은 어둠 쪽으로 난 창문 같았다. 매력적이고 따뜻하지만 떨리는 목소리로 짐짓 명랑하게 속삭였다. "음, 얌전히 잠자리에 들겠죠?"

"그게 아니라," 그가 말했다. "정말 떠나면, 오늘 밤이 아니라, 빠리를 떠나면요. 조만간 그럴 것 같은데요."

"그에 관해서는 말하지 않기로 해요." 그녀가 대답했다. "그렇게 되면 매우 슬플 것 같아요. 그리고 오늘 저녁은 무척 행복하니까요!"

"그래요?"

그녀가 긍정의 표시로 머리를 끄덕였고 눈을 크게 떴다. 그는 자신이 그 행복에 뭔가 관계가 있는지 묻고 싶었다. 그럴 수 없었다. 그 자신의 행복이 너무 불안정했고 그는 자신의 행복을 애매하지 않게 지킬 참이었다. "그렇지만 알 필요가 있어요. 떠날 건가요?"

"일주일, 열흘 후에요."

그가 스타우트를 크게 한모금 들이켜고 나서 종이 냅킨으로 입술을 닦았다. "열흘이라…… 잠시죠. 잃어버린 시간을 생각해봐요. 우리는 왜 시간을 허비했을까요?"

그녀는 대답하기 전에 망설였다. 대답을 수락하는 것은 모든 것을 수락하는 것이고 그렇게 되면 돌이킬 수 없다는 것을 분명히 느꼈다. 자신의 검은 금강석을 들어올려 그를 바라보았다. "우리는 시간을 허비하지 않았어요." 그녀가 말했고 탁자 위에서 그녀의 오른손이 오렐리앵의 왼손 위에 포개졌다. 그가 몸을 떨었다. 그들은 입을 다물었고, 그들의 인생에서 대수롭지 않은 것처럼 진부한 그 순간을 음미했다. 마침내 오렐리앵이 먼저 속삭였다. "몰랐어요,

베레니스, 무척 오래 걸렸어요, 알게 되기까지."

이것은 사과였다. 그녀는 그가 알기까지 그토록 오래 걸린 것이 무엇인지 묻지 않았다. 알고 있었다. 자신을 베레니스라고 부를 권리를 방금 그에게 주었다. 그가 말을 이었다. "평생 처음으로……"

이 말이 그녀에게는 너무 강했다. 그녀의 입술이 바르르 떨리면서 섬세한 주름이 나타났다. 그는 그녀가 나뭇잎 같은 자신의 손을 곧 빼리라고 생각했다. "당신을 믿지 않아요." 그녀가 말했다. 그는 "나를 믿어요, 제발"이라고 말할 필요를 느끼지 못했다. 그 말의 의미가 '당신을 믿어요'라는 것을 알았기 때문이다. 그가 손목을 틀어 자신의 큼직한 손을 그녀의 연약한 손 아래로 밀어넣고 손바닥을 오므려 그녀의 손을 물방울처럼 받았다. 그의 길쭉한 손가락들이 손을 받고도 남아서 섬세한 핏줄이 도드라져 보이는 부드러운 힘줄 쪽으로 거슬러 올라갔다. 그가 거기를 가만히 눌렀다. 맥박이 뛰는 것을 느꼈다. 자살의 성소聖所, 하늘처럼 푸르고 자유처럼 파란 장소를 만진다고 생각했다. "믿고 싶지 않았어요." 그가 다시 말했다. "너무 새로웠죠. 맹인이 처음으로 햇빛을 본다고 생각해보세요. 맹인에게는 틀림없이 끔찍한 상황일 거예요."

"그리고 또 무얼 내올까요?" 웨이터가 말했다.

"체스터 치즈, 그리고 꼬냑 한잔. 베레니스, 당신은요?"

"저요? 오, 괜찮아요!"

"좀 들어요. 체스터 치즈, 좋아하죠? 그래요, 그럼……"

"꼬냑 없이요!"

"내 것을 조금 드세요." 웨이터가 멀어졌다. "내게 약속해줘야겠어요, 베레니스." 그는 자신의 새로운 권리를 남용하여 이 감미로운 이름을 할 수 있을 때마다 불러댔다. 그가 되풀이 말했다. "내게 약속해줘야겠어요, 베레니스, 그 얼마 안 되는 경이로운 열흘 동안 당신의 시간을 전부 내게 내주겠다고요."

"더 늦출 수는 없을 듯해요." 그녀가 말했다.

"약속하는 거죠?"

그녀는 망설였다. 생각했다. '이러면 안 될 텐데……' 그녀가 말했다. "약속할게요, 오렐리앵." 그가 자신의 이름을 그토록 아름답고 그토록 순수하고 그토록 어둡다고 생각한 적은 결코 없었다. 하지만 그녀가 정정했다. "다만, 사모라에게 내 초상화를 그려도 된다고 약속했어요. 내일 가야 해요."

"아니, 벌써! 말을 바꾸네요. 당신은 바로 이 시간을, 나의 삶을 나무라는군요."

"오, 당신의 삶이라니요."

"나의 삶을 말이에요!"

"제발, 내가 약속했어요. 나는 누가 초상화를 그려주는 게 마음에 들어요. 그의 집으로 나를 데리러 오세요."

"당신을 데리러 오라고요? 그래도 될까요?"

"그럼요. 내게 그의 주소가 있어요. 가방 안에요. 내 가방을 좀 건네주세요." 그녀가 수첩을 꺼냈다. "여기 있네요. 세자르프랑끄길……"

"당신이 그의 집에 가다니."

이 비난의 어조에 그녀가 웃었다.

"바보 같군요. 화가란……"

"화가는 남자가 아니랍니까. 내 집에도 올 수 있어요?"

"당신은 화가가 아니니까 다른 문제이긴 하지만, 못 갈 것도 없죠."

"올 수 있다고요!"

갑자기 그녀가 걱정으로 창백해졌다. 한동안 까맣게 잊고 있었던 뭔가가 기억난 듯했다.

"아뇨, 오, 아니에요!"

"왜죠?"

"당신이기 때문이에요. 어떤 사람의 집이건 가겠지만 당신 집에는……"

그는 이 승리의 쓴 우유를 마셨다. 그녀에게 그는 나머지 세상 사람들과 대등하게 맞선 것이다.

"내 집에 올 거죠." 그가 말했다.

"아마도 예, 나중에 어느날……"

"오늘 저녁……" 그녀가 고개를 가로저어 아니라고 했다. 그는 모든 것이 어긋날 뻔했다는 것을 분명히 알아차렸다. 작은 손을 꽉 쥐었다. 용서를 구했다.

"첫날은," 베레니스가 대화를 이었다. "세자르프랑끄 길의 사모라 집에서가 아니라 그의 여자 친구 집에서인데요."

"굿맨 부인? 잘 알아요. 아주 멋진 여자죠."

"5시경에 데리러 오세요."

"꼭 5시 무렵에요?"

"약간 일찍도 괜찮아요! 그는 자신의 전시회에 내 초상화를 걸고 싶어 해요. 개막이 예고되었는데, 알다시피 평범하지 않은 개막이죠. 밤 12시니까요."

"나는 그 남자가 싫은데요. 그의 그림을 좋아하지 않아요. 그는 당신의 얼굴을 흉하게 그릴 텐데, 무슨 권리로……"

"모두가 그러듯이 그렇게 말하지 마세요!"

모두가 그러듯이? 그를 망연자실하게 하는 데에는 더이상의 것이 필요하지 않았다. 그는 자기 앞의 이 조그마한 여자를 다른 눈길로 유심히 바라보았다. 뭐, 모두가 그러듯이? 어쨌든 그녀는 그에게 이것이 평생 처음이라고 말하지 않았다. 전혀 아무 말도 하지 않았다. 그로 말하자면 여자 경험이 많았다. 사회 경험도 많았다. 그래서? 모두가 그러듯이…… 자기도 모르는 사이에 그에게는 자신의 마음에 정확히 꽂힌 이 두마디 말과 일치하지 않는 베레니스의 모습이 형성되었다. 질투의 돌풍이 그를 꿰뚫고 지나갔다. "당신의 과거를 지우고 싶네요." 그가 말했다.

"왜 그러죠? 나는 이제 당신에게 할, 당신에게 바칠 이야기가 전혀 없는 것 같은데요."

오, 이 말을 듣고 그가 어떻게 모욕을 대가로 치르지 않을 수 있었겠는가? 어떻게 마음이 괴롭지 않을 수 있었겠는가? 그는 베레니스의 손을 놓았다. 자신의 두 손을 얼굴로, 눈앞으로 가져가 손바닥 아랫부분으로 두 눈을 꾹 눌렀다. 이 문장과 빛을 동시에 감당할 수 없었다. 베레니스의 말이 들려왔다. "세자르프랑끄 길로 나를 데리러 올 거죠?"

의심하는 걸까? 그가 웃었다. 그녀는 그의 웃음에 놀라는 기색이었다. 그가 물었다. "당신에게 묻고 싶은 것이 있는데, 조금 전에 당신이 말했죠, 오늘 저녁 행복하다고. 그것이 나와 어느정도 관련이 있다고 생각해도 될까요? 미안해요, 그렇게 생각해도 괜찮을까요?" 이번에는 그녀가 웃었다. 그가 눈을 들어 그녀와 눈을 맞추었다. 그리고 말했다. "사랑해요."

그녀는 그의 말과 눈길에 이중의 충격을 받았다. 의자에 등을 기대고 어깨를 움츠렸다. 이 몸짓을 그는 차례차례 눈여겨보았다. 그녀는 아무 말 없이 자신의 가방을 만지작거렸다. 파란색과 금색으로 커다란 장미꽃을 수놓은 가방이었다. 그녀의 두 손이 탁자 위로 모아졌다. 그녀의 몸짓에 오렐리앵의 가슴이 찢어졌다. 그녀는 손가락에서 결혼반지를 이리저리 돌리고 있었다. 그는 이 몸짓을 보고서 그녀의 생각이 어디로 떠났는지 짐작했다. 결코 입 밖에 내지 않다가 조금 전에 꺼낸 그 한마디 말과 그가 그녀에게서 무엇보다 좋아한 그 이름만을 믿었다. 그가 되풀이 말했다. "사랑해요, 베레니스."

그녀는 그 메아리가 길어지도록 가만히 있었다. 그녀의 오른손이 왼손을 가렸다. 오렐리앵은 그 작고 매혹적인 가슴의 사정없이 빠른 움직임을 지켜보았다. 완전히 바뀐 목소리가 그들의 침묵을 깨뜨렸다. "이제 가야겠네요. 저녁이 늦었어요. 더이상은……"

"베레니스!"

"자중하세요, 오렐리앵. 이러는 편이 나아요."

"이렇게는 아니죠!"

"왜요? 이제 우리가 무슨 말을 할 건데요? 생각해봐요, 당신이 방금 내게 한 말 이후로 무슨 말을 할 건데요? 모든 것이 시시할 텐데…… 제발, 너그럽게 봐주세요."

"날 믿지 않나요? 나는 결코 누구에게도 그 말을 한 적이 없어요."

"나를 가게 내버려두세요. 혼자 있고 싶어요. 생각을 정리할 필요가 있어요. 곰곰이 생각해볼 필요가…… 좋은 추억을 많이 가져가도록 말이에요."

"베레니스!"

"안 돼요, 그만하세요."

"내게 대답하지 않았잖아요."

"대답할 게 없어요."

"나를 사랑하세요?"

그녀가 일어섰다. "차를 타야겠어요. 배웅하러 나오지 말아요. 우리가 차에 함께 있을 수는 없어요, 이제. 자중하세요. 우리의 저녁 모임을 망쳐서는 안 되죠. 결코 잊히지 않을 거예요. 이렇게 눈이 내리는데 택시를 타시게 해서 죄송해요."

그녀는 그가 지불하는 것을 기다리고 싶지 않았다. 그는 모자도 쓰지 못하고 그녀를 뒤쫓아 나왔다. 사람들이 출입문 쪽으로 홀을 가로지르는 그들을 쳐다보았다. 문을 밀치고 나오자 설경이 펼쳐졌다. 그들과 침묵, 그리고 사랑 사이에서 웨이터가 빨간 우산을 들고 서 있었다. 이 순간 처음으로 그들은 이 장면 전체가 음악을 배경으로 펼쳐졌다는 것을 알아차렸다. 배경음악은 사라지면서 깨닫게 되는 가벼운 취기 같았다. 피아노의 쓸쓸한 노래가 들려왔다. 그들은 그 로맨스의 가사를 몰랐지만 로맨스의 박자에 따라 가슴이 뛰었다.

운전사가 잠든 차에 그녀가 올라탔다. 마지막 순간에 그녀는 오렐리앵 쪽으로 몸을 기울여 속삭였다. "고마워요……"

26

눈과 밤. 눈과 밤. 오렐리앵은 외투의 깃을 올린 채 양손을 호주머니에 찔러넣고 생각에 잠긴 약간 구부정한 자세로 삐갈 길을 성큼성큼 다시 올라갔다. 검은 에나멜 구두가 흰 눈에 푹 파묻히는 것을 보는 것이 좋은 듯했다. 길은 텅 비고 어둡다. 더 위쪽만 활기를 띤다. 빛나는 간판들이 어둠에 상처를 입힌다.

무슨 일이 있어도 그는 자러 돌아가지 않았을 것이다. 생루이섬에 등을 돌리고 요즘 자주 드나드는 곳 쪽으로, 이 도시의 마지막 잉걸불 쪽으로 향했다. 예전에는 거기에서 고독을 북돋았다. 이제는 비밀을 데울 것이다. 미래에 관해서는 아무런 생각이 없다. 세자르프랑끄 길에서 5시에 만날 그 약속을 제외하고는. 이 저녁 모임 때문에 모든 과거가 단번에 지워진다. 그 대신에 무엇이 들어섰는가? 아직은 아무것도. 저녁 모임이 있었다는 것만도 대단하다. 사랑에 사로잡히지 않은 이들은 오렐리앵을 이해하지 못할 것이다. 여자에게 "사랑해요"라고 말한 데에서 생겨난 그 재생의 감정보다 더 생생한 감정은 아마 세상에 없을 것이다. 얼굴에 이는 바람 같다. 이와 동시에 오렐리앵은 자존감을 되찾는다. 방금 그는 자신의 삶을 변명했다기보다 정당화했다. 이 한가로운 거닐기, 이 우유부단이 납득된다. 그는 이 순간을 기다렸다. 자신의 존재 이유가 필요했다. 어느날 베레니스가 오리라는 것을 마음속 깊이 알고 있었을 것이 틀림없다. 그리고 그녀가 왔다. 여태까지 그는 위험을 무릅쓰지 않는 생활을 지향할 수 없었다. 베레니스가 아니었다면 그러한 생활을 시작했을지도 모른다. 사실상 오렐리앵의 시대는 두 문장으로 요약된다. 전쟁이 있었다. 그리고 베레니스가 있었다. 그 중간의 삼년은 빈 공백 같았다! 이제 그는 남자였다. 목적이 있었다. 가장 높은 목적, 사랑. 아, 큰 소리로 말한 사랑이라는 이 새로운 낱말이 눈 위에서 얼마나 기이하게 울리는지.

운명의 특이성으로 인해, 동일한 하루 동안 오렐리앵은 기소당할 뻔했으나 성공적인 방어를 해냈다. 이제 그는 자기 자신의 거리낌, 의혹, 그리고 이것들에 대한 리께나 아르망딘의 우연한 표명에 대답할 수 있었다. 사랑! 그것은 모든 사람에게 다가오는 것일까? 사람들 대부분은 오늘 저녁까지의 오렐리앵과 같지 않을까? 사랑, 위대한 사랑, 정신을 빼앗고 번민을 일으키는 그 사랑이 생겨난 사람은 분명히 이 태풍, 이 횡포가 아닌 모든 것에 자리를 내주어야 할 의무가 있다. 베레니스를 위해 나 자신을 지켰다. 오늘 밤 오렐리앵은 자신이 대견하다. 모든 것이 논리적이게 된다. 사랑의 징표로 보인다.

그의 속눈썹에 달라붙는 이 눈송이까지도.

그는 날리는 하얀 눈발을 뒤로하고 들어서기를 망설였다. 그렇지만 륄리스의 입구에서 몸을 흔들어 눈을 털어낸다. 잃어버린 밤을 여기에서 되찾기. 이 장소를 재발견해야 할 것이다. 다시 배워야 할 것이다. 그는 자기 꿈의 낡은 원리를 두려워하기 때문에, 아직은 꿈과 사랑을 일치시킬 줄 모르기 때문에 잠 앞에서 물러선 것이 아닐까? 사람이 많다. 불빛, 담배 연기, 춤과 술의 열기, 모든 것이 반역인 듯 그를 습격한다. 하지만 그가 베레니스의 손을 처음으로 잡은 곳이 여기 아닌가. 베레니스가 륄리스를 점령한다. 륄리스가 그녀로 가득 차고 그녀로 인해 변모한다. 여기에 그녀밖에 없다. 이 격전장에서, 이 지옥에서, 다름 아닌 그녀를 그가 되찾는다.

댄스홀에서 광기의 폭풍우가 인다. 피리, 색종이 테이프, 작은 트럼펫, 기발한 폭스트롯을 폭발적으로 연주하는 오케스트라, 춤추는 사람들 가운데에서 색다른 춤을 추는 뚱뚱한 신사와 키 작은 숙녀를 둘러싸고 박자에 맞춰 손뼉을 치는 이들, 새롭게 고안된 스텝, 익살스러운 얼굴. 실제보다 더 '거리낌 없이' 륄리가 몸으로 박자를 맞추고, 테이블 앞에서 허리가 끊어지게 웃어대고, 웨이터들을 은근슬쩍 재촉한다. 손님들의 뜨거운 숨결, 가슴이 깊이 파인 옷을 입은 여자들의 웃음소리, 화장실로의 왕래, 꽃장수들, 샴페인을 더 갖다달라는 큰 고함 소리, 출입문이 여닫힐 때마다 주방에서 새어 나오는 고기 굽는 냄새 속에서 모든 것이 투광기의 빛줄기로 어지러웠다.

"오늘 저녁에는 웬 난리인지 모르겠어요." 깡마른 옷 보관소의 여자가 오렐리앵의 외투를 받아 걸면서 말했다. "11시부터 저래요. 더이상 대화를 나눌 수가 없을 지경이죠. 잠시도 책 읽을 시간이 없답니다!" 그녀가 오렐리앵의 미소를 뒤로하고 소설책을 다시 집어들었다. 이 단골손님이 그녀의 마음에 든다. 적어도 고상한 남자잖아.

바가 팔꿈치를 올릴 틈도 없을 정도로 붐빈다. 통로에 서 있는 사람들이 가득하다. 웃음소리, 갑작스러운 높은 언성. 도처에 영어다. 덥다. 약간 지하철과 비슷하다. 더 소란스럽긴 하지만. "실례(Sorry)." 미국 서부의 아폴론 같은 미국인 한명이 반지 여러개를 낀 양손에 술잔을 들고서 오렐리앵의 배를 팔꿈치로 친 것에 대해 사과한다. 조잘대는 어느 아가씨의 등 뒤로 꼬냑 잔이 보인다. 상대방이 그녀를 초대하고, 모든 것이 일사천리다.

"로제!"

오렐리앵이 돌아본다. 시몬이다. 리께에게처럼 그녀에게도 그는 로제로 불린다. 마제뜨, 그녀는 새 드레스를 입고 있다. 유행하는 색깔, 파란 빠뚜[71]와 모조 진주. 틀림없이 요전 저녁의 선원일 것이다. 그녀는 등받이 없는 의자에 올라앉을 수 있었다. 그녀가 옆자리 남자, 귀에 털이 난 대머리 녀석을 옮겨앉게 한다.(배치가 서투

71 삐레네산맥의 양치기 개. 대형견이다.

르다고 오렐리앵은 생각한다.) 그녀의 말에 따르면 '친구'를 오라고 하여 그와 이야기를 나누기 위해서다. "뭐 마실래? 이번만은 내가 살게!"

그가 감탄의 휘파람 소리를 낸다. "부자라서 그런가? 아주 멋진 드레스네!"

그녀는 자신의 드레스에 그가 관심을 가져준 것에 대단히 만족해한다. "아주 멋지지, 응? 유명한 가게의 의상이야. 자세히는 몰라. 끌리시 길에 있어. 알지, 마네킹들에 의상을 입혀놓은 진열창이 있는…… 그런데 나는, 이해하지, 치수 맞추기가 좀…… 진주가 좀 달렸잖아, 이것 봐! 이번 시즌에 대유행이야. 진짜 진주를 단 사람들도 있어. 음, 그러니까 미터 단위로 모조를 진짜로 대체한다고. 그렇다니까! 이봐, 프레디, 내일이야?" (바텐더에게 하는 말이다.) "자, 뭐 마실래? 여전히 사이드카야? 사이드카, 그리고 샴페인 한 잔, 내가 낼게."

오렐리앵은 이 단정치 못한 낡은 의상을 참 쉽게도 다시 걸친다! 자신이 동일한 사람이지 않다는 것은 그만이 안다. 그만이 이 배경과 자신의 비밀이 어울리지 않는다는 사실에 얼근히 취한다. 그는 밤이 깊기 훨씬 전에 이 조악한 술, 이 진부한 반사적인 어지럼증에 가만히 흔들리며 실려갈 것이다. 자신의 지난밤, 사랑스러운, 아무튼 사랑스러운, 그리고 까다롭지 않은 녀석을 이야기하는 수다쟁이 시몬의 기쁨…… 그녀가 말한다. 그는 그녀가 말하는 것을 좋아한다. 진짜 고독이다. 그 속에서 깊은 로맨스, 베레니스의 노래가 뜻밖에 솟아오른다. 옆에서 매사추세츠 주에서 온 여자들이 코안경을 쓰고 배꼽을 드러낸 옷차림으로 서서 감자튀김과 양갈비구이를 먹고 있다. 후각 이외의 다른 감각이 없는 꽁디야끄[72] 조각상이 온통 장미 내음만 맡듯이, 그는 감자튀김 냄새를 전혀 느끼지 못한 채 다른 어떤 것도 아닌 자른 건초 냄새만을 맡는다. 이러한 종류의 환각은 전례가 없었다. 그는 사막의 신기루를 생각한다. 여기서, 많은 사람들 속에서 신선한 환상의 물 같은 것은 어떤 향기다. 베레니스를 군림하게 하는 것은 어떤 향기의 강박관념이다.

"오늘 저녁, 바래다줄래?"

그가 놀란 눈으로 시몬을 바라보았다. 그녀가 해명한다. "요전날 저녁엔 밥(Bob)이 있었어. 미국 선원, 알지? 나중에 너를 거부한 게 마음에 걸렸어. 어쨌든 우린 오랜 친구 사이고 기분이 상할 건 없지만…… 하지만 오늘 저녁은 한가해. 그리고 어제 그런 일도 있었으니까 변덕을 좀 부릴 수 있지 뭐. 남자 친구와 즐길 수도 있고. 그렇지 않아? 닭날개 요리 사줘. 오, 여기서 말고! 비싸고 더 맛있지도 않아. 프레디는 내 청을 들어주지 않았지, 그렇다니까. 아니, 옆에, 제과점에서, 알지? 그럴 거지?"

오렐리앵은 약간 기지개를 켠다. 시몬을 바라본다. 여자에게 환심을 사려는 모습을 보이지 않는 것이 스스로 어색하다. "닭 요리 좋지. 그런데 미안해서 어쩌지, 난 자러 갈 건데."

"혼자? 오, 서운한데!"

그가 그녀의 손에 입맞춤한다. "더 나아지질 않아서…… 나중에 말할게."

"다른 사람이 있는 거야?"

"아니야, 사랑에 빠졌어."

그녀가 오렐리앵 쪽으로 돌아앉아 눈을 컵 받침만 하게 떴다.

---

72 Étienne Bonnot de Condillac(1715~80). 프랑스의 철학자. 인식의 원천은 감각에 있다고 주장했다.

"저런, 설마! 말문이 막히네! 사랑에 빠졌어, 네가? 언제부터?"

"몰라, 저녁 8시?"

"아, 그래. 아, 그래! 깜짝 놀랄 소식이네!" 그녀는 몹시 놀란 기색이다. 크게 동요한다. "정말 신기하네, 그래. 그런데 확신하는 거지, 적어도? 때때로 자기 생각에는…… 그러고 나서 이튿날이면……" 그가 손짓으로 아니라고 한다. "그럼 정말이야? 네가 가정을 꾸려? 아니라고? 그런 건 아니야? 그녀가 원하지 않아? 누구지? 좋아, 좋아, 꼭 대답해야 하는 건 아니야. 사랑에 빠진 로제라! 전혀 생각도 못 했어. 이봐, 네가 옳아. 아, 내가 다시 사랑에 빠진다면…… 난 끝났어. 이년 전이었지. 이년은 짧은 세월이 아니야. 이젠 끝났어."

그는 베레니스를 생각한다. 그녀를 무엇에 끌어들이려 하는가? 끌어들이지 않는다. 별수가 없다. 게다가 자기 옆의 이 아가씨에 대한 어떤 경멸도 없다. 그녀 또한 사람이다. 사랑한다는 것이 무엇인지 정말로 아는 것 같다. 그녀가 고개를 끄덕인다. "꽂혔어, 로제가, 꽂혔어. 그래서 혼자 잔다…… 알지, 실은 관계를 갖지 않은 거야. 난 사랑에 빠졌을 때, 그에 관해 말하기 위해 다른 남자 친구와 함께 잤어. 그게 중요해? 하지만 남자들은 아마 다르겠지. 너는 행복하니, 불행하니?" 그가 모호한 몸짓을 했다. "하긴, 결코 말할 수 없지." 그녀가 말했다. "어, 뒤를 봐."

그가 돌아보았다. 거기, 바르뱅딴이 미소를 띠고 있었다.

"미안, 실례합니다, 부인. 여보게, 내 여자들을 어떻게 했어? 여기에 자네와 함께 있을 거라고 생각했는데."

"자네 처는 기분이 좋지 않았어. 집으로 돌아갔지."

"어, 그래! 마음이 내키면 우리와 합석해. 드꾀르와 로즈와 함께 있어. 일이 생각보다 일찍 끝났지. 로즈가 바자회를 위해 출연하는 오뻬라 데 샹젤리제[73]의 출구에서 그들을 낚아챘어. 우리는 협회를 위한 축하연을 벌이는 중이지. 나중에 설명해줄게! 부인, 그럼."

"좋아, 잠시 후에 갈게."

에드몽이 돌아서자 시몬은 생각에 잠긴 표정을 지었다. 그러고는 말했다. "아, 그래, 저이가 남편이야? 그럼 너는 합석하는 게 낫겠네. 그가 괜한 상상을 할지도 모르니까."

달리 어찌할 수가 없었다. 오렐리앵은 바르벵딴 무리에 합류했다.

"오, 이게 누구신가. 계속 근무 중?" 로즈가 손을 내밀어 그에게 입맞춤하게 하면서 외쳤다. 뒤로 젖힌 머리, 근시안의 지긋한 시선, 팽팽하게 당겨진 턱, 온통 드러나는 이가 여전했다. "하지만 바르벵딴 부인이 당신을 버리고 가버려서 무척 유감이네요! 그녀를 보는 것이 즐거웠는데. 우리가 얼마나 이것저것에 관해 매력적이라거나 우아하다고 생각하는지 바르벵딴 씨에게, 에드몽에게 말하는 재미가 있었죠. 말하자면, 이봐요, 당신을 따를 필요가 있으니까요."

"로즈, 뢰르띠유아 씨는 사정을 모르잖아요!" 의사가 지적했다.

"오, 곧 알려주죠." 에드몽이 말했다. "우선 뭔가 마실 것을 줘야죠!"

잔에 아얄라[74]를 따랐다. "브뤼셀은 어땠어요?" 오렐리앵이 멜로즈 부인 쪽을 돌아보면서 물었다.

"아, 그래요, 그때부터 못 본 거죠? 지끼가 내게 말해주었죠, 자신의 외로움에 얼마나 당신이 공감했는지. 나 그런 거 좋아해요. 그

73 1913년 빠리 8구 몽떼뉴 가로에 문을 연 공연장.

74 1860년 설립된 샴페인회사이자 이 회사의 고급 샴페인.

와 헤어져 있을 때면 자책하게 되거든요."

지끼, 다시 말해서 의사가 자기 아내의 샴페인 잔에 거품기를 넣고 세차게 흔들었다.

"그래요, 이건 상담을 겸한 저녁식사죠, 로즈 멜로즈 상사." 에드몽이 말했다.

로즈가 아주 큰 소리로 웃었다. 매우 기품 있었다. 오렐리앵은 그녀를 바라보며 요전날 저녁 마리의 집에서 그녀를 아름답다고, 호감이 간다고, 매력적이라고 생각했을지 모른다고 속으로 말했다. 그녀는 아름다웠다. 하지만…… 바로 이 여자와 사랑에 빠질 수도 있었다니. 사실대로 말하자면 그렇게 되었다 해도 전혀 이상하지 않았을 것이, 그녀가 훨씬 더 자신의 '취향'에 가까웠던 것이다. 그는 그 사랑하는 이름을 떠올리기가 꺼려졌다.

"오, 블루스 곡이네." 그녀가 탄식하며 말했다.

"춤추고 싶나요?" 에드몽이 물었다.

그녀가 일어서면서 남편의 머리카락을 손가락으로 빗질하듯 쓸었다. 그가 작은 소리로 희미하게 웃었고 휴대용 빗으로 머리를 빗으면서 그들이 멀어지는 것을 바라보았다.

"그 상사 이야기는 뭔가요?" 뢰르띠유아가 물었다.

"바르뱅딴의 구상이죠. 화장품, 크림, 분, 주름 방지 연고…… 알다시피 우리의 빈약한 자금력으로는…… 그건 장인의 작업이었어요. 러시아 왕녀와 아르메니아 화학자가 참여했죠. 모든 것이 왕녀의 살롱에서 제조되었어요. 러시아 황제의 은그릇, 진품이죠, 그리고 모조 고블랭 양탄자, 분 반죽과 벽난로 위의 시험관, 그리고 한 구석에는 성상이 있는."

"그래서요?"

"음, 바르뱅딴이 로즈에게 사업을 시작하자고 제안했어요. 그가 자본을 투자하고 우리는 실험실과 로즈 멜로즈의 사진을 내건 진열창을 마련할 거예요. 로즈 멜로즈의 얼굴이 들어갈 광고 전단도 만들 거고요. 그러면 모든 것이 바뀝니다, 그렇지 않나요? 우리는 다른 규모로 옮겨가는 거죠."

멜로즈 부인은 얼마나 엄청난 재능과 위엄이 있는가! 사람들은 그녀를 인정했고 은근한 박수갈채를 보냈다. 그 스페인 영화에서 긴 회색 드레스 차림으로 상대에게 안겨 한 팔을 늘어뜨리고 있는 그녀처럼 회색이 잘 어울리는 사람은 아무도 없었다. 거기서 그녀는 미국 여자의 배역을 맡았다, 모두 알겠지만. 게다가 멋진 커플이었다. 볕에 그을린 피부, 맑고 아름다운 눈, 일류 운동선수의 외모를 지닌 저 무용수, 상대역은 누구지? 그녀에 비해 약간 젊을 거야, 아마도. 하지만 재능이, 매력이 있으니 그녀가……

"당신에게 충분히 고맙다고 말하지 않았어요, 에드몽. 아니, 반박하지 말아요! 정말 멋지고 근사한 일이죠, 이렇게 갑자기 말이에요! 당신은 성탄절까지 기다리지도 않았죠!"

"내가 당신을 기쁘게 했다면 천배로 보상받은 셈이에요, 로즈!"

"물론이죠, 당신은 내게 기쁨을 줘요! 하지만 내가 행복한 것은 특히 지끼 덕분이죠, 지끼 덕분에…… 그는 아주 까다로워서, 당신은 상상도 못 하겠지만, 아무것도 받아들이지 않아요. 그런데다가 자기 자신을 갉아먹죠. 그가 내게 모든 것을 줄 수 없다는 생각 때문에, 또한 열등감 때문에 내 옆에서, 사실상 터무니없는 생각으로……"

"당신 옆에서 누가 그렇게 느끼지 않을는지……"

"바보 같은 소리 하지 말아요! 그런데 춤을 굉장히 잘 추네요!

이렇게 단번에 상황을 이해했다니 정말 예리하군요."

"그도 사회적 체면이 있겠죠. 분명히 자격이 있어요. 제품들이 뛰어나요. 오, 내가 좀 알아봤죠! 친구처럼 지내는 여자들이 있어서."

"안 봐도 알겠네요, 잘생긴 분!"

"내가 하는 건 수지맞는 사업이죠, 확실해요. 내게 감사할 필요는 없어요. 아이쿠, 아직 그런 말 들을 때가 아니죠! 내가 발을 밟았군요."

"내가 꼭 하고 싶은 말은…… 하느님께 영광을! 당신은 살과 뼈로 된 신이에요. 너무 꽉 껴안네요. 사람들이 보잖아요."

그들이 테이블로 돌아왔다. "그녀를 좀 봐요. 지옥에 떨어져도 좋다고 할 것 같지 않나요?" 드뢰르의 이 권유에 뢰르띠유아는 몽상에서 빠져나왔고 잠시 베레니스와 멀어졌다. 그는 에드몽의 미소에 충격을 받았다. 얼마 전에 까지노의 입석에 바르뱅딴이 나타났던 것을 떠올렸다. 사람들은 참 복잡하구나!

로즈가 돌아와서 남편에게로 몸을 기울였다. "어머, 사장님," 그녀가 말했다. "당신의 출자자가 얼마나 춤을 잘 추는지 보셨나요? 미찐에게서 교습을 받았으니 그럴 만하죠." 바르뱅딴이 말을 이었다. "내가 방금 받은 교습에 관해서는 말하지 않고……"

뢰르띠유아가 멜로즈 부인과 춤출 차례였다. 그녀는 키 큰 여자치고 무거운 느낌이 없이 놀랄 만큼 가벼웠다. 어느새 안겨들고 상대를 앞서가는 몸짓이 몹시 날렵하고 자연스러워서 상대로 하여금 자신에게 그녀를 이끌어가는 힘이 있다고 생각하게 만들 정도였다. 하지만 그녀가 이끌리는 것처럼 보일 때에도 사실상 이끄는 쪽은 바로 그녀였다. 틀림없이 삶에서도 마찬가지였으리라. 그녀는 남자를 멀리하고 댄스 상대를 가까이하는 재능, 춤에서의 그 희귀한 소질이 있었고, 바로 그러한 이유로 송풍기와 유사했다. 조심성, 소녀 같은 수줍음, 그리고 가장 고약한 요염함, 실재하는 것이 아니라 창조해낸 것이라고들 생각하는 요염함, 곧장 끝나버림으로써 남자로 하여금 자신의 의식적인 대담성을 넘어선 것이 아닐까 하고 끊임없이 두려워하게 만드는 가벼운 스침. 오렐리앵은 테이블 사이를 돌다가 갑자기 그들에게로 향한 시몬의 눈길과 마주쳤다. 얼굴이 붉어졌다. 한순간 베레니스를 잊어버렸던 것이다.

"당신보다 더 말없는 상대는 본 적이 없네요."

"죄송합니다."

"왜요? 당신이 달변가는 아니라 해도 억지스러운 사람들처럼 그렇게 꺼려지지는 않네요."

그녀는 자리에 앉을 수 없었다. 에드몽이 그녀를 재빨리 낚아챘던 것이다. 그들이 다시 춤을 추었다.

"매력적이에요, 뢰르띠유아. 그렇죠?" 그가 말했다.

"나쁘지 않네요."

"오, 평가가 박하군요! 모든 여자가 그에게 열광하는데요."

"난 아니에요. 어떤 여자들에 관해 말하는 건지 모르겠군요. 나로서는 그에게 너무 크게, 너무, 그러니까 다소 저속한 면모가 있다고 생각해요."

"까다롭군요."

"까다롭지요. 나는 말하자면 더 살집이 있는 남자를 선호한달까. 알다시피, 아무 데도 꼬집을 수가 없잖아요. 모든 근육이……"

"건장해요, 오렐리앵은. 그리고 고상하죠."

"그래요, 옷차림이 괜찮네요. 하지만 내 마음에 드는 것은 아무것도 없는데 아름다운 사람이에요. 사실상 난 기둥서방에게나 어울리는 여자죠, 뭐."

"다른 남자들에게는 크나큰 불행이로군요!"

그는 갑자기 자신의 존재감을 매우 생생하게 느꼈다. 그녀에게 매순간 역할을 맡도록, 인물을 구현하도록 강요하는 그런 배우로서의 재능 때문에 로즈는 '저도 모르게' 자신의 기품을 잃었다. 자신을 소녀로 보이게 했던 것이다. 그녀가 중얼거렸다.

"자신을 매춘부의 고객이라 생각해요, 혹시?"

27

뒤비뉴 부인이 불평했다. "아, 나리를 위한 일이 아니라면!" 날씨가 몹시 우중충했다. 눈이 녹았다. 빠리에서는 눈이 오래가지 않는다. 가정부는 그렇게 해서 생긴 더러운 진창 속을 걸어가면서 이 시기에도 여전히 남아 있는 시체공시소를 이유 없이 불안한 시선으로 곁눈질했다. 꽁꽁 얼 때보다 녹을 때 언제나 더 추운 것이 이상하다고 생각했다. 이 불쾌한 습기! 그녀는 삼각형의 모직 숄을 꽉 여미고 걸음을 재촉했다. 생루이섬의 뢰르띠유아 씨 집으로 가기 전에 좌안에서 다른 집을 청소하느라 약간 지체했다. 빠리에서 쇠락한 동네는 큰 매력들 중의 하나다. 그렇게 귀족계급에서 상업지구로, 서민의 주거지로 전락한 동네가 많다. 건물 정면의 합각벽, 출입문, 안마당, 계단 들에서 위대함이 그리움의 시름처럼 풍겨나온다. 하지만 당시에는 흔했을 이 화려함의 흔적은 저마다 간판, 훼손, 굴욕 등으로 인해 아름다움만으로나 시대에 의해서는 결코 주어지지 않을 의미와 가치를 띤다. 호화롭던 시절 이래로 주택이 거의 건설되지 않은 이 섬에서는 강으로 인한 고립 덕분에 이 돌의 배가 폭넓게 보존되었다. 상업지구로의 퇴락이 상당한 정도로 가로막혔다. 대도시의 상업은 결코 이곳으로 밀고 들어오지 못했고 섬마을, 그들의 생활에 필요한 상점들은 중앙로인 생루이앙릴 길에 들어섰다. 잘 보이지 않는 이 좁은 길은 고결한 몸을 가로지르는 창자처럼 수치스러운 형태를 띠고 있다. 거기에 소매상인, 직공, 서민 들이 살고 있다. 강둑길로 이르는 짧은 길 양쪽과 강둑길 자체에는 거의 예외 없이 낡은 저택들이 즐비하고 여전히 거기에는 전락했지만 품위 있는 명문가, 귀족에 대해 은밀한 환상을 품고 있는 부르주아지, 예술가, 법조인, 달러의 흐름을 따라 들어온 미국인들이 거주한다. 실내장식업자와 유산을 기대하는 가난에 기쁨이 되는 이 대형 건물들은 잡다한 입주민에게 분양되었다. 이 건물들 한가운데에 임대 건물들이 더러 19세기에 지어졌거나 그후로 정비되었는데 오렐리앵, 왕족 R, 시인 마리 드 브뢰유, 전직 장관 띠보 드 라꾸르, 그리고 '이름만 대면 다 아는' 다른 사람들 열명이 거주하는 곳도 그곳들 중의 하나였다.

뒤비뉴 부인은 거기로 들어가기 전에 생루이 길을 달음질쳤다. 일요일이었고 상점들 안에 사람들이 가득했다. 그녀는 유제품 가게에서 달걀 몇개를 집어들었고, 우윳값을 치를 때 달걀값도 냈다. 그녀가 잡화 상점에 들렀을 때 딱 한번 관심을 기울였던 사건에 관해 모두들 떠들어대고 있었다. 그녀는 지금 있는 것이 너무 낡아서, 냄비에 눌어붙은 것을 긁어내는 긁개를 사려고 잡화 상점에 들렀던 것이다. 마침내 선원들이 가련한 여자를 물에서 끌어냈다. 무도회복 차림이었다, 상상해보라. 센강에 빠진 지 오래되지 않았음에 틀림없었다. 입에서 입으로 전해지면서 세부사항이 왜곡되었다.

그녀는 손가락 하나가 잘려 있었다. 아마도 반지를 탈취하기 위해 그랬을 것이다. 그러면 범죄 사건인가? 뒤비뉴 부인은 불행히도 더 들을 시간이 없었다. 돌풍이 불었다. 아, 날씨도 참! 그녀가 관리인실 앞에 멈췄다. 관리인은 둥근 천장 밑에서 세수를 하는 중이었다. "안녕하세요, 미쉬 씨!" 관리인은 쉰살 남짓하지만 아직 정정한 중키 정도의 남자였다. 털이 지나치게 많았고 온통 갈라진 코와 늘어진 잿빛 콧수염, 오른쪽 뺨에는 5수짜리 동전만 한 보랏빛 도는 반점이 눈에 띄었다. 그는 전차에서 징수원으로 일했었고 그 일을 그만두고는 미쉬 부인을 도왔다. 그녀는 뢰르띠유아 씨를 위해 일하고 싶어 했을 것이 분명하지만 이 세입자에게는 가정부가 있었다. 그래서 미쉬 씨는 뒤비뉴 부인을 싫어했다. 상냥함을 나타내는 그만의 방식으로 챙모자를 들썩이면서 투덜댔다. 그가 덧붙였다. "센강에서 또 시신이 인양되었소, 뒤비뉴 부인!"

"잡화 상점에서 들었어요."

뒤비뉴 부인은 의연했다. 미쉬 씨가 외쳤다. "신문들을 올려놓았습니다. 우편물은 없었어요!" 그는 자신이 업무에 충실하다는 것을 애써 드러냈다.

독신용 아파트의 주방은 입구와 같은 층계참으로 통했다. 뒤쪽 계단이 그 층으로 이어지지 않았다. 뒤비뉴 부인은 한층 전까지 뒤쪽 계단으로 올라가서 거기에서 반층 위의 문을 통해 주인들이 다니는 좁은 계단으로 들어섰다. 구리 손잡이에 불안하게 걸려 있는 신문들, 발 매트 옆의 빵과 우유를 집어들고서 여느 때처럼 눈살을 찌푸리면서 주방으로 들어갔다. 식탁 위에 무엇이 놓여 있는지 궁금했기 때문이다.

오렐리앵이 뭔가를 원할 때, 특히 자고 싶든지, '누군가'와 함께 있어 방해받고 싶지 않을 때는 몇자 적은 종이쪽지를 식탁 위에 놓아두는 것이 관례였다. 때로는 "뒤비뉴 부인, 방에서 먹게 두 사람분의 점심을 준비해주세요"라고 적혀 있었다. 침실이 아닌 방은 줄여서 그냥 방이라 불렀다. 아무것도 없으면 뒤비뉴 부인은 주인 방으로 들어가 겉창을 열고 아침식사를 침대로 가져다주었다. 뒤비뉴 부인은 나리가 '누군가'와 함께 있는 것이 늘 두려웠다. 번거로워서가 아니었다. 결혼하지 않은 남자의 집에서 일할 때 어떤 위험에 처하는지 알고 있다. 게다가 나리의 나이에는. 하지만 요즈음 아침마다 그녀는 자신이 외떨어진 기분이었다. 대화가 없었다. 그래도 거북했다. 어쩌면 약간 질투가 났을지도 모른다. 들어가면서 그녀는 식탁에 눈길을 던졌다. 아무것도 없었다. 한숨을 짓고 숄을 벗은 다음 가스난로에 불을 붙였다. 물을 끓이고 빵을 얇게 잘라 굽고 커피 분쇄기를 꺼냈다. 다행이야. 오늘 쓰기에는 아직 충분하군. 커피 사는 것을 깜박하다니! 에구, 정신을 어디다 두고 다니는 건지 원.

그녀가 커튼을 열었을 때 오렐리앵은 아직 자고 있었다. 침대에서 몸을 뒤집어 베개에 코를 박았다가 두 팔을 길게 뻗고서 멍한 표정으로 희끄무레한 햇빛을 바라보았다. 붉은 가죽에 싸인 소형 추시계가 11시를 가리켰다. "어, 늦잠을 잤구나! 안녕하세요, 뒤비뉴 부인!" 그가 손가락으로 머리카락을 빗었다.

"안녕하세요, 나리. 곤히 주무시더라고요. 깨우지 말 걸 그랬나봐요."

"일어나야죠, 뒤비뉴 부인."

"할 일이 있다면야 물론. 하지만 무슨 급한 일이라도 있나요? 게다가 일요일인데 말이에요!"

그녀가 탁자 위에 쟁반을 놓았다. 반숙란, 커피, 우유, 이 익숙한 것들이 오렐리앵에게 몽롱하게 보였다. 잠이 덜 깬 상태로 그는 자신의 삶이 어질러진 서랍 같다고 생각했다. 무엇을 넣을 수 있을지 알기 전에 우선 정돈할 필요가 있었다. 뒤비뉴 부인, 반숙란은…… 갑자기 전날의 기억이 떠올라 빛처럼 그를 휘감았다. 그날의 가장 사소한 것들까지 세세하게. 또한 그날의 중요성에 대한 혼란스러운 의식까지도. 자신의 온 삶에 영향을 미치는, 자신의 온 삶을 변화시키는 어떤 것에 대한. 누나에게 "사랑에 빠졌어"라고 말하는 자신의 목소리가 들려왔다. 사랑에 빠졌다…… 그렇게 말했지. 확실한가? 믿을 만한가? 그때의 어떤 것도 이제는 제자리에 있지 않았다. 이제는 어떤 것도 이전과 같지 않았다. 누구나 자신이 말한 것, 자신이 생각한 것의 포로가 된다. 사랑에 빠졌다…… 얼마간의 시간이 지나자 베레니스의 모습이 그의 생각 속으로 떠올라 형태를 갖추기 시작했고 그의 어지러운 생각, 꿈과 밤의 잔가지들을 떨쳐냈다. 그가 먼저 되찾은 전날의 희미하고 어수선한 기억 가운데에도 그녀가 없지 않았지만 두드러지지는 않았다. 초점이 그녀에게 있지 않았다. 베레니스의 이름과 모습이 완전히 일치하지 않았다. 점점 밝아지는 흰빛 속에는 뭔가 괴로운 것이 있었다. 베레니스, 나는 정말로 그녀를 사랑하는가? 이 터무니없는 짓은 무엇인가? 아직 그만둘 시간은 있다. 갑자기 그는 예전처럼 베레니스 없이 텅 빈 가슴으로 시간을 낭비하면서, 계속 그렇게 살고 있다는 느낌이 들었다. "할 일이 있다면야 물론!"이라는 뒤비뉴 부인의 말이 나무람처럼 다가왔다. 자신의 삶이 허무한 것으로 보였고 왜 매일 잠자리에서 일어나는지 의아했다. 눈길을 떨구었고 방문 부근의 벽에 걸린 가면을 보았다. 어떻게 저것이 베레니스와 닮았다고 생각할 수 있었지? 더이상 가면을 보지 않았다. 하지만 모든 것이,

다른 점까지도 그를 베레니스에게로 이끌었다. 그는 물에 빠진 사람처럼 이 사랑에, 사랑에 매달렸다. 뒤비뉴 부인이 무슨 말을 했지? "무도회복 차림으로, 상상해보세요, 가슴이 깊게 파인 옷이 얼마나 추웠겠어요! 어떤 여자분, 신사들이 생각하는 그런, 보석으로 치장한 여자분이…… 그래서 누군가 그녀의 손가락을 잘랐대요."

그는 첫머리를 듣지 못했다. 그 잔인한 이야기에 관해 묻지 않았다. 불현듯 세자르프랑끄 길에서 만날 약속이 기억났다. 오늘 5시에. 그것으로 말미암아 모든 것이 변했다. 그가 침대에 앉아 음식을 부탁했다.

"뒤비뉴 부인, 내려가서 햄을 좀 사다주세요. 잼이 아직 남았나요? 점심은 여기서 먹을게요."

"다른 것은 원치 않으세요? 감자퓌레를 만들어드릴 수 있는데요. 샐러드는요?"

"그렇다면 부탁할게요, 뒤비뉴 부인. 오늘은 일요일이라 마리니에가 문을 닫는데 이런 날씨에 뛰어다니고 싶지 않네요. 오후에나 외출할까 해요."

"아, 맞는 말씀이에요! 길이 진창이니까요! 제가 남아 시중을 들까요?"

아뇨. 나리는 뒤비뉴 부인이 모든 것을 주방에 준비해두기를 바랐다. 오래 시간을 들여 치장한 다음 식탁 언저리에서 아무 때나 마음 내키는 대로 먹을 생각이었다. 이미 많이 늦었다. 아뇨, 아뇨, 그냥 내버려두세요. 내일 깨끗이 청소하세요. 침대는 내가 정리할게요. 예, 고마워요. 나가지 않을 건가? 그녀는 '방'을 헤집고 정리하고 묵은 신문을 모으고 불 피울 준비를 하는(성냥을 켜기만 하면 될 텐데) 기색이다.

"그럼 저는 내려갈게요. 주방에 전부 차려놓을게요."

"다시 올라와 방해하는 일이 없도록 해주세요. 그럴 필요 없어요."

뒤비뉴 부인이 입술을 살짝 오므렸다. "전혀 걱정하지 마세요." 자, 좋아, 이제 그녀는 기분이 상했군! 하지만 다시 정적과 고독이 감돌았다. 오렐리앵이 침대에서 풀쩍 뛰어나온다. 쟁반을 바닥에 내동댕이쳐 남은 커피를 쏟을 뻔한다. 크고 긴 거울에 자신의 모습을 비춰본다. 은회색과 진회색 줄무늬의 온통 구겨진 잠옷 차림, 면도하지 않은 얼굴에 잠기운이 역력한데다 머리카락이 헝클어져 가관이다. 지저분한 손톱을 불만스레 바라본다. 물, 물!

욕실은 시설이 오래된 것이었다. 욕조가 설치되어 있기는 했는데, 바로 그것 때문에 오렐리앵은 늘 짜증이 났다. 목욕하는 데 터무니없이 많은 시간이 걸렸고 가스로 덥히게 되어 있는 온수는 갑자기 뜨거운 물이 쏟아져나와 불안했다. 지켜보지 않으면 찬물을 나오게 할 수 없어 늘 신경을 쓰고 있어야 했다. 목욕물을 받는 동안 오레릴앵은 오랜 습관대로 윗니부터 시작해 정성스레 양치질을 한 다음 치약과 칫솔을 가지런히 놓고 욕조를 힐끗 보았다.

이제 그는 자신이 빠져든 광기의 비밀을 알아보았다. 사랑한다는 것이 더이상 의심스럽지 않았다. 베레니스를 사랑한다는 것이. 거듭 생각해도 아는 것이 전혀 없는 베레니스를. 속옷을 꺼내 세심하게 살펴보았다. 이 셔츠는 아니야, 아마 이게 낫겠지. 자, 목욕물이 너무 뜨거워지겠어. 속옷을 의자 위에 내려놓고 잠옷을 벗었다. 좋아. 이런, 비누가 없네. 이렇다니까 글쎄. 뒤비뉴 부인은 아무 생각이 없어. 벌거벗은 채 침실로 달려가서 누군가가 런던에서 가져다준 검은 공 모양의 커다란 비누들 중 하나를 붙박이장에서 찾아야 했다. 그는 이 비누가 좋았다. 손에 비누를 들고 다시 거울 앞에 멈춰 자신의 모습을 오래 바라보았다. 마치 낯선 사람을 보는 듯했다. 고개를 끄덕이고 망연히 욕실로 돌아갔다. 누가 알아? 여자들은 우리를 전혀 다르게 본다고. 그는 자신이 선택하지 않은 자신의 몸을 구석구석 열심히 씻기 시작했다.

그는 정말로 이 일에 여러시간을 보낼 수 있었다. 결코 자신에게 만족하지 않았다. 그의 시야처럼 세계가 좁아졌다. 모든 것이 네모난 부위별 피부의 청결에 달려 있었다. 마사지 장갑은 대충 때를 불려 비누 마사지를 하기에만 충분했다. 이 때밀이는 중단할 이유가 없다. 각질은 속돌로, 모공은 솔로 문지른다. 정성스럽게 열중하는 모습이 스스로를 마룻바닥으로, 편집증적인 사람들이 유치한 허영심에 끌려 광을 내는 물건들 중의 하나인 구두로 취급하는 듯했다. 이미 때를 민 여기 또는 저기를 충분히 씻었는지 긴가민가해서 한구석을 빨리 끝마치지 못했고 그런 곳을 닦아가면서 조금씩 진행되는 이 작업이 지나치게 길어졌다. 피부가 빨개졌다. "나리!"

뒤비뉴 부인이 문을 두드렸다. 그가 방해하지 말라고 말했는데도. "또 무슨 일이죠?"

"주방에 모든 걸 준비해놓았어요, 나리, 감자의 물기만 빼시면 될 거예요. 약한 불에 천천히 삶고 있으니까요. 그리고 버터 한조각을 넣으세요. 샐러드는 만들어놓았으니까 섞어서 드시면 돼요."

"좋아요, 됐어요. 고마워요."

그가 손가락으로 귀를 막고 머리를 물속에 담갔다가 물 밖으로 들어 숨을 몰아쉬었다. 정말 귀찮군, 저 뒤비뉴 부인, 에이! 남자로 바꾸고 싶은 심정이었다. 그러는 편이 여러가지로 편하겠어. 일처리가 더 확실할 거야. 요전날에도 정장 바지를 다림질하면서 주름을 잘못 잡았었잖아! 그냥, 기거하게 하지 않을 요량이면 남자를 구하러 가지 그러세요. 자신이 하겠다고 나선 관리인을 쓸 수도 있었다. 하지만 오렐리앵은 그의 얼굴, 뺨 위의 20수짜리 동전이 마음에 들지 않았다. 단정하지도 않고 경찰과 관련이 있는 것이 확실해. 요컨대 모든 것이……

이 셔츠를 입는다면 회청색 양복이 낫겠지. 그리고 뻴의 가게에서 산 최신 넥타이를 매야지. 아니야, 잘 어울리는 양말이 없어. 그럼 힐디치 앤드 키[75]의 짙은 색 양복을 입으면 어떨까. 결국 누구를 위해 내가 옷을 차려입는 거지? 나를 위해선가, 그녀를 위해선가? 베레니스, 그녀는 무엇을 좋아할까? 아무것도 아는 게 없어. 그녀에 관해 아무것도 몰라. 스코틀랜드 양말은 그녀에게 엉뚱해 보일 거야. 바랜 색조가 덜 위험해. 넥타이는 짙은 색이……

그는 욕조에서 나와 물기를 닦았다. 자기 자신만 생각하고 있다고 속으로 말했다. 베레니스는 언제나 오로지 그를 상상의 거울로 데려가는 구실만 했고 거기에서 그는 오렐리앵, 오렐리앵, 언제나 오렐리앵만 보았을 뿐이다. 하지만 베레니스를 사랑했다. 그렇게 되뇌었다. 뒤비뉴 부인의 말을 속으로 빈정거리며 되새겼다. "할 일이 있다면야 물론!" 아, 오늘 그는 할 일이 있었다. 마음속 깊이까지 바빴다. 모든 것이 엄청난 중요성을 띠었다. 모든 것이 5시의 약속을 중심으로 돌아갔고 5시 약속의 준비였다. 그리고 시간이 별로 없었다. 낭비할 시간이 없다. 사랑하는 남자는 바쁜 남자다. 굉장히 바쁜 남자다.

그는 수건을 깔고 앉아 이로 혀를 물고 몹시 집중하여 발톱을 손질했다. 공중에 살짝 수증기가 서렸다. 이 일이 끝나자 셔츠에 대해

75 1899년 영국 런던에 설립된 고급 남성복 회사.

의구심이 들었고 양치질한 것을 까먹고 다시 양치질을 시작했으며 한참 양치질하는 중에 이미 했다는 사실을 알아차리고 자신을 비웃었다. 수증기로 흐려진 거울을 수건으로 닦아냈다. 이제 면도를……

베레니스. 흔히 남자가 여자에게 접근할 때처럼 그렇게 섬세하게, 그렇게 신중하게 그는 그녀를 중심으로, 그녀에 관한 추억을 중심으로 돌았다. 뭔가를 망칠까봐 피하기도 했다. 그녀를 중심으로 드넓은 생각의 원을 그렸다. 그녀와 조금도 관련되지 않은 것 같은 생각이라도 그를 다시 그녀에게로 데려가고 그를 그녀에게 맞추었다. 남자의 사랑은 기이한 것이다. 새나 곰, 곤충, 늑대의 사랑과 몹시 유사하다. 몹시 유치할 정도로 유사하다. 그들은 전혀 다른 것을 할 때조차 그것을 행위 자체의 준비로만 생각할 수 있을 뿐이다. 그들의 생각은 숲의 봄이다. 그들은 자신을 위해 깃털의 색깔을 선택하고, 본능에서만 선율을 끌어낼 뿐인 음악에 맞춰 목을 단련하고, 둥지나 잠자리 또는 진흙 동굴을 준비하여 손가락 끝으로 만질 엄두조차 내지 않았다고 위대한 신들에게 맹세하는 암컷을 그리로 유인한다. 모순과 위선이 진정한 사랑의 구성 요소여서 사랑을 죽이지 않고는 그들을 거기에서 끌어낼 수 없을 것이다.

오렐리앵은 반쯤 옷을 차려입고서 신어야겠다고 마음먹은 구두를 여기저기 찾아다녔다. 뒤비뉴 부인이 그 구두를 도대체 어디에 쑤셔넣었지? 공교롭게도 다른 것들은 모두 제자리에 있는데. 그녀는 이년이 되어가는 끝자락 어느날에 물건들의 자리를 바꾼다. 마치 그날 필요하리라는 것을 짐작하기라도 한 듯하다. 아, 그래, 붙박이장 아래에 놓아두었군. 왜지? 물론 그녀가 손질하지 않았다는 사실을 감추기 위해서지! 이제 이 신발을 깨끗이 닦아야 해. 오, 아니야, 정말이지, 남자 가정부를 구해야겠어.

그가 주방으로 건너갔다. 점심이 차려져 있는 것을 보자 뒤비뉴 부인에 대해 안쓰러운 마음이 들었다. 그녀는 상을 잘 차려놓았다. 작은 도자기 꽃병에는 꽃이 꽂혀 있었다. 샐러드 옆에 소금, 후추, 셀러리 소금이 놓여 있고 냅킨은 당나귀 귀 모양으로 접혀 있었다. 그가 웃기 시작했다. 친절한 할멈 뒤비뉴! 그러고서 구두를 열심히 닦았다.

그가 '방'에서 옷을 차려입기를 마쳤을 때, 그의 눈이 새로이 가면과 마주쳤다. 이번에는 정말로 베레니스, 한순간의 베레니스, 격한 감정이 일어 뺨에서 핏기가 사라졌을 때의 베레니스였다. 피부가 정말 경이로워! 투명하고 생기로워. 너무 생기로워서 죽음을 생각하게 만들어……

뒤비뉴 부인이 말한 물에 빠져 죽은 여자 이야기는 뭐였지? 무도회복, 반지, 잘린 손가락. 다 생각나지 않는 잡다한 사건 기사를 재구성하며 그는 창가로 갔다.

흐르는 센강을 오래 바라보았다. 노랗고 탁하고 차갑고 희미했다. 무도회복이라, 왜지? 어렴풋하고 반짝거리는 물결을 따라 어떤 참사, 어떤 상스럽고 음침하고 기이한 사건이 일어났을까? 익사한 여자들에게 무슨 드레스가 필요할까? 강물에 감싸이자마자 나체가 아닌가? 죽을 때도 사랑할 때와 같지 않을까? 둘이 들어가는 침대에서도 시트는 차갑다. 이제 그는 자기 자신에게 화를 낸다. 뒤비뉴 부인을 굳이 보내야 했을까? 집 청소를 하고 가게 해도 되었을 텐데. 만일에라도…… 오, 일말의 가능성도 없어. 하지만, 만약…… 그는 침대 시트를 깨끗한 것으로 바꾸고 말끔하게 폈다. 몹시 희고 몹시 순수하고 몹시 아련한 저 위의 가면을 보지 않으려고 시선을 돌렸다.

28

굿맨 부인의 아파트는 세자르프랑끄 길에 있었다. 베레니스 모렐의 생각 속에서 분명히 이 아파트는 화가의 화실과 크게 달랐고 예술가풍과는 아주 거리가 멀었다. 당시의 모든 새 주택가에서 찾아볼 수 있는 아파트로, 여기서 새롭다는 것은 1900년 이후에 지어졌다는 의미였다. 침실 세개, 응접실, 식당으로 이루어지고 밝은색의 작은 방들, 천장의 루이 16세풍 부조 장식과 벽난로 위의 거울들이 두드러진 특징이었다. 응접실이라 불리며 또한 사모라가 작업하는 상당히 좁은 방은 이젤로 더욱 비좁았는데, 장소에 어울리지 않게 화가의 다다이즘 화풍을 보여주는 그림이 거기에 놓여 있었다. 래커로 덧칠한 것 같은, 군데군데가 검은 강철 색깔의 돌릴 수 없는 톱니바퀴들이 장치된 복잡한 기계를 그린 것이었다. 이 불투명한 가리개가 방을 병풍보다 더 확실하게 나누었고, 트리아농풍으로 등나무 줄기를 엮어 만든 의자들, 초록색과 흰색 줄무늬 비단으로 덮인 안락의자들, 진품의 콘솔 테이블, 대리석 탁자는 특이하고 섬세하고 고풍스럽게 보였다.

사모라는 일상생활을 조금도 바꾸지 않은 채 거기로 와서 자리를 잡았다고 말해야 할 것이다. 한쪽 구석 바닥에 화포가 쌓여 있었고 이젤, 붓, 도화지, 연필, 물감병 들이 여기저기 널브러져 있었다. 미모의 굿맨 부인, 베티는 성모마리아의 얼굴에 몸집이 큰 금발이어서 더욱 라파엘전파의 그림 속 인물처럼 보였는데, 완전히 무표정한 모습에 눈꺼풀이 몹시 볼록해서 거의 이마와 높이가 같았고 그런 만큼 눈썹이 희미했다. 그녀는 이 어지러운 상태를 세상살이로 받아들이고 사모라의 그림과 사모라, 그리고 자신의 응접실 이 화실로 바뀐 것을 모두 자연스럽게 생각하는 것 같았다. 하지만 굿맨 부인의 두 자식인 다섯살과 일곱살의 아들과 딸, 그 금발의 매력적인 작은 천사들이 으레 이 방에서 놀았다. 또한 뚱뚱한 흑인 여자가 녹색 바탕에 빨간색 물방울무늬가 있는 마드라스산産 숄을 두르고 앉아서 바느질하며 집 안의 리넨 제품과 주인의 란제리를 수선하고 애들을 돌보는 듯했다. 그리고 사모라의 친구들, 그와 친분이 있는 잡다한 사람들, 유명한 경마 기수들, 대단한 척하는 여자들, 문인들, 부유한 한량들, 온갖 부류의 예쁜 여자들, 체스 선수들, 여행 중에 대서양 횡단 여객선이나 호텔에서 알게 된 사람들이 바로 사모라 가문, 국제 곡물 거래에서 확고한 위치를 점하고 있을 뿐만 아니라 사촌들이 스페인 교회의 고위 성직자인 이 가문의 친구들처럼 끝없이 연이어 들락거렸다.

뽈 드니가 레누아르 길로 베레니스를 데려갔다. 작은 시인과 함께 그녀가 잡동사니로 어질러지고 벽난로 위에 놓인 우동[76]의 어린이 두상이 무질서의 대미를 장식하는 그곳에 도착해보니, 흑인 여자와 어린이 둘 외에도 굿맨 부인과 사모라, 예순살의 디자이너 샤를 루셀이 있었다. 매끈한 백발에 큰 키의 디자이너는 자신이 미남이었다는 것을 내보이려는 듯 얼굴 주위로 수염을 길렀고 푸들처럼 정성 들여 치장했는데, 옷차림에 멋을 부렸으나 너무 튀어서 오히려 우아함이 덜했다. 그는 뽈 드니의 친구인 젊은 작가가 그림 구매를 권한 데 따라 커피 마시는 시간에 시침을 떼고 사모라의 그림을 보러 왔던 것이다. 샤를 루셀은 뻬 길의 디자인회사만 갖

76 Jean-Antoine Houdon(1741~1828). 18세기 프랑스의 가장 중요한 조각가 가운데 한 사람. '빛의 조각가'로 불린다.

고 있는 것이 아니라 현대 회화, 고풍스러운 중국 조각상 등 루브르 박물관행이 약속된 수집품에 대한 명성도 자자했다. 그는 추상적이거나 반半추상적인 일련의 수채화들 앞에서 경탄했다. 한두가지 색깔로 장식된 담채화에 기술자의 소묘가 당시의 도발적인 시와 관련된 글귀와 뒤섞여 있었다. 그의 찬사는 약간 비평의 숨바꼭질 같았다. 그는 이해하지 못하는 것처럼도, 쉽게 속아넘어가는 것처럼도 보이고 싶지 않았다. 사모라와 더불어 온갖 관습을 실천하지는 않아도 이해하고는 있는 사교계 인사의 매우 자유로운 어조로 굿맨 부인의 환심을 사려는 논평을 덧붙였다. 그녀가 옷차림은 시원찮지만 매력적이라고 생각한 까닭이었다.

"아주 독특해요, 아주 독특해." 그가 말했다. "매력 있는데요, 단순한 것이…… 내가 이딸리아에서 본 것들이 떠오르네요. 상상해보세요, 특히 이 붉은색으로 칠해진 것, 저기…… 당신이 알다시피, 사모라, 이딸리아에는 거의 아무것도 남지 않은 성벽이 여러 곳에 있어요. 한가지 색깔, 한줄기 곡선의…… 그런 것에 마음이 끌리는지 궁금하네요." 사모라가 입술을 동그랗게 오므렸다. 재미있어하는 동시에 찬사를 쉽게 믿는 듯했다.

"칙칙폭폭! 우우우!"

남자애의 작은 목소리에 베레니스의 눈이 이 금발의 어린아이에게로 쏠렸다. 무척 통통하고 눈꺼풀이 자기 어머니를 닮았지만 코는 전혀 그렇지 않은 아이는 러플셔츠에 파란색 멜빵바지를 입고 모든 이의 다리 밑에서 정어리 통조림 색깔의 기관차를 손으로 굴리면서 바닥을 기어다녔다. 소꿉놀이에서처럼 장밋빛 앞치마를 두른 여자아이는 말랐지만 매력적인 얼굴이었는데, 자기 어머니처럼 몹시 지겨운 듯 몸을 비비 꼬다가 동생에게 달려들어 기관차를 빼앗으려 했다. "오! 워싱턴! 멍청한 짓 좀 하지 마, 워싱턴!" 굿맨 부인이 베레니스의 눈을 보았다. "여자애는 자기 동생을 저렇게만 부르고 싶어 해요. 그애 이름은, 내가 말하죠, 조지예요. 조지, 자, 어서!"

루셀 씨가 소묘 상자에서 큰 종이들을 뒤적였다. "이것을 보니까 생각나는군요." 그가 말했다. "내 1890년 여행, 90년이었나? 바로 아나똘 프랑스를 만났지요. 그는 거북해 보였어요. 나와 함께 조또의 그림을 관람하는 중이었는데 사람들이 그를 '프랑스 씨! 프랑스 씨!' 하고 불러댔죠. 보기 흉한 옷차림을 한 못생긴 여자가 불쑥 내 눈에 띄었어요. 심술궂은 여자…… 나는 아나똘을, 그는 나를 쳐다보았죠. 그가 고개를 끄덕였어요. '맞아요, 친구.' 그가 말했죠. '그렇죠, 뭐. 할 수 없지 않나요!' 그녀가 우산을 흔들었어요. 까야베의 어머니였죠."

"매우 재미있군요!" 사모라가 실은 아랑곳하지 않으면서도 공손하게 말했다. 굿맨 부인은 놀란 듯이 웃었는데, 이 웃음은 화가를 상대할 때 매우 유용했다. "칙! 칙칙폭폭!" 미술 애호가의 사슴가죽 구두 쪽에서 어린아이가 소리쳤다. 장밋빛 뭉치가 그 위로 떨어졌다. "워싱턴!" 흑인 여자가 녹색과 빨간색의 마드라스 숄을 벗어던지고 달려가 애들을 안아들었다.

루셀 씨는 사모라의 그림들을 밟기라도 할까봐 한발 한발 조심스레 들어올렸다. "예쁜 애들이네요, 싱그러운…… 사모라 선생, 당신의 수채화들 앞에서 내가 아마도 당신을 깜짝 놀라게 할 수 있을 것 같군요."

"아니, 무슨 말씀을!"

"하지만 두 사람의 이름은 말해야겠어요. 조또, 치마부……"

뽈 드니가 베레니스에게 속삭였다. "조또, 치마부에를 말하는 거예요."

굿맨 부인이 모렐 부인에게 나지막한 목소리로 사과했다. 오래 걸리지 않을 것은 분명했다. 그녀는 모렐 부인이 이해한다고 확신했다. 모렐 부인은 완벽하게 이해했다. 뽈 드니가 그녀에게 상황을 설명했던 것이다. 굿맨 부인의 남편은 외교관인데, 권총을 쥐고 깐과 비아리츠에 잠시 나타났다가 정부에 의해 미국으로 소환되었다. 자유로운 데 꽤 만족했다. 그는 아이들을 제 어머니에게 맡겼지만 돈을 보내지 않았고 이는 불편한 상황이었다. 사모라는 돈이 좀 있었지만 지출이 더 많았다. 그림 그리기는 비용이 많이 든다.

잠시 동안 샤를 루셀은 아무것도 사지 않고 발을 뺄 수 있을까 궁리했다. 사모라가 눈치를 채고 그림들, 이젤 위의 큰 그림과 벽 앞에 쌓여 있는 다른 그림들 앞으로 그를 데려갔다. 크기가 있으니 헐값으로 내놓을 수 없는 작품들이었다. "미안합니다." 수집가가 말했다. "가봐야겠네요, 약속이 있어서. 이야기하자면 길어져요. 그렇다니까요!"

베레니스는 굿맨 부인의 서글픈 눈을 보았다. 이야기를 듣지 않았다. 이번에는 그녀가 뽈 드니와 함께 수채화를 뒤적거렸기 때문이다. 하지만 문간에서 사교계 인사로서 처신할 필요를 느낀 디자이너가 말했다. "그럼 이 소품을 내게 보내주세요. 자전거 아닌가요? 붉은색으로……"

"「어림셈」을 말하는 거죠?"

"작품명이 그런가요? 어떻든 그 자전거를, 그리고 당신의 취향에 맞는, 아니, 그보다는 굿맨 부인의 취향에 맞는 다른 두 작품도 함께요." 그녀를 향한 손짓과 가벼운 목례를 곁들였다. "여자는 언제나 감각이…… 무엇을 자기 집에 들여놓아야 말썽이 생기지 않을지 알지요."

그는 응접실을 가로막고 있는 거대한 기계 그림에 마지막 눈길을 던졌다. 사모라가 그를 배웅하러 나갔다.

"휴우!" 굿맨 부인이 한숨지었다. "맙소사, 그가 세 작품을 사도 500프랑일 테죠. 루셀 부인을 즐겁게 하려면 그에게 「양성구유 뚜쟁이」를 추천해야겠어요!"

「양성구유 뚜쟁이」는 보기에 매우 담백했다. 손목시계와 혼동하리만큼 닮았는데 다른 초록색 바늘들이 9시 25분 전을 가리키고 있는 반면에 검은 바늘은 낮 12시 10분을 가리키고 있었다.

사모라가 돌아왔다. 통통한 어깨가 잔웃음으로 흔들렸고 손으로 짐짓 재롱을 떨었다. "치마부…… 조또…… 치마부!" 그가 베레니스의 손목을 잡고 그녀를 바라보았다. "자아, 이게 전부가 아니지." 그가 말했다. "일을 합시다! 저기 앉아요." 그러고는 굿맨 부인 쪽으로 몸을 돌렸다. "흥미로운 얼굴 아닌가요?"

상대방이 눈目 무늬가 있는 작은 양산을 펼쳐보았다. "사랑스러워요. 마치 큰 물고기 같네요."

사모라가 킥킥 웃으며 베레니스 쪽으로 돌아섰다. "보세요, 저렇다니까요. 그녀에게는 당신이 큰 물고기처럼 보인다네요."

베레니스는 약간 놀란 표정으로 웃었다. 뾜 드니가 수습하려 들었다. "아주 예쁜 게 있지요. 도미라거나." 그가 말했다.

"아니죠, 그녀는 메기예요." 굿맨 부인이 단호하게 말했다.

"자신이 다른 사람들에게 무엇처럼 보이는지는 결코 알 수 없죠." 드니가 말을 이었다. "어떤 사람들은……"

"이건 소규모 보드게임 같네요. 당신에게 나는 뭐처럼 보이나요? 뽈에게 베티는 무엇을 닮았죠? 음, 나는 그에게서 잘 굴러가지 않는 세발자전거를 연상해요." 그가 폭소를 터뜨렸고 뽈 드니는 눈살을 살짝 찌푸렸다.

사모라가 커다란 와트만지紙 묶음, 연필, 먹, 물감 접시, 약간의 물과 함께 자리를 잡았다. "루셀 형을 조롱해도 좋아요." 그가 말했다. "물론 그는 엉뚱해요. 하지만 그가 없다면 우리가 무엇을 할 수 있을까요? 삐까소, 드랭, 나……"

그가 스스로를 명사의 반열에 놓았다. 그는 이렇게 약간 주변부에 머물러 있는 것을 결코 인정한 적이 없었다. 자신이 다른 화가들보다 똑똑하다는 것을 알고 있었고, 결정적으로 재능은 지능의 문제라고 주장했다. "눈이 참!" 그가 비율을 잡으면서 말했다. "있는 그대로 그려도 여전히 잘못 그렸다고들 말할 거예요. 아니면 '변형'이라고들 생각하겠죠. 지금은 그것이 그들의 주제어니까. 그들은 모든 것을 변형된 것으로 보잖아요. 그들은 마네를 되새김질했어요, 이해하시죠. 올랭삐아[77]를 게걸스럽게 삼켰고요. 내가 혀로 뺨을 내민다면, 이렇게, 그건 변형이 아니라 몸짓이라고요. 그런데 알다시피, 어떤 사람의 초상화를 그릴 때는 재채기할 권리가 없어요. 안 될 일이죠."

뽈 드니가 화가 뒤로 자리를 옮겼다. "혹시 방해가 되진 않을까요?" 그가 말했다.

"전혀요. 난 수줍음이 없어요. 참된 화가들은 그림을 그릴 때 누가 보는 것을 싫어하는 것 같아요. 그들도 사랑을 할 때는 틀림없이 쾌활할 테죠!"

77 에두아르 마네(Édouard Manet)의 그림 제목.

굿맨 부인이 계속해서 자신의 생각을 늘어놓았다. "이봐요, 그에게 「양성구유 뚜쟁이」를 보내세요. 다른 것은 좋지 않아요. 그걸 뭐라고 하죠? 69……"

"아니, 606이죠!" 그가 낄낄거렸다. 베레니스는 그가 정말 암탉 같은 남자라고 생각했다. "내가 바란 것은 큰 것, 그 화포를 없애줬으면 하는 거예요." 그가 계속했다. "내가 결코 다시는 화포에 그림을 그리지 않을지언정. 성가셔요. 물론 이 작은 담채화에 대해 조또를 언급하는 것은 어리석죠. 하지만 큰 것에 대해서는…… 그때는 종교적인 주제를 그렸어요. 새로웠기 때문이죠. 오늘날의 등대, 자동차처럼 말이에요. 왜 내가 새롭고 아름다운 기계들을 그리는지 사람들은 이해하지 못해요. 그들은 분명히 기계들을 갖고 싶어 하죠. 작동하면서 불꽃, 연기가 나는…… 베르하렌[78]의 작품에 나오는 거인 같은 것 말이에요. 하지만 저것처럼 깨끗하고 니켈 도금이 되어 있는…… 젠장!"

"저것은 무얼로 그리세요?" 뻘 드니가 큰 그림을 가리키면서 말했다. "니스 칠을 한 것 같은데……"

"저것? 자동차용 래커로요. 회화의 모든 문제는 용제溶劑지요. 채색 오일이 발견되자 더이상 벽에 그리지 않게 되었어요. 화가들은 자신들의 색깔을 빻았고 거기에 그들의 비결이 있었어요. 오늘날에 와서는 색깔 작업이 경시되지요. 삐까소는 펠릭스 뽀땡의 염료로 그릴 수 있다고 자부했죠. 두고 봐요, 오래가지 않을 거예요. 일생 동안은 가는 것이거늘…… 그래도 수백년은 말이에요! 앞으로 우리는 동일한 방식으로 우리의 그림, 자동차, 여자를 그릴 거라고요!"

78 Émile Verhaeren(1895~1916). 벨기에의 상징주의 시인, 미술평론가.

베레니스는 벽에 걸린 유명한 브르따뉴 여자의 얼굴을 바라보았다. 사모라가 최신 기법으로 그린 것으로, 더 정숙한 어떤 것을 상상하기란 불가능했다. 대략 「계시」의 소묘 솜씨였다. 먹으로 꽤 진하게 그린 단순한 소묘는 모사한 것 같았고 연속선, 비구덴[79] 유형의 천 모자에 쓴 색깔 전체, 뺨의 연한 장밋빛 채색, 음영 때문에 두가지 색조로 칠한 아주 붉은 입술, 그리고 목 아래로 옷이 시작되는 부분의 연한 채색이 눈에 띄었다. 베레니스는 자신도 저렇게 그릴 것인지, 아니면 「양성구유 뚜쟁이」처럼 그릴 것인지 궁금했다. 살짝 웃었다. 사모라가 멈추고 그녀를 바라보았다. 그녀가 당황한 표정으로 물었다. "웃지 말았어야 했나요?"

"아뇨, 반대로…… 그런 생각은 안 해봤는데요. 초상화가 갑자기 웃기 시작하네요, 여기서 보다시피……" 농담하는 것일까? 화가 났나? 그가 그녀에게 하듯 뾜을 향해 독백을 재개했다. "사람들은 자신이 무엇을 바라는지 몰라요. 중요한 것은 그리는 대상이 아니라 그리는 방식이라고 표명했으면서도. 멀리 나아갈 수 있었을 텐데, 사과를, 여전히 사과를 그리는 데까지만 다다랐을 뿐이죠. 그래서 내가 기계를 그리면 사람들이 내게 '세잔처럼 하세요'라고 말하는 거예요."

조지 워싱턴 굿맨이 날카롭고 작은 소리로 모든 이의 이목을 끌었다. "시간 넘 좋아! 시간 넘 좋아!"

"저런, 저런!" 그 어머니가 외쳤다. "고 녀석 참!

"사과를 달라는 거예요." 사모라가 그 어느 때보다 더 낄낄대면서 설명했다.

79 브르따뉴 지방 피니스떼르 도의 고장 비구덴(Bigouden)과 관련이 있는 듯하다.

워싱턴이 열심히 베레니스의 드레스에 매달리면서 자신의 조심스러운 누이가 뭐라 하는데도 되풀이 말했다. “시간 넘 좋아!” 베레니스가 아이를 안아 일으키고는 미소 지었다. “화가가 되려나 보네.” 그녀가 말하고는 여자아이 쪽을 돌아보았다. “넌 뭐가 되고 싶니?”

아이가 성모상 같은 얼굴을 부인 쪽으로 돌렸다. 그보다 더 순수한 것은 상상할 수 없을 것이다. “저는요,” 아이가 한참 곰곰이 생각한 후의 들뜬 어조로 말했다. “커서 창녀가 될래요.”

뾜의 폭소가 사모라의 폭소를 가리고 그 어머니의 짐짓 질겁한 고함을 밀어냈다. 반면에 흑인 여자는 태연하게 온 얼굴에 뭐가 뭔지 모르겠다는 상냥한 미소를 띠었다.

“용서하세요. 들은 걸 되뇌는 것이니까요!” 굿맨 부인이 말했다.

“정말로요, 부인?” 뾜 드니는 너무 웃어서 눈에 눈물이 어렸다.

“스스로 입장을 더 어렵게 만드네요, 베티.” 화가가 지적했다.

굿맨 부인이 얼굴을 살짝 붉히고 손가락으로 남자애의 머리카락을 빗질하는 모렐 부인 쪽으로 몸을 돌렸다. “어린아이를 좋아하나요, 부인?”

“오, 그래요!” 그녀는 약간 지나치게 솔직했다는 느낌이 들어서 고쳐 말했다. “그러니까 모두는 아니고, 애들에 따라 달라요. 얌전한 아이라면……”

“어린아이를 좋아해요? 음, 난 아니군요!” 뾜 드니가 매우 심각하게 부르짖었다. 그가 느끼기에는 방금 베레니스가 전혀 부정확한 말을 한 것이 분명했다. 그녀가 눈을 들어 그를 바라보면서 천천히 말했다. “아, 그렇군요. 이봐요, 당신 주변에서는 어린아이를 좋아하지 않는가보죠!”

뽈이 입술을 오므렸고, 굿맨 부인은 모렐 부인에게 갑자기 호감이 생겨 안색이 밝아졌다. "짐작하셨겠지만 그건 아주 나쁘게 보이죠. 숨길 필요가 있어요."

"아이들, 집 안 쓰레기, 무엇이건 원하는 대로 좋아하는 것은 자유죠." 뽈이 난처할 정도로 진지하게 쏘아붙였다.

분위기가 가라앉았다. 사모라가 갑자기 끼어들었다. "나는 내 아이들이라면 좋아해요. 아기 만들기가 아주아주 좋아요."

"조심하세요!" 굿맨 부인이 경고했다. 베레니스는 뽈 드니의 말을 듣고 몽상에 잠겼고 무절제를 좋아하는 젊은 예술가, 작가의 세계, 그가 살아가는 세계가 어떤 곳일지 약간 짐작이 갔다. 선입견이 퍼져 있었다. 다른 곳과 같지는 않지만 어쨌든 틀에 박히고 마찬가지로 전제적인 관념이 널려 있었다. 뽈 드니에 대해서는 유감이었다. 작지만 상냥한 남자였다. 시적 재능이 있었다. 하지만 세 사람과 한 애송이라는 세평을 몹시 두려워했다! 이로 말미암아 마음이 메말랐다. 시심이 반짝였으나 마음을 건드리거나 마음에 와닿지는 않았다. 코 푸는 것도 배우기 전에 세잔에 관해 듣는 어린아이들, 영리한 강아지 같은 어린아이들을 불쌍히 여기듯이 그녀는 그를 가엾게 생각했다. 그녀가 손수건을 꺼내 워싱턴의 코를 닦아주었다.

대화가 길게 이어지면서 겨울 햇살이 사그라들었다. 게다가 뽈 드니와 사모라 사이에 뭔가 껄끄러운 일이 일어났다. 영화가 화제에 올랐는데, 화가가 말했다. "최근의 해럴드 로이드[80]를 안 봤나

80 Harold Lloyd(1893~1971). 미국의 영화배우. 무성 희극영화에 출연해 널리 알려졌다.

요? 보러 가세요, 부인. 샤를로[81]보다야 훨씬 낫죠." 이로써 말다툼이 시작되었다. 뽈 드니에게 그는 샤를로보다 나을 것이 전혀 없었고 이는 영화에서만이 아니었다. 사모라로 말하자면, 그는 기존의 모든 명성에 짜증을 냈고 늘 누군가를 맞세워야 직성이 풀렸다. 음악, 시, 권투, 의학 분야에서 자기 말고는 아무도 모르는 다른 영웅을 언제든 내세울 준비가 되어 있었고 그 이름이 내뱉어지면 토론이 중단되고 신화가 창조되기도 했다. 그는 뉴욕이나 세비야, 멕시코나 아바나에 대수롭지 않은 친구들이 있었다. 그가 너무나 쉽게 그들을 밟고 올라섰는데도 그들은 그의 좋은 평판을 의심하지 않았다.

하지만 사모라와 함께 있으면서 그의 그림에서 오랫동안 벗어나 있을 수는 없었다. 이젤 위의 그림이 다시 화제가 되었다. 사모라가 와트만지 한두장을 찢어서 버렸고 이제는 세번째 종이에 스케치를 전사한 다음 그것을 네번째 종이에 옮겼다. 베레니스는 거기에 이미 뭔가 있다는 것을 알아보았다. 뽈 드니가 고개를 끄덕이면서 작은 소리로 잇달아 감탄사를 내뱉었다. 베레니스가 눈으로 그 까닭을 묻자 그가 손톱을 살짝 깨물면서 얼버무리는 몸짓과 미소로 답했다. 사모라는 샤를 루셀이 사지 않은 그림을 여전히 손질하고 있었다. "마띠스의 집에 있는 걸 생각하면! 거의 두배만큼이나 큰 그림이죠. 금붕어들이 있는 어항이라고요, 글쎄! 50센티미터의 금붕어들, 말도 안 돼! 오히려 기계라면 …… 눈에 거슬리지는 않을 것 같네요. 자, 이것 봐요, 그들이 모두 무엇에 반대하는지 아세요?"

"아뇨."

---

81 영국 영화배우 찰리 채플린(Charlie Chaplin)이 연기한 허구의 인물.

"톱니바퀴가 멎어 있고 돌지 않는다는 거죠! 마치 제동이 풀리면 그림 속의 바퀴가 돌 수 있다는 듯이 말이에요! 코미디야. 그들은 그림을 사서 복제하고 모터, 카뷰레터를 달겠다고 생각할 테죠. 알다시피 어떤 애호가는 르누아르 한점을 구입했는데, 그가 바라는 것은 목욕하는 여자가…… 뿌생 한점을 구입한 의도는 그것을 자신의 정원에 재현해놓으려는 것이었어요."

뽈이 한술 더 떴다. "마치 기계를 아름답게 하는 것은 기계의 무용함에 있지 않다는 듯이 말이죠."

"그렇고말고요! 사치는……"

"자격이 없는데도 호사스럽게 사는 사람이 있잖아요!"

여기서 두 대화자 사이의 화제는 또다시 딴 길로 샜다. 뽈 드니에게 사치는 앙드레 지드가 "무상의 행위"라고 부르는 것과 유사한 관념으로, 이득 없이, 쾌락 없이 행하는, 행위를 위한 행위, 당시에 젊은이들 사이에 널리 퍼진 기묘한 도덕의 완성 같은 것이었다. 하지만 사모라는 지드를 느낄 수 없었고 무상의 행위에 신경 쓰고 싶지 않았다.

"이봐요, 사실 루셀이 이 그림을 사지 않아 정말 다행이에요." 그가 말했다. "이 그림은 내가 얼간이들을 찾아내는 데 도움이 되거든요. 어떤 얼간이는 여기 들어와서 이 그림을 보자마자 말했어요. '그런데 저 바퀴는 돌 수 없네요. 치명적이로군요.'"

베레니스가 은근슬쩍 대화에 끼어들었다. "당신이 말하는 것을 설명하는 데에 무상의 행위가 필요하진 않아요. '무익한 일거리의 새롭고 늘 감미로운 즐거움'이란 다른 곳에서 이미 표현된 관념이죠." 그녀가 말했다.

마치 그녀가 무례한 말을 한 듯이 모두가 입을 벌리고 그녀를 쳐다보았다. 이 세계의 생리상 여자가 대단한 것을 알아서는 안 되었고 하물며 그것을 말한다는 것은 생각도 할 수 없는 일이었다. 게다가 인용은 나쁜 인상을 주었다. 베레니스가 잔기침을 하고는 사과했다. "앙리 드 레니에[82]예요."

"레니에라고요?" 뽈 드니가 비웃었다. "혹시 기억하는 구절이 있나요?"

"오, 우연히 약간, 음악 때문에……"

"음악이요?"

"모리스 라벨이 「고상하고 감상적인 왈츠」에 제사로 인용한 구절이에요."

"아, 좋아요."

벌써 사모라가 이어받았다. 한편으로 그는 앙리 드 레니에에게서 자신의 생각이 엿보인다는 점에 기분이 별로 유쾌하지 않았고 다른 한편으로는 이 모든 것에서 라벨의 이름을 가급적 말하지 않으려 했다. 그는 언제나 약간 이런 식으로, 벽에 그림을 걸듯이 생각했다. "라벨? 에리끄 사띠가 라벨에 관해 뭐라고 말했는지 알아요?"

"아뇨." 드니가 말했다.

"'라벨은 레지옹도뇌르훈장을 거부했지만 그의 음악 전체는 이 훈장을 받아들인다.'"

"오오!" 굿맨 부인이 놀란 표정에 미소를 띠고 말했다.

"매우 멋있군요. 그리고 진실해요." 뽈 드니가 인정했다.

사모라는 그 자신이 이 말을 한 장본인처럼 보였다. 드니가 베레

82 Henri de Régnier(1864~1936). 프랑스의 상징주의 시인, 작가.

니스에게 말을 건넸다. "재미있는 말 아닌가요?"

"그렇네요." 그녀가 말했다. "이렇게 물으면 제가 바보처럼 보이겠지만, 라벨과 그의 음악 중에서 어느 쪽이 옳은가요?"

"설마요!

"그의 음악 없이는 그를 알지 못할 거예요." 그녀가 다시 말했다. 그러자 사모라가 끼어들었다. "모든 것은 레지옹도뇌르훈장을 어떻게 생각하느냐에 달렸어요."

그러자 드니가 그와 눈짓을 교환했다. 또다시 선입견이었다. 사모라가 소묘의 결과물을 판단하기 위해 이젤에서 좀 떨어졌다. 누가 초인종을 울렸다. 아이들이 현관문으로 달려갔다. 굿맨 부인이 전등을 켰다. 방의 모든 것이 활기를 띠는 것 같았다.

뢰르띠유아 씨였다. 그는 불시에 찾아와서 미안하다고 사과했지만 모렐 부인이 허락한 방문이었다. 왁자지껄했다. 뻘 드니, 굿맨 부인, 베레니스가 동시에 이야기했고 화가는 새로 도착한 사람에게 벌써 환심을 사려고 애썼다.

그가 이젤 위의 그림을 바라보았다. 정중한 말을 중얼거리면서 고개를 끄덕였다. 그런 다음 갑자기 말했다. "실례의 말이지만, 이 바퀴들은 돌 수 없군요."

29

"어떻게 생각했나요, 내 초상화?"

그들은 오뻬라 광장의 바 드 라 뻬에 앉아 있었다. 당시 빠리에서, 특히 일요일 저녁 6시 무렵에는 가장 조용한 장소였다. 루이

16세 시대풍의 쇠시리로 장식된 벽면에 온통 노란색 벨벳이 둘렸고 벽이 이중이어서 잘 울리지 않는데다 양탄자가 깔려 푹신한 두 개의 방은 전쟁 전의 온화한 분위기가 느껴져서 빠리에서 연인들이 즐겨 찾는 곳이었다. 그림자 같은 종업원들. 여기저기 흩어져 낮은 목소리로 이야기를 나누는 서너 커플. 늙은 남자 하나가 젊은 여자의 손을 잡고 있었다. 비행사가 혼자 바의 간이의자에 앉아 손목시계를 보곤 했다.

베레니스는 생루이섬으로 가고 싶어 하지 않았다. 아니, 오늘 저녁은 안 돼요. 나중을 위해 뭔가를 남겨놓기로 해요. 오렐리앵, 당신은 아직 나를 잘 몰라요. 그가 자신의 이름을 듣고 미소 지었다. 비가 내리는 와중에 5마력 자동차를 몰고 오랫동안 배회할 수는 없었으므로 그녀를 여기로 데려왔던 것이다.

“저런! 당신의 초상화들 가운데 어떤 것을 말하는 거죠? 세가지가 있는데다 아마도 각각의 초상화가 나쁘지 않아서…… 하지만 그가 같은 종이에 겹쳐 그린 까닭에 선들이 혼란스럽게 쌓여 있는 것만 같아요.”

“정확한 얘기는 아니네요. 사모라는 눈과 입의 움직임을 표현하고 싶어 했어요. 아시다시피, 일부러 흐릿하게 찍은 사진에서…… 신기하죠. 실물과 닮았는지 궁금해요.”

오렐리앵이 감자칩을 와작대며 씹어 먹는다. 그가 매우 진지하게 말한다. “사모라는 당신에게서 비밀, 당신이 눈을 뜨고 감을 때 당신을 그토록 특이하게 만드는 비밀을 훔치고 싶어 했어요. 하지만 결국 그 비밀은 그를 위한 것이 아니죠.”

“누구를 위한 것인데요?”

“나도 알고 싶네요.”

그녀는 대답하지 않고 눈을 감았다. 그가 그녀를 바라보았다. "맞아요, 그래……" 그가 중얼거렸다. "신비로운 현상이에요, 베레니스. 당신을 제외하고 세상의 모든 이가 당신을 그렇게 봐요. 당신을 제외하고요. 그러니까 당신은 무방비 상태죠. 당신은 숨기고 있는 어떤 것을 고백해요. 신비한 베레니스죠. 아니, 그 아름다운 검은 눈을 다시 뜨지 말아요. 그대로 있어요, 내맡겨진 상태로. 여기 오면서 당신은 내가 당신을 잘 모른다고 말했죠. 난 다른 여자, 눈을 뜨고 있는 여자는 잘 몰라요. 하지만 이 여자, 눈을 감은 베레니스는 얼마나 잘 아는지! 그리고 오래전부터…… 미소 짓지 말아요, 베레니스. 다른 여자가 그렇게 미소 짓거든요. 내 여자, 나의 베레니스는 아니에요. 왜냐하면 그녀의 미소는…… 내 말이 믿기지 않나요? 내 집으로 오세요. 그러면 그녀의 미소를 보여주겠어요."

"약간 횡설수설이네요, 오렐리앵. 하지만 난 그런 게 좋아요." 그녀가 말했다. "얼마나 많은 여자에게 이런 식으로 말했죠?"

그는 그토록 단순하지만 그토록 기대했던 이 말에 몹시 당황했다. 이 말을 듣지 않고서는, 맹세하지 않고서는 세상의 어떤 여자와도 친밀함의 문턱을 넘을 수 없다. 그녀는 그의 불안을 알아차리고 또한 그런 것의 진부함을 구실로 그에게 이런 지적을 했던 것이다. 그로서는 어떤 진부한 것도 없었다. 그는 그녀에게 말한 것을 다른 여자에게 말한 적이 전혀 없었다. 다른 여자를 두고 이런 사랑에 빠진 적이 결코 없었다. 그런 일은 있을 것 같지 않았다. 거기에 불운이 있었다.

"당신이 이미 써먹은 말을 다시 한다 해도 멋진 말이면 거슬리게 생각하지 않아요, 오렐리앵." 오렐리앵이 기회 있을 때마다 베레니스라는 이름을 불렀듯이 베레니스도 그렇게 했다. "하지만 당신이 내게 거짓말하는 건 원치 않아요. 우리에겐 이처럼 시간이 별로 없는데, 당신이…… 거짓말은 두 사람 사이에 꽤 넓은 자리를 차지하죠. 나중에는 거짓말만 남아요."

"왜 내가 당신을 속이겠어요?" 그가 외쳤다. 그녀가 도리질했다.

"왜일까요? 왜죠? 하지만 어제저녁 당신이 내게 말하자마자, 말하자마자…… 결국 그 일이……"

이 기억에 그녀는 크게 동요하는 것 같았다. 그가 그녀의 손을 잡았다. 그녀가 가만히 손을 뺐다. 자신이 이해했다는 것을 그녀에게 알리려고 그가 속삭이는 목소리로 되풀이 말했다. "당신을 사랑해요, 베레니스."

그녀가 머리를 끄덕였다. 그리고 어깨를 떨면서 말을 이었다. "당신이 그 말을 하자마자, 내게는 그 말이…… 당신은 모를 거예요. 당신은 륄리스에 가서 여자 친구를 만났잖아요."

"여자 친구요? 난 여자 친구가 없어요!"

"거짓말하지 마세요! 오, 만일 당신이 거짓말할 거라면! 에드몽이 내게 말해줬어요. 이름이 시몬이라고요."

"아니, 베레니스! 에드몽이 미쳤구먼. 아, 그래, 그에게 고맙군요! 시몬은 그저 륄리스에서 일하는 여자예요. 내 대화 상대, 오래된 바의 여자 친구고요."

"당신을 질책하는 건 아니에요, 오렐리앵. 당신의 여자 친구면요? 당신은 나를 잘 몰라요. 나는 당신에게 아무것도 요구하지 않았어요. 당신은 어떤 것도 약속하지 않았고요."

"모든 것을 약속했잖아요!"

"쉿, 내가 말하게 내버려둬요. 다만, 어제저녁 우리 사이에는 짤막한 세마디 말이 있었고 그 말을 들은 후로 내게는 빛 자체가 가혹했어요. 그토록 당신을 믿고 싶었어요. 그런데 에드몽이……"

"그가 무얼 안다고요? 나는 집으로 돌아가서 잠들 수가 없었어요. 그게 전부예요. 소음, 군중, 조명, 음악이 필요했어요. 그 시간에 어디로 가겠어요? 나는 륄리스의 단골이에요. 잠들기가 두려웠고 자면서 당신을 잃어버리는 것이 싫었어요. 꿈속에는 낯설고 끔찍한 것들이 나타나요." 둘 사이에 깊은 침묵이 감돌았다. 그런 뒤 오렐리앵이 젊음의 열기를 담아 말했다. "베레니스, 지금까지 살아오면서 나는 여자에게 사랑한다고 말한 적이 없어요."

노래하는 어조의 이 강하고 뜨거운 말이 그녀의 마음속으로 들어갔다. 그녀가 한숨지었다. "어떻게 그럴 수가 있어요?" 그녀가 말했다. 그리고 곧바로 그의 말을 믿고 말을 이었다. "나도 그래요. 나는 당신에 관해 아무것도 몰라요. 당신이 키 크고 까무잡잡한 남자라는 것 말고는요. 당신에게, 이런 말은 하지 않아야 하는데, 당신에게 첫날부터, 특히 뻬르스발 부인의 집에서 그날 저녁, 끌리는 느낌이 들었어요……"

그가 알듯이 그녀는 진실을 말했다. 그는 로즈 멜로즈가 랭보에 관해 말하기 직전에 베레니스가 그에게 내보인 움직임을 기억했다. 그들은 서로 매우 가까이 있었다. 그가 그녀의 팔을 잡으려고 했다. "가만히 계세요, 오렐리앵. 내가 당신에게 내 약점을 고백할 때 나를 만지지 말아요. 그건 너그러운 처사가 아니에요. 거기에, 점잖게…… 당신에게 나를 방어해야 하는 것이 싫어요. 시몬처럼 나도 당신의…… 여자 친구가 될 순 없나요?"

"없어요." 그가 말했다. "솔직히 말해서 안 돼요."

그녀가 손으로 눈을 가리고 중얼거렸다. "정말 불운이네요!"

"내 말을 이해하지 못했나요? 당신에게 말했잖아요, 여자에게 말한 적이 없다고."

"아, 다시 말해줘요."

"당신을 사랑해요……"

그녀가 손을 떼어 관자놀이에 갖다댔다. 이 몸짓으로 비스듬한 눈길이 더욱 두드러져 보였다. 그녀가 작은 손가락 두개를 모아 얼굴에서 금발을 떼어냈다. 터번을 만들듯이 했다. 마침내 카이사레아의 베레니스가 모습을 드러냈다. '황량한 동방에서……' "바람에 풍경이 변하듯이 변하네요, 베레니스. 당신은 한 여자가 아니에요. 한 무리예요. 모든 여자……"

"정신 차리세요!"

"비웃지 말아요! 당신에게 말했잖아요, 결코……"

"결코!" 그녀는 그의 말을 믿었다. 그녀는 그의 말을 믿었다. 그렇지만 말이 빗나갔다. "별로 믿음이 가지 않네요. 어떻게 그렇게 살 수가 있죠? 실수로라도, 단 한번이라도……"

"결코!"

"아, 너무 달콤해요. 얼근히 취하는 것 같아요. 다시 말해줘요."

"당신을 사랑해요."

"어머나, 어머나, 나만큼 당신도 진지한지 내가 묻다니!" 그가 뭔가 말하려고 했다. 그녀가 가로막았다. "아마도 말하지 않았을 테죠. 하지만 여태껏 살면서 기억에 남는 여자가 없었나요?"

그가 머리를 가로젓고 웃었다. "오래고 끔찍한 내연의 관계가 딱 하나 있었죠."

"내연의 관계요?" 이 말에 그녀가 충격을 받았다.

그가 설명했다. "전쟁……" 그녀가 미소 지었다. 이번에는 그 가면의 미소였다. 그가 말했다. "거기서…… 오, 그것이 자취를 감추었네!"

"뭐가요?"

"아무것도 아니에요. 나만의 비밀이에요! 그래요, 어린 시절과 전쟁만 있었죠. 그다음에는 몇몇 여자들, 한 여자가 아니라……"

"그 몇몇 여자들이 벌써 두렵네요. 언젠가 내가 그녀들 중에 든다면……"

오렐리앵이 갑자기 움직였다. 그녀는 손에 남자의 입술을 느꼈다. 공손하고 열렬하고 서투른 몸짓이었다. 그녀는 손을 가만히 내버려두었다. 이 순간 그녀는 그가 자신의 것이라는 것을 알았다.

"전쟁……" 그녀가 말했다. "당신이 여러 남자들 가운데 한 남자로서 위험, 험한 날씨, 비, 그 와중에 있었다고 생각하니 덜덜 떨리네요. 당신의 전쟁에 관해 내게 이야기해줄 거죠? 그러지 않으면 당신의 너무 많은 부분이 미지의 것으로 남을 것 같아요."

"그것에 관해 말하기 싫어요. 전쟁은 어떻게든 다시 일어나기만 하면 된다는 식이거든요. 그 오랜 애인에게 나를 뒤쫓을 빌미를 줄 필요가 없어요. 전쟁은 내게 혐오감을 불러일으켜요. 때로는 나 자신도. 내 손을 보면서 이 손이 할 수 있었던 것을 생각하면, 이 손은……"

그는 자신의 손을 비극의 증인인 양 내보였다. 여자가 그의 손을 부드럽게 쓰다듬었다. 그녀의 연약하고 매끄럽고 정성 들여 가꾼 손으로. 거기서 결속을 알아차리고 그는 소스라쳤다. "하지만 베레니스 당신은……"

그녀와 눈길이 마주쳤다. 그녀가 손을 뺐다.

"그것에 관해, 우리끼리는 이야기하지 말자고요." 그녀가 말했다.

"그렇지만……"

"부디 그렇게 해요."

그가 고개를 숙였다.

이렇게 그녀가 그를 바라보았다. 그녀는 그가 불행할 수 있겠구나 싶었고 그래서 그와 매우 가까운 느낌이 들었다. 그가 굿맨 부인의 집에 도착해서 사모라가 만든 함정에 떨어져 무방비 상태로 자의적이고 부당한 여론의 공격을 받는 장면이 다시 떠올랐다. 아, 그래, 다른 이들이 우리를 어떻게 볼까? 생각만 해도 끔찍하다. 하지만 베레니스는 오렐리앵을 편들었던 것이다. 자신이 그를 지켜줄 수 있으리라는 것을 알았다. 이제는 그 화가, 작은 드니, 예술계 사람들이 싫었다. 그들은 저마다 자기 취향, 자기 방식에 갇혀 있어. 그들 옆에서 그는 얼마나 의연했는지! 의연하고, 약해. 그녀의 마음속에서 모성적인 것이 깨어났다. 모성의 관념 자체가 그녀의 마음속에서 생겨나 그녀의 정신을 북돋우고 그녀를 빚어냈다. 그녀는 눈을 감았다. 괴로움에 맞서 싸웠다. 미소 지었다.

"베레니스!" 그녀가 소스라쳤다. 그가 반쯤 몸을 일으켜 그녀의 곁에 있었다. "이번에는 무슨 생각을 했나요? 어서……"

그녀가 망설이다가 말했다. "아마도 나만의 비밀이겠죠."

그는 기분이 상했다. 그녀가 여느 여자처럼 처신했다. 피하고, 어두운 지대를 남겨두었다. 아무런 가치도 없는 어떤 신비를 위해. 오래지 않아 그는 그렇게 생각한 것을 뉘우쳤다. 반투명 유리잔의 꽃 장식과 어우러진 차의 노란색 빛이 그녀의 얼굴에 번졌다.

그러는 사이 그녀는 뱀장어처럼 그에게서 빠져나갔다. 시간이 재깍재깍 지나갔다. 그는 그녀에 관해 어떤 것도 알아내지 못했다. 그녀도 그에 대해 이처럼 안달이 났을까? 이런 식으로 그를 더 잘 지배할 수 있다고 생각하는 걸까? 여자에게는 남자에 대한 이런 지배의 취향이 있다. 그녀는 그에게만 오로지 환영으로 남고 싶었을지도 모른다. 그렇지만 그녀는 완벽하게 인간적이다. 정면 돌파가 필요하다고 그는 생각했다. "베레니스."

"예?"

"당신의 사촌오빠가 말해주었는데, 왜 빠리에 왔죠? 왜 더 머물지 않죠?"

"왜냐하면……" 그녀가 얼굴을 몹시 붉히며 말을 중단했다. "당신에게 거짓말할 뻔했어요. 내가 이 말을 하면 아마 당신과 멀어지게 될 거예요."

"나와 멀어질 거라고요?"

"그래요. 진실이 당신을 내게서 멀어지게 할 거예요. 그리고 나는 원치 않아요. 당신을 잃고 싶지 않아요, 이제!"

이 '이제'라는 말에 오렐리앵의 가슴이 고동쳤다. 그는 그 어조에 속을까봐 두려웠다. 냉철한 확실성을 바랐다. "무슨 뜻으로 '이제'라는 말을 한 거죠?"

이 물음에 베레니스가 동요했다. 오렌지에이드를 조금 마셨다. 손가락으로 입술을 문질렀다. 뺨이 가볍게 떨렸다.

"무슨 뜻이냐면, 무슨 뜻이냐면…… 내게 너무 많은 것을 묻지 말아요! 보세요, 당신에게 거짓말할 뻔했잖아요. 무척 당황스러워요. 당신이 내게 거짓말하는 것이 싫은 만큼이나 나도 당신에게 거짓말할 필요가 없기를 바라요. 아, 오렐리앵! 어쨌든 삶에는 고상하고 순수하고 깨끗한 것이 있다고요, 어쨌든! 당신을 믿고 싶어요, 오렐리앵."

그녀가 문제의 관점을 바꾸었다. 하지만 그는 그녀가 한 표현이 두려웠다. 속으로 생각했다. '나를 속이고 있어.' 그러나 마음으로는 인정할 수 없었다. 그가 어떤 끔찍한 일, 어떤 상처를 건드렸다면? 말하지는 않았지만 그녀가 하는 모든 것에 비추어 그렇게 생각하지 않을 수 없었다. 거짓말이 어디에서 시작되는지 누가 알까?

"레누아르 길로 돌아가야겠어요."

"뭐라고요? 벌써요? 함께 저녁식사도 하지 않았잖아요?"

"사촌오빠 집에 손님이 있어요. 아뇨, 할 수 없어요. 오늘 하루는 이 정도로 충분해요. 더이상은 감당하기 힘들어요. 당신은 내게 너무 큰 선물을 줬어요. 그래요, 내게 말한…… 혼자 생각을 좀 해야겠어요. 언짢아하지 말아요, 부디! 내게 아무것도 묻지 말아요! 당신이 내게 준 것을 내가 받아들인다는 정도로만 생각해줘요. 아마도 그러면 안 되는데…… 하지만 어떻게요? 어떻게 거절하죠? 게다가, 어쩌면 내가 잘못 생각하는 것인지도 몰라요, 오렐리앵. 언젠가 나는 누군가가 내게 모든 것을 바치리라고, 마음속에 있는 모든 것을 내게 주리라고 꿈꾸었죠, 바로 이렇게. 왠지 모르겠지만, 아무것도 요구하지 않고, 아무것도 요구하지 않고서요. 내가 미쳤나봐요, 그건 우리와 상관없는 일인데!"

"베레니스!"

"우리의 꿈, 우리의 꿈! 당신은 틀림없이 나를 비웃을 테죠. 이 하찮은 시골 여자, 당신이 말하듯이……"

"베레니스!"

"책에서 그렇듯이, 아닌가요? 참, 그게 아니죠! 결코 책에는 있지 않을 것이 분명해요. 나는 꿈꾸었고, 당신을 보았어요. 그리고 당신은 내가 기대하지 않은 말을 했죠. 가혹한 말이었어요."

"베레니스, 사랑해."

그가 말을 놓은 것이 그녀의 가슴 한복판에 박혔다. 한동안 그녀는 손을 올린 채 말이 없었다. 바에서는 바람맞은 비행사가 술값을 치르는 중이었다. 그에게 한가한 저녁나절의 권태가 감돌았다.

"레누아르 길로 데려다줘요."

"그럴 수 없어요!"

"생각을 좀 해보세요. 내일은 온종일 당신과 함께할게요. 10시에 데리러 오세요. 함께 점심 먹어요."

"오늘 저녁에 나는 뭘 하죠?"

그는 비행사가 나가는 것을 바라보았다. 회전문을 통해 습하고 어두운 기운이 밀려들었다.

"우리를 생각하세요, 오렐리앵. 원한다면 륄리스에 가서 시몬과 얼마간 시간을 보내도 좋아요. 보세요, 믿잖아요."

이제야 그는 그녀가 처음 만났을 때 입었던 드레스를 입고 있다는 것을 알아보았다. 그가 멋없다고 생각했던 드레스였다. 그날은 눈이 어떻게 되었던 걸까?

오뻬라에서 빠시로 가는 길에서는 빙판과 차들 때문에 운전에 집중해야 했다. 그들에게는 너무도 긴 동시에 너무도 짧은 길로 느껴졌다. 오렐리앵은 어린 시절 극장에서 돌아올 때와 같은 기분이었다. 기회를 놓칠까봐 불안하고 두려웠다. 트로까데로 가로 어디쯤이 매우 어두웠고, 그는 그녀에게로 몸을 던졌다. 그녀가 그를 밀어냈다.

"안 돼요, 안 돼요, 이러지 마세요! 이러지 마세요!" 그녀가 작은 주먹으로 그를 때렸다. "그만해요. 그러지 않으면 내일 당신을 안 볼 거예요!"

그는 자신이 부끄러웠다. 말을 더듬었다. 다시 운전대를 잡고 차를 몰았다.

"날 용서해줄 거죠?"

어둠 속에서 말없이 그녀가 남자의 어깨에 자신의 뺨을 기댔다.

30

그렇지만 베레니스는 오렐리앵에게 거짓말을 했던 것이다. 오, 중요하지 않은 물음에 대해서였다. 레누아르 길에는 저녁식사를 할 사람이 없었다. 일요일 저녁이어서 하인들도 나오지 않았다. 여자 둘만 차가운 식사를 했다. 안 좋은 일이 있었음에 틀림없었다. 블랑셰뜨의 눈에 핏발이 서 있었다. 그녀가 말했다. "에드몽은 귀가하지 않을 거예요." 그녀는 괴로운 심정으로 베레니스를 슬그머니 곁눈질하고 여러가지를 추측하는 것이 분명했다.

베레니스는 온통 내면의 노래에 집중하고 있으면서도 가벼운 식사를 하는 것이 정말 좋은 체했다. 그러다가 서투르게 묻곤 했다. 잔과 접시가 부딪혀 깨졌다. "내가 정신을 어디 두고 있지!" 그녀가 호들갑스럽게 말했다. "나 자신에게 묻고 싶네요." 블랑셰뜨가 무뚝뚝하게 대답했다. 그리고 베레니스는 그녀가 정말로 그렇게 자문한다는 것을 알아차렸다.

"아까 애들을 안아주러 갔었어요. 아직 잠들지 않았더라고요. 나를 붙잡아두고 싶어 했죠."

"애들이 아가씨를 몹시 좋아하는 거죠, 아주 간단해요." 이 어머니가 입술을 오므리고 말했다. "가정부가 말해주었어요. 아침마다 빅뚜아르가 맨 먼저 니스를 찾고, 다음으로 아침식사를 달라고 하고, 그러고 나서 엄마를 찾는다던데요."

"나를 질투하지 않을 거죠?"

"아가씨를 질투해요? 아, 설마하니!" 블랑셰뜨가 설명하기 어려운 웃음을 지었다. 그녀는 틀림없이 그렇게 느꼈고 마음이 복잡했을 것이다. 그리고 마지막 할 말을 했다. "아, 빅뚜아르에 관해 말하고 싶었던 게 아니지!"

"그럼 누구에 관해서였는데요?"

둘 다 입을 다물었다. 빵을 잘게 썰고 서로에게 포트와인과 장봉을 권했다.

"어쨌든 에드몽은 아니에요!" 한참 만에 베레니스가 외쳤다.

상대방은 어깨를 으쓱했다. "허튼소리는 그만두자고요."

이번에는 베레니스가 어색하게 웃었다. 블랑셰뜨와 …… 사이에 무슨 일이 있었을까? 그녀는 그 이름을 말할 수 없었다.

텅 빈 주방, 몇개인지 모를 식탁, 한쪽 구석에서 반짝이는 모조 밀랍으로 만든 전기 초들, 호화로운 찬장, 두벌의 식기, 두 여자, 중간 크기의 뻬리에 탄산수 병. 붉은색과 금색의 길쭉한 방, 잔 속에 꽂힌 줄기 없는 꽃, 마르띤 가구점의 옻칠한 중국풍 의자. 블랑셰뜨 옆의 작은 종, 주방에 아무도 없으므로 그녀가 울리지 않을 종.

베레니스는 사과하는 것이 좋겠다고 생각했다. "알다시피 난 애들이 참 좋아요. 애들도 그렇게 느끼고."

블랑셰뜨는 이 말에 딸들을 대하는 자신의 태도에 대한 간접적인 비난이 담겨 있다고 생각하고 말했다. "너무 당연해요, 아가씨에게 일어난 일을 생각하면." 그녀는 자신의 말이 사촌시누이의 가슴을 찌르는 것을 알아차리고 만족스러웠지만 곧바로 이 만족감을 뉘우쳤다. "미안해요, 그런 말은 하지 않았어야 했는데……"

"오, 괜찮아요, 언니 말이 맞아요. 두 아이에 대한 나의 애착에는 내 환멸이 많이 들어가 있어요. 언니에게 애들은 뭔가 아주 단순하고 아주 정상적인 존재예요. 내게는……" 그리고 그녀는 자신이 생각했던 것의 대가를 치르려는 듯이 자신을 괴롭게 하는 것을 다시 언급했다. "슬퍼해서는 안 돼요. 언니는 젊고 인기가 있어요. 언니는……"

"그래요?"

베레니스가 한 이 말은 너무 이른 것이었다. 블랑셰뜨가 미소 지었다. 이 미소에 유령이 나타났다. 유령이 두 여자 사이를 떠다녔다. 한곳에 자리를 잡지 못하고 한 여자의 입술, 또는 다른 여자의 입술에서 맴돌았다. 참으로 길고 텅 비고 멋스러운 주방! 참으로 한적한 일요일 저녁! 도깨비불이 블랑셰뜨의 혀에 떨어졌다. "그런데 오늘 만났나요, 오렐리앵을?"

베레니스의 가슴이 너무나 세게 고동쳤다. 오렐리앵과 블랑셰뜨 사이에 뭔가 있었다. 그녀는 목이 메는 느낌이었고 이 느낌이 가시기를 바랐으나 쉽지 않았다.

"오렐리앵…… 오늘 아침 언니에게 그의 이름을 말했던 기억이 없는데요. 그래요, 만났어요. 어떻게 알죠?"

만나지 않은 척할 필요가 없었다. 아무도 없었고, 작은 디저트 나이프들이 식탁 가장자리에서 반짝이고 있었다. 블랑셰뜨가 일어나 찬장 쪽으로 걸어갔다. "배 먹을래요, 니스?"

그녀는 자기 아이들이 어른 친구를 위해 선택한 애칭으로 베레니스를 불렀다. 질투가 나지는 않았다. 슬펐다. 그녀가 대답을 기다리지 않고 돌아섰다. "샴페인을 한병 딸까요? 어떻게 생각해요? 이 방은 을씨년스러워. 광기를 한번 부려볼까요, 둘이서?"

베레니스는 거절할 줄을 몰랐다. 둘 중 누구도 이 샴페인을 마시고 싶은 마음이 없었다. 충분히 차갑지 않았기 때문이다. 그녀들이 샴페인 잔과 병을 들고 서재로 올라갔다. 말 안 듣는 어린 여자아이들 같았다. 너무 요란하지 않은 웃음으로 잠들었거나 다른 방에서 카드 게임을 하는 부모의 주의를 끌지 않으려 하는 듯이, 약간 희극을 즐기는 듯했다. 서로 상대방이 잘 속아넘어가는지 궁금해했다.

"영화 보러 가고 싶어요?" 블랑셰뜨가 말했다.

"오, 아니에요, 날씨가 안 좋고, 난 매일 저녁 외출했는걸요."

"알잖아요, 만일 아가씨가 영화 보러 가고 싶다면……"

"그러면 좋겠어요, 언니는?"

"아뇨, 나는 아가씨를 위해서 한 말이에요. 아가씨가 영화 보러 가고 싶다면……"

"나요? 전혀요. 하지만 만일 언니가…… 아까 누가 내게 말했기 때문에 하는 말이에요."

"누군가 아가씨에게 말했다고요? 만일 그이가 오렐리앵이라면, 그는 영화에 문외한이에요."

"왜 오렐리앵이라고 생각해요? 아니, 오렐리앵이 아니에요. 하지만 상관없어요."

"만일 아가씨가 영화 보러 가고 싶다면……"

서재도 주방만큼 썰렁했다. 두 여자를 보는 모든 책의 시선, 높은 곳의 커다란 모빠상 책 옆에 책을 찾고 나서 그대로 세워놓은 커다란 천연 참나무 사다리 같은 것 때문이었을 것이다. 블랑셰뜨의 목소리가 고장 난 괘종시계처럼 되풀이 들려왔다. "만일 아가씨가 영화 보러 가고 싶다면……" 샴페인 세잔이 그녀에게 미친 영향이 엄청났다. 베레니스는 약간 안달이 났다. "아니라니까요, 전혀 내키지 않아요. 무엇보다 머리가 아프네요. 미안하지만 침실로 가서 눈을 좀 붙여야겠어요."

블랑셰뜨는 그녀가 나가는 것을 바라보았다. 고개를 끄덕였다. 다시 한잔을 가득 채웠다. 그리고 이제 책들 한가운데에서 큰 소리로 혼잣말을 했다. "만일 아가씨가 영화 보러 가고 싶다면, 혼자 가요. 난 영화가 싫어!" 사물이 약간 뿌옇게 보였다. 샴페인 때문인가, 아니면 눈물 때문인가? 그러니까 베레니스는 오렐리앵을 다시 만난 거야. 그들은 자정 넘어 헤어졌어, 이튿날 다시 만나기로 하고. 세상은 그런 거야. 누구나 밤에 헤어지고 낮에 다시 만나지. 그들은 함께 어떤 즐거움을 찾아낼까? 실제로 그들 사이에는 아직 아무것도 없으니까……

그래, 에드몽은 애인이 있다. 그건 불을 보듯 뻔하다. 그런데 이번에는 심각하다. 그가 심술을 부린다. 악마적이다. 그는 무슨 생각을 하는 거지? 그는 자신이 무엇을 하는지 안다. 자신의 아내를 잘 안다. 그녀는 그의 아내다. 아무것도 할 수 없다. 악마적이다.

그녀가 작은 청동 스탠드 하나만 남기고 불을 끈다. 소파에 앉는다. 샴페인이 옆에 있다. 한모금 마신다. 생각에 잠긴다. 슬프다. 샴페인을 마셔도 소용없다. 나쁜 에드몽. 그는 그녀를 다룰 줄 안다. 우세를 차지해야 할 때면 언제나 그녀를 앞지른다. 남편 앞에서 그녀는 무방비 상태다. 그는 그녀의 마음을 읽는다. 그는 그녀의 마음속에 오렐리앵이 있다는 것을 어떻게 알아차렸을까? 그녀는 알지 못한다. 이제 이렇게 해서 그는 그녀에 대해 우위를 차지한다. 그녀가 혼잣말한다. "끌려다니기만 하다니 난 멍청해." 하지만 그녀는 남이 시키는 대로 한다. 그렇기 때문에 자신을 지키지 못한다.

그들 사이의 관계는 어린아이들이 놀 때와 같다. 처음으로 고양이라고 말하는 사람이 이긴다. 언제나 그가 처음으로 고양이라고 말한다. 오늘 저녁 그는 어디 있는가? 그 여자와 함께. 이번에는 어떤 여자일까? 이전에 여러차례 그녀는 알아서 괴롭다고 생각했다. 이번에는 알지 못해서 괴롭다. 그녀에게 말하지 않는 것은 그가 생각해낸 것이다. 슬픈 그녀가 자신에게 묻지 않는다고, 자신에게 모든 것을 말하라고 그녀를 학대한 후였다. 이번에는…… 더이상 아무것도 말하지 않는 것은 무엇을 의미할까? 그는 얼마나 냉혹한가! 마치 오렐리앵 때문에 그녀를 처벌하기라도 하는 듯이.

결국 오렐리앵…… 무엇보다 바로 에드몽 자신이 그녀를 오렐리앵 쪽으로 떼밀었다. 게다가 그들 사이에는 아무 일도 없었다, 아무 일도. 그녀는 손으로 입술을 짓이길 듯이 문질렀다. 너는 그걸 아무것도 아니라고 말하는 거니, 이것아? 그녀는 자신이 바보처럼 웃는 소리를 들었다. 어느날 저녁 그가 그녀를 껴안았다. 그다음에는? 그녀가 눈을 감았다. 아, 그가 여전히 그녀를 껴안고 있었다……

그녀는 베레니스의 존재를 떠올렸다. 그리고 울었다. 오랫동안, 오랫동안, 소파 위에서, 혼자, 샴페인 잔과 함께. 집 안의 정적 속에서 괘종시계의 금빛 추가 틱 탁 틱 탁 소리를 냈다. 마치 어느날 저녁 단 한번의 포옹 때문에 그녀를 학대하고 그 상상의 불충실로, 그 의도적 거짓말로, 그가 그녀의 면전에 집어던진 거짓말로 자신의 배신을 정당화할 권리가 에드몽에게 있는 듯했다. 아, 괴물. 그는 그녀를 잘 알았다. 그리고 그녀의 불안감, 소심함, 그 지긋지긋한 죄책감도.

그녀는 죄의 관념에 이끌려 갑자기 하느님을 생각했다. 공포를 느꼈다. 자기는 타락한 여자였다. 샴페인을 약간 더 마셨다.

31

침실에서 베레니스는 몹시 괴로워한다. 그 기쁨은 너무 강했다. 그 남자는 분에 넘쳤다. 있을 수 없는 일이었다. 그런 일이 일어날까? 그처럼 감미로운 기분을 얼마나 오랫동안 유지할 수 있을까? 누구나 사랑하는 존재를, 비록 잠시 동안일망정 떠난다. 그리고 세상, 날씨, 추위, 설명할 수 없는 다양성, 사람들, 물건들, 이 쓸쓸한 집, 사랑의 미래에 대한 이미지, 블랑셰뜨 등을 되찾는다. 블랑셰뜨, 그 여자는 얼근히 취해 있었다.

스스로 잘 알고 있듯이, 베레니스가 사촌오빠의 아내인 '그 여자'를 생각할 때 이처럼 마음이 격해지고 씁쓸한 것은 그녀가 얼근히 취해 있어서가 아니다. 그녀 뒤에는 유령이 있다. 정말일까? 베레니스는 이제 의심한다. 아까는 확신이 있었다. 어제저녁 극장에서 블랑셰뜨가 보인 모든 태도, 그 갑작스러운 귀가. 오렐리앵은 그녀를 사랑하지 않았던 것이다. 그렇다고 무슨 차이가 있을까? 그의 삶에는 여자들이 있었다. 당연하다. 하지만 베레니스는 그녀들을 알지 못했다. 반면에 블랑셰뜨는, 블랑셰뜨의 눈앞에 있을…… 그리고 블랑셰뜨는 여전히 그를 사랑했다. 에드몽에 대해 판단하는 나는…… 누구도 다른 사람에 대해 판단할 수 없다. 블랑셰뜨, 그녀는 불행하다.

또한 베레니스가 오렐리앵에게 거짓말한 일이 있다. 중요하지 않은 거짓말이지만, 거짓말은 거짓말이다. 중요하지 않다는 핑계는 얼마나 혐오스러운가! 그녀가 거짓말했다면, 그도 그녀에게 거짓말할 수 있지 않았을까? 거짓말하지 않았을까? 판단할 수도 믿을 수도 없다. 누구나 되는대로 살아간다. 얼마나 어리석은가. 그녀는 내일 그를 만나지 않을 것이다. 돌이킬 수 없게 되기 전에 그만둬야 한다. 그녀는 내일 그를 만나지 않을 것이다. 하지만 그는 틀림없이 여기로 그녀를 데리러 올 것이다. 어떻게 하지? 아침에 전화를 걸까? 그녀가 그의 목소리를 듣게 되면, 가망이 없다. 그녀는 이 점을 알고 있다. 전화하게 하는 것은 얼마나 잔인한가! 그녀는 그를 다시, 다시 한번은 만날 필요가 있다. 오로지 상황을 제자리로 돌려놓도록 그에게 말하기 위해서다. 그에게 들을 권리가 있는 그 몇마디 말을 하지 않고 그저 그를 피하기만 하는 것은 그만큼 용기가 부족한 것이다. 사실 그가 잘못한 것은 아무것도 없다. 그가 무슨 나쁜 짓을 했지? 그녀는 그에게 상처를 주고 싶지 않다.

그녀는 곧 떠날 것이다. 떠날 줄 알아야 한다. 깨끗이 떠날 줄 알아야 한다. 어쨌든 그녀는 떠나야 했고, 떠나곤 했다. 하지만 떠나기에 떠나기가 이어진다. 정말로 떠나기. 남아 있는 자신의 것을 불사르고 떠나기. 지난날의 편지, 추억의 선물이라면 더 쉽다. 그것이 쉽다면 무슨 보람이 있겠는가?

"나는 보람이 있기를 원하지 않아. 행복하기를 원해."

침실의 고독 속에서 그녀가 큰 소리로 말했다. 그리고 자신의 목소리에 놀랐다. 낯선 목소리. 이제 그녀는 자신의 목소리를 알아보지 못한다. 자신을 알아보지 못한다. 자기 생각의 일반적인 길을 되찾지 못한다. 오렐리앵의 영상이 그녀를 엄습했다. 그의 얼굴, 그의 걸음걸이, 그의 몸. 그녀가 어두운 쪽 어디로 눈을 돌리건 그가 보이고, 그녀를 둘러싸고, 그녀를 뒤쫓는다. 떠난다고 말하는 것은 좋다. 하지만 떨쳐버리려는 것과 함께하려고 떠난다면? 오렐리앵, 오렐리앵, 아, 견딜 수 없구나! 어떻게 그를 만나지 않을 수 있겠는가,

어떻게 포기한단 말인가?

그녀는 이 깊고 어두운 알코올을 조금 맛보았고 취기가 가시지 않았다. 이 현혹을 그저 현혹일 뿐이라는 듯이 포기한다는 생각에 익숙해질 수가 없었다. 침대에 몸을 뉘었다. 침대 옆의 낮은 전등만 켜져 있다. 어둠 전체가 오렐리앵으로 가득 찼다. 어둠 전체가 그녀에게로 밀착해왔다. 오렐리앵, 오렐리앵…… 그것은 어둠 탓이었다. 오렐리앵을 쫓아버리기 위해서는 어둠을 몰아내야 했다. 그녀는 망설였다. 그를 쫓아버린다? 아, 정말이지 자존심도 용기도 없다. 일어나서 구리 스위치 쪽으로 걸어갔다. 스위치가 세개다. 하나, 둘, 셋. 천장 코니스의 조명 장치, 거울 옆 벽의 전등, 열린 문으로 강렬한 흰빛을 내보내는 화장실. 그녀는 필기용 탁자로 걸어가서 또 전등을 켰다. 불빛이 펼쳐진 압지 위로, 시작했다가 중단된 뤼시앵에게 보내는 편지 위로 떨어졌다.

모든 불빛, 이제 유령은 없었다. 이제는 오렐리앵만 있는 것이 아니었다. 베레니스는 자신이 오늘 오후에 벗어놓고 정리하지 않은 드레스가 의자 위에, 탁자 위에는 모자와 장갑이 놓여 있는 것을 보았다. 일요일 저녁의 뒤죽박죽. 가정부가 여기는 치우지 않았던 것이다. 아침 이후로, 적어도 점심식사 이래로는. 옮겨진 의자, 펼쳐진 셔츠, 올이 나간 스타킹, 밤색 하이힐……

그녀는 널브러져 있는 것들을 치웠다. 정돈의 기계적인 몸짓은 떠남의 몸짓, 짐을 꾸리는 몸짓과 유사하다. 그녀가 붙박이장으로 가서 자신의 가방들 가운데 하나에 손을 댔다가 떠나기 전에 향수를 사야 한다고 생각했다. 아직 꽤 남아 있기는 했지만 빠리를 떠날 테니까. 새 외투를 입고 여행하는 것은 번거로웠다. 팔에 걸치고 가면 어떨까? 어머나, 몇시간의 여행 때문에! 그래도 그녀와 ……

사이에는 돌이킬 수 없는 것이 가로놓일 것이다. 그는 그녀에게 편지를 쓸 것이다. 그가 편지를 보내오리라는 것을 그녀는 알고 있었다. 만일 그가 오고 싶어 한다면…… 안 돼, 불가능한 일들이 있어. 그녀는 빠리를 떠날 것이다. 그리고 빠리와 더불어 그 황홀, 그 열의를…… 거기에는 ……여지가 없었다.

그녀는 빠리를 떠날 것이다. 오렐리앵을 단념한다는 생각에 가슴을 쥐어뜯고 싶을 정도로 마음이 아팠다. 하지만 빠리를 떠날 것이다. 눈에 눈물이 고였다. 그 거리, 그 강둑길, 그 공원, 빠리…… 다시 보였다. 지방의 끔찍한 권태. 다시 만날 사람들. 나날, 한없는 나날. 이 남자가 말한 것, 저 여자가 생각하게 될 것. 의사 부인, 뤼시앵의 친구, 그의 어머니. 그녀는 몽루주와 빠시, 바띠뇰, 까르띠에 라땡을 알아보았다. 끝났다. 어루만지는 빰 같은 뛸르리 공원, 은근히 사람을 꾀는 빠리의 깊숙한 곳에서 점차로 오렐리앵의 영상이 다시 나타났다. 그녀는 혼자였던, 그를 본 적이 없고 그의 모습을 보리라고 기대하지 않았던 장소에서 오렐리앵과 마주쳤다. 빠리는 그녀를 배신자로 간주했다. 그녀가 피한 사람과 서서히 뒤섞였다. 그녀가 눈물을 닦고 거울에 자신의 모습을 비춰보았다. 머리가 헝클어져 있었다. 빗을 꺼내 머리를 빗었다.

그녀의 마음속에서 오렐리앵의 사랑은 어느 정도로 한점 불순물 없이 순수했을까? 그녀가 믿은 것은 정말로 바로 그 격렬하고 절대적이고 돌이킬 수 없는 것이었을까? 그녀는 자책했다. 그녀가 사랑한 것은 그만이 아니었고 그에게서 그만 사랑한 것도 아니었다. 그것은 빠리, 빠리의 환상, 희미한 빛, 가지가지로 변하는 삶, 미지의 사람들과 유명인들의 모임, 위인과 행인, 옷치레, 진열창, 연주회, 극장, 바람 소리만 들리는 텅 빈 동네가 아니었을까? 어떤 인간의 형태에 달라붙으려 하고 자신에 대한 향수를 어떤 눈길에, 어떤 목소리에, 어떤 손의 압력에 연결하려 드는 그 모든 것이 아니었을까? 그녀에게 오렐리앵을 사랑하게끔 설득하는 그 모든 것에 대한 회한이 아니었을까? 그녀는 오렐리앵을 사랑했을까? 그녀는 처음으로 이렇게 자문했다. 처음으로 이렇게 자문한다는 생각에 소스라쳤다.

그렇지만 그가 그녀를 전혀 사랑하지 않을지 모른다는 것 때문에, 그가 그녀를 사랑한다고 믿은 만큼, 순진하게도 그렇게 믿은 만큼 더욱더 그녀는 마음이 흔들렸다. 그것은 용납할 수 없었다. 수긍할 수 없었다. 그녀가 그것을 더이상 믿지 않는다면, 그녀가 잘못 생각했다면, 그가 그녀를 속였다면, 그녀는 내일, 모레의 삶을 마음속에 그려볼 수 없었다. 여태껏 그것 없이 잘 살았는데, 무엇이 바뀌었지? 이런 말을 속으로 중얼거릴 때의 침착한 어조는 가짜다. 누구나 두렵기 때문에 속으로 이런 말을 한다. 베레니스는 오렐리앵보다 그녀 자신이 두려웠다. 환멸의 견디기 힘든 상처가 두려웠다. 그녀는 환멸의 우물이 어떤 것인지 알고 있었다. 거기에서 빠져나오는 것이 어떤 것인지 알고 있었다. 거기에서 빠져나오지 않는 것이 어떻게 가능한지 짐작할 수 있을 만큼 충분히.

그녀는 아직 거울 앞에 있었고 한없이 자신의 머리카락을 빗질했다. 족히 11시는 된 것 같았다. 밖에는 바람이 불고 있었다. 오렐리앵, 오렐리앵. 바람이 말했다. 오렐리앵! 그녀는 거울 앞에서 머리를 빗었다. 무의식적인 동작으로, 정성 들여. 머리모양을 바꾸었고 그런 다음에는 초조해져서 가지런히 묶은 것을 풀어 평소대로 늘어뜨렸다. 그리고 빗고 또 빗었다. 한없이 빗기는 머리카락에 빗이 걸리지 않는 순간이 온다. 오렐리앵……

그러나 이 모든 것이 한가한, 둘 모두 한가한 때의 환상이라면, 빠리, 어떤 것도 그들 둘의 한가한 마음, 그들의 텅 빈 드넓은 마음을 사로잡지 않는 그토록 공들여 다듬어지고 그토록 깨끗한 빠리에 대한 환상일 뿐이라면? 어린 시절이 거기 잠겼고 젊은 시절이 천천히 타고 있고 나중에는 가슴과 얼굴의 주름을, 그녀가 거울 안쪽에서 서서히 생겨난다고 생각하는 주름을 만들어내는 씁쓸한 흔적만을 남길 계속되고 연장되는 삶에 추가된 환상일 뿐이라면?

오렐리앵……

32

"일요일 잘 보냈어요?"

로즈는 대답하지 않았다. 자신의 일요일을 생각했다.

정오에 그녀는 깡봉 길을 통해 리츠 호텔로 들어갔다. 바에서 에드몽이 그녀를 기다리고 있었다. 그들은 살롱들과 레스토랑을 가로질렀다. 이 계절에 정원에서 저녁식사를 하는 것은 아주 기분 좋은 일이다. 에드몽은 매우 세련된 옷차림을 했다. 여자들이 적어도 로즈를 쳐다보는 만큼은 그를 쳐다보았다. "봐요, 로즈 멜로즈네요. 그녀와 함께 있는 꽃미남은 누구죠?"

그녀가 미소 지었다. 그녀의 마음에 드는 식탁이 없었다. 에드몽이 그녀 쪽으로 몸을 기울였다. "날씨가 나빠도 상관없다면, 내 차를 방돔 광장에 주차해놓았어. 아주 좋은 레스토랑을 알고 있는데……"

그들은 방돔 광장으로 나갔다. 길고 높은, 녹색에 붉은색이 어우러진 에드몽의 자동차 안으로 모습을 감췄다. 자동차가 단박에 몹시 놀라운 속도로 부드럽게 내달렸다. 도시를 가로지른다고 생각하지 못할 정도였다. 로즈가 검은담비 담요 아래로 몸을 웅크렸다.

"그런데 나를 어디로 데려가는 거지, 몽디네? 당신 말이 불을 토하네! 농담하기 없기야, 응?" 그들은 부아를 가로질러 달렸다. 그녀가 눈을 감았다.

"마치 춤을 추듯이 운전하네, 로즈를 가진 괴물! 그리고 춤추는 것이 마치……" 그가 입맞춤으로 그녀의 입을 막았다. 그의 삶에는 맹수의 여유가 있었다. 운전 중일 때는 택시 업계의 거물이건 노상강도건 누구나 똑같은 것 같았다. 그는 그녀를 베르사유로 데려갔다. 다시 한번.

호화 호텔은 정원에 면해서, 거의 정원 안에 있다. 오늘날의 왕들 또한 태양왕의 성으로 주말을 보내러 온다. 온갖 안락, 온갖 호사, 그리고 조심성. 대단히 유명하지 않아도 유명인사가 된다. 게다가 엄청난 접대! 자동차가 안마당에 급정거했고 에드몽이 능숙하게 현관의 낮은 계단 앞에 차를 세웠다. "내 스위트룸 준비됐나?"

출입구 담당자, 문지기, 종업원들. "15호실입니다." 급사가 모피 담요를 가져온다. 신사와 부인이 홀을 가로지른다. 승강기.

"자기가 전화했지." 로즈가 속삭였다. "좀 어색해 보였어."

그녀는 그가 틀림없이 깜짝 선물을 준비했을 것이라고 생각한다. 직원이 그들에게 이어진 방 세개를 열어 보여준다. 그녀는 첫눈에 알아차린다. 백장미와 연한 분홍색 장미가 넘쳐날 정도로 많다. 다시 말해서 ……에 쓰고도 남을 양이다. 그녀는 값을 계산해본다. 엄청나다. 모든 것이 장미꽃에 파묻힐 지경이다. 게다가 크리스마스이브에. 그녀가 돌아서서 최고로 아름다운 과장된 목소리로 말한다. "이봐, 당신은 정말 엉뚱해!"

그들을 수행한 급사장이 몸을 굽힌다. "식당에 가벼운 식사가 준비되어 있습니다. 신사분께서 주문하신 대로요. 부인이 원하신다면……"

"고마워, 마르셀. 나중에 부르지."

온도가 정말 쾌적하고 일정하네. 그리고 이 향기, 참 좋아! 로즈가 꽃을 몇송이 들어서 눈처럼 흩뿌렸다. "세상에, 에드몽, 자기는 너무 괘씸해! 굶주림과 추위로 죽는 사람들이 있는데 이렇게 큰돈을! 꽃에다!"

"나의 로즈를 위한 모든 로즈……"

그녀가 외투를 벗도록 그가 돕는다. 그는 정말로 젊고 강하고 잘생겼다. 아, 괴물, 그리고 큰 부자.

"우리의 모험에서 내가 좋아하는 점은 너무나 완벽하게 우아함이 없다는 거야!" 멜로즈 부인이 말했다.

에드몽은 로즈와 함께 어울리기를 좋아한다. 왜냐하면 그녀는 어떤 것 앞에서도 물러나지 않고 섹스를 좋아하고 뭐가 뭔지 모르지 않는 진짜 여자이기 때문이다. 까를로따 이래로 결코 그는 이만큼 자기에게 맞는 애인을 발견한 적이 없다. 그의 젊음이 아주 명백한 기적이라면, 그것은 또한 여행을 많이 하고 남자에 대해 여러가지 비교 기준을 갖고 있는 이 여자에게 그가 집착하는 이유이기도 하다. 그는 그녀가 해주는 칭찬을 몹시 좋아한다.

"자기처럼 옷을 잘 입는 사람은 본 적이 없어." 그녀가 말했다. "자기는 틀림없이 바지를 고르면서 인생을 보낼 거야, 불쌍한 사람."

"내가 무얼 하면서 인생을 보내면 좋겠어?"

"그 온갖 사업, 술책에도 불구하고 여유가 있어 보여!"

택시, 주택, 증권, 고무, 석유, 요컨대 그 모든 것에 그가 관심을 기울이지 않는 것 또한 그들 사이의 불문율이다. 로즈가 분명히 알아차렸듯이, 그는 자신이 로즈에게 중요한 인물, 정확히 말해서 어마어마한 사업가로 여겨지는 것을 싫어하지 않는다. 그리고 때때로 그녀는 그에게 이 점을 환기시킨다. 하지만 그가 두 세계에서 가장 멋진 바지를 갖고 있는 것은 사실이다. 셔츠와 양말은 말할 것도 없다. 게다가 그는 소녀처럼 몸단장하고 짐수레꾼처럼 힘이 세다.

"자기가 몇시에 일어났는지 궁금해, 몽디네. 그러니까 몸에 들이는 정성, 옷차림에 신경 쓰고 준비하는 그 세심한 방식 때문에…… 자기는 온몸이 자전거경기 선수의 장딴지 같아. 아침나절만으로는 충분하지 않을 게 틀림없어. 아, 아파, 짐승 같아!"

두말할 것 없다. 백만장자 기둥서방은 호감이 간다. 몽디네 같은 똑똑한 남자는 더욱 그렇다. 그와 함께 있으면 자신을 실제보다 더 젊게 보일 필요가 없고 바로 이 점을 그는 좋아한다. 그리고 그녀는 제법 섬세해서 그것을 느끼고는 자신의 나이에 대해 말하고 자기를 낮춘다. 약간 처량하긴 하다. 그렇지 않겠는가? 또한 결코 이 미남에게 그녀가 그를 붙잡는다거나 그가 그녀의 것이라고 느끼게 하지 않는다. 반대로 매번 마지막이라고, 그녀 스스로 이해할 수 없는 마지막 변덕이라고 생각하는 체한다. 게다가 그에게 매달리지 않을 것이다. 말할 나위도 없다.

"내 미개인," 그녀가 속삭인다. "내 범죄자! 자기는 어머니와 동침하는 셈이야, 자! 자신이 무얼 하는지 몰라. 미남이야. 그건 죄라고. 이렇게 늘 미남인 것이 피곤하지도 않나봐!" 그것은 그를 피곤하게 하는 것 같지 않다.

그들은 푸아그라를 맛있게 먹었고 장미꽃으로 방 안을 어질러 놓았다. 로즈는 푸아그라를 몹시 좋아한다. 고급 시트를 덧씌운 커다란 침대에서 에드몽을 바라본다. 에드몽은 온통 발가벗고 침실과 욕실을 오간다. 물이 노래한다. 그가 그녀 앞에서 다시 몸단장을 하는 모험을 한다. "정말 근사한 노출증 환자야, 자기! 이리 와봐. 자기를 조금 가져보게. 신사 양반, 당신의 다리는 눈으로 보라고만 있는 건 아니거든요."

그는 의기양양하다. 다른 여자들에게는 늘 의심이 일었다. 돈이 침대에서 어떤 것인지 너무 잘 아는 남자의 의심. 이 여자와 있을 때는, 자신이 그녀의 경제력을 벗어나 있지 않았다면 그녀가 잘 즐겼을 남자라고 느낀다. 그런 여자가 로즈 멜로즈, 당당한 로즈다. 그는 그녀를 또다시 부르짖게 만들 것이다.

"대단해, 자기는 언제나 팔월…… 그맘때의 태양에 그을려 있어! 어떻게 하는 거야? 헤르메스 신전에서 나온 것 같아. 그리고 보들보들한 이 털, 거의 외설적이야. 이렇게 털이 난 남자를 본 적이 없어! 자기 옆에 있으면 나는 무처럼 보여." 그녀는 자신이 눈부시게 희다는 것을 잘 알고 있고 실제로 몸매도 일품이다. 그녀의 가슴은 최상급이다. 작아 보이지만 그렇지 않고 남자의 통로가 될 만큼 벌어지지도 않은 것 같다.

그녀가 속삭인다. "생각하면, 자기는 아주 젊고 매혹적인 아내가 있지. 그런데 여기 내 품에 있어. 아, 거짓말쟁이! 거짓말쟁이! 어떻게 자기를 믿으라는 거야?"

"내가 그녀를 사랑하지 않는다는 걸 잘 알잖아."

"그렇지만 그녀와 결혼했어."

"난 속옷을 좋아해, 어쩔 수 없잖아. 그리고 즐거운 시간을 보낼 수 없었어!"

그녀는 그의 냉소주의를 몹시 좋아한다. "내 천덕꾸러기!" 얼굴이 약간 말상이고 손이 그다지 곱지 않은 블랑셰뜨에 대해 그녀는 말로는 너그럽지만 한방 먹이기를 꿈꾼다.

"이봐, 암송아지, 자기 아내는……"

"내 아내가 뭐, 로제뜨?"

"우선, 자기는 그녀에게 감췄어. 우리의 친애하는 마리가 아는 것도 원치 않았지, 그녀 때문에. 그러고는 변했어."

"변한 건 상황이야."

"어떻게?"

그가 침대에 앉는다. 무릎을 접고 팔로 다리를 감싸 안은 자세로, 둥글게 말린 어깨가 두려울 정도로 억세 보인다. 약간 성긴 머리카락, 깊은 눈, 작은 머리가 먹잇감을 겨냥하는 것처럼 보인다. 치열이 고르다. 그가 말한다. "사실은……"

그녀는 그의 말을 건성으로 들었다. 요컨대 그가 말하는 것을 대충 따라갔는데, 그가 심리분석을 할 때 쓰는 말투라는 것을 잘 알고 있었기 때문이다. 그는 심리분석을 좋아했고 이는 그와 같은 남자의 경우에는 눈감아줄 수 있는 사소한 웃음거리였다. 로즈는 심리학에 넌더리가 났다. 그래서 라신을 공연할 때, 한번에 많은 시행詩行을 들어야 했고 관객에게 잊히지 않아야 했을 때 열심히 익힌 대로 깊이 관심을 가진 표정을 지었다. 그리고 무엇이 문제인지 어렴풋이 이해했다.

대체로 그들의 결혼 생활 초기에는 블랑셰뜨가 에드몽에게 순종해서 남편은 자기 행위의 여파에 조금도 신경 쓸 필요가 없었다. 까를로따에게서 살아 있는 먹잇감을 빼앗아야 했던 블랑셰뜨는 남편이 그녀에게 돌아가지 않아서 너무나 행복했고 께넬 영감이 그녀와 결혼한 후에도 행여나 남편이 그럴까봐 몹시 두려웠다. 께넬과 그의 딸 사이에는 크게 닮은 점이 있었다. 예전에 그 늙은이는 까를로따를 독점할 수 없다는 것을 알고서 자신의 애인을 사위가 될 남자와 공유하는 데 동의했던 것이다. 블랑셰뜨도 똑같이 남편이 자신만의 소유가 아니라는 것을 겸허하게 운명으로 받아들였다. 전쟁 때문에 떨어져 살 수밖에 없었던 탓에 이런 상황이 더 확실하게 굳어졌고 에드몽의 솔직함으로 인해 더욱 눈에 띄었다. 교활함과 못된 쾌락에 기대어 그는 공공연히 애인들 때문에 아내에게 고역을 치르게 했다. 아내를 괴롭히는 것이 좋았고, 그가 그녀에게 숨기지 않는 것을 그녀가 비난할 수 없었기 때문이다.

하지만 세월이 흐르면서 그는 그녀에게서 들으려 하지도 않고 말로 표현하려 하지도 않는 저항을 느끼기 시작했다. 여전히 그녀는 에드몽이 자유분방하게 생활하는 것을 묵인했다. 그 끊임없이 지속되는 고통으로 괴로워했다. 그가 원할 때 그녀는 다시 고독 속으로 떨어졌고 그 연장된 고독 속에서 블랑셰뜨는 변해갈 따름이었다. 오, 매우 천천히. 그녀는 생각에 잠기는 것에 익숙해졌다. 그러다 문득 에드몽은 그녀가 곧 그에게서 벗어나리라는 것을 간파했다. 그녀도 모르는 사이에. 그녀는 여전히 그를 사랑했다. 그를 속이기에는 너무 신앙심이 강했다. 잠깐 동안의 사소한 연애라도 하면 상황이 좀 나아졌으려나. 심지어 그는 그녀를 위해 이런 생각까지 했다. 그녀가 연인을 부득이한 해결책이라 생각한다면 그는 그것으로 충분했다. 그가 바라는 것은 그녀가 그를 떠나지 않는 것, 그녀가 그를 길거리에 내버려두지 않는 것이었다. 똑같은 재산을 되찾으러 가야지! 애들이 있었다, 물론. 확실한 보증이었다. 그는 아버지였다. 하지만 세월, 세월…… 세월이 흐름에 따라 남자건 여자건 변한다. "내가 스무살이었을 때를, 로제뜨, 자기는 몰라. 그때는 아무도 두렵지 않았지. 그래, 아침은 사양할게. 서른살의 남자가 자기 몸을 돌보지 않는다면…… 나는 내가 돌봐, 물론이지. 아침마다 샌드백을 치고 일주일에 두번씩 펜싱 수업을 받아."

"그건 그래. 잘하고 있어. 살찌면 안 돼."

"고마워. 중단하지 않을게! 아직 목표에 도달하지 못했는데도 하루하루 지남에 따라 이 역할을 계속해서 할 수 있을지, 변함없이 공연 중일 수 있을지 더 불확실해져. 내가 아직 그녀에 대해 갖고 있는 이 권력보다 사랑받지 못하고 늙어가는 것에 대한 블랑셰뜨의 두려움이 더 강해질 때가 올 거야."

로즈는 아름다운 근시의 눈을 반쯤 감고 연인의 입술 움직임을 지켜보았다. 그는 노쇠의 초기 징후를 한탄했다. 게다가 전쟁이 그를 망쳤다고 단언했다. 배가…… 이런 아첨꾼 같으니! "참호, 갱도 같은 게 미용에 좋다고 생각하는 건 아니겠지. 물과 진창 속에서 두번의 겨울을 보내봐!"

"류머티즘 때문에 비싼 돈을 치르고 진흙목욕을 하는 사람들도 있어."

"에이, 나는 그것 때문에 류머티즘이 생겼어. 봐, 내 발목에 약간의 흔적이 있지."

"다행히도 전쟁이 일어났어." 그녀가 한숨을 쉬었다. "전쟁이 없었다면 자기는 악마 같았을 거야!" 이 남자가 자신에 관해 이렇게 말할 수 있었을까!

"블랑셰뜨는 스물여덟살이지." 그가 말했다. "그녀의 마음속에서 무의식적으로 다른 나이에 대한 의식이 움트고 있어. 이제는 내가 지배하던 소녀가 아니야. 그녀를 똑바로 걷게 만들려면 그녀에게 전념해야 해. 그런데 내 머릿속에는 다른 것이 있지, 그렇지 않나요, 부인? 내 자유를 희생하고 내 재산을 관리하는 것, 내게는 별것 아니야. 내가 생각했었다고 말했지, 잠깐 동안의 사소한 연애……" 그가 오렐리앵의 품 안에 그녀를 내던진 것은 바로 이런 이유에서였다. 그는 오렐리앵을 잘 알았다. 그 녀석이 무슨 큰일을 벌이겠어. 아내를 앗아가려고도 하지 않을 거야. 그런 것은 그의 취향이 아니었고 게다가 그들 사이에는 전선의 추억이 있었다.

"자기 아내가 뢰르띠유아와 잤어?"

이번에는 그녀가 관심을 가졌다.

"농담하는 거야? 그들은 어설픈 스킨십에 그쳤어. 오, 난 사정을 알고 있지! 상황 파악을 위해 모든 것을 했으니까. 블랑셰뜨는 몰랐어. 그게 알고 싶은 거야? 그녀는 여전히 나를 열렬히 사랑해. 그리고 엄마잖아! 게다가 그 나름대로 역할을 하는 개신교는 말할 것도 없고."

로즈는 더이상 관심을 갖지 않았다. 자지 않는 여자들은 지저분해. 소심한 거야, 아마도. 그렇다. 하지만 에드몽은 눈치가 빨랐다. 다른 것도 알고 있었다. 문제는 아내가 오렐리앵과 자지는 않겠지만 오렐리앵 생각만 한다는 것, 그가 연인인 경우보다 더 그에게 사로잡혔다는 것이다. 그녀는 그를 사랑했다. 그를 사랑해서 괴로웠다. 그를 사랑하는 것이 원망스러웠다. 거기에 위험이 있었다.

"오, 그녀가 자지 않았다니!" 로즈가 말했다. "자기가 속한 세대에서도 당신들은 너무 복잡해, 내 귀염둥이!"

그리고 그녀는 자기만족의 몸짓으로 시트를 걷어 가슴을 드러냈다.

에드몽이 말을 이었다. 속절없이 블랑셰뜨가 그를 떠날 날이 올 것이다. 어쩌면 십년 안에, 하지만…… "마흔에도 난 멋질 거야. 내 스타일을 잃지 않고 넥타이, 자동차를 갖기 위해서는 또다른 블랑셰뜨를 찾아야 할 테지. 그리고 마흔에는 늙은 여자를 얻을 수밖에 없겠지."

"내 입맛에 맞는 누군가겠지, 귀염둥이." 로즈가 젖꼭지를 엄지 손가락으로 만지작거리면서 그의 말을 끊었다.

"내가 늙은 여자라고 하면 늙은 여자인 거야." 그때까지 오렐리앵 문제가 악화돼서는 안 되었다.

로즈는 정말로 다른 데에 정신이 팔려 있었다. 애교를 부리며 에드몽에게 기대어 몸을 둥글게 웅크렸다.

"이제 그만해둬." 그가 말했다. "당신은 너무 정열적이야. 그래서 난 오렐리앵을 내 사촌동생에게 붙여놓을 생각을 했지."

"사랑스러운 베레니스? 그녀는 못생겼지만 마음에 들어."

"가만있어봐, 어디까지 말했더라. 그래서 몹시 당황한 블랑셰뜨는 더이상 내게 감출 수 없었지. 오늘 아침에 우리는 대판 싸웠어. 그녀가 고백했지. 그녀는 열불이 나 있어. 지독한 죄책감을 갖고 있고. 나는 고매한 영혼 행세를 했지. 이렇게 된 이상 우리 사이에는 더이상 아무것도 없어. 나는 결별에는 반대야!"

"천박해!"

"억지로 나를 덮치지 마, 녹초가 됐어. 그러니 이런 상황에서 나는 누군가를 가질 권리가 있지 않아? 블랑셰뜨는 나를 잘 알아. 나 같은 사람의 기질을 말이야."

"으스대기는! 기질 얘기를 하다니."

"조용히 있지 않으면 찰싹 때려줄 거야."

"그럼 기질에 관해 말하지 마!"

"알려줄 게 있는데, 내가 하는 말을 잘 들어준다면……"

"말해봐."

"자, 아가씨, 나는 이제 결코 숨지 않겠어. 결국 그것이 당신에게 도움이 되는 한 자끄를 상대로, 물론……"

"자기는 두렵지 않나봐, 블랑셰뜨가……"

"아니야, 그녀가 잘못한 결과니까."

"아, 말이 지나쳐! 그녀의 잘못이라니."

"당신이 그녀의 잘못이라고 말했지. 이제부터 내가 당신을 부양한다면……"

"자기가 나를 부양해?"

그녀가 이번에는 진지하게 그를 바라보았다. "허풍 아니지?"

"그럼. 내가 푼돈이나 내줄 거라고 생각하나본데……"

"아, 맞아, 멜로즈 제품."

"그건 시작에 불과해. 당신은 극장을 갖게 될 거야."

그녀가 그를 덮치고는 가볍게 깨물고 베개 밑으로 밀어붙였다.

"그만해, 정말 비겁해! 기분 잡치잖아! 그거 비싼 거라고, 잊지 마. 아직 필요할 거야!" 그들은 잠시 숨을 돌렸다.

"잠깐만." 그가 말했다. "나는 미래를 생각해야 한다고. 눈에 띄는 것들 때문에, 예컨대 멜로즈 제품을 위한 합자회사, 극장 같은 것 때문에 어느날 이혼의 빌미가 될지도 모를 흔적을 남겨서는 안 돼."

"어쩌지? 멜로즈 제품은 아주 분명히 눈에 띌 텐데!"

"그것참, 가능하다면 다른 출자자들을 찾아내야…… 방어하려면 상업적으로 보이게끔, 필요한 경우에 이름을 빌려줄 사람들을…… 진지하다고, 깊이 생각해봐."

"출자자들? 이봐, 귀여운 몽디네, 출자자들은 침대에서만 찾을 수 있어."

"바보같이 굴지 마세요, 부인, 우리는 질투가 천성이야!"

그녀가 자신의 이마를 쳤다. "생각났어!"

"그래? 알려줘."

"마리! 기막힌 생각이지, 안 그래? 이사회에 빼르스발 부인을! 그리고 그녀는 내게 빚이 있어, 그 늙은이 때문에. 그녀가 우리를 돕지 않으리라고 생각해?"

"만일 내가, 아니, 당신이 부탁한다면 마리는 결코!"

"아, 바보같이 굴지 마, 귀염둥이! 나도 질투심이 있다니까!" 그녀가 발톱을 드러냈다. 그가 목을 붙잡았다. 그녀가 아래에서 헐떡였다. "아, 아, 내가 자기한테 말했었지, 자기는 승낙하게 될 거라고!"

의사 드꾀르가 처량한 눈빛으로 아내를 뚫어지게 쳐다보면서 "일요일 잘 보냈어요?"라고 물었을 때, 그녀는 대답하지 않았다. 자신의 일요일이 다시 눈에 어릿거렸던 것이다. 그들 주위로 보잘것없는 중이층에 의료용품이 어지럽게 뒤섞여 있었다. 극장의 칸막이 좌석처럼 무질서한 이 보헤미안풍의 공간이 희미한 조명과 새벽 2시의 고요 속에 잠겨 있었다. 그녀의 눈에 자신의 일요일이 다시 어렸다. 자끄의 가슴이 두근거리는 소리를 뚜렷이 들을 수 있었다. 가련한 남자. 너무도 점잖은. 그는 자신이 할 수 있는 것을 했다. 그녀를 좀처럼 난처하게 만들지 않았다. 틀림없이 저녁나절 내내 창문 뒤를 지키면서 지나가는 자동차마다 신경을 썼을 것이다. 무얼 할 수 있었겠는가? 그녀는 역시 그녀다웠다. 남편 쪽으로 몸을 돌리고 말했다. "지끼, 내 극장이 생기면 좋아해줄 거야?"

33

오렐리앵은 아침 8시에 일어났다. 새벽. 큰 소란. 뒤비뉴 부인은 집 안이 텅 비어 있는 것을, 그리고 주방의 식탁에서 한없이 이어지는 부탁 사항을 보고는 자신의 눈을 의심했다. 이른 시간에 집 청소가 이루어진 것이 틀림없었는데 11시부터나 일을 시작하는 뒤비뉴 부인에 의해서는 아니었고, 찬장에는 간식거리가 준비되어 있었다. 그녀가 고개를 끄덕였다. 나리는 탈이 났었다. 그에게 달콤한 것이 필요했고 이후로는 그것에 손을 대지 않았다.

"날씨가 참 좋아요!" 베레니스가 말했다. 그녀는 그를 서재에서 십오분 정도 기다리게 했다. 9시도 되기 전에 사촌의 집을 찾아오다니 참 분별없는 짓이지 뭐야! 그녀는 진청색 투피스 차림으로 금발머리 위에 뾰족한 벨벳 모자를 쓰고 있었는데 거의 남자 모자처럼 보였다. 오렐리앵은 그녀의 옷차림이 놀랍도록 서투르다고 생각했다. 그녀는 잠을 거의 자지 못한 듯 눈 밑이 살짝 거무스레했다.

"그렇죠, 안 그래요? 지난밤, 눈, 그리고 오늘 아침……"

그들은 둘 다 창문으로 빠리의 담청색 하늘, 해를 바라보았다. 그녀가 웃었다. "이런 날씨는 우리를 위한 것이라고 생각하려 했어요. 그러고 나서 기억이 났죠. 성모마리아를 위한 거예요."

"성모마리아요?"

"잘 알잖아요. 동지 전후의 이주간, 물총새가 파도의 움푹한 곳에 둥지를 틀 수 있을 만큼 바다가 잔잔해지는 때, 성탄절 전의 며칠은 자신의 어머니가 겨울 날씨로 괴로움을 겪지 않기를 신이 바랐기 때문에……"

그가 고개를 가로저었다. "이런 평온한 날들은 우리를 위한 거죠." 그가 말했다. "왜냐하면 사랑……"

"입 다물어요, 여기서는!" 그녀가 그의 입에 손가락을 갖다댔고 그는 그것을 잡고 오래 입맞춤했다. 문이 열렸다. 블랑셰뜨가 들어왔다. 그녀가 그들을 깜짝 놀라게 했을까?

"미안해요, 난 점심 먹으러 돌아오지 않을 거예요." 베레니스가 말했다.

"편할 대로 해요."

블랑셰뜨가 오렐리앵에게 손을 내밀었다. 옛날식으로 레이스가 달린 실내복 차림이었다. 그들은 두 거실, 현관홀을 가로질렀고 현관홀에서 오렐리앵은 어릿광대와 공 위의 곡예사를 표현한 청색시대의 커다란 삐까소 그림을 보았다. 께넬 영감이 준 것이겠지.

"저것 좋아해요?" 베레니스가 약간 불안한 표정으로 물었다. 그에게 그림에 대한 취향이 있기를 바랐을 것이다. 그가 대답했다. "그래요. 꽤, 그의 입체파 그림보다 더…… 오, 아니에요, 모피 외투는 입지 말아요. 알다시피 날씨가 아주 온화하거든요."

그렇지만 그녀는 외투를 입는 편을 좋아했다. 특히 차 안에서. 그에게 자동차가 있나? 5마력짜리 자동차가 보도 옆에 세워져 있었다. 오렐리앵은 자신이 무엇을 바라는지 몰랐다. 그녀를 자신의 집으로 데려가기, 물론이었다. 하지만 이처럼 곧장 서두르는 것이 좋지 않게 보일까봐 두려웠다. 게다가 이 봄날 같은 성탄절 때문에 마음이 흔들렸다. 시골로 간다면? 마리 드 뻬르스발에게 했을 법한 제안과 어쩐지 너무 유사했다. 베레니스는 앵그르, 마네의 그림을 보러 루브르로 가는 것을 좋아할 거야. 월요일에는 박물관이 문을 닫잖아. 별수 없지. 그들은 그날 오전을 어떻게 보낼지 계획을 생각했다. 각자 생각한 것도 함께 생각한 것만큼 많아서 어떻게 해야 할지 몰랐다. 행복의 가장자리에서 방향과 길을 잃어 혼란스러운 느낌이었다. 사실 오렐리앵은 보도 옆에 세워둔 자동차 안에 머물러 있었을 것이다, 그 작은 손을 쥐고서.

베레니스가 그를 쳐다보았다. 몸이 참 크구나. 얼마나 이상한지! 그녀는 그에게서 알 수 없는 품위를 발견하고서 당황했다. 그녀는 생각했다. 평소에 남자들은 몹시 어색한데…… 그녀는 감히 일반화하려고는 하지 않았다. 뤼시앵의 마음을 아프게 하지 않으려고, 뤼시앵 생각을 하지 않기 위해서.

"결정을 해야 하는데……" 오렐리앵이 말했다. "내 집으로 가죠."

그는 이 말을 하자마자 얼굴을 붉혔다. 뒤비뉴 부인은 몇시에 도착했을까? 언제나 도착 시간이 몹시 들쭉날쭉했다. 그래서 집 청소가 되어 있지 않다면…… 베레니스는 이렇게 낯을 붉히는 것을 보고 다르게 해석했다. "아뇨, 당신도 아니라는 것을 분명히 느끼잖아요. 이렇게는 아니에요."

이는 그녀가 하고 싶던 말이 아니었고 이번에는 그녀가 당황했다. 그녀의 말이 이어졌다. "어디든 가요, 빠리 안에서, 아무도 마주칠 수 없는 곳으로요. 아주 평범한 까페나…… 난 까페를 좋아해요."

그가 아르므농빌 길의 부아를 제안했다. 온갖 사람과 마주칠 텐데! 아니다. 큰길들. 오전에는 위험이 없다. 연동장치에 윤활유가 필요했다. 그들은 이 겨울의 막간에, 이 경쾌한 빠리에서 떠돌았다. 그랑 불바르에서 오렐리앵은 망설였다. 뿌세도 이딸리아 까페도 영국 까페도 곤란했다. 모든 까페는 약속, 만남이 이루어지는 곳이었다. 그는 추억조차도 없을 전혀 새로운 곳을 원했을 것이다. 그녀는 우연한 마주침이 정말로 일어날 것 같지 않은 더 평범한 곳을 원했다. 그들은 결국 샛길이 건너다보이는 까페로 들어가게 되었다. 거울과 출입문의 창유리에 빛이 다채롭게 반사되어 마치 극장에 온 것 같았다. 아직 남아 있는 고풍스러운 장소로 여기저기가 금색이었고 머리 장식이 복잡한 작은 갈색 기둥들, 붉은색의 긴 의자들에 옷걸이는 르네상스풍이었다. 탁자 위에는 은박 글자가 적힌 책받침, 일부분이 찢겨나간 전화번호부가 널브러져 있었다. 동판을 댄 마호가니 바 뒤로 커피머신이 한대 있었고, 머리카락을 작게 말아올리고 얼굴에 분칠을 한 계산대의 여자가 몽상에 잠겨 있었다. 이층의 당구장으로 올라가는 계단의 난간 아래에는 등불을 든 조각상이 있었다. 대리석의 결이 노인의 손에 불거진 정맥 같았다. 온갖 색깔의 색종이 조각들이 어지럽게 흩뿌려진 무늬의 바닥이 유일하게 현대적인 것이었다. 한쪽 구석에서 편지를 쓰다가 찢곤 하는 젊은 남자 한 사람을 제외하고는 아무도 없었다. 얼마쯤 후에 젊지 않은 갈색 머리의 뚱뚱한 여자 둘이 홀 반대편에 와서 앉았고, 꼬냑을 주문하고 서로 사진을 보여주었다.

여기로 오다니 정말 어이가 없었다! 지금의 감정과 어울리지 않는 이런 곳에서…… 베레니스가 그를 만류했다. "나는 여기, 이 까페, 아뻬리띠프 광고판, 파란 사이펀 병, 이제는 당신이 보지 않는 모든 것이 좋아요. 여기가 편해요. 당신 이야기를 더 잘 들을 수 있고요. 실내장식의 우열을 가릴 건 없잖아요."

"바로 그거예요." 그가 말했다. "그게 마음에 안 들어요, 실내장식이. 하지만 우리가 무대에 서는 건 아니니까."

그녀는 자신과 그가 같은 감흥에 젖기를 바랐을 것이다. 그와는 반대로 실내장식, 배경에 매혹되었다. 커다란 창유리 뒤로 큰길과 행인들이 보였고 옆으로 상점가, 저 희미한 수족관, 12월의 태양…… 오렐리앵은 그녀가 한 이 어색한 표현에 살짝 눈살을 찌푸렸다. 그녀에 대해 이런 어렴풋한 거북함을 두세차례 느낀 차였다. 상당히 부자연스러운 태도. 아마도 수줍어서였을 것이다, 아마도. 그녀는 현대적인 것에 흥미가 있었다. 전위적인 집단의 정신을 사로잡는 것에 대한 어떤 속물근성. 그는 그녀가 뽈 드니와 함께 외출했던 것을 떠올렸다. 몹시 슬퍼졌다. 이 여자를 교정해주고 싶었다. 무슨 권리로? 게다가 당시에 그는 그녀를 선택한 것도 아니었고 그녀는 뽈 드니에게 내맡겨져 있었다. 그는 자신이 모르는 그녀의 온갖 종류의 특성에 대해 어떻게 해야 할지 몰랐다. 아, 그녀를 붙잡아 꼭 껴안는 것으로 충분히, 사라질 것이다.

그녀가 벨벳 모자를 벗어 대리석 탁자 위에 놓고 금발머리를 흔들었다. 희미한 빛 속에서 힘 있는 머리 타래가 초록색으로 반짝거렸다. 웨이터가 그들 앞에 커피 두잔을 놓았다. 베레니스는 설탕을 가지고 놀면서 커피에 손을 대지 않았다. 그는 그녀가 커피를 마시기를 바랐을 것이다. 몹시 바랐을 것이다. 하지만 그녀에게 마시라고 결코 말하지 않았을 것이다. 이제는 그녀를 사랑한다는 확신이 일지 않았다. 어떤 것도 확신할 수 없었다. 오해가 있었다면? 생각도 하기 싫었다. 그녀를 사랑한다. 자, 그녀를 사랑한다. 다만 그렇다는 관념에 아직 익숙지 않은 것이다. 아니야, 그녀를 사랑하지 않는다. 환상을 품었던 것이다. 이제 궁지에서 벗어나야 한다. 어떻게? 그 자신의 덫에 스스로 걸려든 기분이었다. 그는 거의 그녀를 알아보지 못했다. 더 홀쭉하고 덜 여성스럽다고 생각했다. 그가 긴 의자 위에서 살짝 움직였다. 그들은 나란히 앉아 있었다. 갑자기 탁자 밑에서 그의 다리가 베레니스의 다리에 부딪혔다. 둘 다 서로에게서 약간 떨어졌다. 오렐리앵의 생각이 뒤흔들렸다. 그의 다리가 그녀의 다리와 부딪혔다고 해서 어떻게 그토록 상스럽게 동요하는지! 그래. 그녀가 여기 있다는 것이 얼마나 특별한가! 그녀의 다리가 어떻게 생겼지? 그는 한번도 본 적이 없었다. 날씬해, 아주 날씬한 것 같아, 아마도 너무……

그는 자신이 마음속에 품고 있는 것, 자신의 실망, 은밀한 움직임, 이 갑작스러운 열기를 그녀가 눈치채지 못하도록 말을 했다. 줄곧 말했다. 무슨 말을 하는 거지? 거의 알지 못했다. 자신이 생각하는 것과 숨바꼭질하고 있었다. 그녀를 사랑하는 것이 두려웠다. 그녀를 사랑하지 않는 것이 두려웠다. 그들은 실없이 거기, 까페에 있었다. 그들에게는 너무도 시간이 부족했다. 문득 그는 그녀를 곧 잃어버리리라는 것을 의식했다. 그녀를 사랑한다는 것이 더이상 의심스럽지 않았고, 가슴이 두근거렸다. 자기 입으로 내뱉는 어리석은 말에 귀를 기울였다. 무엇에 관해 말해야 했을까? 다른 것, 다른 것. 모든 것이 얼마나 가소로운지. 그녀는 그를 알지 못했다. 만일 안다면 그를 사랑할까? 사랑받으려면 어떻게 해야 하는지 아무도 모른다. 있는 그대로의 모습을 보일 것인지, 아니면 거짓말을 할 것인지. 양자 사이에서 망설인다. 하기야 약간은 되는대로 두가지를 다 한다. 보이고 싶은 모습, 보여야 할 것이라고 생각하는 모습을 연출하고는 속으로 '그건 내가 아니야'라고 생각한다. 자신을 가장 나쁜 모습으로 보이려고, 마음에 들지 않게 하려고 애쓴다. 그것이 상대의 마음에 들 수단이 아닌지 누가 알겠는가? 그는 끔찍한 불안을 느꼈다. 시간이 가지 않으면서도 빠르게 흘러갔다. 그는 무슨 말을 했는가? 자신의 어린 시절에 관해 말하는 데 몰두했다. 때때로 그녀가 질문했다. 그의 어머니가 어땠는지 알고 싶어 했다. 그는 자신의 어머니가 매우 예뻤다고 말했다. 베레니스가 몽상에 잠겼다. 매우 예뻤다, 아, 매우 예뻤다고…… 그는 이 말에 곧바로 대꾸하지 않았다. 그녀가 그의 어머니처럼 매우 예쁘다고, 그녀에게 말할 수 없었다. 그의 어머니는 매우 예뻤다. 베레니스…… 별개의 문제였다, 더 알기 어렵고 강렬한 별개의 문제.

"궁금해요, 당신이 나를 어떻게 보는지." 그녀가 말했다.

그는 그녀에게 그녀에 관해 말했다. 거짓말했다. 그가 생각한 말은 용납될 수 없었을 것이다. 그는 그녀에 관해 다른 여자에게 말하듯이 말했다. 너무 과장되고 공허한 말이었다. 그녀의 머리카락, 팔, 손, 턱의 선, 몇가지 빗나간 표현, 약간 우스꽝스러운 버릇에 관해 생각한 잔혹한 것, 진실인 것을 말했다면 그녀는 아마도 울었을 것이 아닌가. 그는 거짓말을 하는 동안, 언제 어디서나 통하는 진부한 것을 말하는 동안 자기 자신에 대해, 그녀에 대해, 있는 그대로 말할 수 없다는 이 사실에 대해 짜증이 났다. 결점, 미숙한 특성, 서투름에 대해 가질 만한 취향을 상대에게 알릴 수 없다는 것이 짜증스러웠다. 그는 거짓말했고, 거짓말하지 않았다. 즉 해석했다. 마음속에 품고 있는 난폭함, 그녀를 바라보면서 갖는 저속한 즐거움, 약간은 사랑에 의한 소유에서 슬그머니 생겨나는 냉정한 비판력을 값싼 찬사의 언어로 옮겼다. 그래, 그는 그녀를 사랑했다. 이 살아 있는 여자를 사랑했다. 조각상이나 영상이 아니었다. 이 움직이는 육신, 이 육체, 미소 지을 수도 찡그릴 수도 있는 이 얼굴, 괴로움을 나타내기 위한 것이기도 한 이 용모를 사랑했다. 그토록 심술궂고 그토록 명확한 즐거움 속에서 그녀를 상상한 나머지 그는 말하기를 멈추고 몸을 떨었다.

"좋아요, 당신은 또다시 떠났군요." 그녀가 말했다.

"미안해요." 그가 얼버무렸다. "내가 무슨 말을 했죠? 갑자기 어떤 생각이 나서……"

그녀가 웃기 시작했다. 이런 일은 처음이었다. "당신은 묘한 남자예요. 당신이 말을 하고, 당신의 말을 따라가다보면 당신은 자신이 말하는 것에 붙어 있다고 생각되다가도, 문득 보면 아무도 없어요! 당신은 다른 것을 생각하고 있어요. 그러면 틀림없이 불쾌하게 생각할 사람들도 있지요."

그는 그녀가 진실을 말한다는 것을 알고 있었다. 악을 쓰며 발버둥 쳤다. 그러나 그가 만들어낸 것은 모래처럼 빠져나갔다. 설득력 있는 것을 말해야 했다. 그는 거짓말에서 진실임직한 것을 발견했다.

"그건 내가 당신을 원하기 때문이죠." 그가 말했다.

그는 감정을 담아 이 말을 하려고 목소리를 낮췄다. 베레니스가 머리를 약간 뒤로 젖혔다. 그녀는 설득당했다. 거짓말은 더이상 거짓말이 아니었던 것이다. 오렐리앵이 그녀를 바라보았다. 너무나 그녀에게 몰두하고 너무나 깊이 사로잡혀 밀려오는 소리를 듣지 못한 파도에 실려갔다. 온통 몸이 떨렸다. 그녀가 눈을 감았다. 다시 뜨고는 말했다. "몸을 떠네요. 정말로 몸을 떨어요!"

그는 떨고 있었다.

34

그녀가 말했던 것이다. "아뇨, 큰 레스토랑이 아니라 당신이 날마다 먹는 점심을 원해요. 당신을 더 잘 알게 될 것 같아서요." 그래서 그는 그녀를 마리니에로 데려왔다. 더구나 마리니에에서는 그의 집으로의 이동이 자연스럽고 용이했다. 그들은 5마력 자동차를 차고에 넣어두고 걸어서 섬으로 돌아왔다.

날씨는 오전만큼 좋지도, 온화하지도 않았다. 하늘이 잿빛이었고 바람이 불었다. 섬의 북쪽 강둑길이 얼어붙었다. 또한 텅 비었다. 다니기가 매우 나빴다. 베레니스는 헐벗은 나무들을 바라보았다. 난간에서 물에 잠긴 제방까지 늘어선 모습이 재난의 비극적인 증인 같았다. 그녀는 이스[83] 시를 떠올렸다. 이 섬 전체가 대홍수에 아직 잠기지 않은 마지막 계단참인 것 같았다. 그녀가 자신의 모피 외투를 꽉 죄고 앞자락을 여몄다. 회색다람쥐 털로 만든 외투. 뤼시앵의 터무니없는 짓. 이 옷은 다시 짓게 할 걸 그랬다. 재단이 잘못되었다.

베레니스가 약간은 상점처럼 보이는 그 레스토랑으로 들어갔다. 무척이나 호기심이 일었다. 예전에 흰색으로 칠한 일층, 낡은 주택의 두꺼운 벽, 탁자들, 계산대, 안쪽의 출입문을 둘러보았다. 잡다한 사람들이 있다는 점 이외에는 특별할 것이 전혀 없었다. 여기서 일하는 사람, 챙모자를 쓴 남자, 옥스퍼드 스타일의 영국 예술가, 전체적으로 대단히 옷을 잘 차려입은 커플, 편안한 자세의 독신자, 종업원이 보였다. 실내라서 그런지 따뜻했다. 오렐리앵을 단골처럼 맞아들였다. 여기에는 그의 전용 냅킨이 있었지만 월요일이어서 깨끗한 냅킨이 새로 제공되었다. 방금 여자 손님이 창가 자리를 떠났다. 오렐리앵에게 종업원이 그 자리를 가리켜 보였다. 그들이 옮겨갔다. "자, 오늘은 우리에게 뭘 줄 건가요?" 그가 말했다. 그는

83 대양에 잠겼을 것이라고 하는 브르따뉴 지방의 전설상의 도시.

베레니스가 외투에서 팔을 빼내도록 거들었다. 아뇨, 고마워요. 내가 갖고 있을게요. 그녀가 그에게로 눈길을 돌렸다. "내 어깨에 걸쳐둬요." 그들 사이가 친밀해지기 시작했다.

오르되브르를 기다리는 동안 마침내 그녀가 자신에 관해 말하기 시작했다. 그것은 신뢰처럼 알지 못하는 감정의 경로를 통해 천천히 이루어졌다. 오전 내내 그들 둘만 함께 있어야 했다. 그들은 무엇에 얽매였는가? 그녀는 자신에 관해 이야기했는데, 이는 아까 그가 그녀에게 한 이야기, 실마리나 물음일 뿐이었던 이야기에 대한 대답 같은 것이었다. "내가 어린 시절 내내 살았던 넓은 집을, 오렐리앵, 당신에게 보여주고 싶어요. 그곳을 알지 못하면 나를 전혀 알 수 없어요. 아버지와 단둘이었죠. 그리고 하인들, 그리고 바람…… 언덕들에 파묻힌 노란 집, 크고 쓸쓸한 곳이었죠. 햇볕과 바람……" 그가 그녀의 손을 잡았다. 프로방스의 그 집, 고독한 아이, 버림받은 아버지를 상상하려고 온 힘을 다했다. 실제로 베레니스의 어머니는 어느날 집을 나가 다시는 돌아오지 않았던 것이다.

"언젠가는 누군가와, 누군가와 함께 거기로 돌아가기를 늘 기대했었는데……" 그녀가 다시 말했다.

그가 자신의 손에 붙잡힌 그녀의 손가락을 부서져라 꽉 쥐었다. 그녀는 과연 그를 사랑했을까? 그는 그녀를 곧 껴안으리라고 생각하지 않았다. 아니었다. 그녀를 거기로, 그녀의 아버지 집으로 조만간 데려가리라고 생각했다. 또한 그가 아무에게도 말하지 않은 것이 많았다. 그는 분명 안초비를 다시 시켰을 텐데, 감자튀김이 나왔다. 두 남자가 들어왔다. 그가 눈살을 찌푸리고 베레니스의 말을 잘랐다.

"무슨 일이죠?"

"오, 아는 사람들이…… 저기, 그들이 나를 봤어요."

맞은편에서 새로 들어온 두 남자 중의 한 사람이 자리에 앉으면서 즐거운 놀람의 표정을 짓고 손을 쳐들며 어깨로 인사했다. 붉은 머리의 키 작은 남자로 짧은 구레나룻, 나비넥타이, 지나치게 큰 재킷과 넓은 깃이 눈에 띄었다. 자유분방하고 부유한 인상을 주었다. 이미 자리에 앉은 다른 사람은 더 크고 상당히 뚱뚱하고 상스러운 인상이었다. 머리를 박박 깎았고 작고 뻣뻣한 콧수염에 살진 턱이 튀어나온 그가 고개를 쳐들고 격식을 차려 신중하게 인사했다. 베레니스는 흥겨이 오렐리앵을 지켜보았다. 그가 포크를 놓지 않고 답례하는 방식, 약간 희미한 미소, 앙다문 입을 주시했다. 그가 설명했다. "군대 동료들…… 키 작은 사람 푹스는 참호에서 신문을 만들었지요. 제대 후에도 계속했어요. 『라 까냐』, 알죠?"

"뤼시앵이 보는 신문이군요."

그녀는 괜히 이 말을 했다는 생각에 거북한 느낌이 들었다. 그녀가 푹스를 보니 그는 여전히 오렐리앵을 향해 눈짓을 보내고 엄지손가락으로 옆사람을 가리키고는 고개를 끄덕였다. 오렐리앵은 몹시 난처했다. "저분이 당신과 이야기하고 싶어 하는 것 같은데요." 그녀가 말했다. 실제로 그가 일어나 그들에게로 다가왔다.

"안녕, 뢰르띠유아. 미안해, 부인이…… 목요일 저녁식사에 올 거야? 내가 예의 없이 굴어서……"

그가 어깨를 베레니스 쪽으로 비틀었다. 오렐리앵은 마지못해 소개를 했다. "내 친구 푹스, 157……에서 함께 복무했어요. 에드몽과도 함께. 이쪽은 모렐 부인……"

푹스가 세번 허리를 굽혀 인사하고 구레나룻을 문질렀다. "에드몽? 부인이 꼬마 의사와 아는 사이야?"

사촌오빠를 이렇게 부르다니 우스웠다. 그녀는 그가 군의관으로 종군했다는 것을 잊었던 것이다. “사촌오빠예요.” 그녀가 말했다.

오, 그러면. 그는 이 친척관계를 앉으라는 권유로 받아들였고 강아지가 낑낑대듯이 양해를 구하면서 그들 앞에 앉았다.

“내가 작은 레스트롱을 찾아냈어. 생각해봐, 우리가 가본 작은 레스트롱들 중의 하나야! 무우Moûou! 나중에 다시 이야기하자. 네 마음에 들 거야. 빌레뜨에서…… 그리고 포도주 저장고! 꼬르똥 포도주를 물병으로…… 네가 생각하기에…… 목요일에 우리가 만나는 곳은 거기가 아니야. 목요일은 초대가 너무 늦게 되어서(정말 속상해!) 부대의 진로를 그 선술집으로 잡을 수 없었어. 변함없이 사크레꾀르 쪽에서 결혼식과 축하연을…… 부인에게 우리와 함께 하자고 말하는 건 아닙니다. 남자들끼리의 모임이니까요. 거북해하는 친구들이 있거든요. 그런데 우리는 빌레뜨에서 뭔가를 곧 준비할 거야. 그리고 너와 부인의 마음이 내킨다면…… 오, 결례를 하면 안 되지! 다시 사과하네. 괜히 대화를 방해했어. 내 자리로 가야지. 이게 다 내가 뢰르띠유아를 알게 되었기 때문이죠, 부인. 우린 빼기지 않았어요. 삐이우위이뜨! 거긴 귀가 따가울 정도로 시끄러웠어! 그리로 내려가는 건 위험했지. 급식 교통호, 기억나? 날마다 수프가 엎질러졌지. 바로 그때부터 우린 미식가가 되었고. 무우! 그 레스트롱, 내가 보증해. 그런데 냄비들이 없어! 아, 아! 아니 다른 종류의 냄비들 말이야!”

오렐리앵은 속이 부글부글 끓었다. 베레니스가 부드러운 손길로 그를 진정시켰다. 그녀는 그가 소동을 일으키는 것이 싫었다. 그가 이해했다. 그들은 의미심장한 눈길을 교환했다.

묘한 생각이 방금 오렐리앵을 스쳤고 그의 마음이 누그러졌다.

그들은 둘 다 서로를 아주 잘 알고 매우 오래전부터 함께 살던 사람들 같았다. 그 생각으로 불청객을 참아낼 수 있었다.

"알지, 누가 나와 함께 있는지?" 푹스가 말했다. "넌 그를 알아보았어, 그렇지? 르무따르! 그래요, 부인, 그게 저 뚱뚱한 녀석의 이름이죠! 르무따르! 특무상사. 그와는 희한하게 재회했어, 공팔롱 때문에. 기억하지? 중위, 콧구멍에 콧수염을 기르는 그런 유의 기병…… 그래. 참, 공팔롱은 여느 때처럼 여자 뒤꽁무니를 따라다니다가 고약한 처지에 놓였어. 경박한 아가씨가 공갈을 쳤대. 내가 르무따르를 기억해냈고 우리 둘은 경시청으로 그를 찾아갔어……" 그가 눈을 찡긋하고는 자신이 이야기의 대상이라는 것을 알고서 자리에서 다시 한번 인사를 건네는 동행인 쪽을 돌아보았다. 그런 다음 은밀하게 말했다. "터놓고 말하자면, 부인, 르무따르는 매춘 단속 경찰대에 근무했어요. 정말 배꼽을 잡을 일이고말고요! 그런 이름이라니! 게다가 저 뚱보는요, 그런 일을 맡기에는 너무 유순해요. 그가 말하는 건 참 가관이죠. '나더러 어쩌라고요. 여자들에게 무슨 원한이 있는 것도 아니고, 난 너무 선량하다고요. 난 여자들을 용서하죠.' 돼지 같으니!" 그가 우스갯소리를 했는데, 그가 여러차례의 눈짓과 함께 말을 건넨 사람은 베레니스였다. "그런데다 종교를 믿기까지 해요! 전쟁 동안에는 늘 부속 사제와 붙어다녔죠. 고해하고 또 고해했어요. 교회 일이라면 무조건 달려들어서 많은 성체를 배령했지요. 하지만 여자를 너무 좋아해서 자신의 직업에서 성공할 수 없었어요. 도리 없이 여자에게 굴복했거든요. 그래서 휴전 이후에 매춘 단속 경찰대를 떠났어요. 그리고, 경시청에 갔을 때, 우리 둘과 공팔롱 말고는 사내아이가 전혀 없었어![84] 그러고 나서는 곧 집시즈에서 폭음을 했을 거야. 공팔롱은 더럽게 난처한 처지였어…… 좋아, 우리 옆에 누가 있었게? 그 천한 여자들 중의 한명, 정말로 그 천한 여자들 중의 한명과 함께! 르무따르, 이제는 샴페인을 파는 퇴직한 르무따르. 그런데 내가 그에게 오라고 말했던가? 그는 너와 악수하고 싶어서 어쩔 줄 몰라 해. 거북한가요, 부인? 게다가 그는 매춘 단속 경찰대를 떠났어……" 그는 벌써 자리에서 일어났고 이미 건너편에 있었다.

"미안해요, 그들을 깨끗이 처리할게요." 오렐리앵이 중얼거렸다.

"아니에요, 그러지 말아요." 그녀가 말했다. "재미있는 사람인데요. 게다가 우연이지만 내게 도움이 되는 것 같아요. 다른 사람들을 통해 당신에 관해 새롭게 알게 된 것이 있어요. 감추려 하지 말아요, 오렐리앵! 내게 저분들을 숨기지 마세요."

그가 어쩔 수 없다는 몸짓을 했다. 두 남자가 이쪽으로 왔다.

"자, 르무따르를 데려 왔네!" 푹스가 말했다. "부인, 르무따르를 소개합니다. 부인은 꼬마 의사 바르뱅딴의 사촌동생이야."

퇴역 특무상사가 커다란 붉은 손을 어디다 둬야 할지 몰라 하며 허리를 숙여 인사했다. 그는 마흔다섯살쯤 되어 보였는데 음식과 술 때문에 벌써 몸이 망가져 유연성이 없고 체형이 좋지 못했다. 바짝 깎은 머리에 낮은 이마, 짧은 목은 옷깃에 쓸려 벌겠고 코의 용종 때문에 숨쉬기를 힘들어했다. 그래서 목소리가 이상해진데다 대체로 예기치 않은 때에 숨을 돌려야 했다.

"부인, 아, 부인이 사촌동생? 아, 중위님, 중위님을 다시 만나서 정말 반갑습니다."

그는 배가 많이 나와서 허리를 굽혀 인사하기가 어려웠다.

84 원문은 'pas le moindre moutard'로 르무따르(Lemoutard)와 관련된 말장난. 경시청에서 공팔롱을 빼내는 데 르무따르가 전혀 힘을 쓰지 못했다는 의미인 듯하다.

"앉게나, 병영의 개[85]!" 푹스가 나서서 농담을 던졌다. "마들렌, 식탁을 차려줘요!"

오렐리앵이 막 앞발로 일어서려는 말 같은 몸짓을 했다. 베레니스는 그저 그의 손가락 위에 손을 얹었을 뿐이었다. 그가 접시의 요리를 먹는 데 열중했다.

"이게 뭐지, 감자튀김?" 푹스가 물었다. "뱅어? 이걸 권하는 거야? 음, 그래. 굴과 등심을 집중적으로 공략하는 게 낫겠는데. 적포도주, 물론이지, 르무따르는?"

베레니스는 오렐리앵의 몹시 화난 표정이 재미있었다. 그의 인내가 어디까지 가는지 보자고 한대도 무리 없을 정도로 넘치는 애정을 느꼈다. 그녀가 말했다. "그러니까 르무따르 씨, 당신도 내 사촌오빠 바르뱅딴과 함께 참전했나요? 뢰르띠유아 씨는 물론이고요?"

그가 배를 뒤틀었다. 거대한 딱정벌레처럼 보였고 다들 언제쯤 앞날개를 펼 것인지 기대하는 듯했다. 그는 무뢰한의 몸에 어울리지 않게 입이 고상하고 여렸다. 말하기 전에 늘 얼마간 입을 벌리고 아래턱을 여전히 앞으로 내밀고 있었다. "그렇습니다, 중위님과 함께요, 부인. 그리고 군의관, 그러니까 바르뱅딴 보조 군의관과도요."

"나도 함께였지." 따돌림당한 푹스가 말했다. "자네가 에빠르주에서 뢰르띠유아를 봤다면!" 오렐리앵이 짜증스러운 듯 집게손가락을 들었다. 그는 이런 종류의 저급한 아첨, 서로 추켜세우는 분위기에서 옆사람을 칭찬한답시고 들먹이는 전쟁의 추억이 싫었다. "좋아, 좋아, 겸손을 떨라고! 그래도……"

85 군대 은어로 특무상사를 의미한다.

다행히도 르무따르가 자기 이야기를 시작했다. 갑자기 조용해진 폭스를 무시하고 르무따르는 입을 벌리고 엉덩이를 들썩였다. 결을 거슬러서 콧수염을 쓸어올리며 눈이 몽상 속으로 잠겨들었다.

“늘 기억이 나요. 슈맹 드 담[86]에서였지요. 난 그 의사와 아는 사이가 아니었어요. 그는 그 얼마 전에 대대에 도착했으니까요. 당시에 난 중사였어요. 어느 소대의 일원으로 상시의 약간 서쪽에 배치되었죠. 우리는 철도 노선을 택했어요. 우리는 전진했어요, 집중 폭격, 와, 집중 폭격 후에요! 우리 앞의 모든 게 엉망진창이었죠. 더이상 참호가 아니라 포격으로 생긴 구덩이, 깔때기 모양으로 움푹 파인 구덩이뿐이었어요. 우리는 언덕 위로, 약간 고지대로 힘껏 전진했다가 또 여기저기로 후퇴했어요. 어디가 어딘지 알 수 없었죠. 지루한가요?”

“아뇨, 오히려……” 베레니스가 말했다.

“앞에도 옆에도 뒤에도 독일군이 있었어요. 포탄이 마구 떨어졌지요. 철조망이 쳐진 곳에서 한 녀석이 발을 빼내지 못하고 있었는데 아무도 구하러 갈 엄두를 내지 못했어요, 정말로. 끝내는 암캐라도 더이상 자기 새끼를 알아보지 못했을 겁니다. 거기, 내 소대가 있던 곳에서는 그것이 아직 인간의 형체를 띠었어요. 우리는 모래주머니를 쌓아 만든 교통호 속에서 싸웠으니까요…… 그리고 부상을 입은 독일놈 두명이 있었는데, 모래주머니를 쌓을 때 다가왔던 거죠. 그들은 우리 쪽으로 머리를 두고 입을 앞으로 내민 채 쓰러졌어요. 쌓아놓은 모래주머니들 안에서 포개진 채, 진짜로 샌드위치처럼…… 그들을 치울 방법이 없었어요. 내 말 이해하죠. 이놈

86 엔 도에서 라옹, 수아송, 랭스를 잇는 지방도. 제1차 세계대전의 격전지 가운데 하나이다.

이나 저놈이나 양쪽이 똑같이 두려웠거든요. 그러다 그 두 병사가 다시 소란을 피우기 시작했어요. 막 땅거미가 졌지요. 그들은 죽을 마음이 없었는지 다시 고함을 질렀어요. 틀림없이 어딘가가 아팠을 거예요. 다리가…… 그러니까, 뭐라고! 그들이 고함쳤어요. 우리 소대는 아무도 자기 위치에서 움직이지 않았죠. 제각기 방아쇠에 손가락을 걸고 겁에 질린 채…… 그래서 그들이 다시 고함치기 시작했을 때 기관총 사수들이 어찌 되든 간에 일제사격을 가했어요. 딱딱딱딱, 총알이 튀어날았지요. 딱딱…… 우리는 어디다 몸을 둬야 할지 몰랐죠. 적군 진영에서 대응사격을 해왔어요. 독일군도 우리도 무얼 향해 총을 쏘는지 몰랐어요. 어둠이 내리면서 견딜 수 없는 상황이 되었지요. 바로 그때 중위님이 도착하죠. 기억하세요, 중위님?" 오렐리앵이 매우 애매한 몸짓을 했다. "그래, 맞아요, 중위님이 새로운 군의관과 함께…… 당신의 사촌오빠죠, 부인, 난 그와 아는 사이가 아니었고요. 그가 도착했는데, 아시다시피 우리가 있는 전선에서는 대개 군의관을 보기가 어려웠죠. 그는 아주 맵시가 있었어요. 아무튼, 그때는 여름이어서 진창은 없었지만 난 기진맥진했어요. 제정신이 아니었지요. 사흘 밤을 잠을 못 잤으니까요. 오전 공격, 그날…… 요컨대 난 중위님에게로 가서 말하죠. '제가 어떤 놈인지 아시죠, 중위님! 저보다 더 유순하게 처신할 수는 없어요. 제가 파리 한마리라도 해치는 거 보셨나요?'"

"아, 그 이야기!" 푹스가 말했다.

르무따르는 거북한 듯 어깨를 으쓱하고는 옆사람에게 몸을 돌려 사과했다. "부인은 아직 듣지 못한 이야기잖아. 그래요, 어제 푹스 씨에게 이 이야기를 했어요, 그래서…… 꼬마 의사는 나와 아는 사이가 아니었기 때문에 내가 그런 놈이라고 생각했을 거예요. 내가 말했어요. '군의관이 때마침 도착했네요. 전 달리 어쩔 수가 없어요. 다른 수가 있다면 저는 그렇게 할 거예요. 하지만 다른 수가 전혀 없으니……' 말하자면 나도 이제 나를 알 수 없었죠. '무슨 일인가, 중사?' 중위님이 말했어요. 내가 말했죠. '두분에게 명령하려는 건 아니지만, 두분 다 이리 와주세요. 제가 곧 하려는 일에 대한 증인이 필요합니다. 증언해주실 거죠, 그렇지 않나요? 아시겠지만 저는 유순합니다. 지나치게 유순하죠, 중위님. 만약 저들이 곧 소대를 결딴낼 것 같지만 않아도……' 중위님이 말했어요. '진정하게, 중사. 그렇지, 자네는 매우 유순한 사람이야.' 기억하세요, 중위님?" 오렐리앵은 분명히 기억했고, 그 기억을 좋아하지 않았다. "그래서 두분을 다 교통호 안으로 데려갔죠. 몸을 낮췄어요. 머리가 비죽 나오면 안 되니까요. 딱딱딱딱…… 모래주머니 뒤에서 소리치는 사람들…… 그중의 한 사람은 틀림없이 광란에 빠져 있었어요. 난 대검을 잡아뺀 다음 말했죠. '중위님, 군의관님, 여기서 저를 기다리세요. 달리 어쩔 수가 없어요. 이러다 저들이 우리를 무너뜨리겠어요. 확실해요.' 햇빛이 아직 남아 있을 때 나는 그 괴물들이 나를 알아볼 수 있을 만큼 가까이 접근했어요. 아, 제기랄! 난 백살까지 살아도 그걸 결코 잊지 못할 거예요. 위쪽의 녀석은 곧장 알아챘어요. 내 얼굴에서 똑똑히 봤을 거예요. 난 전진했죠. 그가 자신의 언어로 울부짖기 시작했어요. 무슨 말인지 이해할 수 없었지만 이해할 필요도 없었어요. '날 죽이지 마세요.' 이것이 그가 한 말이었고, 내가 알아들은 말이었어요. 예전에 알자스인들과 알고 지낸 덕분이었죠. 그가 자기 어머니를 불렀어요. 나로 말하자면, 양처럼 온순합니다. 하지만 내가 그를 내버려뒀다면 우린 모두 죽었을 겁니다. 그가 울부짖었어요. 그 얼굴! 지금도 거기 있는 것처럼 눈에 선합니다. 그는 움직일 수 없었어요, 팔이 굳어서. 그래서 나는 칼로…… 내가 그럴 수 있으리라고는 생각도 못 했어요. 양쪽으로 갈랐어요, 그 동맥을 뭐라고 부르는지……"

"경동맥." 푹스가 말했다.

"그 지저분한 것에서 피가 얼마나 많이 솟았는지 상상도 못 할 겁니다. 내 위로 솟구쳤어요. 그리고 그 비명, 비명이…… 지금도 귀에 울려요, 그렇다니까요! 멱따는 돼지는 그저 돼지일 뿐이에요. 하지만 사람, 사람은! 최악은 두번째였죠. 그는 금세 알아채지 못했어요. 하지만 다른 사람의 피가 자기 얼굴에 쏟아지자 제정신이 아니었겠죠. 자신에게 무슨 일이 일어날지 알아차렸어요. 그는 프랑스어를 약간 할 줄 알았어요. 그가 울부짖었지요. '자비를, 자비를! 안 돼요!' 그러자 나는 모든 것에 대해, 나에 대해, 그에 대해, 그 모든 비열한 것에 대해 격분이 치밀었어요. 무릎을 꿇고 찌르고 또 찔렀어요. 더이상 견딜 수가 없었지요. 그를 죽지 않은 상태로 내버려두는 것이 두려웠어요…… 내가 거기서 돌아왔을 때, 내 상판대기가 볼만했을 거예요. 그렇죠, 중위님? 나처럼 유순한 사람이……"

"자, 굴을 먹어." 푹스가 말했다. "일곱, 여덟, 아홉, 열, 열하나, 아직 내 몫이 하나 더 있네."

오렐리앵은 이제 이를 악물지 않았다. 침울하게 몽상에 잠겼다. 베레니스가 세 남자를 번갈아 바라보았다. 이토록 서로 다른 사람들 사이에 그 과거로 인해 얼마나 은밀한 관계가 맺어졌는가! 하지만 오렐리앵 뢰르띠유아와 매춘 단속 경관 르무따르 사이에 정말로 무슨 관계가 있었을까? 르무따르가 작은 굴에 양파 소스를 끼얹으며 살기 힘든 시절이라고 투덜댔다. 샴페인 장사가 잘된다고들 생각하겠지만, 약간의 적포도주를 마시기 위해 샴페인을 얼마나 많이 팔아야 하는지!

"아, 삼년 전에 우리는 영웅이었는데!" 그가 말했다. "병사의 몫이라…… 그들은 우리에 대해 권리가 있어."

푹스가 고참병들에 관한 이야기, 예컨대 와뜰레 대위의 당번병 이야기를 했다. 에밀, 맞아. 거참, 그는 생드니에서 죽었어, 결핵으로. 어떻게 결핵으로? 오렐리앵이 말했다. 우리가 도착하는 곳마다 여자를 얻은 그 몹쓸 놈. 그렇고말고, 결핵, 포트씨병. 그리고 맹글, 샤쁠랭, 뒤뿨, 스깽, 발랑뜨…… 이제 오렐리앵은 대화로 바빴고 그 유령들에 사로잡혔다. 그들의 음산하고 진부한 운명이 마음에 와 닿았고 그들에게 닥쳐온 초라하고 기쁨 없는 모든 것 때문에 그는 더 가련하고 더 낯선 느낌이 들었다. 이 사람, 그의 아내, 저 사람의 아이…… 베레니스는 그의 얼굴에서 이런 감정의 흐름을 놀란 눈길로 좇았다. 이로 말미암아 그를 더욱 사랑했다. 그가 대개의 경우 부끄러움 때문에 감추는 것들을 감지했다. 그가 그녀를 잊은 것 같고 자신들의 탁자에 자리한 성가신 사람들과의 대화에서 이처럼 추억의 올가미에 걸려들었다는 것으로 인해, 자신의 사랑을 좀더 분명히 믿었다. 그의 삶, 오렐리앵의 삶을 깊이 들여다보았다.

"그리고 그 하사, 이름이 뭐였더라? 키 큰 녀석, 몹시 용감한, 보꾸아[87]에서…… 푹스, 기억나?"

"누구? 블랑샤르? 모르겠어."

"그는 잘 풀리지 못했어." 르무따르가 말했다. "아니에르에서 그와 마주쳤지. 바르뷔스에서는 매춘에 연루되었어, 알다시피."

뢰르띠유아가 어깨를 으쓱했다. 그런 것에는 관심이 가지 않았다.

---

87 뫼즈 도의 마을. 1915년 3월에 벌어진 보꾸아 전투로 유명하다.

35

그녀는 그의 집에 있었다. 그가 은밀히 계획한 대로, 그것은 마리니에에서부터 느낄 수 없을 정도로 자연스럽게 이루어진 일이었다. 그들은 푹스와 그의 동행이 왁자지껄 떠들던 소리에 아직도 얼떨떨한 느낌이었다. 미풍이 불었다. 강둑길도 거리도 좀처럼 걷고 싶은 생각이 들지 않았다. 오렐리앵은 반발을 예상하고 말, 언짢은 기색, 무시하는 태도에 대비하고 있었다. 쓸데없는 일이었다. 베레니스가 "아, 여기예요?" 하고 말하고는 현관문을 통과했던 것이다. 그녀는 예기치 못한 마주침에 주저하지 않았다. 그녀는 왕족 R를 알지 못했다. 끝없는 계단, 그리고 그 심장 박동…… 손에 모자를 들고 머리를 흔드는, 금발의 타래 지은 머리에 팔에는 회색 모피 외투를 걸치고 어설프게 재단한 투피스를 입은 별스럽지 않은 시골 여자가 갑자기 그에게 몹시 소중해졌다. 이처럼 자신의 집에서 그녀를 본다는 것 때문에 생긴 변화였다. 자신의 집에서. 격식을 차리지 않고. 입에 발린 소리에 대한 기대 없이. 그는 자신의 방 두칸짜리 아파트를 마치 자신의 몸이라도 되는 듯이, 그녀가 좋아하지 않을까봐 걱정했다. 만약 모든 것이 정돈되어 있지 않다면? 뒤비뉴 부인이 있는 건 아닐까?

문이 열리고 구부러진 현관으로 베레니스가 들어서고 지나가면서 옷걸이에 걸린 밝은색 외투를 만지고 방, 그가 뒤비뉴 부인처럼 방이라고 부르는 공간의 문턱에 이르자마자 그것, 그 이상한 느낌, 말로 형용할 수 없는 감정이 일기 시작했다. 그녀가 그의 집에 있었다. 오렐리앵은 그녀 뒤에 멈춰 그녀처럼 이 친숙한 곳을 새로운 눈으로 바라보려고 애썼다.

고양이가 처음으로 아파트에 들어오는 것을 본 적이 있는가? 그 망설임과 그 급작스러운 유연한 움직임, 가구와 양탄자와 벽지로 둘러싸인 공간을 밀림이나 관목 숲인 양 활보하는 그 걸음걸이를 눈여겨본 적이 있는가? 빛의 반영인 것만 같은 금빛 눈, 늘 어딘가 고양이와 닮았는데 이윽고 털마저 닮은 듯 혼동되는 존재를 본 적이 있는가? 베레니스는 방 한가운데까지 가지도 않은 것 같았는데 벌써 맞은편에 있었다. 모자, 가방, 외투를 의자 세개에 던져놓은 뒤 사방에서 들어오는 빛을 받으며 가볍게 움직였다. 좁은 방이었지만 이 시간에는 도처에서, 센강의 두 지류와 섬의 앞머리 쪽으로 난 세 창문과 열려 있는 침실의 문을 통해 볕이 들었다. 그녀가 완벽하게 고양이처럼 보인 것은 좌안으로 난 창문에서 굵은 망사를 만질 때였다. 더 정확히 말해서 더 고상하고 더 강력한 고양잇과 동물처럼 보였다. 오렐리앵은 어깨와 등의 동작을 보고서 이 작은 여자에게서 아직 짐작한 적 없는 힘을 간파했다. 그가 커튼의 줄을 잡아당기고 창문을 열었다. 그들은 발코니로 나갔다. "아름다워요." 그녀가 중얼거렸다. 빠리는 벌써 푸르스름하게 보였다. 그녀가 아주 자연스럽게 그에게 기대더니 그대로 멈췄다. 그가 그녀를 팔로 감쌌다, 마치 그녀가 현기증을 느낄까봐 걱정하는 듯이. 정작 어지러운 사람은 그였다. 흐르지 않는 듯 공허하고 고요한 순간이 지속되었다. 센강은 누런색으로 출렁였고 진창에 눈이 섞여들어 혼탁하고 짙었다. 하얀 눈발이 어지럽게 날리는 하늘에는 빠리의 겨울 하늘답게 갈라진 틈을 통해 흐릿하고 무딘 파란색이 드러났다. 그에게 기댄 베레니스의 무게, 그들을 짓누르는 하늘의 무게. 그는 예전에도 이처럼 두려웠던 적이 있었다, 움직이기가, 그 순간의 매혹을 깨뜨리기가 두려웠던 적이. 예전에는 다른 것과 관련이 있었다. 하지만 어떤 것도 사랑만큼 죽음과 유사한 것은 없다. 이런 생각에 그는 몸이 떨렸고 지금의 상황에 어울리지 않게 거창한 느낌이 들었다.

베레니스가 말했다. "무슨 생각을 해요? 말해줘요, 지금요, 어서요."

"당신에게 대답하느니 자살하는 편이 낫겠어요." 그가 대답했다.

이 말에 다시 그는 몸이 떨렸다. 아주 엉뚱하고 경솔한 말이었기 때문이다. 그는 자신이 너무도 경이로운 행복의 희생자라고 느꼈다. 조금이라도 잘못하면 이 행복이 끝장날까봐 두려웠다. 맙소사, 베레니스를 이렇게 껴안고 있어도 괜찮나? 그냥 옆에만 있어도 행복한 것이 아닌가. 여기에서…… 그토록 많은 여자가 그와 함께 빵떼옹의 경사진 지붕처럼 이 풍경을 이루는 멀고 가까운 건물들을 바라보았다. 하지만 이런 행복감은…… 그는 베레니스에게 속마음을 들킬까봐, 이와 동시에 그녀가 공감하지 못할까봐 두려웠다. 할 말을 찾지 못했고 감히 말을 꺼냈다가 자신을 사로잡고 있는 찬탄할 만한, 말로 형용할 수 없는 것이 손상될 것 같았다. 그의 재킷 어깨로 흘러내린 머리카락, 그녀의 몸을 감싸는 이 서투른 몸짓, 베레니스가 그의 손 위에, 아마도 깍지를 풀기 위해 얹었다가 자신이 무엇을 하려는지 잊어버리고 그대로 머물게 둔 그녀의 손, 온화한 하늘, 그들 둘을 엄습한 무감각, 마취 상태…… 그는 몽상 속에서 움직이지 않는 이 감정을 사랑으로 느꼈다. 이 장면에 대한 전설적인 설명들을 생각했고 자신을 여자가 무심코 기댄 석상이라고 상상했다. 갑자기 스쳤다가 떨어지는 몸짓을 그녀로부터 기대하면서 두려워했다. 그녀가 한 손을 들어 그의 머리카락으로 옮겼다. 자연스럽고 부드러운 움직임이었다. 그는 그녀의 목덜미와 생생한 금빛 벨벳을 가까이서 보았다. 너무 가까워서 흐릿하게 보였다. 그녀의 움직이지 않는 모습이 도드라졌다. 아, 조각상을 사랑에 빠뜨리려고 하는 건가!

"들어가죠. 좀 춥네요." 그녀가 말했다.

그는 곧바로 그녀를 뒤따르지 않았다. 그녀의 눈이 도대체 무엇을 닮았는지 알지 못했다. 당혹스러웠다. 하지만 나는 이제 열네살이 아니야. 그가 혼잣말했다. 그녀를 너무 꽉 안지 않았는지 자문했다. 왜냐하면 그녀는 이 모든 것을 알아차린 것과 동시에 이 모든 것과 거리가 먼 것이 틀림없기 때문이었다. 그는 약간 부끄러웠다. 또한 그토록 놀라움이 컸다. 그가 뒤축으로 부드럽게 돌아섰고 빠리와 하늘이 뒤로 물러났다. 그가 방으로 뛰어들었다. 이미 베레니스는 하찮은 물건들, 페르시아 상자, 당시에는 큰 도전이어서 비아리츠에서 훔친, 광고 문구가 적혀 있는 재떨이, 런던의 칼레도니언 마켓에서 산 기념품인 벽난로 위의 파란 유리 새 등을 살펴보는 재미에 빠져 있었다. 그는 그녀가 향기처럼 자신의 집으로 스며들었다고 생각했다. 무슨 일이 일어나고 있는 것인지 더 단순하게 이해해보려 했다. 더 대충. 그렇게 할 수 없었다. 상황을 위장하고 말, 비유로 장식할 필요가 있었다. 이것이 베레니스를 존중하는 그의 방식이었다. 그녀를 존중하는? 그가 어깨를 으쓱했다. 그녀가 원하건 원하지 않건, 그녀는 그의 것이었다.

지금? 지금은 아니다. 하지만 마찬가지이지 않았을까?

그가 침실로 건너갔다. 아주 자연스럽게 한동안 그녀를 혼자 두었다. 그녀가 웃는 소리를 화장실에서 들었다. 그가 젖은 머리카락을 빗으로 가지런히 골랐다. 그녀가 웃는다. 무엇을 보고?

그녀에게로 돌아온 그는 에두르지 않았다.

“왜 웃었어요?”

그녀가 약간 당황스럽다는 듯이 손가락으로 벽의 그림을 가리켰다. 그는 매우 난처했다. 베레니스의 언급이 두려웠다. 집에는 언제나 적극적으로 옹호할 수는 없을 것들이 있기 마련이다. 하지만 애착이 가는 것들이다. 게다가 그 그림은 그렇게 나쁘지 않았다. 그가 변명했다.

“당신이 잘못 봤어요. 그렇게 조악하지는 않아요. 오, 렘브란트 그림은 아니죠. 하지만 매우 성실하고 정직한……”

“조악하다고 생각한다는 말은 아니에요. 누구의 그림이죠?”

“내가 아주 좋아하는 사람이요. 앙베리외라고, 가족은 아니지만 우리, 누님과 내가 앙베리외 아저씨라고 부르는 사람의 그림이죠.”

“아, 잘 보이지 않네요. 괜찮겠어요?”

그가 그림을 떼어냈다. 말릴 수가 없었다. 햇빛을 받아 잘 보이도록 자기 무릎에 기대놓고 니스가 빛을 받아 번쩍거리지 않도록 방향을 조정했다. 상인처럼 구는 것이 유쾌하지는 않았다.

베레니스는 그런 것에 개의치 않았다. 호기심을 갖고 그림을 뜯어보았다. 입체파 양식으로 그려져 이해하기 힘들어서가 아니었다. 그렇지 않았다. 전통적인 회화 작품이었다. 프랑스 예술가들에게서 찾아볼 수 있는 모든 것에서 그다지 동떨어지지 않은 솜씨, 어쩌면 더 세밀한 측면, 다른 시대에 속한 것 같은 섬세한 세부 묘사가 눈에 띄었다. 열의가 느껴졌다. 특이한 것은 구성, 이 중간 크기의 화포에 많은 사물이 들어 있다는 점이었다. 30호 풍경화. 열린 창문이었다. 하지만 마띠스나 삐까소의 방식이 아니라 오히려 네덜란드풍의 그림이었다. 틀림없이 화가가 위치해 있었을 방에서 보이는 창턱 위의 정물, 작은 병들, 소형 가위, 어수선한 화장품, 뚜껑이 열린 분갑, 보이지 않는 여자를 드러내는 모든 것과 파란 옷감이 보였다. 핵심은 다른 데 있었다. 그것은 아마도 사층에서 바라보았을 아침 햇살 속의 평범한 도시 풍경으로, 서로 마주친 두 신사, 긴 빵을 들고 가는 어린 여자아이, 눈먼 걸인, 진열대 위에 걸터앉은 행상과 그를 둘러싼 구경꾼들, 신문 가판점과 상인 들이 인도 위로 보였다. 그리고 차도 한가운데의 안전지대에서는 출근하는 사람들, 어깨에 가방을 멘 노동자들, 모자를 쓰지 않은 여자들, 바이올린 케이스를 든 악사가 전차나 버스를 기다리고 있었다. 오른쪽으로는 공사 때문에 보도블록이 파헤쳐져 있고 수리공들이 점원 여자에게 방향을 일러주는 것을 볼 수 있었다. 왼쪽에는 참사가 일어났다. 용달차가 방금 어린아이를 치었다. 자동차들이 급정거한다. 전차를 기다리는 무리의 뒤쪽 사람들을 제외하고는 아직 아무도 보지 못했다가 그들이 뒤돌아본다. 비명을 지르는 듯하고 옆사람의 소매를 잡아끈다. 그림에는 왠지 모르게 중세의 빛이 반짝이고 있었다.

"정말 특이해요!" 베레니스가 말했다. "그게 내 마음에 든다고는 말할 수 없지만. 너무 다른 회화 작품이에요."

"아무튼 이것은 당신의 사모라만큼 가치가 있어요."

"오, 나의 사모라라니! 앙베리외라고 했나요? 그가 더 유명하지 않다는 것이 이상해요. 참 세밀한 손질이잖아요!"

오렐리앵이 그림을 다시 걸었다. "내가 아주 좋아하는 사람……" 그가 되풀이 말했다. "그와 그의 아내, 거의 내 유일한 친구들이죠, 나이 차이에도 불구하고. 그는 일흔에 가까워요."

베레니스가 마치 그녀 자신에게, 스스로에게만 하듯 말했다. "그를 만나보고 싶은데……"

"원한다면 그는 자신의 그림을 보여줄 거예요. 방문객들 때문에 방해받을 사람이 아니에요, 짐작하다시피."

그는 행복했다. 그녀가 아저씨의 그림을 한마디로 깎아내렸다면 싫었을 것이다. 벌써 그녀를 블레즈 아저씨의 집에 데려갈 생각에 기분이 좋아졌다. 그녀가 뽈 드니와 함께한 삐까소 방문에서 얻은 종류의 즐거움을 기대해서는 안 되겠지만 뽈 드니에게 복수한 셈이다.

베레니스가 다시 둘러보기 시작했다.

그녀가 재떨이를 가리켰다. "난 더 큰 것이 있어요! 파란색과 금색의, 압둘라 제품으로. 압둘라, 좋아하나요? 나라면 안 그럴 것 같아요. 멍청한 것처럼 보여서요." 그가 그녀 쪽으로 다가가 팔을 벌렸다. "오, 가만있어요." 그녀가 말했다. "당신에게 점잖게 처신하겠다는 맹세도 받지 않고 여기 왔지만…… 그러면!"

그녀는 웃기도, 웃지 않기도 했다. 그의 긴 팔을 다시 내리게 했다. 그가 그녀를 바라보았다. 그녀는 그의 움직이는 시야 안에서 움직였다. 그는 그녀가 멀어졌다 다시 가까워지고 옷감, 벽난로 구석의 묵직한 소형 입상, 거기에 무기력하게 놓인 볼품없는 작품을 만지면서 즐거워하는 것을 바라보았다. 늘 그것을 쓰레기통에 던져 버리고 싶었는데. 청동으로 만든 타나그라 인형, 그렇지, 문진으로나 유용한. 베레니스, 그녀는 그의 현대적인 취향에 대해 어떻게 생각할까? 베레니스가 앙큼스레 다시 가까이 와서 부지깽이로 벽난로 속을 뒤적거렸다. 그가 그녀를 말없이 바라보았다. 그녀는 자신을 믿고 그를 믿는 모습이었다.

바로 그때 그가 팔을 뻗어 벽에서 가면을 떼어냈다.

36

너무 강렬한 정념이다. 그래서 묘사할 수 없다. 그것은 그것에 대해 곰곰이 생각하는 사람을 갉아먹는다. 누구에게나 그것을 탓하는 것은 그것이 시작되었다는 신호다. 시험 삼아 해보거나 다시 시작할 수 있는 것이 아니다. 그것에 이름을 붙이면 전율이 인다. 그것은 절대에 대한 취향이다. 그것은 희귀한 정념이라고들 말할 테고 인간의 위대성을 열렬히 애호하는 사람들조차 불행히도, 하고 덧붙일 것이다. 그것에 관한 잘못을 깨달아야 한다. 그것은 감기보다 더 널리 퍼져 있다. 고결한 마음의 소유자들이 그것에 걸릴 때 더 분명히 알아볼 수 있긴 해도, 그것은 평범한 사람, 메마른 정신, 빈약한 기질을 피폐하게 만드는 비열함을 내보인다. 문을 열면 그것이 들어와 자리한다. 그것에게는 묵는 곳, 그곳의 소박함이 별로 중요하지 않다. 그것은 체념의 부재다. 원한다면, 그것으로 인해 사람들이 하게 될 수 있었던 것, 욕구불만으로 말미암아 생겨날 수 있었던 숭고한 것에 비추어 그것을 자랑스럽게들 여기길. 하지만 이는 예외, 굉장한 꽃만을 보는 것이다. 그럴 때조차 그것에 의해 천재의 주변으로 이끌리는 이들의 마음속을 들여다보면, 그 내밀한 상처, 천부적인 특권을 덜 누리는 개인들에게로 그것이 지나갔다는 것을 온전히 나타내는 황폐화의 상흔을 발견할 것이다.

절대에 대한 취향을 가진 사람은 바로 이러한 이유로 모든 행복을 단념한다. 어떤 행복이 그 현혹에, 언제나 되살아나는 그 욕구에 저항할 것인가? 감정의 그 위태로운 기계, 의심의 '등을 떼미는' 그 힘은 삶을 견딜 만하게 만드는 모든 것, 마음의 분위기를 조성하는 모든 것에 공격을 가한다. 이해받기 위해서는 예를 들어야 할 것이다. 유추를 통해 그것이 초래하는 영웅적인 불행의 인식에 이를 수 있으려면, 당연히 이 정념의 천하고 상스러운 양상들에서 예를 선택해야 할 것이다.

알다시피 신경쇠약은 지식인들에게서는 상부 신경중추 쪽으로 급속히 진행되는 반면에 동물이나 식물 같은 사람들에게서는 더 느리게 퍼지고 운동중추를 공략하는 쪽으로 바뀐다. 여기서 말하는 정신쇠약 역시 환자에 따라 달라진다. 그것에 짓눌리는 불행한 사람의 뛰어난 솜씨, 편집증, 오만으로 향한다. 가수의 목소리를 망가뜨리고 기수를 야위게 하여 병원에 내팽개칠 것이다. 경보선수의 폐를 태우고 심장에 부담을 줄 것이다. 주부를 이상한 경로로, 지나친 결벽 성향, 결코 완벽하게 깨끗해질 수 없는 주방의 타일을 윤내고 청소하려는 고집을 부추김으로써 정신병원에 입원하게 만들 것이고 그사이 우유는 쏟아지고 집은 불타고 자식들은 익사할 것이다. 아무도 인정하지 않지만 그것은 또한 어떤 것도 사랑하지 않고 모든 아름다움, 모든 광기에 비인간적인 '반대'를 맞세우는 이들의 질병일 것이다. 이 '반대' 역시 절대에 대한 취향에서 비롯한다. 모든 것은 그 절대를 어디에 두느냐에 달려 있다. 그것은 사랑이나 옷 또는 권력일 수 있다. 돈 후안, 바이런, 나뽈레옹을 보라. 또한 길에서 마주칠 수 있는, 눈을 감고 아무에게도 말하지 않는 사람을. 또한 천문대 근처의 긴 의자에 앉아 다 떨어진 헌옷을 정리하는 이상한 거지를. 무미건조한 삶에 중독된 우직한 광신자를. 극도로 섬세한 사람과 도저히 조잡해질 수 없는 사람을. 그들에게는 결코 어떤 것도 충분히 '대단한 것'일 수 없다.

절대에 대한 취향, 이 병의 임상 형태는 무수히 많고, 너무 많아서 열거할 수 없다. 한가지 사례의 묘사에 그치고들 싶을 것이다. 하지만 다른 많은 사례, 겉보기에 너무 다양해서 생각한 사례와 관계가 없다고는 할 수 없을 질병들과의 공통점을 감안해야 한다. 왜냐하면 우리가 부득이 절대에 대한 취향이라 부르는 이 바이러스를 분리할 수 없을 뿐더러 이 병원균을 조사할 수 있는 현미경도 없기 때문이다.

그렇지만 위장이 아무리 다양할지라도, 아무리 형태가 바뀔지라도, 이 병은 모든 형태에 공통된 증후에 따라 발견될 수 있다. 그러한 증후란 환자의 행복 불능이다. 절대에 대한 취향을 가진 사람은 자신이 그렇다는 것을 알 수도, 혹은 모를 수도 있다. 민족의 선두에, 군대의 전방에 설 수도, 혹은 일상생활에서 무력해지고 결국 집안에만 틀어박히는 소극적인 사람이 될 수도 있다. 절대에의 취향을 지닌 사람은 바보, 광인, 야심가 또는 현학자일 수 있지만 행복할 수는 없다. 자신을 행복하게 하는 것을 언제나 더 많이 요구한다. 속으로 분노를 곱씹으면서 자신에게 만족을 가져다줄 것을 없애버린다. 행복의 소질이 조금도 없다. 또한 그는 자신을 태워버리는 것들 속에서 즐거워한다고 덧붙일 수 있겠다. 그는 자기 정신의 굴곡, 교육, 자신이 속한 계층의 풍속에 따라 자신의 불운을 우리가 모르는 어떤 존엄성, 위대성, 도덕관념과 혼동한다. 절대에 대한 취향은 한마디로 절대에의 현혹과 함께 간다. 그것에는 상당한 열광이 따르는데, 이를 통해 우리는 그것을 알아볼 것이고, 열광은 파괴의 중심에서 언제나 격하게 일어나는 까닭에 선입견 없는 눈으로는 절대에 대한 취향을 불행에 대한 취향으로 간주할 위험이 있다. 이는 그것들이 동시에 발생하기 때문이다. 하지만 여기서 불행에 대한 취향은 결과일 뿐이다. 모종의 불행에 대한 취향일 뿐이다. 반면에 절대는 사소한 것들에서도 자신의 절대성을 간직한다.

의사들은 육체의 거의 모든 병에 관해 그것이 어떻게 시작되고, 그것을 인체 속으로 침입시키는 것이 어디에서 유래하고, 그것이 며칠 만에 징후를 보이는지, 그리고 그것의 발현에 선행하는 은밀한 과정 전체를 말할 수 있다. 하지만 정상인의 마음속에 꿈틀대는 그 터무니없는 생각들이 식별되지 않았다는 점에서, 우리는 아직도 감정의 연금술 단계에 머물러 있다. 소설가들은 대개의 경우 성격이 서서히 씨 뿌려져 형성되는 과정을 설명하지 않고 성격의 배경을 진술한다. 이를 위해 어린 시절로 거슬러 올라가고 주변 사람들을 둘러보며 유전자와 사회 등 많은 다양한 요소를 원용한다. 그것들이 설득력을 갖는 일은 드물다고 분명히 말할 필요가 있다. 아니면 운 좋게 그 가설이 맞아떨어질 때만 설득력을 갖는데, 이 경우에도 그 가설이 그들의 행운보다 더 큰 가치를 갖는 것은 아니다. 우리는 다만 질투하는 여자, 살인자, 구두쇠, 소심한 사람이 있다는 것을 확인할 수 있을 뿐이다. 질투, 살인으로 치닫는 분노, 소심함, 인색함의 분화된 초상들, 인상적인 초상들이 제시될 때, 우리는 그것들을 이미 형성된 것으로 받아들이게 마련이다.

이 절대에 대한 취향이 어디서 비롯했는지 나는 알지 못한다. 베레니스는 절대에 대한 취향이 있었다.

에드몽 바르뱅딴이 자신의 사촌동생에 관해 집안의 지옥과 같다고 말했을 때 막연하게 느낀 것은 아마도 이것일 것이다. 그녀에 관해 그가 무엇을 알았을까? 정말 아무것도 몰랐다. 하지만 흔히 여자는 예지 능력이 있다고들 말하는데, 그런 여자의 선견지명에 비길 만한 남자의 경험에 힘입어 남자가 동물적 본능으로 여자를 꿰뚫어보는 일도 일어난다. 오렐리앵은 자신이 누구보다 먼저 알아본 그녀와 너무도 어울리지 않는 그 놀라운 표현에 우선 눈떴으나, 제3자의 판단보다 더 중요한 관계가 베레니스와 오렐리앵 사이에 맺어졌을 때 그녀를 잊었던 것이다. 심연이라는 것을 더이상 알지 못한 채 심연에 마음이 끌린 후에, 그렇게 심연에 접근했던 것이다. 그래서 그들의 소설, 베레니스와 오렐리앵의 소설은 모순이 주조를 이루었다. 그것은 그가 보는 베레니스와 다른 사람들에게 보일지 모르는 베레니스 사이의 차이, 그 거침없고 쾌활하고 순수한 어린아이와 그녀가 마음속에 품고 있는 지옥 사이의 대조, 베레니스와 그녀의 그림자 사이에서 빚어지는 불협화음이었다. 이 모순의 징후는 그들의 첫번째 대면에 이미 내포되어 있었다. 그녀의 두 얼굴, 두 여자처럼 보이는 그 어둠과 그 빛은 어쩌면 이것으로 설명될 것이다. 사소한 것에도 즐거워하는 어린 소녀, 어떤 것에도 만족하지 않는 다 큰 여자.

실제로 베레니스는 절대에 대한 취향이 있었다.

그녀는 자신의 인생에서 살아 있는 사람을 통해 어떻게 해서라도 절대에의 추구를 지속해야 하는 순간을 맞이했다. 그녀의 청춘 시절은 아마도 절대에 대한 그 실현할 수 없는 의지로 말미암아서만 시작되었을 것인데, 그때의 쓰라린 환멸은 즉각적인 보상을 요구했다. 가면을 닮아 늘 절망할 준비가 되어 있는 베레니스가 때마침 다가온 오렐리앵을 의심했다면, 다른 베레니스, 가지고 놀 인형이 없는 어린 소녀는 마침내 자신의 꿈을 구현하고자 했고 위대함과 고결함, 유한 속의 무한을 입증할 살아 있는 증거를 기필코 찾아내고 싶었다. 그녀에게는 결국 완벽한 뭔가가 필요했다. 이처럼 그녀는 이 남자에게 느끼는 매력과 세상에 대한 요구를 뒤섞었다. 이 절대에 대한 취향에 관한 언급에서 그것이 회의주의와 혼동된다고 추론한다면 아주 잘못 이해한 셈일 것이다. 그것이 때때로 절망 같은 회의주의의 언어를 취하긴 하지만, 이는 그것이 반대로 아름다움, 착함, 천재성 같은 것에 대한 깊고 완전한 믿음을 전제하기 때문이다. 현재의 상황에 만족하기 위해서는 많은 회의주의가 필요하다. 절대의 연인들은 지금 존재하지 않을 것에 대한 격정적인 믿음 때문에만 지금 존재하는 것을 내던진다.

오렐리앵에게 베레니스가 운명적으로 걸려들 올가미였다면 베레니스에게 오렐리앵은 열린 심연이었다. 그녀는 이를 알고 있었고 심연이 너무 좋아서 거기로 가서 몸을 굽히지 않을 수 없었다. 거짓 없는 억양으로 평생 다른 여자에게 '당신을 사랑해요'라는 말을 결코 하지 않았다고 그녀에게 단언했을 때, 그는 자신이 무엇을 하고 있는지 알았을까? 그녀에게 평생 쓸 만큼의 몸을 야위게 하는 마음의 양식, 어떤 불길을 주었다는 것을 상상할 수 있었을까? 그가 거짓말하지 않았음에도, 그리고 그녀가 그가 거짓말하는 것을 온 힘을 다해, 온 어둠을 다해 바라지 않았음에도, 나타날 것은 결국 절대가 아니었을까? 그녀가 마주친 것은 절대의 유일한 기회가 아니었을까? 그는 그녀를 사랑해야 했다. 그것은 공기보다 더 필요했다. 생명보다 더 필수불가결했다. 요컨대 알려지기를 원치 않는 이 단순한 남자를 통해, 이 빠리의 행인을 통해 그녀는 이제 자기를 초월하고 그녀 자신을 넘어 삶에 대해 빛에 대한 해와 같은 관계를 갖는 그러한 삶에 이를 참이었다. 그는 그녀를 사랑해야 했다. 오렐리앵의 사랑은 베레니스의 정당화가 아니었을까? 생각하고 숨 쉬고 살아가는 것의 포기를 요구할 수는 있어도 그것의 단념을 요구할 수는 없다. 심지어 사랑에서보다 삶에서 스스로 죽음을 선택하는 것이 분명 더 쉬울 것이다.

그녀는 그가 그녀를 사랑함으로써 자신이 무엇에로 휩쓸려갈지 궁금하지 않았다. 그녀가 지나가도록 내버려둘 수 없었던 사랑, 아마도 한때는 말로, 신중하게 물리칠 수도 있었을 그 사랑을 부추길 권리, 그것을 받아들여 그에게 그 끔찍한 삶을 살게 할 권리가 자신에게 있는지 자문하지 않았다. 실제로 사랑은 인간처럼 불행 속에서 사라진다. 궁색과 한숨과 땀과 격동 속에서 사라진다. 사랑이 견딜 힘을 갖도록 내버려두는 사람은 살인자보다 더 나쁘다.

그녀는 그가 그녀를 사랑함으로써 자신이 무엇에로 휩쓸려갈지 궁금하지 않았다. 그녀에게는 절대에 대한 취향이 있었기 때문이다. 옳건 그르건 간에 그녀가 보기에 오렐리앵의 사랑은 절대의 어둡고 경이로운 성격을 지니고 있었기 때문이다. 또한 그것은 절대인 까닭에 자체적으로 양분을 갖고 있었고, 따라서 그녀는 그것을 끄는 것도 누그러뜨리는 것도 달래는 것도 만족시키는 것도 걱정할 필요가 전혀 없었기 때문이다. 사랑을 고백하고 인정하는 데에서 생겨나는 커다란 고통은 거의 중요하지 않았다. 사랑의 목적은 사랑 자체에 있지 않을까? 사랑의 위대성은 사랑의 장애물, 극복되지 않을 장애물에서 비롯하지 않을까? 베레니스는 기꺼이 사랑이 행복할 때 사랑이 상실되거나 소멸한다고 생각했다. 여기서 절대에 대한 취향이 다시 뚫고 나오는 것을 볼 수 있다. 그리고 절대에 대한 취향과 행복 사이의 양립 불가능성을 알아차릴 수 있다. 적어도 행복이나 불행은 베레니스에게 행동의 공통 척도가 아니었다. 그녀는 진실로 살인자보다 더 나빴다.

오렐리앵의 운명에는 이 비인간적인 경향에 부합하는 특이한 면이 있었다. 그를 이해하기 위해서는 그에 관해 알고 있는 모든 것을 재검토할 필요가 있을지 모른다. 베레니스는 그럴 필요가 없었다. 비인간적일 뿐만 아니라 여자이기 때문이었다. 그녀는 반쯤 뜬 눈으로 오렐리앵을 바라볼 때 자신의 즐거움이 두려웠다.

베레니스는 두 얼굴, 그 어둠과 그 빛을 지니고 있었다.

37

"날 속였군요." 그녀가 말했다. "이 여자……"

그가 웃었다. "이 여자, 내가 이 여자와 사랑에 빠져 있다고 생각해요? 베레니스, 오해하지 말아요!"

그녀는 미친 사람처럼 일어났고 금방이라도 흐느낄 듯했다. 그가 그녀의 손목을 잡았고 아프게 쥐었다. 그녀가 짧게 비명을 지르면서 다시 앉아 아픈 손목을 다른 손으로 감쌌다.

"오해예요, 베레니스, 내가 이 여자를 사랑한다니. 내 누나, 호기심 많은 내 누나도 그렇게 추측했죠. 그래서 알게 된 건데……" 그녀는 너무 높은 곳에서 떨어져서 울 수도 없었다. 두 손으로 뺨을 감싸고 고개를 젖히고 눈을 감았다. "자," 그가 외쳤고 그 바람에 그녀가 다시 눈을 떴다. "자, 정신 차려요, 베레니스. 눈을 감고 있었으니 물론 못 봤겠지만 그렇지 않았다면 이 여자를 보고 외쳤을 거예요. 봐요, 베레니스, 자세히 봐요. 당신이에요. 당신이라는 걸 알겠어요?"

그녀가 도리질했다. 또다시 남자들의 그렇고 그런 이야기들 중의 하나. 그가 두 손으로 가면을 집어들어 그녀 앞에 놓았다.

"당신이에요. 자, 봐요, 내가 사랑하는 당신."

"왜 거짓말을 하죠, 오렐리앵? 다른 여자의 얼굴이잖아요. 나와 닮긴 했네요. 그래서요? 나도 가면도 당신이 좋아하는 유형이네요. 그렇게 생각돼요."

"터무니없어요!" 그가 소리쳤다. "이 가면은 도처의 주물공장에 널려 있어요, 가시에 찔린 아이[88]와 베토벤의 데스마스크 사이에. 익사한 여자의 가면인데, 시체공시소에서 주조된 거죠. '센강의 미지인'이라고들 불러요. 장담해요."

베레니스에게는 이 모든 것이 느리게 와닿았다. 얼굴색이 돌아왔다. 그녀가 돌아섰다. 석고 가면을 바라보았다. 반신반의했다. 오렐리앵을 쳐다보았다. 그는 머리카락에 물을 묻혀 빗질하고 왔다. 왜지? '센강의 미지인,' 그와 친분이 있는 여자는 아니라 해도 그의 마음에 든 가면이다, 우선은. 그다음에는 자신, 베레니스가 이 단아한 석고상과 닮았다는 것을 발견했다. 그녀는 엉뚱한 질투에 물어뜯겼다. 그가 전혀 본 적도 없는 죽은 여자, 익사한 여자에 대한 질투에. 오렐리앵의 손에서 가면을 잡아챘다. 그것이 얼마나 깨지기 쉬운지 손가락으로 느꼈다. 그것을 부수고 싶은 격한 충동에 휩싸였다. 그래봤자 무슨 소용인가? 그는 밖에 나가서 똑같은 것을 또 하나 살 수 있다. 결코 어떤 거울도 보여준 적이 없는 그녀 자신의 이 창백한 초상을 오래 바라보았다. 그가 말했다. "처음에는 그저…… 묘한 얼굴이었어요. 어느 가게에서 그것을 보았죠. 라신 길에서 석고상을 만드는 이딸리아인 주물공, 알죠? 내가 그것을 물끄러미 바라보니까 그가 그 석고 가면 이야기를 해주었어요. 뭐, 이야기랄 것은 못 되죠, 알려진 것이 전혀 없으니까. 센강에 몸을 던진 미지의 여자, 젊은 여자…… 그녀는 자신의 비밀을 감춘 셈이죠.

88 발에서 찔린 가시를 빼는 소년은 고대 이래 조각에서 즐겨 다룬 소재의 하나이다.

왜 그랬을까요? 굶주림, 사랑…… 누구나 자신이 바라는 것을 꿈꿀 수 있어요. 무엇이 당직 의대생을 거기 근처의 시체공시소에서, 다른 여자가 아니라 바로 그 익사한 여자의 얼굴을 석고로 본뜨도록 부추겼는지…… 틀림없이 그녀를 매우 아름답다고 생각했을 테죠, 그는. 맹목적인 젊은이들이 해부학을 배우기 위해 그녀의 시신을 해부했을 의과대학 강당에서 그녀를 떠나보내는 것이 그에게는 불가능했겠죠. 그래서, 그가 바란 것은……"

그녀가 말했다. 고백했다. "끔찍이 질투가 나요."

질투가 난다? 그가 몸을 떨었다. 그녀는 그를 사랑한 것이다. 맞아, 그녀는 그를 사랑한 것이다. "베레니스!"

그가 그녀를 끌어안았다. 석고상 깨어지는 소리에 포옹을 풀었다. 그들은 둘 다 멍하니 바닥의 흰 조각들을 내려다보았다. 양탄자 위의 가루, 떨어진 파편, 가장 나쁘게는 코 조각, 입…… 그들은 일종의 살인을 저질렀다. 그녀가 말했다. "라신 길에서 다른 것을 하나 다시 찾아낼 수 있을 거예요." 그가 고개를 저었다. "오, 아니에요!" 그녀가 말했다. "다른 것을 하나 다시 사요. 내가 사줄게요…… 그래, 맞아요, 그렇게 하면 더 나쁠 테죠. 이 여자, 그녀의 힘은 죽었다는 데에서 나오니까요."

그녀가 소스라쳤다. 그는 그녀가 '끔찍이' 질투가 난다고 말한 것을 떠올렸다. 그녀의 두 손을 잡았다. "당신은 살아 있어요." 그가 중얼거렸다. "당신의 힘은 살아 있다는 데에서 나와요."

그녀가 그를 쳐다보았다. 그는 연극을 하는 걸까? 그녀는 좀처럼 그를 의심할 수 없었다. "무슨 뜻인가요, 오렐리앵? 내 힘은 살아 있다는 데에서 나오죠. 온갖 여자가 살아 있지만 죽은 여자에 맞설 힘은 없어요. 만약 내가 갑자기 죽는다면 어떤 여자이건 나에 맞서 당신에게 그 이점, 그 힘을 갖게 될까요?"

그는 눈을 감은 얼굴의 석고 조각을 모았다. 다른 얼굴, 눈을 뜬 얼굴을 슬쩍 훔쳐보았다. 그녀가 어떻게 떨어뜨렸는지 생각했다. 연극을 하고 있나? 하지만 절망했다기보다는 초조했다. 벽난로 옆의 손잡이가 검고 뻣뻣한 파란색 술을 가진 작은 재 빗자루를 집어 들었다. 이것들을 쓸어담지 않고 그대로 내버려둬서는 안 되었다. 그 위를 걸어다니면 양탄자에 석고가 박혀 흰 얼룩이 질 것이다. 그가 생각했다. '그녀는 이 재현물을 좋아하지 않았어.' 그가 말했다. "당신은 이 재현물을 좋아하지 않았군요."

비난의 어감과 함께.

베레니스가 변명했다. "아뇨, 아니에요, 일부러 그러지 않았어요! 내가 일부러 그랬다고 생각하지 말아요! 운이 없었어요. 그 가면 대신에 무엇을 드려야 할지 모르겠네요, 모르겠어요. 매우 유감스럽게 생각해요. 나를 원망할 건가요?"

그가 도리질했다. 파편을 묵은 신문지로 싸서 쓰레기통에 버렸다. 농담을 던져보았다. "당신을 많이 원망할 거예요." 그러다가 멈췄다. 그녀의 눈시울이 젖어들었다. "오, 내 사랑!"

단계를 뛰어넘은 이 말에 그들은 당황했다. 침묵 속에서 그녀가 그를 향해 애원하듯이 손바닥을 내밀고 손짓으로 '안 돼요'라고 말했다. 도대체 무엇에 대해 '안 돼요'라고 말했을까?

그들 사이에 그 죽은 여자, 그 유령이 있었다. 방 안으로 어둠이 내렸다. 오렐리앵은 어깨에 서늘한 기운을 느꼈다. 창문이 꽉 닫혀 있지 않았다. 분위기를 바꾸기 위해 전등을 켜고 커튼을 쳤다. 더이상 아무것도 없었다. 그들은 서로 서먹했다. 이 무대에서 무엇을 함께하고 있었을까? 한없이 거북했다.

"불을 지필게요." 그가 말하고 벽난로 가까이로 가서 무릎을 꿇었다.

"나를 위해서라면 그럴 필요 없어요. 곧 갈 거예요. 오, 바보 같으니. 당신이 춥다면, 그리고 내가 나간 후에……"

"가지 말아요, 베레니스, 자, 내게 당신의 하루를 약속했잖아요."

"알아요. 하지만 어떻게 하는 게 더 나을지 모르겠어요."

"안다는 말이에요, 모른다는 말이에요? 내가 불을 피우는 건 당신을 위해서이기도 해요!" 장작 속에서 종이에 불이 붙었다. 오렐리앵이 벽난로의 철책을 내렸다.

"불이 붙을 것 같나요?"

베레니스가 어린아이 같은 목소리로 말했다. 사실 그녀는 결코 자기 앞에서 누군가가 불을 피우도록 맡겨놓을 수 없었다. 그녀가 오렐리앵 옆의 바닥에 앉았다. 그들은 이제 불처럼 흔해빠진 것들, 불처럼 경이로운 것들에 대해서만 말할 뿐이었다. 불의 신비 덕분에 서로 가까워졌다. 연기가 피어올랐다. 환기가 잘되도록 다시 창문을 열었다가 닫았다. 장작개비 하나와 불쏘시개 한단을 더 집어넣었다. 그들은 바닥에 방석을 깔고 앉아 의자에 머리를 기댔다. 마침내 불꽃이 올라왔고 그들은 불꽃을 바라보았다. 한없이 바라볼 수 있을 불꽃의 마법에 홀려, 사라졌다가 다시 타오르고 춤추고 꺼지고 파래지고 장작에서 떨어졌다가 다시 장작 위로 내려앉고 성령강림절의 혀처럼 장작을 핥는 불꽃의 마법에 홀려 그들 각자의 깊은 생각이 이어지는 경로들, 그 경로들의 불타는 네거리들을 알아보았다. 베레니스의 머리가 오렐리앵의 어깨로 기울어졌다.

"넓은 집에서……"

그녀가 몽상에 잠겼다. 다시 자신의 몽상으로 접어들었다. 온갖 종류의 말, 몸짓, 사소한 사건이 불빛 속으로 사라졌다. 베레니스는 마리니에에 푹스와 르무따르가 들어오면서 끊긴 그 대화에서부터 말을 이었다. 이어진 모든 것에 대수로운 것은 없었다.

미지의 여자가 죽은 일만은 예외였다. 이것에 관해서는 둘 다 말하지 않았다.

"여덟살 때였어요. 넓은 집에서는 늘 큰소리가 났지요. 내 아버지, 나는 아버지가 싫었어요. 아버지는 어머니를 야단쳤거든요. 나는 개가 한마리, 인형 세개가 있었어요. 다른 애들과는 놀지 않았지요……" 그녀가 뭔가에 정신이 쏠린 듯 말을 멈추었다. "오렐리앵?"

"베레니스?"

"오렐리앵, 그녀를 통해 당신은 바로 나를 사랑한 것이 틀림없어요!"

손가락으로 그녀가 그 이름 없는 '그녀'를 가리켜 보이려 했고 가면을 떼어낸 벽, 몇몇 자취가 남아 있을 바닥, 쓰레기통 쪽을 둘러보았다. 그가 더없이 진지하게 말했다. "맹세해요."

그것은 베레니스에게 하찮은 일이 아니었다. 그녀가 중얼거렸다. "당신을 믿고 싶어요. 만약 당신도 마침내 나를 피할 거라면……" 그러자 이렇게 고백한 것이 부끄러워진 그녀는 다시 자기 이야기에 몰두했다. "그날 나는 스프링클러가 있는 정원 언저리에서 흙을 파고 있었어요. 물과 막대기로 흙을 파내기를 몹시 좋아했지요. 엄마가 나를 보고 말했어요. '니세뜨……' 엄마는 나를 니세뜨라고 불렀죠. 그런데 엄마가 전에 없이 진지했어요. 내 엄마가 어떻게 생겼는지 알아요? 얼굴은 나와 닮았지만 눈이 달라요. 아주 파랗죠. 음, 기억이 잘 나지 않네요, 몹시 어렸을 때라서. 여덟살? 엄마를 꼭 닮았을 것 같은 것이 뭐냐면……" 그녀가 턱으로 쓰레기통을 가리켰다. "그러니 왜 내가 그 가면을 부수고 싶었겠어요? 이제 날 믿을 수 있죠?"

그녀는 자신이 그것을 부수고 싶어 했다는 것을 잘 알고 있었다. 번갯불이 일었다. 거짓말에 약간 목이 메었다. 하지만 완전히 거짓말은 아니었다. 그녀가 말을 이었다. "엄마가 말했어요. '니세뜨, 이렇게는 살 수가 없어. 보다시피 네 아버지는…… 너도 날마다 듣잖니, 그 큰소리. 난 아주 어렸을 때 결혼했단다. 몰랐어. 그러고는 평생, 평생을, 평생 이 꼴이구나! 어떻게 하면 좋을까, 니세뜨?' 나는 이해하지 못했어요. 내 더러운 손을 감췄지요. 오렐리앵, 당신의 어머니는 미인이셨어요, 그렇죠? 행복하셨나요?"

그의 몸이 떨렸다. 그의 머릿속에서 어린 시절의 극적인 장면 전체가 지나갔고 어머니, 그리고 아마도 자신이 닮았을 그 남자 사이의 일이 떠올랐다.

"그때 엄마는 내게 떠나고 싶다고 말했어요, 당장. 엄마는 나를 데려갈 수 없었어요. 하지만 나중에는 너무 늦을 테죠. 엄마는 아직 젊었고 엄마를 사랑하는 남자가 있었어요. 소리치지 않고, 내 아버지의 냉혹한 눈을 갖지 않은 남자였죠." 그녀가 오렐리앵 쪽으로 몸을 돌렸다. "그 눈을 이렇게 내가 갖고 있어요." 그녀는 자신의 눈을 빼버리려는 난폭한 몸짓을 했다. 그가 그녀의 벌린 손가락들과 세운 손톱을 떼어내고 몸을 기울여 거기에 입맞춤했다. 그녀는 자기 어머니와 닮고 싶어 눈을 감았다.

"내가 엄마에게 '가지 마'라고 말했다면 엄마는 떠나지 않았을 거예요. 떠나지 않았을 거라고 확신해요. 하지만 난 엄마가 넓은 집에서 큰소리와 엄마를 둘러싼 우리의 검은 눈 때문에 불행한 것을 원치 않았어요. 내가 엄마에게 말했어요. '가버려, 엄마, 가버려……' 난 여덟살이었어요. 스프링클러 근처에서 흙을 파곤 했죠. 아버지는 거의 죽을 지경이었어요. 우리는 하인들과 함께 외따로 살았죠."

오렐리앵은 떠나지 않은 자신의 어머니를 생각했다. 우아한 어머니, 행복한 것 같았다. 자식인 그에게 말한 적도 요구한 적도 전혀 없었다. 그런 다음 가면, 그 달아난 여자를 닮은 가면을 다시 떠올렸다. 기이한 생각이 머릿속을 가로질렀다. "그런데 베레니스, 어머니, 당신의 어머니는 돌아가셨나요?"

석고로 본을 뜬 것은 언제일까? 어쩌면 알아낼 수 있을 것이다. 저 아래 비밀을 간직한 센강, 센강의 책력……

"무슨 엉뚱한 생각이에요!" 베레니스가 말했다. "엄마는 아직 젊어요. 살아 있고요. 하지만 다시는 만나지 못했지요."

"그럴 수가!"

"엄마의…… 새 남편이 엄마를 데려갔어요, 아주 멀리, 아프리카로. 그들은 제일 먼저 내게 편지를 보내왔어요. 아버지는 내게 그 편지들을 결코 보여주지 않았지요. 그리고 세월이 흘렀어요."

삶은 상상보다 더 비현실적이다. 센강에서 익사한 미지의 여자는…… 그렇게 모든 것이 단순화되었을 것이다. 쓸데없이 모든 것이 단순화되었을 것이다. "눈을 감아봐요!" 그가 애원했다.

그녀가 따랐고 요청에 따른 그 어둠 속에서 물었다. "누가 더 좋아요, 오렐리앵? 나, 아니면 내 어머니?"

가능한 대답이 둘일 수는 없었다. 하지만 뜻밖에 그녀는 살쾡이처럼 몸부림쳤다. 그들은 둘 다 바닥으로 굴렀고 그는 가까스로 스친 그 입술에 사로잡혔다. 그녀가 늘 빠져나가는 통에 미칠 지경이었다. 하지만 그녀는 그에게서 벗어났다. 그녀는 일어섰고 그는 여전히 바닥에 누워 있었다. 그녀가 말했다. "내가 가는 게 좋겠죠."

"화났어요?"

"아뇨, 그게 아니라…… 내 잘못이에요. 하지만 가야겠어요."

"제발……"

"그러는 게 좋겠어요. 화가 난 건 아니에요, 정말로. 내 외투를 주세요."

그녀가 거울 앞에서 다시 모자를 썼다. 가방을 뒤졌다. 루주.

그는 사과하기 위해 무슨 말이든 했을 것이다. 그녀를 붙들기 위해서라면. 그래봤자 아무 소용이 없다는 것을 분명히 알아차렸다. 그녀가 쓰고 있는 볼품없고 조악한 벨벳 모자, 확실히…… 그녀의 입이 새롭게 피를 흘렸다. 그녀가 부드럽게 미소 지었다. "저기, 내일은 아침 약속이 있어서…… 아뇨, 사모라에게 한시간 동안 포즈를 잡기로 약속했어요. 하지만 그후로는……"

"또 그거로군요!"

"화내지 말아요. 그에게 필요한 건 그게 다예요. 그는 나 없이 작업했을 거예요. 확인하는 것이 전부죠. 알잖아요, 진짜 초상화가를 만나는 거라고요!"

"그야 그렇죠!"

"나를 그리는 수채화일 뿐인데……"

오렐리앵이 어깨를 으쓱했다. 사모라와 그의 그림 중에 무엇이 더 싫은지 알 수 없었다.

"아뇨, 날 데리러 오지는 마세요. 하지만 원한다면 1시에 마리니에로 갈게요, 아까처럼. 아마도 다른 친구들이 있겠죠?" 그녀가 웃었다. 아니에요, 푹스가 날마다 있는 건 아니죠! 좋아요, 그럼 마리니에서.

아무렴, 그가 그녀를 이렇게 떠나게 하지는 않았을 것이다. 속셈으로는 그랬다는 것이다. 그는 그녀가 나가게 내버려두었다. 현관문이 다시 닫혔을 때, 그는 '방'으로 돌아가서 난로에 장작을 좀 올렸다. 뜻하지 않게 쓰레기통에 발이 부딪혔다. 마치 관을 만지기라도 한 듯이 소스라쳤다. 환기가 필요했다. 창문을 열었다. 밤은 어두웠고 바람이 휙휙 소리를 냈다. 그는 발코니로 나가서 그토록 가깝고 그토록 먼 빠리의 불빛을 바라보았다. 이어서 그의 눈이 원을 그리며 아래쪽의 넓고 검은 구덩이로 향했다. 차디찬 진창, 익사자들을 휩쓸어가는 센강.

38

갑자기 넓은 집에서 방 하나가 밝아졌다. 옷감의 무늬, 벽지가 확대되었다. 하녀들이 침실들에서 새어나오는 불빛 속에서 미끄러지듯 움직였다. 세탁실에서는 세탁을 했다. 아니면 비밀 정원, 패랭이꽃과 진달래였다. 이 모든 것 속에서 어린 여자아이가 자신에게 이야기를 한다. 완전히는 이해하지 못한 채 자신에게 천번째 하는 이야기의 무게를 짊어진다. "난 아주 어렸을 때 결혼했단다……" 검은 눈의 남자, 버림받은 남자의 그림자. 그가 소리치고 있었다. 그는 어린 여자아이가 좋아하는 모든 것의 반대였다. 행복하기 위해 떠나야 하는 것. 하지만 그는 불행했다.

오렐리앵은 어떻게 그날들이, 그토록 긴 날들이 그토록 빨리 흘러갔는지 결코 알지 못할 것이다. 그토록 짧고 그토록 긴 날들. 그는 자신의 추억, 그 순간의 광채, 시간의 부스러기를 뒤섞을 것이다. 어린아이의 검은 눈 때문에 모든 것을 망치고 기억 속에서 길을 잃을 것이다. 열리거나 닫힌 얼굴 때문에. 베레니스의 아랫입술 위에 보이는 그 작은 수직선들, 남자의 입술을 떨리게 하는 그 감동적이고 슬픈 주름들 때문에. 어느날 있었던 것과 다른 날 돌아오는 것을 결코 알지 못할 것이다. 그렇지만 어쩌면 또한 그런 이유로, 그의 삶에서 매우 중요한 날들, 결정적인 날들이다. 훗날 그는 그날들을 대조하고 바로잡고 환히 밝히면서 하나하나 끈질기게 재구성할 것이다. 그날들은 전에 없던 희미한 빛을 띨 것이고, 변모할 것이다. 무의식적이고 우연한 모든 것이 의미와 의도를 지닐 것이다. 어떤 것도 더이상 우연에 내맡겨지지 않을 것이다. 낭랑하고 정연하고 장대한 오페라의 이중창 같을 것이다. 그렇지만, 뭐라고? 그들은 강둑길을 한가로이 거닐었을 것이고 모와 상리스 쪽으로 잠깐 드라이브했을 것이고 베레니스의 요구대로 루브르에서 오전 시간을 보냈을 것이고 꾸르베에 관해 논쟁을 벌였을 것이다. 집으로 돌아가야 하는 시간, 약속 시간, 레이스 구멍의 시간, 빈 시간, 베레니스 없는 시간이 있었다.

그녀는 자신의 아버지에 관해 말했다. 그토록 미워했을까? 그녀는 아버지에 대해 다른 사람은 알 수 없는 속죄의 사명이 자신에게 있다고 생각했다. 아버지를 무서워했다. 그는 무척 큰 소리로 고함을 쳤다. 폭풍우 같은 사람이었다. 여자들을 넓은 집에서만 지내게 했다. 베레니스는 무척 늦은 시기에야 학교에 다녔다.

그날들의 징후는 일종의 혼미 상태, 무분별이었다. 마치 시간에 영원성이 있는 듯이, 시간의 낭비에 시간의 가치가 있기라도 한 듯이, 시간은 가버린다. 그렇지만 그날들은 과일 속의 벌레, 즉 끝나리라는 결코 잊히지 않는 확실성, 짧다는 강박관념, 돌이킬 수 없는 것의 맛을 내는 그 예상된 이별의 인식을 내포한다. 그날들이 한겨울에 깃드는 것은 예삿일이 아니다. 이와 대비되는 날들은 가장 더운 여름에나 찾아볼 수 있다. 산속 그늘진 곳에서 날씨가 몹시 서늘해서 작열하는 태양을 방금 피했다는 것을 잊을 때.

그녀가 오렐리앵을 떠날 때마다, 그는 자신에게 무슨 일이 일어나고 있는지, 자신이 이처럼 순진하게 행동하는 것이 어떻게 가능한지 자문한다. 이 여자를 자신의 것으로 만들지 않았다는 것 때문에 매번 남자로서의 터무니없는 자존심에 상처를 받는다. 그녀는 손가락 사이로 물 새듯이 그에게서 빠져나간다. 그의 계획을 좌절시킨다. 그의 이전 경험들, 의도적인 호들갑, 대화에서 맹렬한 충동으로, 위장에서 전투로 넘어갈 수 있게 해주는 상투적인 말이 그녀에게는 전혀 먹히지 않는다. 그녀를 이미 품 안에 넣었다고 생각하거나 그녀가 정복되고도 남았다고 느끼는 순간이 있다. 그녀가 그를 사랑한다는 것, 모든 것이 말을 넘어서 있고 그럼에도 입맞춤이 덜 나쁘다는 것에 대해 전혀 의심이 들지 않는 순간이 있다. 그렇지만 결국에는 그 순간들이 흔적 없이 사라졌고 그는 유령조차 껴안지 못했다. 거기, 심연의 가장자리에서 둘 다 낯설고 어색하고 당혹스러운 모습으로, 가장 진부한 말들로 실망과 분노, 불안을 가린다.

오렐리앵은 사랑에서 비현실성을 믿는 그런 사람이 아니다. 그가 베레니스를 기다리는 동안이나 그녀가 자신의 어린 시절에 관해 말하는 동안, 그의 머리는 사냥꾼의 덫을 중심으로 도는 분명한 생각, 영상으로 가득하다. 그가 말하는 모든 것, 그가 행하는 모든 것은 여자를 그가 남자로서 갖는 목적, 그 쾌락의 함정 속으로 유인하기 위한 주술과도 같다. 베레니스는 신기하게도 무방비하다. 이 까무스름한 눈의 먹잇감, 그를 사랑하는, 그를 사랑한다고 그가 단언할 이 예민한 베레니스, 어떻게 그녀는 그에게서 빠져나가게 되는가? 얼마나 여러번 그는 그녀를 자기 마음대로 할 수 있다고 느꼈고, 그녀의 눈에서 무력하고 겁먹은 기미를 알아차렸는가? 여자들의 사랑을 받는 이 남자가 감히, 매번 감히 이 약한 틈을 이용하려 들지 못한다. 도대체 무엇이 그를 가로막는가? 단번에 모든 것을 무너뜨릴지도 모른다는 두려움. 아직은 아니다. 그는 이리저리 억측을 한다. 정신을 차리지 못한다. 자신을 질타한다. 자신을 빈정댄다.

그는 자신을 가로막는 것이 그녀 안에 있다는 것을 알아차리기 시작한다. 그녀는 그를 사랑한다. 하지만 그의 것이고 싶어 하지 않는다. 이것이 확실해진다. 그녀는 이에 대해 아무 말도 하지 않지만. 게다가 여자의 말은 그렇게 중요하지 않다. 이런 주제에 관해서는. 말은 감정을 표현하는 데가 아니라 감추는 데 필요하다. 그녀는 그의 것이고 싶어 하지 않는다. 그는 이 점을 알고 있다. 모를 리 없다. 왜? 그는 이 점을 알고 있지만 왜 그런지는 모른다. 그녀가 그에게 말하는 것은 이것에 관해서가 아니다. 그녀는 넓은 집, 저녁이면 창문을 통해 자신의 어두운 침실로 날아드는 벌레들, 열살 무렵에 자신의 매력적인 왕자였던 농부, 그리고 올리브 수확에 관해 말한다. 그는 그 말의 이면에서 한없는 애원에 귀를 기울인다. 그는 듣는다. 그들의 마음이 서로 일치한다는 것을 확인하려 한다. 하지만 그들의 사랑이 소리를 높이면 하나같이 울리던 수정이 깨어지리라는 것을, 그녀가 그렇듯이 알고 있다. 두세차례, 거의 서로의 합의하에 그들은 자신들의 운명을 피해 달아났다. 이제 그는 어떻게 그렇게 되었는지 이해하지 못한다. 어떻게 그가 그렇게 되도록 허용했는지. 그는 그녀에게, 그녀에 대해 갖는 분명한 욕망에 사로

잡히지 않았는가? 사랑, 사랑, 이 되풀이되는 거부가 사랑일까? 그가 그녀를 사랑한다면 자신의 사랑에 대해 도대체 무슨 두려움이 있을까? 실현된 탓으로 사라져야 한다면 그것이 사랑일까? 그런데 이 모든 것 뒤에는 베레니스가 곧 떠날 것이라는, 오래지 않아 그를 떠나 그가 조금도 관여할 수 없는 삶, 그가 보기에 그녀만의 것인 삶을 다시 살게 되리라는 강박관념이 있다. 그 삶에 관해 그는 무엇을 아는가? 아무것도, 전혀 아무것도. 약사 남편. 지긋지긋하지는 않다 해도 우스꽝스러울 것이다. 지방 소도시. 그리고 무엇을, 무엇을? 의무의 관념, 종교? 아니, 그래서? 그 양반에게 폐를 끼치지 않기, 아니면 사람들의 평판? 이 검은 눈, 이 각진 얼굴, 이 부스스한 머리, 이 고통의 표정, 이 무언의 갈증, 이 광기에 비하면 모든 것이 너무나 보잘것없다…… 오, 정말로 그가 그녀를 사랑하지 않는다면, 그가 그녀, 베레니스에게 거짓말했다면 그녀는 장차 어떻게 될 것인가? 그는 물에 빠진 사람이 널빤지에 매달리듯이 그녀가 자신의 사랑에 집착한다는 것, 사랑받지 못하면 죽으리라는 것을 알고 있다. 이것을 어떻게 알까? 그녀는 그에게 아무것도 말하지 않았다. 그가 거짓말했다면, 그가 그녀를 사랑하지 않는다면…… 한순간 그는 단호한 사람인 체했다. 자신의 사랑에 대든다. 도전한다. 그러자 그의 마음속에서 그것이 외치기 시작한다. 견딜 수 없다. 그가 절망에 사로잡힌다. 속마음을 감출 필요가 없다. 부인할 필요가 없다. 그가 뇌우 아래 머리를 숙인다. 비가 뼛속까지 스미도록 미동도 하지 않는다. 자신의 운명에 휩쓸려간다.

그녀가 자신의 아버지에 관해 말한다. 자기 마음의 길을 결코 찾아내지 못한 그 낯선 아버지에 관해. 떠나간 여자 때문에 그토록 미움받은 아버지에 관해. 집안의 골칫거리 같은 그 공포스러운 아버지에 관해. 아주 어린 그녀에게 불행하다는 것이 무엇인지 알려준, 그런 이유로 미워한 아버지에 관해 말한다. 야생아 같은 자신의 방식으로. 아버지는 이에 관해 아무것도 모른다. 만일 알았다면 어떻게 했을까? 더욱더 화를 냈을 것이다. 더욱더 소리쳤을 것이다. 좋아할 만한 사람이 아니었다. 누구도 그를 좋아하지 않았다.

한번 그녀는 뤼시앵이라는 이름을 말했다. 어떻게 그 이름을 입 밖에 냈을까? 별로 중요하지 않다고 말해서는 안 될 것이다. 오히려 매우 중요하기 때문이다. 하지만 나중에 결코 되밟을 수 없는 우회로들 중의 하나를 통해서였다. 뤼시앵이라는 이름이 그녀의 입 밖으로 나왔다. 이것은 사실이다. 그것 자체로서가 아니라 다른 어떤 것에 대한 근거로서. 그렇지만 오렐리앵은 소스라쳤다. 그 이름이 그에게 고통을 주었다. 그는 그녀가 그 이름을 말하지 않기를 바랐을 것이다. 또한 그 이름을 다시 말하기를 바랐다. 그러면 그들 사이에서 그 유령, 그 위협을 쫓아버릴 수 있을 것 같았다. 그녀가 다른 것에 관해 말할 때에도 그 이름이 그를 따라다녔다. 그녀가 말하기를 그쳤을 때에도 그 이름이 그를 뒤쫓았다. 그가 혼자일 때에도 그 이름이 그를 괴롭혔다. 한참 대화를 나누거나 꿈속을 헤맬 때처럼 하찮은 순간에도 그는 끊임없이 그 이름에 사로잡혔다. 그 이름을 말하면서 땀에 젖어 잠이 깼다. 반쯤 잊은 악몽에 잠겼다가 다시 떠올랐다. 그 속에서 그 이름은 아는 사람들 열명의 얼굴에서 얼굴로 도망다녔다. 뤼시앵. 오렐리앵은 질투의 수업을 시작했다.

한가지 생각이 그의 마음속에 확고하게 자리 잡는다. 그가 베레니스에 대해 생각한 바는 그녀가 익사하는 사람처럼 그의 사랑에 매달렸다는 것이다. 어쩌면 그녀는 그를, 오렐리앵을 사랑하지 않을지도 모르지만 그가 그녀에 대해 품고 있는 사랑을 사랑한다. 이러한 것을, 모든 것이 분명해진다는 것, 다시 말해서 모든 것이 불분명해진다는 것을 더 일찍 생각하지 못했다. 해로운 독약. 우선 오렐리앵은 은유의 모든 요소에 열중했다. 익사한 여자, 널빤지, 바다, 폭풍우…… 이 모든 것은 무엇을 의미할까? 이 세세한 점들의 경로를 통해 그는 이 영상의 의미를 탐색하고 추정한 극적 사건의 본질을 찾으려 애쓴다. 베레니스의 삶에 관해 그는 정말 아무것도 모른다. 그녀가 언제나 그를 어린 시절로, 넓은 집으로 데려가는 그 방식. 아마도 그녀가 과거에 관해 그 정도로 많이 말하는 것은 현재에 관해 말하는 것을 회피하기 위해서일 것이다. 틀림없이. 그녀는 부주의하게 입에 올린 뤼시앵에 관해 말하기를 피한다. 그저 부주의 때문이라는 듯이. 그럴 수도 있다. 그녀는 아마 오렐리앵을 불행에 미리 대비하게 하고 싶어 하는 듯하다. 하지만 바로 그녀 자신이 불행하지 않은가? 익사한 여자, 널빤지, 바다. 그녀는 그 그늘진 눈 안쪽에 어떤 비밀의 고통을 지니고 있을까? 뤼시앵에 대한 환멸이 생겨난 것일까? 그래서 아직 뭔가를, 삶을, 호시절을 믿기 위해 요즈음 그녀는 사랑받을, 필사적으로 사랑받을 필요가 있는 것일까? 자, 이제 그만! 골머리가 아프다. 그녀는 남편에 관해서나 약국이나 고향 도시에 관해 말할 때마다 오히려 갑작스레 아주 차분해졌다. 뤼시앵을 포함해서 그 지방은 극적인 사건보다 권태, 단조로움이 더 우세할 듯하다. 뤼시앵과 극적인 사건이 있으려면 그녀가 그를 사랑해야 할 것이다. 익사한 여자, 널빤지, 바다. 그때에야 비로소 그는 익사에 관한 이야기가 그들에게 끈질기게 따라붙는다는 사실에 충격을 받는다. 깨어진 가면, 바닥에 나뒹구는 그 미소에 어떤 예감을 느낀 듯 오싹해진다.

그는 정말로 그녀가 그를 사랑한다고 생각하지만, 그럼에도 그녀가 그의 사랑만을 사랑할 뿐이라면? 그러면 모든 것이 납득될 것이다. 그 거부. 그녀 주위에 내내 드리워진 그늘. 잔혹한 연출. 시간을 끌기, 그를 만족하지 못한 정념에 사로잡힌 채로 그렇게 내버려두기 위해. 명백히, 명백히. 아무리 생각해도. 그녀는 이 사랑을 간직하고 싶어 한다. 그에 대해 쾌락의 불, 만족감을 두려워한다. 어떤 것도 주려고 하지 않으며 모든 것을 받고 싶어 한다. 지방의 그 권태로운 분위기 속에서 빛나는 태양처럼, 날마다 이어지는 시시한 생활 속에서 우쭐대며 가리킬 수 있는 그 희미한 빛을 멀리서 소유하고 싶어 한다. 오렐리앵은 이런 생각을 하면서 침울한 분노에 사로잡힌다. 복수, 계략, 비정한 악의를 쌓아올린다. 여자를 이용하려고만 드는 남자의 잔혹함, 명석함을 발휘해서 따진다. 자기 자신의 사랑을 비웃는다. 사람들이 사랑에 관해 그토록 많이 말하지 않는다면 아무도 사랑을 생각해내지 않았을 것이라고 누가 말했나? 맞아, 그런데 말이야, 사랑에 관해 그토록 많이 말하기 전에 사랑을 생각해내게 되어 있었어. 그리고 베레니스가 다른 드레스만큼이나 민망한 새 드레스를 입고 약간 늦게 도착해서 그 약간 떨리는 낮은 목소리로 "제가 당신을 기다리게 했네요" 하고 말할 때, 모든 결심은 햇볕을 받은 눈처럼 녹아버린다.

그는 그녀에게 여러가지를 묻고 싶었다. 감히 묻지 않는다. 마법이 풀릴까봐 두려워한다. 아, 잘생기고 시시한 돈 후안! 우선 그는 자기 자신을 조롱하고, 그런 다음 베레니스가 아직 오기 전에 자신이 골똘히 생각한 것을 하나하나 떠올린다. 스스로가 부끄럽다. 만일 베레니스가 알게 된다면…… 베레니스가 어떻게 알 수 있겠는가? 그는 아무에게도 말하지 않았다. 바로 그것이 가혹한 것, 고백할 수 없는 것이다. 우리가 행복에 이른다 해도, 사전에 이처럼 우리의 행복을 더럽혔다는 것. 누가 이를 그녀에게, 베레니스에게 알려줄까? 하지만 오렐리앵 자신이…… "베레니스?" 그녀가 그를 향해 검은 눈을 들어 강하게 재촉한다. 그는 그녀에게 이를 말하지 않을 것이다. 그럴 수 없다.

"내가 열다섯살 때였어요." 그녀가 말했다. "열다섯살 때 나는 얼마나 아버지가 자신의 아내, 엄마를 사랑했는지, 그리고 얼마나 괴로웠을지 깨달았어요. 아버지가 내보이는 그 암울한 분위기의 의미, 왜 조급하게 굴고 화를 잘 냈는지를 이해했어요. 얼마나 엄마와 나, 우리가 아버지를 모질게 대했는지 알게 됐어요." 이제 그녀가 넓은 집에서 일어난 일을 열심히 이야기할 때, 오렐리앵은 건성으로만 듣는다. 그녀의 이야기는 그의 생각, 정원의 편백나무, 스프링클러, 올리브 열매에 곁들여지는 음악의 반주이다. 그는 자신이 붙들려 있는 그 주제를 여러가지로 계속 변주한다. 베레니스에 관한 것이라기보다는 자기 자신에 관한 설명을 탐색한다. 왜 그는 자신이 하고 싶지 않은 게임의 규칙을 받아들이는가? 왜 그는 끝내 거역하지 않는가? 그가 가장 중요한 것을 마음속으로 말해본다. '지금 베레니스 없이 살 수 있을까?' 어림없다, 끔찍하다! "베레니스," 다시 그녀가 그에게로 검은 눈을 들어 두번째로 재촉했다. "베레니스, 이제 당신 없이는 살 수 없을 것 같아요."

그녀가 천천히 고개를 가로젓는다. 그의 손을 잡는다. 그가 손을 빼려 한다. 그녀의 눈에 굵은 눈물이 맺히는 것을 본다. 당황한다. 더이상 어떻게 할지, 무슨 말을 해야 할지 알 수 없다. 이제 그녀를 위로한다. 잠시 후에는 자신을 저주하게 되겠지만. 내가 순진한 것인가, 내가 어리석은 것인가! 그녀는 나를 속였다. 다시 한번 나를 속였다. 그는 가장 저급한 생각, 가장 상스러운 감정을 그녀의 탓으로 돌린다. 자신의 복종, 자신에게 베레니스가 행사하는 권력에 대해 이런 식으로 복수한다. 이런 저급함, 이와 같은 치사함을 무심한 사람들에게는 결코 전가할 수 없다는 것을 모른다. 어느 누구든 변모시키고 스스로를 몹시도 괴롭히기만 하는 것을 자신의 사랑 탓으로 돌리는 것은 오직 사랑할 때뿐이다. 그리고 사랑하기 때문이다. 아, 사랑하면 사랑할수록 더욱더 모독한다. 오렐리앵은 이것을 더디게 깨닫는다.

"넓은 집에 작은 잿빛 고양이가 있었어요. 삐뚤레라고 불렀죠……"

39

몸집이 큰 여자다. 약간 남자 같고 자신의 지난 육십년을 힘차게 짊어지고 있다. 머리카락의 누런빛이 완전히 사라지지 않았다 해도 그녀의 잘못은 아닐 것이다. 그녀는 머리카락을 꼼꼼하게 빗어 땋고는 꽉 올려 묶은 후에 핀으로 고정하고, 그래서 머리카락이 거의 없는 것 같다. 나이가 들면서 살이 붙은 큰 이목구비는 어떤 화장술로도 누그러지지 않는다. 분도 블러셔도 그 망가진 황갈색 피부를 가릴 수 없다. 붙인 속눈썹 아래 커다란 푸른 눈에 피부색 전체가 담겨 있다. 앙베리외 부인은 자신의 얼굴에 한가지만 양보할 뿐이다. 서투르게 입에 루주를 바른다. 루주가 입술보다 살짝 더 넓게 퍼져 있다. 치렁치렁한 밤색의 평범한 스웨터, 좀 길어 보이지만 쥐색 스타킹과 그녀의 남편이 주임신부 신발이라고 부르는 구두를 가리지는 않는 검은 드레스를 걸친 모습이 정말 무엇처럼 보이는가? 작은 진주 귀고리가 눈에 띈다.

"이봐요, 내가 옛날에 무용수였다고는 결코 생각할 수 없을 테죠!"

그녀가 베레니스를 향해 눈짓한다. 자신을 은퇴한 무용수라고는 생각할 수 없으리라는 것, 그럼에도 자신이 은퇴한 무용수라고 말하는 것으로 자존심을 세운다. 하지만 그녀는 얼마나 쉰 목소리를 내고 있는가!

"자, 자, 자랑하지 마세요, 마르뜨 아주머니!" 오렐리앵이 항변한다. "아주머니가 들끓는 젊음으로 세상을 기겁하게 했대도요!"

앙베리외가 곳간이라 부르는 마르뜨 아주머니의 방은 이 부부가 북아프리카 여행에서 가져온 무어 양식의 물건으로 가득 차 있었다. 쁠라스 끌리시에서 구입한 정면의 양탄자, 그리고 집주인의 말에 따르면 들라크루아풍으로 제작된 붉은색과 푸른색의 모직 커튼이 보였다. 작은 기둥과 서랍, 복잡한 선반이 딸린 자개 장식 가구 위로 칠보공예품, 테라코타 말 모형, 자기 부처상, 용과 상아 등이 마치 중국 사절단이 방문 중인 듯이 죽 늘어서 있었다. 이것들은 마르뜨 아주머니와 친하지 않았던 시어머니의 유산으로, 시어머니는 그녀를 받아들이지 않았지만 죽어서 이 소소한 아시아 세계를 자신의 습관적인 반대에 대한 사과의 뜻으로 보내왔던 것이다. 마르뜨 아주머니는 그것을 자신의 왕국으로 만들기 위해 발재봉틀로 이 모든 것에 새와 꽃으로 장식된 하늘색 비단 쿠션, 나비가 그려진 부채를 덧붙였다. 부채는 벽난로 위의 모로코산 은색 항아리 안에 꽂아놓았고 재봉틀은 창문 앞에 두었다. 그리고 한쪽 구석에는 마호가니 작업대를 배치했다. 벽난로 위에는 또한 채색 액자에 끼워진 사진 몇장, 알제리 보병 사진, 누렇게 변한 스무살 때의 블레즈 사진, 만국박람회까지 거슬러 올라가는 단체사진이 놓여 있었다. 벽에는 그림이 딱 한장 걸려 있었는데 블레즈의 작품은 아니었다. 드가의 구아슈로, 바를 잡고 발레 연습을 하는 연작 중의 하나였다.

"그래, 맞아요!" 마르뜨 아주머니가 말을 이었다. "바로 나를 그린 거예요. 그가 내게 준 소묘죠, 그렇고말고요. 드가는 내가 뛰뛰를 입고 바에서 땅뒤 동작을 하는 모습을 그렸어요, 그렇지. 이 그림은 경매에서 고작 3천 프랑에 팔렸어요. 다들 헐값이라고, 요즘이라면 나를 그린 그림에 족히 10만 프랑은 내야 할 거라고들 하더라고요!"

"당신을 그린 그림에!" 앙베리외가 말했다. "아야, 내 정강이!"

"이이는 호색한이에요. 얼마나 능글맞은지 몰라." 아주머니가 쉰 목소리로 말했다. "내가 그를 알았다니 참, 발차기만 할 줄 아는 게 아니라니까! 아, 내가 멋지게 잘했어!"

앙베리외가 어깨를 들썩했다. 그는 온통 백발이었고 길게 늘어뜨린 수염은 담배에 절어 있었다. 마르고 붉은 얼굴, 어깨가 많이 솟고 몸이 꾸부정한 것이 혈압 때문에 고생하는 노인네였다. 관자놀이에 가는 끈 같은 정맥이 도드라졌고 얼굴에 주름이 많았으며 너무 짧은 코는 전혀 신중해 보이지 않았다. 더부룩한 눈썹 때문인지 눈빛이 매우 희미했다. 허약함의 표시인지 선량함의 표지인지 알 수 없었다.

"두분이 아웅다웅하신 지 얼마나 오래되었나요?" 오렐리앵이 물었다. "사십년?"

"조금 넘었어, 그렇지!" 마르뜨 아주머니가 당당하게 외쳤다. "75년부터, 75년에 스물다섯, 스물둘……"

"사십칠년이라고 해둬. 더이상 말하지 말자고!" 화가가 내뱉었다. "모렐 부인이 그딴 것에 관심을 가질 거라 생각한다면……"

베레니스가 농담일 것이 틀림없는 말을 중얼거렸다. 마르뜨가 그녀 쪽으로 몸을 돌렸다.

"물론 내가 환상을 품고 있는 건 아니에요. 당신은 나를 보려고 여기 온 게 아니죠, 앙베리외의 그림을 보러 온 거지. 뭐 하는 거예요? 항의하는 건가요? 나를 뭘로 보는 건지! 그러니까 만일 한때, 마흔여섯살에 그에게 내 초상을 그릴 의도가 있었다면……"

"10만 프랑에 팔리지는 않을 테지!" 남편이 말을 가로막았다.

"그건 모르지. 우리끼리 이야기지만, 만약 드가에게 무용수들이 없었다면……"

"마르뜨, 어리석군!"

"블레즈, 왈가왈부하고 싶지 않아. 자, 그의 것을 보러 가세요, 그의…… 사람들이 나를 보러 여기 오기를 내가 바란다고 생각하지는 말아요. 그건 당치 않아요! 그림이 값나가지 않을지언정, 난 내 화가가 자랑스러워요. 게다가 상황이 어떻게 돌아가는지 봐요. 스무살이었을 때 그는 내 발밑에 있었지요. 내가 그를 물먹였어요! 그런데 이제는 그가 나를 속이죠. 얼마나 재미난 일인지!"

"마르뜨!"

"내 말이 맞지, 오렐리앵? 아니라고 말하지 않겠지? 흥, 이 늙은 바람둥이, 당신이 보다시피 이 애송이는 아니라고 말하지 않잖아. 모렐 부인, 이리로…… 배웅은 하지 않을게요. 사람들이 그의 그림을 바라볼 때면 나는 역겨워요."

오렐리앵이 베레니스를 따라갈 기세이자 늙은 부인이 다시 외쳤다. "요즘 젊은 것들이란! 그럼 나는 버려지는 건가? 넌 가면 안 돼, 오렐리앵. 여기 있어. 실패에 감아야 할 털실이 있단다."

나가는 베레니스를 향한 오렐리앵의 아쉬워하는 눈길에 앙베리외가 웃으면서 젊은이를 툭 쳤다. 마르뜨 아주머니는 그하고만 있게 되자 코를 찡긋하고 어깨를 으쓱하며 일어나서 손가락으로 오렐리앵의 볼을 가볍게 다독이고는, 벽난로 위에 놓인 안경집에서 안경을 꺼낸 다음 작은 소지품 상자 모양의 서랍이 달린 마호가니 작업대를 뒤져서 시금치색 털실 타래를 꺼냈다.

"자, 그녀를 블레즈와 함께 둔다고 대수롭게 여길 것 없다." 그녀가 말했다. "손을 다오, 멍청이 같으니. 무슨 표정이 그러냐! 기분이 별론가보구나."

"장담하는데요, 마르뜨 아주머니……"

"그만 됐어. 넌 거짓말할 줄 몰라. 네 손을…… 자, 쿠션의자에 앉으렴. 그 대단한 열정은 일주일 전에 시작된 거니?"

"아주머니도 참."

"가당찮게 네가 그녀를 사랑하지 않는다고 말할 작정이니? 봐라, 감히 그렇게 말 못 하지. 젠장, 남들처럼 하려무나. 그게 언제나 잘하는 길이야. 그녀는 얌전하구나. 만약 그녀가 마음에 든다면……"

"그녀가 마음에 드세요, 마르뜨 아주머니?"

"눈이 묘하더구나. 바보는 아니야. 진지하게 묻는 거니?" 그가 확신에 차서 털실이 벗겨질 정도로 고개를 끄덕이며 그렇다고 답했다. "어쩌자고 이렇게 서투른 녀석이 내게 던져졌는지, 원! 두 손의 간격을 벌려. 그래서, 정말로 진지하니? 사랑에 빠진 거야? 아주 사랑에 빠졌어? 사랑에 빠질 때가 좋지."

"그녀를 사랑해요, 마르뜨 아주머니."

"다짜고짜 엄청난 소리를…… 이봐, 얘야, 어디 얼굴 좀 보자. 정말이지 네가 그런 말을 하다니. 여러가지 생각이 떠오르는구나. 그러니까 진짜로 진지한 거네." 그녀는 잠시 생각에 잠겼고, 털실을 더 촘촘히 감은 다음 말을 이었다. "그렇지만 지난번에 네가 여기 왔을 때, 그게 이주, 삼주 전인가?"

"대략요."

"네가 우리에게 귀에 못이 박히도록 말한 것은 저 작은 여자에 관해서가 아니었는데."

"기억나지 않네요."

"오, 나는 기억한단다! 내가 기억력이 괜찮거든."

"하지만 저는 누구에 관해서도……"

"내가 그렇게 말했나? 어쨌든 아주 최근이네, 너희 둘이……"

"아주머니, 저는 그녀를 사랑해요. 하지만 저희 둘이라고 하기에는……"

"아니라고? 할 수 없지. 그러면 네 비밀은 묻지 않겠다. 이 얘기는 이미 했지, 나는 네 나이에 마음에 드는 남자가 있을 때……"

그가 한숨을 쉬었다. 이것은 어떤 의미도 될 수 있었다. 그가 그녀의 마음에 드는지 확신할 수 없다는 것. 다른 것들이 문제라는 것. 그녀가 결혼했다는 것.

"어떻든 다른 사람의 사정은 결코 이해할 수 없는 법이지. 너처럼 젊고 건실한 사내는…… 아무튼 내가 상관할 일은 아니지. 하지만 다른 것에 관해 네게 말하고 싶었단다."

"뭔데요, 아주머니?"

"바로 너의 지난번 방문에 관해, 네가 우리에게 말한 것에 관해서야, 기억하겠지만…… 아니, 그러니까 너는 기억을 못 하는구나!"

털실의 움직임이 멈췄다. 앙베리외 부인이 무릎 위에 털실 뭉치를 내려놓고 안경을 벗고서 두 손을 공중으로 쳐들고 오렐리앵을 바라보았다. 그녀의 목소리가 바뀌었고, 거의 부드러워졌다. "얘야, 알지도 못하면서 아무렇게나 함부로 말하는 것은 때때로 끔찍하지. 오, 너를 탓하는 게 아니야! 네가 어쩔 수 없었는데도……"

"제가 무슨 말을 했기에요?"

"이봐, 기억하니, 그날 너는 네 문제로 골머리를 앓고 있었어. 너는 여러 사람이 참석한 어느 저녁 모임에 갔더랬지. 거기서 어떤 여자가 시를 낭송했고."

"아, 그날 말인가요? 베레니스도 그 저녁 모임에 있었어요."

"베레니스? 누가 베레니스에 관해 말한다니? 너는 그날 너의 베레니스에 관해 아무 말도 하지 않았어. 전혀 아니야. 한시간 동안 너는 우리를 귀찮게 했지. 기분이 상할 것까진 없지만 귀찮게 했어. 그때, 뭐라 불렀더라, 그 부인과 그녀의 드레스, 그리고 그녀의 눈, 또 그녀의 시……"

"로즈 멜로즈, 그래요, 그녀에게서 강한 인상을 받았지요. 하지만 결국은 테니스 대회 우승자를 만난 것처럼……"

"부인하지 마, 그녀는 네게 어머니뻘일 게다."

"말씀이 지나치세요."

"하기야 너하고 관련된 게 아니지. 다만……"

그녀는 곰곰이 생각하는 것 같았다. 실패를 다시 집어들고 열에 들떠서 털실을 감았다. 오렐리앵의 손에 아무것도 들려 있지 않게 되자 그녀가 그의 손을 잡았다. "이봐, 얘야, 내게 약속해줄 수 있지."

"물론이죠, 마르뜨 아주머니, 아주머니가 바라시는 것이라면 뭐든지."

"잘 들으렴. 결코, 결코 이 집에서, 네 아저씨 앞에서 그 멜로즈 부인에 관해…… 결코 말하지 않겠다고 내게 약속해다오. 맹세하겠니?"

"맹세해요, 아주머니. 하지만……"

"'하지만'은 없어. 오, 그런 표정 짓지 마라! 네게 설명해줄게."

"저는 아주머니께 어떤 것도 묻지 않을게요. 만약……"

"오래된 이야기지, 애야, 오래된 이야기. 너의 멍청한 아저씨, 그는 아직도 그녀를 사랑한단다. 얼간이 같으니!"

"아저씨가요? 멜로즈 부인을?"

"그래, 네 상상이 맞아! 언제였더라, 이십년쯤 전의 일이야. 그때도 그녀가 젊지는 않았지. 블레즈는 마흔다섯살이 넘었고 그녀는…… 상상할 수 있지, 그때까지는 그에게 여자들이…… 결국 그에게는 나로 충분했지. 어쨌든 내가 늙은 건 사실이야."

"아주머니……"

"너는 질투해본 적 없니? 없다고? 아직은 없구나. 웬걸, 질투는 바늘에 손가락이 찔려 피가 날 때처럼…… 정말 끊임없이…… 오, 다 지나간 일이야!"

"죄송해요, 아주머니. 제가 알았더라면……"

"내게는 다 지나간 일이라고 말했잖니. 그이는 얼빠진 사람이야. 그녀가 어디선가 공연할 때면, 그는 체스 게임을 하러 갈 거라고 말한단다. 난 어떤 여자인 체하냐 하면…… 그 매춘부가 자주 배역을 맡지 않아 다행이지 뭐냐! 그 이튿날 그가 짓는 뾰로통한 표정이란!"

"제가 정말로 짐작이라도 했다면!"

"미안해할 것 없다. 너는 실수한 거고, 또 실수할 턱은 없으니!

네게 이 얘기를 해주는 편이 좋겠다고 생각했단다, 네가 다시 그러지 않도록. 그래도 그가 스무살 때는 내게 반했었다고 생각해. 블레즈 말이야. 하지만 그동안에는…… 그는 조심하지 않았어. 알다시피 그 여자가 착한 계집이기만 했어도 난 분명히 눈감아주었을 거다. 하지만 그 영감탱이…… 그녀는 그에 비해 너무 젊었어. 게다가 분명히 보였지, 그녀는 남자들에게서, 각자에게서 뭔가를 뽑아먹는다는 게. 그리고 또, 블레즈는 그녀의 억양을 교정해주었단다."

"그녀의 억양을요?"

"아, 그래, 지금의 그 꾸며낸 목소리, 그 타자기 같은 발성법을! 그래서 그녀가 갖고 있던 변두리 억양의 지저분한 구석이 없어진 거야. 그녀는 이름이 아멜리 로지에였지. 그는 그녀를 멜리라고 불렀고. 거기서 로즈 멜로즈가……"

"설마요."

"농담이 아니야. 내가 네게 말 안 했었니? 아, 내가 지금 질투한다고 생각하지는 마라. 그럴 만해야 질투를 하지. 사람들이 그녀는 똑똑하다고들 하더구나. 내게 아직 정맥류 증상이 없었을 때 나에 대해서도 그렇게들 말했지."

베레니스는 앙베리외의 그림에 몹시 실망했다. 곧 화가를 찾아내리라고 생각했던 것이다. 그는 여느 화가들과 다름없는 상당히 판에 박힌 화가였다. 그가 보여주는 모든 것은 그림이라기보다는 차라리 그림 한점, 두세점을 위한 습작이었다. 윤곽이 뚜렷한 요소들, 한 인물, 사물들. 그리고 다른 식으로 묘사한 동일한 것들. 명백하게 앙베리외가 몰두하고 있는 주제는 몇차례의 시도로 화포의 제한된 테두리 안에 세가지 배경의 여러 장면을 집어넣기, 하찮은 사건들, 과일, 가구와 길의 기묘한 연결이었다. 그는 도시의 화가였다. 하지만 기묘함은 구성에서만 시도되었을 뿐이다. 기본적으로 온건한 화풍이었다. 지워진 의도들은 블레즈 아저씨의 해설('보이나요, 이 남자? 그는 방금 겁을 먹었어요. 자신의 얼굴을 재구성하고 있지요.')로 다시 드러났다. 그것은 완결되었거나 곧 시작될 움직임을 그림에 암시하려는 포부였고, 화가의 발언이라기보다는 훨씬 더 조각가의 발언에 가까웠다.

"자, 이 조가비, 알아보겠어요?" 그가 말했다.

그녀는 알아볼 수 없었다. 놀란 토끼 눈을 하고 앙베리외를 쳐다보았다.

"이 그림에는 오렐리앵의 집이…… 이건 창문턱 위의 조가비를 위한 습작이에요." 그녀는 거기에 조가비가 있었는지 기억나지 않았다. "아니 분명히, 그러니까 분갑 옆에…… 오렐리앵이 당신에게 말하지 않았나요? 그렇지만 조가비의 중요성을 파악하지 못했다면 이 그림에서 아무것도 이해할 수 없어요."

"죄송해요, 오렐리앵은……" 그녀가 말했다.

"내가 멍청한 늙은이로군요. 오렐리앵은 당신에게 다른 것에 관해 말하겠죠, 물론. 하지만 내가 그에게 그림을 준 것은 바로 이 조가비 때문이에요. 그건 그의 어머니 것이었어요, 알다시피. 오렐리앵의 어머니는 매우 아름다운 분이었죠."

"그건 그가 말해줬어요."

"그녀의 화장대 위에 갈색과 장미색이 섞인 조가비가 화장품들 사이에 뒹굴고 있었죠. 늘 그것을 특이하다고 생각했어요. 그녀는 거울 앞에서 바다의 소리를 듣고 싶어 했지요."

화가들이 늘 말하는 것처럼 그린다면…… 베레니스가 호기심 어린 눈으로 블레즈를 바라보았다. 그가 설명했다. "그 그림, 오렐리앵의 그림을 나는 '삐에레뜨의 창문'이라 부르죠. 자취를 감추기 위해서, 이해하죠? 삐에레뜨, 혹은 이름은 무어라도 상관없는데, 그림에는 보이지 않지만 거기에는 여자가 있어요. 내가 그리고 싶었던 것은 그녀와 그녀가 살아가는 세계 사이의 그 관계입니다. 부르주아의 내면, 인구가 많은 도시, 그녀의 시야에 들어온 우연한 사건들, 그리고 바다에 대한 동경, 조가비…… 아마도 약간 경박할 테지만 갑자기 여러가지를 놓쳐버린 여자, 그녀는 자기 역할을 잊어버렸지요. 몽상에 잠겨 있고, 조가비를 집어들죠."

그는 말을 이을 것처럼 보였으나 느닷없이 중단하고는 나체 습작들을 보여주었다. "굉장한 작품을 준비하고 있어요. 공사장, 온갖 노동자, 비계, 그밖의 모든 것, 바라보는 구경꾼들, 그리고 동일한 것을 볼거리나 일거리로 여기는 사람들…… 집이 될 그 기하학적인 공간, 다른 사람들의 사생활…… 다비드를 좋아하나요? 그는 화가로서……"

베레니스는 이유를 몰랐으나 마지막 말은 즉흥적으로 갑자기 내뱉은 것 같았다. 화가는 이제 몽상에 잠긴 듯이 말했다. "어떤 것도 '정말로' 하지 않는 사람을 그릴 줄 알았던 사람은 없어요." 그가 부사를 특별히 강조했다. 베레니스는 상냥한 말을 찾으려 애썼다. 화가 앞에서 관심이 없는데도 그의 그림들을 바라보는 것은 아주 난처한 상황이다. 다만 베레니스는 오렐리앵이 블레즈 아저씨에 관해 어떻게 말했는지 떠올릴 뿐이었다. "거의 내 유일한 친구죠." 나이 차이에도 불구하고 그녀는 이 말을 이해했다. 무엇이 이 두 남자를 가깝게 만드는지, 분명히 표현할 수는 없지만 알아차렸다. 갖가지 편집증과 수줍은 호의가 엿보이는, 세파에 찌든 얼굴의 꾸부정한 이 노인네에 대한 매우 깊은 공감을 물리칠 수 없었다.

그를 통해 오렐리앵의 비밀을 더 잘 알아낼 수 있을 것 같았다. 그녀는 자신의 내밀한 생각, 자신의 생각에 깃드는 불안, 가책의 움직임, 자기 마음의 갈망을 그들의 말에 뒤섞었다. 갑작스러운 충동을 느낀 그녀가 화가가 무슨 말인가 하는 도중에 그의 팔을 붙잡았다. "죄송해요." 그녀가 중얼거렸다. 그가 말을 멈추고 그녀를 바라보면서 입김으로 콧수염을 살짝 날렸다. "내게 뭔가 말하고 싶은 게 있었군요?"

그녀가 금발머리를 끄덕이면서 그렇다고 말했다.

"바보처럼 내 그림에 빠져 있느라 눈치채지 못했네요." 그가 부정적인 말을 그쳤다. "오렐리앵에 관해 말하고 싶었나요?"

"네, 하지만……"

그가 늙은 어깨를 들썩였다. 채신머리 없이. 여기 옆에 말하고 싶은 욕구로 가득한 사람이 있다는 것을 간파하지 못하다니. 이 귀여운 여자는 자신의 이야기에 잠겨 있었다. 그들은 정말로 사랑에 빠진 걸까? 그는 그녀를 간이의자에 앉게 했다. 화실은 지붕을 통해서만 빛이 들어왔다. 차라리 짐을 넣어두는 창고 같았다. 베레니스는 그림 속에서처럼 빛이 그녀에게로 떨어지도록 화가가 자신을 앉혔다는 인상을 받았다. 그녀가 말했다. "아뇨, 여기서는 아니에요, 지금은 아니에요. 당신을 다시 뵐 수 있을까요, 아무도 없이, 아무도 없이요?"

그가 마르뜨의 방 출입문 쪽으로 눈길을 돌렸다. 미소 지었다. 안 될 게 뭔가? "내일 어때요?"

그들은 빨레루아얄에서 만나기로 했다. 거기에 넓은 까페가 하나 있어서 출입문이 유리로 된 그곳에서 사람들은 체스를 두곤 했다.

40

자정의 초대전은 사람들의 이목을 끄는 행사, 들어본 적 없는 발상이다. 사모라 같은 사람만이 이런 것을 생각해낼 수 있다. 전에는 한번도 이루어진 적이 없다. 생각해보라, 자정에, 공연이 끝난 뒤에 그림을 불빛 아래 보여줄 수 있다니. 하지만 그럴 수 있다. 화가들은 그토록 빛에 둔하다. 그림은 옳은 방향으로도, 거꾸로도, 야외에서도, 저녁에도 아침에도 어떻게든 볼 수 있어야 한다. 한밤중에 보려면 야광 그림을 그려야 할 것이다. 요컨대 사모라는 어떤 일에도 대처할 수 있다.

그는 자신이 하고 있는 것, 그리고 공연이 끝나고도 사람들이 자러 가지 않는다는 것, 몽마르트르가 늦게 시작한다는 것, 사람들이 저녁마다 뵈프에 가지는 않는다는 것, 또 초대전이 공짜 심심풀이라는 것을 잘 안다. 요컨대 고상한 동인 초대전을 비웃을 사람들, 그 부유한 고객층을 유인하기 위해 무엇이 필요한지를. 최근에 빠리에 도착한 이란의 왕이 참석할 것이라고들 한다. 그것은 멋지고 떠들썩한 일이다. 또한 위스키와 샴페인이 있을 터라 다다들Dadas, 그 광적인 젊은이들이 격앙되어 있고 주머니칼을 품고 와서 부인들의 드레스를 찢어놓을 것이라고들 한다. 그것은 약간 겁나는 일이다. 그 불량배들, 그들은 무엇이건 할 수 있다. 하지만 이봐요, 그렇다고 물론 그들 앞에서 꽁무니를 빼지는 않을 거죠?

오렐리앵은 너무 일찍 도착했다. 안절부절못했다. 베레니스는 사촌 부부와 함께 올 테지. 마르꼬뿔로 화랑의 네 전시실, 왼쪽으로 두 전시실이 쭉 뻗어 있는 원형 건물, 그리고 오른쪽으로 음식이 차려져 있는 사각의 방이 아직은 거의 텅 비어 있어 사실은 아주 좁은데도 넓어 보인다. 조금 있으면 틀림없이 여러 무리가 올 텐데 그들을 전부 수용할 수 있을지 의아하게들 생각한다. 이 저녁 행사를 위해 경찰이 길을 일방통행로로 변경해서 차들은 좁은 옆길에 주차할 것이다.

행사장 전체에 불빛이 강렬하다. 사모라가 모든 전등불을 눈에 거슬리게 하려고 교체했다. 이것은 처음 시도하는 간접조명의 하나이다. 사람들은 아직 거기에 익숙하지 않았다. 뉴욕에서는 아마도…… 아무튼 변하지 않는 색이 없이 모든 색이 변질된다. 붉은색은 오렌지색으로, 보라색은 초콜릿색으로 바뀐다. 사모라는 개의치 않는다. 색깔은 미신이라는 것이다. 굿맨 부인 외에도 끼리끼리 무리를 지은 친구들, 숨쉬기 힘들어 보이는 코에 작은 재킷이 정말 볼만한 변변치 않은 녀석, 그리고 터키옥색의 비단 터번에 민소매 드레스를 입고 형용할 수 없는 노란색 강아지를 마른 팔에 안은 그의 아내가 와 있다. 오렐리앵은 턱시도를 입은 것을 후회한다. 사모라는 앞자락이 겹쳐지는 흰 재킷을 걸치고 있는데, 그의 말에 의하면 부에노스아이레스 스타일이다. 매우 분주한 화랑 주인은 갈색 머리에 양복이 몸에 꽉 끼는 뚱뚱한 남자, 마르꼬뽈로라는 이름의 포르투갈 상인으로, 손가락에 반지를 여러개 끼고 있고 콧구멍 아주 가까이까지 어렴풋이 수염 자국이 있다. 그가 여기저기 돌아다니며 소리친다. 샌드위치가 늦어지고 있기 때문이다. 전시실에서는 두세 커플이 낮은 소리로 말하면서 마치 모르는 사람의 집에 들어오기라도 한 듯이 배회하고 있다.

오렐리앵은 목이 깊게 파이고 정말이지 등이 다 드러난 연청색 옷을 입은 굿맨 부인에게 정중히 인사하고 나서, 볼 것이 전혀 없는데도 그림을 보는 척해야 한다. 앙데빵당 전시회에 내걸린 그 그림-선언들, 인체 조직의 현미경 사진처럼 보이는데다 한가운데에 적혀 있는 글 때문에 전시가 거부된 큰 그림과 어느 누구라도 그릴 수 있을 것 같은, 윤곽이 선명하지 않은 굵은 선으로 상당히 멋을 부린 작은 그림들에 뒤섞여 있는 그 과격하고 볼썽사나운 독창적인 착상을 이미 알고 있는 것이다. 적어도 탁자에 음식을 차려놓은 방과 현관홀의 사정은 그렇다. 한쪽으로 쭉 뻗어 있는 두 전시실은 초상화와 브르따뉴 여자의 얼굴 그림만으로 가득하다. 그것들은 잡지에 실을 밑그림, 화실의 채색 스케치, 솜씨 좋은 소묘 같아 보인다. 수채화, 혹은 잉크와 물감을 덧칠한 소묘 같기도 하다. 브르따뉴 여자들은 어느정도 매력이 있다. 억척스레 거리에서 손님을 끄는 그녀들은 짝눈에다 약간 사시이고 입이 육감적이다. 사모라는 레이스를, 그리고 레이스를 암시하는 저 방식을 어딘가에서 가로챘다. 그것은 도발적인 매력을 풍긴다. 오랫동안은 아니다. 하지만 여전히 풍긴다. 사람들이 사모라에게 로댕의 소묘에 관해 말할 때 그가 꼽추처럼 웃는 꼴이란! 약간은. 진짜다, 에까르떼 프로선수에 관한 이야기를 듣는 본또[89] 선수 같다.

사람들이 도착하기 시작한다. 오렐리앵은 볼 수 있기를 바라지 않았지만 찾고 있던 것을 마지막 전시실에서 발견한다. 빛이 문자 그대로 눈을 터뜨리는 전시실이다. 그는 그것을 멀리서 보았고 그리로 곧장 가지 않는 것으로 스스로에게 고통을 가한다. 약간 이를 간다. 그것이 싫으리라는 것을 알고 있다. 이와 동시에 그것이 어떤 모습일지에 관해 심술궂은 호기심을 갖는다. 화가의 집에서 본 최

89 에까르떼(écarté)와 본또(bonneteau)는 모두 카드 게임의 일종.

초의 스케치 때문에 어떤 편견을 품었다. 그림은 그다지, 별로 바뀌지 않은 것 같다. 베레니스의 초상화로 다가간다.

"아, 나의 소중한 뢰르띠유아! 당신이 여기에! 이봐요, 우리가 샤랑똥에 함께 있는 건가요? 오, 그렇다면!"

다비드 대령, 당연히 부인과 함께다. 몇가지 일반적인 얘기를 해둘 필요가 있다. 대령과 그의 아내는 사모라와 안면이 없는데 어떻게? 필시 뻬르스발 부인이 그들을 초대하도록 했을 것이다. 오렐리앵이 본능적으로 목소리를 낮춘다. 이 부부의 큰 소리가 불편하다. 그는 굿맨 부인이 듣기를 바라지 않는다. 또한 베레니스의 초상화 쪽을 살짝 곁눈질한다, 브르따뉴 여자들처럼. 대령이 그에게 담배를 권한다. 사실을 말하자면 담배를 피워서는 안 되는 곳이다. 공기가 과열되고 사람들이 계속해서 도착한다. 조금 후에는 어떻게 될까? 사실이다. 오렐리앵은 감을 잡지 못했다. 그는 고개를 돌려 화랑이 거의 순식간에 꽉 차는 것을 지켜본다. 아마도 베레니스는 벌써 와 있을 것이다. "카탈로그를 보았어요?" 다비드 부인이 묻는다. 에이, 그녀는 그에게 자세한 것을 친절하게 말해주지는 않는다. 외설적인 것들이 있어요…… 그녀는 그가 건성으로 듣는다는 것을 알아차리지만 말을 그치지 않는다. 그녀는 익숙하다, 모두가 자신에게 그렇게 하는 것에. 사람들은 그녀에게 말하면서 다른 것을 생각한다. 그녀가 한숨짓는다.

오렐리앵은 베레니스가 도착했는지 보려는 욕망과 그림 속 베레니스의 모습을 보러 가려는 욕망 사이에서 갈피를 잡지 못한다. 하지만 다비드 부부 없이. 그들의 논평을 참아낼 수 없을 듯하다. 다행히도 누군가가 그를 이 부부에게서 빼내준다. 자끄의 아내 쉴제르 부인이다. 아뇨, 자끄는 아직 안 왔어요. 곧 올 거예요. 당신은 발몽두아와 아는 사이가 아닌가요? 기, 뢰르띠유아 씨야. 오렐리앵은 자끄의 아내가 어느 공작과 밀회한다는 것을 어렴풋이 알고 있었다. 이이가 그 공작임에 틀림없었다. 소맷부리가 너무 길고 얼굴이 멍해 보이는, 키가 크지 않고 꽤 통통한 금발의 남자. 오렐리앵은 소용돌이를 헤치고 베레니스의 초상화 앞에 이른다.

희미한 분노 같은 것이 그를 엄습한다. 그렇다. 사모라, 그는 머릿속에 그 생각이 있었다. 이렇게 해야 했다. 서로 겹쳐진 두 소묘, 그가 말했듯이 뜬 눈과 감은 눈, 웃는 입과 우는 입의 두 초상화. 꽤 비슷하다. 꽤 비슷하기까지 하다. 완전히 비슷하지는 않다. 또한 물끄러미 바라보면 턱에 경련이 이는 듯한 인상을 준다. 한 소묘에 있는 것, 다른 소묘에 있는 것을 시야에서 놓치고 이 두 얼굴을 더 이상 명확하게 읽어내지 않게 된다. 서로 맞지 않는 이 눈과 이 입술, 이 이마와 이 코, 이 과도한 여백, 아픈 것처럼 보이게 하는 이 턱을 연결함에 따라 한 괴물, 두 괴물, 세 괴물이 생겨난다. 오렐리앵의 마음속에 분노가 차오른다. 그러니까 베레니스는 이 사모라에게 속하지 않는다. 무엇이 그에게 그럴 권리를 주는가? 갑자기 그는 그 눈길 때문에, 깊은 닮음 때문에 심리적으로 타격을 받는다. 이 야바위꾼 화가, 혹시 그에게 재능이 있는 걸까? 그렇지만 베레니스임이 분명하다. 틀림없는 베레니스다. 오렐리앵은 사람들이 뭐라 말할지 듣고 싶기도 하고 듣기가 두렵기도 하다. 한마디로 그는 질투한다.

"모렐 부인의 초상화를 보고 있나요?" 뒤에서 누군가의 목소리가 들려왔다. "신기하죠? 그녀를 닮았어요."

그가 마리 드 뻬르스발, 난초 문양으로 뒤덮인 장밋빛 새틴 드레스의 마리 쪽으로 돌아섰다. 그녀는 뽈 드니, 의사 드꾸르, 그리고 오렐리앵이 모르는, 안개 가득한 매우 아름다운 눈이 돋보이는 어떤 부인과 함께 있다.

"저게 모렐 부인인가요? 알아보지 못했네요." 별안간 그가 말한다. 그러고는 자신의 결례를 느끼고 마리의 손에 입을 맞춘다.

"물론이죠." 그녀가 말한다. "이본 조르주, 아시나요? 몰라요?"

눈이 큰 그녀는 아메리카에서 비밀의 전설 같은 것을 갖고 돌아온 그 가수다. 상당히 미인이라고 그는 생각한다. 그리고 비극적이라고, 정확히 사모라의 이 소묘들이 지향하는 듯이 보이는 대로. 실제로는 아니지만. 왁자지껄 소리가 높아지고 사람들이 정어리떼처럼 밀집하기 시작한다. 점점 그림을 보지 않게 된다. 하기야 그것을 위해 여기 온 게 아니다. 아니, 뾜 드니는 넥타이가 없다. 오늘 저녁은 그것이 다다들의 암호인 것 같다. 넥타이를 매지 않는 것. 저기 눈이 툭 튀어나온 작은 뚱보. 여섯명 정도가 큰 소리로 떠들면서 오간다. 그 독특한 표시로 알아볼 수 있다. 별로 차려입지 않은 젊은이들. 잡다한 여자들과 함께 있는. 망쟁 장군이 와 있는 것 같다. 음식을 차려놓은 탁자에서 한잔 마신다면…… 무리의 흐름은 반대 방향이다. 지나친 소음, 웃음, 날카로운 목소리가 난무한다. "재미있나요?" 온통 흰옷 차림에 검은 머리카락의 사모라가 지나가면서 마리의 귀에 속삭인다. 그녀가 오렐리앵의 팔을 붙잡는다.

"요즘 통 보기가 힘드네요. 연정인가요? 좋아요, 눈에 띄지 않게 하세요! 당신이 유행에 뒤지는 것은 생각만 해도 끔찍해요!"

그녀가 그를 놓아주고 너무 마른 나머지 사람들이 찔리지 않게끔 1미터는 떨어져야 할 조에 아가토풀로스의 품으로 뛰어든다. 그녀는 남자 재킷과 전통적인 온갖 것을 걸치고 바텐더 같은 머리모양에 치마가 좁아 바지 한짝 폭밖에 되지 않는 여자와 함께 있다.

우스운 것은 그녀의 넓은 가슴이다. 완전히 말문이 막힌다. 조에가 오렐리앵을 향해 얼굴을 찌푸린다. 이 불빛 속에서 그녀는 보기 흉하다. 그리고 어린애처럼 군다. 마치 어머니의 잼을 훔치려 하듯 자신의 여자 동행과 젊은 남자 사이에서 흔들린다. 내가 이걸 생각지 못했다니, 하고 생각한 그가 엄청나게 혼잡한 참석자들을 핑계 삼아 단박에 그녀를 피한다.

"로즈 멜로즈를 보지 못했나요?"

의사 드꾀르가 아주 낮은 목소리로 물었다. 고통스러운 슬픔 속에서 일종의 씁쓸함이 묻어났다. 로즈? 아, 저기 저쪽에…… 그는 마르뜨 아주머니의 속이야기를 떠올리고 그 딱한 남편 쪽으로 돌아선다. 아니다, 그는 여기서 그녀와 마주치지 않았다. 어쩌면 그녀는 벌써 저기, 옆 전시실에 모두와 함께 있을지 모른다. 의사가 이마를 훔친다. 실제로 아주 덥다. 이 붐비는 군중 속에서 이처럼 각자가 자신의 드라마, 자신의 사랑을 달고 다닌다. 그가 드꾀르를 이끈다. 로즈를 핑계로 베레니스를 찾을 수 있을지 모른다.

"알겠지만 로즈는 곧 자신의 극장을 갖게 될 거예요." 남편이 말한다. "그래요, 그리고 향수 사업의 윤곽이 잡히고 있어요. 뻬르스발 부인이 쾌히 승낙했어요."

"그래요, 생각나네요." 오렐리앵이 말을 가로챈다. "들어오면서 바르뱅딴과 그의 아내를 보셨나요?"

"왜 묻죠?"

"왜냐면……" 그는 모렐 부인의 이름을 말하고 싶지 않다. 어물어물 말을 맺는다. "그러니까, 뭐 별다른 이유는 없어요."

그들은 원형 건물을 이루는 넓은 전시실, 길 쪽으로 문이 나 있는 전시실에 있다. 많은 사람이 떠들어대는 통에 귀가 따가울 지경이다. 공중으로 샌드위치 담긴 접시들, 여기저기서 드레스를 적시는 술잔들이 손에 들려 지나간다. “카트 같은 것은 없나!” 그들 옆에서 누군가 말한다. 출입구에서 마찰이 빚어진다. 화랑 주인이 급히 달려간다. 손가락의 반지들, 주름진 허리, 포르투갈 사람다운 수완이 돋보인다. 뿌아레, 그 오색조가 들어온다. 그는 살이 쪘고, 골프 치러 온 듯이 트위드재킷 차림에 목에 진한 장미색 모직 목도리를 둘렀다. 아주 비대한 아가씨가 그의 옆에 붙어다닌다. 세겹으로 검푸른 선을 칠한 엄청난 눈, 크리스마스이브에나 쓸 것 같은 기묘한 밀짚모자에 맨다리가 꼴불견이다. “로즈가 정말 무얼 할 수 있을지 의아스러워요.” 드꾀르가 참다못해 말한다. 그러고는 이 말이 부적절하다는 것을 깨닫는다. 오렐리앵에게 힘없이 미소 짓는다. “보시다시피 난 그녀에게 극성맞은 엄마처럼 굴지요. 그녀에게 내가 모르는 무슨 일이 일어났다고 늘 상상하고요.”

이 모든 것 와중에 홀 안쪽의 단에는 업라이트피아노와 베이스드럼이 놓여 있다. 공연을 하는 곳이다. 지금은 한 여자가 흐느적거리며 모든 참석자를 위해 누구도 듣지 않는 노래를 부르고 있다. 분명히 러시아 여자일 것이다. 귀 기울여 들으면 웃거나 울게 만들 일종의 절망감에 젖어 있다. 은색 반짝이 드레스에서 멸시받는 꽃 같은 것을 꺼내서 희고 아름다운 팔을 비튼다. 목청을 부풀린다. 그리고 군중의 소음이 잠시 가라앉을 때, 사람들은 그녀가 목청에 도스또옙스끼 작품의 분위기를 담아 뒤빠르끄의 「슬픔의 노래」[90]를 부르고 있다는 것을 막연히 알아차린다.

드꾀르와 오렐리앵은 다른 사람들을 떨쳐버렸지만 뽈 드니는

90 프랑스 작곡가 앙리 뒤빠르끄(Henri Duparc)가 상징주의 시인 앙리 까잘리스(Henri Cazalis)의 시에 곡을 붙인 노래(1868).

아니었다. 그는 공처럼 무리에서 무리로 퇴짜를 맞다가 그들에게로 돌아온다. 잔뜩 흥분해 있다. 농담을 던진다. 샌드위치를 잔뜩 먹어 기쁜 모양이다. 사람들이 방금 들려준 이야기, 가시 돋친 말을 쏟아낸다. 그러고는 모든 것을 뒤섞는 통에 그것들을 잊어버리고 혼자서 열명분의 소란을 피운다. 여느 때처럼 꼭또에 반대하는 막연한 이야기에 정신이 없다. 저기 있네요. 보이나요, 그의 헝클어진 머리카락? 누군지 모를 어떤 음악가, 어떤 왕녀, 개최되지 않을 사교 모임에 관해 이야기하기 바쁘다.

"이봐요, 드니 씨, 참 대단하군요." 의사가 씁쓸한 위선의 어조로 말한다. "이 모든 상황에서도 여유롭다니 부럽네요. 아, 이 세상 행복한 사람이라니! 얼마나 경쾌한 태도인지! 얼마나 유연한 정신인지!"

음식이 차려진 탁자로 가려고 몰려드는 사람들로 숨이 막힐 지경이다. 이런 무리가 공짜 음식으로 달려드는 모습은 끔찍하다. 여자들, 남자들. 모두가 향수 냄새를 풍기며 땀을 흘린다. 마르꼬뽈로 씨가 비위를 맞추는 크고 세련되고 낯빛이 어두운 백발의 남자는 위스네르, 자동차 업계의 위스네르이다. 그리고 사모라가 있다. 어느 때보다도 더 열대를 연상시키는 차림새로 어디에나 모습을 드러내는 그는 지금은 막 도착한 어느 키 작은 남자에게 온 관심을 쏟는다. 검은 머리에 얼굴이 명백한 천재성으로 빛나는 남자는 머리카락이 눈까지 내려오고 볼베어링 위에 올라탄 것처럼 보인다. 활기 넘친다. 삐까소다. 흰 넥타이에 목이 파묻힌 정장 차림의 매우 뚱뚱한 남자가 그에게 말을 건다. 러시아 발레단의 남자, 세르게이 디아길레프다. 거기서 뿔 드니는 자신감을 잃는다. 아무도 그를 붙잡지 않겠지만 그는 무슨 말이 오가는지 알아야 한다. 사람들을 밀치면서 그쪽으로 다가가다가 푸른 옷의 키 작은 부인의 가슴에 몸이 부딪혀 사과를 하면서도 그에게는 북극성인 그 무리에 합류한다. 넥타이를 매지 않은 뚱뚱하고 작은 남자가 결절이 있는 눈을 깜박이면서 상당히 냉소적으로 그에게 이 점을 지적한다. 뻘이 어깨를 으쓱한다.

"휴우, 기꺼이 한잔해야겠네. 위스키 한잔 어때요, 뢰르띠유아?" 의사가 음식을 차려놓은 탁자에 이르러 말한다.

"아뇨, 오렌지에이드 한잔이요. 당신이 내 간에 관해 한 말을 기억하세요."

"체, 말도 안 돼. 어쨌든 간은 당신만큼 오래갈 거요."

오렐리앵은 내민 잔을 잡으려던 바로 그 순간 디안을 알아본다. 그가 네땅꾸르 부인을 만나지 못한 지 벌써 반년이다. 그녀가 여기와 있고 미모가 예전보다 더 뛰어나다. 활짝 미소 짓는다. 언제나 그렇듯이 저녁 모임에서 가장 아름다운 드레스를 입고 있다. 사람들이 그녀만 쳐다본다. 서른다섯살 나이에 더 완벽하고 더 성숙해 보이는 그녀는 스무살 때의 모습을 능가한다. 흰옷 차림에 붉은색 보석들이 빛을 내며 손목과 목, 가슴에서 피를 흘린다. 커다란 장미꽃다발을 품에 안고 있다. 사교계 모임이 있을 때마다 누군가가 그녀에게 장미를 선사하기 때문이다. 그녀는 빠리에서 가장 값지고 가장 도도한 존재이다. 조금 전에 밀집한 군중 속에서 위스네르조차 그녀를, 1910년 무렵에 삼년 동안 자신의 것이었던 여자를 아쉬워했다. 그녀는 떼밀리는 일이 없다. 마치 불로뉴 숲의 오솔길에 그들 단둘이 있기라도 한 듯이 오렐리앵 쪽으로 걸어왔다. 그녀는 프레 까뜰랑 근처의 그 오솔길을 기억하고 있다. 그 역시 같은 순간에…… 맙소사, 만약 베레니스가 지금 도착한다면…… 뭐 어때,

'옛' 여자 친구 네땅꾸르 부인에게 저녁 인사를 할 수도 있지.

"안녕, 오렐리앵!" 그녀가 말한다. 하지만 드뫼르에게 손을 내밀어 입맞춤을 받는다. 의사는 모르는 사람이 없다. "로즈는 안 왔나요, 박사님?"

그녀는 그의 대답을 듣지 않는다. 오렐리앵의 잔으로 몸을 기울여 묻지도 않고 한모금 마신다. 믿을 수 없을 정도로 우아한 목! 희귀하다. 완벽한 여자다. 아, 맙소사. 어설픈 인간. 흰 드레스 위로 잔이 떨어지고 장미꽃들이 쏟아진다. 사람들이 몰려든다. 어설픈 사람은 늘 그렇듯 뾜 드니다. 그가 사과한다. 디안이 웃는다. 뾜은 매혹되어 통성명을 하고 싶어 안절부절못한다. 이 여자가 상당히 경솔하게 기대는구나, 오렐리앵에게 느낌이 전해진다. 오늘 저녁은 도대체 누구와 함께일까? 그녀는 혼자 오지 않았다. 그래도…… 갑자기 그녀 뒤에 서 있는 자끄 쉴제르의 미소가 이 커다란 사내의 단안경 아래 작고 연한 콧수염과 함께 오렐리앵에게 뜻밖의 새로운 사실을 말해주는 것으로 보인다. 아! 바로 그와 함께인가? 빠리는 참 재미있는 곳이야. "안녕하세요, 자끄."

음식을 차려놓은 탁자 주변에서는 대화하기가 좀 어렵다. 하지만 뾜 드니가 달라붙는다. 그녀의 드레스를 더럽힌 것이 그에게 네땅꾸르 부인에 대한 명백한 권리를 준다. 디안이 즐거워한다. "넥타이는 어디다 놓고 오셨나요, 신사 양반?"

그녀는 모른다! 그가 거드름을 피운다. 설명한다. 다다…… 디안은 다다이즘에 관해 이렇다 할 확고한 생각을 갖고 있지 않다. 하지만 이 작은 사내를 비싸지 않게 살 수 있다고 생각하니 흐뭇하다. "자요." 그녀가 그에게 팔찌 위에 매고 있던 작은 붉은색 비단 손수건을 건네준다. 이제 이것을 넥타이 대용으로 쓰길! 뾜은 제정신이 아니다. 다들 넥타이 없이 저녁 모임에 나가자고 결정했기 때문에 다른 사람들이 뭐라고 말할지에 대한 두려움과 예쁜 여자의 호의를 이런 식으로 과시하려는 허영심 사이에서 어쩔 줄 모른다. 결국 손수건을 깃의 단추에 걸친다. 그 바람에 전시실의 모든 이가 황소를 자극하는 이 헝겊 조각만 바라본다. 그는 마리의 무대에 대해 확신할 수 없다. 오, 게다가 그녀가 지겹다, 저 여자가!

무엇보다 디안이 장미꽃을 들고 전시실에서 쉴제르에게로 돌아갔으므로, 여성복 디자이너 루셀의 주목을 받을 기회가 뽈에게 돌아온다. 루셀은 이 초대전에 오지 않을 것이라고 말했었다. 하지만 전시회를 위해 자기 소유의 소묘 두점을 사모라에게 빌려주었으니. "그것들을 보았죠, 드니 씨, 소묘 두점. '샤를 루셀 소장'이라고 적혀 있어요. 분명하게, 그렇죠? 분명하다마다요."

사실은 그가 네땅꾸르 부인과의 장면을 보았고 궁금해서 어쩔 줄 모른다는 것이다. "조심해요, 드니 씨. 미인이죠. 하지만 액운을 부른다고들 하네요. 전에, 그러니까 얼마 전에 젊은 장교가, 점잖게 말해서 수작을 걸다가 그녀의 집에서 죽었다나요, 글쎄. 이제야 알려드리네요."

어쨌든 디안이 멀어지는 동안 이 노인네가 그를 붙들었다. 그에게 원고를 팔 희망이 있는 것만 아니라면 그를 떨쳐버렸을 것이다, 냉정하게. 정말이라니까요! 그는 그렇게 하는 대신에 무어라 중얼거리고는 소매 없는 헐렁한 그리스풍 옷을 차려입은 남자와 자신의 친구 트리스땅 차라 사이에서 서성거린다. 전자는 잿빛 머리카락을 작은 끈으로 묶고 있어서 처음에 그는 나이 많은 부인으로 생각했다. 바로 레이먼드 덩컨[91]이다. 후자는 작은 키의 묘한 남자로 매우 쾌활하다. 굵은 검정색 끈으로 단안경을 잡아맸다. 그가 드니의 붉은 넥타이를 보고 폭소를 터뜨린다. "붉은색!" 그가 말한다. "왜 붉은색이지?" '에르'를 혀끝으로 엄청나게 굴려서 발음하고[92] 하하하, 소리 높여 웃는다. 붉은색에 이해되지 않는 어떤 의미가 있다고 생각하는 것이 분명하다. 그의 웃음은 아주 전염성이 강하다. 하지만 뽈 드니는 홀 쪽으로 빠져나가다가 하마터면 장 꼭또와 부딪힐 뻔한다. 이는 그에게 몹시 불쾌하고 매우 중요한 사건이다. 그를 피한다. 그리고 단 위에서 울려퍼지는 미니재즈의 소란 속에서 오렐리앵에게 말하고 있던 디안 네땅꾸르를 따라잡는다. "부인, 당신을 보자마자 당신의 추종자, 당신의 추종자가 되어버렸네요."

문득 오렐리앵의 눈길이 바르뱅딴과 마주친다. 방금 들어온 것이다. 에드몽은 정장 차림이고 검은 옷에 흰담비 케이프를 걸친 로즈 멜로즈와 함께이다. 그녀는 몹시 위풍당당해서 모든 시선이 그녀 쪽으로 향한다. 그녀가 미소 지으면서 앞으로 가자 스무명 남짓한 사람들이 그녀를 둘러싼다. 에드몽이 로즈와 함께? 오렐리앵의 눈에 블랑셰뜨도 베레니스도 보이지 않는다. 도대체 무슨 뜻이지? 그가 고개를 돌려 드꾀르의 얼굴 표정을 살핀다. 단연코 소름 돋을 일이다. 찬탄과 분개, 근심의 혼합. 얼굴에 일어나는 일종의 경련. 이렇게 사랑하면서는 살 수 없다. 디안 네땅꾸르가 무척 너그럽게 말한다. "자, 오늘 저녁도 가장 아름다운 여자는 로즈겠네요!" 드꾀르는 움직이지 않았다. 그녀를 기다린다. 그녀는 그에게로 올 것이다. 그는 그녀가 자기에게 오리라는 것을 알고 있다. 그것이 그녀가 아직 그를 위해 하는 유일한 일이고 그녀는 변함없이 그렇게 한다.

---

91 Raymond Duncan(1874~1966). 미국의 무용가이자 시인, 철학자. 무용가 이사도라 덩컨의 오빠이다.

92 프랑스어 붉은색(rouge)의 첫 철자를 말한다.

그래서 사람들이 "봐요, 그녀의 남편이에요"라고 말하도록. 그녀가 그를 못 보았을 리 없다. 그의 손이 떨린다.

아니야, 오늘 저녁, 그녀는 확실히 그러리라는 몸짓을 하지 않을 것이다. 턱을 쳐든 채 그에게로 돌아서지 않을 것이다. 그를 겨우 남편으로만 여길 뿐이다. 그녀가 웃고, 동행에게 기댄다. 오, 그는 저 웃음에 참으로 익숙하다. 저 웃음, 바로 저 웃음에. 그는 움직이지 않는다. 오렐리앵이 가도록 내버려둔다.

"부인들과 함께 온 것 아니야?"

오렐리앵, 그는 인사말도 하지 않는다. 제각기 번민이 있다. 제각기 사랑이 있다. 에드몽이 어깨를 으쓱한다. 그래. 어떻게 그럴 수 있어? 베레니스…… 그래, 알아. 하지만 막판에…… 오, 알잖아, 여자들은 신경이 날카롭지.

그건 이유가 되지 못해. 오렐리앵이 우긴다.

"이봐요, 우린 그림을 보러 왔어요. 안 그래요, 에드몽?" 로즈가 말한다.

이것은 확실히 그럴듯하지 못한 주장이다. 에드몽이 무슨 말인가 하지만 재즈 때문에 들리지 않는다. 새로 도착하는 사람들 때문에 그들이 안쪽으로 물러선다. 그때 로즈가 자신의 남편을 알아본다. 그에게 작은 몸짓으로 인사를 건넨다.

그는 이 작은 인사를 마셨다. 마셨다. 달리 말할 수가 없다. 그가 기다린 몸짓은 아니었지만 아마도 로즈를 이해해줘야 할 것이다. 이 군중, 이 혼란 속에서. 언제나 그렇다. 그는 그녀 주위의 사람들을 보지 않으려고 애쓴다. 그녀에게 닿으려고 애쓴다. 그녀는 담비 케이프를 걸쳐서 몹시 더울 것이다. "케이프를 벗고 싶지 않아?" 자신이 듣고 있을 생각이다. 그녀가 되묻는다. 듣지 못한 것이다.

담비? 아니야, 지끼, 입고 있는 편이 좋아. 그가 끈질기게 청한다. 무슨 일 있어, 당신? 에드몽, 마실 것 좀 가져다줘요!

오렐리앵이 에드몽을 뒤따른다. "자, 좀더 알아듣게 설명해봐."

"오, 알다시피 블랑셰뜨가 요즘! 내가 분명히 말할 수 있어. 내가 지나는 길에 로즈를 데려가겠다고 말했더니 그녀가 화를 냈어. 그런데 난 쥐여 흔들릴 성질이 아니잖아. 그래서 큰소리가 났고 눈물을 터뜨렸지. 모습을 보일 형편이 아니었어. 베레니스는 그녀를 혼자 두려고 하지 않았고."

"그녀가 나에 대해 아무 말도 없었나?"

"그래, 없었던 것 같아. 그래, 확실히 없었어."

오렐리앵은 심장이 거의 멎을 지경이다. 이제 덥지 않다. 모든 것이 암울하다. 오늘 저녁 이 행사가 불길한 기운을 띤다. 무얼 연주하는 거야? 귀가 먹먹하다. 오렐리앵은 사람들의 기괴함에, 그를 둘러싼 사육제에 신경이 곤두선다. 자신에 대해 한마디도 없었다니! 그렇지만 아주 있을 수 없는 일은 아니었다.

"이봐, 에드몽, 설마…… 그녀는 틀림없이 자네에게 말했을 거야."

"아니라니까 그러네!"

오렐리앵은 자신의 낙담을 감추고 특이한 사교계 행사를 거론한다. "자, 초상화 이야기를 하자면, 사모라치고는 좀 조잡해!"

이 말에 에드몽이 웃는다. 오렐리앵은 그가 왜 웃는지 이해할 수 없다. 조잡하다고 되풀이하기에 바쁘다. 갑자기 에드몽이 그의 팔을 잡고 귓속말한다. "보라고, 저기 있는 사람."

오렐리앵이 바라본다. 조금 전까지 그의 마음을 사로잡고 있던 것에도 불구하고 그것은 그에게도 이상한 효과를 냈다. 그도 아까 사람들이 말하는 것을 분명히 들었지만 이란의 왕이 오기로 했다는 것을 믿지 않았다. 왕이 아니었다. 주위의 그 찌르레기들은 알아차리지 못한 것 같을지라도, 왕보다 더 뜻밖의 인물이었다. 이 남자는 검은 머리카락이 희끗희끗했고 솟은 어깨에 야릇하게 비스듬한 자세, 누르스름한 피부, 서투르게 자른 콧수염에 머리카락은 낮게 가라앉아 있었다. 턱이 권위적이었다. 사복을 입고 있어도 소용없었다. 확실했다. 망쟁이었다. 어두운 빛깔의 목도리를 만지작거리는 어떤 여자, 모습이 그와 묘하게 닮은 여자가 옆에 있었다. 오렐리앵은 노아유 백작부인을 알아보았다. 장군은 그녀를 위해 길을 트려고 애썼다. 그녀는 피곤한 기색이었다. 오렐리앵은 그녀가 "오, 이 재즈!"라고 말하는 것을 들었다. 그가 에드몽을 쳐다보았다. 그들은 머릿속으로 같은 생각을 했다. 그가, 여기에. 참 묘한 일이야! 그들 두 사람은 망쟁 부대에 함께 있었다. 유리한 상황이 아니었다.

에드몽이 아주 낮은 목소리로 말했다. "자네가 우리를 떠났을 때, 아주 막바지의 어느날에 그를 보았어. 라옹 함락의 날 저녁에, 모뵈주 도로에서. 그는 차에 타서 구덩이를 빨리 메우지 않은 공병대 녀석들에게 욕설을 퍼부었어. 입이 걸었잖아. 정말 억셌지. 분개한 병사들이 그의 차를 향해 돌을 던졌어. 그는 꿈쩍도 하지 않았지."

오렐리앵이 어깨를 으쓱했다. 그런 추억에는 걸맞지 않은 야릇한 장소. 망쟁, 누구나 그를 싫어했어. 하지만 존경했지. 그가 말했다. "사실 망쟁은 우습게 볼 사람이 아니지, 우리의 승리……" 에드몽이 코웃음 친다. "우리의 승리라고! 아, 여보게, 친구!"

장군과 시인은 나가고 없었다.

오렐리앵은 이제 아무도 기다리지 않았다. 더이상 거기에 있을 이유가 없었다. 그녀는 오지 않을 것이다. 사람들은 얼마나 추악한지! 그들의 다양성 자체. 그림들의 침울한 광기, 전시실을 도는 머리들 속에서 딸랑대는 방울, 어처구니없는 저녁 모임의 관례, 꼭두각시들의 유명무실한 사교계 생활. “아, 매혹적이에요!” 어떤 작고 우둔한 곱슬머리 여자가 소리쳐서 사모라의 관심을 끌려고 했다. 사모라는 생루이섬에서 오렐리앵의 이웃인 R 공작, 마리가 계단에서 마주칠까봐 두려워한 그 사람의 환심을 사려는 욕심에 온통 정신이 팔려 있었다. 음식을 차려놓은 방에 재즈밴드가 들어왔다. 하지만 사람들은 그렇게 쉽게 자리를 떠날 것 같지 않았다. 장프레데리끄 시크르, 작달막하고 눈이 큰 뚱보가 피아노곡을 연주했다.

오렐리앵이 출구 쪽으로 길을 뚫었다. 출입문 쪽으로. 마르꼬뽈로 씨가 마치 한가족이기라도 한 듯이 그에게 인사했다. 그는 5마력 자동차를 소로에 주차하고 차 안에 외투를 벗어두었었다. 날씨가 추웠고 이제는 진눈깨비가 내리고 있었다. 그는 길에서 망설였다. 생제르맹 가로 쪽으로 거슬러 올라갈까? 강둑길 쪽으로 내려갈까? 외투의 깃을 세우고 센강 쪽으로 걸음을 재촉했다. 멀지 않은 곳에 바의 희미한 불빛이 아직 밝혀져 있는 것을 보았기 때문이다. 그가 잽싸게 안으로 들어갔다.

창유리에 김이 서려 있었다. 희끄무레한 조명 속에서 몇몇 손님들이 블로뜨 게임을 마쳤고 한쪽 구석에서는 커플이 머리를 맞대고 이야기를 나누고 있었다. 그가 전화를 요청했다.

전화기 저쪽에서 벨이 오랫동안 울렸다. 레누아르 길의 사람들은 분명히 자고 있을 것이다. 그는 전화를 끊고 싶었다. 전화하기에 적합한 시간일까? 벨 소리를 계속 듣고 있었다. 아무도 받지 않을 것이다. 그렇지만 기다렸다. 마침내 누군가가 수화기를 들었다.

어떤 목소리, 베레니스가 아니었다. 그는 다시 전화를 끊고 싶었다. "여보세요," 목소리가 말했다. "누구세요? 무슨 일이죠?" 블랑셰뜨였다. 그가 말했다. "블랑셰뜨?" 그녀는 막 깨어났을 것이 틀림없었다. 잘못 짚었다. "에드몽, 당신이지!" 그 목소리에 너무도 큰 기쁨, 너무도 큰 희망이 담겨 있어서 오렐리앵은 통화를 시작할 용기가 없었다. 자신도 모르게 전화를 끊었다.

그는 거기, 전화기 앞에 말없이 머물러 있으면서 혼잣말했다. "그녀는 지금 무슨 생각을 할까?" 베레니스, 그녀는 자고 있어. 그러면……

그는 통화료를 지불하고 자신의 차를 찾아 빗속을 걸었다.

(2권으로 이어집니다)

발간사

고전의 새로운 기준, 창비세계문학

오늘날 우리는 인간의 존엄과 개성이 매몰되어가는 시대를 살고 있다. 물질만능과 승자독식을 강요하는 자본주의가 전지구적으로 확산되면서 현대사회는 더 황폐해지고 삶의 질은 크게 훼손되었다. 경제성장만이 최고의 선으로 인정되고 상업주의에 물든 문화소비가 삶을 지배할수록 문학은 점점 더 변방으로 밀려나고 있다. 삶의 본질을 성찰하는 문학의 자리가 위축되는 세계에서는 가진 자와 못 가진 자 할 것 없이 모두가 불행할 수밖에 없다.

이 시대야말로 인간답게 산다는 것의 의미가 무엇인지 근본적인 화두를 다시 던지고 사유의 모험을 떠나야 할 때다. 우리는 그 여정에 반드시 필요한 벗과 스승이 다름 아닌 세계문학의 고전이라는 점을 강조한다. 고전에는 다양한 전통과 문화를 쌓아올린 공동체의 경험이 녹아들어 있고, 세계와 존재에 대한 탁월한 개인들의 치열한 탐색이 기록되어 있으며, 새로운 세상을 꿈꾸는 아름다운 도전과 눈물이 아로새겨 있기 때문이다. 이 무궁무진한 상상력의 보고이자 살아 있는 문화유산을 되새길 때만 개인의 일상에서 참다운 인간적 가치를 실현하고 근대적 삶의 의미와 한계를 성찰하는 지혜를 얻을 수 있을 것이다.

'창비세계문학'은 이러한 문제의식에서 출발한다. 세계문학의 참의미를 되새겨 '지금 여기'의 관점으로 우리의 정전을 재구성해야 할 필요성이 그 어느 때보다 절실하다. '정전'이란 본디 고정된 목록으로 존재하는 것이 아니라 그때그때 주어진 처소에서 새롭게 재구성됨으로써 생명을 이어가는 것이다. 우리는 먼저 전세계 문학들의 다양성과 차이를 존중하면서 국가와 민족, 언어의 경계를 넘어 보편적 가치에 기여할 수 있는 가능성에 주목하고자 한다. 근대를 깊이 성찰한 서양문학뿐 아니라 아시아와 라틴아메리카, 중동과 아프리카 등 비서구권 문학의 성취를 발굴하고 재평가하는 것 역시 세계문학의 지형도를 다시 그리려는 창비의 필수적인 작업이 될 것이다.

여러 전집들이 나와 있는 세계문학 시장에서 '창비세계문학'은 세계문학 독서의 새로운 기준이 되고자 한다. 참신하고 폭넓으면서도 엄정한 기획, 원작의 의도와 문체를 살려내는 적확하고 충실한 번역, 그리고 완성도 높은 책의 품질이 그 기초이다. 독서시장을 왜곡하는 값싼 유행과 상업주의에 맞서 문학정신을 굳건히 세우며, 안팎의 조언과 비판에 귀 기울이고 독자들과 꾸준히 소통하면서 진정 이 시대가 요구하는 세계문학이 무엇인지 되묻고 갱신해 나갈 것이다.

1966년 계간 『창작과비평』을 창간한 이래 한국문학을 풍성하게 하고 민족문학과 세계문학 담론을 주도해온 창비가 오직 좋은 책으로 독자와 함께해왔듯, '창비세계문학' 역시 그러한 항심을 지켜나갈 것이다. '창비세계문학'이 다른 시공간에서 우리와 닮은 삶을 만나게 해주고, 가보지 못한 길을 걷게 하며, 그 길 끝에서 새로운 길을 열어주기를 소망한다. 또한 무한경쟁에 내몰린 젊은이와 청소년 들에게 삶의 소중함과 기쁨을 일깨워주기를 바란다. 목록을 쌓아갈수록 '창비세계문학'이 독자들의 사랑으로 무르익고 그 감동이 세대를 넘나들며 이어진다면 더없는 보람이겠다.

2012년 가을
창비세계문학 기획위원회
김현균 서은혜 석영중 이욱연 임홍배 정혜용 한기욱

창비세계문학 92

오렐리앵 1

초판 1쇄 발행/2023년 6월 27일

지은이/루이 아라공
옮긴이/이규현
펴낸이/강일우
책임편집/정편집실 양재화
조판/한향림
펴낸곳/(주)창비
등록/1986년 8월 5일 제85호
주소/10881 경기도 파주시 회동길 184
전화/031-955-3333
팩시밀리/영업 031-955-3399 편집 031-955-3400
홈페이지/www.changbi.com
전자우편/lit@changbi.com

ISBN 978-89-364-3909-5 03860